MOON
NOTES

REBECCA HUMPERT

CHOSEN BY DEATH

Moon Notes

Originalausgabe
3. Auflage
© 2024 Moon Notes im Verlag Friedrich Oetinger GmbH,
Max-Brauer-Allee 34, 22765 Hamburg
Alle Rechte vorbehalten
© Text: Rebecca Humpert, 2023
© Umschlaggestaltung: Rocket & Wink, Hamburg
Satz: Sabine Conrad, Bad Nauheim
Druck und Bindung: GGP Media GmbH,
Karl-Marx-Straße 24, 07381 Pößneck, Deutschland
Printed 2024
ISBN: 978-3-96976-048-2

www.moon-notes.de

1. Kapitel

Mit schwungvollen Strichen formte ich das Gesicht einer jungen Frau auf dem feinkörnigen Papier. Je länger ich zeichnete, desto kontrollierter wurde meine Hand, desto sorgsamer die tiefschwarzen Kohlestriche. Und desto skeptischer mein Blick.

Ich kniff ein Auge zusammen und neigte den Kopf leicht zur Seite. Irgendetwas stimmte nicht, aber ich konnte nicht genau sagen, was es war. Die Proportionen passten, trotzdem wirkte das Porträt steif und leer.

Seufzend band ich mein langes schwarzes Haar zurück, zerknüllte die Zeichnung und begann von vorn. Normalerweise fiel es mir leicht, das Markante eines Gesichts auf Papier zu bannen. Aber heute wollte es mir aus irgendeinem Grund nicht gelingen, die Seele der Frau einzufangen. Mein Blick glitt hinunter zu dem Namen, den ich hastig auf die Innenseite meines Blocks gekritzelt hatte.

Maria Villalobos.

Obwohl sie kaum mehr als eine Fremde gewesen war, erinnerte ich mich an ihr Gesicht. An die hohen Wangenknochen, die gerade Nase, die geschwungenen, vollen Lippen. Wann immer ich ihr begegnet war, hatte sie mir ein Lächeln geschenkt. Etwas, was nicht oft passiert war, zumindest nicht mir. Vielleicht fiel es mir deshalb so schwer, ihr Porträt anzufertigen. Es schmerzte, ein Lächeln einzufangen, das nicht länger existierte.

Meine Finger krampften sich um das Stück Kohle, während sich ein leichtes Ziehen in meinem Handgelenk ankündigte. Die dritte Zeichnung in dieser Woche.

Die dritte Tote innerhalb weniger Tage, die jung und kerngesund gewesen war. Ein Sterben, das hätte verhindert werden sollen. Jeder und jede Tote tat weh, aber in den letzten Wochen hatte ich eine Qual kennenlernen müssen, die ich nicht einmal meinen Feinden wünschte.

»Du verweilst zu oft bei den Verstorbenen, Elena de Jesús.«

Ich sah auf und entdeckte Marisol, die sich, auf ihren Gehstock gestützt, zu mir hinunterbeugte und meine Zeichnung betrachtete. Das hüftlange schneeweiße Haar der Dorfältesten war zu einem kunstvollen Zopf geflochten, der über ihre schmale Schulter fiel und das Papier streifte.

»Das ist schließlich mein Job, Abuela.« Marisol war nicht wirklich meine Großmutter, obwohl ich wünschte, sie wäre es. Wann immer es einen neuen Todesfall zu beklagen gab, war sie diejenige, die mir half, ein Grab auszuheben. Sie harrte die vier Tage mit mir aus, bis ich den Leichnam gemäß den alten Riten bestatten durfte, und sie besorgte das leuchtend orangefarbene *Flor de muerto*, um die letzten Ruhestätten mit seinen Blüten zu schmücken. Sie ließ mich nicht allein, während ich Körper um Körper begrub, die Totenwachen abhielt und die farbenfrohen Grabsteine bemalte. Während ich hoffte, dass die Verstorbenen ihren Frieden finden würden. In einem Dorf, das den Tod seit jeher fürchtete.

»Hör auf, mich so zu nennen, de Jesús«, brummte Marisol, setzte sich neben mich und lehnte ihre Gehhilfe an die Bank, die am Rande der runden Plaza Eterna stand. Sie warf mir einen finsteren Blick zu, die Arme empört vor der Brust verschränkt. »Ich komme mir dann immer so alt vor.«

Lächelnd beugte ich mich zu ihr hinüber und drückte einen Kuss auf ihr Haar. »Wird nicht wieder vorkommen.«

Ohne Vorwarnung griff Marisol nach meinem Block und riss ihn mir aus der Hand.

Ich wollte protestieren, aber ehe ich ein Wort über die Lippen bringen konnte, presste Abuela ihre schmale Hand auf meinen Mund. Die Dorfälteste warf einen enttäuschten Blick auf meine Zeichnung.

»Schon wieder nicht Alberto.« Sie blätterte durch meine Porträts auf der Suche nach dem verhärmten Gesicht jenes Mannes, der einst ihr Herz gebrochen hatte. Ich versuchte derweil mühsam, ihre Finger von meinem Gesicht zu lösen. Sie war definitiv stärker, als ihr vom Alter gebeugter Körper vermuten ließ.

»Ich hoffe für dich, dass ich noch erleben darf, wie du seine hässliche Visage zeichnest.«

»Alberto erfreut sich bester Gesundheit«, erklärte ich ihr kopfschüttelnd, konnte mir ein Lächeln jedoch nicht verkneifen. »Es wird gemunkelt, dass er die Hundert erreichen könnte, wenn er sein Fitnessprogramm weiterhin so konsequent durchzieht.«

Auf einmal lag eine so herzzerreißende Enttäuschung in Abuelas dunklen Augen, dass sie mir beinahe leidgetan hätte – wäre nicht ein eigennütziger Todeswunsch der Grund für ihre Emotion.

»Und wenn ich ihm ein Bein stellen muss, damit er sich beim Joggen das Genick bricht! Dafür würde ich mich sogar einbuchten lassen.« Sie tippte auf die leere Seite neben Marias mehr oder weniger schmeichelhaftem Abbild. »Das Plätzchen reserviere ich für ihn.« Ihr Blick glitt zu meiner neu begonnenen Skizze. »Nebenbei bemerkt ist Marias Nase viel zu groß. Sieht aus wie ein Rhino. Deine Skizzen werden auch immer schlampiger, de Jesús.«

»Ich liebe dich auch, Abu–«

Ich schaffte es gerade noch rechtzeitig, mich zu ducken und so vor der Krücke der Dorfältesten in Sicherheit zu bringen. Grinsend entwendete ich ihr meinen Block.

»Erinnerst du dich noch daran, was du mir damals versprochen hast?«, fragte Marisol plötzlich.

Ich hatte die Kohle gerade wieder auf dem Papier angesetzt, hielt nun jedoch inne. Obwohl beinahe vier Jahre verstrichen waren, seitdem sie mir jenes Versprechen abgenommen hatte, hafteten ihre Worte noch frisch in meinem Gedächtnis. Als ich antwortete, mied ich ihren Blick. »Natürlich.«

Einen Moment lang war es still, dann legte sie ihre Finger unter mein Kinn und zwang mich so, sie anzusehen. Ihr Gesicht war von zahllosen Falten durchzogen, die die Geschichten ihres langen Lebens erzählten. Von einer Frau, die beständiger war als jeder Fels, der die ungezähmte Küste der Isla Mujeres säumte.

»Das Leben hat noch mehr zu bieten, als sich bloß um die Toten zu kümmern, Elena.«

Erst, als Marisol meine linke Hand genommen hatte, fiel mir auf, dass ich mein Handgelenk geistesabwesend massiert hatte.

»Du überarbeitest dich.« Sie ließ mein Kinn los und begann mit zittrigen Fingern, mein notdürftig bandagiertes Handgelenk zu massieren. Meine Kehle zog sich zusammen. Ich musste dem Drang widerstehen, den Blick zu senken, damit sie nicht sah, wie sehr mich ihre kleinen Gesten berührten. »Und das für Menschen, die nie ein gutes Wort für dich übrig hatten.« Die Dorfälteste hielt inne, hob ihre freie Hand und presste sie auf meine Brust, dorthin, wo mein Herz schlug. Ihre Fingerspitzen streiften das runde roséfarbene Medaillon, dessen Inhalt nur sie kannte. »Warum?«

Nun wandte ich doch den Blick ab, damit sie nicht sah, wie sehr die Wahrheit in ihren Worten schmerzte.

»Im Tod sind wir alle gleich«, antwortete ich und versuchte, meine Stimme dabei möglichst ruhig klingen zu lassen. Den wahren Grund für meine Verbundenheit mit den Toten konnte ich selbst ihr nicht verraten. Schließlich sah ich sie wieder an. »Zumindest sagt Mateo das immer.«

Marisol musterte mich noch einige Sekunden lang schweigend, mit zusammengezogenen Augenbrauen und verhärteten Zügen. Ein letztes Mal strich sie sanft über mein verbundenes Handgelenk, dann kramte sie etwas aus dem bunten, von mir gehäkelten Beutel, den sie um ihre Schulter geschlungen hatte. Ich hatte das Symbol der Rebellen von *Star Wars* in das Muster mit eingearbeitet, eine Leidenschaft, die ich mit der Dorfältesten seit jeher teilte. Der Beutel harmonierte mit ihrem langen, farbenprächtigen Rock und der ebenso bunt bestickten Bluse. Zum Vorschein kam ein Stück *Pan dulce*.

Obwohl ich das süße Gebäck liebte, hatte ich gerade keinen wirklichen Appetit. Die Bilder von Marias leblosem Körper waren noch zu frisch. Trotzdem nahm ich es an, weil mein Bruder nicht genug von Marisols *Pan dulce* bekommen konnte. Ich würde es Mateo vorbeibringen, nachdem ich mit meiner Zeichnung fertig war.

»Wehe, du vergräbst noch eine dieser Kröten, bevor du nicht wenigstens ein *Pan dulce* gegessen hast. Mit vollem Magen brechen dir die schlaffen Körper schwerer das Kreuz.«

Ich verzog das Gesicht, während ich das Gebäck in meinem schwarzen, noch aus meinen Teenagertagen stammenden *Darth Vader*-Rucksack verstaute. »Dein Respekt für die Toten sucht seinesgleichen.«

»Oh, ich habe sehr viel Respekt vor den Toten. Aber nur, wenn sie sich zu Lebzeiten meinen Respekt verdient haben.« Marisol warf einen angewiderten Blick auf die niedrigen schneeweißen Häuser, die sich in einem Halbkreis an den Rand der sonnenüberfluteten Plaza Eterna schmiegten. Sie musterte das Dorf, dessen Oberhaupt sie seit mehr als vierzig Jahren war. »Unter uns gesagt: Die Welt wäre ohne dieses Drecksloch ein ganzes Stückchen heller, de Jesús.«

»Vermutlich«, antwortete ich. »Aber ohne das sonnige Gemüt unserer Dorfältesten wäre die Welt noch ein Stückchen dunkler.« Ich nickte in Richtung des einst goldfarbenen Brunnens in der Mitte der Plaza Eterna, wo sich eine Handvoll Kinder versammelt hatte. Sie tobten zwischen den zahllosen Sonnen und Monden umher, die auf den steinernen Boden des Marktplatzes eingraviert waren. »Dein Fanclub wartet übrigens schon seit einer halben Stunde auf dich.«

Marisol schnaubte. »Willst mir mit deinen Schmeicheleien wohl noch etwas *Pan dulce* aus den Rippen leiern, hm? Typisch de Jesús. Bist dir für nichts zu schade.« Grummelnd händigte sie mir ein weiteres Gebäckstück aus. »Verflucht sei meine verdammte Großherzigkeit.«

Hastig verstaute ich auch diese Süßigkeit, dann half ich Marisol, sich von der Bank hochzustemmen. Bevor sie sich zum Gehen wandte, tippte sie auf meinen Block, den ich aufgeschlagen neben mich gelegt hatte.

»Wenn ich das nächste Mal wieder keine gelungene Zeichnung von Alberto vorfinde, nehme ich die Sache selbst in die Hand.« Als wollte sie ihre Drohung untermauern, schwang sie ihre Krücke im hohen Bogen nach oben. Ich war mir nicht sicher, ob sie mich oder Alberto mit ihrer Gehhilfe ins Reich der Toten schicken wollte. Ich würde es nicht darauf anlegen, es herauszufinden.

»Seine Skizze wird sogar koloriert, nur für dich«, versprach ich also.

Ein aufgeregtes Funkeln stahl sich in die pechschwarzen Augen der alten Frau. Albertos Schutzengel sollte in den nächsten Tagen besser Überstunden schieben.

Schließlich wandte sich Marisol um und schritt zu den Kindern, die darauf warteten, von der Dorfältesten in Welten entführt zu werden, die jenseits der Grenzen unseres Dorfes, des Pueblo del sol y la luna, lagen. An Orte, die nie gewesen waren und die gerade deshalb einen Reiz innehatten, den die Realität niemals besitzen würde. Zumindest nicht auf dieser gottverdammten Insel.

Eine sanfte Berührung an meinem Arm ließ mich herumfahren. Mir gegenüber stand ein kleines Mädchen, das mir gerade einmal bis zur Taille reichte. Ihr dunkles, lockiges Haar war zu einem Zopf geflochten, und sie trug ein luftiges weißes Kleid. Strahlend hielt sie mir ein Körbchen entgegen.

Ich schenkte ihr ein warmes Lächeln. Mit ausgestrecktem Zeige-, Mittelfinger und Daumen führte ich meine linke Hand an meine Schläfe. Danach formte ich eine Faust, streckte den kleinen Finger ab, um dann wieder zur Faust zurückzukehren und abschließend den Daumen im rechten Winkel fortzustrecken.

Hola, Isa. Ich deutete auf den Korb. *Was hast du da Schönes?*

Das Mädchen stellte den Korb ab, griff hinein und zog einen kleinen, grün-roten, gehäkelten Vogel hervor. Sie legte den Quetzal in meinen Schoß, nahm meine Hand und streichelte ihn mit meinen Fingern. *Jemand hat ihn mir letzte Nacht gebracht.* Sie grinste mich an, während sie mir mit ihrer Hand hektisch von ihrem Fund berichtete. *Warst du das, Elena?*

Ich zwinkerte ihr zu. *Natürlich nicht. Du weißt doch, dass ich zwei rechte Hände habe, wenn es um Handarbeit geht.* Aufmunternd nickte ich in die Richtung von Marisol und den Kindern. *Möchtest du dich zu ihnen setzen?*

Isa schüttelte den Kopf. Das Mädchen hatte etwas an sich, das mir jedes Mal mein Herz wärmte, egal, wie kalt meine Finger von der Friedhofserde auch sein mochten. Im Vergleich zu den anderen Kindern des Dorfes, die mich mieden und Angst vor mir hatten, war Isabel anders. Sie hielt keinen Abstand zu der Frau, die die meiste Zeit zwischen Gräbern verbrachte und stets in Erde und den Geruch des Todes eingehüllt war. Des Öfteren leistete sie mir Gesellschaft, während ich zeichnete. Manchmal versuchte sie sich auch selbst an der Kohle. Es hat Jahre gedauert, bis ich mir eingestanden hatte, dass sich das Mädchen in mein Herz gestohlen hatte.

Auch jetzt beobachtete sie mich eine Weile dabei, wie ich an Marias Porträt feilte. Schließlich vertraute sie mir an, dass sie hoffte, nächsten Sonntag ein weißes Häschen-Kuscheltier in ihrem Korb vorzufinden, bevor sie davoneilte, den Vogel stolz an die Brust gepresst.

Ich konzentrierte mich erneut auf meine Zeichnung, ertappte mich aber dabei, wie mein Blick immer wieder zu den Kindern glitt, die gebannt an Marisols Lippen hingen. Die Dorfälteste erzählte gerade von jenem Sonnengott, der unsere Gemeinde gemeinsam mit dem Mondgott gegründet haben sollte. Unwillkürlich stahl sich ein Lächeln auf meine Lippen, als ich den Legenden lauschte, mit denen auch mein Bruder und ich aufgewachsen waren.

Bevor wir erfahren hatten, wer ich war. Bevor wir verstanden hatten, dass es kein Segen war, im Dorf eines Gottes zu leben.

Unwillkürlich hatte ich eine neue Seite in meinem Block aufgeschlagen und begann, den Gott anhand von Marisols Beschreibungen zu skizzieren. Es tat gut, wenigstens ab und an keine Toten zu zeichnen, sondern jemanden, den ich mehr als alles andere verachtete.

»Der Sonnengott Nanahuatl war angeblich der attraktivste aller Götter«, schwärmte Abuela, während sie sich mit einer Hand Luft zufächelte. »Und der selbstloseste. Als er sich dazu bereit erklärte, sich zu opfern, um den Menschen eine Sonne zu schenken, soll seine Haut kurz vor seinem Opfer sichelförmige Narben davongetragen haben. Diese machten ihn nur noch schöner. Sein Name wird auf alle Ewigkeit hin fortbestehen. Genauso wie der seines Bruders Metztli, der sich nach ihm geopfert hat, um den Menschen den Mond zu schenken.«

Dafür, dass es für Lebende beinahe unmöglich schien, sich Marisols Respekt zu verdienen, hatten Unsterbliche es anscheinend viel leichter. Sie wusste nichts von meiner Abneigung gegen die Götter, würde es nicht verstehen. Es sei denn, ich offenbarte ihr etwas, von dem ich geschworen hatte, es stets für mich zu behalten.

»Hat er unser Dorf dann gegründet, als er schon die Sonne war?«, fragte ein wild gelockter Junge namens Esteban.

»Die Frage meinst du nicht ernst, oder, *Mijo*?«, gab Marisol zurück. »Seit wann gründen Sonnen Dörfer?«

»Aber wenn er es davor gegründet hat, gab es doch noch keine Sonne. Dann muss unser Dorf ja uralt sein.«

»So sieht es doch auch aus, oder nicht? Ein klappigeres Dorf wirst du nirgendwo finden«, erwiderte die Dorfälteste trocken.

Auf dem Block versah ich das Gesicht mit halbmondförmigen Narben, die meinen eigenen ähnelten. Machte die Augenbrauen buschiger, die Nase breiter. Nun glich es zwar immer noch dem Göttergesicht, das Marisol mit ihren schwärmerischen Worten skizziert hatte, aber hier und da war es menschlicher, weniger perfekt. Ich seufzte und blätterte zurück zu Marias Porträt. Zu menschlich für einen verdammten Gott.

Als ich noch einmal zum Brunnen sah, fiel mir eine Frau mit langem schwarzem Haar auf. Sie stand etwas abseits von den Kindern und lauschte scheinbar ebenfalls Marisols Geschichten. Der fließende Stoff ihres dunkelroten, mit gelben Blumen bestickten ärmellosen *Huipil* reichte bis zum Boden. In ihrem Blick, der starr auf die Gruppe gerichtet war, lag etwas Sehnsüchtiges. In ihren Zügen etwas Gebrochenes.

Ich wolle mich gerade abwenden, weil ich ungern Menschen beobachtete, die ihre Gefühle so deutlich zur Schau stellten, als ihr Blick den meinen fand.

Mein Atem stockte. Ungläubig musterte ich die Frau, die zu schön war, um sie auf Papier einzufangen. Ich sah hinunter zu der Zeichnung auf meinem Schoß, während mein Herz schmerzhaft gegen meine Brust pochte. Schließlich hatte ich es versucht.

Zögernd erhob ich mich und ging auf die Frau zu, die schweißnassen Finger um meinen Block gekrampft.

Ich musste mich irren, musste sie verwechseln. Eine andere Erklärung konnte es nicht geben. Aber je näher ich der Frau kam, desto leiser wurden meine Zweifel, bis sie schließlich völlig verstummten.

»Maria?«, flüsterte ich, in der Hoffnung, dass mich niemand außer ihr hörte. Nicht, dass es etwas ändern würde. Das ganze Dorf hielt mich für verrückt, viele spotteten über mich und nannten mich eine Hexe. Wenn sie nur wüssten, dass sie recht hatten. Wenn sie wüssten, dass in ihrer Mitte eine Admiradora de la muerte lebte, eine Frau, die die Toten sehen konnte, würden sie mich nicht nur verachten. Sie würden mich töten.

»Du bist zu früh«, sagte ich, meine Stimme brüchig.

Maria neigte den Kopf leicht zur Seite und musterte mich neugierig, doch von ihrem Lächeln, das ich so lieb gewonnen hatte, war keine Spur zu finden.

»Es ist noch nicht so weit«, fügte ich hinzu, als sie nichts erwiderte. Immer wieder huschte mein Blick hinüber zu Abuela und den Kindern. Bisher schien noch niemand bemerkt zu haben, dass ich verloren am Rande der Plaza stand. Weil der Großteil des Pueblo zu dieser Tageszeit seine Mittagsruhe hielt, um den gnadenlosen Sonnenstrahlen zu entgehen, beobachtete mich auch sonst niemand. Halt suchend lehnte ich mich an die Steinfassade eines Hauses, während ich versuchte, meine Gedanken zu ordnen.

Plötzlich streckte Maria eine Hand aus. Verdammt. Reflexartig fasste ich an den geflochtenen Gürtel meines gelben, knöchellangen Kleides und tastete nach dem Bund *Flor de muerto*. Doch dann fiel mir schlagartig ein, dass ich die Blumen, die die Toten abschreckten, noch nicht bei mir trug. Ich befestigte sie immer erst am Morgen des letzten Oktobertages an meiner Kleidung, um für den Beginn des Día de los muertos gewappnet zu sein. Und gerade war es erst Anfang September.

Hastig wollte ich ausweichen, doch ich reagierte zu spät.

Meinen Arm schoss ein stechender Schmerz hinauf, der dort seinen Ausgang nahm, wo Marias Finger meine Hand berührten. Sie richtete ihre Augen auf die Skizze ihres Gesichts, wobei ihre engelsgleichen Züge schmerzhaft verzerrt waren.

Ich kannte diesen Blick, hatte oft beobachtet, wie die herzzerreißende Erkenntnis darüber einsetzte, wer man einst gewesen war und was man durch den Tod verloren hatte. Denn auch wenn der Tod Körper raubte und Herzen brach – Erinnerungen stahl er nicht.

Ich biss die Zähne zusammen, hielt den Schmerz aus und wappnete mich gegen das, was tiefer brannte als jede Berührung, jeder Stich. Ein letztes Mal versuchte ich, meine Hand wegzuziehen. Aber es war zwecklos. Stattdessen blieb mir nichts anderes übrig, als die Augen zusammenzukneifen, zu hoffen, dass es schnell gehen würde. Dass die Tote nicht lange würde leiden müssen.

Als das Stechen in meiner Hand nachließ, öffnete ich vorsichtig ein Auge. Ein kleiner, naiver Teil von mir hatte gehofft, dass es diesmal anders sein würde, dass die Berührung von Leben und Tod keine Folgen haben würde. Gleichzeitig wusste ich, dass Hoffnung keinen Platz dort hatte, wo nur der Tod siegen konnte.

Ich hatte recht. Maria war fort. Ihre Seele würde nicht nach Mictlan, ins Reich der Toten, zurückkehren. Sie würde ihre eigentlich vierjährige Reise durch die Unterwelt auf der Suche nach ewigem Frieden nicht beenden. Denn Marias Seele gab es nicht länger. Admiradoras nannten es *la Segunda muerte*, denn die Toten starben in gewisser Weise ein zweites Mal, sobald sie einen Lebenden berührten. Während der erste Tod den Körper zu sich nahm, verschlang der zweite Tod die Seele.

Schwer atmend lehnte ich mich erneut gegen die Hauswand, spürte die raue, kühle Oberfläche der Steine an meinem Rücken. Schließlich fiel mein Blick dorthin, wo sich ein neuer, halbmondförmiger blutroter Strich auf meiner olivfarbenen Haut abzeichnete. Er gesellte sich zu zahllosen anderen Narben, die meinen Körper zierten. Vor allem an meinen Armen, wenige an den Händen. Früher hatte ich mich für diese Narben geschämt, hatte sie für eine Schwäche gehalten, die es zu verbergen galt. Mittlerweile versteckte ich sie noch immer, aber gleichzeitig dienten sie auch als Erinnerung an die Bürde, die die Götter mir auferlegt hatten. Als Beweis dafür, dass der Tod mich nicht hatte in die Knie zwingen können. Noch nicht.

»Sie sind fort, *Mija*.«

Marisols geflüsterte Worte holten mich aus meiner Starre. Mein Blick schnellte zu der Dorfältesten, die plötzlich vor mir stand. Sie hielt ein Stück Papier in der Hand, ihr Gesicht auf einmal totenblass, der Himmel über uns dunkler als zuvor. »Sie sind alle fort.«

2. Kapitel

»Es ist letzte Nacht passiert«, flüsterte Marisol, während wir den verlassenen, von der Nachmittagssonne erhitzten Marktplatz des Pueblo del agua betraten. Das Dorf lag nur wenige Minuten von unserem entfernt. Die Dörfer waren durch eine schmale Gasse zwischen Marisols Haus und unserem Rathaus miteinander verbunden. Das Pueblo del agua war für seine tiefblauen, überraschend modernen Häuser bekannt, die ebenfalls halbmondförmig um die Plaza angeordnet waren. Meine Zähne gruben sich unaufhörlich in meine Unterlippe, bis ich Blut schmeckte. Jedes dieser Häuser war nun verwaist. Und die Stille, die hier herrschte, war unheimlicher, als es ein Friedhof jemals sein könnte. »Der Tod hat sie letzte Nacht alle auf einmal zu sich geholt.«

Obwohl ich nicht überrascht sein sollte, fiel es mir immer noch schwer, die Wahrheit zu akzeptieren.

Mit zögerlichen Schritten näherte ich mich dem schlanken steinernen Torbogen, der an der gegenüberliegenden Seite der runden Plaza in die Höhe ragte. Doch es waren nicht die kunstvollen, wellenförmigen Eingravierungen, die meine Aufmerksamkeit auf sich zogen, sondern eine kleine, rechteckige Bronzetafel, die den Bogen zierte. Sie trug die Namen aller Dörfer, die unsere Insel ihr Zuhause nannten.

Ich presste mir die Hand auf den Mund, während ich die Tafel studierte, immer und immer wieder. Dabei spürte ich Marisols Präsenz hinter mir, aber ich wandte mich nicht um. Stattdessen streckte ich eine Hand aus und berührte den obersten Namen.

Pueblo de la noche, Tezcatlipoca.

Erst jetzt merkte ich, dass Blut von meinen Lippen auf meine Finger gelangt war. Blut, mit dem ich gerade den Namen des Dorfes samt den des Gottes, der jenes gegründet haben sollte, durchgestrichen hatte. Mit der Hand fuhr ich auch die restlichen Namen entlang, beschmierte sie mit Blut, ertränkte sie.

Pueblo de la vida, Quetzalcoatl.

Pueblo del cocodrilo, Cipactli.

Pueblo del agua, Tlaloc.

Mit den Fingern hielt ich inne, als ich den untersten Namen erreicht hatte. Diesen versah ich als einzigen nicht mit Blut.

Pueblo del sol y la luna, Nanahuatl y Metztli.

Einst beherbergte die Isla Mujeres fünf Dörfer. Zu der Zeit hatten wir Nachbarinnen und Nachbarn, waren eine große Gemeinde.

Ich ballte meine Hand zu einer Faust und schlug auf die Tafel ein, bis sich Schmerz in meine Knöchel fraß. Bis ich in die Knie gehen musste, weil ich es nicht verstand, es nicht verstehen wollte.

Seit dem heutigen Tage gab es auf der Insel nur noch ein einziges Dorf.

Ein Dorf, das nun ebenfalls im Sterben lag wie einst seine Brüder und Schwestern.

Ich kehrte jedes Mal an den Totenaltar meines Bruders zurück, nachdem jemand gestorben war. Die Zeiten, in denen die Toten unseres Dorfes geehrt worden waren, gehörten längst der Vergangenheit an. Selbst Abuela konnte sich nicht mehr daran erinnern, dass es zu ihren Lebzeiten je Altäre für jeden Verstorbenen gegeben hatte. Aber ich musste einfach eine *Ofrenda* für Mateo errichten. Auch wenn die meisten Dorfbewohnerinnen und Dorfbewohner Halloween feierten und die Tradition des Día de los muertos größtenteils begraben hatten. Der Tod war etwas, was unser Dorf gern verdrängte. Vor allem jetzt, da er so nah war wie noch nie zuvor. Augenblicklich stahlen sich die Bilder der letzten Monate an die Oberfläche. Erinnerungen an unsere benachbarten Dörfer, die eines nach dem anderen gefallen waren. Es gab keinerlei Anzeichen für eine Seuche, aber mittlerweile schien das die logischste Begründung zu sein. Wie sonst sollte man erklären, dass vier Dörfer innerhalb eines Jahres komplett ausgestorben waren?

Mein Blick fiel auf den frischen Schnitt und die blutverschmierte Haut an meiner Hand. Zu der Sorge um die zahllosen, unerklärlichen Todesfälle mischte sich nun eine neue. Noch immer verstand ich nicht, warum Marias Seele so früh im Reich der Lebenden erschienen war. Sie war erst vor Kurzem gestorben. Ihre Seele hätte eigentlich die nächsten vier Jahre mit der Durchquerung der Unterwelt beschäftigt sein sollen, um ewigen Frieden zu finden. Erst danach war es ihr gestattet, das Reich der Lebenden wieder zu betreten, und das auch nur am Día de los muertos. Niemals davor, niemals danach. Ich presste meine blutige Hand dorthin, wo mein Herz viel zu schnell schlug. Und sie hatte auch nicht die typischen Spuren aufgewiesen, die ich von den Seelen Verstorbener kannte. Allen voran hatte das klaffende Loch in ihrer Brust gefehlt.

Hastig überquerte ich unsere menschenleere Plaza, hielt jedoch kurz inne, als ich den Torbogen erreicht hatte, der den Eingang zum Pueblo del sol y la luna markierte. Jedes Mal, wenn ich unter dem Bogen hindurchschritt, las ich die darin eingravierte Inschrift oberhalb unserer Bronzetafel, in der Hoffnung, sie endlich zu verstehen.

Mientras exista el pueblo del sol y la luna, habrá dioses. Links und rechts der Inschrift prangten eine Sonne und ein Halbmond.

»Solange das Pueblo del sol y la luna besteht, so lange werden die Götter fortbestehen.« Ich schüttelte den Kopf. Als ob sich die Götter für unser Dorf interessierten. Als ob sie sich für irgendjemanden außer sich selbst interessierten.

Schließlich kehrte ich dem Bogen den Rücken zu und eilte weiter.

Kaum, dass ich das Dorf verlassen hatte, breitete sich eine Ruhe in mir aus, die mich stets einhüllte, sobald ich fort von allem war. Sobald ich allein war. Allein mit den Seelen, die vergessen worden waren.

Ich hatte Mateos *Ofrenda* nahe der felsigen Klippe errichtet, die wenige Hundert Meter vom Dorf entfernt lag. Weil mein Bruder den Ausblick von hier so sehr genossen hatte.

Weil er davon geträumt hatte, die Insel eines Tages zu verlassen.

Und weil er hier gestorben war.

Ich krallte meine Finger um die Träger meines Rucksacks und versuchte, ruhig zu atmen. Mein Blick huschte zum Zentrum des Altars, zu dem leeren Holzrahmen, den ich mit *Flor de muerto* verziert hatte und der von Orangen und Bananen umringt war. Die Zeichnung, die dort hineingehörte, war immer noch nicht fertig. In mir gab es eine Blockade, sobald ich versuchte, das Gesicht meines Bruders auf dem feinkörnigen Papier zu verewigen. Vielleicht, weil es vollenden würde, was ich selbst nach fast vier Jahren noch nicht wirklich begreifen wollte. Weil es Mateos Tod eine Endgültigkeit verleihen würde, von der ich fürchtete, dass sie mich schließlich doch zerbrechen würde.

Ich kniete mich in den Schatten einer nahen Palme und vor den Totenaltar, klaubte etwas *Flor de muerto* zusammen und schob es in den Gürtel meines Kleides, direkt neben Mateos Taschenmesser. Die Toten hatten eine besondere Beziehung zu den orangefarbenen Blüten, fürchteten und liebten sie gleichermaßen. Wenn sie sie berührten, kehrten sie automatisch nach Mictlan zurück. Deshalb schmückte man *Ofrendas* und den Friedhof am Día de los muertos mit diesen Blüten. So gelangten die Toten nach Hause.

Als ich mich aufrichtete und einen Schritt nach hinten trat, glitt mein Blick hinunter, dorthin, wo die tiefblauen Wellen gegen die Klippe schlugen. Fast augenblicklich verschnellerte sich mein Atem. Ich schloss die Augen, versuchte, gleichmäßig Luft zu holen, aber scheiterte kläglich. Erinnerungen drängten sich in mein Bewusstsein, Stimmen, die Lügen erzählt hatten.

Er hatte keine Chance, Elena. Niemand überlebt einen Sturz aus dieser Höhe.

Es war ein Unfall, Mija.

Unwillkürlich war ich mit meinen zittrigen Fingern meine Brust hinaufgefahren, bis ich fand, wonach ich jede Nacht tastete. Wenn der Schlaf sich wieder einmal weigerte, mich zu betäuben.

Seit Mateos Tod suchte ich unaufhörlich nach Hinweisen, hielt nach einer Erklärung dafür Ausschau, wer meinen Bruder diese Klippe hinabgestoßen hatte.

Die Jahre waren seitdem quälend langsam vergangen, das Stechen in meiner Brust jedoch war geblieben. Ebenso wie das weiße, von Gold durchzogene Haar, das sich in meinem Medaillon befand. Auch wenn niemand daran glaubte, wusste ich, wem dieses Haar gehören musste. Ein Haar, das am Leichnam meines Bruders gefunden worden war. Ein Haar, das von demjenigen stammte, der Mateo de Jesús vor fast vier Jahren von dieser Klippe gestoßen hatte. Und weil die Toten aus irgendeinem Grund viel zu früh erwacht waren, war ich der Antwort so nah wie nie zuvor. Mateo würde mir meine Frage beantworten können, wenn er mir erschien, da war ich mir sicher. Und vielleicht würde ich ihn dann endlich loslassen können. Würde mein Versprechen Abuela gegenüber einlösen und dieses gottverdammte Dorf verlassen. Oder vielleicht würde ich losziehen und Rache nehmen, den Schmerz durch Hass betäuben. Vielleicht –

Plötzlich legte sich etwas Warmes um meine Taille und riss mich zurück.

Ich stieß einen erschrockenen Laut aus, während ich zurückgezerrt wurde, fort von der Klippe.

»Alles in Ordnung?«, murmelte eine dunkle, raue Stimme in mein Ohr. Ich sah hinunter und entdeckte eine Hand, die sich, verborgen in einem dunklen Lederhandschuh, auf meinen Bauch presste. Ohne nachzudenken, krallte ich meine Fingernägel in den schwarz gekleideten Arm und versuchte, mich aus dem eisernen Griff zu befreien.

»Lass mich los!«, schrie ich panisch und trat nach hinten. Ich hatte offenbar ein Schienbein erwischt, denn der Griff des Fremden lockerte sich, bis er schließlich ganz von mir abließ. Aber nicht, ohne mich von der Klippe fortgezerrt zu haben.

Ich stolperte ein paar Schritte nach vorn und wartete, bis sich mein Atem etwas beruhigt hatte. Dann wandte ich mich um, eine Hand an Mateos Messer. Niemand berührte mich ohne meine Erlaubnis.

Ich hatte erwartet, einem betrunkenen Dorfbewohner gegenüberzustehen, irgendjemandem, der keinerlei Hemmungen verspürte, von hinten über einsame Frauen herzufallen. Was ich nicht erwartet hatte, war echte Besorgnis, die das Gesicht des hochgewachsenen jungen Mannes zeichnete, der vor mir stand.

Er schien ein paar Jahre älter zu sein als ich, ich schätzte ihn auf etwa Ende zwanzig. Er war in eine schlichte schwarze *Guayabera* gekleidet, wobei das dünne Leinenhemd die breiten Schultern und den trainierten Oberkörper nicht verbarg. Dazu trug er eine einfache helle Stoffhose. Das dunkle, vom Wind zerzauste Haar reichte ihm bis knapp zur Schulter und verlieh ihm gemeinsam mit dem Dreitagebart etwas Wildes, Ungebändigtes. Aber es war nicht sein Haar, das mich einen Schritt zurückweichen ließ, sondern etwas in seinen beinahe schwarzen Augen. In ihnen stand die Aufforderung, ihm nicht zu nahe zu kommen. Trotz der Besorgnis in seinen Zügen.

»Atme«, sagte der Mann plötzlich.

Ich starrte ihn verwirrt an. Er ging etwas in die Knie, bis wir auf Augenhöhe waren, wahrte aber die Distanz, die ich zu ihm geschaffen hatte. Erst jetzt fielen mir die kleinen, halbmondförmigen Narben auf, die, kaum sichtbar, seine Stirn und Wangen zierten. Sofort musste ich an meine eigenen Narben denken, die eine ähnliche Form besaßen. Konnte es sein, dass dieser Mann auch von Toten berührt worden war?

»Atme«, wiederholte er. Dann tat er etwas, womit ich nicht gerechnet hatte. Er begann, geräuschvoll Luft ein- und auszustoßen, und bedeutete mir mit einer einladenden Handbewegung, es ihm gleichzutun.

Auf einmal wurde mir bewusst, dass mein Atem noch immer viel zu schnell ging, und auch mein Herz pochte hektisch gegen meine Brust.

Ich senkte den Blick auf meine Hände, die nach wie vor das Messer umklammert hielten, dann holte ich zitternd Luft und stieß sie langsam wieder aus. Dieses Prozedere wiederholte ich, bis ich in den Rhythmus des Fremden gefunden hatte. Bis wir im Einklang Luft einsogen und ausstießen.

Als ich den Blick hob, ertappte ich ihn dabei, wie er mit seinen Augen mein Gesicht entlangfuhr. Normalerweise hätte ich ihn darum gebeten, mich nicht anzustarren, aber es lag nichts Aufdringliches in seinem Blick, nichts, das Unbehagen in mir auslöste.

»*Gracias*«, sagte ich, als sich mein Atem einigermaßen beruhigt hatte.

Ein Mundwinkel des Mannes hob sich und deutete ein Lächeln an, das seine Augen nicht erreichte. »Nicht dafür, *Señorita.*«

Er richtete sich auf und trat einen Schritt zurück, dann lehnte er sich an den Stamm einer nahen Palme, die Arme vor der Brust verschränkt. Sein durchdringender Blick hatte von mir abgelassen und war nun stattdessen auf die *Ofrenda* gerichtet.

Ich begutachtete den Fremden, während ich mein Messer wieder an meinem Gürtel befestigte. In meinen Erinnerungen kramte ich nach seinem Gesicht, doch ich konnte mich nicht daran erinnern, ihn jemals zuvor in meinem oder einem der anderen Dörfer gesehen zu haben. Obwohl ich mich an alle Dorfbewohnerinnen und Dorfbewohner erinnerte, die toten und die lebenden. Trotzdem hatte ich das Gefühl, dass er kein völlig Fremder war. Irgendetwas regte sich in meinem Gedächtnis, aber ich konnte es nicht greifen, fand keinen Namen zu seinem Gesicht.

»Es ist nicht einfach, nicht wahr?«, fragte der Mann auf einmal, seine dunkle Stimme kaum mehr als ein Flüstern.

Ich hob eine Augenbraue. »Was ist nicht einfach?«

Sein Blick war nach wie vor auf den Altar gerichtet. »Die Toten loszulassen.«

Schweigend musterte ich das strahlend orangefarbene *Flor de muerto*, das ich jeden Tag erneuerte. In der Hoffnung, dass das Stechen in meiner Brust irgendwann nachlassen würde.

»Nein«, antwortete ich schließlich. »Das ist es nicht.«

»Besonders nicht für eine Totengräberin.«

Ich war gerade dabei, Marisols *Pan dulce* aus meinem Rucksack zu kramen, um es zwischen das Obst auf den Altar zu legen, hielt jedoch mitten in der Bewegung inne.

»Ich bin keine Totengräberin.« Ich wusste selbst nicht genau, warum ich log. Vielleicht, weil ich die Scham über meine Arbeit doch noch nicht hatte ersticken können.

Der Fremde hatte seinen Blick von den Opfergaben gelöst und musterte mich wieder, eindringlicher als zuvor. »Das ist sehr schade. Es ist ein sehr ehrenvoller Beruf, sich um die Toten zu kümmern.«

»Was möchtest du von einem Totengräber?«, fragte ich hastig, bevor er weitere Vermutungen anstellen konnte, die möglicherweise ebenfalls der Wahrheit entsprachen. War er vom Festland? Aber warum sollte er dann auf einer abgelegenen Insel wie der unsrigen nach einem Totengräber suchen? Oder hatte es einen weiteren Todesfall in meinem Dorf gegeben? Dann hätte Marisol mir sicherlich längst Bescheid gegeben.

»Das wird er erfahren, wenn er sich bei mir melden sollte.«

Bildete ich es mir ein oder waren seine Augen einen Hauch dunkler als noch vor einem Moment?

Meine Finger krampften sich ein letztes Mal um das Gebäck, dann legte ich es neben eine Orange. »Ich kenne ihn. Wenn du möchtest, werde ich ihm ausrichten, dass seine Dienste benötigt werden.« Ich nickte in Richtung des Friedhofes, dessen Umrisse sich gegen die langsam untergehende Blutsonne abzeichneten. Er war etwas abseits des Dorfes errichtet worden, damit die Toten in Frieden ruhen konnten. »Meine ... Ich meine, seine Preise findest du am Eingangstor.« Ich nahm nicht viel, meistens gar nichts. Unser Dorf lebte von Touristen, angelockt von den malerischen Stränden. Doch sie waren in letzter Zeit ausgeblieben, weshalb die finanziellen Mittel vieler Dorfbewohnerinnen und Dorfbewohner begrenzt waren. Ich wurde das Gefühl nicht los, dass die Todesfälle etwas mit dem schwindenden Interesse an der Isla Mujeres zu tun hatten. Mittlerweile musste es sich auch auf dem Festland herumgesprochen haben, dass wir wohl oder übel verflucht waren.

Ein wissendes Lächeln umspielte die Lippen des Fremden. »Ich benötige seine Dienste nicht, *Señorita*. Ich habe nur eine Frage an ihn.« Sein durchdringender Blick glitt an mir herunter und auf einmal war mir bewusst, wie viel Erde noch an meiner Kleidung klebte. »Oder sie.«

Er glaubte mir kein Wort. Ich konnte es ihm nicht verübeln. So sauber die Gräber waren, die ich aushob, so miserabel waren meine Lügen. Aber bei den Göttern, warum musste er mich so anstarren?

Der Mann stieß sich schließlich vom Stamm der Palme ab und deutete eine knappe Verbeugung an.

»Darf ich dich um etwas bitten?«

Meine Finger streiften den Schaft meines Messers. »Es kommt darauf an, um was.«

»Halte dich von der Klippe fern.«

Das war eine Bitte, die ich nicht einmal Abuela erfüllen würde. Auch wenn mir an diesem Ort mein Bruder genommen worden war, auch wenn der Anblick der fernen Wasseroberfläche meinen Atem erschwerte, fühlte ich mich ihm hier näher als sonst irgendwo. Meine Ängste lauerten jenseits der Klippe, unter ihr. Nicht hier oben. »Das kann ich nicht versprechen.«

Der Abendwind blies mir eine Strähne in die Stirn, die sich aus dem langen Zopf gelöst hatte, den Marisol mir nach unserem bedrückenden Besuch des Pueblo del agua geflochten hatte. Der Fremde trat einen Schritt näher und streckte eine Hand aus, als wollte er die Strähne zurückstreichen. Unwillkürlich zuckte ich zusammen, noch ehe er mich berührt hatte. Hastig strich ich mir das lose Haar selbst hinters Ohr.

»Du bist nicht von –« Der Rest der Frage blieb mir im Hals stecken, als ich den starren Blick des Mannes bemerkte, der nicht auf mich, sondern auf etwas hinter mir gerichtet war.

Noch bevor ich mich umdrehte, ahnte ich, was ich dort vorfinden würde. Und hoffte, dass es mein Bruder war.

Aber es war nicht Mateo.

Ich konnte mich nicht mehr an seinen Namen erinnern, doch das eingefallene Gesicht des Toten, der etwas abseits an der Klippe entlangstrich, war mir im Gedächtnis geblieben. Er war letztes Jahr gestorben. Ich schluckte schwer. Maria war also keine Ausnahme gewesen. Die Seelen waren viel zu früh zurückgekehrt und wiesen nicht die typischen Spuren ihrer Reise durch die Unterwelt auf. Und ich wusste immer noch nicht, wieso.

Als ich einen Blick über die Schulter warf, war der Fremde verschwunden. Doch die Erinnerung an seinen starren Gesichtsausdruck blieb. Er hatte einen Toten gesehen, den außer mir niemand sehen dürfte.

Auf einmal spürte ich, wie etwas Warmes meine Finger hinunterlief. Leise fluchend musterte ich den sichelförmigen Schnitt auf meinem Handrücken, der wieder angefangen hatte, zu bluten. Hastig kramte ich den Block aus meinem Rucksack, riss ein Blatt heraus und wischte damit über meine Haut, weil meine Kleidung zu schmutzig war. Ich beobachtete das Blut dabei, wie es sich durch die Papierfasern fraß, das reine Weiß durchtränkte. Aber es war nicht mein Blut, das meine Aufmerksamkeit auf sich zog, sondern etwas, was sich in der Mitte des Papiers befand. Sofort glättete ich das Blatt, so gut es ging. Meine Finger zitterten, während ich die Zeichnung musterte, die trotz des Blutes immer noch gut zu erkennen war.

Mir stockte der Atem. Deshalb war mir das Gesicht des Mannes bekannt vorgekommen, obwohl ich ihn noch nie zuvor getroffen hatte. Und doch hatte ich es. In Abuelas Geschichten.

Mein Blick glitt zu der Palme, an der der Fremde bis vor wenigen Augenblicken noch gelehnt hatte. Dann betrachtete ich die Zeichnung erneut, die Nanahuatl zeigen sollte. Jenen Unsterblichen, der sich einst geopfert hatte, um den Menschen die Sonne zu schenken.

Wenn ich es nicht besser wüsste, würde ich glauben, dass ich gerade die Bekanntschaft eines Gottes gemacht hatte.

Eines Gottes, der nicht mehr existieren dürfte.

3. Kapitel

»Litt sie an irgendeiner Krankheit?« Ich nahm die bereits erkaltete Hand der Bäckerstochter. Sie war nur ein paar Jahre älter als ich gewesen. Das schmale blasse Gesicht zeugte von langen Arbeitsstunden in der Bäckerei. »Körperlich oder seelisch?«

Der Bäcker, ein schlanker Amerikaner, der noch nicht lange hier lebte, schüttelte den Kopf. Er war sichtlich darum bemüht, die Tränen zurückzuhalten. Ich wünschte, er würde weinen und sich nicht dafür schämen, zu trauern.

Er trat auf mich zu und hielt mir eine Handvoll *Pesos* entgegen. »Das Geschäft läuft nicht gut«, sagte er entschuldigend.

Ich schüttelte den Kopf. »Behalten Sie Ihr Geld.« Bisher hatte ich für keinen der plötzlichen Todesfälle Geld angenommen, und ich würde jetzt nicht damit anfangen. Für das kleine Häuschen, das jedem Totengräber und jeder Totengräberin für die Dauer des Dienstes als Unterkunft diente, zahlte ich keine Miete. Marisol und ich aßen außerdem meist gemeinsam, weshalb ich nicht viele *Pesos* benötigte, um zu überleben.

»So kann es nicht weitergehen.« Marisols Stimme klang brüchiger als gewöhnlich. Ein flüchtiger Blick in ihre Richtung verriet, dass auch sie mit den Tränen kämpfte. Die Dorfälteste saß auf einem niedrigen Stuhl im dürftig beleuchteten Hinterzimmer der Inselpraxis. »Es muss doch etwas geben, was diese Todesfälle erklärt. Eine Seuche, ein irrer Serienkiller, irgendetwas.«

Miguel schüttelte seufzend den Kopf. Erst letztes Jahr hatte er als jüngster Arzt in der Geschichte der Isla Mujeres die Dorfpraxis übernommen. Die dunklen Ringe unter seinen kupferfarbenen Augen und die zerzausten dunkelbraunen Locken zeugten von zahllosen schlaflosen Nächten.

»So etwas habe ich noch nie gesehen.« Miguel kniete sich neben mich und strich der Toten eine dunkle Strähne aus der Stirn, so vorsichtig, als fürchtete er, sie aufzuwecken. »Keiner von ihnen weist äußerliche Verletzungen auf, und auch auf andere Krankheiten gibt es keine Hinweise, weder bei unseren Toten noch bei denen der anderen Dörfer. Meine Vermutung ist, dass sie alle an einem plötzlichen Herzstillstand gestorben sind.«

»Aber sie sind alle noch so jung«, flüsterte ich, den Blick auf das reglose Gesicht der jungen Frau gerichtet. »Und so ... so gesund.«

Das gedämpfte Schluchzen des Bäckers brach mir das Herz.

Zögerlich wandte ich mich an Miguel. »Könnten sich die Verstorbenen selbst etwas angetan haben?« Ich brachte die Frage kaum über die Lippen.

Er schwieg einen Moment und musterte die Leiche wie eine Gleichung, die keine Lösung besaß. »Möglich wäre es, aber das halte ich eher für unwahrscheinlich bei der Masse an Todesfällen. Ich habe in den letzten Wochen weder Schmerz- noch Schlafmittel verschrieben. Außerdem weisen die Blutproben, die ich bisher entnommen habe, keinerlei Substanzen auf, die einen umbringen könnten.«

Miguel schien noch etwas sagen zu wollen, doch im nächsten Moment ertönte ein kehliges Husten, das mich herumfahren ließ. Mein Blick schnellte zu Abuela, die eine Hand auf den Mund gepresst hatte. Mit der anderen hielt sie ihren Inhalator. Verdammt. Sie hatte mir erst neulich erklärt, dass ihre Hustenattacken viel seltener geworden seien. Sofort erhob ich mich und eilte zu ihr, doch bevor ich sie erreicht hatte, spürte ich, wie sich meine Brust zusammenzog. Mein Atem wurde schwerer, wie er es seit Mateos Tod häufig tat, nachdem ich dem Wasser nahe gewesen war. Manchmal kam die Atemnot jedoch auch ganz plötzlich, ohne Vorwarnung. Und mit ihr eine Panik, die mich gefangen nahm.

Nicht jetzt. Bitte nicht jetzt.

Marisol packte meinen Arm und zog mich herunter, bis wir auf Augenhöhe waren. »Gib mir deine Schlüssel, de Jesús«, knurrte sie. »Du gehst mir heute früh ins Bett.« Getrocknete Tränen zeichneten ihre Wangen, und ich hatte Mühe, dem Drang zu widerstehen, an ihrer Schulter zusammenzusinken. Aber ich musste raus, brauchte frische Luft. »Du siehst aus, als hättest du seit Tagen nicht mehr anständig geschlafen.«

»Ich –«

»Keine Widerworte. Gib mir deine Schlüssel. Ich kümmere mich heute Abend um die Toten.«

Nach kurzem Zögern zog ich den Schlüssel zum Friedhofstor aus der Vordertasche meiner Jeans und übergab ihn der Dorfältesten.

»Ist dein Husten schlimmer geworden?« Ich deutete auf den Inhalator in ihrer Hand und bemühte mich darum, mir meine eigene Atemnot nicht anmerken zu lassen. Doch Marisol konnte ich nicht täuschen.

Sie winkte ab und gab mir einen Schubs Richtung Tür.

Hastig verabschiedete ich mich von dem Bäcker und Miguel, warf einen letzten, wehmütigen Blick auf die junge Frau, die niemals mehr Atem holen durfte. Dann stolperte ich durch das angrenzende Behandlungszimmer hinaus auf die sonnengetränkte Terrasse der Praxis. Mit zitternden Händen suchte ich am Geländer Halt und klammerte mich daran fest, während Schweiß meine Stirn hinabtropfte und mein Herz raste, als hätte ich einen Marathon hinter mir. Die Angst ließ als Erstes nach, der Schweiß trocknete, doch die Schwere meines Atems blieb.

Unwillkürlich musste ich an jene seltsame Begegnung mit dem Fremden vor wenigen Tagen zurückdenken, der mit mir geatmet hatte. Mittlerweile war ich mir sicher, dass ich mir die Ähnlichkeit zu Marisols Götterbeschreibung nur eingebildet hatte. Eine andere Erklärung konnte es schließlich nicht geben. Ich schloss die Augen und versuchte, meinen Atem weiter zu beruhigen, während die Nachmittagssonne meine von der Arbeit steifen Glieder wärmte. Es dauerte etwas länger als letztes Mal, aber schließlich normalisierte sich mein Atem.

»Elena?«

Als ich die Augen öffnete und zur Seite sah, entdeckte ich Miguels besorgtes Gesicht, das er zu mir herunterneigte.

»Ist alles in Ordnung?«

Ich zwang mich zu einem Lächeln und nickte.

Als ich mich an ihm vorbeischieben wollte, fand seine Hand meine und zog mich in eine Umarmung. Ich war so erschrocken, dass ich nur steif dastand, bis meine Muskeln sich irgendwann entspannten und ich die Berührung zuließ. Wir hatten früher oft mit Mateo zusammengesessen, zusammen gelacht, waren gute Freunde gewesen. Seitdem er fort war, half Miguel mir gelegentlich beim Ausheben, Richten und Pflegen der Gräber, während ich ihn in seiner Praxis unterstützte. Erst hatte ich geglaubt, dass Mateos Tod auch unsere Freundschaft zerrissen hatte. Aber nach einer Weile wurde mir klar, dass der Verlust uns beide nur noch enger zusammengeschweißt hatte.

Weil ein Arzt ihm einst das Leben gerettet hatte, hatte Miguel es sich zur Aufgabe gemacht, dasselbe für andere zu tun. In der Art, wie er die Leichen der vergangenen Wochen gemustert hatte, konnte ich sehen, dass er sich Vorwürfe machte. Dass er glaubte, sie hätte retten zu können.

Die Toten waren unser beider Bürde.

Als sich eine seiner Hände in mein offenes Haar verirrte, lehnte ich mich automatisch tiefer in seine Umarmung, atmete den intensiven Duft nach Kräutern ein, den ich bisher nie wahrgenommen hatte. Nur für einen kurzen Moment wollte ich vergessen, wollte Abstand vom Tod, wollte leben.

Plötzlich beschlich mich das Gefühl, beobachtet zu werden. Ich spähte über Miguels Schulter – und entdeckte die hochgewachsene Silhouette eines Mannes, die einige Schritte entfernt an einer Hauswand lehnte, beinahe verschluckt vom Schatten der Fassade.

Hastig löste ich mich aus Miguels Armen, doch als ich noch einmal nach dem Mann suchte, war er verschwunden. Das Gefühl, beobachtet zu werden, verschwand jedoch nicht.

Während die kupferfarbene Abendsonne die Isla Mujeres mit ihren letzten Strahlen erwärmte, grub ich meine Hände in die Friedhofserde und genoss die kühle Linderung, die sie mir verschaffte. Mein Blick glitt über die vorderste Reihe steinerner, farbenfroher Särge, die die Toten der vergangenen Woche beherbergten. Der Vorrat an Grabsteinen wurde spärlicher, und die Anlieferung neuer Steine vom Festland, die Marisol beauftragt hatte, verzögerte sich aus unerklärlichen Gründen immer weiter. Ich musterte den nahen pastellblauen Grabstein, der wie ein kleines Häuschen geformt war. Hastig hatte ich ihn mit Malereien und dem Namen der Bäckerstochter verziert, ehe Miguel und ich ihn in der Erde platziert hatten. In Anlehnung an die vier Jahre, die die Reise durch die Unterwelt Mictlan währte, wartete ich stets vier Tage, bis ich die Toten bestattete, begleitet von einer einsamen Totenwache, der höchstens die engsten Familienmitglieder beiwohnten. Der Rest des Dorfes interessierte sich nicht für die Toten anderer Familien. Auch das traditionelle *Novenario*, die neuntägige Trauerzeit nach dem Tag der Beerdigung, wurde auf unserer Insel nie zelebriert. Ich hatte es anfangs getan, aber mittlerweile fehlte mir dazu die Kraft. Marisol zog mich manchmal damit auf, dass ich mich an Traditionen klammerte, die schon lange vergessen waren. Dass ich der Toten gedachte, die nicht mein eigen Fleisch und Blut waren.

Seit Monaten zerbrach ich mir den Kopf über eine mögliche Erklärung für all das hier. Versuchte, mir einen Reim darauf zu machen, warum sich der Tod die Isla Mujeres, die von Einheimischen auch gerne die Isla Eterna genannt wurde, als Opfer ausgewählt hatte. Eine Insel, die dem Namen nach ewig bestehen sollte, genau wie die Götter, die die Dörfer auf ihr angeblich einst gegründet hatten.

Verdammt, warum dachte ich schon wieder an Götter? Leise fluchend zog ich meine Hände aus der kühlen Erde und wischte sie an meiner Jeans ab. Ich hatte in den letzten Tagen noch nicht einmal die Zeit gefunden, weiter Ausschau nach Mateo zu halten. Nach wie vor begegnete ich Toten, die viel zu früh in unserer Welt erschienen waren, aber ich nahm sie kaum noch wahr. Erschöpfung drückte mich nieder. Obwohl ich versuchte, meine Arbeit nicht zu sehr an mich herankommen zu lassen, zerbrach sie mich mit jedem Körper, den ich begrub, ein Stück mehr.

Seufzend richtete ich mich schließlich auf und entdeckte Isabel, die ein Stück von mir entfernt auf der Erde kauerte. Vor dem Grab, das ich vor wenigen Tagen für ihren Vater hatte ausheben müssen. Ich hatte ihn kaum gekannt, trotzdem traf mich sein Ableben. Vor allem für seine fünfjährige Tochter, die nun niemanden mehr hatte. Camillo Flores hatte viel zu früh gehen müssen. Wieder jemand, dessen Tod nicht hätte sein dürfen.

Als ich mich neben das Mädchen kniete, zuckte es zusammen und sah mich erschrocken an. Isas dunkle Augen waren geweitet und gerötet, ihre schwarzen, schulterlangen Locken vom abendlichen Wind zerzaust. In den Händen hielt sie ein Handy, dessen Display zerbrochen war und das einst Camillo gehört haben musste. Mit ihren sanften Zügen war sie ein Ebenbild des Mannes, den ich gezeichnet hatte, so wie ich es mit allen Toten unseres Dorfes zu tun pflegte. Ich wusste selbst nicht genau, warum ich es tat. Vor vielen Jahren hatte ich damit begonnen und nicht mehr aufgehört. Vielleicht war es meine Art, ihnen die letzte Ehre zu erweisen. Vielleicht verarbeitete ich damit für mich die Tode, die so viel mehr waren als nur mein Beruf.

Möchtest du deinem Papá ein paar Blumen schenken?, fragte ich lächelnd.

Die Kleine nickte eifrig und legte das Handy beiseite. Vorsichtig entfernte ich eine Handvoll *Flor de muerto* von meinem Gürtel und half ihr dabei, das Grab damit zu verzieren.

Ich vermisse Papá, flüsterten Isas Hände.

Behutsam streckte ich eine Hand aus und fuhr ihr damit übers Haar. *Er vermisst dich sicherlich auch, Isa.*

Er kann mich nicht vermissen, widersprach sie. *Er ist tot.*

Das ändert nichts daran, dass er dich noch immer liebt. Meine Hände verharrten kurz in der Luft, während sie nach Worten suchten, die Isas Schmerz lindern könnten. *Der Tod ist nicht das Ende, Mija.*

Das Mädchen schwieg für einen Moment und krallte die Finger wieder um das Handy.

Wird es immer so wehtun?

Das Gleiche hatte ich Marisol vor vier Jahren gefragt, kurz nach Mateos Tod. Ich hatte nichts mehr gegessen, war nicht zur Arbeit erschienen. Es hatte alles so wehgetan, gleichzeitig war ich wie taub gewesen, hatte befürchtet, nie wieder etwas fühlen und wirklich leben zu können. Ich wiederholte die Worte, die Abuela mir damals zugeflüstert hatte, gab sie weiter an das Mädchen, in der Hoffnung, dass es sich an ihnen festhalten konnte.

Das wird es. Ich schluckte die Tränen hinunter, die einen Kloß in meinem Hals bildeten. *Manchmal weiß man nicht mehr, wie man weitermachen soll, wenn jemand Geliebtes gegangen ist. Oft existiert man nur noch und lebt nicht mehr.*

Das hatte ich selbst schmerzlich erfahren müssen. Ich existierte, um die Toten zu ehren, um das Schicksal meines Bruders aufzuklären. Um auf Marisol aufzupassen, sie nicht auch noch zu verlieren. Mein Wille, zu leben, war mit Mateos Tod gebrochen worden.

Der Schmerz wird immer da sein, aber aus seiner Asche wird irgendwann wieder etwas Wunderschönes wachsen. Du musst der Sache nur Zeit geben. Ich beugte mich nach vorn und pflückte eine orangefarbene Blüte von der Erde, die ich in die Locken des Mädchens steckte. Dann nahm ich ihm vorsichtig das Handy aus der Hand. Erst jetzt sah ich, dass es sich an dem zersplitterten Displayglas geschnitten hatte. Hastig legte ich das Handy neben mich, kramte ein sauberes Taschentuch aus meiner Jeans und begann, die blutigen Kinderfinger zu säubern. Mir entging nicht, dass Isa die Narben auf meinen Handrücken anstarrte, obwohl sie sie schon längst kannte. Die tieferen Narben wurden von den langen Ärmeln meiner Bluse verdeckt. Trotz des warmen Wetters trug ich immer langärmlige Kleider und Blusen. Wahrscheinlich schämte ich mich mehr für meine Narben, als ich mir eingestehen wollte.

Kannst du einen Altar für Papá bauen, Elena?, fragte Isa, als ich ihre Hände losgelassen hatte. Ihr Blick wanderte zu dem Grab ihres Vaters. *Ich will nicht, dass er glaubt, ich hätte ihn vergessen.*

Gerade als ich etwas erwidern wollte, hörte ich schlurfende Schritte hinter mir und wandte mich um.

Ein Mann mittleren Alters streifte zwischen den Grabsteinen umher. Es passierte sehr selten, dass ich jemandem außer Marisol oder Miguel auf dem Friedhof begegnete, und selbst wenn, dann gingen mir die Besuchenden meist aus dem Weg.

Ich hob eine Hand zur Begrüßung. Ich redete nicht viel mit dem Mann, kannte noch nicht einmal seinen Namen, wusste aber, dass er hier des Öfteren Zuflucht suchte. Er besaß aus unerfindlichen Gründen keinen festen Wohnsitz, deshalb ließ ich ihn in dem kleinen Wärterhäuschen übernachten, wann immer er mich darum bat. Manchmal saßen wir schweigend nebeneinander, nachdem ich ein Grab ausgehoben hatte, und hingen unseren Gedanken nach. Ab und an steckte ich ihm etwas von Marisols *Pan dulce* zu, für das er sich stets mit einem strahlenden Lächeln bedankte. Wir waren weder Freunde noch Feinde, sondern etwas dazwischen, für das es keinen Namen gab.

Aber es war nicht der Namenlose, der mich plötzlich erstarren ließ, sondern das Auftauchen der schlanken Gestalt, die wenige Schritte hinter dem Mann ging. Ein Ebenbild der Zeichnung, die ich für ihn angefertigt hatte: Camillo Flores.

Das konnte nicht sein. Bitte nicht.

Ich wollte etwas rufen, irgendetwas, aber mir blieben die Worte im Hals stecken. Keine Sekunde später streckte Camillo eine Hand aus und legte sie in den Nacken des Namenlosen.

Verzweifelt wappnete ich mich dafür, gleich mit ansehen zu müssen, wie sich Camillo auflösen würde, wie sich seine Seele in Anwesenheit seiner Tochter für immer verlieren würde. Doch das geschah nicht. Camillo verschwand nicht.

Als der namenlose Mann plötzlich zu Boden ging und zu den Füßen des Toten bewegungslos liegen blieb, dachte ich, er würde gleich wieder aufstehen. Schließlich war die Berührung der Toten für Lebende nicht gefährlich.

Doch das tat er nicht.

Ich presste mir eine Hand auf den Mund, biss in meine Haut, als ich verstand, was geschehen war.

Camillos starrer Blick fuhr über die Grabsteine, bis er an mir hängen blieb. Er war blasser als die anderen Toten, die Haut beinahe durchsichtig. Seine Lippen verzogen sich zu einem grausamen Lächeln, das mir das Blut in den Adern gefrieren ließ. Er warf einen letzten Blick auf den reglosen Mann zu seinen Füßen, dessen glasige Augen ins Leere starrten. Ich musste nicht nach seinem Puls tasten, um zu wissen, dass er tot war.

Getötet durch unsichtbare Hand. Zumindest sah es so aus – für jene, die nicht wie ich dazu imstande waren, die Toten zu sehen. Für gewöhnliche Menschen gab es an dieser Leiche keine Wunde, keinen Hinweis auf die Todesursache.

Für mich war er jedoch ermordet worden. Von einer Seele, die Mictlan viel zu früh verlassen hatte. Von der Berührung eines Toten, obwohl das keinen Sinn ergab.

Meine Zähne gruben sich tiefer in meine Hand, bis sich ein metallischer Geschmack in meinem Mund ausbreitete. Wenn mich nicht alles täuschte, hatte ich gerade herausgefunden, wer für die unerklärlichen Todesfälle auf der Isla Mujeres verantwortlich war.

Camillo bückte sich und hob eine orangefarbene Blüte auf, die sich wohl aus der Hemdtasche des Mannes gelöst hatte. Dann warf er sie wieder zu Boden. Mein Herz setzte einen Schlag aus.

Er war immun gegen *Flor de muerto*. Es schickte ihn nicht zurück nach Mictlan wie die übrigen Toten, die mir bisher begegnet waren.

Was ist mit dem Mann passiert?, wollte Isa wissen, als ich ihr einen schnellen Blick zuwarf.

Auf einmal wurde mir klar, wie viel angsteinflößender das alles für sie sein musste. Sie konnte ihn nicht sehen, war ihm schutzlos ausgeliefert. Ihrem eigenen *Papá*. Sollte er sie berühren, würde sie aus irgendeinem Grund auf der Stelle tot sein, und niemand würde erfahren, wieso. Niemand außer mir.

Hastig nahm ich meine Hand herunter, wischte das Blut notdürftig an meiner Jeans ab und ergriff den Arm des Mädchens, ohne den Blick von Camillo zu lösen.

Komm mit. Das Zittern meiner Hand war unübersehbar. Ich zog Isa auf die Beine, schob sie hinter mich und bewegte mich rückwärts auf das Friedhofstor zu. So würde ich den Toten nicht aus den Augen verlieren und konnte das Mädchen hinter meinem Rücken verbergen. Ich streckte einen Arm zur Seite aus, damit ich weiter mit Isa sprechen konnte. *Dem Mann geht es nicht gut. Wir müssen Hilfe holen.*

Glaubte sie mir? Ich wusste es nicht, und es war auch egal. Erst musste ich sie fort von ihrem Vater bringen, dann konnte ich mir Gedanken darüber machen, was hier vor sich ging. Es musste eine Erklärung für all das geben, und ich würde sie finden.

Erzähl mir von deinem Papá, bat ich mit meiner Hand, meine Aufmerksamkeit auf Camillo geheftet, der gerade über den toten Mann stieg und langsam in unsere Richtung kam. Er glich einem Raubtier, das seine Beute ins Visier nahm. Ich wollte glauben, dass er seiner Tochter nichts zuleide tun würde, aber meine Zweifel waren lauter. Viel lauter. Ich holte zitternd Luft, dann warf ich einen raschen Blick über meine Schulter. Wir hatten das Eingangstor beinahe erreicht.

Wie war noch mal sein Name? Schnell trat ich einen Schritt zur Seite, damit der Tote seine Tochter sehen konnte. *Wie heißt dein Papá?*

Camillo, antwortete Isa.

»Camillo«, wiederholte ich, so laut ich konnte.

Ich wartete darauf, dass sich etwas bei dem Toten regte, dass er seine Tochter oder seinen Namen erkannte, aber nichts dergleichen geschah. Kein Erkennen überzog seine Miene wie bei Maria vor wenigen Tagen. Eigentlich durfte das nicht sein. Selbst der Tod konnte niemandem seine Erinnerungen nehmen.

Meine Finger stießen endlich hinter mir gegen die eisernen Stäbe des Friedhofstors, das in eine steinerne Mauer eingelassen war. Hastig drehte ich mich um, trat neben das Mädchen und presste meinen Körper gegen das Tor, um es aufzudrücken.

Es war verschlossen.

Panisch kramte ich nach meinem Schlüssel, bis mir einfiel, dass ich ihn Marisol gegeben hatte. Verdammt.

Verzweifelt rüttelte ich am Tor, begann zu rufen, irgendwann zu schreien, doch es hatte keinen Zweck. Der Friedhof befand sich abseits des Dorfes, niemand konnte mich hören.

Komm her. Hastig hob ich Isa hoch und hievte sie auf meine Schultern, während ich immer wieder in Richtung der Gräber blickte. Camillo kam näher, das seltsame Lächeln war mittlerweile zu einer Grimasse verzerrt.

Klettere auf die andere Seite, dann lauf zu Marisol und sag ihr, dass sie das Tor aufschließen soll.

Isa schlang ihre Arme um meinen Hals, so fest, dass ich kaum noch Luft bekam. Sie machte keinerlei Anstalten, meiner Bitte zu folgen. Angst klebte an ihr, schien sie zu betäuben.

Mit letzter Kraft holte ich sie wieder herunter, dann umklammerte ich ihren kleinen Körper und presste sie an mich. Mein Fluchtinstinkt befahl mir, zu rennen, aber gleichzeitig wusste ich, dass es zwecklos war. Das Tor war der einzige Ausweg. Wäre Mateo hier, wäre er enttäuscht davon, wie schnell ich aufgegeben hatte. Schließlich drängte ich das Mädchen wieder hinter meinen Rücken und wandte mich Camillo zu. Nur noch wenige Schritte trennten uns von dem Toten.

Obwohl ich wusste, dass Waffen gegen die Seelen Verstorbener nichts ausrichten konnten, tastete ich mit meiner zitternden Hand nach dem Griff des Taschenmessers, das einst Mateo gehört hatte und nun stets in meinem Gürtel steckte. Ich kniff die Augen zusammen, während sich meine Finger um den Schaft des Messers krampften und ich Isas hektischen Herzschlag an meinem Rücken spürte. Ich konnte mich nicht daran erinnern, wann ich jemals solche Angst gehabt hatte.

Plötzlich schob sich etwas vor mich, und im nächsten Moment wurden ich und das Mädchen gegen die Gitterstäbe des Tors gepresst.

»Es wird anscheinend zur Gewohnheit, dich zu retten.«

Sofort öffnete ich die Augen – und starrte in das Gesicht des Fremden, dem ich an der Klippe begegnet war.

Er drängte Isa und mich gegen das Tor, seine Hände stützten sich links und rechts von meinem Kopf gegen das Gitter.

»Du wirst sterben«, stieß ich hervor, während ich den Griff um das Mädchen verstärkte.

Ein Lächeln stahl sich auf seine Lippen. Ein echtes Lächeln, das überhaupt nicht jenem glich, das er mir an Mateos *Ofrenda* geschenkt hatte.

Ehe ich noch etwas sagen konnte, tauchte der Tote hinter ihm auf, und ich sah die blasse Hand, die sich auf die Schulter des Mannes legte.

Ich wollte ihn warnen, bevor Camillo seine bloße Haut berühren konnte, aber stattdessen grub ich meine Finger bloß tiefer in Isas Schultern, weil Angst meine Kehle zuschnürte. Ihre Tränen hatten den Rücken meiner Bluse bereits völlig durchnässt.

Auf einmal ertönte ein markerschütternder Schmerzensschrei, aber er kam nicht von dem Fremden. Vorsichtig spähte ich über seine Schulter – und erstarrte.

Camillo war fort. Dort, wo seine Hand die Schulter des Mannes berührt hatte, klaffte ein etwa faustgroßes Loch in dem schwarzen Mantel.

Ohne zu zögern, zog ich Mateos Taschenmesser aus meinem Gürtel und hielt die Klinge an die Kehle des Unbekannten. Vorsichtig lockerte ich mit der anderen Hand meinen Griff um Isas Arm, ließ sie aber nicht los. Ich konnte spüren, wie sehr sie zitterte, und wollte nichts sehnlicher, als sie zu beruhigen.

»*Señorita.*« Der Mann ignorierte das Messer, das ich gegen seinen Hals presste, und beugte sich zu mir herunter, bis ich seinen Atem auf meiner Haut spürte. Seine Stimme war dunkler, als ich sie in Erinnerung hatte. Bedrohlicher. »Oder sollte ich dich lieber Admiradora nennen?«

4. Kapitel

Admiradora.

Die dunklen Augen des Mannes wanderten zu dem Messer. »Du drückst deine Dankbarkeit seltsam aus, Admiradora.«

Ich drückte die Klinge fester gegen seine Kehle.

»Wer bist du?«

Ein raues Lachen ertönte. »Ich bin mir sicher, dass du dir die Antwort darauf selbst geben kannst.«

Unwillkürlich blieb mein Blick an seinen feinen, halbmond-förmigen Narben hängen, die nur aus der Nähe sichtbar waren. Aber es waren nicht die Narben, die mir verrieten, wer er war. Es war die Tatsache, dass er wusste, wer *ich* war.

»Nanahuatl«, stieß ich hervor, der Name kaum mehr ein Flüstern.

Der Mann antwortete nicht, sondern fasste hinter mich und strich Isa behutsam übers Haar. Etwas in mir wollte seine Hand wegschlagen, damit er das Kind nicht berührte, aber ich ließ es widerwillig zu. Langsam entfernte ich die Klinge von seinem Hals und steckte das Messer zurück in meinen Gürtel.

»Vielleicht sollten wir die Kleine erst einmal von hier weg-bringen«, schlug er vor.

Ehe ich ihn darauf hinweisen konnte, dass das Tor verschlos-sen war, drückte er gegen die Gitterstäbe. Erschrocken stolperte ich gegen Isa, als das Tor in meinem Rücken aufschwang.

41

»Übrigens bevorzuge ich Nan.« Der Mann – Gott? – trat einen Schritt zur Seite und lehnte sich neben dem Tor an die Mauer, die Arme lässig vor der Brust verschränkt. »Geht leichter von der Zunge.«

Noch völlig perplex wandte ich mich zu Isa um und nahm ihre Hand in meine. Mir entging nicht, dass ihr Blick an unserem Retter klebte. In ihren kugelrunden Augen spiegelte sich meine eigene Verwirrung wider. Ich ließ ihre Hand los.

Lauf zu Marisol, hörst du? Es kann dir nichts geschehen, Mija.

Das war eine Lüge. Was, wenn ihr auf dem Heimweg eine weitere Seele auflauerte, was, wenn sie berührt wurde? Auf einmal wurde mir klar, dass niemand von uns sicher war, wenn tatsächlich die Verstorbenen für die Todesfälle verantwortlich waren. Und das mussten sie sein. Diese Begegnung war Beweis genug. Auch wenn es mir immer noch schwerfiel, zu begreifen, was ich eben bezeugt hatte.

Was ist mit dem Mann? Es dauerte einen Moment, bis ich verstand, dass Isa den Toten auf dem Friedhof meinte.

Ich werde mich um ihn kümmern.

Und der Altar?

Ich hob eine Augenbraue. *Welcher Altar, mi vida?*

Kannst du einen Altar für Papá bauen?

Nach den Ereignissen auf dem Friedhof hatte ich die Frage, die sie mir kurz zuvor gestellt hatte, schon völlig vergessen.

Natürlich. Ich zwang mich zu einem Lächeln. Ein Altar für eine Seele, die ihn niemals würde sehen können. *Vielleicht möchtest du mir dabei helfen?*

Das Mädchen nickte eifrig, drehte sich um und lief in Richtung des Dorfes davon.

Und ließ mich mit einem Gott allein.

Ich holte tief Luft, dann wandte ich mich an den hochgewachsenen Fremden und musterte ihn zum ersten Mal genauer. Er trug ein schwarzes Hemd mit silbernen Verschlüssen an der Brust, das an der Taille von einem Gürtel zusammengehalten wurde, dazu einen beinahe bodenlangen schwarzen Mantel über einer engen, dunklen Hose. Seine Füße steckten in kniehohen, schlichten Stiefeln, die Hände waren von ledernen Handschuhen bedeckt. Ich musste gestehen, dass ich mir davor nie Gedanken darüber gemacht hatte, wie aztekische Götter wohl aussehen mochten. Aber ich hätte nicht damit gerechnet, dass sie so … mittelalterlich gekleidet waren. Und überhaupt so menschlich aussahen. War das seine wahre Gestalt oder eine Farce?

»Nanahuatl.«

»Wie gesagt bevorzuge ich es, Nan genannt zu werden, Admiradora.«

Mit ungeschickten Fingern befreite ich etwas *Flor de muerto* von meinem Gürtel und hielt es schützend vor meine Brust. Ich hatte keine Ahnung, ob es eine Wirkung auf Götter hatte, vor allem, nachdem ich gesehen hatte, dass Camillo immun gegen die Blüten gewesen war. Aber ich handelte aus Instinkt. »Und ich bevorzuge die Wahrheit, Gott.«

»Ich kann mich nicht daran erinnern, dich angelogen zu haben.«

Ich nickte in Richtung des Tores. »Das warst du, oder? Du wolltest nicht, dass wir entkommen.«

Nanahuatl zuckte mit den Schultern. »Zu dieser Jahreszeit geschehen seltsame Dinge. Außerdem habe ich euch gerettet, oder etwa nicht?« Er fuhr sich mit einer Hand durch sein beinahe schulterlanges Haar. »Ich warte immer noch auf ein Zeichen menschlicher Dankbarkeit.«

Darauf konnte er lange warten.

»Du solltest die Sonne sein«, sagte ich stattdessen. »Du … Du solltest eigentlich nicht mehr existieren.«

»Und du solltest nicht mit Waffen hantieren, Admiradora.« Der Gott neigte den Kopf leicht zur Seite, ein Lächeln auf den

Lippen. »Wäre das Leben nicht langweilig, wenn man immer nur das tut und ist, was andere von einem erwarten?«

Auf einmal beschlich mich das ungute Gefühl, dass dieser Gott auf keine meiner Fragen antworten würde. Zumindest nicht direkt. Trotzdem versuchte ich es noch einmal. »Woher weißt du, dass ich eine Admiradora bin?«

Sein Lächeln erstarb. »Ich habe bemerkt, wie du den Toten an der Klippe angestarrt hast. Du hast ihn gesehen.«

Ich schob einen Ärmel meiner Bluse hoch, um meine Narben zu entblößen.

»Ich sehe die Toten, seitdem ich denken kann. Aber so etwas«, ich nickte in Richtung der Leiche, »habe ich noch nie gesehen.«

Der Gott schwieg einen Moment. »Hattest du das Gefühl, dass der Mann noch wusste, wer er zu Lebzeiten gewesen ist?«

Sofort hatte ich wieder Camillos leeren Blick vor Augen, als er seine Tochter gesehen hatte. Ich schluckte schwer. »Nein.«

»Dann ist er eine *Imicca*. Und der Grund, warum ich hier bin.«

»Eine was?«

»Eine verlorene Seele«, erklärte der Gott. »*Imicca* sind jene, die ihre Reise durch Mictlan vorzeitig abbrechen und somit nicht alle Ebenen der Unterwelt vorschriftsmäßig durchlaufen. Dadurch wird ihre Berührung im Gegensatz zu der von gewöhnlichen Seelen tödlich, weil sie keinen Frieden im Tod gefunden haben.«

Deshalb fehlte das charakteristische schwarze Loch auf der Brust der Toten, die mir in letzter Zeit begegnet waren. Sie hatten ihre Reise durch die Unterwelt tatsächlich nicht beendet. Mein Blick glitt zu dem Loch in Nanahuatls Mantel, das Camillos Berührung verursacht hatte. »Er hat sich aufgelöst, als er dich berührt hat«, sagte ich langsam. »Wieso?«

»Ich bin ein Gott, Admiradora.«

Mein Griff um die orangefarbenen Blumen verstärkte sich. »Das ist nicht die Antwort auf jede Frage.«

Der Sonnengott stieß sich von der Mauer ab und kam langsam auf mich zu. Mit jedem Schritt, den er machte, wich ich einen zurück, Messer in der einen Hand, *Flor de muerto* in der anderen. Mein Herz schlug schmerzhaft schnell gegen meine Brust. Hatte ich vor wenigen Augenblicken noch geglaubt, dass Camillo lediglich einem Raubtier glich, so wurde ich nun eines Besseren belehrt. Das hier war ein ausgehungertes Raubtier, und es pirschte sich an mich heran, die einzige Beute weit und breit.

»Hast du Angst vor Göttern, Admiradora?« Seine Stimme erinnerte mich an die raue Wildnis unterhalb der Klippen. Gefährlich, unberechenbar.

»Nein.«

Ein tiefes Lachen ertönte, das mir einen Schauer über den Rücken jagte. »Deshalb klammerst du dich wahrscheinlich auch schon wieder an dein Messer?«

Mit dem Rücken stieß ich gegen den glatten Stamm einer Palme.

»Was willst du von mir?« Ich versuchte, mit fester Stimme zu sprechen, aber hatte Mühe, meine eigenen Worte zu verstehen, so leise waren sie.

Der Gott blieb nur wenige Schritte vor mir stehen. »Dir ein Angebot machen.«

Sofort verstärkte sich mein Griff um das *Flor de muerto*.

Ein Mundwinkel des Gottes hob sich zu einem spöttischen Lächeln.

»Warum sollte ich das Angebot eines Gottes annehmen?«

»Vielleicht, weil es dein Dorf retten könnte.«

Ich erstarrte. »Mein Dorf?«

»*Tlacayotl cemican teoti cemican*«, antwortete Nanahuatl.

»Ich spreche deine Sprache nicht, Gott«, zischte ich. Zumindest nicht mehr.

»*Mientras exista el pueblo del sol y la luna, habrá dioses*«, wiederholte er auf Spanisch.

Ich kannte diese Worte, hatte sie schon so oft gelesen. Die Inschrift, die am Torbogen eingraviert war. Die Inschrift, die bisher nie Sinn ergeben hatte. *Solange das Pueblo del sol y la luna besteht, so lange werden die Götter fortbestehen.*

»Ich dachte, Götter wären unsterblich«, sagte ich, nachdem ich die Inschrift mehrere Male lautlos wiederholt hatte. Bis sich die Puzzleteile langsam zusammenzufügten.

»Wenn mein Dorf stirbt, stirbst auch du. Du und der Mondgott.« Es war keine Frage, sondern eine Feststellung, die von einem kaum merklichen Nicken des Gottes bestätigt wurde.

»Das heißt, die … die anderen Götter … die anderen Dörfer …« Ich hielt inne, versuchte, meine hektisch stolpernden Gedanken zu sortieren. »Die Götter sind mit ihren Dörfern gestorben?«

Der Sonnengott nickte erneut. »So könnte man es sagen. Wir verlieren nach und nach unsere Unsterblichkeit, je schwächer unser Dorf wird.« Er sah zur Seite. Bildete ich es mir ein oder lag auf einmal etwas Wehmütiges in seiner Stimme?

»Mein eigenes Fortbestehen ist unweigerlich mit dem Überleben des Pueblo del sol y la luna verknüpft.« Mit der Hand fuhr er zu dem Loch an seiner Schulter, das Camillo dort hinterlassen hatte. »Seit Jahrtausenden wird unsere Unsterblichkeit durch Opfergaben genährt, die uns die Bewohner der Dörfer darbringen, die wir einst gegründet haben.« Er ließ die Hand wieder sinken.

Es fiel mir schwer zu glauben, dass dieser junge Mann angeblich Tausende von Jahren alt sein sollte. Ich hatte gewusst, dass die Götter einst tatsächlich existiert hatten, weil ich existierte. Hatte vermutet, dass manche von ihnen noch immer in Mictlan leben mussten, das nicht nur das Zuhause der Toten war, sondern auch das der Götter. Aber dass es den Sonnengott noch gab, obwohl seine Legende von seiner Opferung erzählte, das war der Punkt, an dem ich zögerte. An dem ich nicht sicher war, ob ich mir das alles hier nicht nur einbildete.

»Wir haben euch noch nie Opfergaben dargebracht«, widersprach ich schließlich.

Der Gott nickte in Richtung des Friedhofes. Sprachlos starrte ich erst das Tor an, dann ihn. »Ihr bezieht eure Unsterblichkeit aus den Toten meines Dorfes?« Und ich dachte schon, ich könnte Götter nicht noch mehr verachten, als ich es ohnehin schon tat.

»In gewisser Weise. Früher haben wir lebende Menschenopfer gefordert, aber das haben uns die Sterblichen irgendwann zu übel genommen.«

»Ich frage mich, wieso«, entgegnete ich bissig.

Der Gott musterte mich, als könnte er meine Reaktion überhaupt nicht verstehen. »Heutzutage sehen wir jeden Toten unseres Dorfes als Opfergabe an, die unsere Unsterblichkeit bewahrt.«

»Sollte es dich dann nicht freuen, so viele Opfergaben zu bekommen?«

Wieder dieses spöttische Lächeln. »Glaub mir, das tut es. Aber nur so lange, bis es keine mehr gibt.«

Ich hörte, was er nicht aussprach. *Nur so lange, bis sein Dorf nicht mehr existierte.*

»Wann wird das sein?«, fragte ich, meine Finger Halt suchend um die orangefarbenen Blüten gekrallt. »Wann werden die verlorenen Seelen mein Dorf restlos vernichtet haben?« So wie die anderen vier Dörfer der Insel. So wie ihre Götter.

Eine Sekunde verstrich, dann noch eine. Wie lange konnte das noch dauern? Was, wenn …?

»Am Día de los muertos«, antwortete Nanahuatl schließlich. »In der Nacht, die dem Tode geweiht ist.«

Ein Tritt in die Rippen hätte weniger geschmerzt als die Worte des Gottes. Für einen Moment fürchtete ich, dass ich keine Luft mehr bekam, dass jemand meine Kehle zugeschnürt hatte. Mühsam sog ich Sauerstoff in meine Lungen. »Das ist in weniger als zwei Monaten.«

»Deshalb biete ich dir einen Pakt an.« Er trat noch einen Schritt näher. »Was weißt du über Mictlan?«

Ich hielt das *Flor de muerto* zwischen uns, wollte ihn so daran hindern, sich mir weiter zu nähern. »In Mictlan finden die Seelen Verstorbener nach ihrem Tod Frieden. Vorausgesetzt, sie bestehen die Reise durch die neun Ebenen der Unterwelt.«

Der Gott nickte.

»Dort unten herrscht momentan ein Ungleichgewicht. Deshalb konnten Tote frühzeitig hinausgelangen und zu *Imicca* werden. Wir wissen nicht, wieso, aber wir wissen, wie es ausgeglichen werden kann. Es ist nicht das erste Mal, dass sich die Portale nach Mictlan vor der Nacht der Toten öffnen, aber es ist in der Tat das erste Mal, dass verlorene Seelen in diesem Ausmaß nach draußen strömen und Lebende töten.«

»Ich verstehe immer noch nicht ganz, was das mit mir zu tun hat«, wendete ich ein.

»Wenn das menschliche Blut eines Lebenden in den Zyklus Mictlans gelangt und erfolgreich die Ebenen durchläuft, wie es sonst die blutlosen Toten tun, sollte das Gleichgewicht wieder hergestellt sein und die Portale nach Mictlan versiegelt werden.«

Ich hatte Mühe, mir in meinem Schockzustand alles einzuprägen, was der Gott sagte.

»Du willst mein Blut?«

Wieder dieses Lachen. »Dein Blut allein nützt mir nichts. Ein Lebender muss die Ebenen überqueren.«

Das konnte alles nicht wahr sein. Doch egal, wie oft ich mich unbemerkt in den Arm kniff, ich wachte nicht auf. »Was würde dann mit mir geschehen? Würde ich überleben?«

»Du würdest unbeschadet in dein Dorf zurückkehren. Ein Dorf, frei von mörderischen *Imicca*.«

Ich starrte ihn eine Weile lang an, suchte in seinen harten Zügen nach einer Lüge, doch das Gesicht des Gottes glich einer Maske, die keinerlei Emotionen verriet. »Und wenn ich scheitere?«

Nanahuatl zögerte einen Moment, bevor sein Blick zurück zum Friedhofstor glitt. »Dann wirst du das Schicksal der Toten teilen, die dich gebrandmarkt haben. Genau wie jede andere Seele, die auf den Ebenen Mictlans scheitert.«

Ich schluckte schwer. Auf einmal hatte ich das Gefühl, dass all die Narben an meinem Körper in Flammen standen. Die Toten, die mich mit ihnen gezeichnet hatten, waren ihren zweiten Tod gestorben. *La Segunda muerte.* Der Tod, der die Seele fraß.

Allein die Vorstellung daran, nicht nur mein Leben, sondern auch meine Seele zu verlieren, jagte mir einen Schauer über den Rücken.

»Warum ich?«, fragte ich schließlich.

Nanahuatls Blick war so durchdringend, dass ich mir Mühe geben musste, ihm standzuhalten. »Gewöhnliche Sterbliche sind mit den Toten nicht so vertraut wie deinesgleichen. Allein, ihnen zu erklären, was Mictlan ist, ist ein mühseliges Unterfangen. Aber du bist eine Admiradora. Im Grunde eine Dienerin des Todes selbst.« Sein Blick glitt über jede einzelne meiner Narben, die die hochgeschobenen Ärmel entblößten. Vielleicht bildete ich es mir ein, aber seine Augen schienen sich zu verfinstern. »Du existierst zwischen Leben und Tod.«

Eine treffendere Beschreibung hätte er nicht wählen können.

»Du bist ein Gott.«

»So weit waren wir schon, Admiradora.«

»Ich vertraue keinen Göttern.«

»Das verlange ich auch nicht.« Er war mir auf einmal wieder viel zu nah. »Falls es dir irgendwie helfen sollte: Ich vertraue auch keinen Menschen. Aber darum geht es hier nicht.«

Er beugte sich ein Stück hinunter. Erst jetzt bemerkte ich, dass seine Augen nicht komplett schwarz waren. Vielmehr war das Dunkel von gold-grünen Farbklecksen durchbrochen.

»An der Klippe hast du mich nicht angestarrt, als würdest du mich am liebsten lebendig begraben«, raunte er.

»Damals wusste ich auch noch nicht, wer du bist«, zischte ich.

»Macht das für dich so einen großen Unterschied?«

»Ja.«

Ein amüsiertes Funkeln stahl sich in seine Augen. »Wenn dir dein Dorf allein nicht wichtig genug ist, gäbe es vielleicht noch etwas anderes, was ich dir geben kann.«

»Und das wäre?« Der Ärger, mit dem ich meine Worte unterlegen wollte, wurde von Angst verdrängt. Panischer Angst. Ich hielt den Atem an, als er sein Gesicht näher an meines schob. Augenblicklich war wieder das Messer zwischen uns, doch er schien die Spitze, die ich auf seine Brust richtete, gar nicht wahrzunehmen.

»Was soll das?«, stieß ich hervor, meine vorherige Frage bereits wieder fast vergessend.

»Ich versuche, dich einzuschüchtern.« Er platzierte seine behandschuhten Hände links und rechts von meinem Gesicht, kopierte die Position, die er am Friedhofstor eingenommen hatte. »Funktioniert es?«

»Nein.«

Er lachte leise. »Du bist eine miserable Lügnerin.«

Sofort presste ich die Klinge fester gegen seine Brust.

»Ich kenne jemanden, der dir helfen könnte, Frieden zu finden.« Nanahuatls Blick glitt für den Bruchteil einer Sekunde runter zu meinem Medaillon. »Er kennt den Tod eines jeden Sterblichen.«

Mit meinen schweißnassen Fingern konnte ich das Messer kaum noch halten. »Wer?«, stieß ich hervor.

Ein Lächeln, grausam wie die brennende Mittagssonne, zierte das Gesicht des Gottes.

»Mictlāntēcutli.«

Ich erstarrte. Er musste nicht erklären, wer Mictlāntēcutli war. Ich wusste es besser als jede andere, hatte diesen Namen schon so oft verflucht. Den Namen jenes Gottes, der die ersten Admiradoras erschaffen hatte, für jedes Dorf der Insel eine.

Der König der Toten und Herrscher über Mictlan.

Es dauerte einen Moment, bis mir klar wurde, was Nanahuatl mir eben angeboten hatte.

Er kennt den Tod eines jeden Sterblichen.

Ich wusste um die Legende, der zufolge der Totengott jedem Sterbenden im Augenblick seines Todes erschien.

Unwillkürlich tastete ich nach meinem Medaillon. Konnte mir ausgerechnet der Gott, der mir so viel genommen hatte, jene Antwort geben, nach der ich mich seit so langer Zeit sehnte?

»Haben wir einen Pakt, Admiradora?«

Ich holte zitternd Luft, dann ließ ich meine Hand sinken. »Nein.«

Der Gott hob eine Augenbraue. »Nein?«

»Wir haben keinen Pakt.«

Mit diesen Worten presste ich das *Flor de muerto* gegen seine Schulter, dorthin, wo die Berührung des Toten ein Loch in seinen Mantel gebrannt hatte. Es war ein verzweifelter Versuch, ein Risiko.

Der Gott musterte mich ein letztes Mal, seine Augen dunkler denn je. Dann hatte er sich aufgelöst.

Und mit ihm vielleicht die einzige Chance, mein Dorf zu retten.

5. Kapitel

Mit zitternden Fingern strich ich der jungen Frau eine lose Strähne aus der glühend heißen Stirn. Sie war Lehrerin an der kleinen Schule unseres Dorfes. Es blieb nur zu hoffen, dass ihr Fieber bald sank und sie sich komplett erholte.

Immer wieder ertappte ich mich dabei, wie meine Gedanken zu Miguel wanderten, zu dem, was er vermutlich gerade vorfinden musste. Man hatte ihn vor beinahe einer Stunde zu einem Notfall gerufen, seitdem hatte ich neben der kranken Frau in seinem Behandlungszimmer auf ihn gewartet. Gleichzeitig schweiften meine Gedanken viel zu oft zu dem Gott ab, der mir ein Angebot gemacht hatte. Ein Angebot, das ich abgeschlagen hatte.

Ich hatte keine Ahnung, wie stark der Effekt des *Flor de muerto* auf Gottheiten war. Bisher hatte ich es nur verwendet, um Tote davon abzuhalten, mich zu berühren.

Mein Blick huschte zu dem niedrigen Fenster, auf dessen Sims eine Statue der Santa muerte, der Königin der Toten, stand. Einen Moment lang starrte ich das Skelett an, das in ein rotes Gewand gehüllt war und eine Sichel in einer knöchrigen Hand hielt. Es erinnerte mich viel zu sehr an den Zwischenfall auf dem Friedhof. Was, wenn ich die einzige Chance verpasst hatte, das alles zu beenden? Was, wenn unser Dorf bald nicht mehr existierte, weil ich mich geweigert hatte, einem Gott zu vertrauen?

Ich zwang mich, den Blick wieder auf die Kranke zu richten. Behutsam tupfte ich ihre Stirn mit einem nassen Lappen ab. Ihre Augenlider flatterten bisweilen, aber noch hielt ihr Fieberschlaf sie gefangen.

Nach einer Weile hörte ich, wie sich die Tür zum Behandlungszimmer öffnete. Als ich den Blick hob, sah ich den sichtlich erschöpften Miguel, der eintrat, die Tür schloss und den Kopf gegen das Holz lehnte.

»Noch einer?« Meine Stimme war kaum mehr als ein Flüstern. Ich musste nicht erklären, was ich damit meinte. *Wieder ein Toter ohne Todesursache?*

Miguel verharrte für einen Moment an der Tür, dann wandte er sich um und nickte. Seine Augen waren gerötet, die dunklen Locken zerzaust. Ich hatte ihn noch nie weinen sehen. Dass inzwischen selbst seine Kraft erschöpft war, schmerzte.

»Wenn ich ehrlich sein soll, bin ich erleichtert, wenn jemand mit Fieber zu mir kommt.« Er kniete sich neben mich und bedachte seine Patientin mit einem prüfenden Blick. »Ich fühle mich dann nicht so hilflos.«

Sanft nahm er mir den Lappen aus der Hand und ließ ihn in die Schüssel fallen, die neben der Kranken stand. Seine Finger fanden die Bandage um mein Handgelenk. »Wann lässt du es endlich operieren?«

»Ich habe kaum Schmerzen«, erwiderte ich und wollte ihm meine Hand entziehen, doch er ließ es nicht zu.

»Mit einer chronischen Sehnenentzündung ist nicht zu spaßen, Elena.«

Ich sah zur Seite. »Ich spaße auch nicht damit.« Vielleicht würde ich sein Angebot, meine Sehnen von seinem Kollegen auf dem Festland operieren zu lassen, eines Tages annehmen. Aber nicht, so lange die Dinge in unserem Dorf so schlecht standen wie jetzt.

»Ist alles in Ordnung?«, fragte Miguel leise.

Ich nickte, ein zaghaftes Lächeln auf den Lippen. Für Miguel stand das Wohl aller anderen immer an erster Stelle. Auch wenn das bedeutete, dass er seit Nächten nicht geschlafen hatte. Sein Herz war zu gut für diese Welt.

»Hast du irgendetwas herausfinden können?« Kaum, dass die Frage meine Lippen verlassen hatte, fühlte ich mich wie eine Heuchlerin. Immerhin kannte ich den Grund für die Todesfälle mittlerweile, konnte ihn Miguel aber nicht verraten. Er war ein Mann der Wissenschaft, und alles, was sich nicht wissenschaftlich erklären ließ, war für ihn eine Lüge. Er würde mir nicht glauben. Beweise hatte ich keine, und obwohl ich wusste, dass Miguel mir vertraute, würde mein Wort allein diesmal nicht ausreichen.

»Noch nicht.« Er stieß ein frustriertes Seufzen aus, während sein Daumen abwesend über mein Handgelenk strich. »Wenn ich wenigstens wüsste, wonach ich suchen muss.« Er fuhr sich mit einer Hand durch sein gelocktes Haar. »Auf so etwas hat mich mein Studium in den Staaten nicht vorbereitet.«

Behutsam legte ich meine freie Hand an seine Wange, zwang ihn, mich anzusehen. »Du hast schon so viele Leben gerettet, Miguel. Niemand gibt dir die Schuld an dieser Tragödie.«

Er schloss die Augen. »Ich selbst gebe mir die Schuld, Elena.«

Ich konnte nicht sagen, wie lange wir so dasaßen, meine Stirn an seine gepresst. Mit jeder Sekunde, in der ich Miguels zitternden Atem auf meinem Gesicht spürte, verstärkte sich ein Entschluss in mir.

Wenige Stunden später half ich Abuela dabei, Kürbisse zu schnitzen, mit denen sie im Laufe der nächsten Tage die Plaza Eterna und den Friedhof schmücken wollte. Zu dieser Jahreszeit vermischten sich unsere althergebrachten Bräuche des Día de los muertos mit Halloween. Jedoch gab es hier kaum noch jemanden, der den Tag der Toten feierte. Eine Tatsache, die mir Marisol als bekennende Halloween-Fanatikerin bei jeder Gelegenheit unter die Nase rieb. Mateo und ich hatten geplant, den Feiertag irgendwann einmal auf dem Festland zu zelebrieren, in unsere mexikanische Kultur einzutauchen, die auf der Isla Mujeres in Vergessenheit geraten war. Niemals hätte ich es für möglich gehalten, dass eines Tages nicht nur unsere Kultur, sondern unser Dorf selbst im Sterben liegen würde.

Mein Blick glitt zu Marisol, die mir an ihrem schmalen hölzernen Esstisch gegenübersaß, ihr Handy neben sich. Hinter ihr zierten zahllose Filmposter die Wände des Hauptraumes in ihrem Häuschen, in dem ich erwachsen geworden war. Neben meinem Hass auf die Götter war meine Angst um Abuela ein weiterer Grund, warum ich den Pakt mit Nan nicht eingegangen war. Ihre Gesundheit verschlechterte sich zusehends, deshalb konnte ich sie nicht allein lassen. Und ich *wollte* sie auch nicht allein lassen. Allerdings konnte sie jederzeit von einer verlorenen Seele berührt und mir entrissen werden. So wie mein Bruder. Ich war mir nicht sicher, ob mein Herz einen weiteren Verlust verkraften würde.

»Was wollte der Gott von dir, *Mija?*«

Ich erstarrte mitten in der Bewegung, das Messer halb in der Kürbisschale versenkt. Erschrocken sah ich Marisol an, die seelenruhig eine dämonische Fratze in ihren Kürbis schnitzte.

»Hm?«

»Ich … Ich weiß nicht, wovon du –«

»Du bist eine schlechte Lügnerin, deswegen versuche es erst gar nicht. Ich weiß, wer er ist.« Mit einem letzten Schnitt vollendete sie ihre gruselige Laterne. »Ich weiß, wer *du* bist.«

Ich wollte etwas erwidern, doch mein Mund öffnete und schloss sich nur, ohne, dass ich einen Laut über die Lippen brachte. Das konnte nicht sein.

Abuela verdrehte die Augen. »Ich mag alt sein, Elena, aber blind bin ich noch lange nicht.«

Verwirrt senkte ich den Blick auf die halb fertige Laterne, die vor mir stand. »Seit wann weißt du es?«, fragte ich nach einer Weile, meine Stimme kaum mehr als ein Flüstern.

»Seitdem ich euch zu mir geholt habe.«

Also beinahe schon zwanzig Jahre. Ich schluckte schwer, versuchte, den Schock zu verarbeiten. Warum hatte ich nicht gemerkt, dass sie Bescheid wusste?

»Siehst du sie auch?« Ich wagte einen vorsichtigen Blick in Marisols Richtung. »Die Toten, meine ich?« Es war eine unsinnige Frage, das wusste ich. Trotzdem hatte ich sie stellen müssen.

Die Dorfälteste schüttelte den Kopf. »Manchmal fühle ich eine seltsame Verbundenheit mit den Toten und spüre etwas Unerklärliches, wenn Halloween beginnt.« Sie zuckte mit den Schultern. »Aber vielleicht ist es auch nur die vergammelte Kürbissuppe, die Alberto und Francesco mir jedes Jahr beim Halloweenessen auftischen. Ich sag's ja: Diese verdammten Brüder wollen mich ins Grab bringen.«

»Día de los muertos«, verbesserte ich sie, wofür ich mir einen finsteren Blick einhandelte.

»Ich habe die erste Hälfte meines Lebens drüben in den Staaten verbracht, de Jesús. Nimm mir Halloween, dann kannst du mir auch gleich noch meine Seele herausreißen.« Sie hielt inne und hustete. Sofort schnellte ich von meinem Stuhl hoch und griff nach Marisols Inhalator, doch sie winkte ab. »Es geht schon.« Sie hustete erneut, doch diesmal klang es etwas besser. »Wo war ich? Ach ja! Nein, ich bin keine Totenseherin. Oder wie sagst du dazu?«

»Admiradora.« Ich ließ mich wieder auf meinen Stuhl fallen.

»Gesundheit! Wie auch immer. Ich kann keine Toten sehen. Aber ich sehe, wie du sie siehst.« Marisol stellte eine Kerze ins

Innere ihrer Kürbislaterne. »Du bist wie dieser Typ aus dem Film von Shyamalan. Der, der tote Menschen sieht.«

Obwohl mich der Schock immer noch fest im Griff hatte, wurde mir gleichzeitig eine Last von den Schultern genommen, von der ich bis gerade eben nicht gewusst hatte, wie schwer sie wog. Auf einmal war ich nicht mehr allein. Mein Blick ging hinaus zum Küchenfenster, fixierte eine Palme, die dort sanft im Wind tanzte.

Dann erzählte ich Marisol alles: von den Toten, die zu früh erschienen waren, bis hin zu dem Gott, der mir ein Angebot gemacht hatte. Für einen kurzen Moment überlegte ich, ihr den Grund für meinen Hass auf die Götter ebenfalls zu erklären, aber dann beschloss ich, dass diese Geschichte warten konnte.

Die Dorfälteste lauschte mir stumm. Als ich meinen Blick vom blutigen Abendhimmel löste und den ihren suchte, war sie völlig auf ihren nächsten Kürbis fokussiert.

»Die Zeit läuft uns davon«, beendete ich meine Erklärungen, die selbst in meinen Ohren wirr und unglaubwürdig geklungen hatten. »Der Gott hat gesagt, dass unser Pueblo die erste Novembernacht nicht überleben wird.«

»Halloween«, brummte Marisol, eine tiefe Sorgenfalte auf der Stirn, die nur selten zum Vorschein kam. »Das Verderben kommt immer an Halloween. Das habe ich schon oft in Filmen gesehen.«

»Día de los muertos, nicht Halloween.« Ich vergrub mein Gesicht in den Händen. »Aber im Grunde ist das auch egal. Das Entscheidende ist, dass es die einzige Nacht sein sollte, in der die Toten Mictlan verlassen können.«

»Um uns niederzumetzeln.«

Langsam bekam ich das Gefühl, dass sie mir eben nicht zugehört hatte. »Tote sind friedlich, Abuela. Es sind die verlorenen Seelen, die für das alles verantwortlich sind.«

»Und der Gott glaubt, dass diese Seelen uns in Ruhe lassen

werden, wenn das Blut einer Sterblichen die Ebenen Mictlans durchläuft? Auf eine Reise geht, die wir normalerweise erst nach unserem Tod antreten müssen? Und bei der du deine eigene Seele verlieren kannst? Dadurch wird dann auch der Fortbestand des Sonnen- und des Mondgottes gesichert, richtig?«

Okay, sie hatte mir scheinbar doch zugehört. Ich löste mein Gesicht aus den Händen und nickte.

Marisol wischte seelenruhig ihre klebrigen Finger an ihrer dunkelroten Bluse ab. »Worauf wartest du dann noch? Pack deine Sachen, Elena. Ich habe zwar keine Ahnung, wie man sich in der Unterwelt kleidet, aber untersteh dich, diese grässlichen zerrissenen Jeans einzupacken.«

Hilflos knetete ich meine Hände. »Ich kann dich nicht allein lassen.«

»Musst du auch nicht.«

Es dauerte einen Moment, bis mir klar wurde, was sich hinter ihren Worten verbarg.

»Nein.«

»Soweit ich mich erinnern kann, bist du nicht meine Mutter, de Jesús.«

»Abuela, nein!«, wiederholte ich, nachdrücklicher als zuvor. »Ich gehe den Pakt nicht ein. Das wäre purer Wahnsinn.«

Marisol griff über den Tisch und nahm meine Hände in ihre.

»Es ist mein Dorf, Elena.« Mit ihren Daumen streichelte sie über meine Handrücken.

»Du hasst dein Dorf.«

»Und wie. Ganz besonders Alberto.« Erst jetzt entdeckte ich Tränen, die in ihren dunklen Augen funkelten.

»Aber ich kann sie nicht mehr sterben sehen, de Jesús.«

Ich holte zitternd Luft und sah zur Seite. »Deshalb bleibt uns keine andere Wahl.« Ich presste die Augen zusammen. »Wir müssen gehen. Wir alle müssen das Pueblo verlassen, bevor es uns genauso ergeht wie den anderen.«

Als ich die Augen wieder öffnete, sah ich etwas Gebrochenes in Marisols Blick. Im nächsten Moment war es wieder verschwunden, und ich war nicht sicher, ob ich es mir vielleicht nur eingebildet hatte. Schließlich drückte die Dorfälteste meine Hände und nickte kurz, bevor sie sie wieder losließ. »Ich werde mich darum kümmern, das Dorf zu evakuieren.«

Verblüfft starrte ich sie an. Das war alles? Sie hatte sich so einfach überzeugen lassen?

»Eins noch, *Mija*.« Marisol nahm erneut ihr Messer in die Hand und rammte die rostige Klinge schwungvoll in den letzten Kürbis. »Wenn der Gott noch mal erscheint und dich anfasst, bringe ich ihn um.«

Ich klammerte mich an Isas Hand, während ich mit zusammengekniffenen Augen den dunklen Horizont absuchte. Meine wichtigsten Habseligkeiten waren in meinem Rucksack verstaut. Ein kühler Abendwind blies mir immer wieder lose Strähnen in die Stirn, die ich ungeduldig fortwischte.

»Eine Seuche, die von einer neuartigen Insektenart übertragen wird?«, fragte Alberto mit gerunzelter Stirn. Er hatte sich aus der Menge der Versammelten gelöst. Das Licht der rostigen Laterne, die er in der Hand hielt, zeichnete unheimliche Schatten auf sein eingefallenes Gesicht. Sein schneeweißes Haar streifte seine breiten Schultern. »Bist du sicher, Sol?«

Abuela stemmte eine Hand in die Hüfte, während sie am Strand mit ihrer Krücke auf- und abtigerte. »Frag unseren Arzt. Er hat es bestätigt.«

Mein Blick zuckte zu Miguel, der neben mir stand. Dieser musterte erst Marisol, dann mich, bevor er seufzend nickte. »Es stimmt. Wir müssen die Insel verlassen.«

»Aber –«

»Klappe«, fuhr Marisol ihren einstigen Geliebten an. »Die Fähre müsste jeden Moment anlegen, und dann sehen wir weiter.«

Ich hörte die Unsicherheit und Sorge in ihrer Stimme. Wir hatten nicht die geringste Ahnung, wie es für die etwa hundert Bewohnerinnen und Bewohner unseres kleinen Dorfes weitergehen sollte, sobald wir Puerto Juárez erreicht hatten. Marisol und ich hatten uns darauf geeinigt, dass wir danach Cancún ansteuern würden, doch viel weiter waren wir mit unserer Planung noch nicht gekommen. Mein Griff um Isas Hand verstärkte sich. Entfernt nahm ich wahr, wie Miguel meine andere Hand nahm und unsere Finger miteinander verwob.

»Alles okay?«, flüsterte er mir ins Ohr. Ich zwang mich zu einem Lächeln, nickte, obwohl ich am liebsten den Kopf schütteln würde. Ich würde erst wieder atmen können, wenn wir diese Insel hinter uns gelassen hatten. Wenn wir die Fähre bestiegen hatten, die uns fort aus diesem Albtraum brachte.

Doch die Fähre kam nicht.

Stunden vergingen, in denen das Dorf immer ungeduldiger wurde. Alberto und Francesco redeten immer wieder auf Marisol ein, aber sie wies sie stets mit bissigen Kommentaren ab. Sie verstanden nicht, was das hier sollte. Niemand verstand es. Außer Marisol und mir.

Irgendwann verließen die Ersten den Strand, um zurück zu ihren Häusern zu gehen. Ich wollte sie anflehen, zu bleiben und weiter zu warten, aber die Nervosität raubte mir meine Stimme. Immer wieder ertappte ich mich dabei, wie ich nach dem Gott Ausschau hielt, doch er tauchte nicht auf. Ebenso wie unsere Fluchtmöglichkeit.

Als ich mich erneut Marisol zuwandte, sah ich, wie sie das Display ihres Handys musterte. Fassungslosigkeit lag in ihren Zügen. Ich ging zur Dorfältesten hinüber, beugte mich zu ihr hinunter – und erstarrte.

»Sie ist gesunken«, flüsterte ich entsetzt. Die Fähre, die uns hatte retten sollen, war gesunken. Kaum, dass sie Puerto Juárez verlassen hatte. Die Textzeilen hatten eine ätzende Wirkung auf mich. Nahmen mir den Atem.

»Sie wollen nicht, dass wir die Insel verlassen, *Mija*«, murmelte Marisol auf einmal. Sie hob den Blick und sah mich an. Noch nie zuvor hatte ich Furcht in ihren dunklen Augen gesehen. In den Augen einer Frau, von der ich bis zum heutigen Tage geglaubt hatte, dass sie niemals Angst empfinden würde. Und das verunsicherte mich mehr, als es die Toten jemals vermochten. »Sie wollen uns hierbehalten.«

Isa, Miguel und ich waren die Letzten, die Stunden später noch am Strand verharrten. Die sich noch an Hoffnung klammerten, die die Nachricht der gesunkenen Fähre eigentlich schon lange zerbrochen hatte. Bis auch wir irgendwann einsehen mussten, dass es ein zweckloses Unterfangen war.

Miguel nahm meine Hand, wollte mich mit sich ziehen, doch ich löste mich sanft von ihm und schüttelte den Kopf. »Geh.« Mein Blick glitt zurück zum Horizont, während ich mir die größte Mühe gab, meinen Atem unter Kontrolle zu halten. »Ich komme gleich nach.«

»Versprochen?«

Als ich nickte, beugte er sich zu mir herunter und presste einen zärtlichen Kuss an meine Schläfe. Damit hatte ich nicht gerechnet, aber ehe ich reagieren konnte, hatte er sich bereits abgewandt.

Ich fokussierte mich noch einen Augenblick lang auf meinen Atem, wischte mir den Schweiß von der Stirn, dann kniete ich mich zu Boden und zog ein Stück *Pan dulce* aus meinem Rucksack. Im Schein meiner Laterne sah ich mich nach Isa um, die irgendwo am Strand spielen musste. Sie liebte das süße Gebäck, und einzig ihre leuchtenden Augen konnten meine Nervosität gerade etwas zügeln.

Als ich das Mädchen schließlich gefunden hatte, setzte mein Herz einen Schlag aus. Keine Sekunde später lagen das *Pan dulce* und die Laterne im Sand, und ich rannte.

Stolperte, fing mich wieder, rannte weiter.

Und kam trotzdem zu spät.

Isa ging vor meinen Augen zu Boden, schlug mit einem dumpfen Laut auf dem Strand auf. Gabriela, eine Frau mittleren Alters, die ich vor zwei Wochen beerdigt hatte, lächelte mich an, als ich neben Isa auf die Knie fiel und ihren schmalen Körper an mich zog. Dann kämpfte ich mich zurück auf die Beine, hob das Mädchen hoch und stürmte mit ihm davon.

Ich wusste erst nicht, wohin. Ich wusste bloß, dass Isa nicht tot war, egal, wie furchtbar still sie gerade in meinen Armen lag. Sie konnte nicht tot sein. Nicht Isa.

Eilig stieg ich die felsigen Stufen hinauf, die vom Strand zum Pueblo führten. Die wenigen Hundert Meter, die mein Zuhause vom Meer trennte, schienen mir in diesem Moment so viel länger und beschwerlicher zu sein als je zuvor.

Keuchend erreichte ich schließlich mein Haus, das sich neben Marisols befand, hastete durch die Tür und verriegelte sie hinter mir. Anschließend ließ ich das Mädchen auf mein Bett sinken, das unter einem schmalen Fenster an der Wand des Hauptraumes stand, und kauerte mich neben es.

Isa? Meine Finger wiederholten ihren Namen, immer und immer wieder, doch sie blickte mich nur an, ohne zu blinzeln. Blind griff ich nach einem Stück *Pan dulce*, das auf dem winzigen Tisch neben meinem Bett lag, beugte mich über Isa und presste es an ihre Lippen.

Du liebst doch Pan dulce. Erste Tränen tropften aus meinen Augen und benetzten das Gebäckstück. *Ich backe dir Tausende, wenn du mich ansiehst.* Meine Finger zerdrückten die Süßigkeit. *Sieh mich an, Isa.*

Doch sie tat es nicht. Konnte es nicht.

Nicht mehr.
Und ich zerbrach.

Kohle, Erde und Tränen klebten an dem weißen, gehäkelten Häschen, das ich gerade in Isas Korb gelegt hatte. Die Sterne über der Isla Mujeres waren meine einzigen Zeugen, wenn ich einmal in der Woche des Nachts die Körbe vor den Haustüren der Kinder mit selbst gemachten Tierchen füllte. Eine Tradition, die ich von Mateo übernommen hatte.

Mein Blick war verschwommen, als ich den Hasen ein letztes Mal berührte und sein Ohr gerade strich.

»Pass für mich auf Isabel auf«, flüsterte ich, bevor ich mich erhob und zum Friedhof eilte. Ich hielt nicht inne, bis ich Isas Grab erreicht hatte. Erst dort fiel ich auf die Knie. Der Anblick des Grabsteins, der Isabels Namen trug, brach mein Herz jedes Mal aufs Neue. Noch ruhte das Mädchen nicht unter der Erde, aber ich würde es im Morgengrauen beisetzen. Immer wieder glitt mein tränenverschleierter Blick zu den leuchtenden Kürbislaternen, mit denen Abuela trotz unserer Fluchtpläne die Friedhofsmauer gesäumt hatte. Auf meinen missbilligenden Blick hin hatte sie nur mit den Schultern gezuckt und erklärt, dass ich dafür sorgen sollte, dass der Gott die Finger von ihrer Halloweendekoration ließ.

Irgendetwas sagte mir, dass er wiederkommen würde, dass sich ein Gott nicht so leicht geschlagen gab.

Stunden vergingen, aber ich harrte aus. Manchmal bildete ich mir ein, Stimmen zu hören, aber immer, wenn ich aufstand und zwischen den mit Kerzen erhellten Gräbern hindurchstreifte, verstummte das Wehklagen. Meine Hoffnung, auf Mateo zu treffen, wurde mit jedem Tag, der verstrich, geringer. Bis ich irgendwann nicht mehr sicher war, ob ich ihn überhaupt sehen wollte. Ich tastete nach dem Medaillon. Was, wenn er mich nicht mehr erkannte? Wenn er auch eine verlorene Seele war? Hastig verbannte ich diesen Gedanken und versuchte, mich auf das zu konzentrieren, was ich gleich tun würde. Versuchte, mich mit den kaum noch leserlichen Schriften, die die Friedhofsmauern zierten, abzulenken. Worte, die eine Geschichte erzählten. Vielleicht die grausamste, die ich kannte. Denn ich wusste besser als jede andere, wie viel Wahrheit dieser Geschichte innewohnte.

Kurz nach Mitternacht hörte ich das Quietschen des Friedhoftores, dann langsame Schritte, die sich mir näherten.

»Hast du deine Meinung geändert, Admiradora?«

Ich musste dem Drang widerstehen, das *Flor de muerto* von meinem Gürtel zu lösen. Stattdessen schloss ich die Augen und rief mir all die Gründe ins Gedächtnis, warum ich diesen Pakt eingehen musste. Dachte an all die Leben, die ich damit vielleicht retten konnte. Dachte an die fünf Fähren, die in den vergangenen vier Tagen aus unerklärlichen Gründen gesunken waren. Fähren, die uns von hier hätten fortschaffen sollen, doch die ihr Ziel nie erreicht hatten.

Und ich dachte an Isabel Flores.

»Das habe ich«, antwortete ich schließlich, ohne mich umzudrehen. Die nächsten Worte waren für Isa, für ihr Herz, das nicht mehr schlug. »Ich gehe den Pakt ein, Nan.«

Meine Stimme war brüchig von den Tränen der letzten Tage.

»Unter einer Bedingung.«

6. Kapitel

»Auf keinen Fall.« Nans Blick verdüsterte sich. Im Licht der Kerzen erkannte ich, dass er immer noch dieselbe seltsame Kleidung trug wie bei unserer letzten Begegnung.

Ich verschränkte die Arme vor der Brust, damit er nicht bemerkte, wie nervös ich war. »Ich lasse Marisol nicht hier.«

»Warum?«

»Sie ist die Dorfälteste. Das Pueblo braucht sie.«

»Ein Grund dafür, dass sie hierbleibt.«

Er hatte nicht ganz unrecht, das konnte ich nicht bestreiten. Aber schlussendlich war es Marisols Entscheidung gewesen, mich zu begleiten, nicht meine. Und wenn sie sich etwas in den Kopf gesetzt hatte, konnte sie niemand davon abbringen.

»Sie würde hier sterben«, erwiderte ich, wohlwissend, dass meine Argumente immer schwächer wurden.

»Glaubst du wirklich, dass ihre Überlebenschancen in der Unterwelt höher sind?«

Ich holte zitternd Luft, während ich meine Hände zu Fäusten ballte. Wie viel mir Marisol bedeutete, ging ihn nichts an, trotzdem spürte ich, dass er meiner Bedingung nicht stattgeben würde, wenn ich ihm nicht die Wahrheit verriet.

»Ich kann sie nicht an die *Imicca* verlieren.« Isas leere Augen drängten sich in meine Erinnerungen. »Nicht auch noch sie.« Ich sah kurz zur Seite. »Sie ist alles, was ich noch habe.«

Der Gott schwieg einen Moment lang. Seine Augenbrauen waren zusammengezogen und sein Gesicht verhärtet.

»Die Ebenen Mictlans werden versuchen, dir deine Menschlichkeit zu nehmen.«

»Dann brauche ich Marisol umso mehr«, erwiderte ich. »Ihre Anwesenheit wird mir helfen, mich nicht zu vergessen.«

»Und was ist mit ihr? Wird sie sich vergessen?«

»Nicht, so lange ich atme.«

»Ist das dein letztes Wort?«, fragte er schließlich, seine Stimme kälter als zuvor. Er brauchte mich also wirklich. Das war immerhin etwas, was ich zu meinem Vorteil würde nutzen können.

Ich nickte.

»Dann soll es so sein. Aber damit eins klar ist: Ich werde sie nicht tragen, wenn sie nicht mit uns Schritt halten kann.«

»Dann werde ich sie tragen«, entgegnete ich.

»Du bist zu warmherzig«, knurrte er.

»Du bist zu kaltherzig.«

Ein grausames Lächeln lag auf seinen Lippen. »Ich bin ein Gott, Admiradora. Ich habe kein Herz.« Als er diesmal auf mich zukam, wich ich nicht zurück, selbst dann nicht, als er direkt vor mir stand. Er überragte mich um mehr als einen Kopf, deshalb musste ich meinen eigenen in den Nacken legen, um seinem Blick standhalten zu können.

»Es gibt drei Regeln, die du beherzigen solltest.« Er deutete auf das *Flor de muerto* an meinem Gürtel. »*Primero.* Berühre mich noch einmal damit, und unser Pakt ist geplatzt. Du darfst diese Blüten nicht mit hinunternehmen. Damit verschreckst du die Toten, die wir uns nicht zu unseren Feinden machen wollen.« Er hob eine behandschuhte Hand und legte Zeige- und Mittelfinger an meine rechte Schläfe. Ich musste dem Drang widerstehen, seine Hand wegzuschlagen. »*Segundo.* Sobald wir Mictlan betreten haben, wirst du jeden, den du liebst, aus deinen Gedanken verbannen.«

»Warum?«, fragte ich verwirrt.

Der Druck seiner Fingerspitzen verstärkte sich. »Die Reise in die Unterwelt ist eigentlich einzig und allein den Verstorbenen vorbehalten. Während die Toten durch die Ebenen gelangen müssen, haben sie Zeit, sich von ihrem Leben zu lösen. Diejenigen, die noch nicht bereit waren, zu sterben, scheitern am häufigsten und verpassen ihre Chance, im Tempel des Totengottes auf der letzten Ebene ewigen Frieden zu finden. Je stärker du dich an dein Leben klammerst, desto wahrscheinlicher wirst du scheitern.«

»Aber Marisol –«

Nan hob eine Hand. »Das betrifft nur diejenigen, die du zurücklässt.« Mit seinen Fingern, die eben noch an meiner Schläfe gelegen hatten, fuhr er nun mein Gesicht herunter bis zu meinem Kinn, das er daraufhin festhielt. Seine Berührung war vorsichtiger, als ich erwartet hatte.

»*Tercero*. Du darfst mich unter keinen Umständen berühren.« Er ließ mich los und trat einen Schritt zurück.

Mein Blick glitt zu den ledernen Handschuhen, die er nie abzustreifen schien.

»Warum sollte ich dich berühren wollen?«

Der Gott schenkte mir ein anzügliches Lächeln. »Du bist nicht die erste Admiradora meines Dorfes, der ich begegnet bin. Früher oder später hat jede von ihnen darum gebettelt, mich berühren zu dürfen. Aber leider ...« Er zog einen Handschuh aus, trat zur nahen Friedhofsmauer und presste seine bloße Hand an den hellen Stein. Als er sie kurz darauf zurückzog, war dort ein pechschwarzer Fleck zu sehen und Flammen züngelten um seine nackten Finger. Sofort stieg mir der Gestank nach Verbranntem in die Nase. »... besitzt meine Berührung die schlechte Angewohnheit, Dinge aus deiner Welt zu verbrennen.«

Ich starrte den Brandfleck an, dann seine Hand, über die er gerade wieder seinen Handschuh zog.

»Also versuche bitte, die Finger von mir zu lassen.«

Augenblicklich spürte ich, wie mir Hitze ins Gesicht stieg. Ich hatte selten jemand so Arrogantes getroffen.

»Ich hasse dich«, zischte ich.

»Dann sollte es kein Problem für dich sein, diese Regel zu befolgen.« Ausnahmsweise musste ich ihm zustimmen. Die dritte Regel schien tatsächlich die einzige zu sein, von der ich sicher sein konnte, dass ich sie niemals brechen würde.

Nan musterte mich noch einen Augenblick lang, dann wandte er sich zum Gehen. »Ich erwarte dich morgen bei Sonnenuntergang. Genau hier. Um Nahrung und Wasser werde ich mich kümmern, ihr solltet also zumindest nicht Gefahr laufen, zu verhungern oder zu verdursten.«

Ehe er mit der Schwärze der Nacht verschmolz, rief ich seinen Namen.

Der Gott blieb stehen, wobei seine angespannte Haltung seine Ungeduld verriet.

»Ist es nicht üblich, einen Pakt irgendwie zu besiegeln? Woher weiß ich, dass du mich nicht anlügst?«

Woher weiß ich, dass ich dir vertrauen kann?

»Wir werden unseren Pakt besiegeln, Admiradora. Aber nicht jetzt. Nicht hier.«

Er warf mir einen letzten Blick zu. Mit den Augen blieb er kurz an den Narben hängen, die unter meinen hochgeschobenen Blusenärmeln zu sehen waren.

»Und zieh dir etwas Wärmeres an.«

»Erklär es mir noch mal.«

Frustriert stieß ich die Luft aus, die ich angehalten hatte, während ich auf Miguels Antwort wartete. »Ich habe es dir schon mehr als einmal erklärt.«

»Warum will es mir dann immer noch nicht einleuchten, warum gerade du und Marisol die Hilfe eines Fremden in Anspruch nehmen wollt? Der angeblich weiß, was auf dieser Insel vor sich geht?«

»Es ist kompliziert«, gab ich zu. »Aber er hat versprochen, dass er uns helfen kann.«

»Kennst du ihn?«

»Nein, aber –«

»Was ist das Wort eines Fremden wert, Elena?«

Ich wollte etwas erwidern, fand aber keine Worte, denn innerlich musste ich ihm recht geben. Ich legte das Schicksal unseres Pueblo in die Hände eines Gottes. Das allein zeigte, wie aussichtslos unsere Situation war. Nervös zupfte ich an den Ärmeln meines schwarzen Kapuzenpullovers herum, während ich immer wieder durch das Fenster von Miguels Behandlungszimmer spähte. Die untergehende Sonne bemalte den Himmel über dem karibischen Meer bereits mit den kühnsten Farben. Eigentlich sollten Marisol und ich schon längst auf dem Weg zum Friedhof sein, aber mein Gespräch mit Miguel dauerte länger, als ich zunächst angenommen hatte. Mein Blick glitt zur Statue der Santa muerte, die ich jedes Mal bewunderte, wenn ich hier war. Würde ich sie in der Unterwelt antreffen? War sie so real wie der Sonnengott, auf den ich nun angewiesen sein würde?

»Ist er Arzt?«, fragte Miguel, als ich nicht antwortete.

Ich schüttelte den Kopf.

»Heilpraktiker?«

»Er ist nichts dergleichen. Er ist kein ehrenvoller Mann wie du.«

»Dann bleib hier.« Er nahm meine Hand in seine und wärmte meine von der Arbeit erkalteten Finger. »Bleib bei mir.«

Da war es wieder: etwas, das mehr war als Freundschaft, mehr als brüderliche Fürsorge.

Ich mied seinen Blick, während ich mit meiner freien Hand den Schlüssel zu unserem winzigen Rathaus aus meiner Hosentasche zog. »Weil sie keinen Erben hat, bittet Abuela dich darum, ihren Platz einzunehmen, so lange sie fort ist.« Meine nächsten Worte kosteten mich mehr Überwindung, als ich anfangs geglaubt hatte. »Und bitte kümmere dich darum, dass die Leichen ordnungsgemäß gekühlt werden, bis ich wieder da bin.«

Miguel schenkte dem Schlüssel keine Beachtung. »Ich will ihn nicht.«

»Wenn du etwas für mich tun möchtest, dann das.« Ich drückte ihm den Schlüssel in die Hand, sah ihn wieder an. »Sollte es in der Zwischenzeit schlimmer werden, sorg dafür, dass niemand mehr das Haus verlässt, wenn es nicht dringend ist. Lass sie weiter an eine Seuche glauben. Oder denk dir irgendetwas anderes aus, was glaubwürdig klingt.«

»Wie die Wahrheit?«, erwiderte er tonlos.

Miguels verletzter Blick schmerzte. Ich wollte ihm alles erzählen, aber gleichzeitig hatte ich das Gefühl, dass es besser war, ihn im Ungewissen zu lassen. Was würde es bringen, wenn er wusste, dass Seelen, die er nicht sehen konnte, Menschen töteten? Selbst wenn er mir glauben sollte – würde es das nicht alles nur noch schwerer machen? Noch hoffnungsloser? Und Hoffnung war etwas, was ich ihm auf keinen Fall nehmen wollte.

Miguel stieß ein frustriertes Seufzen aus, dann schob er den Schlüssel in die Vordertasche seiner Jeans. »Ich schätze mal, ich muss dir einfach vertrauen, nicht wahr?« Er ließ mich los und ging hinüber zu dem kleinen Behandlungstresen, wo er dampfenden Tee in zwei Tassen goss.

»Tust du es?«, fragte ich nach einer Weile, in der er mir den Rücken zugekehrt hatte.

»Was?«

»Vertraust du mir?«

Er kam mit den Tassen zurück und reichte mir das heiße Getränk. »Wahrscheinlich mehr, als ich sollte.«

Ich wusste nicht, was ich darauf erwidern sollte, deshalb senkte ich den Blick auf meinen Tee.

»Er wird dich beruhigen. Du zitterst.« Miguel hielt inne. Als ich aufsah, hatte er seine Augen geschlossen. »Sorgst du dafür, dass Marisol ihren Inhalator mitnimmt?«

»Natürlich.«

»Und du.« Er öffnete die Augen und trat einen Schritt näher. Ich musste dem Drang widerstehen, zurückzuweichen, um die Kluft zwischen uns weiter zu vergrößern. »Du wirst nirgendwo hingehen, bevor ich dir nicht etwas gegen deine Panikattacken gebe. Zur Not einen zweiten Inhalator. Ich weiß, dass du keinen möchtest, aber es würde mir viel bedeuten.«

Ich zwang mich zu einem Lächeln und setzte die Tasse an die Lippen. Ich verdiente Miguels Gutherzigkeit nicht. »*Gracias.*«

Schon nach ein paar großzügigen Schlucken spürte ich, wie die Anspannung von mir wich und sich meine Muskeln entspannten. Und wie meine Augenlider mit jeder Sekunde schwerer wurden.

»Was ist das für ein Tee?«

Miguel antwortete nicht und wich meinem Blick aus. Panik stieg in mir hoch, als ich noch einmal an dem hellen Getränk roch. Kamille. Kamillentee besaß zwar eine beruhigende Wirkung, aber niemals in diesem Ausmaß.

»Was hast du mir gegeben?«, fragte ich noch einmal. Meine Zunge war so schwer, dass ich Mühe hatte, Worte zu Sätzen zu formen. Ich wollte die Tasse abstellen, stolperte jedoch und ließ das Gefäß fallen. Das Porzellan zerbrach, der Inhalt verteilte sich über die Dielen und mit ihm der Geruch des Tees im ganzen Raum.

»Wie konntest du?«, stieß ich hervor, dann gaben meine Knie unter mir nach. Miguel fing mich auf.

»Ich kann dich nicht noch mal verlieren, Elena«, flüsterte er in mein Haar.

Ich wehrte mich verzweifelt gegen den einschläfernden Effekt der K.-o.-Tropfen, trat nach Miguel, wollte ihn anschreien, aber es war zwecklos. Er sagte noch irgendetwas, was ich schon nicht mehr verstand.

Dann wurde ich von pechschwarzer Dunkelheit umfangen.

Ein pochender Schmerz in meinen Schläfen weckte mich. Ich kämpfte mich aus der Dunkelheit, bis ich Stimmen wahrnahm. Erst unverständlich, dann immer klarer. Mühsam öffnete ich ein Auge, dann das andere. Das helle Praxislicht blendete mich, und es dauerte einen Moment, bis meine verschwommene Sicht klarer wurde.

»Die Plejaden erscheinen noch exakt achtundfünfzigmal bis zur Nacht der Toten«, hörte ich eine männliche Stimme sagen, die verärgert und ungeduldig klang. »Wir haben kostbare Stunden verloren. Warum bist du nicht früher zum Treffpunkt gekommen, um mir zu sagen, dass das Mädchen verschwunden ist? Götter lässt man nicht warten, alte Frau.«

»Halloween«, knurrte eine weibliche Stimme, die ich überall erkennen würde. »Wir nennen das hier Halloween. Und zum letzten Mal, wir messen Zeit nicht in irgendwelchen Sternenkonstellationen. Achtundfünfzig Tage, ist das so schwierig?«

»Día de los muertos«, korrigierte ich schwach.

Keine Sekunde später tauchte Marisols Gesicht über mir auf, ein erleichtertes Lächeln auf den Lippen.

»Siehst du, Aragorn? Ich habe dir doch gesagt, dass meine Kleine nicht tot ist. Wenn wir gewettet hätten, wärst du jetzt ein armer Mann.«

»Ich kann mich nicht daran erinnern, sie für tot erklärt zu

haben«, brummte Nan mit seiner tiefen Stimme, die etwas gedämpft klang.

»Aragorn?«, fragte ich. »Aus *Der Herr der Ringe?*«

Der Gott stöhnte. »Wie oft soll ich dir noch drohen, dass ich dich an einen Xoloitzcuintle verfüttere, alte Frau? Untersteh dich, mich mit einer ausgedachten Fantasyfigur zu vergleichen.«

»Dann lauf hier nicht in einem Aragorn-Kostüm herum, Junge. Wir sind in Mexiko, da ist Leder von Kopf bis Fuß nicht gerade wettertauglich. Und außerdem habe ich keine Ahnung, was ein Xolo-was-weiß-ich sein soll.«

»Ein Hund der Unterwelt, der sich zweifellos über deine alten Knochen freuen würde.«

Ich war dem Schlagabtausch mit offenem Mund gefolgt und presste nun hastig meine Lippen zusammen. Dass Abuela sich von keinem anderen Menschen etwas sagen ließ, war nichts Neues. Aber dass das selbst auf Götter zutraf, hätte ich nicht gedacht. Ihre schwärmerischen Worte über den Sonnengott auf der Plaza Eterna waren wohl nur Teil ihrer Geschichten.

»Miguel?«, brachte ich mühsam hervor, während ich mich etwas aufrichtete und an Marisol vorbeispähte.

Mein noch leicht vernebelter Blick fiel auf den Arzt, der einige Schritte entfernt auf dem Boden lag.

»Guck nicht so erschrocken. Er ist nicht tot.«

Nan kniete sich neben mich, ein kleines Fläschchen mit einer farblosen Flüssigkeit in den Händen. Aus irgendeinem Grund trug er eine schwarze Maske über Mund und Nase, die scheinbar Teil des engen Hemdes war, das er noch immer unter seinem bodenlangen Mantel anhatte. »Das hier ist nicht unbedingt gut für Sterbliche, Admiradora. Ich dachte, du wärst klüger.«

»Danke für die Warnung«, murmelte ich, den Blick wieder auf Miguel gerichtet. Es fiel mir schwer, zu glauben, dass mein Freund mir wirklich so etwas antun würde, aber das Fläschchen in den Händen des Gottes war Beweis genug.

»Ich habe meine Meinung geändert, *Mija*. Du wirst diesen Ochsen nicht heiraten«, verkündete Marisol.

»Ich kann mich nicht daran erinnern, dass das je zur Debatte stand.«

»Dein Liebster also?«, schaltete sich der Gott ein.

Ich ignorierte ihn. »Was hast du mit Miguel gemacht?«, fragte ich, an Abuela gewandt.

Die Dorfälteste hob demonstrativ ihre Krücke in die Höhe. Etwas Mörderisches lag in ihren Augen, etwas, was ich noch nie zuvor an ihr gesehen hatte. Ich schluckte schwer.

Mit Marisols Hilfe stemmte ich mich schließlich vom Boden hoch. Ich hatte keine Ahnung, wie lang ich bewusstlos gewesen war. Ein Blick aus dem Fenster verriet, dass es mehrere Stunden gewesen sein mussten, denn mittlerweile war der Himmel pechschwarz.

Unbeholfen stolperte ich zu Miguel und ging neben ihm in die Knie. Sein Gesicht war trotz der violetten Beule an seiner Schläfe so entspannt und friedlich, wie ich es noch nie zuvor gesehen hatte. Auch wenn ich seine Intention irgendwie verstehen konnte, hatte er mir etwas angetan, von dem ich fürchtete, dass ich es ihm niemals würde verzeihen können. Er hatte mich beschützen wollen und dafür den falschen Weg gewählt. Aus Angst, noch jemanden zu verlieren. Genau wie ich. Mein Blick glitt zu Marisol, die damit beschäftigt war, an einem Schrank zu rütteln, den Miguel stets verschlossen hielt.

Ich musterte meinen Freund ein letztes Mal, bevor ich mich abwandte. Die Wahrheit tat weh, verdammt weh. Nur die Götter wussten, wie ich ihm jemals wieder gegenübertreten könnte. Es war schließlich nicht das erste Mal, dass er eine Grenze überschritten hatte. Aber das war eine Sorge für einen anderen Tag.

Plötzlich wurde ich hochgehoben und gegen die breite Brust des Gottes gepresst.

Ich stieß einen erschrockenen Laut aus und krallte mich instinktiv in den Stoff seines Mantels. »Lass mich sofort runter!«

»Damit du die nächste Klippe hinuntertorkeln kannst und die Alte mich bis zur Sonne verfolgt, um Rache zu nehmen, weil ich nicht aufgepasst habe? Keine Chance.«

Ich wollte ihn auf seine eigene Regel hinweisen, bis mir klar wurde, dass kein direkter Körperkontakt zwischen uns stattfand. Seine Hände waren immer noch von Leder verhüllt, genauso wie der Rest seines Körpers. Lediglich Augen und Stirn schauten hervor.

Mein Blick fiel auf die zersplitterte Eingangstür.

»Du hättest die Tür nicht demolieren müssen«, murmelte ich.

Ein tiefes Lachen vibrierte in Nans Brust. »Das war ich nicht.«

Ungläubig starrte ich Marisol an, die ein zufriedenes Grinsen auf den Lippen hatte. Erst jetzt bemerkte ich meinen Rucksack, den sie neben ihrem eigenen Beutel auf ihrem Rücken trug, und atmete erleichtert auf. Zum Glück hatte ich ihn schon gepackt, bevor ich zu Miguel aufgebrochen war. Darin befanden sich meine verblichene Jeansjacke – mein wärmstes Kleidungstück –, mein kleiner Block, ein Stück Kohle, etwas Kleidung zum Wechseln für Marisol und mich und getrockneter Proviant, der uns hoffentlich ein paar Wochen lang ernähren würde. Nan hatte zwar behauptet, dass er sich um Nahrung und Wasser kümmern würde, aber ich vertraute ihm nicht.

Als der Gott mit mir durch die demolierte Tür trat, war das Dorf totenstill. Allein die Sterne beobachteten uns, als wir uns aus der Praxis stahlen.

»Ich hatte dir doch gesagt, dass du dich warm anziehen sollst«, knurrte Nan in mein Ohr.

»Ich war verhindert«, entgegnete ich und versuchte noch einmal, mich aus seinen Armen zu befreien.

»Kannst du bitte aufhören, so zu zappeln?«

Ehe ich etwas erwidern konnte, stolperte er und ließ mich

beinahe fallen. Erschrocken krallte ich mich so fest in seine Brust, dass ich glaubte, eine Naht seines Mantels zerrissen zu haben.

»*Nantenehua*«, zischte der Gott. Irgendetwas sagte mir, dass ich nicht wissen wollte, was er da gerade in seiner Sprache geflucht hatte.

Plötzlich durchbrach ein Schrei die Stille der Nacht. Mein Blick schnellte zu Marisol, die im Schein einer Kürbislaterne am Rande der Plaza kniete. Sie hatte beide Hände auf den Mund gepresst, und neben ihr konnte ich eine dunkle Silhouette ausmachen. Sofort beschlich mich ein ungutes Gefühl.

Ungeduldig boxte ich den Gott gegen die Schulter. »Lass mich runter.«

»Hatten wir das nicht gerade schon?«

Frustriert grub ich meine Fingernägel in seine Handschuhe und war selbst überrascht, dass sich sein Griff daraufhin tatsächlich lockerte. Mir gelang es schließlich, mich aus seinen Armen zu winden, um unelegant auf den harten Steinplatten aufzuschlagen. Von dort kroch ich zu Marisol, wobei ich immer noch die Wirkung der K.-o.-Tropfen in meinen Gliedern spürte.

»Alberto«, murmelte ich entsetzt, als ich das hagere Gesicht des Toten erkannte. Hilflos sah ich mit an, wie Marisol ihre Finger in die Brust des Mannes krallte, ihn anflehte, aufzustehen.

Sie hatte ihn geliebt, trotz allem hatte sie ihn immer noch geliebt. Vor Jahren hatte sie ihm ihr Herz geschenkt, und obwohl er es gebrochen hatte, hatte sie es nie zurückverlangt. Als Marisol begann, unkontrolliert zu zittern, und ich an ihrem flachen Atem bemerkte, dass sich ein neuer Hustenanfall anbahnte, schlang ich behutsam beide Arme um sie. Ich zog sie an mich, damit sie in meinen Pullover schluchzen konnte.

Auf einmal war ich mir nicht mehr sicher, ob ich wirklich die richtige Entscheidung getroffen hatte. Wie viele würden noch ihr Leben an die Seelen verlieren, die ihre Reise durch Mictlan zu früh beendet und sich selbst vergessen hatten? Wie viele würden noch sterben, während wir fort waren?

Andererseits konnte ich im Moment nichts gegen sie ausrichten, niemand konnte das. Ich konnte meinem Dorf nur helfen, indem ich es vorerst im Stich ließ.

Als ich den Blick hob, entdeckte ich Nan, der ein paar Schritte entfernt im Schein einer weiteren Laterne stand und uns musterte. Seine Züge zeigten kein Mitleid, keine Trauer, keine Wärme. Die Geschichten unserer Vorfahren erzählten von Göttern, die sich für die Menschheit geopfert hatten, weil sie sie so sehr geliebt hatten. Zumindest manche von ihnen. Mittlerweile war ich mir sicher, dass das allesamt Lügen sein mussten. Ich konnte nur hoffen, dass das, was Nan mir erzählt hatte, keine Lüge war.

Etwas sagte mir jedoch, dass auch die Geschichte der letzten Admiradora, die dem Sonnengott vertrauen musste, kein gutes Ende nehmen würde.

7. Kapitel

Wieder einmal verstand ich, warum Reisende unsere Insel so sehr liebten. Die malerischen Strände, die selbst im Dunkel der Nacht erstrahlten, waren einmalig. Und standen im starken Kontrast zu dem Grauen, das das Pueblo del sol y la luna gerade heimsuchte. Laut Nan befand sich eines der Portale nach Mictlan innerhalb der Tempelruine der Mayagöttin Ixchel, die noch einige Stunden Fußweg entfernt war. Ein Portal, das sich für Tote frühzeitig geöffnet hatte. An einem Ort, den ich seit vier Jahren nicht mehr aufgesucht hatte. Und auch jetzt verursachte allein der Gedanke daran ein Unbehagen in meinem Innern, das seinesgleichen suchte.

»Erzähl mir etwas«, sagte Marisol plötzlich. Ihr Gang war ohne die Hilfe ihres Gehstocks, den sie freiwillig neben Albertos Leiche liegen gelassen hatte, noch etwas unsicher. Ich hatte ihn holen wollen, doch sie hatte darauf bestanden, ihn dort zu lassen. Warum, wusste wohl nur sie selbst. Aber mit jedem Schritt wurde ihr Gang aufrechter und meine Sorge etwas leiser. Bisher war sie ungewöhnlich schweigsam gewesen, während wir dem Gott, der eine Flamme in seiner entblößten Hand trug, die Küste entlang folgten. Ich konnte es ihr nicht verdenken. Dass sie Alberto immer noch liebte, war anhand ihrer Reaktion auf seinen Tod mehr als deutlich geworden.

Ich zog meinen Zeichenblock aus meinem Rucksack, dann

kramte ich nach einem Stück Kohle. Zum wiederholten Mal vergewisserte ich mich, dass ich einen sicheren Abstand zum Meer einhielt.

Meine Finger zitterten leicht, als ich die Kohle auf dem Papier ansetzte. Die ersten Striche waren nicht makellos, weil ich es nicht gewohnt war, im Gehen und nur bei Mondlicht zu zeichnen. »Kennst du die verblassten Schriften an der Friedhofsmauer?«

»Dieses Gekrakel, das kein Mensch lesen kann? Was soll das sein? Außer ein Beweis dafür, dass ich doch nicht die größte Sauklaue ganz Mexikos besitze.« Obwohl ihre Stimme noch brüchig war, hörte ich die alte Marisol heraus.

»Sie stammen von den allerersten Admiradoras de la muerte, die ihre Geschichte dort verewigt haben.« Ich holte tief Luft, dann skizzierte ich den groben Umriss einer Frau. »Im Grunde ist es damit auch meine Geschichte.« Als die Frau zu erkennen war, begann ich, zu erzählen: »Einst verliebte sich der mächtige Schöpfergott Quetzalcoatl in eine Sterbliche. Er mochte seinerzeit Herr über Wind, Himmel und Erde gewesen sein, aber auch er war ein Opfer, wenn es um die Liebe ging.«

»*Descerebrado*«, brummte Marisol. Scheinbar war es um ihre Achtung vor den Göttern tatsächlich nicht sonderlich gut bestellt, wenn sie den höchsten der Unsterblichen nun als hirnlos bezeichnete. »Ich hätte ihm gleich sagen können, dass das keine gute Idee ist.«

»Das wusste er, aber es war ihm egal. Er war so besessen von ihr, dass er Mictlan verließ und sich fortan im Reich der Lebenden aufhielt. Weil ihm als Gott jedoch nicht erlaubt war, in den Dörfern der Menschen zu leben, gründete er ein eigenes für sich und seine Geliebte. Sechs andere Götter folgten seinem Beispiel, weil sie es angeblich auch leid waren, unsterblich zu sein. Denn sie hatten die Menschen aus Mictlan heraus beobachtet und hegten den Wunsch, wie sie zu sein. Fort von der Unterwelt, die eigentlich das Zuhause aller Götter war. Fort von der Dunkelheit und Trostlosigkeit des Todes.« Am oberen Rand des Papiers ergänzte ich die Symbole jener Gottheiten, die die Dörfer auf unserer Insel gegründet hatten. Eine Welle, einen Krokodilskopf, einen Stern, ein zartes Pflänzchen, Mond und Sonne. Und einen Schädel, der mich mehrere Versuche kostete. »Als Quetzalcoatls Geliebte schließlich starb, zerbrach das Herz des Gottes.« Mit sanften Kohlestrichen legte ich der Frau ein Baby in die Arme.

»Und auch die Tochter, die sie ihm geschenkt hatte, war nicht mit seiner Unsterblichkeit gesegnet.« Für einen kurzen Moment schloss ich die Augen, dann strich ich das Kind durch. Erinnerungen an Isas reglosen Körper drängten nach oben und betäubten mich für den Bruchteil einer Sekunde.

»Als … Als das noch junge Kind in seinen Armen gestorben war, merkte Quetzalcoatl, dass er nicht stark genug war, um als Mensch bestehen zu können. Also verließ er sein Dorf. Ließ es im Stich. Gleichzeitig wurde er zerfressen von Hass auf einen ganz bestimmten Gott, dem er die Schuld an dem Verlust seiner Liebsten gab.«

»Warum gab er ihm die Schuld? Und von welchem Gott reden wir hier?«, schaltete sich Marisol ein.

Der Gott, zu dem wir unterwegs waren. Der Gott, der mir verraten konnte, wer mir meinen Bruder genommen hatte. Der mein Herz gebrochen hatte, ohne mir je begegnet zu sein.

»Mictlāntēcutli. Der Gott der Toten.« Ich schloss die Augen, versuchte, meine Stimme so ruhig wie möglich klingen zu lassen. Es erschien mir immer noch seltsam, dass sich selbst der Herrscher der Unterwelt dazu entschlossen hatte, sein eigenes Reich gegen ein menschliches Dorf einzutauschen. »Quetzalcoatl hat den Totengott um Hilfe angefleht. Weil er glaubte, dass Mictlāntēcutli dazu imstande wäre, seine Geliebte und sein Kind zu retten. Doch der Totengott half ihm nicht. Den Grund dafür kennt niemand. Deshalb versammelte Quetzalcoatl die Götter der anderen Dörfer um sich, um sich gemeinsam am Herrscher Mictlans zu rächen. Die Unsterblichen zerstörten das Dorf des Totengottes, metzelten jeden seiner Dorfbewohner nieder.«

Ich skizzierte die Umrisse einer weiteren Frau, versah ihre Arme mit feinen, halbmondförmigen Narben, die meinen so sehr ähnelten. Dann noch eine. Und noch eine. Schließlich prangten die Silhouetten von fünf Frauen auf dem Blatt Papier.

»Und so verfluchte der Herrscher der Unterwelt, der zu Unrecht für den Tod von Quetzalcoatls Liebsten bestraft worden war, eine Frau aus jedem der fünf Dörfer seiner Feinde. Er erlegte diesen die Bürde auf, in der Nacht auf den ersten November die Seelen der Verstorbenen sehen zu können. Jene Nacht, in der die übrigen Götter sein Dorf zerstört hatten. Angeblich verleibte er ihnen hierfür je ein Stück seiner Seele ein. Jede der auserwählten Frauen hatte kurz zuvor einen Verlust erlitten. Sie alle hatten ihre toten Kinder zu Grabe tragen müssen. Die Frauen wurden fortan einmal im Jahr von den Seelen ihrer verstorbenen Kinder heimgesucht, verfielen so nach und nach dem Wahnsinn. Sie sollten die Menschen durch ihren Fluch verunsichern, Panik schüren. Angst und Schrecken verbreiten. Sie sollten die Dörfer aus ihrem Innern heraus zerstören. So wie die Gründungsgötter jener Dörfer das Dorf des Totengottes zerstört hatten.« Das Papier verdunkelte sich im Bereich des Gesichts der mittleren Frau, und es dauerte einen Moment, bis mir klar wurde, dass meine eigenen Tränen die Zeichnung verwischten.

»So wurden diese fünf Frauen die ersten Admiradoras. Von Wahnsinn gezeichnete Dorfbewohnerinnen, die … die häufig getötet wurden, weil sie den Menschen Angst einjagten. Oder die sich selbst das Leben nahmen, weil sie es nicht mehr ertrugen, von den Toten heimgesucht zu werden. Doch für jede getötete Admiradora de la muerte wurde eine neue geboren. Zumindest damals.« Mit dem Fall unserer Nachbardörfer waren auch deren Admiradoras verschwunden. Vermutlich wurden wir nur so lange wiedergeboren, wie unser jeweiliges Dorf existierte. »Und sie alle übernahmen die Rolle der Totengräberin ihres Dorfes. Weil wir ... Weil wir uns mehr mit den Toten verbunden fühlen als mit den Lebenden.«

Mittlerweile zitterten meine Hände so sehr, dass ich Mühe hatte, den Block nicht fallen zu lassen. Es dauerte einen Moment, bis ich meine Gedanken sortiert hatte. Bis ich mich entschlossen hatte, Marisol alles zu erzählen. Nicht nur die halbe Wahrheit. »Für jeden Tod einer Admiradora nahm sie einen weiteren Menschen mit sich ins Grab. Löschte ein weiteres Leben des Dorfes aus. Das war auch ein Teil ihrer Bürde.« Da war es. Der Grund, warum ich die Götter verabscheute. Noch nie zuvor hatte ich ihn laut ausgesprochen, hatte mir anfangs eingeredet, dass es nicht stimmen konnte. Aber spätestens, seitdem die genauen Todeszeitpunkte jedes Verstorbenen im Stadtbuch des Pueblo vermerkt wurden, bestand kein Zweifel mehr daran, dass es der Wahrheit entsprach. Und mit dem Ende dieses Zweifels war eine Furcht geboren worden, die sich in meinem Herzen verwurzelt hatte. Die panische Angst davor, jemanden unwillentlich mit mir in den Tod zu reißen.

Mein Blick glitt zum Sonnengott, der seinen Vorsprung immer weiter ausbaute. Kein einziges Mal hatte er sich nach uns umgedreht.

»Verstehst du jetzt, warum ich keinem von ihnen trauen kann?«, fragte ich Marisol. »Götter scheren sich nicht um Sterbliche. Sie haben ihren Konflikt auf unseren Rücken ausgetragen, ohne Rücksicht auf Verluste. Sie alle sind der Grund, warum Admiradoras überhaupt erschaffen wurden.«

»Was ist mit den Göttern passiert? Nach diesem ganzen Theater?«

Ich schloss erneut die Augen und rief mir die Schriften ins Gedächtnis. Ich hatte Monate gebraucht, bis ich sie entziffert hatte, weil sie in Nahuatl, der antiken Sprache der Götter und Azteken, verfasst worden waren. Noch immer konnte ich deutlich die Erleichterung spüren, die mich damals erfüllt hatte. Weil ich endlich verstanden hatte, warum ich sah, was ich sah. Weil ich erkannt hatte, dass ich nicht die Einzige war, die mit dieser Bürde leben musste.

»Die ersten Admiradoras erzählen von der Abkehr der Götter. Sie kehrten nach Mictlan zurück, ließen ihre Dörfer allein. Ließen jene Frauen allein, die dank ihnen nun unweigerlich zu etwas geworden waren, was sie niemals hatten sein wollen. Die jene Dörfer, die die Götter einst so sehr geliebt hatten, nun die Furcht vor dem Tod lehrten.«

Marisol schwieg einen Moment lang. Schließlich summte sie eine sanfte, zerbrechliche Melodie. Daraus wurde irgendwann ein Lied, dessen Worte sich nicht reimten, dennoch war es das Herzzerreißendste, was ich je gehört hatte. Abuela besaß eine wunderschöne Singstimme, die sie viel zu selten benutzte. Sie sang von verstorbenen Kindern, von den immerwährenden Qualen der Mütter. Von einem Gott, der Rache genommen hat. Und von mir, der letzten Admiradora.

Als ich die Augen öffnete, kletterte die Sonne bereits den Himmel empor. Gähnend rieb ich mir den Schlaf aus den Augen und versuchte, mich zu orientieren. Nan hatte Marisol und mir erlaubt, ein paar Stunden zu schlafen. Die Temperaturen in Mictlan würden wohl keinen tiefen Schlaf mehr erlauben, erklärte er. Ich wurde das Gefühl nicht los, dass es noch einen anderen Grund für diese Rast gab, einen, den er für sich behielt. Immer wieder hatte er sich zu den Klippen umgedreht, als wir den Strand entlanggelaufen waren, fast, als wartete er auf etwas. Oder jemanden.

Erst hatte ich mich dagegen gesträubt, in seiner Gegenwart die Augen zu schließen. Doch irgendwann hatte ich mich meiner Müdigkeit geschlagen geben müssen, die ich zweifellos den Nachwirkungen von Miguels verdammten K.-o.-Tropfen zu verdanken hatte.

Miguel. Sofort vertrieb ich jeden Gedanken an ihn, dann richtete ich mich auf. Ich entdeckte Marisols schlafende Silhouette im fahlen Licht des neuen Morgens. Im Gegensatz zu ihr hatte ich mich mehrere großzügige Schritte vom Meer entfernt in den Sand gelegt, doch trotzdem war es noch zu nah. Ich versuchte, mich auf die Klippen zu fokussieren, die Palmen. Auf alles, nur nicht auf das, was meinen Atem zu erschweren drohte.

Als ich mich nach Nan umsah, blieb mein Blick an einer zweiten Silhouette hängen. Diese gehörte einer Person, deren Körper ich erst vor wenigen Tagen begraben hatte.

Die Bäckerstochter kam lächelnd auf mich zu, den Kopf leicht zur Seite geneigt, die Haut nun sogar noch blasser als im Moment ihres Todes.

Ehe ich in irgendeiner Weise reagieren konnte, erschien Nan hinter ihr, zog einen Handschuh aus und presste seine bloße Hand in den Nacken der jungen Frau.

Entsetzt starrte ich dorthin, wo eben noch die Tote gestanden hatte. Sie hatte sich lautlos aufgelöst, hatte noch nicht einmal geschrien oder gewimmert, wie ich es von den Seelen Verstorbener gewohnt war.

»Sie war verloren«, war das Einzige, was der Gott sagte, bevor er an mir vorbeistrich, ohne mich anzusehen.

Ich wusste, dass mich ihre Berührung getötet hätte, aber warum schmerzte es trotzdem, zu wissen, dass ihre Seele nun für immer verloren war und dass sie niemals Frieden finden würde? Egal, wie oft ich ihn schon hatte mit ansehen müssen, *la Segunda muerte* würde nie an Grausamkeit verlieren.

Schließlich erhob ich mich, wandte mich um und folgte dem

Gott, vergewisserte mich aber immer wieder, dass die schlafende Marisol noch in Sichtweite war und sich ihr niemand näherte.

Als er stehen blieb, die Stiefel halb im Wasser versenkt, hielt ich ebenfalls inne.

»Lass mich raten. Du überlegst wahrscheinlich gerade, wie unheimlich gut meine Leiche am Grunde des Meeres aussehen würde.«

»Meeresverschmutzung zählt nicht gerade zu meinen Hobbys«, erwiderte ich.

Der Sonnengott wandte sich um und musterte mich, als wäre ich ein Problem, das es zu lösen galt. Sein Blick fiel auf das Messer, das stets in meinem Gürtel steckte. Meine Hand war am Griff der Waffe, wie immer, wenn ich ihm gegenüberstand. »Lass mich dir eins versichern, Admiradora.« Etwas Bedrohliches lag in seiner Stimme. »Ich bin nicht begeistert davon, dass ich zwei gebrechliche Sterbliche nach Mictlan schleppen muss. Aber ich habe vor, zumindest dich möglichst unversehrt durch das Reich der Toten zu führen. Das wäre um einiges leichter, wenn ich nicht befürchten müsste, bei der nächstbesten Gelegenheit eine Klinge in den Rücken gerammt zu bekommen.«

»Würde dich ein Messer verletzen?« Die Frage, die mir seit Tagen auf der Zunge gebrannt hatte, war mir herausgerutscht. Nie hatte irgendjemand genau definiert, was Unsterblichkeit bedeutete. Ich wusste zwar inzwischen, dass menschliche Opfergaben unabdingbar waren für den Fortbestand der Götter. Was ich aber nicht wusste, war, ob Götter verletzbar waren. Und falls ja, bis zu welchem Grad.

Ich glaubte, ein amüsiertes Funkeln in Nans Augen zu entdecken. »Ich bin schwer zu verletzen, Admiradora. Das ist das Einzige, was du wissen solltest.« Er nickte in die Richtung von Marisols Schlafplatz. »Ruh dich aus. Mictlan ist eine Reise, für die dich dein Körper eigentlich noch Jahrzehnte hätte vorbereiten müssen.«

»Was soll das bedeuten?«, fragte ich verwirrt.

»Je älter ein Mensch ist, desto leichter fällt ihm die Reise über die Ebenen. Weil er sich nicht mehr so sehr an das Leben klammert, sich nicht so stark wehrt wie diejenigen, die vor ihrem Tod kaum gelebt haben.«

Sein prüfender Blick glitt an mir herunter, als würde er ausrechnen, wie viele Jahre ich noch zu leben hatte. »Ich bin gespannt, wie lange du durchhalten wirst.«

Als er aus dem Wasser trat und sich an mir vorbeidrängen wollte, packte ich seinen Arm und riss ihn zurück. Er würde mir zuhören und mir ein Versprechen geben. Doch ich hatte nicht mit der Wucht gerechnet, mit der er gegen mich prallte. Ich stieß einen erschrockenen Laut aus, und ehe ich mich's versah, landeten wir beide im nassen Sand. Ich reagierte in Sekundenschnelle, kniete mich über den Gott und richtete Mateos Messer auf seine Brust.

Auf einmal war ich ihm so nah, dass ich die winzigen goldgrünen Farbkleckse in seinen dunklen Augen erkennen konnte.

Nan hob eine Augenbraue. »Was soll das werden?«

»Ich versuche, dich einzuschüchtern.« Ich presste die Klinge etwas fester gegen seine Brust. »Funktioniert es?«

Er stieß ein raues Lachen aus.

»So weit waren wir schon, Admiradora. Wenn du die Spannung aufrechterhalten willst, gehst du diesmal einen Schritt weiter als das letzte Mal.«

Seine behandschuhten Finger streiften die Hand, mit der ich das Messer umklammert hielt. Unwillkürlich erschauderte ich, lockerte meinen Griff jedoch nicht. »Wenn wir Unsterblichen eines lieben, dann ist es Spannung.«

Bevor ich wusste, was geschah, war seine Hand an meinem Schlüsselbein, berührte mein Medaillon. »Was ist hier drin? Du klammerst dich ständig daran fest.«

Ich riss ihm den Anhänger aus der Hand, während ich das

Messer weiterhin gegen seine Brust presste. »Das geht dich nichts an.«

»Was immer in diesem Ding ist … Vielleicht wäre es besser, du würdest es loslassen«, murmelte er.

Wie als Antwort auf seine Worte umfasste ich das Medaillon nur noch fester.

»Ich will, dass du mir etwas versprichst, Gott«, sagte ich mit möglichst ruhiger Stimme.

»Und das wäre?«

Ich beugte mich etwas hinunter und hoffte, dass er in meinen Augen sehen konnte, wie ernst ich es meinte. »Beschütze Marisol.«

Nan erwiderte meinen Blick, sein Atem heiß auf meiner Haut. »Der Tod streckt schon die Klauen nach der Alten aus.«

»Das ist mir egal«, presste ich zwischen zusammengebissenen Zähnen hervor. »Du wirst sie nicht scheitern lassen.« Allein der Gedanke daran, nicht nur Marisol, sondern auch ihre Seele zu verlieren, war mehr, als ich ertragen konnte. »Du wirst sie nicht sterben lassen.«

Die Brust des Gottes hob und senkte sich so gleichmäßig, als würde er das Messer gar nicht wahrnehmen. »Würdest du mir glauben, wenn ich dir dieses Versprechen geben würde?«

Ich zögerte, unsicher, was ich erwidern sollte. Schließlich entschied ich mich für die Antwort, von der ich mir den meisten Erfolg erhoffte, obwohl sie nicht der Wahrheit entsprach. »Ja.«

»Ich habe dir schon einmal gesagt, dass du eine miserable Lügnerin bist.«

Frustriert drängte ich die Spitze der Klinge tiefer in das Leder, das seine Brust umhüllte. »Bildest du dir ein, mich nach ein paar zufälligen Treffen schon so gut zu kennen, dass du wissen willst, wann ich lüge, Gott?«

Ein tiefes Lachen vibrierte unter meiner Klinge. »Unsere Treffen waren vieles, aber ganz sicher nicht zufällig.«

»Du verdammter –«

Ein Knurren verschluckte den Rest meines Satzes.

Mein Blick schnellte nach oben – und landete auf einem schlanken schneeweißen Jaguar, der sich mir langsam näherte. Für den Bruchteil eines Moments starrte ich ihn nur an, dann hob ich das Messer und deutete damit auf das Tier, in der Hoffnung, es einzuschüchtern.

Mein Atem ging so schnell, dass es schmerzte. Ich hatte Mühe, die Waffe nicht fallen zu lassen, so sehr zitterten meine Hände.

»Li«, knurrte Nan auf einmal. »Lass den Mist.«

Der Jaguar legte den Kopf schief, und plötzlich glaubte ich, etwas fast Menschliches in den gräulichen Tieraugen zu entdecken.

»Li?«, wiederholte ich, meine Stimme kaum mehr als ein Flüstern.

Der Jaguar kam immer näher, bis er dicht vor dem Messer zum Stehen kam. Ich presste die Augen zusammen, erwartete, jeden Moment die Zähne des Raubtieres zu spüren.

Sekunden verstrichen, die sich wie Stunden anfühlten, dann berührte etwas Feuchtes meine Hand. Ich riss die Augen auf und sah, wie der Jaguar seine Schnauze gegen meine Finger stupste.

Marisol rief meinen Namen, doch ich konnte meinen Blick nicht von dem Tier lösen. Einem Tier, das auf einmal zu leuchten begann, sanft wie Mondlicht.

»Angeber«, brummte Nan. »Typisch *Jaguar de luna.*«

Ehe ich ihn fragen konnte, was das alles zu bedeuten hatte, wuchs der Jaguar in die Höhe und verformte sich, bis aus dem hellen Licht die Gestalt eines jungen Mannes trat. Sein Haar besaß dieselbe Farbe wie das Fell des Jaguars und war im Nacken zu einem Dutt gebunden. Gekleidet war er in einen ebenfalls weißen, beinahe bodenlangen Umhang, unter dem er ähnliche

Kleidung trug wie Nan. Das Blassgrau seiner Augen machte dem Himmel eines verregneten Nachmittags Konkurrenz.

»Wie ich sehe, bist du beschäftigt, Bruder.«

Ein anzügliches Lächeln lag auf den Lippen des Fremden. Entsetzt musste ich feststellen, dass ich immer noch über dem Sonnengott kniete. Hastig ließ ich von ihm ab und stolperte zurück, das Messer abwechselnd auf Nan und den weißhaarigen Mann gerichtet.

»Was geht hier vor sich?«, fragte ich hörbar misstrauisch. Kurz darauf spürte ich, wie Marisol neben mich trat. Ich warf ihr einen raschen Blick zu. Leise fluchend musterte sie die beiden Männer, zweifellos ebenfalls überfordert von der Situation.

»Pack das Ding weg, Admiradora.« Nan erhob sich, dann trat er neben den Fremden und legte einen Arm um dessen Schulter. »Das ist Metztli, mein Bruder. Er wird uns nach Mictlan begleiten.«

Ich beäugte den Neuankömmling argwöhnisch. Metztli war schlank und etwas kleiner als der Sonnengott, sein Gesicht schmal und beinahe so blass wie sein Haar. Aber am auffallendsten war die Sorglosigkeit, die an ihm haftete.

Er war das genaue Gegenteil von Nan.

»Für die Damen heiße ich Li.« Der Fremde schenkte mir ein strahlendes Lächeln, während der Sonnengott die Augen verdrehte. »Es ist mir eine Ehre.«

»Metztli?« Ich ließ mein Messer ein winziges Stück sinken. »Der Gott des Mondes?«

Sein Lächeln wurde noch ein Stückchen breiter. »Ich bin berühmter, als ich dachte. Eine schöne Geschichte, auch wenn hier mit großer künstlerischer Freiheit gearbeitet wurde. Eigentlich habe ich mich nämlich vor Nan geopfert, nicht erst danach.«

Nan stöhnte, dann ließ er seinen Bruder los. Er fing meinen finsteren Blick auf, erwiderte ihn herausfordernd.

Ein Gott war schlimm genug. Nun durfte ich mich vor *zwei*

Unsterblichen in Acht nehmen, die mir jederzeit in den Rücken fallen konnten.

Ich ahnte schon jetzt, dass ich in Mictlan keinen Schlaf finden würde.

Trotz der schon weit fortgeschrittenen Morgendämmerung war es in der Tempelruine so dunkel, dass ich Mühe hatte, nicht gegen eine halb verfallene Steinwand zu laufen. Es war seltsam, wieder hier zu sein. Seltsam, mit Erinnerungen konfrontiert zu werden, die Splitter in mein Herz trieben.

»Existiert die Göttin dieses Tempels noch?«, fragte ich, während wir uns an den Wänden entlangtasteten.

»Nein«, entgegnete Nan. »Sie gehört einer älteren Generation an.«

Ich wollte fragen, was das für eine Rolle spielte, bis ich die Bedeutung hinter seinen Worten verstand. Die Menschen hatten vermutlich aufgehört, ihr Opfer darzubringen, hatten neue Gottheiten verehrt und die Herrin dieses Tempels irgendwann vergessen. Sie hatte ihre Unsterblichkeit eingebüßt, etwas, wogegen sich die beiden Götter vor mir noch wehrten.

»Handy«, sagte Nan plötzlich und riss mich aus meinen Gedanken.

»Was?«

»Gib mir dein Handy, Admiradora. Ich brauche Licht.«

»Ich habe keins.« Das war die Wahrheit. Nur wenige Dorfbewohnerinnen und Dorfbewohner besaßen ein Handy, viele erachteten es auf unserer kleinen Insel für nicht notwendig.

»Du bist der Sonnengott. Kannst du keine Sonnenstrahlen aus deinen Augen schießen oder so was in der Art?« Ich hatte immerhin gesehen, dass Flammen aus seiner Handfläche gestoben waren. Warum konnte er das nun nicht noch einmal tun?

»Bring ihn nicht auf dumme Gedanken, *Mija*«, knurrte Marisol hinter mir. »Und bevor du fragst: Nein, ich habe mein Handy nicht dabei. Bin nicht davon ausgegangen, in der Unterwelt Empfang zu haben.«

Der Gott brummte etwas davon, dass Menschen unbrauchbar seien, dann versetzte er dem Jaguar an seiner Seite einen kräftigen Klaps auf den Rücken. »Mach mir etwas Licht, Bruder.«

Leise knurrend schlich Li in die Mitte der Ruine, dann ließ er Mondlicht aus seinem Fell fließen, das sich die Wände hinaufrankte wie Efeu. Obwohl ich es ungern zugab, war das Licht des Mondgottes wunderschön.

Nan hielt mir eine Hand hin.

»Wie gesagt, ich habe kein Handy, Gott.«

»Dein Messer.« Ungeduld lauerte in seiner tiefen Stimme.

Meine Finger klammerten sich um Mateos Messer. »Ich denke nicht.«

Der Gott verdrehte die Augen. »Ich werde es nicht gegen dich verwenden.«

Ehe ich antworten konnte, strich der Jaguar an mir vorbei, blieb vor seinem Bruder stehen und legte den Kopf schief. Der Sonnengott zog einen Handschuh aus und hielt Li seine entblößte Hand entgegen. Sofort senkten sich die scharfen Zähne des Tieres in sein Fleisch.

»Autsch«, murmelte Marisol neben mir. »Ich konnte meine Schwester auch nie leiden, aber gebissen habe ich sie nie.« Sie schwieg einen Moment. »Wobei die alte Schachtel das mehr als verdient hätte.«

Ich beobachtete den Sonnengott dabei, wie er das Innere der von Lis Licht erhellten Ruine auf- und abschritt, erst die Wände musterte, dann den Untergrund. Schließlich kniete er sich direkt neben mir zu Boden und presste seine blutende Hand in den Sand, auf dem der Tempel einst errichtet worden war. Bis gerade eben hatte ich nicht einmal gewusst, dass Götter tatsächlich bluteten. Blut war etwas Menschliches, das nicht in die Adern eines Unsterblichen gehörte. Dachte ich jedenfalls.

»Wenn ich mich richtig erinnere, müssen wir noch einen Pakt besiegeln, Admiradora.«

Nans Blick fuhr mein Gesicht entlang, dann hinunter zu meinen Armen, die von den Ärmeln meines Pullovers eingehüllt wurden. »Ein Tropfen deines Blutes. Aus einer Narbe, die ein Toter dir gegeben hat.«

Ich holte zitternd Luft, dann setzte ich das Messer an meinen rechten Handrücken und bohrte die Klinge in die halbmondförmige Narbe, die Marias Berührung hinterlassen hatte. Kaum, dass der erste Tropfen Blut das Metall benetzt hatte, packte Nan mich, zog mich neben sich zu Boden und presste meine blutige Haut in den Sand. Dorthin, wo sein Blut das Weiß bereits rot verfärbte.

»Götter und Tote können ein geöffnetes Portal problemlos passieren, aber um Lebenden Zugang zu gewähren, benötigt es das hier«, beantwortete Nan meine unausgesprochene Frage. »*Miquiz elehuia.*«

»Was hat er gesagt?«, flüsterte ich Marisol zu, die sich zu mir heruntergebeugt hatte, doch sie zuckte nur mit den Schultern. »Du bist hier das wandelnde Relikt, nicht ich. Ist wahrscheinlich irgendeine uralte Göttersprache.«

»Nahuatl«, sagte Li plötzlich. Er hatte mittlerweile seine Raubkatzengestalt wieder abgelegt und stand ein paar Schritte hinter seinem Bruder. Gemächlich rückte er seinen weißen Umhang zurecht.

»Gesundheit«, antwortete Marisol.

»Die Sprache heißt Nahuatl«, entgegnete der Mondgott, ein Lächeln auf den Lippen, das ihn nie zu verlassen schien. »Die Sprache der Götter. Sie ist so alt wie diese Insel, vielleicht noch älter.«

Gerade, als ich ihm erklären wollte, dass ich die Sprache kannte, spürte ich plötzlich, dass sich etwas unter meiner Hand bewegte. Ich wollte sie wegziehen, doch Nans Griff war eisern, das Leder seines Handschuhs kühl, während der Sand unter meinen Fingern zu brennen schien. Ich biss mir auf die Unterlippe, um nicht zu schreien, auch wenn das Brennen auf meiner Haut irgendwann unerträglich wurde.

Auf einmal riss der Gott unsere Hände nach oben. Dort, wo sich sein Blut mit meinem vermischt hatte und im Boden versickert war, klaffte ein winziges Loch. Ein Loch, das sich nun durch den Sand fraß, bis es schließlich groß genug war, um einen erwachsenen Mann zu verschlingen.

Nan ließ meine schmerzende Hand los.

»Willkommen in Mictlan, Admiradora.«

8. Kapitel

Ich hatte vermutet, dass der Eingang zur Unterwelt nicht gerade einladend aussehen würde. Aber auf das tintenschwarze, unter der Ruine des Tempels verborgene Nichts, das sich vor uns erstreckte, hätte mich keine von Marisols Göttererzählungen vorbereiten können.

Kaum, dass ich mich durch das Loch hatte fallen lassen, hatte ich das Gefühl, eine völlig fremde Klimazone betreten zu haben. Die Luft war so kalt, dass ich zitterte. Die Erde unter meinen Füßen so hart und unnachgiebig, dass ich sie durch die Sohlen meiner Stiefel spürte.

Marisol und ich folgten Lis Licht, das uns tiefer in das Nichts führte. Nan ging neben dem Jaguar, ohne sich auch nur einmal zu uns umzudrehen oder irgendetwas zu sagen.

Halt suchend klammerte ich mich an Abuelas Arm, während ich meinem hektischen Herzen lauschte. Es war nicht die Dunkelheit, die mir am meisten Angst machte.

Es war die Totenstille.

»Hey, Aragorn!« Marisols Stimme hallte unnatürlich laut in der Finsternis wider.

»Was?«, fragte Nan.

»Du bist ein miserabler Tourguide. Wie wäre es, wenn du –«

Plötzlich blieb der Sonnengott abrupt stehen und hob eine Hand. »Wir sind da.«

Marisol und ich traten zu den beiden Göttern. Vor uns erhob sich eine mannshohe pechschwarze Statue in der Gestalt eines schlanken Hundes mit spitzen Ohren. Ich schluckte schwer. Wenn mich nicht alles täuschte, hatten wir den Beginn der ersten Ebene erreicht.

»Was haben wir hier?« Marisol löste sich aus meinem Griff und kramte etwas aus ihrem gehäkelten Beutel hervor. »Hab extra 'ne Seite aus 'nem Buch über aztekische Mythologie mitgebracht. Da staunst du, was, de Jesús? Die Story ist gar nicht so uninteressant, wenn man sich erst mal an diese Zungenbrechernamen gewöhnt hat.« Ein kurzer Moment Stille. »Okay, den Namen von dieser ersten Ebene kann ich unmöglich aussprechen.«

»Itzcuintlán«, murmelte ich. »Der Ort des Hundes.«

Als Abuela meine Hand nahm, merkte ich, dass ich meine Finger schon wieder um das Medaillon geklammert hatte.

»Wenn du den Ort des Hundes kennst, wird dir Apanohuacalhuia sicherlich auch ein Begriff sein«, sagte Nan.

Ich wusste, dass das ein Fluss war, aber bis zu diesem Moment hatte ich versucht, dieses Detail auszublenden. Wollte nicht an das dunkle, unergründliche Wasser denken, das Erinnerungen in mir aufsteigen ließ, mir Stiche in die Brust versetzte.

»Apanohuacalhuia trennt eure Welt von Mictlan«, erklärte der Sonnengott. »Er besteht aus den Tränen Verstorbener, die noch nicht bereit waren, ihr Leben hinter sich zu lassen. Für Tote, die sich als würdig erweisen wollen, Mictlan zu betreten, könnte das hier schon das Ende ihrer Reise bedeuten. Schafft man es nicht, ans andere Ufer des Flusses zu gelangen, erwartet einen *la Segunda muerte*.«

Plötzlich erinnerte ich mich daran, was der Gott mir auf dem Friedhof erklärt hatte: Seelen, die auf einer Ebene scheiterten, wurden auf ewig von der Dunkelheit unterhalb Mictlans gefangen gehalten. Von der leeren Finsternis, die noch tiefer reichte als die Unterwelt selbst. Sie würden niemals Frieden finden, niemals als Geister das Reich der Lebenden betreten. Ähnlich wie jene Seelen, die durch die Berührung eines Menschen zum zweiten Mal starben. Und laut Nan würde Marisol und mir dasselbe Schicksal bevorstehen, sollten wir scheitern.

Ich holte zitternd Luft und verstärkte meinen Griff um Abuelas Hand. Meine Fingernägel hinterließen zweifellos halbmondförmige Spuren in ihrer Haut, aber sie zog ihre Hand nicht fort.

»Könnt ihr gut schwimmen?«, fragte Nan.

»Natürlich«, antwortete ich nach einer kurzen Pause. Ich spürte seinen Blick auf mir, obwohl ich ihn in der Schwärze der Nacht Mictlans kaum sehen konnte. Diesmal war es Marisol, die ihren Griff um meine Hand verstärkte. Sie war die Einzige, die wusste, dass ich gelogen hatte.

Dann warteten wir, worauf genau, wusste ich nicht. Ich wünschte, es gäbe wenigstens eine kleine Lichtquelle. Li hatte mittlerweile wieder seine Jaguargestalt abgelegt und mit ihr sein sanftes Leuchten. So ungern ich es auch zugab, es hatte eine beruhigende Wirkung auf mich. Doch ich wollte weder ihn noch den Sonnengott um Licht bitten, zumindest nicht um göttliches.

»Hat jemand ein Feuerzeug?«, fragte ich nach ein paar Minuten. Oder waren es Stunden? Ich hatte jegliches Zeitgefühl verloren, seitdem die Eiseskälte Mictlans in meine Knochen kroch.

»Warte, ich müsste eigentlich eins –«

»Kein Feuer«, unterbrach Nan seinen Bruder. »Das verschreckt die Xoloitzcuin –«

»Sagt mal, kann man das Wasser hier eigentlich trinken?«, unterbrach Marisol ihn.

»Finde es heraus«, antwortete Nan trocken, im selben Moment, in dem Li erwiderte: »Schmeckt widerlich, aber sollte dich nicht umbringen.«

Plötzlich ertönte sanftes Plätschern. Es klang, als würde jemand durch Wasser waten. Ein Laut folgte, der an das Wehklagen eines einsamen Wolfes erinnerte. Dann tauchte in der Ferne ein Lichtfleck auf. Als ich die Augen zusammenkniff, erkannte ich eine hell leuchtende, kleine Gestalt, die in unsere Richtung lief.

Nein. Sie lief nicht. Sie schwamm. Erst jetzt wurde mir bewusst, dass wir mittlerweile direkt am Ufer des Flusses standen. Hastig wich ich einen Schritt zurück, während Nan ins Wasser watete, auf das leuchtende Tier zu. Es ähnelte der Statue so sehr, dem göttlichen Hund, der den Schriften der Admiradoras zufolge diesen Ort sein Zuhause nannte und Toten dabei half, den Fluss zu durchqueren.

»Warum nur einer?« Lis Frage riss mich aus meinen Gedanken. Das sanfte Licht, das der schlanke Hund ausströmte, ermöglichte es mir, Marisol und die Götter deutlicher zu sehen als zuvor.

»Die anderen sind vermutlich damit beschäftigt, Tote hinüberzubringen«, antwortete Nan.

Ich schloss für einen kurzen Moment die Augen, dachte an die Gräber, die überhandnahmen. An die Toten, die vermehrt nach Mictlan strömten. Viel zu viele Tote.

»Kann der Hund Marisol und mich zusammen hinüberbegleiten?«

Der Sonnengott schüttelte den Kopf. »Ein Toter pro Xoloitzcuintle. Ein Lebender ist ohnehin schon schwerer als die Seele eines Verstorbenen.« Er wandte sich an seinen Bruder. »Übernimmst du die Admiradora?«

Li nickte, dann nahm er vor unseren Augen erneut die Gestalt eines Jaguars an, das Fell heller als das des Hundes. Als er auf mich zukam, schüttelte ich den Kopf und schob Abuela vor mich. Ich konnte es nicht genau erklären, aber ich hatte das Gefühl, dass sie bei dem Gott sicherer sein würde als bei dem Hund.

»Bitte kümmere dich um Marisol.«

Einige Augenblicke verstrichen, in denen ich nur meinen eigenen hektischen Atem hörte. Schließlich neigte Li den Kopf leicht nach vorn. Ich hoffte, das bedeutete, dass er meiner Bitte nachkommen würde.

Nan verschränkte im Schein von Lis Licht die Arme vor der Brust. Er musterte erst seinen Bruder, dann Marisol, bis sein Blick schließlich an mir haften blieb.

»Es ist nicht das Wasser, das die Toten fürchten, sondern das, was seine Tiefen verbergen.« Der Gott kniete sich neben den Hund, der immer noch im Wasser ausharrte, und begann, ihn hinter den spitzen Ohren zu kraulen. Eine menschliche Geste, die ich von ihm nicht erwartet hätte.

»Der Leguan Xochitónal, der am Grunde dieses Flusses lebt, wurde vor Jahrtausenden mit der Aufgabe betreut, den Eingang nach Mictlan zu bewachen. Er riecht es, wenn Tote noch nicht bereit sind, ihr Leben loszulassen. Die Xoloitzcuintle versuchen, dem Leguan aus dem Weg zu gehen, und ihre Begleitung sicher über den Fluss zu bringen. Aber manchmal sind auch sie machtlos.« Er nickte seinem Bruder zu und erhob sich. »Bring die Alte rüber, Li.«

Hastig streifte ich meinen Rucksack ab und verstaute meine Jeansjacke darin. Als ich damit vor Li trat, gestattete er mir bereitwillig, ihn auf seinem Rücken zu befestigen. Dankbar fuhr ich über sein Fell, bevor mir bewusst wurde, was ich da tat. Sofort zog ich meine Hand zurück.

Götter streichelt man nicht, Elena.

Einen Moment später zog mich Marisol in eine energische Umarmung. »Sag mir bitte, dass das hier alles nur ein Fiebertraum ist«, brummte sie in mein Ohr. »Oder ich habe mal wieder zu viel Mezcal getrunken. Auch gut möglich.«

Ich presste meine Stirn an ihre Schulter. »Ich habe dir gesagt, dass du zu Hause bleiben sollst«, antwortete ich flüsternd. Schon jetzt schnürte Angst meine Kehle zu.

»Bin ich doch.« Sie presste einen harten Kuss auf mein Haar, dann ließ sie von mir ab. »Wir sehen uns drüben, *Mija*. Lass mich nicht zu lange warten. Du weißt, wie schlimm es um meine Ungeduld steht.« An den Sonnengott gewandt fügte sie hinzu: »Pass auf meine Kleine auf, oder es wird dir leidtun, Aragorn.«

Ich hielt den Atem an, als Marisol mit Li an ihrer Seite in den Fluss stieg. Erst als sie in der Dunkelheit verschwunden waren, das leuchtende Fell des Jaguars nur noch ein Fleck in der Ferne, stieß ich die Luft langsam wieder aus. Marisol war trotz ihres hohen Alters eine gekonnte Schwimmerin. Ihre Beinbeschwerden sah man ihr im Wasser kaum an. Ich hoffte inständig, dass das und die Begleitung durch den Mondgott reichen würden, um sie sicher ans andere Ufer zu bringen.

Mein Blick glitt zu Nan, der immer noch im Fluss stand, nur erhellt von dem Licht, das von dem Hund ausging. Unwillkürlich tastete ich nach Mateos Messer, das nach wie vor in meinem Gürtel steckte. Auch wenn ich ihn nicht leiden konnte, war Nan nicht der Gott, den ich diese Klinge spüren lassen wollte. Wenn ich eines Tages göttliches Blut vergießen sollte, dann würde es der Herrscher der Unterwelt selbst sein, der mein Messer kennenlernte.

»Worauf wartest du?«

Nans Stimme war ruhiger, als ich erwartet hatte. Wenn er ungeduldig sein sollte, ließ er es sich zumindest nicht anmerken.

»Woran merken wir, dass Marisol es geschafft hat?«

»Das wirst du erfahren, wenn du auf der anderen Seite bist.«

Der Gott wandte sich um und trat aus dem Fluss, dann kniete er sich auf die pechschwarze Erde und streckte eine Hand aus. Das Tier kam schwanzwedelnd zu ihm, fast so, als würde es ihn kennen.

»Der Hund scheint dich zu mögen.«

»Er riecht mein Blut.« Mit seiner freien Hand bedeutete Nan mir, näher zu treten. »Mach dich mit ihm vertraut.«

Als ich vorsichtig einen Schritt auf den Hund zuging, hob er den Kopf und knurrte.

»Er spürt, dass du nicht tot bist«, erklärte der Gott.

Unsicher wich ich zurück. »Vielleicht sollte ich warten, bis dein Bruder wieder zurück ist.«

Nan legte seinen Kopf an den Nacken des Hundes und murmelte etwas, das ich nicht verstand. Vermutlich sprach er wieder auf Nahuatl.

»Was tust du da?«

»Ein gutes Wort für dich einlegen.« Er presste einen Kuss auf die Schnauze des Hundes, dann fand sein dunkler Blick den meinen. Im Schein des Xoloitzcuintle waren die fast schwarzen Ringe unter seinen Augen unübersehbar, und obwohl seine Haltung aufrecht war, wirkte er erschöpft. Etwas wie Mitleid breitete sich für den Bruchteil eines Moments in mir aus, bevor ich es im Keim erstickte. Götter waren die Letzten, die mein Mitgefühl verdienten.

»Du darfst ihn nicht loslassen, egal was passiert. Wenn du von ihm getrennt wirst, kann er dich nicht mehr vor dem Xochitónal beschützen. Und versuche, so ruhig und lautlos wie möglich zu schwimmen, sonst weckst du den Leguan auf.«

»Den Hund nicht loslassen«, wiederholte ich. »Lautlos schwimmen. Verstanden.« Wenn das nur meine einzige Sorge wäre.

»Noch irgendetwas, das ich wissen sollte?«

»Eine Sache wäre da noch.«

Nans Arm berührte meine Schulter, als ich mich schließlich doch neben ihn kniete. Plötzlich griff er nach meiner Hand und presste sie auf den Rücken des Hundes. Meine Finger trafen auf glatte Haut.

Der Gott beugte sich zu mir herunter, bis ich seinen heißen Atem auf meiner Haut spürte. »Xoloitzcuintle haben kein Fell.« Mit diesen Worten zog er mich grob auf die Füße und gab mir einen kräftigen Stoß in Richtung des Flusses, den Hund an meiner Seite. Wir stolperten ins Wasser, und ich hatte Mühe, das Gleichgewicht zu halten. Falls ich jemals daran gezweifelt hatte, dass Götter Arschlöcher waren, hatte mir der Sonnengott gerade wieder einen Beweis geliefert.

Vorsichtig streichelte ich den Hund, während wir nebeneinander durch das Wasser wateten. Es kostete mich all meine Willenskraft, die Panik in mir im Zaum zu halten. Das erdrückende Gefühl des Wassers auszublenden. Nach kurzer Zeit war es so tief, dass meine Arme im dunklen Nass versanken. Hastig verstaute ich mein Medaillon unter meinem Kapuzenpullover und verfluchte mich dafür, es nicht in den Rucksack gelegt zu haben. Ich wandte meinen Kopf in Richtung des hellen Lichts und horchte auf die Laute des Hundes. Je tiefer wir in den Fluss vordrangen, desto hektischer wurde mein Atem. Ich litt nicht nur unter der Kälte des Wassers, noch eisiger als die Luft Mictlans, sondern vor allem unter den Bildern, die sich in mein Gedächtnis stahlen. Bilder, die ich verdrängt hatte, aber die nun umso klarer zum Vorschein kamen.

Reflexartig krallte ich meine Finger in das Weiß des Hundes, als meine Füße keinen Halt mehr fanden – und fluchte leise. Die Oberfläche, in die sich meine Finger gruben, bot kaum eine Möglichkeit zum Festhalten. Gleichzeitig fühlte ich die Anspannung, die die Muskeln des Hundes erhärtete, spürte, dass meine Berührung ihm missfiel. Trotzdem ließ ich nicht los, sondern versuchte, beide Arme um seinen sehnigen Körper zu schlingen, während meine Füße hektisch durch das Wasser traten.

Versuche, so ruhig und lautlos wie möglich zu schwimmen, sonst weckst du den Leguan auf.

Ich gab mir Mühe, meine Beine langsamer zu bewegen, aber das hatte nur zur Folge, dass sich mein Griff um den Hund verstärkte. Ein Knurren ertönte, und ehe ich reagieren konnte, ehe ich meinen Griff noch weiter verstärken konnte, riss sich der

Hund los. Meine Hände griffen ins Leere, das Licht verschwand aus meinem Blickfeld und die Schwärze Mictlans hieß mich erneut willkommen.

Verzweifelt hielt ich nach dem Tier Ausschau, aber alles war schwarz, so pechschwarz. Die Dunkelheit wurde mit jeder Sekunde, die verstrich, erdrückender. Verdammt, hatte Nan nicht gesagt, dass es hier noch andere Hunde gab, die die Toten begleiteten? Wo waren sie? Warum gab es keinen einzigen Lichtfleck in dieser Finsternis?

Ich schrie, schlug um mich, hatte jede kleinste Schwimmbewegung vergessen, die mir Mateo beigebracht hatte. Ich war schon immer eine schlechte Schwimmerin gewesen, aber nun waren meine Bewegungen nicht nur unkoordiniert, sie waren angsterfüllt. Je heftiger ich versuchte, mich ohne die Hilfe des Hundes orientierungslos durch die Wassermassen zu quälen, desto stärker wurde der Sog, der mich unter die Wasseroberfläche zu ziehen drohte. Bis es ihm irgendwann gelang.

Eiskalte Dunkelheit empfing mich, die meine Lungen in Brand steckte. Und mit ihr kamen erneut die Erinnerungen.

Mateo. Leblos an der Wasseroberfläche treibend. Mateo. Ein leeres Lächeln auf den Lippen.

Mateo.

Mateo.

Mateo.

Plötzlich packte etwas meinen rechten Fuß und zog mich tiefer unter Wasser. Verzweifelt trat ich nach unten, aber je heftiger ich mich wehrte, desto eiserner wurde der Griff. Der Leguan. Ich hatte ihn geweckt.

Gerade, als ich glaubte, dass meine Lungen explodieren würden, ließ der Druck an meinem Fuß nach, bis er irgendwann ganz verschwunden war. Stattdessen spürte ich eine sanfte Berührung an meiner rechten Hand, dann griff etwas nach mir. Glatt. Ledern. Ich wollte mich herauswinden, aber der Griff verstärkte sich, ließ nicht von mir ab. Meine Lungen rebellierten, forderten Sauerstoff, den ich ihnen nicht geben konnte. Schließlich hatte ich keine Kraft mehr, meine Lippen zusammenzupressen.

Ich öffnete den Mund, verschluckte Wassermassen, hustete. Schluckte noch mehr Wasser, das nach dem Tod selbst schmeckte.

Bis ich irgendwann nichts mehr sah, nichts mehr schmeckte, nichts mehr fühlte. Bis irgendwann selbst Mateos Gesicht verblasste, fortgespült von dem Fluss, den ich nicht hatte bezwingen können.

Ich ließ los.

9. Kapitel

Harte Erde unter meinem Körper. Erde, kein Wasser. Schmale Hände, die mich in eine sitzende Position hievten. Der Geschmack von Tod auf meinen Lippen.

Ohne die Augen zu öffnen, beugte ich mich nach vorn und erbrach einen Schwall Wasser. Jemand hielt mich von hinten, hielt mich aufrecht, hielt mich zusammen. Meine Finger tasteten nach den zerbrechlichen Armen, die sich um meine Taille gelegt hatten, drückten sie, stellten sicher, dass sie echt waren.

Als ich die Augen öffnete, wurde ich von fahlem Licht begrüßt. Erleichtert lockerte ich den Griff um Marisols Arme. Die Hilflosigkeit, die ich in der Dunkelheit gespürt hatte, war furchterregender gewesen, als ich es mir je hätte vorstellen können. Mein Blick fuhr über unebene Wände, die aus pechschwarzen Felsen zu bestehen schienen und uns einkesselten. Ich sah nach oben. Nichts. Kein Himmel, nur ein entfernter Nebel, der über uns lauerte. Es war, als wären wir in einem trüben Herbstmorgen gefangen. Dann erblickte ich den Sonnengott, der etwas abseitsstand und mich beobachtete, Li an seiner Seite. Nans beinahe schulterlanges, nasses Haar klebte ihm in der Stirn.

»Warum hast du gelogen?«, fragte Nan.

Ich wandte den Blick ab. Meine Zähne klapperten unaufhörlich. Selbst wenn ich eine Antwort für ihn gehabt hätte, hätte ich sie ihm nicht geben können.

Schwere Schritte kamen auf mich zu, dann spürte ich behandschuhte Finger unter meinem Kinn. Nan hob mein Gesicht an, zwang mich, ihn anzusehen. Er kniete vor mir, das Leder seiner Kleidung dunkel, seine Handschuhe feucht. »Warum?«, wiederholte er, seine Stimme einen Hauch sanfter als zuvor.

»Finger weg von meiner Kleinen«, knurrte Marisol hinter mir, doch der Gott schenkte ihr keine Beachtung. Sein Blick ließ mich nicht los, ebenso wenig wie seine Hand mein Kinn. Die gold-grünen Farbkleckse, die das Schwarz seiner Iriden verzierten, schienen heller als sonst.

»Es ist nicht das Wasser, oder?«, fragte er nach einer Weile.

Ich holte zitternd Luft und schüttelte den Kopf, obwohl es mich Anstrengung kostete. Es war nicht das Wasser, das ich fürchtete, sondern die Erinnerungen, die an ihm klebten.

Der Gott schwieg einen Moment, dann ließ er seufzend mein Kinn los. »Gibt es sonst noch irgendetwas, was ich über dich wissen sollte, Admiradora?«

»Nan.« Li war hinter seinen Bruder getreten und legte eine Hand auf dessen Schulter, doch der Sonnengott ignorierte ihn. Stattdessen klebte sein Blick immer noch an mir, bevor er ihn senkte und meinen Körper herabwandern ließ, als wollte er diesen auf Verletzungen überprüfen. Ich schluckte schwer. Auf einmal wollte ich nur fort von seiner viel zu sanften Berührung, fort von diesen Augen, die mehr sahen, als sie sehen sollten.

»Nan«, wiederholte Li, diesmal eindringlicher.

Widerwillig wandte Nan sich um, dann zuckte er zusammen. Erst jetzt bemerkte ich, dass an seiner Schulter ein etwa faustgroßes Loch in seinem Mantel klaffte. Ich hatte es zunächst nicht gesehen, weil keine Haut hervorschaute, sondern Blut. So viel Blut. Instinktiv streckte ich eine Hand aus, wollte etwas tun, um den Blutfluss zu stillen, so, wie Miguel es mir beigebracht hatte. Aber ich ließ meine Hand sofort wieder sinken.

»Der verdammte Xochitónal hat dich erwischt, Bruder.«

Auf einmal ertönte ein unterdrücktes Husten hinter mir. Sofort wandte ich mich Marisol zu und sog erschrocken die Luft ein. Ihre Lippen waren blutverschmiert, ebenso wie ihre Hand. Mein Herz zog sich schmerzhaft zusammen. Sie musste einen Anfall gehabt haben.

»Sie hat stark gehustet, nachdem wir das Ufer erreicht haben«, murmelte Li, während er Nan half, seinen durchnässten Mantel abzulegen. »Ich habe getan, was ich konnte. Aber ich kenne mich mit menschlichen Gebrechen nicht so gut aus.« Er schenkte mir ein entschuldigendes Lächeln, das eine Aufrichtigkeit ausstrahlte, die ich von einem Gott nicht erwartet hätte. »Ruht euch aus. Wir werden erst weitergehen, wenn die Plejaden wieder zu sehen sind.«

Ich nickte ihm zu und hoffte, dass er meine Dankbarkeit spüren konnte. Er hatte sie sicher hinübergebracht. Mein Blick glitt zu Nan, der die Augen geschlossen hatte. Und er hatte mich gerettet.

Schließlich zwang ich mich, den Blick von ihm abzuwenden, dann kramte ich mit schlotternden Fingern nach Marisols Inhalator. Dabei vergewisserte ich mich, dass mein Medaillon noch an Ort und Stelle war. Ich hatte das Medikament in der Innentasche meiner Jacke verstaut, die ich aus meinem größtenteils trockenen Rucksack herauszog.

Ich hielt Abuela, während sie von einem heftigen Hustenanfall geschüttelt wurde, tupfte mit meinem Ärmel das Blut von ihren gesprungenen Lippen und half ihr danach, zu inhalieren. Aus Erfahrung wusste ich, dass sie nicht wollte, dass ich sie so sah. So schwach und gebrochen. Vorsichtig schlang ich meine Jeansjacke um ihre Schultern. Die Dorfälteste zog mich an sich, bis mein Kopf auf ihrer Brust ruhte. Ich schloss die Augen, erlaubte mir, mich auszuruhen, während mich Marisols sanfter Gesang in einen traumlosen Schlaf verfolgte.

Später konnte ich nicht sagen, ob ich Minuten oder Stunden geschlafen hatte. Es herrschte noch immer ein seltsames Dämmerlicht, als ich die Augen öffnete, so, als versuchte die Sonne erfolglos, ihre Strahlen hinunter in die Unterwelt zu schicken. Ich starrte für einen kurzen Moment nach oben. Li hatte etwas von den Plejaden gesagt. Und tatsächlich – in der Ferne glaubte ich, erste Anzeichen der Sternenkonstellation ausmachen zu können. Helle Punkte in dem Grau Mictlans. Seltsam. Ich erhob mich schwerfällig. Alles an diesem Ort war seltsam.

Die felsigen Wände, die ich zuvor nur kurz gemustert hatte, erstreckten sich, ausgehend vom Flussufer, in alle Richtungen. Was ich bisher von Mictlan sehen konnte, ähnelte einem eisigen, aus schwarzem Stein errichteten Labyrinth. Vermutlich Obsidian. Ein Detail, das der Sonnengott vor unserem Pakt zufälligerweise vergessen hatte, zu erwähnen.

»Warum ist es in diesem Loch so verdammt kalt?«, knurrte Marisol neben mir. Außer uns beiden und den Göttern schien niemand an diesem Abschnitt des Ufers zu sein. Zumindest konnte ich keine Seelen entdecken. Noch nicht.

»Je weiter wir in die Unterwelt vordringen, desto kälter wird es werden«, erklärte Li.

»Noch kälter?«, brummte die Dorfälteste, meine Jeansjacke immer noch um die Schultern geschlungen. »*Maldita sea.*«

»Wer hätte gedacht, dass die *Señora* so gut fluchen kann«, sagte der Mondgott, während er einige Schritte entfernt sorgsam das Blut von der Schulter seines Bruders wischte.

Nan saß immer noch in derselben Position da wie zuvor, jedoch war sein Oberkörper nun entblößt. Offenbar hatte ich tatsächlich nicht lange geschlafen.

Ich schluckte schwer, als ich einen kurzen Blick auf die

Wunde des Sonnengottes warf. Der Leguan hatte es geschafft, ein Stück Fleisch aus seiner Schulter zu reißen.

Li presste eine Hand auf die zerfetzte Haut. Einen Augenblick später wurde diese von einem sanften weißblauen Licht erhellt, das aus seinen Fingern floss und sich um die Schulter seines Bruders wickelte. Mit offenem Mund starrte ich auf Nans Wunde, verstand nicht, was dort vor sich ging, wollte es vielleicht auch nicht verstehen.

Das war das Besondere an Wundern: ihre Unerklärlichkeit. Denn wie das Fleisch nun mithilfe des Mondlichts geflickt wurde, war nichts anderes als ein Wunder. Von den Heilkräften Lis wurde in den Geschichten über ihn nicht gesprochen. Umso mehr faszinierten sie mich. Unwillkürlich beneidete ich den Mondgott um seine Fähigkeiten, während alles, was ich konnte und war, auf die eine oder andere Weise mit dem Tod verknüpft war.

Li fing meinen Blick auf. Seine Lippen verzogen sich zu einem gequälten Lächeln. »Auch Götter sind verwundbar.«

»Kannst du uns auch heilen, wenn uns etwas passiert?«, fragte Marisol.

Der Gott schüttelte den Kopf. »Eure menschlichen Körper würden das nicht aushalten. So leid es mir tut, aber ich kann nur die Haut meines kleinen Bruders flicken.« Als er seine Hand fortnahm, war dort statt der Bisswunde eine unregelmäßige Narbe zu sehen. »Und das auch nicht mehr so gut wie früher. Sorry, Nan, aber in nächster Zeit solltest du es mit den Ladies etwas langsam angehen lassen, sonst reißt das hier wieder auf.«

»Li«, knurrte Nan, eine Drohung in seiner tiefen Stimme.

»Was denn? Ich dachte, du hättest was mit dieser einen –«

»Das war vor über zweihundert Jahren.«

Li beugte sich hinunter und presste einen flüchtigen Kuss auf das dunkle Haar seines Bruders. »Vielleicht ergibt sich ja was unterwegs.«

Der Sonnengott richtete sich schwerfällig auf, seine Miene noch finsterer als sonst.

»Du bist so süß, wenn du schlecht gelaunt bist, Bruder.« Li schob sich eine schneeweiße Strähne aus der Stirn, dann stand er auf und schlenderte in Richtung des Ufers davon. »Also eigentlich immer.«

Auf einmal fragte ich mich, was geschehen würde, sollte ich Nan jemals aus Versehen berühren. Würde er mir nur die Haut versengen oder mich gleich bis auf die Knochen verbrennen? Was, wenn …

»Sieht nicht schlecht aus«, raunte Marisol in mein Ohr.

Sofort schnellte mein Blick zu ihr.

»Ich …« Ich spürte, wie mir Hitze ins Gesicht schoss. Das Letzte, was ich wollte, war, dass irgendjemand glaubte, ich würde Nans nackten Oberkörper bewundern. Er mochte muskulös und durchaus ziemlich attraktiv sein, aber in seinem Innern war er ein Gott, der weder meine Anerkennung verdiente noch meine Zuneigung. Trotzdem fiel es mir schwer, den Blick abzuwenden. Nicht, weil ich mich nicht an seinen Muskeln sattsehen konnte, sondern, weil seine Haut mit Narben übersät war. Keine halbmondförmigen Narben wie die, die sein Gesicht und meine Arme zierten, sondern gerade, rücksichtslose Linien, manche so lang, dass sie sich um seine Brust zu wickeln schienen.

»Gefällt dir, was du siehst, Admiradora?«, fragte der Sonnengott unvermittelt.

Verdammt. Ich starrte immer noch. »Ich habe schon besser trainierte Oberkörper gesehen«, entgegnete ich.

Nan schloss die Augen, ein spöttisches Lächeln auf den Lippen. »Sicher hast du das.«

»Warte, warum weiß ich nichts davon, *Mija?*«, wollte Marisol wissen. »Also haben du und Miguel doch –«

»Woher hast du diese Narben?«, unterbrach ich sie hastig. Sie sollte besser als alle anderen wissen, dass ich keine Zeit hatte, irgendwelche Männer anzuschmachten. Und auch wenn sie es sich scheinbar zu ihrer persönlichen Mission gemacht hatte, mich mit Miguel zu verkuppeln, weil er Arzt war, würde daraus niemals etwas werden. Besonders nicht nach dem, was er mir angetan hatte.

Ein leises Lachen ertönte. »Ich bin unsterblich, Admiradora.« Nan lehnte sich zurück, bis sein Rücken an einer der unzähligen Felswände lehnte. »Die Unendlichkeit hinterlässt allerlei Narben.«

Unsterblich. Mir entging das Zittern in seiner Stimme nicht, als das Wort seine Lippen verließ. Er und Li mochten noch unsterblich sein, aber wenn die verlorenen Seelen nicht gestoppt wurden, würde auch die Unsterblichkeit der beiden Götter mit meinem Dorf zu Ende gehen. Mein Blick glitt zu seiner mittlerweile vernarbten Verletzung. Nur deshalb hatte er mich aus den Klauen des Leguans gerettet, da war ich mir sicher.

Eine Weile saßen wir schweigend da, eingehüllt in die Totenstille der Unterwelt. Marisol war mittlerweile an meiner Schulter eingenickt, und gerade, als ich glaubte, dass auch der Sonnengott schlief, durchschnitt seine Stimme die Stille.

»Die Reise über die Ebenen Mictlans dient dazu, Abschied vom Leben zu nehmen, seine Menschlichkeit loszulassen.« Er öffnete die Augen und sah mich an. »Der Xoloitzcuintle hat sich deiner verweigert, weil du für diese Reise noch nicht bereit bist.« Sein Blick fiel auf die schlafende Marisol. »Du sträubst dich gegen den Tod, ganz im Gegensatz zu der Alten.«

Gerade hatte ich noch überlegt, ob ich ihm vielleicht doch danken sollte, aber jetzt verwarf ich diesen Gedanken wieder.

»Ich habe Neuigkeiten für dich, Gott.« Die Worte klangen bissiger, als ich beabsichtigt hatte. »Ich bin nicht tot, und ich habe auch nicht vor, in nächster Zeit zu sterben.« Marisol zuckte kurz zusammen, schlief jedoch weiter. »Natürlich fällt mir diese Reise schwer.«

»Du willst nicht sterben?«

»Selbstverständlich nicht.«

»Aber du lebst auch nicht.«

Ich hielt dem Blick des Gottes stand, antwortete jedoch nicht.

»Mictlan wird auf jeder Ebene versuchen, dich loszuwerden. Der Alten fällt es leichter, weil sie den Tod nicht fürchtet. Sie hat ihr Leben gelebt. Andererseits macht sie das unvorsichtiger.« Nans Hand fuhr hinauf zu seiner Schulter, massierte sie leicht. »Ich weiß, dass du nicht willst, dass sie hier ihre Seele verliert. Aber solltet ihr beide tatsächlich die letzte Ebene erreichen, werdet ihr wahrscheinlich nicht mehr so sein wie zuvor. Ihr werdet vielleicht alles verlieren, was euch als Menschen ausmacht. Allem voran eure Erinnerungen.«

Ich starrte ihn an. Unsere Erinnerungen?

»Das wären definitiv Punkte gewesen, die du im Vorhinein ausführlicher hättest erläutern können, Gott.«

Nan ließ seine Hand sinken. Sein dunkler Blick war nun so durchdringend, dass ich fürchtete, er könnte durch meine Fassade sehen. Könnte die Angst spüren, die in mir aufzukeimen begann.

»Hättest du abgelehnt, wenn ich es getan hätte?«

Ja. Nein. Ich wusste es nicht.

Ich wandte den Kopf zur Seite und strich Marisol behutsam eine lose Strähne aus der Stirn.

»Du hast gerade etwas von Erinnerungen gesagt«, erwiderte ich nach einer Weile, anstatt die Frage des Gottes zu beantworten. »Willst du damit sagen, dass ich mich vielleicht nicht mehr an meine Liebsten erinnern kann, wenn wir die letzte Ebene erreicht haben?« Allein die Vorstellung, Mateo zu vergessen – sein warmes Lächeln, seine gütigen Augen und seine Streiche –, versetzte mir einen schmerzhaften Stich in die Brust.

»Sag bitte nicht, dass du diesen Mistkerl von Arzt meinst.«

»Miguel ist kein Mistkerl«, erwiderte ich, wenn auch nur halbherzig. Denn eigentlich glaubte ich in diesem Moment genau dasselbe. Trotzdem fühlte ich mich auf eine seltsame Art dazu verpflichtet, Mateos ältesten Freund zu verteidigen.

»Ist er nicht? Ist es unter Menschen also üblich, einander zu vergiften?«

Bildete ich es mir ein, oder schwang in seiner Stimme ein Hauch von Ärger mit?

»Es geht nicht um Miguel«, antwortete ich schließlich.

Die harten Züge des Gottes entspannten sich kaum merklich, dann wandte er abrupt den Blick ab. »Denk an die Regeln, Admiradora. Du tätest gut daran, sie nicht zu vergessen.«

Sobald wir Mictlan betreten haben, wirst du jeden, den du liebst, aus deinen Gedanken verbannen. Je stärker du dich an dein Leben klammerst, desto sicherer wirst du scheitern.

Die zweite Regel, die der Gott aufgestellt hatte, erschien auf einmal unmöglich. Wenn Mictlan ohnehin vorhatte, meine Erinnerungen zu stehlen, würde ich an ihnen festhalten, solange ich konnte. Das würde ich mir von keinem Gott verbieten lassen. Außerdem hatte Nan unrecht. Meine Erinnerungen an Mateo würden mich nicht scheitern, sondern durchhalten lassen. Wenn ich dem Herrscher der Unterwelt gegenüberstand, war es nämlich mein Bruder, an den ich mich erinnern musste, um mein Messer nicht sofort in die Brust des Totengottes zu rammen.

Ich schloss die Augen und rief mir Mateos Gesicht ins Gedächtnis. Noch konnte ich jedes Detail erkennen, noch hatte ich seine Züge nicht vergessen.

Hastig kramte ich meinen Zeichenblock und ein Stück Kohle aus meinem Rucksack. Das Papier war zwar etwas nass geworden, aber es war trocken genug, um die Kohle aufzunehmen.

Während Marisol in mein Ohr schnarchte, zeichnete ich, bis meine Finger schwarz waren. Aber jeder kleinste Strich sah falsch aus, so furchtbar falsch. Mateos Augen waren tot, kein

Leben funkelte in ihnen. Mit Entsetzen stellte ich fest, dass ich ihn als Leiche gezeichnet hatte. Das war es nicht, was ich in Erinnerung behalten wollte. Aber egal, wie sehr ich versuchte, den lachenden, lebenden Mateo auf dem Papier zu verewigen – es gelang mir nicht. Es war mir in den vergangenen vier Jahren nie gelungen.

Frustriert schlug ich eine neue Seite auf und begann stattdessen, die Konturen des Mondgottes festzuhalten, der mittlerweile ein Stück vor mir kniete. Als würde er spüren, dass er mir Modell saß, drehte er sich wenige Minuten später um und spähte auf das Papier.

»Du hast Talent.« Er nahm mir den Block aus der Hand und hob ihn hoch. »Schau mal, Nan. Lena hat mich gezeichnet.«

Die Tatsache, dass Li mir bereits einen Spitznamen gegeben hatte, fühlte sich seltsam an, aber ich kommentierte es nicht weiter.

»Sieht toll aus«, murmelte der Sonnengott. Er hatte sich noch nicht einmal die Mühe gemacht, die Augen zu öffnen. »Du bist allerdings nicht der erste Gott, den sie gezeichnet hat«, fügte er hinzu.

Entsetzt starrte ich Nan an. »Woher weißt du von der Zeichnung?«

Ein amüsiertes Lächeln umspielte seine Lippen. »Ich habe sie gesehen.«

Ehe ich etwas erwidern konnte, stupste Li mich an und deutete auf die Kohle in meinen Händen.

»Darf ich?«

Zögerlich warf ich einen Blick auf meinen Block, den er immer noch hielt, dann reichte ich ihm das Stück Kohle.

Li deutete eine Verbeugung an, nahm das Kohlestück an sich und setzte sich neben mich.

Ich musste dem Drang widerstehen, zur Seite zu rutschen, um mehr Abstand zwischen uns zu schaffen. Andererseits war mir seine Nähe nicht so unangenehm wie die des Sonnengottes. Während ich Marisols gleichmäßigem Atem lauschte, zeichnete Li etwas Unförmiges, das ich beim besten Willen nicht identifizieren konnte.

»Hey, Nan, könntest du dein Kinn bitte noch einmal so grübelnd in den Händen abstützen? Ich war noch nicht fertig.«

Gerade hatte ich noch gerätselt, ob es sich bei der Zeichnung des Gottes eventuell um ein zerfallenes Haus handeln könnte. Ich musste mich zwingen, ein Lachen zu unterdrücken, was mir nicht sonderlich gut gelang.

Empört sah Li mich an und fasste sich an die Brust. »Die Kunst eines Gottes zu beleidigen, grenzt an Gotteslästerung, Lena.«

Nan erhob sich, kam herüber und warf mit zusammengezogenen Augenbrauen einen kurzen Blick auf meinen Block. »Diesen Unfall als Kunst zu bezeichnen, ebenfalls.«

»Götter«, knurrte Marisol plötzlich neben mir, ihre Stimme noch schlaftrunken. »Wohl eher pubertierende Halbwüchsige.«

»Das habe ich gehört«, brummte Nan.

»Ich nicht«, sagte Li, den Blick wieder konzentriert auf seine Zeichnung gerichtet. »Beleidige uns bitte noch mal. Niemand frevelt besser als du, alte Frau.«

»Widme ihr doch deine Zeichnung«, schlug Nan vor, die Arme vor der Brust verschränkt.

»Hm.« Li drehte den Block auf den Kopf und runzelte die Stirn. »Die Position deiner Hände stimmt noch nicht ganz. Setz dich bitte noch mal genauso hin wie gerade eben, ich war fast fertig.«

»Meine Hände sind deiner Meinung nach also das Einzige, was an dem Bild nicht stimmt?« Nan versuchte, Li meinen Block zu entwenden, doch der Mondgott sprang auf und rannte zum Flussufer. Der Sonnengott war ihm dicht auf den Fersen.

»Bitte demoliert meinen Block nicht!«, rief ich ihnen hinterher. Unwillkürlich hatte sich ein Lächeln auf meine Lippen geschlichen.

Es tat gut, sie so zu sehen, gleichzeitig spürte ich ein Stechen in meiner Brust. Weil mich Li an meinen Bruder erinnerte, der ein Stück meiner Seele mit sich genommen hatte. Immer wieder ertappte ich mich dabei, wie ich auf Mateos sorgsame Schritte lauschte, wie ich hoffte, seine schlanke Gestalt im Dämmerlicht Mictlans zu entdecken. Dabei müsste er seine Reise eigentlich beinahe beendet haben. Noch waren uns aus irgendeinem Grund ohnehin keine Seelen Verstorbener begegnet.

Meine Finger tasteten nach dem Medaillon.

Aber du lebst auch nicht.

Nan konnte nicht ahnen, wie recht er hatte.

10. Kapitel

Die Unterwelt hatte mir jegliches Zeitgefühl geraubt. Ich konnte nicht sagen, wie viele Tage wir schon durch die Obsidianlandschaft irrten, in der es nie Nacht wurde, aber auch nie wirklich hell war. Nur die Plejaden, die immer wieder auftauchten und verschwanden, boten eine grobe zeitliche Orientierung. Doch häufig vergaß ich, nach der Sternenkonstellation im Nebel Ausschau zu halten. Die meiste Zeit schlang ich meine Arme zitternd um meinen Oberkörper. Mittlerweile war die Kälte Mictlans trotz mehrerer Schichten Kleidung in meine Knochen eingedrungen, und ich bezweifelte, dass ich sie je wieder loswerden würde.

Meine Vermutung, dass es sich zumindest bei diesem Teil der Unterwelt um eine Art Labyrinth handelte, war bestätigt worden. Immer wieder kamen wir zu Abzweigungen, an denen die Brüder diskutierten, in welche Richtung es weitergehen sollte. Meistens sprachen sie dabei auf Nahuatl und nahmen Marisol und mir somit die Möglichkeit, uns in ihre Gespräche einmischen zu können. Wenn wir rasteten, verschwand der Sonnengott stets. Jedes Mal kehrte er mit einfacher Nahrung wie Brot oder getrocknetem Obst zurück, die er mir überreichte. Li erklärte mir, dass es zahllose Portale im Inneren Mictlans gab, durch die nur Götter ins Reich der Lebenden reisen konnten. Und das tat Nan scheinbar.

Je weiter wir uns von der ersten Ebene Mictlans entfernten, desto häufiger begegneten uns Tote, die an den Felswänden kauerten und uns leere Blicke zuwarfen. Die Hoffnungslosigkeit, die in ihren Zügen lag, versetzte mir jedes Mal einen schmerzhaften Stich in die Brust. Sie hatten aufgegeben, kaum, dass ihre Reise begonnen hatte. Marisol konnte sie nicht sehen, doch auch sie spürte angeblich ihre Präsenz. Ich ertappte mich dabei, wie ich nach Isabel Ausschau hielt, doch das Mädchen kreuzte unseren Weg nicht.

Irgendwann erreichten wir einen verschlungenen Gang, der in eine weite Fläche mündete. Sofort fiel mir die markante Felsenkette ins Auge, die etwa hundert Meter von uns entfernt in die Höhe ragte. Und die den Weg über diesen Platz versperrte.

Auf einmal spürte ich Nan neben mir. »Welche Ebene erwartet uns als Nächstes, Admiradora?«

Bevor ich antworten konnte, hatte Abuela bereits wieder ihre gestohlene Buchseite hervorgekramt. »*Tepeme Monamictlán*«, las sie laut vor. »*Dort, wo die Berge aufeinandertreffen.* Ach, jetzt wiederholen sie noch mal die erste Ebene. Weil ich diesen Scheißfluss nach zwei Zeilen schon wieder vergessen haben soll, oder was? Wenn die wüssten.«

Li schnappte ihr den Zettel aus der Hand und studierte ihn interessiert. »Im Reich der Toten wird nicht gespickt, Sol.«

Abuela versuchte wüst fluchend, ihm das Papier wieder zu entwenden, als plötzlich ein tiefes Grollen ertönte und die Erde unter unseren Füßen vibrierte.

»Was zum …?« Der Rest meines Satzes blieb mir im Hals stecken, denn im nächsten Moment begannen die Felsen, sich zu bewegen. Sie trennten sich voneinander, offenbarten einen schmalen Durchgang, um sich kurz darauf wieder aufeinanderzuzuschieben. Und sie waren schnell. Verdammt schnell.

»*Maldita sea*«, hauchte Marisol, die ihre Rangelei mit Li scheinbar für einen kurzen Augenblick vergessen hatte.

»Die Aufgabe der Toten besteht darin, diese Höhle zu durchqueren. Wenn eine von euch beiden zerquetscht wird, war das der Wille der Götter«, erklärte Nan in einem so neutralen Ton, als würde er über das Wetter reden. »Ich werde euch von keinen Felsen abkratzen.«

»Das meint er nicht so«, schaltete sich Li ein. »Hoffe ich zumindest.«

Ich wusste, dass er es nicht so meinte, schließlich brauchte er uns. Trotzdem ging mir Nans herablassende Art gehörig gegen den Strich.

Ich sah mich nach einem Weg um, der nicht zwischen den Felsen hindurchführte, musste aber schnell feststellen, dass es keinen gab, denn wir befanden uns tatsächlich in einer Höhle. Anfangs hatte ich geglaubt, dass nichts schlimmer sein könnte als der Fluss. Doch Mictlan musste mich natürlich bereits auf der zweiten Ebene eines Besseren belehren.

»Hey, Nan, wusstest du, dass die Felsen aus den Gebeinen von Göttern errichtet wurden?« Begeistert drehte Li die herausgerissene Seite um. »Menschen sind so dumm. Dumm, aber faszinierend.«

Der Sonnengott verdrehte die Augen. »Li, du übernimmst die Admiradora.«

Er wollte sich offenbar nicht um mich kümmern, nachdem ich bereits an der ersten Ebene gescheitert war. Mir sollte es recht sein. Obwohl ich keinem von ihnen traute, war mir die Gegenwart des Mondgottes lieber. Er war weniger irritierend.

»Wie willst du Marisol da durchbringen?«, fragte ich an Nan gewandt. »Sie ist nicht die Schnellste. Vielleicht sollte ich –«

Der Gott hob eine Hand, um mich zum Schweigen zu bringen. »Wir haben darüber gesprochen, Admiradora. Die Alte sträubt sich nicht so sehr gegen den Tod wie du, deshalb sollte ich diesmal die leichtere Aufgabe erwischt haben.«

Mein Blick glitt zu seiner bandagierten Schulter, die durch

das Loch in seiner Kleidung zu sehen war. Plötzlich waren da wieder diese Schuldgefühle, die ich nicht haben sollte. Es lag ein *Gracias* auf meinen Lippen, das ich nur mit Mühe zurückhalten konnte. Stattdessen kramte ich in meiner Jackentasche nach Marisols Inhalator und hielt ihn dem Gott hin. Es verstrichen einige Sekunden, bevor er ihn annahm und in der Tasche seines Mantels verstaute.

»Ich bin nicht so gebrechlich, wie ich aussehe, de Jesús«, ertönte Marisols Stimme hinter mir. »Und selbst wenn ich draufgehen sollte: Ein bisschen Farbe würde diesen Felsen ganz gut stehen, findest du nicht?«

Ich wandte mich um, nahm ihre Hände in meine und drückte sie leicht. Dann ließ ich sie zu Nan gehen. Ich sah den beiden nach, bis sie im Schatten der Felsen verschwunden waren.

Li war währenddessen neben mich getreten. »Wie fühlt es sich an, vermutlich als erste Lebende Mictlan erfolgreich zu durchqueren?«

Ich hob eine Augenbraue. »Vermutlich?«

»Höchstwahrscheinlich.«

»Langsam bekomme ich das Gefühl, dass du der Motivationscoach unter den Göttern bist.«

Der Mondgott fuhr sich mit einer Hand durch sein schneeweißes Haar. »Irgendjemand muss unter diesem Haufen unsterblicher Pessimisten für ein bisschen Optimismus sorgen.«

»Wie fühlt es sich an?«, wiederholte ich seine Frage, während wir uns nun ebenfalls den Felsen näherten. Mittlerweile hatten sie sich mehrmals aneinandergeschoben und wieder getrennt. Von Marisol und Nan war keine Spur mehr zu sehen. Ich hoffte inständig, dass das ein gutes Zeichen war.

»Hm?«

»Unsterblich zu sein.«

Der Gott schwieg einen Moment, dann zuckte er mit den Schultern. »Man hat sich irgendwann daran gewöhnt.«

»Viele Menschen würden alles dafür tun, unsterblich sein zu dürfen.« Mein Blick glitt zu den Toten, die an uns vorbeidrängten. Sie hatten die Hoffnung auf ewigen Frieden noch nicht aufgegeben. »Nicht sterben zu müssen.«

»Und ich würde alles dafür tun, es nicht mehr sein zu müssen.«

Verwundert hielt ich inne. »Du willst nicht mehr unsterblich sein?«

Li verschränkte beide Arme hinter dem Kopf, während er die Felsen hinaufstarrte. »Unsterblichkeit wird irgendwann, wenn man so lange existiert hat wie wir beide, zu einer Bürde. Während der Tod zu etwas wird, das wir herbeisehnen.«

Nachdenklich drehte ich mein Medaillon zwischen den Fingern. Allein die Vorstellung, für immer zu leben, ließ Panik in mir aufsteigen. Auf ewig dazu verdammt zu sein, meine Liebsten altern und sterben zu sehen, während ich selbst fortbestand. Mein Herz war einmal gebrochen worden, und ich fragte mich, ob es je wieder heilen würde. Unsterblich zu sein, würde mich zermürben, da war ich mir sicher.

»Das Gottsein bietet nicht viel«, sagte Li. »Deshalb beneiden wir euch. Eure Zeit ist endlich, deshalb messt ihr jedem Moment Bedeutung bei. Wir müssen das nicht tun. Und irgendwann fangen wir an, zu verkümmern.«

Ich zuckte unwillkürlich zusammen. *Irgendwann fangen wir an, zu verkümmern.*

Seit Mateos Tod verkümmerte ich. Jeden Tag ein bisschen mehr.

»Warum bist du dann noch hier? Warum hilfst du uns?« *Warum willst du die Unsterblichkeit der Götter bewahren, wenn sie ein Fluch für dich ist?*

Li schwieg einen Moment lang, und ich glaubte schon, dass er mir keine Antwort geben würde.

»Weil ich meinen chronisch mies gelaunten Bruder liebe.«

Wir waren mittlerweile in einen Strom von Toten hineingeraten, der sich ebenfalls zwischen den Felsen hindurchdrängen wollte.

»Keine Sorge.« Li gab sich sichtlich Mühe, mich von unserem bisherigen Gesprächsthema abzulenken. »Schlimmstenfalls werden wir beide nicht schnell genug sein und zerquetscht werden. Wobei nur du zerquetscht werden würdest, weil ich auf jeden Fall schnell genug sein werde.« Er zwinkerte. »Raubkatze und so, du verstehst?«

Ich legte den Kopf in den Nacken und starrte nach oben. »Was wäre, wenn wir über die Felsen klettern würden, anstatt zwischen ihnen hindurchzugehen? Am Rand der Kette, dann würden wir nicht Gefahr laufen, zerquetscht zu werden.«

»Ganz schlechte Idee. Auf den Felsen lebt ein Dtundtuncan, dessen Bekanntschaft ich nicht unbedingt machen möchte.«

»Ein was?«

»Dtundtuncan. D-T-U-...«

»Was soll das sein?«, unterbrach ich den buchstabierenden Gott.

»Ein schwarzer Vogel. Man sagt, sein bloßer Atem bringt den Tod. Er hat, glaube ich, nur ein Bein. Und Augen soll er auch keine haben. Warte.« Li kramte die Buchseite aus der Tasche seines Umhangs und überflog sie. »Ist ja typisch. So etwas Wichtiges wird natürlich nicht erwähnt. Wenn ich mal wieder in der Menschenwelt bin, werde ich dem Herausgeber einen kleinen Besuch abstatten.«

Kopfschüttelnd verstaute er das Papier wieder, bevor er mir seine blasse Hand hinhielt. Ich starrte sie einen Moment lang an.

»Meine Berührung verbrennt niemanden«, versicherte er mir. Zögerlich legte ich meine Hand schließlich in seine. Sie war kalt, kälter, als ich erwartet hatte.

Ich versuchte, mit Li Schritt zu halten, aber er war viel zu schnell. Als ich stolperte, hinderte mich der feste Griff des Gottes daran, zu Boden zu gehen. Zu meiner Rechten drängten sich Tote an uns vorbei, die viel leichtfüßiger unterwegs waren als ich. Ich war mir sicher, dass Li alle von ihnen problemlos überholen könnte, aber er passte seine Schritte den meinen an.

Immer wieder wich ich Toten aus, die zu nah an mir vorbeigingen. Zwar wusste ich nicht sicher, ob meine Berührung auf Verstorbene in Mictlan dieselbe Auswirkung haben würde wie außerhalb der Unterwelt, aber ich wollte nichts riskieren. Ich wollte nicht der Grund dafür sein, dass ihnen ihr Frieden verwehrt bleiben würde. Gleichzeitig wusste ich nicht, wer von ihnen eventuell eine *Imicca* und damit tödlich für mich war.

»Gleich geschafft«, flüsterte Li, meine Hand immer noch in seiner. Vor uns ragten die Felsen in die Höhe, die es zu passieren galt. Der Durchgang öffnete sich gerade. Und natürlich war hier das Gedränge der Toten am dichtesten.

»Li«, keuchte ich, aber er schien mich nicht zu hören. Panisch wich ich Verstorbenen aus, versuchte gleichzeitig, weiterhin mit dem Mondgott Schritt zu halten. *Fast geschafft.* Wir hatten es fast geschafft. Innerlich atmete ich auf, als uns nur noch wenige Schritte von dem Durchgang zwischen den Felsen trennten.

Dann geschah es.

Ein Toter taumelte mir in den Weg. Li konnte ihm ausweichen, doch für mich ging alles zu schnell. Der mittelalte Mann streckte eine Hand aus, um sich an der immer näher kommenden Felswand abzustützen, traf mich jedoch stattdessen unterhalb meines rechten Auges. Sein hageres Gesicht erstarrte, Unglauben sickerte in seine Züge. Dann war er verschwunden.

Ein gleißender Schmerz explodierte hinter meiner Wange, viel stärker als alles, was meine früheren Narben verursacht hatte.

»Lena?«

Ich presste meine freie Hand auf die Wange, spürte Lis Blick auf mir, sah aber nicht ihn an, sondern die Toten, die sich vor uns drängten. Noch einen konnte ich nicht berühren. Doch das Gedränge erstarb nicht, wurde vielmehr dichter.

Als Li zwischen den immer näher kommenden Felsen hindurchhechtete, riss ich mich in letzter Sekunde los und wich zurück, bevor ich eine alte Frau streifen konnte, die es mit dem Gott durch die Felsen geschafft hatte.

Rückwärtsstolpernd ging ich zu Boden, rappelte mich jedoch sofort wieder auf und floh an die linke äußere Felswand. Fort von den aufeinanderprallenden Gesteinsmassen. Fort von den Toten, denen ich nur Unheil brachte.

Mein Atem ging stoßweise, und ich spürte etwas Warmes, das meine Wange hinabtropfte. Mit zitternden Fingern wischte ich das Blut von meiner Haut, während mein Blick erst die Felsen und die Masse an Toten entlang und schließlich das Gestein hinaufwanderte. Ich wusste, dass es eine schwachsinnige Idee war, Lis Rat zu missachten, aber gleichzeitig ging ich lieber das Risiko ein, einem Vogel zu begegnen, als noch mehr Tote berühren zu müssen. Denn auch wenn die Felsen gerade wieder dabei waren, sich auseinanderzuschieben, würde ich es niemals durch den schmalen Spalt schaffen, ohne eine weitere Berührung zu riskieren.

Ich grub meine Finger in die Spalten des Felsens, stellte mir vor, es wäre Erde, die es umzugraben galt. Dann kletterte ich. Und bereute meine Entscheidung sofort. Obwohl die scharfkantige, unebene Oberfläche des Gesteins meinen Händen und Füßen genügend Halt bot, kam ich nur extrem langsam voran. Schon nach kurzer Zeit schrie jeder einzelne Muskel in meinem Körper. Immer wieder machte ich eine kleine Pause, vor allem dann, wenn die Bewegung des Felsens ruckartiger und schneller wurde. Dort, wo ich kletterte, lief ich wenigstens keine Gefahr, zerquetscht zu werden. Andernfalls wäre ich nicht auf diese ohnehin schon waghalsige Idee gekommen.

Auf dem Gipfel angekommen, rollte ich mich auf den Rücken und holte zitternd Luft.

Als ich kurz darauf wagte, einen Blick hinunterzuwerfen, musste ich schlucken. Der Weg den steilen Felsen hinauf war schwierig genug gewesen, aber es würde beinahe unmöglich sein, wieder hinunterzugelangen.

Ein Krächzen ließ mich herumfahren.

Ich hatte gehofft, dass der Mondgott nur eine Ausrede gesucht hatte, damit ich ihn nicht die Felsen hinaufschleppte.

Doch die Silhouette eines riesenhaften Vogels, der nur wenige Schritte von mir entfernt saß, bewies, dass der Dtundtuncan wirklich existierte. Dort, wo die Augen des Vogels sitzen sollten, waren nur leere Höhlen, und an der krummen Haltung konnte ich erkennen, dass er tatsächlich nur ein Bein besaß. Trotzdem war er schnell. Viel zu schnell.

Und er kam direkt auf mich zu.

Ohne nachzudenken, hechtete ich über den Felsen. Mehrmals drohten meine Füße unter mir wegzurutschen, aber jedes Mal schaffte ich es, nicht zu Boden zu gehen. Panische Blicke über die Schulter verrieten mir, dass der Vogel die Jagd aufgenommen hatte. Und mich hatte er als Beute auserkoren. Mein Puls dröhnte schmerzhaft laut in meinen Ohren.

Als ich das Ende des Felsens endlich erreicht hatte, drehte ich mich um, krallte meine Hände an die Kante und begann, um mein Leben zu klettern. Spätestens jetzt, da mein Handgelenk wieder zu rebellieren begann, verfluchte ich mich für diese dämliche Idee. Der Abstieg gestaltete sich als ein quälend langsames Unterfangen, weil ich auch hier immer wieder Pausen einlegen musste. Eine Zeit lang hatte ich das Gefühl, dass der Boden überhaupt nicht näher kommen wollte.

Als mein Fuß eine Einkerbung im Gestein verfehlte, rutschte ich ab. Dann verloren auch meine Finger den Halt, und ich fiel, einen stummen Schrei auf den Lippen.

Der Aufprall war hart und presste alle Luft aus meinen Lungen.

»Sieh mal einer an.« Als ich die Augen öffnete, entdeckte ich Li, der sich über mich beugte, ein strahlendes Lächeln im Gesicht. »Der Wetterbericht hatte gar nichts davon gesagt, dass es heute Admiradoras regnen würde.« Er half mir auf die Beine, umfasste meine Schultern und beugte sich hinunter, bis wir auf Augenhöhe waren. »So beeindruckt ich auch sein mag, tu mir bitte einen Gefallen und warne mich das nächste Mal vor, bevor du auf einen Solotrip davonpreschst.«

Hinter Lis erleichtertem Lächeln entdeckte ich einen Funken Besorgnis.

»Das war das Dümmste, was ich je gesehen habe«, ertönte eine bekannte Stimme hinter mir. Als ich mich umwandte, sah ich Nan, der mit vor der Brust verschränkten Armen an der Felswand der Höhle lehnte. Neben ihm saß Marisol, die die Hände nach mir ausstreckte. Sofort löste ich mich aus Lis Griff und stolperte zu ihr hinüber. Glücklicherweise waren auf dieser Seite der Felsen nur vereinzelt Tote unterwegs, denen ich problemlos ausweichen konnte. Die meisten schienen bereits in einem der zahllosen Gänge verschwunden zu sein, die hier von der Höhle abzweigten.

»Es hat funktioniert, oder etwa nicht?«, entgegnete ich, als ich mich an Nan vorbeidrängte und schließlich neben Marisol in die Knie ging.

»Reines Glück. Genauso gut hättest du dir sämtliche Knochen brechen können.«

Ich antwortete nicht, denn in diesem Moment wurde Marisol von einem heftigen Hustenanfall geschüttelt. Als ich nach dem Inhalator griff, der in ihrem Schoß lag, setzte mein Herz für einen kurzen Moment aus.

»Warum ist er schon so leer?« Das nervöse Zittern in meiner Stimme war unüberhörbar.

Marisol machte eine wegwerfende Handbewegung, während sie erneut hustete. »Mach dir keine Sorgen, *Mija*. Mir geht es blendend.«

Ich zwang sie, wenigstens einmal zu inhalieren, dann spürte ich eine Berührung an der Schulter.

»Wir müssen reden, Admiradora.«

Ich wollte protestieren, doch Marisol schob mich von sich. »Ich bin nicht aus Porzellan, de Jesús. Rede mit dem Möchtegern-Aragorn, und tritt ihn, wenn es sein muss. Egal, wohin.«

Zögernd richtete ich mich auf und wurde erst etwas entspannter, als Li an mir vorbeistrich und sich in seiner Jaguargestalt neben die Dorfälteste legte.

Nan führte mich an den Felsen entlang und einen der Gänge hinunter. Kurz darauf musste ich feststellen, dass es sich hierbei um eine Sackgasse handelte. Wieder fragte ich mich, wie Tote den richtigen Weg durch dieses felsige Labyrinth allein fanden, ohne Götter, die ihnen den Weg wiesen.

Schließlich wandte Nan sich mir zu, die Augenbrauen zusammengezogen.

»Der Sinn dieser Ebenen besteht darin, seine Menschlichkeit loszulassen.«

»Das sagtest du bereits, Gott.«

»Das bedeutet auch, dass du die Alte früher oder später loslassen musst.«

»Nein.« Normalerweise überlegte ich mir meine Antworten sorgsam, aber bei dieser musste ich keine Sekunde zögern. »Das kann ich nicht.«

»Du tust euch beiden einen Gefallen, wenn du mir erlaubst, sie jetzt zurückzuschicken.«

Ich ballte meine Hände zu Fäusten. Der gleichgültige Gesichtsausdruck des Gottes entfesselte meine Wut und erstickte die Verwunderung darüber, dass er uns scheinbar einfach so zurückschicken konnte. Aber ich wusste bereits, dass Marisol nicht gehen würde, mich nicht allein lassen würde. »Damit sie von einer verlorenen Seele getötet wird? Niemals.«

»Ihr Schicksal ist es, entweder hier oder dort zu sterben. Du hast gesehen, wie sie sich die Seele aus dem Leib hustet. Ich kann es nicht riskieren, dass du hier um sie trauerst und dadurch von unserem Ziel abgelenkt wirst.«

Ein freudloses Lachen verließ meine Lippen. »Ich bewundere die Gleichgültigkeit der Götter. Es muss ein erleichterndes Gefühl sein, sich um nichts und niemanden zu kümmern. Nie Angst haben zu müssen, jemanden zu verlieren.«

Das Gesicht des Gottes verhärtete sich. »Hüte deine Zunge, Admiradora.«

»Warum? Weil du die Wahrheit nicht ertragen kannst? Als Gott, der es irgendwie geschafft hat, die Menschheit hinters Licht zu führen?«

Mein Hass ließ sich nun nicht mehr zügeln. »Du, der unseren Vorfahren hast weismachen wollen, dass du ein Opfer für die Menschen gebracht hast?« Ich trat einen Schritt näher. »Wie fühlt es sich an, auf uns angewiesen zu sein? Deine Unsterblichkeit von so etwas Zerbrechlichem wie einem Menschenleben abhängig machen zu müssen?«

Ehe ich mich's versah, war mein Rücken gegen die Felswand gepresst, und Nan stand vor mir. Die Hitze seines Körpers schlug mir entgegen, und ich wollte nichts lieber tun, als ihm einen Tritt in die Leistengegend zu versetzen.

»Ich glaube, es ist an der Zeit, eins klarzustellen, Admiradora.« Ich spürte seinen Atem auf meiner Haut, erkannte jede kleinste Narbe auf seinem Gesicht, so nah war er mir. »Ich kann dich jederzeit zurückschicken. Ich kann dir mehr nehmen, als du dir vorstellen kannst. Wir sind keine Freunde. Aber du tätest gut daran, mich nicht zu deinem Feind zu machen.«

Sein Atem ging ebenso schwer wie meiner. Mit seinen Augen, dunkler denn je, fuhr er mein Gesicht entlang, bis sie schließlich an meiner rechten Wange hängen blieben. Er starrte die Narbe an, die mir auf dieser Ebene Mictlans verliehen worden war. Sein Blick wurde noch etwas dunkler. Nan hob eine Hand, ließ sie jedoch sofort wieder sinken. Ich wusste nicht, ob ich es mir einbildete, aber ich hatte das Gefühl, dass sein Blick immer wieder an meinem Gesicht herunterwanderte. Zu meinem Medaillon?

Nein.

Zu meinen Lippen?

»Sie wird es nicht schaffen.« Seine Stimme war einen Hauch sanfter als zuvor. »Sie wird tot sein, bevor wir die letzte Ebene erreicht haben. Wenn dir wirklich etwas an ihr liegt, lässt du mich sie zurückschicken.«

»Ich werde dafür sorgen, dass sie es schafft. Ich lasse sie nicht im Stich.« *Wie du uns im Stich gelassen hast.*

»Warum sind Sterbliche so stur?«, knurrte der Gott.

»Warum haben Götter kein Herz?«, konterte ich.

Nan sah mich an, als würde er nichts lieber tun, als mich in den Gängen Mictlans allein zu lassen. Mich jahrelang herumwandern zu lassen wie die Seelen der Verstorbenen. Dann tat er etwas, womit ich niemals gerechnet hätte. Er nahm meine Hand und presste sie dorthin, wo sein Herz gegen seine Brust schlug.

Ich spürte, wie mir Hitze in die Wangen schoss. Die Kälte Mictlans dagegen war urplötzlich verschwunden.

Nan beugte sich nach vorn, bis kaum ein Blatt Papier zwischen unsere Gesichter passte. Panisch presste ich meinen Rücken tiefer gegen die Wand, wollte seine Berührung nicht. Oder doch? Verdammter Gott!

»Das Blut der Alten wird an deinen Händen kleben, Admiradora«, hauchte er in mein Ohr, dann ließ er von mir ab, wandte sich um und stürmte den Gang zurück, den wir gekommen waren.

Und ließ mich mit Worten allein, die tiefer schnitten als jede Klinge.

11. Kapitel

Ein pechschwarzer Pfad erstreckte sich vor uns, rechts und links von unbezwingbaren Felswänden umrahmt.

»Iztépetl. Der Pfad aus Obsidian.« Nan klang angespannt.

Anders als die glatten, kalten Felswände der Unterwelt, die ebenfalls aus Obsidian geschaffen waren, schien der Stein dieses Pfades zu glühen. Zu brennen. Die Hitze war auch aus der Entfernung deutlich zu spüren. »Göttern kann das Gestein nichts anhaben, aber die Körper Sterblicher halten dem Obsidian nicht lange stand.«

»Soll heißen?«, fragte Marisol.

»Das bedeutet, dass eure Haut verbrennen wird. Für euch wird es sich anfühlen, als würdet ihr über brennende Kohlen gehen. Die Seelen Verstorbener lösen sich auf dieser Ebene von ihrer sterblichen Hülle, von alten Wunden und Narben, die das Leben ihnen zugefügt hat. Wenn sie nicht aufpassen, nimmt der Obsidian jedoch auch ihre Seelen gefangen.«

Marisol verzog das Gesicht, dann beugte sie sich zu mir hinüber. »Ich weiß nicht, wie's dir geht, de Jesús. Aber meinen Körper würde ich schon ganz gern weiter mit mir herumschleppen.«

Tote passierten uns, während wir am Beginn des Pfades standen. Immer wieder wich ich ihnen aus, um sie nicht zu berühren, und stieß dabei gelegentlich gegen Li, dem das jedoch nichts auszumachen schien.

»Und, wie meistern wir das, Bruder?« Li warf dem Sonnengott einen fragenden Blick zu. Ich war ihm dankbar dafür, dass er auf Spanisch sprach. »Wie beim letzten Mal?«

Beim letzten Mal? Irritiert sah ich erst den Mondgott, dann Nan an. Also war dies nicht der erste Versuch der Götter, ihr Dorf zu retten. Diese Erkenntnis befeuerte mein Unbehagen. Denn das bedeutete, dass sie schon einmal gescheitert waren.

»Nein«, antwortete Nan, während er sich mit einer Hand übers Gesicht fuhr. Er sah müder aus denn je. »Die Portale spielen verrückt. Ich konnte keine Ausrüstung beschaffen. Entweder warten wir und hoffen darauf, dass sich die Portale beruhigen, oder wir finden einen anderen Weg.«

»Wir warten nicht«, erwiderte ich sofort. Warten bedeutete verlorene Zeit. Zeit, die ohnehin schon viel zu knapp bemessen war.

»Wir wissen beide, dass wir sie nicht tragen können«, sagte Li nach einer Weile, in der wir alle geschwiegen hatten.

»Warum nicht?«, schaltete sich Marisol ein. »Für mich wäre das die logischste Lösung.«

»Weil wir euch damit als Lebende verraten würden«, erklärte Nan. »Und die Aufmerksamkeit von Tausenden von Toten brauchen wir gerade wirklich nicht. Sie sind missgünstiger, als viele glauben. Mittlerweile können wir nicht mehr sicher sein, wem ihre Berührung mehr schaden würde. Euch oder ihnen.«

Erleichtert stieß ich die Luft aus. Natürlich wäre es um einiges einfacher gewesen, getragen zu werden. Aber das Letzte, was ich gerade wollte, war, schon wieder von einem Gott gerettet zu werden.

»Irgendwelche Vorschläge, Admiradora?«, wollte Nan wissen.

Überrascht zuckte ich zusammen. Es war das erste Mal, dass der Sonnengott mich ansprach, seitdem wir während der letzten Plejaden aneinandergeraten waren. Wann immer sich unsere Blicke seitdem kreuzten, hatte ich weggeschaut. Es müsste ein

Wunder geschehen, damit wir uns nicht erneut an die Kehle gingen.

Nachdenklich musterte ich erst meine Stiefel, dann Marisols. Die Sohlen unserer Schuhe waren beide bereits dünn geworden. Einzeln würden sie unsere Füße kaum vor dem Obsidian schützen. Aber vielleicht zusammen.

Ich löste mich aus unserer Gruppe und kniete etwas abseits des Pfades, um den Toten aus dem Weg zu gehen. Dann zog ich meine Jacke aus, aus der beinahe mein kleiner Zeichenblock herausfiel, nahm Mateos Messer von meinem Gürtel und schnitt die Ärmel meines Kapuzenpullovers ab. Augenblicklich biss sich die Kälte Mictlans in meine entblößten Arme.

»Was soll das werden, wenn es fertig ist, de Jesús?«, fragte Marisol.

Wortlos bedeutete ich ihr, zu mir zu kommen und sich vor mich zu setzen. Ich nahm ihren rechten Fuß und wickelte den Stoff meines Pullovers um ihren ledernen Schuh. Das Gleiche wiederholte ich mit dem linken Fuß. Danach streifte ich mir meine eigenen Stiefel von den Füßen, schnitt die Sohlen ab und stülpte diese Abuela trotz ihrer Proteste über. Glücklicherweise waren meine Füße um einiges größer als ihre, deshalb passten die Sohlen perfekt über das andere Paar Schuhe und die improvisierten Stoffbahnen. Als Letztes schnitt ich von meiner Jeans jeweils ein Viertel der Hosenbeine ab, mit dem ich die Sohlen festzurrte, damit Marisol unterwegs nicht aus Versehen aus ihnen herausrutschte.

»Elena, was ist mit deinen Füßen? Wehe, du erwartest von mir, dass ich dich barfuß auf dieses Teufelszeug lasse.« Die Dorfälteste streckte eine Hand aus, um die Jeansbandagen zu entfernen. Ehe sie den Knoten lösen konnte, griff ich nach ihrer Hand und hielt sie fest.

»Ich werde nicht barfuß gehen, Abuela. Versprochen.«

Mittlerweile waren auch die Götter zu uns gestoßen. Nans

Blick glitt von mir zu Marisol und wieder zurück. Er musterte meine Arme, und erst jetzt wurde mir bewusst, dass ich meine Narben entblößt hatte.

»Geh mit der Alten, Li«, sagte der Sonnengott plötzlich.

Ich sah ihn verwundert an, doch seine Aufmerksamkeit galt seinem Bruder. »Jetzt.«

Marisol weigerte sich, meine Hand loszulassen. »Ich gehe mit meiner Kleinen.«

»Ich gehe allein«, widersprach ich, ohne zu zögern. »Du gehst mit Li.«

Ich fing Lis Blick auf. Er nickte, wie um mir zu versichern, dass ich mir keine Sorgen um Abuela machen musste.

»Aber –«, setzte sie an, doch ich ließ sie nicht ausreden.

»Es ist in Ordnung.« Insgeheim wollte ich nicht, dass wir zusammengingen, wollte nicht, dass sie stehen blieb, wenn ich nicht mehr weitergehen konnte. Gleichzeitig könnte ich es nicht ertragen, ihre Schmerzen zu sehen. Bei Li war sie in besseren Händen.

»Ich schaffe das, Abuela. So schnell wirst du mich nicht los.« Ich presste einen Kuss auf ihr schneeweißes Haar.

Dann half ich ihr auf die Beine und schob sie zu Li, der am Beginn des Pfades auf sie wartete. Er schenkte mir ein Lächeln, das mir Hoffnung gab. Trotzdem fiel es mir unheimlich schwer, ihm Marisol zu überlassen.

»*Mucha suerte.*« Ich ließ ihre Hand los und trat einen Schritt zurück.

»*Mucha suerte, Mija.*« Ihr Blick fiel auf meine Füße, eine tiefe Sorgenfalte auf der Stirn. »Bist du wirklich sicher, dass –«

Ehe sie ihren Satz beenden konnte, hatte Li sie gepackt und auf den Pfad gezogen. Keine Sekunde später waren sie in dem Strom der Toten verschwunden. Ich starrte ihnen noch eine Weile hinterher, versuchte, sie zwischen den Verstorbenen ausfindig zu machen. Doch es war, als hätte der dunkle Pfad sie verschluckt.

»Admiradora.«

Ich holte tief Luft, dann wandte ich mich um und sah den Sonnengott an. Das dunkle Haar klebte an seiner Stirn, verdeckte jedoch nicht seine Augen, mit denen er mich intensiv musterte.

»Ich weiß, dass du mich brauchst.« Ich zog meine Jeansjacke wieder an, dann kramte ich mein zweites Sweatshirt aus dem Rucksack. Mit Mateos Messer zerteilte ich den gewebten Stoff mit Leichtigkeit, bis ich mehrere Bandagen in den Händen hielt, die ich nun um meine eigenen Füße wickelte. »Aber wenn ich es nicht schaffen sollte, bist du immer noch verantwortlich für Marisol. Und dann wirst du auch einen Grund haben, sie zu beschützen. Weil sie dann deine einzige Chance ist, deine Unsterblichkeit zu retten.«

Nan verfolgte mit seinen Augen jede meiner Bewegungen. »Du kannst mich mit deiner Opferbereitschaft nicht beeindrucken, Admiradora.«

»Dich beeindrucken?« Ich verknotete die Stoffstreifen, setzte meinen Rucksack auf und erhob mich. »Glaub mir, das war niemals meine Absicht.«

Der Gott sah mich noch einen Moment lang schweigend an, dann wandte er sich um. »Ich bleibe in deiner Nähe, falls du Hilfe brauchen solltest.« Er warf mir einen letzten Blick über die Schulter zu. »*Ixquicha nimitzihtaz.*«

Bevor ich fragen konnte, was das bedeuten sollte, war er zwischen den Toten verschwunden. So viel dazu, dass er in meiner Nähe bleiben würde. Wie irritierend konnte ein Gott eigentlich sein?

Ich wartete noch einen Augenblick, bis sich die Scharen etwas gelichtet hatten, dann tastete ich mich vorsichtig auf den Obsidian vor, erst mit meinem rechten Fuß, dann mit dem linken. Sofort spürte ich die Hitze des Gesteins durch meine Bandagen brennen, aber noch war sie auszuhalten. Ich kämpfte mich Schritt für Schritt voran, mein ganzes Gewicht auf die Fußballen verlagert, doch als ich ein paar Meter hinter mich gebracht hatte, musste ich auf meine Fersen ausweichen.

Die Toten strömten unterdessen an mir vorbei, und mit jedem Schritt fiel es mir schwerer, ihnen auszuweichen. Schließlich blieb mir nichts anderes übrig, als meinen gesamten Fuß auf das Gestein zu setzen, um schneller voranzukommen. Für einen kurzen Moment überlegte ich, ob ich meine Jacke zerschneiden und um meine Füße wickeln sollte, doch wenn ich das tat, würde ich zweifellos irgendwann erfrieren. Vorausgesetzt natürlich, dass ich diesen Höllenpfad heil überstand.

Nach einer Weile verstand ich, was Nan gemeint hatte. Der Obsidian löste die Toten, an denen ich vorbeiging, nach und nach von ihren sterblichen Hüllen. Ihre Füße wurden vor meinen Augen verbrannt, zerfleischt, zerfetzt, während ihre Haut blasser wurde, beinahe durchscheinend. Immer wieder fielen Tote auf die Knie, wenn sie die Schmerzen nicht mehr aushielten, und ermöglichten es dem Obsidian so, auch den Rest ihrer Körper und anschließend ihre Seelen zu verzehren. Manche schrien, andere wimmerten, wieder andere waren totenstill. Ich presste beide Hände auf die Ohren, wollte ihre Laute und das Wehklagen ausblenden. Gleichzeitig wurden meine eigenen Schritte immer unsicherer und schmerzerfüllter.

Plötzlich zog etwas an meinem Rucksack. Ich stolperte erschrocken zurück, spürte, wie die Träger von meinen Schultern rutschten. Dann war das vertraute Gewicht von meinem Rücken verschwunden. Panisch wirbelte ich herum, suchte den Pfad mit den Augen ab. Mein Rucksack lag einige Schritte hinter mir, ein Toter klammerte sich an ihn, während der Obsidian seinen Körper zu sich nahm.

Ein einziger Gedanke drängte sich in mein von Schmerz benebeltes Hirn.

Marisols Inhalator war in meinem Rucksack.

Instinktiv rannte ich zurück, stolperte, fiel auf die Knie. Der

Obsidian brannte sich durch den Stoff meiner Jeans, fraß sich in meine Hand, mit der ich mich abstützte. Ich schrie vor Schmerzen auf, legte trotzdem auch meine andere Hand auf das Gestein, um zu meinem Rucksack zu kriechen. Egal, wie sehr ich mich bemühte, ich schaffte es nicht, mich wieder auf die Beine zu kämpfen.

Gierig streckte ich meine Finger nach einem Träger aus, packte ihn, zog ihn zu mir – und fand nichts mehr vor außer ihm.

Nein. Nicht. Bitte nicht.

Ich presste den Träger an meine Brust. Weinte ich? Ich wusste es nicht. Mein Körper war einem einzigen Inferno ausgesetzt, stand in Flammen, sodass ich keinen klaren Gedanken mehr fassen konnte.

Tote überholten mich, drängten an mir vorbei. Manche zerfielen vor meinen Augen. Doch sie nahmen ihr Schicksal an. Ich war kurz davor, es ihnen gleichzutun.

Mit letzter Kraft stemmte ich mich schließlich hoch und kämpfte mich weiter voran. Den Schmerz in meinen Beinen und Händen konnte ich einigermaßen ausblenden, das Brennen unter meinen Füßen nicht. Mittlerweile hatten sich die Stoffbandagen vollständig von meinen Sohlen gelöst, und ich ging barfuß über das Gestein. Meine Haut fing Feuer, brannte.

Wehe, du erwartest von mir, dass ich dich barfuß auf dieses Teufelszeug lasse.

Wer hatte das gesagt? Ich konnte mich an die Worte erinnern, aber nicht an ihren Ursprung. Dabei hatte ich das Gefühl, dass er mir wichtig war. Verzweifelt griff ich mir an die Schläfen, presste meine schmerzenden Finger dagegen. Verdammt, was war los mit mir?

»Du hast so schönes Haar«, ertönte auf einmal eine Stimme neben mir. Ich sah auf und entdeckte eine Tote mit kurz geschorenem Haar, die sich mir schwerfällig näherte. Ihre Füße waren kaum noch als solche zu identifizieren, ihre Haut weißer als Papier. »Möchtest du mir ein Stück davon geben, *Mija?*« Sie beugte sich zu mir, ihr Atem eiskalt. »Möchtest du teilen?«

Sie streckte eine Hand aus, um mein Haar zu berühren. Etwas sagte mir, dass ich ihre Berührung fürchten sollte. Warum? Ich wusste es nicht.

Ich starrte die Hand an, fragte mich, wie sie sich wohl anfühlen mochte. Würde sie kühl sein, würde sie das Brennen meines Körpers lindern? Zögernd griff ich nach einer Haarsträhne, um sie ihr zu reichen, als sie plötzlich einen keuchenden Laut von sich gab. Dann war sie verschwunden, hatte sich direkt vor meinen Augen aufgelöst. An ihrer Stelle stand dort nun ein Mann, das dunkle, schulterlange Haar zerzaust, die Hände in Handschuhen verborgen. Er starrte mich an, als würde er mich kennen.

»Was hast du mit ihr gemacht?«, fragte ich, meine blutigen Finger immer noch um die Haarsträhne geklammert, die ich der Toten hatte schenken wollen. »Wer bist du?«

Er antwortete nicht, sondern trat auf mich zu und legte einen Arm um meine Taille. »Du bist fast da, Admiradora.«

Wer war er? Warum fasste er mich an? Niemand fasste mich ohne meine Erlaubnis an.

»Lass mich los!«, schrie ich, doch er zog mich mit sich und machte keine Anstalten, von mir abzulassen. Ich versuchte, ihn zu treten, aber mein Körper war zu schwach, um Schaden auszurichten. Warum wurde er von dem Pfad nicht verletzt? War er kein Sterblicher?

»Elena.« Sein Griff um meine Taille verstärkte sich mit jedem Tritt, den ich ihm verpasste. »Du hast es fast geschafft, Elena.«

Elena? Wer war Elena?

Plötzlich spürte ich meine Füße nicht mehr. Ich hatte Angst, hinunterzuschauen, Angst, nur noch zerfleischte Haut zu sehen. Ich stolperte nach vorn, wurde aufgefangen. Roch Blut, versengtes Fleisch. Und den Tod. So viel Tod.

Dann verlor die Welt all ihre Farben.

12. Kapitel

Etwas Hartes drückte in meinen Rücken, als ich die Augen öffnete und von fahler Dunkelheit begrüßt wurde. Mühsam hob ich den Kopf und sah an mir herunter. Schwarze Bandagen bedeckten meine Hände und Füße. Der Schmerz in meinen Sohlen war kaum auszuhalten. Ich gab mir Mühe, zu verstehen, was ich sah, warum ich hier war, aber meine Gedanken waren ein einziges Chaos. Kraftlos ließ ich mich zurücksinken und schloss die Augen.

Plötzlich spürte ich eine Berührung an den Schläfen.

»Ganz ruhig«, murmelte eine tiefe Stimme. »Sag mir, was du siehst.«

Ich versuchte, die Stimme zuzuordnen, doch ich erkannte sie nicht. Und ich sah nichts. Zumindest nichts, was Sinn ergab.

»Sag mir, wie du heißt.«

Ich presste die Augen fester zusammen, flehte ihn stumm an, mit diesen Fragen aufzuhören, die ich nicht beantworten konnte. Einen Moment lang herrschte Stille, dann verließen die Finger meine Schläfen. Dafür spürte ich eine Berührung unter meinen Armen. Im nächsten Moment wurde ich in eine sitzende Position gehievt und etwas Warmes presste sich an meinen Rücken.

»Dein Name«, flüsterte die Stimme nahe an meinem rechten Ohr. »Sag mir bitte deinen Namen.«

Ich schüttelte den Kopf, die Augen immer noch geschlossen. Da war kein Name. Kein –

»Elena«, sagte die Stimme plötzlich.

Auf einmal regte sich etwas in mir. Doch der brennende Schmerz in meinen Füßen hielt mich davon ab, diesem einen Wort mehr Beachtung zu schenken.

»Elena.«

Ich holte zitternd Luft, dann öffnete ich die Augen einen Spaltbreit. »E… Ele… Elena.«

Ich glaubte, zu hören, wie jemand erleichtert Luft ausstieß. Direkt hinter mir. Direkt an meinem Rücken.

»Erinnerst du dich daran?« Eine in dunkles Leder gekleidete Hand hielt mir etwas Längliches, Schwarzes hin. Ich starrte es einen Moment lang an, dann griff ich danach. Meine schmerzenden Finger schlossen sich um das Stück Kohle, das auf eine seltsame Art das Chaos in meinen Gedanken etwas beruhigte.

»Wie geht es ihr?«, fragte eine andere Stimme hinter mir. Eine weibliche, raue.

»Sie wird wieder«, antwortete die männliche Stimme. »Gib ihr etwas Zeit.«

Dunkelheit schlich sich in mein Sichtfeld. Schwarz wie die Kohle zwischen meinen Fingern.

»Wie ist dein … dein Name?«, brachte ich mühsam hervor. Erst jetzt bemerkte ich den Herzschlag an meinem Rücken, die Muskeln, an die ich mich lehnte.

»Nan.«

Schmerzen rissen mich zurück in die Tiefe, ertränkten jedes Bild. Jede Stimme.

»Ein schöner … Name«, flüsterte ich.

Dann glitt ich zurück in die Finsternis.

Sanfter Gesang weckte mich.

Ich riss die Augen auf und stemmte mich hoch. Verwirrt sah ich mich um, bis ich verstand, wo ich mich befand. Ich war in einer Höhle. Benommen fasste ich mir an den Kopf und schüttelte ihn leicht. Erinnerungen brachen über mich herein, durchfluteten mich. Bis die Leere, die zuvor in meinen Gedanken geherrscht hatte, verschwunden war.

Nur das schwache Flackern eines dürftigen Feuers erhellte die Dunkelheit etwas, die von einer wohlklingenden Melodie durchbrochen wurde. Gesang, der mir vertrauter war als meine eigene Stimme. Mein Blick glitt umher, suchte nach Abuela. Stattdessen traf er auf ein anderes vertrautes Gesicht.

Nanahuatl, der Gott, der den Menschen einst angeblich die Sonne geschenkt hatte, lauschte Marisols Gesang. Seine Augen waren geschlossen, den Kopf hatte er in den Nacken gelegt, während er sitzend an einer Höhlenwand lehnte. Ich hatte selten jemanden gesehen, der so friedlich aussah.

Plötzlich verstummte der Gesang, dann spürte ich eine Hand an meiner Schulter, sah, wie sich jemand vor mich kniete.

»*Mija?*«

Mühsam fokussierte ich Marisol, suchte nach Verletzungen durch den Obsidian, aber sie schien weitestgehend unversehrt zu sein. Ich atmete erleichtert auf, bis eine Erinnerung nach oben drängte: Bilder eines verbrannten Rucksacks.

»Dein Inhalator«, stieß ich hervor. »Ich … Ich habe ihn verloren.«

»Schhh.« Abuelas Hände legten sich auf meine Wangen, hielten mich fest. »Das ist mir egal, Elena. Ich würde jeden Inhalator der Welt verbrennen, wenn ich dich damit retten könnte.« Sie presste einen Kuss auf meine Stirn.

»Aber dein Husten –«

»Die Totenluft hier unten bewirkt Wunder für meine Lunge! Ich muss kaum noch husten.«

Ich hörte die Lüge in ihren Worten, wusste, dass sie mich nur beruhigen wollte.

»Admiradora.«

Ich sah zur Seite und entdeckte Nan, der auf einmal neben mir kniete. Augenblicklich spürte ich wieder seinen Arm um meine Taille, hörte den Klang meines Namens aus seinem Mund. Erst jetzt fiel mir auf, dass es das erste Mal gewesen war, dass er mich bei meinem Namen genannt hatte. Aber da war noch mehr. Nicht nur der Pfad. Ein Herzschlag an meinem Rücken, Fingerspitzen an meinen Schläfen. Aus irgendeinem Grund konnte ich diese Erinnerungen jedoch nicht greifen. Sie waren verschwommen, unscharf.

Nan nickte in Richtung der Bandagen. »Ich muss sie wechseln.«

Marisol setzte sich neben mich, damit der Sonnengott ihren Platz vor mir einnehmen konnte. Hinter ihm entdeckte ich Li, der mir ein Lächeln schenkte, das ich zaghaft erwiderte. Ich wurde das Gefühl nicht los, etwas verpasst zu haben.

Während Nan die Bandagen von meinen Füßen entfernte, biss ich die Zähne zusammen, um nicht zu fluchen. Als meine Haut entblößt war, winkelte ich ein Bein etwas an, warf einen Blick hinunter – und sog scharf die Luft ein.

Eine fleischige Masse, anders konnte man das, was ich dort sah, nicht beschreiben.

Nans Stirn legte sich im Schein des Feuers in Falten, dann nahm er Mateos Messer, das neben mir lag, schlüpfte aus seinem Mantel und schnitt ein Stück des unteren Saums ab. Erst jetzt fiel mir auf, dass der Mantel bereits deutlich kürzer war als zuvor.

Schließlich begann er, meine Füße erneut zu verbinden. Er war so vorsichtig, dass es mir für einen kurzen Moment die Sprache verschlug. Ich hätte mit allem gerechnet, aber nicht mit diesen sanften Berührungen.

Als er mit meinen Füßen fertig war, widmete er sich meinen Händen, die glücklicherweise kaum verbrannt waren. Unbewusst hatte ich die Ärmel meiner Jeansjacke hochgekrempelt. Sein Blick haftete an der unebenen Haut meiner Unterarme. Fast zärtlich fuhren seine behandschuhten Finger über die Narben, die meine Begegnungen mit den Toten hinterlassen hatten. Noch nie zuvor hatte jemand sie so berührt, behutsam, beinahe ehrfürchtig.

»Dir ist schon bewusst, dass ich genau hier sitze, oder, Aragorn?«, brummte Marisol.

Nan ignorierte sie.

»Du versteckst sie.« Seine Finger hielten inne, ruhten auf einer besonders wulstigen Narbe. Ich erinnerte mich noch genau daran, wie ich sie bekommen hatte. Ein Toter hatte sich in mein Fleisch gekrallt, weil er sein Schicksal nicht hatte akzeptieren wollen. Er hatte mir unter Tränen von den Plänen und Träumen erzählt, die ihm der Tod nun entrissen hatte. Je weniger die Toten gelebt hatten, desto tiefer war die Narbe, die sie auf meiner Haut hinterließen.

»Schämst du dich für sie?«, wollte Nan wissen.

Ich zögerte einen Moment, bevor ich antwortete. »Nein.«

Ich wusste selbst nicht, wie viel von diesem Wort Lüge und wie viel Wahrheit war.

Es fühlte sich seltsam an, als Nan kurz darauf die Berührung unterbrach. Gleichzeitig konnte ich endlich aufatmen. Wenn er mir so nah war, kämpfte der Hass auf ihn mit etwas anderem, das ich nicht benennen konnte. Etwas, das ich nicht verstand.

Nicht verstehen wollte.

Der Gott warf immer wieder einen Blick zu Marisol, die mittlerweile neben mir eingenickt war. Li ruhte in seiner Jaguargestalt neben ihr. Nur allzu deutlich erinnerte ich mich an meine und Nans Konfrontation vor dem Obsidianpfad: wie ich mich geweigert hatte, ihn Marisol zurückschicken zu lassen. Inzwischen war ich nicht mehr sicher, ob er nicht vielleicht recht hatte. Aber sie würde niemals gehen, würde mich nie allein hier unten zurücklassen. Sie war dickköpfiger als ich, und das musste schon etwas heißen.

Nachdem Nan fertig war, kämpfte ich mich mühsam auf die Beine, meine Hände an der Höhlenwand abgestützt. Ein leiser Schmerzensschrei entfuhr mir, als ich einen Schritt machte, dann noch einen. Meine Füße brannten, fingen Feuer. Aber ich weigerte mich, aufzugeben. Wir konnten uns keine längere Pause erlauben, schon gar nicht meinetwegen.

Als ich am Höhleneingang angekommen war, legte ich eine kurze Pause ein. Fast beiläufig glitt mein Blick hinaus – und blieb an einer Silhouette hängen, die vor dem Eingang kauerte.

Das war unmöglich.

Meine Finger krallten sich Halt suchend in den Stein der Höhlenwand, während ich die Gestalt anstarrte. Erst glaubte ich, dass es sich um eine Halluzination handeln musste. Dass Mictlan mir einen Streich spielte. Doch egal, wie oft ich die Augen schloss und wieder öffnete, das Mädchen verschwand nicht. Ein Mädchen, von dem ich befürchtet hatte, es nie wiederzusehen.

Ein Mädchen, das in meinen Armen gestorben war.

Isa.

Ich stolperte zu ihr. Sie trug immer noch das Kleid vom Strand, immer noch den Zopf, den ich ihr geflochten hatte. Mühevoll formten meine bandagierten Hände ihren Namen, hofften, dass sie mich verstand.

Sie legte den Kopf schief. Meine Hände verharrten mitten in der Luft. Vielleicht erkannte sie mich nicht mehr. Vielleicht –

Elena?

Tränen bahnten sich ihren Weg meine Wangen hinab.

Instinktiv streckte ich beide Arme nach ihr aus, bis mir einfiel, dass ich das nicht durfte.

Nicht mehr.

Sofort ließ ich sie sinken, löste meinen Blick aber nicht von ihr.

»Das Mädchen vom Friedhof«, ertönte es plötzlich neben mir. Ich war so auf Isa fokussiert gewesen, dass ich nicht gemerkt hatte, dass sich Nan neben mich gekniet hatte.

»Wie kann sie schon so weit sein?«, fragte ich ihn.

Der Sonnengott fuhr sich mit einer Hand durchs Haar. »Ich vermute, dass sie uns gefolgt ist.«

Bist du uns gefolgt, Isa?

Das Mädchen nickte. *Ich wollte bei dir bleiben.*

Für einen kurzen Moment musste ich den Blick abwenden, zu schmerzhaft war der Griff um mein Herz.

»Sie hatte noch ihr ganzes Leben vor sich«, flüsterte ich in die Stille hinein. »Es ist so verdammt grausam.«

»Der Tod hat nie behauptet, etwas anderes zu sein«, erwiderte Nan ruhig.

Zitternd holte ich Luft, stieß sie geräuschvoll aus. »Darf sie uns begleiten?«

»Das wird den Abschied nur umso schwerer machen, Admiradora.« Er musterte mich, bevor er leise seufzte. »Aber die Entscheidung liegt bei dir.«

Als Isa aufstand, fiel mein Blick auf etwas, das eben noch von ihrem Körper verborgen gewesen war. Menschliche Gebeine ruhten nahe dem Eingang zur Höhle. Ein Skelett, das erstaunlich intakt war.

Aber nicht die Knochen selbst schnürten mir den Atem ab, sondern die Kleidung, die sie umhüllte. Der tiefrote Stoff eines langen Rocks verbarg einen Teil des Skeletts.

Entfernt nahm ich wahr, dass sich Marisol mir von hinten näherte. »Bin kurz weggepennt. Was hab ich verpasst, de Jesús?«

Ich wollte ihr von Isa erzählen, von der Toten, die Abuela nicht sehen konnte. Aber aus irgendeinem Grund haftete meine gesamte Aufmerksamkeit an diesem Skelett.

Bis ich glaubte, die Ursache dafür erkannt zu haben.

»Es sieht fast aus wie Santa muerte«, murmelte ich. Die Figur aus Miguels Praxis stand vor meinen Augen. Ich warf Nan einen fragenden Blick zu. »Gibt es sie wirklich?«

Der Gott stieß ein tiefes Lachen aus. »Santa muerte?«

»Die Königin der Toten«, erklärte ich. »Das Skelett im roten Kleid.«

Sein Lachen verstummte. »Du kannst von Glück sagen, dass der Gott der Toten das gerade nicht hören musste.« Er zog die Augenbrauen zusammen. »Sante muerte ist keine Königin der Toten, auch wenn manche sie als solche bezeichnen. Sie ist ein Hirngespinst. Soweit ich weiß, wurde sie von irgendwelchen Drogenchefs in üblen Milieus zur Ikone ausgerufen, aber das ändert nichts daran, dass sie nicht existiert. Außer für diejenigen, die sich mit Substanzen zudröhnen und glauben, diesem Ding Menschenopfer darbringen zu müssen.«

Mein Blick wanderte zwischen dem Gott und dem Skelett hin und her. Ich hatte wirklich geglaubt, dass sie real war. »Es gibt sie also ganz sicher nicht?«

»Natürlich nicht.« Er hob eine Augenbraue. »Wer hat etwas anderes behauptet?«

»Miguel.«

»Warum wundert mich das nicht?«

Anstatt zu antworten, starrte ich weiter das Skelett an. Noch irgendetwas regte sich in meinem Gedächtnis. Etwas, das nichts mit Santa muerte zu tun hatte, aber ich konnte es nicht greifen.

Schließlich trat ich einen Schritt näher, eine Hand an der äußeren Höhlenwand abgestützt. Ich beugte mich hinunter und berührte den Rock. Strich über den glatten Stoff, fand in helleren Rottönen gehaltene Stickereien am unteren Saum. Wenn mich nicht alles täuschte, stellten sie Feuerdahlien dar. Ich schloss die Augen, kramte nach einer Erinnerung, die weit zurücklag. Suchte nach einem Rock, der diesem hier verdammt ähnlich gesehen hatte. Und dann, ganz plötzlich, hatte ich ihn gefunden. Ich sah eine sieben Jahre jüngere Elena, die unglaublich stolz auf ihren ersten selbst genähten Rock gewesen war. Die mit Marisols Hilfe Feuerdahlien daraufgestickt hatte. Die den Rock seit dem Tod ihres Bruders nicht mehr getragen hatte, nicht einmal mehr an ihn gedacht hatte. Bittersüße Erinnerungen an Tänze klebten an dem Kleidungsstück – Tänze, die ich seitdem nicht mehr getanzt hatte.

Ich öffnete die Augen wieder. Egal, wie ähnlich dieser Rock jenem sah, den ich einst genäht hatte, es konnte nicht derselbe sein. Natürlich nicht. Trotzdem fuhr ich mit meiner freien Hand unter den Rock, schlug den Saum um. Ließ meinen Blick umhergleiten, bis ich fand, wonach ich suchte.

Mit den Zähnen biss ich mir auf die Unterlippe. Immer fester, immer tiefer.

Bis Blut auf die in Gold gestickten Initialen tropfte, die sich im Innern des Rocks verbargen.

E. d. J.

13. Kapitel

Meine Füße hatten sich innerhalb der letzten Plejaden genügend erholt, sodass ich wieder halbwegs ohne Marisols Hilfe gehen konnte.

Die Reise zur nächsten Ebene war überraschend ereignislos verlaufen. Wir waren von Höhle zu Höhle gewandert, manchmal begleitet von Toten, meistens jedoch allein. Gänge gab es nicht länger, wofür ich dankbar war. Denn auch wenn die neblige Einöde Mictlans, die wir nun durchquerten, nicht besonders einladend war, war sie bei Weitem nicht so beengend wie die verschlungenen Gänge der ersten Ebenen. Und noch etwas hatte sich zum Besseren gewendet: Die Landschaft wurde nun von Flüssen durchzogen, an denen wir uns regelmäßig waschen konnten.

Nan verschwand ab und zu, doch er kehrte stets zurück, manchmal mit Nahrung und abgetragener, warmer Kleidung für Marisol und mich. Meistens kam er jedoch ohne Beute wieder, dafür mit Schatten unter seinen Augen und einer Leere in seinem Blick. Ich hatte aufgegeben, mir über sein häufiges Fortbleiben Gedanken zu machen, ebenso wie über den seltsamen Rock, der meinem eigenen so sehr ähnelte. Stattdessen ertappte ich mich immer wieder dabei, wie ich Isa anstarrte, weil ich nicht glauben konnte, dass das Schicksal wirklich gnädig genug gewesen war, uns noch einmal zusammenzuführen. Sie wirkte blasser als zu Lebzeiten, aber sonst deutete nichts darauf hin, dass sie nicht länger unter den Lebenden weilte. Ein Rest ihrer Lebensfreude klebte noch an ihr, hatte sie noch nicht verlassen. Das spürte ich besonders, als ich sie dabei beobachtete, wie sie die perlweiße, schneebedeckte Fläche anstarrte, die sich vor uns erstreckte. Die vierte von neun Ebenen auf dem Weg zu ihrem ewigen Frieden.

»Cehueloyan will, dass die Seelen ihre traurigsten und reuevollsten Erinnerungen noch einmal durchleben, um sie loslassen zu können.« Ich lauschte Nans Ausführungen nur mit halbem Ohr, zu fasziniert musterte ich das, was uns erwartete. Auf eine befremdliche Art wollte ich unbedingt dort hinaus, wollte Schnee unter meinen Füßen und in meinen Händen spüren. Dem Weiß, das im starken Kontrast zu der Dunkelheit der Höhlen Mictlans stand, wohnte etwas Friedliches inne. Der Drang, es zu berühren, mich darin zu verlieren, war unbändig.

»Das sollte machbar sein«, verkündete Marisol. In dem viel zu großen Strickpullover und den klobigen Stiefeln, die sie widerwillig von Nan für diese Ebene angenommen hatte, wirkte sie noch kleiner als sonst. »Ich dachte, hier gebe es einen Schneesturm oder so. Das ist ja quasi ein Spaziergang.«

»Die Stille täuscht«, erwiderte der Sonnengott. »Es ist nicht der Schnee, den die Toten fürchten müssen. Sondern die Erinnerungen, denen sie in diesem Tal begegnen werden.«

»Ich bin mit mir selbst im Reinen«, antwortete Abuela. »Mich kann keine meiner Erinnerungen schockieren.« Sie hielt inne und runzelte die Stirn, dann zuckte sie mit den Schultern. »Fast keine.«

Ich spürte Nans Blick auf mir, aber meine Aufmerksamkeit galt etwas, was ich gerade aus dem Augenwinkel gesehen hatte. Ich wandte mich um und kniff die Augen zusammen, um erkennen zu können, um was es sich handelte. Am Rande der Schneefläche kauerte ein bläulich leuchtendes Tier, das beinahe vom

Weiß verschluckt wurde. Ein Tier, das verdächtig nach einem Hasen aussah. Langsam näherte ich mich ihm und ging vor ihm in die Knie. Sein blauweißes Fell erinnerte mich von der Farbe her an das von Li in seiner Jaguargestalt. Als ich eine Hand ausstreckte, die fast unter dem langen Ärmel meines eigenen dicken Strickpullovers verschwand, stupste der Hase sein Schnäuzchen dagegen. Er schien keinerlei Angst vor mir zu haben.

»Er ist so süß«, flüsterte ich, während ich entfernt wahrnahm, wie die anderen hinter mich traten.

»Ich warne dich, Admiradora. Wir haben schon genug Ballast. Du nimmst diesen Ha–« Nan legte einen Finger zwischen seine Brauen und schloss sichtlich entnervt die Augen, als ich den Hasen vorsichtig hochhob und mich den Göttern zuwandte. »Und sie nimmt ihn mit.«

»Ein Mondhase. *Liebre de luna.*« Li berührte das Tier zwischen den Ohren. »Wir sind quasi Verwandte. Vielleicht –«

»Bitte keine Einzelheiten, *Mijo*«, bat Marisol.

Die Tatsache, dass sie Li *Mijo* nannte, zeigte, dass sie ihn auf ihre eigensinnige Art lieb gewonnen hatte. Etwas, was man von Nan nicht gerade behaupten konnte.

»Wie wollen wir ihn nennen?«, fragte Li.

»Er ist eine sie«, entgegnete ich. Der Hase war seltsam zutraulich. Bereits jetzt kletterte er hinauf auf meine Schulter und machte es sich dort bequem. Ich spürte, wie er zitterte. Deshalb ließ ich ihn dort sitzen, in der Hoffnung, dass ich ihm etwas Wärme schenken konnte. »Luna.«

»Unglaublich einfallsreich«, murmelte Nan.

Ich warf ihm einen finsteren Blick zu. »Schöner als dein Name auf jeden Fall, Gott.«

Ehe er etwas erwidern konnte, war ich zu Isa hinübergegangen und hatte mich zu ihr hinuntergekniet. Für einen kurzen Moment huschte ihr Blick zu dem Hasen auf meiner Schulter. Ihre Augen weiteten sich, und mit einem Mal musste ich an ihren letzten Wunsch als Lebende denken: ein gehäkeltes Häschen, weil ihr Vater ihr kein echtes hatte schenken wollen. Ein wehmütiges Lächeln legte sich auf meine Lippen. Man hatte ihr ihren Wunsch erfüllt, wenn auch zu spät.

Meine Aufmerksamkeit richtete sich auf den Schnee, den wir beide nur von Bildern und aus Filmen kannten.

Möchtest du im Schnee spielen?

Das Mädchen nickte eifrig.

Es kann sein, dass du dort draußen Dingen begegnen wirst, die dich traurig machen. Meine Finger stolperten übereinander, während ich nach Worten suchte, die Isa auf das vorbereiten würden, was sie auf der Ebene von Cehueloyan erwartete. Dabei wusste ich es selbst ja nicht. *Versprichst du mir, immer weiterzugehen, egal, was du sehen wirst? Versprichst du mir, deine Spuren im Schnee zu hinterlassen?* All die Spuren, die sie im Leben nicht mehr hatte hinterlassen dürfen.

Isa nickte noch einmal, dann rannte sie davon. Hinein in das Weiß.

Ich sah ihr nach, sah, wie sie im Schnee verschwand. Und betete, dass es nicht das letzte Mal war, dass sich unsere Wege gekreuzt hatten.

Nervös wischte ich mir eine lose Strähne aus der Stirn, die aus meinem Zopf geflohen war. Dann betraten wir zu viert die Ebene der traurigsten Erinnerungen, der Hase immer noch auf meiner Schulter.

Mictlan war an sich schon extrem kalt, aber nachdem wir das Tal beschritten hatten, fraß sich trotz des dicken Pullovers, meiner Jeansjacke, der gefütterten Hose und der schlecht sitzenden Männerstiefel, die Nan mir gegeben hatte, eine unglaubliche Kälte in meine Glieder.

»Das ist einfacher als erwartet«, murmelte Marisol, nachdem wir eine Weile durch den Schnee gestapft waren, die beiden Götter hinter uns. Meine Faszination war schnell verflogen, und ich wollte nur noch ans Ende des Tals gelangen. Fort von der stechenden Kälte. »Ich meine, unangenehm ist es schon, aber ansonsten könnte ich mich dran –«

Ohne Vorwarnung kippte sie nach vorn.

»Abuela!« Ich fing sie auf, bevor sie im Schnee versinken konnte. Als ich sie näher musterte, bemerkte ich, dass ihre Haut eine leicht bläuliche Färbung angenommen hatte. Ich hob eine Hand, legte sie an ihre Wange. Sie war eiskalt. Sofort krampfte sich meine Brust zusammen.

»Alberto?«, flüsterte sie, die Augen halb geschlossen. »Warum bist du gegangen?«

Ich versuchte, sie mitzuschleppen, doch mit der Kälte hatte eine Schwäche in meine Glieder Einzug gehalten, die es mir unmöglich machte, Marisol längere Zeit zu tragen. Mit zitternden Händen legte ich sie im Schnee ab. Sie murmelte zusammenhanglose Dinge, schien zwischen Bewusstsein und Bewusstlosigkeit gefangen zu sein.

Plötzlich spürte ich eine mir mittlerweile bekannte Berührung an der Schulter. Keine Sekunde später kniete Nan neben Marisol und hob sie hoch.

»Pass auf die Admiradora auf«, wies er Li an, der uns in seiner Jaguargestalt begleitet hatte. Der Sonnengott warf mir einen Blick zu, den ich nicht deuten konnte, bevor er seinen Weg fortsetzte, Marisol in seinen Armen.

Ich kämpfte mich weiter durch den Schnee, Li an meiner Seite. Der Gedanke daran, dass wenigstens Abuela in Sicherheit war, half mir, weiterzugehen.

Kalt. Es war so kalt. Kalt wie Haut, unter der kein Blut mehr floss. Kalt wie ein Herz, das nicht mehr schlug. Kalt wie ein Mädchen, das sich vor den Toten fürchtete, vor einer Nacht, in der sie es besuchten. Egal, wie gut es sich vor ihnen auch verstecken mochte.

Ich hielt inne. Was zum …?

Plötzlich nahmen sie Form an, die Bilder, die der Schnee mir schickte. Bilder von einem Mädchen. Ein Mädchen, das in seine Faust biss, bis das Blut floss, während es in einem verdreckten Haus an der Wand kauerte. Seine Finger presste es gegen seine Schläfen, bis ein Junge sie sanft löste und das Blut fortwischte.

Sie sollen weggehen, flüsterten die Hände der Kleinen. *Sie sollen mich in Ruhe lassen, Mateo.*

Ihr Bruder küsste ihre Stirn, ihr dunkles Haar. *Ich wünschte, ich könnte sie an deiner Stelle sehen, El. Ich wünschte, er hätte mich verflucht, nicht dich.*

Ich ging weiter, während ich die Augen in der naiven Hoffnung zusammenpresste, dass das die Erinnerungen aussperren würde.

Doch das klappte nicht.

Bilder von Narben lösten sich aus dem Schnee. Das Mädchen verstand das alles nicht. Es wollte die Toten doch nur trösten. Es verstand nicht, warum die Verstorbenen schmerzhafte Monde auf seiner Haut hinterließen. Es dachte, es wären Geschenke. Bis es erkennen musste, dass die Monde keine Geschenke waren, sondern Leben, die nicht länger existierten. Leben, die das Mädchen genommen hatte.

Leben, die *ich* genommen hatte.

Ich kämpfte mich weiter durch die Kälte, durch die Schuldgefühle, die sich auf meiner Haut verewigt hatten. Durch Teig, salzigen Teig, der eigentlich süß schmecken sollte. Durch Feuer, das sich in meine Brust brannte. Mit meinen Händen schlug ich gegen meinen Brustkorb, versuchte, den Schmerz herauszureißen. Ich schrie, bis sich der salzige, metallene Geschmack von meinen Lippen gelöst hatte, schrie mit dem Mädchen, das ich einst gewesen war.

Als sich neue Bilder formten, die die Umrisse einer Klippe zeigten, riss ich panisch die Augen auf.

Nicht das.

Alles, nur nicht das.

Aber die Bilder verschwanden nicht. Sie verließen mich einfach nicht.

Ich stolperte, fiel auf die Knie. Starrte das Weiß an. Vielleicht würde es helfen. Ich vergrub meine Hände im Schnee. Die Kälte tat gut, betäubte meine Gedanken. Doch nicht für lange. Meine Hände fingen Feuer. Eiskalte Flammen leckten daran herauf.

Sie erstickten mich, die Bilder, die ich nicht mehr sehen, die Stimmen, die ich nie wieder hören wollte. Eissplitter fraßen sich in meine Haut, drangen in mein Herz, zerrissen es.

Ich kämpfte mich abermals auf die Beine, ging wieder zu Boden, versuchte es erneut. Entfernt nahm ich wahr, dass Li mich anstupste, immer und immer wieder. Nur deshalb stand ich auf, immer und immer wieder.

Als ich endlich den Rand des Schneefeldes entdeckte, an dem sich eine Höhle auftat, glaubte ich erst, ich würde sie mir einbilden. Doch sie war keine Einbildung.

Kaum, dass ich ins Innere der Höhle gestolpert war, ging ich in die Knie und musste mich erbrechen.

Schwer atmend richtete ich mich wieder auf. Mein Blick hastete umher, fand Isa, Li, Luna, die von meiner Schulter gesprungen war, und schließlich Marisol. Sie lehnte neben einem spärlichen Feuer an der gegenüberliegenden Wand der Höhle und schenkte mir ein schwaches Lächeln. Sie war wach. Nicht mehr ohnmächtig.

Nicht tot.

Nan kniete neben ihr, erhob sich jedoch und kam eilig auf mich zu, als er mich entdeckt hatte.

»Du hast sie gerettet«, flüsterte ich. So viele Fragen brannten auf meiner Zunge, aber ich stellte sie nicht. Wusste nicht, wie. Verstand nicht, warum jede seiner Handlungen einen Widerspruch darstellte. Meine Aufmerksamkeit richtete sich wieder auf Marisol, um mich zu vergewissern, dass sie wirklich in Ordnung war.

»Deine Hände, Admiradora.«

Panik schlang sich um meine Kehle, als mein Blick auf meine Hände fiel, auf die tiefblaue Haut, aus der der olivfarbene Ton vollständig gewichen war.

Ich konnte sie nicht mehr bewegen.

14. Kapitel

Ehe ich etwas sagen konnte, hatte Li eine meiner Hände in seine genommen und rieb behutsam Wärme in sie. Ich zuckte unwillkürlich zusammen, ließ seine Berührung aber zu. Doch egal, wie sorgsam er sie auch behandelte, ich spürte nichts, konnte keinen einzigen Finger bewegen. Stumm versuchte ich, die in mir aufkeimende Panik zu bekämpfen. Das war sicherlich nur vorübergehend. In ein paar Minuten würde ich meine Hände wieder spüren und bewegen können.

»Das bringt nichts, Li.«

Nans Augenbrauen waren zusammengezogen, seine Miene verhärtet. Quälend langsam hob er den Blick von meinen Händen, bis er auf meinen traf.

»Wir können sie nicht retten.«

Ich starrte ihn an. Wie um ihm zu beweisen, dass er sich irrte, wollte ich sie zu Fäusten ballen. Doch es gelang mir nicht. Ich hatte jegliches Gefühl für sie verloren. Es war, als gehörten sie nicht mehr mir.

»Atme.« Nan kniete sich vor mich, berührte meine Schläfe und riss mich so aus meiner Starre. »Du hältst schon wieder den Atem an, Admiradora.«

Wir können sie nicht retten.

Seine Worte hallten in meinem Kopf wider. Der Gedanke daran, meine Hände zu verlieren, schnitt sich tief in meine Seele.

Ich wollte Erde an ihnen kleben sehen, wollte Kohle und Wolle zwischen meinen Fingern spüren, wollte mit ihnen Wörter formen. Wenn ich das nicht mehr konnte, wer war ich dann noch? Wozu war ich dann noch zu gebrauchen?

Plötzlich legten sich Marisols Hände auf meinen Arm. Sie hatten ebenfalls eine leicht bläuliche Färbung angenommen, aber sie konnte sie bewegen, schien sie zu spüren. Das ließ mich wieder etwas tiefer Atem holen, ließ mich meine Gedanken sortieren. Im nächsten Moment verschwand Nans Berührung von meiner Schläfe.

»Du bringst mich noch ins Grab«, murmelte Abuela. Ihre knochigen Finger versuchten verzweifelt, meine Glieder zu wärmen.

Einatmen.

Ausatmen.

»Es ist okay.« Ich schenkte ihr ein beruhigendes Lächeln. Ein Lächeln, das vermutlich nicht unechter hätte aussehen können. »Vielleicht kann Miguel da etwas machen.«

Augenblicklich schnellte Nans Aufmerksamkeit wieder zu mir. Ich wusste nicht, ob ich es mir einbildete, aber sein Blick schien sich noch weiter zu verfinstern.

»Sollen wir sie zu Ticitl bringen?«, fragte Li in die angespannte Stille hinein. Er hielt immer noch eine meiner Hände, Marisol meine andere. »Sie kann ihr am ehesten helfen.«

Sofort horchte ich auf. Zu meinem Bedauern antwortete Nan in seiner Sprache, nicht in meiner. Die beiden unterhielten sich kurz, während der Mondgott weiter versuchte, die Eiseskälte aus meinen Fingern zu vertreiben.

Aber ich spürte seine Berührung nicht. Ich spürte gar nichts mehr.

»Würdet ihr uns freundlicherweise an eurer Diskussion teilhaben lassen?«, bat Marisol brummend. »Wer kann Elena helfen?«

Nan und Li wechselten einen letzten Blick, dann wandte sich der Sonnengott mir erneut zu.

»Du würdest es mir nicht glauben, wenn ich es dir verraten würde.« Er musterte meine Hände ein letztes Mal. »In diesem Fall wirst du uns einfach vertrauen müssen.«

Vertrauen. Ihm.

Er hob eine Augenbraue, als wartete er darauf, dass ich ihm widersprechen würde. Dass ich ihm erklären würde, dass es kein Vertrauen zwischen uns gab, es nie eines gegeben hatte. Doch das tat ich nicht.

Stattdessen nickte ich nur.

Kurz darauf führte Nan uns hinaus aus der Höhle, zurück in die dämmrige Einöde Mictlans. Mit jeder Bewegung meiner Füße versuchte ich, auch meine Hände zu bewegen. Aber sie blieben starr. Tot. Irgendwann gab ich auf und klammerte mich an den Funken Hoffnung, den die Götter in mir entfacht hatten.

Schließlich stießen wir auf etwas, was ich in den Tiefen der Unterwelt niemals erwartet hätte.

»Sieht aus wie ein Wald«, sagte ich leise. Ein blätterloser Wald, der nur tote, hohe Bäume beherbergte. Gewissermaßen noch mehr Leichen. Je tiefer wir in ihn vordrangen, desto dichter wurde er.

»Das hat jetzt echtes *Blair Witch*-Feeling«, bemerkte Marisol. Sofort wurde Li hellhörig. Bereitwillig entführte die Dorfälteste ihn in eine Welt der verwackelten Kameraaufzeichnungen und kidnappenden Hexen.

Mich beschlich währenddessen das Gefühl, beobachtet zu werden, weshalb ich alle paar Sekunden einen hektischen Blick über die Schulter warf.

»Ich hab die Namen vergessen, aber auf jeden Fall ist einer von den Typen am nächsten Morgen nicht mehr da«, erklärte Abuela gerade. »Aber weißt du, was stattdessen da ist?« Sie machte eine bedeutungsvolle Pause.

»Mach's nicht so spannend, Sol«, beschwerte sich Li.

»Die Spannung ist kaum auszuhalten«, murmelte Nan, der ein Stück vor mir ging. Unwillkürlich musste ich lächeln. Besonders, als ich den Todesblick bemerkte, den Marisol ihm zuwarf. Doch ehe sie Li von den abgetrennten Fingern berichten konnte, war der Sonnengott stehen geblieben.

»Sind wir da?«, fragte ich und trat neben ihn. Anstatt zu antworten, drängte er mich auf einmal gegen einen nahen Baum. Mein Rücken presste sich unsanft an die harte Rinde.

»Li, deck die Alte«, zischte Nan. »Schnell.«

Verwirrt starrte ich ihn an. Er hatte den Blick abgewandt, sah über seine Schulter, während sein Körper mich abschirmte.

»Was ist los? Warum –« Der Rest meiner Frage wurde von einer in Leder gehüllten Hand erstickt, die sich auf meine Lippen presste. Ich machte Anstalten, hineinzubeißen, aber dann hörte ich es.

Schreie. Und sie kamen näher.

Nan löste seine Hand von meinem Mund, dann beugte er sich zu mir herunter. »Ich kann dir die Ohren zuhalten, wenn du willst«, flüsterte er. »Das dauert jetzt eine Weile.«

Zögerlich schüttelte ich den Kopf. Ich hatte Fragen, aber alles an ihm verriet, dass nun nicht die Zeit war, um diese zu stellen. Deshalb tat ich das Einzige, was ich gerade tun konnte.

Ich lauschte.

Die Schreie wurden durchdringender, fraßen sich in meine Ohren. Es waren Sprachen, die ich nicht verstand, Worte, deren Bedeutungen mir verborgen blieben. Nicht aber der Schmerz, der ihnen innewohnte. Die Panik, die Gebrochenheit. Und sie klangen menschlich. So furchtbar menschlich. Ich wagte einen Blick über Nans Schulter hinweg – und wünschte im nächsten Moment, ich hätte es nicht getan.

Tote strömten zwischen den Bäumen hindurch, doch sie glichen in keiner Weise jenen, denen wir bisher begegnet waren.

Sie waren völlig panisch, stießen sich gegenseitig aus dem Weg. Aber was mir am meisten Angst machte, waren ihre Gesichter. Oder vielmehr, was von ihnen übrig war. Hautfetzen hingen hinunter, Augen fehlten, Lippen waren zu grotesken Grimassen verzerrt. Erst, als ich Nans Hände an meinen Ohren spürte, wurde mir bewusst, dass ich versucht hatte, meine gelähmten Hände nun doch dorthin zu pressen. Weil die Schreie mich zu sehr zerrissen. Ich schloss die Augen und wartete. Betete, dass es bald vorbei sein würde.

Irgendwann, ich konnte nicht sagen, ob Stunden oder nur Minuten vergangen waren, löste Nan seine Hände von meinen Ohren und trat einen Schritt zurück.

»Was war das?« Meine Stimme war so hoch, dass ich sie kaum erkannte.

»Tote«, antwortete Li, der neben Isa und Marisol stand, während Luna aus irgendeinem Grund auf seinem Kopf saß. »Die ein bisschen zu oft gegen eine Obsidianwand gerannt sind.«

Nan warf ihm einen warnenden Blick zu, dann wandte er sich an mich. »Sie haben erkannt, dass sie tot sind. Deshalb waren sie außer sich.«

»Aber … Aber sie müssen doch schon mehrere Ebenen passiert haben«, widersprach ich. »Warum merken sie erst jetzt, dass sie tot sind?«

»Weil sie es vergessen haben«, schaltete sich der Mondgott ein.

Ich hob eine Augenbraue. »Wie kann man das vergessen?«

Anstatt zu antworten, drehte sich Nan um und setzte seinen Weg durch den Wald fort. Ich harrte noch einen Moment lang am Baum aus, bevor ich ihm folgte.

»*Dios mío*, war das langweilig«, war das Einzige, was Marisol kommentierte. Manchmal vergaß ich, dass sie die Toten weder sehen noch hören konnte. Wieder einmal wünschte ich, ich wäre so wie sie.

Wenige Minuten später erreichten wir den Rand des Waldes. Als wir zwischen den letzten Bäumen hindurchtraten, hob ich den Blick – und hielt verblüfft inne.

Ich dachte, mich könnte nichts mehr aus der Bahn werfen, nach allem, was ich hier unten bereits gesehen hatte. Trotzdem war es ausgerechnet der Anblick meines eigenen Dorfes, der mich jetzt in eine Schockstarre beförderte.

Nein, es konnte nicht mein Pueblo sein, das sich auf dieser Lichtung befand. Aber es sah so aus. Wir waren auf einen Marktplatz getreten, der von steinernen, hellen Häuschen umringt war, genau wie die Plaza Eterna zu Hause. Tote tummelten sich auf dem Platz nahe dem Brunnen, rannten, saßen, lachten. Es war, als hätten sie eine Gemeinde der Isla Mujeres nachgebildet. Als würden sie versuchen, das Leben einfach fortzusetzen. Als hätten sie vergessen, dass sie tot waren, genau wie Nan gerade gesagt hatte. Es war grotesk. Und doch auf seine ganz eigene Art und Weise faszinierend.

»Eine letzte Sache noch.« Nan musterte erst Marisol, dann mich. »Sagt niemandem, dass ihr nicht tot seid. Berührt niemanden. Wenn ihr keine Aufmerksamkeit auf euch zieht, werden sie nicht bemerken, dass eure Haut mehr Farbe besitzt.« Dann betrat er das Dorf.

»Warum?«, fragte ich, während wir an Laternen vorbeistrichen, die ungewöhnlich viel Licht spendeten. »Warum sind sie hier, anstatt Mictlan zu durchqueren?«

»Weil sie Angst vor den übrigen Ebenen haben, vor dem Rest ihrer Reise«, antwortete Nan. »Sie verbringen lieber die Ewigkeit hier, als Gefahr zu laufen, ihre Seele ganz zu verlieren. Je länger sie hier sind, desto mehr vergessen sie, dass sie nicht mehr leben.«

Ich kam nicht umhin, sie dafür zu bewundern. Für diesen verzweifelten Versuch, dem Tod zu trotzen.

Der Sonnengott führte uns über die Plaza, zwischen den

Häusern hindurch, tiefer in die Gassen des Dorfes hinein. Vorbei an Toten, die sich gegen ihr Schicksal wehrten.

»Sie klammern sich an ihre Menschlichkeit, obwohl sie nicht essen können, nicht trinken. Nicht mehr so fühlen wie zuvor. Und merken dabei nicht, dass sie es sich damit nur schwerer machen. Irgendwann werden sie alle daran zugrunde gehen. Du hast gesehen, wie es bei manchen von ihnen schon passiert ist.«

»Du bist heute wieder ein echter Sonnenschein, Nan«, entgegnete Li brummend, während er hinter mir ging.

»Und du kannst endlich mal diesen verdammten Hasen von deinem Kopf nehmen«, erwiderte Nan, ohne sich umzudrehen. Marisol murmelte unterdessen etwas davon, dass dieser Ort sie an *The Village* erinnerte.

Mein Blick glitt zu Boden, musterte die farbenprächtigen Federn, die ihn pflasterten.

»Warum liegen hier überall Federn?«, fragte ich Nan.

»Sagt dir der Name Quetzalcoatl etwas?«

»Natürlich.« Er hatte das einst wohlhabendste Pueblo unserer Insel gegründet, galt als der mächtigste der Götter. Doch der Wohlstand hatte ihn nicht gerettet. Und der Verlust seiner Geliebten hatte die Entstehung der Admiradoras überhaupt erst angestoßen. »Sind das seine Federn?«

Nan schüttelte den Kopf. »Ich vermute, die seiner göttlichen Kinder. Der Legende nach sollen ihre Federn Toten ihr Leben zurückgeben.«

Auf einmal glaubte ich zu verstehen, warum Marisol und ich die Tatsache, dass wir am Leben waren, für uns behalten sollten. Ich wusste nicht, wie viel Neid Tote noch empfinden konnten, aber ich wollte es nicht darauf anlegen, das herauszufinden.

Plötzlich hielt Isa neben mir inne. Mein Blick folgte ihrem, bis ich einen gelockten, schlanken Jungen entdeckt hatte, der etwa in ihrem Alter sein musste. Er saß auf dem Boden inmitten der Gasse und war in ein Spiel mit einem Haufen Steine vertieft, das nur er verstand. Ich entdeckte Sehnsucht in Isas Augen, und für einen kurzen Moment fragte ich mich, ob sie nicht vielleicht hierbleiben sollte. Hastig schüttelte ich den Kopf, um diesen Gedanken zu verbannen. Sie verdiente ewigen Frieden, keine Imitation von etwas, was niemals wieder sein würde.

Auf einmal hob der Junge den Blick. Als er mich entdeckte, schenkte ich ihm ein Lächeln, das er strahlend erwiderte. Er hob eine Hand und winkte mir zu. Seltsam langsam, immer und immer wieder. Verwirrt sah ich ihn an. Ich wandte den Blick ab, fand eine ältere, leicht gebeugte Frau, die an einer Hausfassade lehnte. Und die mir ebenfalls grinsend zuwinkte.

Mit einem mulmigen Gefühl in der Magengegend wich ich einen Schritt zurück.

»Admiradora?« Ich spürte Nan hinter mir. War er nicht gerade vor mir gewesen?

»Siehst du sie?«, hauchte ich. »Ich … Ich glaube, sie ahnen etwas.«

»Wer ahnt etwas?«, schaltete sich Marisol ein, die plötzlich neben mir erschienen war. »Passiert gerade etwas Spannendes, das ich nicht mitbekomme?«

Egal, wohin ich sah, die in Laternenlicht getränkten Toten starrten unsere Gruppe an. Lächelten. Winkten. Und neigten die Köpfe in einem beunruhigenden Winkel zur Seite.

Auf einmal war heißer Atem an meinem Ohr. »So viel dazu, keine Aufmerksamkeit auf sich zu ziehen, Admiradora.«

»Ich habe nichts gemacht«, widersprach ich, den Blick immer noch auf die Toten inmitten der Gasse geheftet. Sie lächelten nach wie vor, winkten – und begannen, die Gasse zu versperren.

»Du hast einem Toten ein Lächeln geschenkt. Das war genug.« Nan packte meinen Arm, trat vor mich und zog mich mit sich, auf die Toten zu. Li hatte wieder seine Jaguargestalt angenommen, Luna auf seinem Rücken. Isa ging auf einer meiner Seiten, Marisol auf meiner anderen.

»Was passiert gerade, de Jesús?«, raunte Abuela mir zu.

»*Der Exorzist*«, antwortete ich flüsternd.

»Dein Ernst?« Die Begeisterung in ihrer Stimme war nicht zu überhören. »Hey, Aragorn, kann ich nicht auch irgendwie diese Seherfähigkeit kriegen? Ich fühle mich hier gerade wie das fünfte Rad am Wagen.«

Nan ignorierte sie. Er zog mich weiter, bis wir direkt vor den Toten zum Stehen kamen, dann sagte er etwas in seiner Sprache.

»Warum Nahuatl?«, fragte ich leise. Isa hatte trotz ihres Todes ihre Sprache nicht verlernt.

»Weil es die einzige Sprache ist, an die sich Tote ohne regelmäßige Ausflüge in die Welt der Lebenden noch erinnern können. Weil sie sie hier gelernt haben.«

Ehe ich etwas erwidern konnte, antwortete einer der Toten auf Nahuatl. Nans Griff um meinen Arm verstärkte sich kaum merklich. Er sagte wieder ein paar Worte, diesmal in einem so drohenden Ton, dass es mir einen Schauer über den Rücken jagte. Der Tote entgegnete etwas, das Lächeln erstorben.

»Übersetze, Gott.«

»Sie wollen euch, weil sie merken, dass ihr noch lebt. Sie sind der festen Überzeugung, dass euer Fleisch ihnen dabei helfen wird, wieder zu schmecken, zu riechen. Zu leben.«

Schweiß lief meinen Rücken herunter. »Was hast du geantwortet?«

»Dass er im Gegensatz zu dir nicht mehr lange lebendig sein wird, wenn sie uns nicht durchlassen. Woraufhin er mir erklärt hat, dass er schon tot ist. Möchtest du wissen, was meine Antwort darauf ist, Admiradora?«

»Was?«

Nan lachte, tief und grausam. »Dass er gern ein zweites Mal sterben darf.« Mit diesen Worten zerrte er mit seinen Zähnen den Handschuh von seiner freien Hand und presste seine bloße Haut an die Stirn des Toten vor uns. Entsetzt musste ich mit ansehen, wie sich dieser in Luft auflöste, einen gequälten Ausdruck auf den Lippen. Wild kreischend stoben die restlichen Toten auseinander. Im nächsten Moment rannten wir die Gasse hinunter. Meine verbrannten Füße beschwerten sich, aber ich blieb nicht stehen. Konnte ich auch gar nicht, weil Nan mich immer noch festhielt.

Irgendwann wurden wir langsamer und hielten schließlich an, als wir das Ende der Gasse erreicht hatten. Und wie zuvor wieder vor einem im Sterben liegenden Wald standen.

Marisol stützte sich keuchend an meiner Schulter ab. Ich horchte auf ihren Husten, aber noch klang ihr Atem einigermaßen unbedenklich. »Ich ... hasse ... dich.« Jedes Wort untermauerte die Dorfälteste mit einem Stoß ihres Fingers in Nans Rücken.

Anstatt zu antworten, zog der Sonnengott mich tiefer zwischen die Bäume. »Wartet hier«, rief er den anderen über seine Schulter hinweg zu. Ich konnte Marisols Protest hören, doch Li verwickelte sie schnell in ein weiteres Gespräch über mordende Puppen.

Nan führte mich unterdessen zu einem unscheinbaren Zelt, das etwas abseits von der Siedlung zwischen den Bäumen emporragte. Er schob mich hinein, ehe ich weitere Fragen stellen konnte.

In der von zahllosen Kerzen erhellten Dunkelheit schlug mir der durchdringende Geruch von Kräutern entgegen. Kräuter, die mir fremd waren. Instinktiv blieb ich stehen und presste meinen Arm auf Nase und Mund. Als ich die Augen zusammenkniff, sah ich, dass in der Mitte des Zeltes jemand saß.

Jemand, den ich ganz sicher nicht erwartet hätte.

»Ich dachte, Marisol und ich wären die einzigen Lebenden in Mictlan.«

Nan lachte leise. »Das habe ich nie behauptet.«

Ich starrte die Frau an, die mit leicht gekrümmtem Rücken

auf dem Boden saß, die Hände im Schoß gefaltet, den Blick neugierig auf mich gerichtet. Alles an ihr verriet, dass sie nicht zu den Toten gehörte. Dafür hatte ihre Haut zu viel Farbe und ihre Züge zu viel Leben. Ich musterte ihre Hände: verbrannte Haut, unsauber verheilte Schnitte, die selbst im Licht der spärlichen Flammen des Feuers gut sichtbar waren, das zu ihrer Rechten in einer kleinen steinernen Grube züngelte.

Plötzlich stieß die Fremde einen krächzenden Laut aus, der entfernt an ein Lachen erinnerte. Unwillkürlich wich ich einen Schritt zurück – und stolperte gegen Nan, der immer noch hinter mir stand.

»Hat da etwa jemand Angst?«, raunte er mir zu.

»Wer genau ist sie noch mal?«, flüsterte ich zurück.

»Eine Heilerin.«

»Ich bin etwas skeptisch, wenn Heilerinnen ihre eigenen Wunden nicht versorgen können.«

»Vielleicht will sie sie nicht heilen. Manche Wunden bleiben aus guten Gründen offen. Aber deine Hände zählen nicht dazu.« Mit diesen Worten schob er mich näher zu der Frau.

Sie lächelte mich an und schien in keiner Weise überrascht zu sein, dass wir in ihr Zelt hereingeplatzt waren.

»Ich bin gleich wieder da«, murmelte Nan, dann verschwand seine Wärme aus meinem Rücken. »*Caztiah.*« Etwas sagte mir, dass dieses letzte Wort nicht mir gegolten hatte, sondern der Fremden. Ehe ich nach der Bedeutung fragen konnte, war der Gott fort. Und ich allein mit einer vom Alter gebeugten Frau, die das seltsamste Lächeln auf den Lippen trug, das ich jemals gesehen hatte.

Mit einem Nicken bedeutete sie mir, mich zu setzen. Zögerlich folgte ich ihrer Aufforderung, auch wenn mein Verstand mir dazu riet, zu fliehen. Gleichzeitig übte sie eine Faszination auf mich aus, die vermutlich von der Tatsache herrührte, dass sie so wie ich zu sein schien. Lebendig.

Ein kunstvoll gefertigtes Amulett zierte den schlanken Hals der Frau, der ich nun gegenübersaß. Ihr weißes Haar war zu mehreren Zöpfen geflochten, die ihr über die schmalen Schultern hingen. Gekleidet war sie in ein weites, farbenprächtiges Gewand.

Sie streckte eine Hand aus und berührte meinen Kopf, zog einen einzigen Finger über meinen Scheitel. »*Tonalli.*«

Die Fremde lehnte sich nach vorn und presste ohne Vorwarnung eine flache Hand auf meine Brust, dorthin, wo mein Herz schlug. »*Teyolia.*« Ihre Hand glitt hinunter, berührte meinen Bauch, dann zog sie sie zurück. »*Ihiyotl.*«

Sie schenkte mir ein weiteres Lächeln. »*Caztiah?*«

Ich zuckte hilflos mit den Schultern.

»Du sprichst Spanisch?«, fragte sie. Ihre Stimme hatte trotz des rauen Untertons etwas Melodisches an sich.

Diesmal nickte ich.

Die Frau vollführte eine kreisende Bewegung mit ihrer Hand. »Deine Seelen sind wach. Ich spüre sie, alle drei. Aber das hier«, sie tippte an meine Stirn, »das *Tonalli* ist geschwächt.« Ihr Blick fuhr zu meinen steifen Händen, die ich in meinen Schoß gebettet hatte, dann zu meinen Stiefeln, als würde sie ahnen, dass auch meine Füße lädiert waren.

Sie murmelte etwas, was ich nicht verstand, bevor sie mir ihre offene Hand hinhielt.

»Dein Messer.« Wieder dieses seltsame Lächeln, das mich an Szenen aus Marisols liebsten Horrorfilmen erinnerte.

Ich schüttelte den Kopf. Selbst, wenn ich das Messer aus meinem Gürtel hätte befreien können, hätte ich es nicht getan. Alles in mir sträubte sich, dieser Frau zu trauen, die offensichtlich nicht ganz bei Sinnen war.

Als ich nicht reagierte, zog sie selbst ein Messer aus ihrem Gewand hervor. Sie öffnete eine Hand und hieb die Klinge in ihre Handfläche, so heftig, dass ich zusammenzuckte.

»*Tonalli* liegt im Blut«, erklärte sie mir, während sie die Wunde musterte, die sie sich selbst zugefügt hatte. »Es ist die kostbarste und stärkste der drei Seelen. Weil sie diejenige Seele ist, die bis ans Ende aller Tage fortbestehen wird. Die Frieden in Mictlāntēcutlis Tempel finden wird.« Sie warf die Klinge neben sich, dann legte sie zwei Finger auf ihre verbrannte Haut, fuhr sie zaghaft entlang. »Wunden, die Mictlan zufügt, können nur durch das *Tonalli* geheilt werden.« Sie hob langsam den Blick. »Das *Tonalli* eines anderen Lebenden.«

»Warum?«

Ihre Finger bohrten sich in das von Feuer gezeichnete Fleisch. »Weil Mictlan der Tod ist. *Tonalli* ist Leben. Das *Tonalli* eines Lebenden kann deine Wunden heilen, das *Tonalli* eines Gottes nicht.«

»Warum nicht? Sollte göttliches Blut nicht mächtiger sein als menschliches?«

»Göttliches *Tonalli* vermag nur zwei Dinge zu tun: Es kann die Unsterblichkeit von einem Gott lösen, um diese einem Toten einzuverleiben, der an dessen Stelle fortan die Rolle des Gottes zu übernehmen hat. Es kann jedoch auch Lebenden Unsterblichkeit schenken, ohne dass der Gott hierfür seine eigene Unendlichkeit aufgeben muss.«

Ihre Erklärungen sorgten nicht gerade dafür, meine Verwirrung zu beseitigen. So viele Fragen brannten auf meiner Zunge, doch sie alle erstarben, als die Fremde meinen Arm packte, meine linke Hand zu sich zog und begann, meine Haut mit ihrem Blut zu beschmieren. Währenddessen hatte sie die Augen geschlossen und wiegte ihren Oberkörper leicht von einer Seite zur anderen. Fremde Worte verließen ihre Lippen, so melodisch, als würde sie singen. Ich starrte meine Hand an, beobachtete sie dabei, wie sie von dem Blut überzogen wurde. Gleichzeitig spürte ich, wie quälend langsam das Gefühl in meine Finger zurückkehrte. Unbändige Erleichterung vertrieb die Angst, die sich in mir festgesetzt hatte. Vielleicht könnte sie so auch meine Füße heilen?

»Fühlst du etwas?«, fragte sie immer wieder, während ihre blutigen Finger auf meiner Haut herumdrückten, erst an der linken Hand, dann an der rechten. Jedes Mal nickte ich. Bis sie den kleinen Finger meiner rechten Hand erreicht hatte. Sie neigte den Kopf zur Seite, während sie den Finger packte.

»Fühlst du etwas?«

Diesmal verneinte ich. Sie schien auf ihm herumzudrücken, aber ich sah ihre Bewegungen nur, spürte sie nicht.

»Mehr *Tonalli*«, murmelte sie. Sie hob eine Hand, wischte sich über die Stirn, bis auch ihr Gesicht blutig war. »Ich brauche mehr *Tonalli*, aber ich kann dir keines mehr geben.« Dann kippte sie nach vorn. Reflexartig fing ich sie auf. Der metallene Geruch von Blut hüllte mich ein, fraß sich in meine Kleidung.

»Ist hier noch ein anderer Mensch, der dir Blut geben kann?«, flüsterte sie schwach. »Ein anderer Lebender?«

Marisol.

»Nein.« Meine Antwort kam plötzlich, vermutlich zu plötzlich.

Die Heilerin löste sich von mir und lehnte sich wieder zurück. Erschöpfung stand in ihren Zügen.

»Du trägst Lügen in deinen Augen.« Sie lächelte gequält. »Ohne mehr *Tonalli* kann ich den Finger nicht retten. Ohne *Tonalli* muss ich ihn dir nehmen.«

Meine Zähne gruben sich in meine Unterlippe. Marisol war schon geschwächt genug. Wenn ich ihr jetzt auch noch Blut nahm, würde das ihren Zustand rapide verschlechtern. Die Fremde hatte mich vor eine Wahl gestellt, doch in Wahrheit hatte ich keine.

»Dann nimm ihn.«

Ich hielt ihr meine Hand hin, wandte den Blick ab und schloss die Augen. Einen Moment lang herrschte Stille, bevor ich spürte, wie sich sanfte, klebrige Finger um mein Handgelenk legten. Sie zog mich näher zu sich. Kaltes Metall berührte meine Hand, dann kam der Schmerz. Ich biss in meine blutige Faust, erstickte den Schrei, der sich aus meiner Kehle schieben wollte. Meine Hand brannte, während sich meine Brust hektisch hob und senkte.

Irgendwann nahm ich wahr, wie Stoff auf meine Hand gepresst wurde. Ich öffnete die Augen einen Spaltbreit und sah eine blutige Bandage an meiner rechten Hand. Übel wurde mir allerdings erst bei dem Anblick meines abgetrennten Fingers, den die Frau nun in ihrer Hand hielt.

»Hat er dir verraten, was es dich kosten wird, ins Reich der Lebenden zurückzukehren?«, hauchte sie, den Blick auf meinen Finger geheftet.

Er? Es dauerte einen Moment, bis ich verstand, von wem sie sprach, zu fokussiert war ich auf den heftig pulsierenden Schmerz in meiner Hand.

»Ich … Ich muss die Ebenen bestehen, dann schickt er mich wieder nach Hause«, antwortete ich, während ich mich zwang, nicht länger meinen Finger anzustarren.

Die Heilerin lachte. »Hat er dir das erzählt? Nein, *Mija*. Du musst die Erde Mictlans mit dem Blut eines toten Gottes tränken. Nur dann wird dir ein Durchgang ins Reich der Lebenden gewährt werden, den du passieren kannst. Götter mögen Mictlan problemlos betreten und verlassen können, aber Lebende können das nicht. Ich vermute, dass dein Gott Ausflüge in die Menschenwelt unternimmt, um dir Nahrung zu bringen. Hast du dich nie gefragt, warum er dich nicht mitnimmt?«

Es dauerte etwas, bis ich die Bedeutung ihrer Worte verstanden hatte. Bis sie Wurzeln geschlagen hatten. Sie log. Sie musste lügen.

»Wir sind durch ein Portal gekommen. In einem Tempel. Auf der Isla Mujeres. Und dafür musste kein Gott sterben.«

»Und wie gelangt man zu diesem Portal?«

Ich presste die Augen zusammen, drückte die Bandage auf meine Hand. Indem man die Ebenen noch einmal überquerte. Aber das konnte nicht der einzige Weg sein.

»Und die Toten? Wie verlassen sie Mictlan nach dem Ende ihrer Reise?«, fragte ich, meine Stimme schwächer als zuvor. Warum war ich so versessen darauf, den Worten dieser Frau keinen Glauben zu schenken?

»Genauso wie die Götter. Für sie gibt es keine Barriere in der Nacht der Toten. Das ist das Wesen Mictlans. Dieser Ort war nie für jemanden wie uns bestimmt, *Mija*. Er ist das Zuhause der Toten und der Götter, nicht das unsere.«

Blut durchnässte die Stoffbandage. Allzu bildlich hatte ich unser Gespräch vor Augen, in dem Nan mich darum gebeten hatte, Marisol zurückzuschicken. Was hatte er damit bezwecken wollen, wenn es nicht möglich war? Auf einmal wurde mir bewusst, dass ich den beiden Göttern viel zu voreilig mein Vertrauen geschenkt hatte. Obwohl ich stets behauptete, ihnen nicht zu glauben. Andererseits kannte ich auch diese Frau nicht, konnte nicht abschätzen, ob sie die Wahrheit sagte.

»Warum sollte ich dir glauben?«

Wieder dieses Lachen. »Ich erwarte nicht, dass du mir glaubst. Aber ein Wort der Warnung.« Ihre schmalen Finger schlossen sich um mein Handgelenk, zerrten mich näher zu sich. »Auch Göttern sollte man nicht alles glauben.«

Auf einmal fügte sich ein Puzzleteil an ein anderes.

»Deshalb bist du noch hier?«, fragte ich langsam. »Deshalb bist du als Lebende in Mictlan?«

Sie nickte. »Götter sind nicht einfach zu töten. Doch du bist jung. Du könntest es schaffen. Spiel mit ihm. Erschleich dir sein Vertrauen. Komm ihm so nah, dass du ihm einen Dolch in den Rücken rammen kannst. Er sieht dich anders an als die anderen Menschen, die er bisher hierhergebracht hat.«

»Aber sie sind unsterblich. Götter können nicht getötet werden«, widersprach ich. Ihre Bemerkung, dass Nan es bereits mit anderen Menschen versucht hatte, überraschte mich nach Lis Äußerung auf dem Obsidianpfad nicht mehr. Ich biss mir auf die Unterlippe. Insgeheim hatte ich geahnt, dass ich nicht sein erster Versuch sein konnte. Das Sterben der Dörfer war nicht von einem auf den anderen Tag geschehen. Nur der Sonnengott wusste, wie viel Blut bereits an seinen Händen klebte.

»Noch.« Wahnsinn schlich sich in ihr Lächeln, ein aufgeregtes Funkeln in ihre dunklen Augen. Sie streckte eine blutgetränkte Hand aus, berührte meine Schulter. Mein Handgelenk ließ sie los. »Noch. Aber es gibt einen Ort, an dem er das nicht ist.«

»Was meinst du damit?« Nun war ich endgültig verwirrt. Ich war davon ausgegangen, dass nur der Fall meines Dorfes den beiden Göttern ihre Unsterblichkeit rauben könnte. Und das würde nicht geschehen, solange Marisol und ich noch am Leben waren. Mit jedem Tod wurden sie zwar schwächer, aber sie blieben einstweilen unsterblich.

»Yolitzli. Der Ring des Lebens. Dort gleichen die Bewohner Mictlans den Lebenden mehr als sonst irgendwo. Auch Götter haben menschliche Begierden. Bring ihn dazu, ihnen nachzugeben. Bring ihn dazu, dich zu wollen. Vielleicht wird er dich dann zu jenem Ort führen, an dem er sterblich ist.«

Ich öffnete den Mund, um noch etwas zu sagen, hielt jedoch abrupt inne, als ich hörte, wie jemand das Zelt betrat. Ich wandte den Kopf und sah den Sonnengott, dessen Aufmerksamkeit starr auf meine mittlerweile einbandagierte Hand gerichtet war.

Ehe ich protestieren konnte, hatte er sie ergriffen. In Sekundenschnelle war sein Handschuh von dem Blut durchtränkt, das aus der Bandage sickerte. Seine Kinnmuskulatur spannte sich an, dann schob er seine freie Hand in die Tasche seines Mantels und holte etwas hervor, mit dem ich niemals gerechnet hätte.

Einen Inhalator.

Sprachlos starrte ich ihn an, bevor ich mich wieder einigermaßen gesammelt hatte. »Woher?«

»Das spielt keine Rolle«, entgegnete er und verstaute das Medikament in meiner Jackentasche.

Was für ein Spiel spielst du?, wollte ich ihn fragen, doch meine Lippen blieben stumm. Denn nun würde auch ich ein Spiel mit ihm spielen.

Bring ihn dazu, dich zu wollen.

Ich schenkte ihm ein Lächeln.

Er hob eine Augenbraue, als hätte er das nicht erwartet. Sein Blick glitt erneut zu meiner Hand, dann bedeutete er mir, ihm zu folgen. Der Heilerin nickte er zum Abschied kurz zu.

Ich starrte seinen Rücken an, als er kehrtmachte, um das Zelt wortlos zu verlassen. Einen Rücken, in den ich für Marisol einen Dolch rammen würde. Auch wenn es mir einen Stich in die Brust versetzte, den ich mir selbst nicht genau erklären konnte.

Auf einmal wog der Inhalator in meiner Tasche schwerer als zuvor.

15. Kapitel

Ich verlor mich mit der Kohle zwischen meinen Fingern. Mit sorgfältigen Strichen zeichnete ich Isa, die Luna auf der Schulter trug, während Marisol neben mir schlief. Genoss das Gefühl in meinen Händen. Zelebrierte die Tatsache, dass ich es wiedergewonnen hatte.

Noch immer waren Reste der Obsidianverbrennungen sichtbar, würden wohl nie ganz vergehen, aber das war mir egal. Mein Blick glitt zu dem abgebundenen Stummel, an dessen Stelle einst mein kleiner Finger gewesen war. Die drei Tage, die wir uns mittlerweile wieder über die Einöde Mictlans gekämpft hatten, waren bei Weitem nicht genug, um die Verletzung zu heilen. Jedoch schmerzte sie weniger als erwartet.

Der Strom der Toten, der ebenfalls über die Ebenen zog, war besonders in den vergangenen Plejadenzyklen größer geworden und hatte uns immer wieder dazu gezwungen, in Höhlen wie dieser hier Zuflucht zu suchen.

Doch was mir in letzter Zeit auf der Seele gebrannt und mich vom Schlaf abgehalten hatte, waren die Worte der Heilerin. Nicht mein fehlender Finger, nicht die Scharen von Toten. Vielleicht hatte ich deshalb versucht, Nan und Li seither aus dem Weg zu gehen. Weil ich nicht wusste, was der Wahrheit entsprach. Weil ich es niemals erfahren würde, es sei denn, ich würde tatsächlich einen von ihnen töten. Aber solange Marisol und ich am Leben waren, war das Pueblo noch nicht gefallen und die beiden Götter somit nicht sterblich. Und von dem seltsamen Ring, in dem Unsterbliche für die Dauer ihres Aufenthaltes angeblich menschlich wurden, würde Nan sich ziemlich sicher so weit fernhalten wie möglich.

Als ich aufsah, stand Isa vor mir. Das dürftige Feuer, das wenige Schritte entfernt brannte, ließ das Mädchen noch blasser erscheinen, als es ohnehin schon war. Sie blickte zwischen mir und meinem Block hin und her, bis ich verstand, was sie wollte. Genauestens darauf bedacht, sie nicht zu berühren, reichte ich ihr den Block und das Kohlestück. Sie setzte sich mir gegenüber zu Boden und begann, etwas zu zeichnen. Nach einer Weile lehnte ich mich zu ihr hinüber und warf einen Blick auf das Papier.

Sie hatte ein Schiff gezeichnet, daneben sich selbst am Strand. Isa musterte mich fragend, dann sah sie sich in der Höhle um, in der wir rasteten. Schließlich hob sie eine Hand.

Es ist immer noch nicht da.

In diesem Moment verstand ich: Sie wusste nicht, dass sie nicht mehr lebte.

Es ist nicht gekommen, antwortete ich. Meine Finger zitterten so sehr, dass ich Mühe hatte, Worte zu formen.

Wann gehen wir nach Hause, Tía Elena?

Mein Herz zog sich schmerzhaft zusammen. Ich musste mich kurz abwenden, um Tränen fortzublinzeln. Fokussierte Lis schlafende Jaguargestalt ein paar Schritte entfernt. Verdammt.

Bald, antwortete ich. *Bald, Isa.* Die Lüge tat so weh, dass nicht einmal Isas Lächeln half. Vielmehr machte die aufkeimende Hoffnung in ihren Zügen alles nur noch schlimmer.

Auf eine sanfte Berührung am Rücken hin warf ich einen Blick über die Schulter. Im Schein des Feuers entdeckte ich den Sonnengott. Ich hatte nicht gemerkt, dass er zurückgekommen war. Wie so oft in den letzten Tagen war er auch heute mehrfach verschwunden.

Verständnislos starrte ich das längliche, platte Holzstück an, das er mir hinhielt. Es ähnelte einem Paddel und war etwa vierzig Zentimeter lang. Links und rechts waren je eine Handvoll schwarzer Klingen eingelassen. Kunstvolle Schnitzereien zierten das dunkle Holz. Symbole, die, wenn ich mich nicht täuschte, verschiedenen Göttern zugeordnet waren.

»Ich will, dass du lernst, dich zu verteidigen.«

Ich streckte eine Hand aus, ließ meine Finger über die Klingen fahren, dann hob ich erneut den Blick.

»Obsidian?«

Nan nickte. Mittlerweile hatte ich das Gefühl, dass hier alles aus Obsidian bestand.

Ich zog meine Hand zurück. »Ich habe mein eigenes Messer.«

»Es kann nie schaden, mehr als eine Waffe bei sich zu tragen.«

Mit zusammengezogenen Augenbrauen musterte ich den Gott, der eine Fackel in der anderen Hand hielt. Erst jetzt entdeckte ich eine ähnliche hölzerne Waffe an seinem Gürtel, die zuvor nicht da gewesen war. »Gehe ich recht in der Annahme, dass du vermutlich auch mehr als eine Waffe an deinem Körper trägst?«

Sein Mundwinkel hob sich zu einem anzüglichen Lächeln. »Es gibt nur einen Weg, das herauszufinden.« Dann drückte er mir das Holzding in die Hand und bedeutete mir unmissverständlich, ihm nach draußen zu folgen.

Widerwillig erhob ich mich und trat hinaus aus der Höhle. Die Waffe war für ihre Länge erstaunlich leicht, gleichzeitig lag sie ungewohnt in der Hand.

Nan rammte die Fackel in die schwarze Erde Mictlans.

»Wie heißt dieses Ding?«, fragte ich.

»Macuahuitl.«

Ich wiederholte das Wort, während meine Finger über die Gravuren fuhren. Eine gefiederte Schlange wand sich um den Schaft der Waffe, die zweifellos den Schöpfergott Quetzalcoatl symbolisieren sollte. Eine abstrakte Welle am oberen Ende des Paddels galt vermutlich dem Wassergott Tlaloc. Ich ertappte mich dabei, wie ich nach einer Sonne und einem Mond Ausschau hielt, doch weder Nans noch Lis Symbole waren zu sehen.

»Zerbricht das nicht ganz leicht?« Vorsichtig klopfte ich auf das Holz. »Es fühlt sich so dünn an.«

»Finde es heraus, Admiradora.« Das war die einzige Warnung, die er mir gab, bevor sein Macuahuitl mit meinem kollidierte.

Instinktiv klammerte ich beide Hände um den Schaft und beugte mich nach vorn, aber er schaffte es, mich einige Schritte zurückstolpern zu lassen.

»Du spielst nicht fair, Gott«, knurrte ich. Ich wich zur Seite aus, das Holzding schützend vor meinem Körper.

»Und du hältst es völlig falsch.« Nan unterbrach kurz seinen Angriff. »Du darfst die Arme nicht durchstrecken, dadurch bringst du zu viel Distanz zwischen dich und deine Waffe. Behalte den Macuahuitl in Körpernähe.«

Im nächsten Moment stand er neben mir und presste das Ende des Paddels in meine Seite. Reflexartig wollte ich seine Waffe mit meiner wegschlagen, doch er war schon wieder fort. Dafür spürte ich einen Druck im Rücken.

»Wäre deine Waffe näher an deinem Körper gewesen, hättest du schneller reagieren können.«

Ich wirbelte herum, so hastig, dass mir mein Zopf ins Gesicht schlug. »Du bist ein miserabler Lehrer, Na–« Schwer atmend sah ich mich um. Wo steckte dieser verdammte Gott schon wieder? Mit erhobenem Paddel drehte ich mich einmal um die eigene Achse, während mein Puls in meinen Ohren rauschte.

Ich sah Einöde. Dämmerlicht. Eine Höhle.

Aber keinen Gott.

»Vermisst du jemanden?«

Gerade rechtzeitig konnte ich seine Waffe mit meiner parieren. Unsere Obsidianklingen verhakten sich ineinander, dann rissen wir sie wieder auseinander.

Mit zusammengebissenen Zähnen riskierte ich einen Blick auf mein Handgelenk. Schmerz pulsierte unter der Haut, aber falscher Stolz hielt mich davon ab, den Kampf abzubrechen.

»Erzähl mir von einer Erinnerung, die dich glücklich macht.«

»Was?« Keuchend wich ich erneut seinem Macuahuitl aus. Wie konnte er reden und gleichzeitig so zielsicher mit diesem Ding umgehen?

»Ich dachte, ich soll alles vergessen. War das nicht … eine … deiner … Regeln?« Mein Atem ging mittlerweile stoßweise.

»Regeln kann man ändern.«

Neben meinem Handgelenk begannen nun auch meine verbrannten Füße, zu rebellieren. Mein ganzer Körper protestierte gegen diese ungewohnte Anstrengung.

»Du bist anders als die Menschen, denen ich bisher begegnet bin«, fügte Nan hinzu. »Dich schwächen deine Erinnerungen nicht. Du schöpfst Kraft aus ihnen. Gib mir eine glückliche Erinnerung, Admiradora.«

»Ich habe eine … eine Tote berührt«, stieß ich hervor. »Ich habe gesehen, wie sie ihren zweiten Tod gestorben ist.« Jeder Muskel in meinem Körper schrie, während der Gott mich herumtrieb. »Mateo hat mich gefunden. Er hat mich an sich gezogen, mich gehalten. Mir geglaubt, als es sonst niemand getan hat.« Ich befürchtete, jeden Moment das Splittern von Holz zu hören, so heftig, wie Nan zuschlug. »Er … Er hat mich verstanden. Er ist bei mir geblieben. Er hat mich nicht alleingelassen.«

Der Gott kommentierte meine Erinnerung nicht, und ich war froh darum. Gleichzeitig spürte ich, wie sie sich fester in meinem Gedächtnis verankerte als zuvor.

Irgendwann hielt Nan inne und sah mich mit einem besorgten Zug um die Lippen an. »Alles okay?«

Anstatt zu antworten, versuchte ich zum wiederholten Male,

ihm seine Waffe aus der Hand zu schlagen, aber er hatte es kommen sehen und wich mir mühelos aus. »Das nehme ich mal als Ja!«

Immer schneller wurden unsere Hiebe und Schritte, sodass ich mich irgendwann in dieser Choreografie verlor. Trotz des Schmerzes. Wie unerbittlich der Gott sich auch mit mir duellierte, er verletzte mich kein einziges Mal.

Schwer atmend standen wir uns schließlich gegenüber, die Holzwaffen auf die Brust des jeweils anderen gerichtet. Meine Arme zitterten, mein Handgelenk brannte, aber gleichzeitig hatte der Adrenalinrausch etwas in mir gelöst.

Als ich mich umsah, konnte ich unsere Höhle im nebligen Dämmerlicht nicht mehr ausmachen. Hatten wir uns so weit wegbewegt? Wie kam es, dass mir das nicht aufgefallen war? War ich wirklich so gefangen gewesen in diesem Kampf?

»Hast du schon genug, Gott?«

Nans Mundwinkel hob sich zu einem amüsierten Lächeln. »Das nicht.« Mit seinem Blick musterte er mich von Kopf bis Fuß. »Aber ich fürchte, dass eine zweite Runde warten muss.«

»Warum?«

Er ließ seine Waffe sinken. »Weil menschliche Haut viele Farben annehmen kann, aber Blau nicht zu den gesündesten gehört. Und ich persönlich würde es vorziehen, der Heilerin nicht noch einen Besuch abstatten zu müssen.«

Alarmiert sah auch ich nun an mir hinunter, und tatsächlich – meine Knie hatten dort, wo die Hose durch einen Sturz gerissen war, eine leicht bläuliche Färbung angenommen. Sofort kehrten Erinnerungen an meine starren Hände zurück, doch diesmal schien es nur halb so schlimm zu sein.

Plötzlich zog Nan etwas aus der Tasche seines Mantels. Ich steckte meinen Macuahuitl währenddessen in meinen Gürtel. Neugierig beobachtete ich ihn dabei, wie er ein schwarzes Kleidungsstück entfaltete und glatt strich, bevor er es mir hinhielt.

»Was ist das?«

»Etwas, was dich vor dem Erfrieren bewahren wird. Er speichert deine Körperwärme.«

Zögerlich griff ich nach dem Stoff, der sich in eine Art Anzug verwandelte, als ich ihn komplett ausbreitete. Die Schultern des ansonsten schwarzen Einteilers waren mit goldenen Federn verziert.

»Er ist wunderschön«, hauchte ich. Mein Blick fand Nans. Er musterte mich abwartend, die Arme vor der Brust verschränkt. »Wo hast du ihn her?«

»Das spielt keine Rolle«, antwortete er. »In dem Stoff sind Obsidianpartikel verarbeitet, die dich vor Kälte –«

»*Gracias*«, unterbrach ich ihn.

Nan erstarrte. Es dauerte einen Moment, bis ich verstand, warum. Es war das erste Mal, dass ich mich bei ihm bedankt hatte. Zumindest das erste Mal, seitdem ich wusste, wer er war.

»Nicht dafür.« Er räusperte sich, dann zog er ein zweites Päckchen hervor. Mir blieb schleierhaft, wie er all diese Dinge in seinen Manteltaschen verbergen konnte.

»Ich bringe der Alten auch einen.« Er nickte in Richtung einer unscheinbaren Höhle, deren Eingang wenige Schritte entfernt lag. Es war nicht unsere, dafür war sie zu klein. »Du kannst dich da drin umziehen. Sie ist verlassen.«

Ich folgte seinem Vorschlag und legte im Schutz der Dunkelheit den Anzug an, der wie Nans Kleidung über passende Handschuhe und eine eingebaute Maske verfügte, die ich mir bei Bedarf über Mund und Nase ziehen konnte. Um die Taille schlang sich ein schmaler, schmuckloser Gürtel, in dem ich meine Waffen verstauen konnte. Außerdem besaß er mehrere Taschen im Bereich der Oberschenkel. Für einen kurzen Moment spielte ich mit dem Gedanken, das *Flor de muerto*, das ich entgegen Nans Anweisung mit nach Mictlan geschmuggelt hatte, dort zu verstauen. Schließlich ließ ich die Blüten doch in den

Taschen meiner Jeansjacke, die ich später wieder über den Anzug ziehen würde. Der Einteiler war um einiges bequemer als die fremde Kleidung, die ich in letzter Zeit getragen hatte, und er wärmte mich hervorragend. Dass er auch deutlich eng anliegender war, versuchte ich zu ignorieren.

Ich sah an mir herunter, während meine Hände bewundernd über das Material glitten. Es war glatt und erstaunlich weich. Ich hatte keine Ahnung, woraus es außer Obsidian noch bestand, aber es schien eine Stoffmischung zu sein, die wir in der Welt der Lebenden nicht kannten. Bisher hatte ich Nans Kleidung für Leder gehalten, aber damit hatte ich wohl völlig danebengelegen.

Die hinten liegenden Verschlüsse bereiteten mir beim Ankleiden Probleme. Natürlich waren es nicht einfache Knöpfe, sondern komplizierte Häkchen und Ösen, die mir mehr als einen Fluch entlockten.

Ein Geräusch ließ mich herumfahren, während meine Hände immer noch mit den Verschlüssen an meinem Rücken beschäftigt waren.

»Passt er?« Nan hielt inne. Sein dunkler Blick heftete sich einen Moment zu lang auf meinen Körper, bevor er zur Seite sah und sich räusperte. »Das tut er anscheinend.«

»Er ist wunderbar«, erwiderte ich, immer noch in dem erbitterten Kampf mit den Verschlüssen gefangen.

Nan kam einen Schritt näher. Erst jetzt fielen mir die schlanken schwarzen Stiefel auf, die er in einer Hand hielt. »Brauchst du Hilfe?«

Widerwillig nickte ich. Er trat hinter mich, legte die Stiefel neben mir ab und machte sich an meinem Rücken zu schaffen. Obwohl er keinerlei Anstalten machte, mich an Stellen zu berühren, die ich ihm nicht gestattet hatte, ertappte ich mich dabei, wie ich den Atem anhielt.

Um mich abzulenken, schnitt ich den rechten kleinen Finger

meines Handschuhs mit Mateos Messer ab und verknotete das Material. Ich hatte mich an den Anblick des fehlenden Fingers erstaunlich schnell gewöhnt. Vielleicht, weil ich wusste, wie viel ich an seiner Stelle hätte verlieren können.

»Sie wollte Blut von der Alten haben, nicht wahr?«, durchbrach Nans Stimme das Schweigen, das uns eingehüllt hatte.

Ich erwiderte nichts, doch das war ihm scheinbar Antwort genug. Die Erwähnung der Heilerin erinnerte mich an all das, was sie mir offenbart hatte.

»Dass du keinen Tropfen ihres Blutes geopfert hast, ist wirklich bewundernswert. Aber auch furchtbar menschlich.« Noch ein Verschluss wurde mit einem leisen Klickgeräusch geschlossen. »Deine Selbstlosigkeit wird dir irgendwann noch zum Verhängnis werden.«

»Sagt der Richtige.«

Nans Finger hielten einen Moment lang inne. »Wie darf ich das verstehen?«

»Angeblich warst du der Selbstloseste unter den Göttern.« Ich warf ihm einen Blick über die Schulter zu, eine Augenbraue hochgezogen. »Zumindest laut deines Mythos.«

»Erzähl mir, was du von meinem Mythos weißt, Admiradora.«

Langsam strich er mit seinem Finger entlang der Verschlüsse meinen Rücken hinauf. Er berührte mich kaum, trotzdem war er mir nah, viel zu nah. Ich spürte die Hitze seines Körpers, roch seinen herben Duft. Und beides lenkte mich mehr ab, als mir lieb war.

»Unsere Sonne ist die fünfte. Vor ihr gab es vier andere Sonnen und mit ihnen vier Lebenszyklen. Für jede Sonne musste sich ein Gott opfern, um diese zu erschaffen. Warum, habe ich ehrlich gesagt noch nie so wirklich verstanden.«

Nan stieß ein leises Lachen aus, das mich unweigerlich lächeln ließ. Ich mochte diesen Klang trotz allem. »Jedes Mal haben die Götter die Welt zerstört, weil sie unzufrieden mit den von ihnen erschaffenen Menschen waren.«

»Wie haben sie sie zerstört?«

Ich kramte in Abuelas Geschichten nach der Antwort. »Das erste Mal gab es tödliche Winde oder so, die die Erde vernichtet haben, oder? Und die Menschen wurden in Affen verwandelt?«

»Das war das zweite Mal, nicht das erste.«

Verdammt. »War das erste Mal das mit der Flut? Wo die Menschen in Fische verwandelt wurden?«

»Mhm.«

»Und dann kam das Feuer, richtig? Und eine Hungersnot. Danach wollten die Götter den Menschen noch eine fünfte und letzte Chance geben. Mit einer fünften und letzten Sonne.« Ich hielt inne. »Wie lange brauchst du eigentlich für die paar Verschlüsse?«

Ich hatte das Gefühl, dass er schon ewig hinter mir stand und meinen Rücken berührte.

»Noch so lange, wie du für das Erzählen des Mythos brauchst.«

Ich verdrehte die Augen. »Zwei Götter wurden von Quetzalcoatl auserwählt. Dem Ersten der beiden, der sich selbstlos in ein von Quetzalcoatl entzündetes Feuer stürzte, würde die Ehre zuteilwerden, sich in die fünfte und letzte Sonne zu verwandeln. Und damit den letzten Lebenszyklus der Menschen einzuläuten. Du warst einer der beiden Auserwählten. Und du hast es getan.«

Mit seinen Fingern fand er den letzten Verschluss unterhalb meines Haaransatzes, schloss ihn.

»Du solltest nicht jedem Mythos Glauben schenken«, murmelte er. Seine Finger verharrten an meinem Nacken. Unwillkürlich musste ich an den Ratschlag der Heilerin denken. Ich wollte ihn eigentlich weiter zu seinem Mythos befragen, sollte aber stattdessen wohl besser etwas anderes tun. Jetzt, da er mir so nah war.

Auch Götter haben menschliche Begierden. Bring ihn dazu, ihnen nachzugeben. Bring ihn dazu, dich zu wollen. Vielleicht wird er dich dann zu jenem Ort führen, an dem er sterblich ist.

»Gefällt er dir?«, fragte ich nach einer Weile, in der wir beide geschwiegen hatten.

»Was?« Es war ihm anzuhören, dass er mit einer gänzlich anderen Frage gerechnet hatte.

Ich schloss für einen kurzen Moment die Augen. *Dios mío*, mein Flirten war wirklich miserabel. »Der Anzug.«

Augenblicklich verließen Nans Finger meinen Nacken.

»Es gibt Fragen, deren Antworten man besser für sich behalten sollte, Admiradora.«

Ich wandte mich um. »Ist das ein Nein?«

Nans Blick wanderte an mir herunter, dann wieder herauf. Als er mich erneut ansah, stand etwas in seinen Augen, was ein ungewolltes Kribbeln durch meinen Körper schickte. »Eher das Gegenteil.«

Ich schluckte. Bei den Göttern, was tat ich hier? Die Haut dieses Mannes konnte mich schlimmer verbrennen als jedes Feuer. Hatte ich völlig den Verstand verloren?

Die Antwort war: vermutlich. Denn ehe ich mich's versah, schwebten meine Hände über seiner Brust. Und jetzt? Jemanden ohne seine Erlaubnis zu berühren, war mir zutiefst zuwider, aber wie fragte man danach?

Unvermittelt trat Nan einen Schritt näher, sodass seine Brust gegen meine Handflächen stieß. Sofort drang eine angenehme Wärme durch meine Handschuhe. Ich starrte auf meine Hände, dann gab ich mir einen Ruck und fuhr seine harte Brust entlang. Mein Herzschlag beschleunigte sich augenblicklich.

Nur ein Spiel.

»Mir scheint, ich muss jemanden noch einmal an die Regeln erinnern«, raunte Nan. Doch sein Verhalten strafte seine mahnenden Worte Lügen. Mit seinen Fingern hakte er sich unter meinen Gürtel und zog mich ein Stück näher zu sich heran, bis meine Brust seine beinahe streifte.

Meine Hände setzten unterdessen ihre Erkundung fort, glitten unter seinen Mantel. »Regeln kann man ändern.« Innerlich zuckte ich vor Scham zusammen, weil ich nicht glauben konnte, was ich hier sagte und tat. Weil ich nicht verstand, warum es mir so leichtfiel.

»Admiradora.« Auf einmal legte Nan seine Hände auf meine und löste sie sanft von seiner Brust. »Ich weiß nicht, was das werden soll, aber das bist nicht du.« Der Klang seiner Stimme passte nicht zu seinen Taten. Verlangen hatte sich in seine Worte geflochten. In seine dunklen Augen.

Hastig entzog ich ihm meine Hände und trat einen Schritt zurück. *Großartig gemacht, Elena.* Wahrscheinlich hatte ich mir den Hunger in seinen Augen nur eingebildet. Warum hatte ich geglaubt, dass ich ihn mit ein paar keuschen Berührungen verführen könnte?

»*Lo siento.*« Die Entschuldigung war mir herausgerutscht, ehe ich es hatte verhindern können.

Nan hob eine Augenbraue. »Wofür?«

Ich deutete auf seine Brust, obwohl ich mir ziemlich sicher war, dass er genau wusste, wofür. »Ich … Ich war in Gedanken woanders.«

Augenblicklich huschte ein Schatten über Nans Züge. »Bei deinem Arzt?«

Ich nickte. Sollte er doch glauben, was er wollte. Ich würde Marisol nach Hause bringen, ohne all meine Prinzipien über Bord zu werfen. Hoffte ich zumindest.

Nan musterte mich, als würde er mich zum ersten Mal sehen. Richtig sehen. Er öffnete den Mund, schloss ihn wieder. Fuhr sich mit einer Hand durchs Haar.

Dann ließ er mich allein zurück.

16. Kapitel

Ich lauschte auf Marisols gleichmäßigen Atem. Ab und an strich ich ihr eine Strähne aus der Stirn, die sich immerzu aus ihrem Zopf löste, während ich neben ihr lag. Die Kälte Mictlans zwang uns dazu, trotz unserer neuen Anzüge dicht aneinandergedrängt zu schlafen. Manchmal ertappte ich mich dabei, wie ich mit den Fingern über den Macuahuitl neben mir fuhr und die Schnitzereien entlangtastete. Noch immer schrie jeder Muskel in meinem Körper, erinnerte mich an meinen Kampf mit Nan. Und an das, was danach passiert war.

Ich drehte mich auf die andere Seite, kniff die Augen zusammen und suchte nach dem Sonnengott. Er lehnte sitzend ein paar Schritte entfernt an der Wand der Höhle, die für heute Nacht nach unserer Weiterreise über die Einöde Mictlans unser Unterschlupf war. Im Schein des Feuers, das noch loderte, konnte ich erkennen, dass er an irgendetwas arbeitete. Ich sah ihn einen Moment lang an, eine Hand immer noch an der Waffe, dann glitt mein Blick weiter an der Wand entlang – und ich erstarrte.

Weder Isa noch Luna waren da. Auch Li fehlte.

Hastig erhob ich mich, griff nach dem Macuahuitl und eilte zum Eingang der Höhle.

»Er passt auf das Mädchen auf«, ertönte plötzlich eine Stimme hinter mir. Als ich einen Blick über die Schulter warf, sah ich, dass Nan mich musterte.

»Schläfst du eigentlich auch mal?«

Er stieß ein kurzes, tiefes Lachen aus, dann schloss er die Augen und legte den Kopf in den Nacken. Er saß so nah beim Feuer, dass die Flammen unheimliche Schatten auf sein markantes Gesicht zeichneten. Zum ersten Mal fiel mir auf, dass er immer die Nähe des Feuers suchte, wenn Li nicht in seiner Jaguargestalt neben ihm lag. »Dasselbe könnte ich dich fragen, Admiradora.«

Zögerlich trat ich einen Schritt näher, um einen Blick auf das Ding in seiner Hand zu werfen. Es schien eine etwa faustgroße Skulptur zu sein, gefertigt aus pechschwarzem Obsidian. Die Spiegelung der Flammen verlieh der menschlichen Darstellung etwas Lebendiges. Sie war wunderschön.

»Gefällt sie dir?«, fragte Nan unvermittelt.

Ertappt sah ich auf. Anstatt seine Frage zu beantworten, entgegnete ich: »Hast du das gemacht?«

Der Gott drehte die Skulptur in den Händen, dann nickte er.

Ich warf einen Blick neben ihn und entdeckte einen kleinen Hammer und allerlei anderes Werkzeug, mit dem man anscheinend Obsidian bearbeiten konnte. Ich kannte mich mit dieser Art von Kunst überhaupt nicht aus, umso faszinierter war ich von dem, was er erschaffen hatte. »Du besitzt versteckte Talente, Gott.«

Nan lachte erneut. Unwillkürlich musste ich lächeln, doch dann stahl sich unsere letzte Konversation in meine Gedanken. Mein Lächeln erstarb.

»Sie sind unten am Fluss«, sagte er schließlich. »Geh zu ihnen, wenn du willst.«

Mein Blick huschte zu Marisol.

»Ich passe auf die Alte auf.«

Einen Moment lang verharrte ich noch, dann nickte ich, wandte mich ab und eilte hinaus aus der Höhle und zu dem Fluss, an dessen Ufer Marisol und ich uns vor Kurzem gewaschen hatten.

Auf meinem Weg dorthin begegnete ich keinen Toten, nur den Plejaden, deren Auftauchen aus dem Nebel stets den Beginn der aztekischen Nacht einläutete. Eine Zeiteinheit, an die ich mich mittlerweile gewöhnt hatte.

Rastlos strich ich das Ufer des fast schwarzen Stroms entlang, meinen Macuahuitl in einer Hand. Was tat ich hier überhaupt? Ich musste aufhören, Isa zu folgen, aufhören, sie an mich ketten zu wollen. Sie gehörte nicht länger zu mir. Aber es tat weh, sie loszulassen. Ich war nicht sicher, ob ich es jemals schaffen würde.

»Lena?«

Ich fuhr herum und entdeckte Li, der mitten im Fluss stand. Mein Griff um die Waffe entspannte sich etwas.

»Was tust du hier draußen?«

»Ich habe dich gesucht«, erwiderte ich. »Dich und Isa.«

Der Gott trat beiseite. Hinter ihm erspähte ich Isa, die durch das Wasser watete, den Blick starr auf die Wasseroberfläche gerichtet. Luna saß auf ihrer Schulter. Das Mädchen sah aus, als würde es auf etwas warten.

Li beugte sich runter, streckte eine Hand aus und berührte das Wasser. Bläulich-weißes Licht mischte sich in das Dunkel des Flusses und ließ ihn erstrahlen.

Ich ließ mich auf die Erde sinken. Der Anblick war überwältigend. Aber noch überwältigender war das Lächeln, das der Gott Isa mit diesem Schauspiel entlockte. Dass selbst der Tod noch Wunder bereithielt, hatte etwas Tröstliches an sich.

Nach einer Weile stieg Li aus dem Wasser und setzte sich neben mich. Die weißen Ärmel, die normalerweise seine Arme verborgen hielten, waren etwas hochgerutscht, entblößten blasse Haut. Und feine tiefrote Striche.

»Ich zähle sie.« Li musterte mich, ein trauriges Lächeln auf den Lippen. Die Sorglosigkeit, die er sonst immer an den Tag legte, war aus seinen hellen Augen gewichen.

»Was zählst du?«, fragte ich verwirrt.

»Die Tage, Lena.« Er stieß einen Laut aus, eine Mischung aus Lachen und Seufzen. »Die Tage, die ich mir schon wünsche, wie du zu sein.«

Ich streckte eine Hand aus, griff nach dem Saum seines Ärmels und schob ihn zaghaft weiter nach oben. Zum Vorschein kam Haut, die mit einer Strichliste versehen war. Striche, mit Blut geschrieben.

Bei dem Anblick zerbrach etwas in mir. Waren es Hunderte, Tausende? Selbst wenn ich gekonnt hätte, würde ich sie nicht zählen. Weil ich nicht wissen wollte, wie lange er schon leiden musste.

»Weiß Nan davon?«

Li zögerte, dann schüttelte er den Kopf.

Stille legte sich zwischen uns, während Isa weiter im Fluss herumwanderte mit Luna als ihrer steten Begleiterin.

»Die Heilerin hat etwas davon gesagt, dass Götter ihre Unsterblichkeit einem Toten schenken können. Damit wären sie dann selbst nicht mehr unsterblich. Hast du je darüber nachgedacht, das zu tun? Deine Unsterblichkeit abzugeben, wenn sie dich so sehr belastet?«

Der Mondgott sah mich an. Sein Blick war Antwort genug. Ohne es zu wollen, hatte ich Mitleid mit ihm, ganz gleich, ob er und Nan die Wahrheit bezüglich der Portale sagten oder nicht. Das, was Li mir gerade offenbart hatte, konnte keine Lüge sein. Dafür war der Schmerz in seinen Zügen und auf seinen Armen zu echt. Zu menschlich.

»Mehr als einmal, Lena.« Er wandte den Blick ab. »Aber Nan ist die einzige Familie, die ich habe. Das Einzige, was mich an meine Unsterblichkeit bindet. Wenn ich ewig existieren muss, dann wenigstens an seiner Seite.«

Ich bewunderte seine Loyalität.

»Und ihr seid wirklich die Letzten? Die letzten Götter?« Ich faltete meine Hände im Schoß, die Holzwaffe neben mir. »Die anderen Götter, die keine Dörfer gegründet haben, sind einfach … ausgestorben?«

Li antwortete nicht sofort. »Das sind sie. Und ja, wir sind die Letzten. Nan, ich und Mictlāntēcutli. Der Herrscher Mictlans ist der einzige Gott, der auf ewig existieren wird, weil jeder Tote eine Opfergabe für ihn ist.«

»Warum haben dann nicht alle Götter Dörfer gegründet, um ihre Unsterblichkeit zu bewahren?«

Der Mondgott stieß ein Lachen aus, das von Traurigkeit durchzogen war. »Nenn es göttliche Überheblichkeit. Wenn man Jahrtausende überdauert, geht man nicht davon aus, irgendwann nicht mehr zu existieren. Die meisten haben nicht daran geglaubt, dass ihre Geschichten irgendwann nicht mehr erzählt werden. Dass ihnen keine Menschenopfer mehr dargebracht werden.«

»Wart ihr da? Du und Nan? Als … Als Tlaloc gestorben ist?« Der Regengott konnte noch nicht allzu lange verschwunden sein. Das Pueblo del agua war erst kurz vor meiner ersten Begegnung mit Nan gefallen.

»Er ist nicht gestorben. Noch nicht. Aber er ist nun menschlich. Und wird vermutlich bald sterben.«

Sehnsucht hatte sich in Lis Worte geflochten. Wenn ich ihn so hörte, war es mir fast unmöglich, der Warnung der Heilerin Glauben zu schenken. Ich öffnete den Mund, um die eine Frage zu stellen. Die Frage, die mich nachts wach hielt.

Muss ich einen Gott töten, um wieder nach Hause zu kommen?

Aber was würde mir seine Antwort bringen? Würde er die Frage verneinen, würde ich ihm vermutlich nicht glauben. Würde er sie bejahen, wüssten er und Nan, dass ich es versuchen würde. Für Marisol, wenn nicht für mich selbst.

»Die Heilerin hat von einem Ort erzählt, an dem Götter menschlich werden. Warst du einmal dort?«

Li schüttelte den Kopf.

»Warum nicht?«

»Weil der Preis hoch ist, Lena. Weil man süchtig nach etwas werden kann, was niemals wirklich sein wird. Nan hat mich vor diesem Ort gewarnt.«

»Wonach könntet ihr süchtig werden?«

Der Mondgott schenkte mir ein wehmütiges Lächeln. »Nach allem. Wir schmecken nicht wie du. Wir riechen nicht wie du. Wir brauchen keine Nahrung. Wir sehen einen Sonnenaufgang und fühlen nichts. Aber weil unser Ende mit dem baldigen Fall unseres Dorfes naht, werden auch wir irgendwann anfangen, zu schmecken, zu riechen. Zu fühlen.«

»Das macht ihm Angst, nicht wahr?«, fragte ich leise. »Nan, meine ich.«

»Wenn du Jahrtausende nichts gefühlt hast, ist es überwältigend.«

Li verschränkte seine Arme hinter dem Kopf. »Erzähl mir etwas, Lena. Erzähl mir, was es bedeutet, ein Mensch zu sein.«

Seine Frage überraschte mich. »Was möchtest du über das Menschsein wissen?«

»Alles. Einfach alles. Ich sehe dich an, dich und Sol, und es ist, als würde ich Wundern begegnen. Ihr seid so komplex, so gebrochen und dabei doch ganz. Ich kann es nicht genau beschreiben.«

Ich zögerte einen Moment, dann kramte ich meinen Zeichenblock aus meiner Jeansjacke hervor und tat das, was ich am besten konnte: Ich ließ ein Stück Kohle meine Geschichten erzählen.

Fing ein Stückchen Menschlichkeit ein, nach der sich der Mondgott so sehr sehnte.

Li beugte sich zu mir herüber, schenkte mir Licht, während ich das Blatt füllte. Als ich ihm einen schnellen Blick zuwarf, sah ich Faszination in seinen grauen Augen aufblitzen. Sein Ausdruck erinnerte mich an den eines Kindes, das zum ersten Mal das glitzernde Meer sah, zum ersten Mal feinkörnigen Sand berührte, ihn durch die Finger rinnen ließ.

»Es ist schwer zu erklären«, sagte ich schließlich, dann hielt ich ihm das Papier hin. Er nahm es an sich und begutachtete meine Zeichnungen von nahem. Ich lehnte mich zu ihm und deutete auf die obere rechte Ecke.

»Manchmal fühlt sich das Menschsein an wie eine feuerfarbene Dahlie, die sich der Sonne entgegenreckt. Die den Wind in ihren Blüten spürt. Manchmal liegst du unter einem sternenklaren Himmel, besuchst wundersame Orte. Mit deinem Körper oder in deinen Gedanken.«

An das untere Ende des Papiers hatte ich eine gekrümmte Figur gezeichnet, die an einer Klippe saß und den Blick gesenkt hielt. Li legte seine Hand auf das Gesicht der Frau. »Und manchmal kann man den Blick nicht zum Himmel heben, obwohl er zum Greifen nah ist, weil man keine Kraft mehr hat. Weil manche Menschen am Menschsein zerbrechen.« Ich starrte Lis Mondlicht an, das sich wie eine Decke auf den Fluss gelegt hatte. »Manchmal ist das Leben süß, aber du schmeckst es nicht. Manchmal ist es kalt, aber du frierst nicht. Manchmal ist es laut, aber du hörst nichts. Manchmal hast du alles und doch nichts.«

Der Gott schwieg für einen Moment.

»Wie ist es, jemanden zu verlieren?«

Meine Finger krampften sich um das Stück Kohle. »Wie eine Scherbe. Manche sagen, dass Zeit alle Wunden heilt. Aber manchmal treibt Zeit diese Scherbe einfach nur tiefer in dein Fleisch, zerreißt deine Haut. Hinterlässt eine hässliche Narbe.«

Wie von selbst formte die Kohle die Umrisse einer *Ofrenda* auf dem Papier, das noch immer auf Lis Schoß lag. *Flor de muerto* zierte den Totenaltar.

»Du hast Angst, weil das Leben nie endet.« Meine Stimme

brach. »Wir haben Angst, weil es irgendwann endet.« Ich drehte das Kohlestück zwischen den Fingern. »Beide Ängste können einen zerbrechen, können eine Bürde sein.«

Als ich mich Li wieder zuwandte, traute ich meinen Augen nicht.

Der Mondgott weinte.

»*Dios mío.*« Hastig ließ ich die Kohle fallen. »Was ist los?«

»Nichts. Es ist nur …« Li holte zitternd Luft. »Es tut weh, Lena. Es tut so verdammt weh. Manchmal … Manchmal habe ich das Gefühl, zu ersticken. Obwohl Götter nicht ersticken können. Das Gefühl, zu ertrinken.«

Ohne zu wissen, was ich tat, legte ich meine Hand an seine Wange, drehte sein Gesicht sanft zu mir, fort von dem Fluss, den er in sein Licht getaucht hatte.

»Das ist auch ein sehr menschliches Gefühl«, flüsterte ich. Vorsichtig strich ich seine Tränen fort und hinterließ dabei kohlschwarze Spuren auf seiner blassen Haut. Ahnte Nan irgendetwas von den Schatten hinter Lis Licht, von den Tränen hinter seinem Lächeln? Was, wenn –

Plötzlich zog mich der Mondgott an sich, so heftig, dass ich einen erschrockenen Laut von mir gab.

Es dauerte einen Augenblick, bis ich es wagte, meine Arme behutsam um ihn zu legen, meine Stirn an seine Schulter zu pressen. Eine Weile saßen wir so da, hielten einander fest. Ein Gott, der sich nach einem Ende sehnte, und ein Mensch, der sich vor diesem fürchtete. Wann hatte mich das letzte Mal jemand so umarmt, abgesehen von Marisol? Wann hatte mir das letzte Mal jemand so unverhohlen all seine Scherben, all die Splitter offenbart? Und wann hatte ich angefangen, in Li keinen Fremden mehr zu sehen?

Als wir eine Weile später zur Höhle zurückkehrten, waren Nan und Marisol gerade in eine Diskussion vertieft, die an Belanglosigkeit nicht zu übertreffen war.

»Ich sage es dir zum letzten Mal, es interessiert mich nicht, wie groß deine Gefolgschaft ist«, knurrte Nan.

»Follower, Aragorn. Follower.«

»Du bist eine sehr seltsame alte Frau.«

»Das ist das Netteste, was du bisher zu mir gesagt hast. Ich glaube, du magst mich doch. Deswegen auch der neue Inhalator.«

»Dein Urteilsvermögen ist erschreckend«, entgegnete Nan.

»Was sind Follower?«, flüsterte Li mir zu.

»Etwas, was die Menschheit nicht braucht«, antwortete ich leise.

Abuelas erstaunlich guten Ohren entging mein Flüstern nicht. Sofort schnellte ihr Blick zu mir. »Vorsicht, de Jesús. Oder ich verfüttere mein ganzes *Pan dulce* an diesen Hasen, wenn wir wieder zu Hause sind.«

Zu Hause.

Ich setzte mich neben sie, zog die Knie an die Brust und ließ meinen Kopf auf ihre Schulter sinken.

Marisols Daumen fuhr meine Fingerknöchel entlang, während sie abwesend auf einen Punkt in der Ferne starrte, den nur sie sehen konnte. »Ich glaube, ich fange an, alles zu vergessen, *Mija.*«

Alarmiert hob ich den Kopf.

»Erinnerst du dich an deine Kürbislaternen? Erinnerst du dich an die Tänze?«

»Du weißt, dass ich die Tänze immer gehasst habe«, erwiderte Abuela brummend. Ihre Finger fanden mein Kinn. »Aber ich liebe es, dir beim Tanzen zuzusehen.« Sie lehnte sich nach vorn, berührte meine Stirn mit ihrer. »Tanz für mich.«

»In diesem Anzug? Das sieht bestimmt seltsam aus, Abuela.

Ohne Mariachi oder wenigstens eine Gitarre glaube ich auch nicht, dass ich den Takt treffen würde.«

»Und du meinst, dass diese beiden«, Marisol nickte in die Richtung der Götter, »irgendeine Ahnung davon haben, wie es richtig aussieht? Tanz, Elena. Zeig mir, wie du fliegst.«

Also tanzte ich. Für Abuela. Meine Hände griffen ins Leere, weil sie nach einem Rock tasteten, der nicht da war. Einzig und allein meine Stiefel ähnelten jenen, die ich damals getragen hatte, wenn ich den *Jarabe* mit Mateo oder Miguel getanzt hatte.

Zu einer Zeit, als meine Welt noch in allen Farben geleuchtet hatte.

»Es ist eine Liebesgeschichte«, erklärte ich den Göttern, die mir erstaunlich interessiert dabei zusahen, wie ich die acht Schritte des *Jarabe* langsam durchging, um wieder ein Gefühl für den Tanz zu bekommen. »Über zwei Liebende, die über Umwege zueinander finden. Dieser Schritt symbolisiert ein galoppierendes Pferd, auf dem der Mann reitet, um zu seiner Angebeteten zu gelangen.«

»Menschen tanzen wie Pferde?«, fragte Li begeistert. »Faszinierend.«

Meine Schritte waren zögerlich, unbeholfen. Nachdem ich sie jahrelang nicht mehr getanzt hatte, war ich aus der Übung. Mehrmals musste ich innehalten, weil ich über den nächsten Schritt nachdenken musste, sodass die Bewegungsabläufe nicht flüssig waren. Und auch meine lädierten Füße sorgten nicht gerade für einen ansehnlichen Tanz.

Irgendwann bemerkte ich, dass Isa mich beobachtete.

Ich trat zu ihr und lächelte sie an.

Tanzt du mit mir?

Und sie tat es.

Mein Herz verlor Ballast, als ich Isa dabei zusah, wie sie meine Schritte imitierte, um schließlich ihre eigene Interpretation zu schaffen. Sie war so viel besser als ich in ihrem Alter.

»Ich will einen Paartanz sehen«, verkündete Li nach einer Weile, in der ich wieder allein getanzt hatte. »Nimm die Beine in die Hand, Na–«

Ehe er seinen Satz beendet hatte, hatte ich den Mondgott gepackt und zu mir gezogen. Ich zeigte ihm, wie er die Arme hinter dem Rücken zu verschränken hatte, dann ging ich mit ihm die Schritte des Tanzes für den männlichen Gegenpart durch. Erst langsam, dann mischte ich Sorglosigkeit und Freiheit in meine Bewegungen.

Li lachte, während er meinen Schritten folgte.

»Das ist auch Teil des Menschseins«, flüsterte ich ihm zu. »Zu vergessen. Sich zu verlieren.«

»Ich habe nicht das Gefühl, dass ich mich verliere.« Li nahm meine Hand und drückte sie leicht. »Ich habe eher das Gefühl, dass ich mich wiederfinde.«

Ich schenkte ihm ein Lächeln, das von Herzen kam. »Manchmal sind diese Dinge ein und dasselbe.«

Nach Li tanzte ich mit Marisol, die sich von meinem bettelnden Blick doch noch hatte erweichen lassen. Wie konnte es sein, dass ich mich an diesem Ort seit Langem wieder frei fühlte?

»Darf ich um diesen Tanz bitten?« Auf einmal war Li wieder da und hielt Marisol auffordernd seine Hand entgegen.

»Du kannst mir meine Partnerin nicht einfach so entführen«, beschwerte ich mich.

Er zwinkerte mir zu. »Das war nicht meine Idee, Lena.«

Kaum, dass Li Marisol mit sich gezogen hatte, spürte ich Nan hinter mir.

»Willst du mich um meinen Tanz bringen, Admiradora?«

Ich wandte mich ihm zu. »Ich dachte nicht, dass du der Typ fürs Tanzen bist.«

Doch dieses Urteil musste ich sofort revidieren. Der Sonnengott konnte tanzen, und wie. Es war, als würde er jeden Schritt auswendig kennen. Der *Jarabe* forderte Blickkontakt, der mit ihm eine Intensität besaß, die es zwischen Li und mir nicht gegeben hatte.

»Das ist nicht dein erstes Mal, oder?«, fragte ich ihn. Meine Stimme war atemlos von den vielen Tänzen.

»Ist da jemand eifersüchtig?«

Ich verdrehte die Augen, während ich ihm den Rücken zukehrte.

»Willst du mir erklären, wie die Kohle in das Gesicht meines Bruders gekommen ist, Admiradora?«

Ich stolperte, fing mich gerade noch rechtzeitig. »Willst du mir erklären, warum dich das interessiert?«

»Vielleicht will ich nur sichergehen, dass du dich nicht ablenken lässt.«

Für einen Sekundenbruchteil erstarrte ich. Nans Blick war forschend, durchdringend. Fragend. Er hob eine Augenbraue, und da verstand ich. Ich mochte Li, keine Frage. Weil er mich auf seine eigene Art und Weise an Mateo erinnerte. An einen Bruder, den ich nicht mehr hatte.

Meine Schritte wurden schneller, angespannter.

»Irgendwie seht ihr eher so aus, als würdet ihr kämpfen, anstatt zu tanzen«, meldete sich Li zu Wort. »Lächeln, Leute. Nan, schau nicht so grimmig. Lena, deine Todesblicke sind auch nicht viel besser, das killt die Stimmung.«

Meine Finger glitten hinunter, berührten den Macuahuitl an meinem Gürtel. Nans Augen verfolgten jede meiner Bewegungen, und tatsächlich stahl sich nun doch ein Lächeln auf seine Lippen. Im nächsten Moment hatten wir beide unsere Waffen gelöst und sie gekreuzt.

»Das gefällt mir um einiges besser«, sagte Nan. »Aber irgendwann schuldest du mir noch einen richtigen Tanz.«

Mein Macuahuitl prallte auf seinen. Mit den Holzwaffen kämpften wir um die Vorherrschaft in diesem Duell. Während mein Tanz mit Li etwas in mir besänftigt hatte, war das hier anders. Jedem Schritt, jedem Hieb wohnte ein Feuer inne. Denn Leidenschaft, die aus Hass geboren wurde, war bekanntlich die gefährlichste von allen.

Mit der Zeit lernte ich, wie sich Nan bewegte. Doch jedes Mal, wenn ich glaubte, ihm einen Schritt voraus zu sein, hatte er mich getäuscht. Es war gleichermaßen frustrierend und elektrisierend, dieser Tanz, der keiner war.

Als ich stolperte, fing er mich auf. Die Finger meiner freien Hand krallten sich in seine harte Brust.

»Gibst du auf?«, flüsterte er. Als Antwort versuchte ich, ihm ein Bein zu stellen, aber er hatte auch das kommen sehen. Verdammter Gott.

Nans Macuahuitl kollidierte mit meinem. Ich war gezwungen, zurückzuweichen, so viel Wucht steckte hinter seinem Angriff. Keine Sekunde später prallte mein Rücken gegen die Höhlenwand. Entfernt nahm ich Marisols Fluchen wahr, hörte, wie Li beruhigend auf sie einredete. Meine Brust hob und senkte sich hektisch. Nan war mir dabei näher als je zuvor. Er stand direkt vor mir, versperrte mir so jede Fluchtmöglichkeit. Und musterte mich, als suchte er nach etwas, was er nicht finden konnte.

»Erzähl mir eine deiner Erinnerungen«, stieß ich hervor. Sofort wünschte ich, ich könnte die Frage zurücknehmen, könnte sie einsperren, weil es mich nichts anging. Weil ich es nicht wissen wollte. Zumindest war es das, was ich mir einzureden versuchte.

»Glaub mir eines, Admiradora.« Ich spürte seinen Atem an meinem Ohr, seine Obsidianklinge an meiner Brust. »In meinen Erinnerungen willst du dich nicht verlieren.«

17. Kapitel

Ich erneuerte die Bandage um mein Handgelenk, während Marisol mein noch feuchtes Haar flocht, das ich in dem nahen Fluss gewaschen hatte. Als sie fertig war, wickelte sie den Zopf einer Krone gleich um meinen Kopf und befestigte ihn mit Haarnadeln, die sie immer bei sich zu tragen schien. Seit ein paar Tagen zierte eine weiße Strähne mein Haar. Seltsamerweise war ich nicht geschockt gewesen, als ich sie entdeckt hatte. Vermutlich war das der Preis, den man zahlen musste, wenn man das Reich der Toten betrat, obwohl das Herz noch schlug, der eigenen Berührung noch Wärme innewohnte.

Wenn ich den Plejaden Glauben schenken durfte, waren in unserer Zeitrechnung drei Wochen seit der letzten Ebene vergangen. Drei Wochen, in denen ich mit Nan trainiert hatte, in denen wir durch endlose Einöde gewandert waren. Wochen, in denen ich körperlich stärker und schwächer zugleich geworden war. In denen ich das Gefühl gehabt hatte, mich an meine Gedanken klammern zu müssen, weil Mictlan sie mir zu entreißen versuchte. Genauso wie Isa immer abweisender wurde, mir immer weiter entglitt. Die Brüder behaupteten zwar, dass wir gut vorankommen würden, aber trotzdem fand ich kaum noch Schlaf. Die Sorge um mein Dorf hielt mich wach, während ich auf Marisols ruhigen Atem lauschte, sicherging, dass sie noch hier bei mir war. Das, was auf der Schneeebene geschehen war, hatte sich in meiner Seele festgesetzt und mich nicht mehr losgelassen. Angst vor dem, was uns noch bevorstand, war mein steter Begleiter, der fehlende Finger an meiner rechten Hand eine immerwährende Erinnerung an das, was mir die Unterwelt genommen hatte.

In der Zwischenzeit hatte Marisol in Li einen Gleichgesinnten gefunden, teilte mit ihm ihre Faszination für die blutigsten Horrorfilme und Social Media. Mit beidem konnte ich nichts anfangen. Trotzdem lauschte ich ihren Diskussionen gern, weil sie mich ablenkten und aus der Realität entführten, wenn auch nur für wenige Augenblicke.

»Du bist so still.«

Ich hob den Blick vom Boden der Höhle, als Nan sich gerade mit einem Seil in den Händen vor mich kniete. Er nahm meine Hand in seine. Erst jetzt merkte ich, dass ich die Ärmel meines Anzugs noch nicht wieder heruntergeschoben hatte und die Bandagen, die ich zur Stabilisierung um mein linkes Handgelenk gewickelt hatte, noch entblößt waren. Der Gott sah mich fragend an, aber ich sagte nichts. Es gab momentan Wichtigeres zu besprechen als chronische Sehnenentzündungen.

»Hört nicht auf den Wind. Das ist der schlimmste Fehler, den ihr auf dieser Ebene begehen könnt«, erklärte er, während er das Seil erstaunlich sanft um mein rechtes Handgelenk knotete.

»Was will der Wind uns denn sagen?«, wollte Marisol wissen, die mittlerweile neben mir saß.

»Er verwendet eure größten Schwächen gegen euch. Er wird versuchen, euch hinaus auf die Ebene zu locken.«

Mit gerunzelter Stirn musterte ich das Seil, das nun um mein Handgelenk geschlungen war. Das andere Ende band Nan sich selbst um, während Li dasselbe mit seinem und Marisols Handgelenk tat.

»Und du bist sicher, dass das hält?«, fragte ich misstrauisch.

»Wir werden es bald herausfinden.«

Mein Blick suchte nach dem Mädchen, das uns bisher kaum von der Seite gewichen war. »Was ist mit Isa?« Ich kniff die Augen zusammen, konnte ihre schmale Silhouette in der Dunkelheit aber nicht entdecken. Sofort sprang ich auf, doch das Seil hielt mich zurück.

»Sie wird ihren Weg hinüberfinden«, versicherte mir Nan. Auf meine Bitte hin nahm er widerwillig Luna und setzte sie in seine Manteltasche, bis nur noch die Ohren herausschauten. »Für die Toten ist diese Ebene intuitiver als für euch.«

»Was soll das jetzt schon wieder bedeuten, Aragorn?«, fragte Marisol.

Der Sonnengott führte uns seufzend hinaus aus der Höhle. Inzwischen hatte er seine Maske hochgezogen. Ich tat es ihm gleich. Der Stoff wärmte mein abgekühltes Gesicht angenehm. »Musst du jedes einzelne Wort hinterfragen, das ich sage?«, knurrte er, ohne sich zu Marisol umzudrehen. »Was —«

»Musstest du dich unbedingt an Elena ketten?«

Diese Frage ließ Nan innehalten, und auch mich verwunderte sie. Abuelas Tonfall war anklagender als sonst.

»Ich habe keine Ahnung, worauf du hinauswillst, Alte.«

»Denkst du, ich würde nicht merken, wie du mein Mädchen anstarrst, wenn du glaubst, niemand beobachtet dich?«

»Ähm, Sol, das ist jetzt gerade nicht —«

»Klappe, *Mijo*«, fuhr Marisol Li an. »Ich warne dich, Sonnengott. Eine falsche Bewegung, und du wirst dir wünschen, du wärst sterblich. Weil ich dir Schmerzen zufügen werde. Und im Vergleich zu ihnen ist der Tod nichts. Gar nichts.«

Nan lachte, tief und grausam. »Ich habe kein Interesse an Menschen. Ich hoffe, das beruhigt deine fragilen Nerven.«

Ich wusste nicht, warum mir seine Worte einen Stich versetzten. Vielleicht, weil ich das Gefühl hatte, dass er sich manchmal wirklich um uns sorgte. Dass es eine Seite an ihm gab, die nicht nur auf seine eigene Unsterblichkeit bedacht war. Eine selbstlose

Seite, wie in den Geschichten, die man sich über ihn erzählte. Vielleicht, weil ich seine Hände noch an meiner Taille spüren, den Hunger in seinen Augen sehen konnte. Und ich damals geglaubt hatte, ich könnte ihn tatsächlich verführen.

Den restlichen Aufstieg nach Pancuetlacalóyan, der Windebene, schwiegen wir. Es war überaus schwierig, mit gefesselten Händen zu klettern. Aber Nan weigerte sich, das Seil auch nur vorübergehend zu lösen. Weil es hier schon zu heftigen Böen kommen konnte, die uns sonst auseinanderreißen würden. Ich hatte geglaubt, dass die Ebene der Berge mich schon an meine Grenze getrieben hätte, aber das hier war noch einmal eine ganz andere Herausforderung. Marisol hatte mittlerweile jeden denkbaren Fluch in Nans Richtung geworfen. Erst, als der Aufstieg geschafft war und wir eine Art Plateau betraten, zügelte sie sich. Nach einer gefühlten Ewigkeit blieb Nan so plötzlich stehen, dass ich gegen seinen Rücken stieß. Hastig trat ich einen Schritt zurück und spähte an ihm vorbei. Zu unserer Linken erhob sich eine erstaunlich grobkantige Obsidianwand, die fast senkrecht das Plateau begrenzte. Auf der rechten Seite hingegen herrschte endlose Schwärze. Die tiefe Dunkelheit hier oben war kein Vergleich zu dem sonstigen Dämmerlicht der Unterwelt.

Nans Anweisungen folgend, presste ich meinen Oberkörper an die Wand, meine Hände in den Stein gekrallt. Noch spürte ich keine Winde, aber der Anblick der Toten vor uns verriet, dass uns nur noch wenige Schritte vom Beginn der Ebene trennten.

Nan warf mir einen Blick zu. »Bereit?«

Ich atmete tief ein, vergewisserte mich ein letztes Mal, dass Marisol sich ebenfalls in Position gebracht hatte, dann nickte ich.

Und wünschte im nächsten Moment, ich hätte es nicht getan.

Denn nichts hätte mich auf die Gewalt vorbereiten können, die uns auf dieser kahlen Fläche erwartete.

Fast augenblicklich zerrte eine unsichtbare Macht an mir.

Verzweifelt presste ich die Augen zusammen, während ich meinen Griff um die kantigen Felsvorsprünge verstärkte. Immer wieder rutschte ich ab, musste neuen Halt finden. Die Fessel schnitt schmerzhaft in mein Handgelenk, aber es war ein willkommener Schmerz. Weil er bewies, dass Nan noch da war.

Wir kamen nur quälend langsam voran, weil der Wind gegen uns arbeitete und uns seine geballte Kraft entgegenschleuderte.

Schreie ertönten, erzählten von Seelen, die es nicht geschafft hatten, die den Halt an der Wand vor uns verloren hatten. Die dem Wind nicht hatten standhalten können. Die Schreie erzählten von Seelen, die nun verloren waren. Aber irgendwann bemerkte ich, dass sich zwischen ihre Laute etwas anderes geschlichen hatte.

Es dauerte einen Moment, bis ich verstand, was ich da hörte.

Noch mehr Schreie. Aber nicht irgendwelche Schreie.

Ich erstarrte mitten in der Bewegung, meine Stirn gegen den eiskalten Stein gepresst.

Kinderschreie. Und sie klangen lebendig. Verzweifelt. Echt.

Eine Berührung an meiner rechten Hand schreckte mich aus meiner Starre auf.

»Da sind Kinder«, rief ich. Ich wagte einen raschen Blick über die Schulter, starrte auf die leere Einöde.

»Sie sind nicht echt.« Nans Stimme war durch seine Maske gedämpft. So leise im Vergleich zu den Schreien. Zu den Hilferufen. »Sie wollen dich zu sich locken.«

Ich verstand nicht, was er meinte. Zu deutlich vernahm ich die Kinderstimmen.

»Nicht hinhören. Ich weiß, dass sie sich echt anhören, aber das sind sie nicht.«

Ich sah nach links, entdeckte Marisol und Li, die noch ein Stück entfernt waren. Die Stimmen fraßen sich nicht in meine Ohren, sondern in meine Gedanken. In mein Herz. Entfernt nahm ich wahr, wie sich mein Griff an der Wand lockerte.

Plötzlich wurde ich an der Fessel herumgerissen, dann presste mich Nans harter Körper gegen die Obsidianwand. Er nagelte mich mit seinen Händen neben meinem Kopf fest, seine Brust an meiner.

»Es tut mir leid, aber anders geht es nicht.« Er rief etwas in seiner Sprache, worauf Li antwortete, doch die peitschenden Winde trugen seine Worte fort. Ich hätte sie ohnehin nicht verstanden. Ganz im Gegensatz zu den Hilferufen, dem Flehen.

»Augen zu mir, Admiradora.«

Aber ich konnte nicht. Sie hörten sich so real an. So –

»Elena.« Nans Hände waren an meinem Gesicht, fingen es ein. Er zwang mich, ihn anzusehen. Sein Blick war erstaunlich sanft.

»Sie sind nicht echt«, wiederholte er. »Die Stimmen versuchen, dich hinauszulocken. *Sie* versucht, dich hinauszulocken.«

»Wer?«, brachte ich mühsam hervor.

Nan schloss für einen kurzen Moment die Augen. »Ich hoffe, dass du das niemals herausfinden musst.«

Die Winde zerrten an meiner Jeansjacke, an den losen Strähnen, die sich aus meiner Frisur gelöst hatten.

»Kannst du mich bitte ansehen?« Seine Daumen glitten beruhigend über meine Wangen. »Sieh mich an, bis wir die Ebene verlassen haben.« Er ließ mein Gesicht los und nahm meine Hände in seine. Ich versuchte, seinem durchdringenden Blick standzuhalten, aber irgendwann wich ich ihm doch aus. Stattdessen fokussierte ich mich auf Luna, die aus seiner Manteltasche hervorschaute. »Oder meinetwegen den Hasen.«

Während wir seitlich an der Wand entlanggingen, mein Rücken gegen den Stein gepresst, warf Nan immer wieder einen Blick über die Schulter. Er schien abgelenkt zu sein. Und ich glaubte zu wissen, wovon. Ich hatte keine Ahnung, was er hörte. Doch der gehetzte, beinahe panische Ausdruck in seinen Augen ließ mich hoffen, es niemals zu erfahren.

»Nan?« Er reagierte nicht.

Hier hatte ich also den Beweis, dass selbst Götter Opfer der Ebenen Mictlans werden konnten.

Instinktiv griff ich nach seinem Mantel, trat an ihm vorbei, wandte mich um und presste seinen Rücken dorthin, wo ich gerade noch gestanden hatte.

»Augen zu mir, Gott.«

Nan blinzelte, dann sah er mich überrascht an. Obwohl seine Lippen verborgen waren, glaubte ich, ein Lächeln in seinen Augen erkennen zu können. »Wie du wünschst, Admiradora.«

Das letzte Stück des Weges legten wir auf diese Weise zurück – meine Hände in seinen Mantel gekrallt, unsere Körper aneinandergepresst, um einander nicht an die Stimmen zu verlieren. Eine Berührung, die mir fremd sein sollte, schenkte mir in diesem Moment Geborgenheit. Sicherheit.

»Fast geschafft«, ertönte Nans Stimme an meinem Ohr. Trotz der Maske spürte ich seinen heißen Atem, spürte die Wärme seines Körpers. Er sagte noch irgendetwas, aber seine Worte wurden von der nächsten Bö davongetragen. Auch Li schrie etwas, was ich nicht verstand. Immer wieder warf ich ihm und Marisol hektische Blicke zu, aus Angst, sie könnten den Halt verloren haben.

»Admiradora.«

Meine Aufmerksamkeit schnellte zurück zu Nan. Und zu der Obsidianwand, die nicht länger hinter ihm in die Höhe ragte. Stattdessen entdeckte ich hinter dem Gott eine steile Treppe.

Großartig.

»Da hoch?«, fragte ich tonlos.

Nan zog mich mit sich. »Da hoch.«

Wir kämpften uns die Stufen hinauf. Trotzten den Winden, die uns zu sich holen wollten.

Plötzlich hörte ich Marisols Schrei. Hörte den Sturz hinter uns, den Aufprall.

Nein!

Ich schnellte herum. Das Seil, das mich an Nan band, schnitt in mein Handgelenk und grub sich in mein Fleisch. Trotzdem riss ich immer weiter an ihm, um zu Marisol zu gelangen, die einige Schritte unter uns neben Li zu Boden gegangen war. Beide klammerten sich an den Stufen fest. Nans Arme legten sich um mich und zerrten mich weiter die Treppe hinauf. Fort von Abuela.

Nein. Nein. Nein.

»Nan!« In Lis Schrei schwang eine Panik mit, die ich noch nie zuvor darin gehört hatte.

Was dann geschah, nahm ich wie in Zeitlupe wahr: Li verlor den Halt auf den Stufen, genau in dem Moment, in dem eine weitere, mächtige Bö an uns riss. Sie war so heftig, dass sich mein Zopf löste und mir meine Haare wild ins Gesicht peitschten. Nan drehte uns herum und presste mich auf die Treppe. Die Stufen gruben sich unsanft in meinen Rücken, während er mich mit seinem Körper vor den Winden abschirmte.

»Marisol und Li«, stieß ich panisch hervor. »Wir müssen ihnen –« Der Rest meines Satzes wurde von einem Laut erstickt, der all meine Hoffnung zerschlug.

Das Letzte, was ich von Marisol hörte, war mein Name aus ihrem Mund.

Und ein Schrei, der mein Herz für einen Sekundenbruchteil zum Stillstand brachte.

18. Kapitel

»Wenn du endlich aufhören würdest, mir Todesblicke zuzuwerfen, könnten wir uns vielleicht etwas überlegen.«

Meine Finger gruben sich in meine Unterarme, während mein Atem viel zu hektisch ging. Jedes Mal, wenn ich die Augen schloss, sah ich Marisol vor mir, wie sie mir vom Wind entrissen wurde. Sah das Entsetzen in ihren Augen, hörte den Schrei aus ihrem Mund. Die Bilder quälten mich, machten mich ähnlich hilflos, wie Mateos Leiche es einst getan hatte. Ich hatte mir geschworen, Marisol zu beschützen. Und was hatte ich stattdessen getan? Sie verloren.

»Sie sind nicht tot«, sagte Nan plötzlich.

Mein Blick schnellte zu ihm. »Woher willst du das wissen?«

Er schloss die Augen und legte einen Finger zwischen seine Brauen. Im Schein des Feuers, das er im Inneren der Höhle entzündet hatte, sah er älter aus als sonst, ausgezehrter. »Am anderen Ende der Ebene lauert nicht der Tod, sondern etwas Schlimmeres.«

Sie will dich hinauslocken.

»Wer lauert am Ende? Wer ist *sie?*«

Der Gott öffnete die Augen. »Eine Diebin.«

Ich rieb mit meinen Fingern meine Schläfen, bat mein Herz, ruhiger zu schlagen, während Luna um meine Beine herumhoppelte. »Was stiehlt sie?«

Stille. »Erinnerungen.«

Verdammt.

Der Gedanke daran, dass jemand Marisol all ihre Erinnerungen stahl, Relikte ihres langen Lebens, schnitt wie ein Dolch in mein Innerstes.

»Das waren Erinnerungen von Verstorbenen?«, fragte ich langsam. »Die Stimmen auf der Ebene?«

Nan nickte nur.

Wie von selbst fanden meine Füße den Weg zum Eingang der winzigen Höhle, in die wir uns geflüchtet hatten. Sie befand sich etwas abseits der Ebene, weit genug entfernt, um vor den unbarmherzigen Winden in Sicherheit zu sein. Aber immer noch so nah, dass die Schreie der Toten in meinen Ohren widerhallten. Und die der Kinder, die laut Nan nicht existierten.

Plötzlich zerrte der Gott an dem Seil, das uns nach wie vor verband, sodass ich zurückstolperte. Im nächsten Moment hatte Nan mich an die Wand der Höhle gedrängt.

»Was willst du tun? Einfach rausrennen und von den Winden geholt werden? Wem würde das helfen? Wenn, dann müssen wir abwarten, bis sich die Böen gelegt haben. Vielleicht können wir sie dann suchen gehen.«

Meine Brust hob und senkte sich hektisch. »Das verstehst du nicht.«

Er trat einen Schritt näher. »Dann erklär es mir.«

Frustriert riss ich an dem Seil. »Du strapazierst meine Geduld, Gott.«

»Und du meine, Admiradora.«

Wir starrten uns an. Tief im Innern wusste ich, dass er recht hatte, dass es unsinnig wäre, ohne einen Plan hinauszurennen. Mein Kopf wusste das, aber mein Herz schrie mich an, etwas zu unternehmen.

»Deine Loyalität der Alten gegenüber ist bemerkenswert, wenn auch fürchterlich menschlich.«

Ein kehliges Lachen verließ meine Lippen, das fremd klang. »Ich bin lieber fürchterlich menschlich als so wie du.«

Dann zog ich meinen Macuahuitl aus meinem Gürtel und zerschnitt mit der Obsidianklinge das Seil, das mich an den Gott kettete. Doch ehe ich an ihm vorbeidrängen konnte, hatte er plötzlich sein eigenes Obsidianschwert in der Hand und versperrte mir damit den Weg. Instinktiv presste ich meine Klinge gegen seine Waffe. Sofort folgte der erste Hieb. Sein Macuahuitl krachte gegen meines, so heftig, dass ich befürchtete, es würde zersplittern.

»Was tust du da?«, stieß ich hervor.

Nan trieb mich unerbittlich durch die Höhle. Zum ersten Mal hatte ich das Gefühl, dass der Gott zum Vorschein kam, den er sonst so gut unter Kontrolle zu haben schien. »Dich ablenken.« Seine Obsidianklingen verhakten sich in meinen, stießen mich dann wieder ab. »Erzähl mir eine Erinnerung, Admiradora.«

Ich parierte seinen nächsten Angriff, duckte mich unter seiner Waffe hindurch, versuchte erneut, zum Eingang der Höhle zu gelangen. Doch es war zwecklos.

»Es war einmal ein Mädchen, das die Götter hasste.« Meine Hiebe wurden wilder, verzweifelter. »Jeden Einzelnen von ihnen.« Es war eine Erinnerung, die mich antrieb. Eine Erinnerung, die Sorge in Hass verwandelte, aus einer hilflosen Emotion Stärke machte.

»Jeden Einzelnen?« Nan ließ zu, dass ich einen Treffer an seiner Schulter landete. Er zuckte nicht einmal zusammen, als die Klingen ihn streiften. »Mictlāntēcutli hat dich zu einer Admiradora gemacht. Ich dachte, du hasst ihn.«

Unser Keuchen erfüllte die Höhle, hallte von den Wänden wider.

»Das tue ich auch«, antwortete ich. »Aber euch hasse ich noch mehr.« War es eine Lüge? Hasste ich Nan wirklich? Ich wusste es nicht. Aber das war im Moment auch egal. Ich nahm alles in

Kauf, jedes Wort, jeden Hieb seiner Waffe, jede Lüge – wenn es mir dabei helfen würde, nicht vor Sorge wahnsinnig zu werden.

»Nur euretwegen hat er Leute wie mich erschaffen.« Ich trat nach ihm. »Nur euretwegen hat mich der Tod auserwählt. Nur euretwegen hat er unsere Dörfer auserwählt.«

Meine Beziehung zum Gott der Toten war kompliziert, um es milde auszudrücken. Hass mischte sich mit Verständnis. »Ihr habt ihn für etwas verstoßen, wofür er nichts konnte. Ihn für etwas gehasst, was nicht seine Schuld war.« Mein Haar fiel mir wild in die Stirn, nahm mir für einen kurzen Moment die Sicht. »Und dann habt ihr uns im Stich gelassen.«

»Ich bin hier, oder nicht?«

»Und warum bist du das? Weil es jetzt um deine Unsterblichkeit geht, Gott. Warum ging es dir davor nie um dein Dorf?«

Ich hieb weiter auf ihn ein. Blind, völlig ungezähmt. Bis mich jeder Muskel in meinem Körper anschrie und ich innehielt. Der Sonnengott tat es mir gleich.

»Wenn ich dich ansehe, sehe ich Mictlāntēcutli. Ich sehe den Gott, der dich erschaffen hat. Seinen Hass in deinen Augen.« Er beugte sich zu mir herunter, bis seine Lippen beinahe mein Ohr streiften. »Eines Tages wird er dich verbrennen, Admiradora.«

Ich starrte ihn an, wusste nicht, ob er seine Worte ernst meinte oder mich nur weiter anstacheln und damit ablenken wollte. War es nicht egal? Spielten wir nicht beide ein falsches Spiel miteinander, bei dem es keine Gewinnenden geben konnte? Ich spürte, wie sich meine Mundwinkel zu einem Lächeln verzogen.

»Vielleicht will ich brennen.« Ich stieg auf die Zehenspitzen und flüsterte nun ihm ins Ohr: »Und vielleicht will ich dich mit in die Flammen nehmen.«

Unser Tanz begann von vorn, die tödlichen Schritte geschmeidiger als zuvor. Es tat gut, sich zu verlieren. In Hass. In ihm.

Dann, ohne, dass ich es wirklich beabsichtigt hatte, grub sich meine Obsidianklinge in Nans Brust.

Entsetzt starrte ich das Blut an, das keinen Augenblick später durch sein Hemd sickerte. Doch anstatt zu fluchen, lächelte er. Als hätte er genau darauf gewartet.

Ich wich einen Schritt zurück. »Ich ... Das wollte ich nicht.« Verdammt. Was war in mich gefahren? Auf einmal floh das Adrenalin, das mich angetrieben hatte, aus meinem Körper und ließ ihn kraftlos zurück.

Ein Geräusch vom Eingang der Höhle ließ mich erschrocken herumfahren. Die Silhouette eines kleinen Mädchens zeichnete sich dort ab.

Isa?

Ich war so erleichtert, dass sie wieder zu uns gestoßen war. Beinahe vergaß ich darüber, dass ich sie nicht berühren durfte. Hastig ging ich in die Knie und begrüßte sie, bevor ich mich an Nan wandte. Er war gerade dabei, sein Hemd zu öffnen, vermutlich, um die Wunde zu säubern. Augenblicklich meldete sich mein schlechtes Gewissen zu Wort. Ich sah zur Seite.

»Also warten wir, bis sich die Winde gelegt haben? Dann gehen wir sie suchen?«

»Ja.«

Plötzlich ergriff eine unbeschreibliche Müdigkeit Besitz von mir. Ich musterte den Boden unter meinen Füßen. Marisol und ich hatten immer zusammen geschlafen, um uns gegenseitig zu wärmen. Ohne sie blieben mir nur meine eigenen Arme, die ich beschützend um meinen schlotternden Oberkörper schlang. Und Luna, die es sich kurz darauf an meiner Brust bequem machte. Der Gedanke daran, dass Marisol ebenfalls fror, versetzte mir einen Stich. Aber Li konnte sie in seiner Jaguargestalt wärmen. Vorausgesetzt, sie waren noch zusammen. Vorausgesetzt, sie hatten überlebt.

»Es tut mir leid, dir das sagen zu müssen, aber der Hase wird dich nicht vor dem Erfrieren bewahren. Glücklicherweise ist er nicht der Einzige, der dich wärmen kann.«

Sofort musste ich wieder an meinen kläglich gescheiterten Verführungsversuch denken. Nans Berührung würde zweifellos die Kälte vertreiben. Und vielleicht würde ich ihn so doch noch dazu bringen können, mich zu … wollen. Hastig schüttelte ich den Kopf. Das musste warten, wenn es überhaupt noch dazu kommen sollte. Ich könnte mich niemals auf so etwas konzentrieren, während Marisol und Li dort draußen waren. Aber trotzdem war ein Teil von mir dankbar für Nans Kommentare, die mich immer wieder aus meinen erdrückenden Gedankenschleifen holten. »Klappe, Gott.«

»Was hat die Alte, was ich nicht habe?«

Ich hasste es, dass er Marisol nie bei ihrem Namen nannte. Hasste es, wie wenig er von ihr hielt.

»Mein Herz«, antwortete ich schließlich.

»Was müsste ich tun, um dein Herz zu gewinnen?«

Die Frage überraschte mich. »Es mir aus der Brust schneiden.«

Stille breitete sich zwischen uns aus. Ich warf ihm einen letzten Blick über die Schulter zu. Er saß nur einen Schritt entfernt, den Rücken an die Wand der Höhle gelehnt, die Arme vor der blutgetränkten Brust verschränkt. Wie immer hielt er sich auffallend nah neben dem Feuer auf.

»Hast du Angst vor der Dunkelheit, Gott?«

Nan erwiderte nichts. Ich war nicht sicher, ob er meine Frage überhaupt gehört hatte. Oder warum ich sie gestellt hatte. Seine Ängste gingen mich schließlich nichts an. Ich wandte mich ab, rollte mich auf den Rücken und schloss die Augen, den Hasen an meine Brust gepresst.

Geflüsterte Worte verfolgten mich in einen unruhigen Schlaf. Und mit ihnen eine Frage, von der ich nicht wusste, ob ich sie mir nur einbildete.

»Haben wir das nicht alle, Admiradora?«

19. Kapitel

Ein Schmerzensschrei zerrte mich aus der Dunkelheit meines Traums. Panisch riss ich die Augen auf und setzte mich auf, während mein Blick auf der Suche nach dem Ursprung des Lautes durch die Höhle wanderte. Er war zu nah gewesen, um von einem der Toten auf der Ebene draußen zu stammen. Und es war nicht der Schrei einer Frau gewesen, nicht Marisols.

Dann wurde mir klar, wer es stattdessen gewesen sein musste. Meine Aufmerksamkeit schnellte zu Nan, der etwas abseits auf dem Boden lag und mir den Rücken zugekehrt hatte. Selbst in dem spärlichen Schein des Feuers war unschwer zu erkennen, dass sein Körper bebte. Seine gesamte Haltung strahlte eine Unruhe aus, eine Angst, die ihn scheinbar gefangen hielt.

Wenn mich nicht alles täuschte, hatte der Sonnengott gerade einen Albtraum.

Als ich mich aufrichtete, merkte ich, dass etwas auf meinem Körper lag: Nans Mantel. Schuldgefühle krampften sich um mein Herz. Ich legte den Mantel beiseite und vergewisserte mich, dass Isa noch an der gegenüberliegenden Wand kauerte, Luna wieder auf ihrer Schulter. Wie alle Toten benötigte das Mädchen keinen Schlaf mehr.

Dann kroch ich zu Nan. Seine verzweifelten Laute waren so menschlich, dass ich für einen kurzen Moment vergaß, einem Gott gegenüberzusitzen.

Ich beugte mich über ihn und streckte eine Hand aus, um seine Schulter zu berühren. Abrupt schnellte sein Arm nach oben und er packte mein Handgelenk, während er sich mit einer fließenden Bewegung auf den Rücken drehte.

»Wenn du mich das nächste Mal im Schlaf umbringen willst, gib dir etwas mehr Mühe.« Nan öffnete ein Auge, dann das andere, ein schwaches Lächeln auf den Lippen. »Du atmest zu laut, Admiradora.«

»Du hattest einen Albtraum, Gott.«

Er musterte mich einen Moment lang schweigend, dann ließ er mein Handgelenk los. Hatte er schon immer so dunkle Ringe unter den Augen gehabt, so viel Schwere in seinem Blick?

Ich fragte nicht, wovon er geträumt hatte. Er würde es mir ohnehin nicht sagen. Trotzdem wünschte ich mir, ihn beruhigen zu können.

Als ich von ihm abließ, fiel mein Blick wieder auf Isa. Angst stand in ihren geöffneten Augen. Hastig erhob ich mich, eilte zu ihr hinüber und ließ mich vor ihr zu Boden sinken.

Was ist los, Isa?

Sie schüttelte nur den Kopf, ohne mir zu antworten. Das Mädchen klammerte sich an Luna, presste den Hasen Schutz suchend an ihre Brust, als könnte er den Tod davon abhalten, sie zu sich zu holen.

Auf einmal kniete Nan neben mir. Er streckte eine Hand aus und berührte Luna zwischen den Ohren. Augenblicklich entspannte sich das Tier, das ähnlich verängstigt wie Isa gewirkt hatte.

Möchtest du wissen, warum man sie Mondhasen nennt?

Verblüfft starrte ich Nan an, doch sein Blick fokussierte Isa. Ich hatte nicht geahnt, dass er Gebärdensprache beherrschte. Andererseits wusste ich auch kaum etwas über ihn.

Isa nickte zögerlich.

Es war einmal ein Gott. Er wollte wissen, wie es sich anfühlte, ein Mensch zu sein. Er wollte Wunder erleben, wollte die Sonne auf seiner Haut spüren, wollte sein Herz lachen hören. Er fand keine Freude mehr in seiner Unsterblichkeit. Gefällt dir die Geschichte, Admiradora?

Ich schreckte auf. Als ich den Blick von Nans Händen löste, sah ich, wie er mich musterte, ein amüsiertes Funkeln in den dunklen Augen.

»Du bist ein Geschichtenerzähler.«

Er hob eine Augenbraue. »Überrascht?«

Ich zuckte mit den Schultern. Nan fuhr fort, von dem Gott zu berichten, dessen Name Quetzalcoatl war und der die Gestalt einer gefiederten, riesigen Schlange anzunehmen vermochte. Dem Gründer des ersten Dorfes auf der Isla Mujeres. Der Sonnengott hatte Talent darin, Worte zu Szenen zu weben, eine Geschichte aus ihnen zu flechten, die lebhaft war und in Farben strahlte, von denen ich nicht gewusst hatte, dass sie überhaupt existierten. Die Isa ihre Furcht vergessen ließen.

Der Gott, der ein Sterblicher sein wollte, verließ Mictlan, das Zuhause aller Götter. Seine Unsterblichkeit vermachte er einem namenlosen Toten, um sich selbst von der Last der Unendlichkeit zu befreien. In der Welt der Lebenden kämpfte Quetzalcoatl fortan gegen unsichtbare Dämonen, die nur die Menschheit kannte. Gegen Trauer, Missgunst, Hass. Und auch Hunger nagte an ihm, stahl ihm sein Lächeln und die Schnelle seiner Schritte. Eines Tages jedoch begegnete er einem Hasen. Dieser sah, wie schlimm es um Quetzalcoatl stand, und obwohl das Tier jung war, obwohl es leben wollte, bot es ihm ein unvergleichliches Geschenk an.

Isa klammerte sich fester an Luna, während sie darauf wartete, dass Nan fortfuhr.

»Die kindgerechte Version«, bat ich ihn.

Nan stieß ein leises Lachen aus.

Der Hase bot sich ihm als Opfer an, um die Schreie in seinem Magen verstummen zu lassen, denn er hatte Mitleid mit dem einstigen

Gott, der sein Ende beinahe erreicht hatte. Doch anstatt sein Angebot anzunehmen, nahm der geschwächte Quetzalcoatl den Hasen in seine Arme und warf ihn hinauf in den Himmel. Der Hase flog, vorbei an Träumen, die die Menschen emporgeschickt hatten. Vorbei an Sternen, die von unerfüllten Wünschen erzählten. Bis er den Mond selbst erreicht hatte. Dort hinterließ das Tier seine Spuren, verewigte die Silhouette eines Hasen mit seinen Pfotenabdrücken, bevor Quetzalcoatl ihn wieder herunterholte.

Diese Geschichte wollte nicht so recht zu der Version passen, die ich vom Gründer des größten Dorfes kannte, aber ich unterbrach Nan nicht. Es spielte keine Rolle, ob seinen Worten Wahrheit innewohnte. Das Einzige, was zählte, war das Funkeln in Isas Augen.

Nan strich Luna noch einmal über ihr Köpfchen. *Denn obwohl der Hase nur klein war, obwohl viele ihn nicht wahrnahmen, nicht für wichtig erachteten, hatte Quetzalcoatl das Herz des Tieres gesehen. Und es war das Schönste, was er in seinen Tagen auf Erden erblickt hatte. Deshalb machte er ihm mit dem letzten Funken Göttlichkeit, den er noch besaß, ein Geschenk. Wenn du das nächste Mal —*

Der Gott hielt inne. Er musterte Isa, als würde er sich daran erinnern, dass sie nicht länger in die Welt der Lebenden gehörte, warf mir einen schnellen Blick zu, dann stieß er ein leises Seufzen aus.

Wann immer jemand in einer sternenklaren Nacht hinauf zum Himmel sieht, wird er den heldenhaften Hasen dort oben entdecken. Er deutete auf Isa, schenkte ihr ein Lächeln, das mein Herz erwärmte.

Du erinnerst mich an ihn. Ich glaube, du hast auch ein Licht hinterlassen in der Welt der Lebenden.

Meine Hand setzte sich in Bewegung. *Das hat sie. Nicht nur eines, sondern viele.*

Wir blieben bei Isa, bis sie die Augen schloss und sich ein friedlicher Ausdruck auf ihr Gesicht legte.

»Warum hat Quetzalcoatl seine Geliebte und sein Kind eigentlich nicht unsterblich gemacht?«, fragte ich nach einer Weile. Laut der Heilerin vermochte göttliches *Tonalli*, Lebenden Unsterblichkeit zu schenken. Die Tatsache, dass der Schöpfergott davon nicht Gebrauch gemacht hatte, kam mir wie ein logischer Bruch vor.

»Er hat es ihnen angeboten«, antwortete Nan. »Aber sie haben abgelehnt. Sie wollten nicht unsterblich sein. Deshalb hat er seine eigene Unsterblichkeit nach ihrem Tod abgelegt, weil er nicht ewig mit dem Schmerz dieses Verlusts leben wollte. Erst danach traf er auf den Hasen.«

Sie hatten Unsterblichkeit abgelehnt? Mit einem Mal empfand ich etwas wie Mitleid für Quetzalcoatl. Es musste unheimlich schmerzen, wenn jemand so ein kostbares Geschenk verweigerte. Gleichzeitig konnte ich selbst nicht sagen, wie ich reagiert hätte. Hätte ich ebenfalls abgelehnt? Vermutlich.

»Du zitterst, Gott«, bemerkte ich.

Nans Albtraum schien ihm tiefer in den Knochen zu stecken, als er zugab. Nie wollte er Schwäche eingestehen.

Ich rutschte hinter ihn, fort von Isa.

»Was tust du da, Admiradora?«

Mit flinken Fingern flocht ich eine Strähne seines dunklen Haars. Ihm nahe zu sein, fiel leichter, jetzt, da er für einen Moment seine Mauern niedergerissen hatte. Da er mir gezeigt hatte, dass auch er mit Dämonen zu kämpfen hatte. »Dich ablenken.«

Das Flechten brachte eine tief verschüttete Erinnerung zurück. Ich runzelte die Stirn, schloss die Augen, um sie einzufangen. »Darf ich dir auch eine Geschichte erzählen?«

Stille. »Natürlich.«

Ich schwieg einen Augenblick lang, dann begann ich: »Es war einmal eine Frau, die eine schwere Bürde zu tragen hatte.« Mein Blick klebte an meinen Fingern, die unentwegt flochten, übereinanderstolperten, dann wieder auseinanderfuhren. »Ihr

Herz sehnte sich nach einem Kind, doch sie konnte keines bekommen. Und so säte das Schicksal Missgunst in ihre Seele, verhärtete ihr Herz. Die Kinder ihres Dorfes hatten Angst vor ihr, glaubten, sie müsste eine Hexe sein, die einsam und verbittert in ihrem Häuschen nahe dem Friedhof lebte. In der Gemeinde gab es die Tradition, der zufolge Kinder Körbe flochten und vor die Haustüren stellten. In diesen hinterließen die Familien einmal in der Woche Geschenke für die Kinder. Meistens süßes *Pan dulce* oder kleine Spielzeuge. Die einsame Frau hatte für diese Tradition nur ein Augenrollen übrig, hatte sie doch nie Körbe füllen dürfen. Doch sie war nicht die Einzige, die Einsamkeit in ihrem Herzen trug und sich vor der Welt versteckte. Es gab zwei Kinder im Dorf, Geschwister. Das Mädchen sprach mit seinen Lippen, der Junge mit seinen Händen. Jede Woche rannten sie zu dem Körbchen ihrer Familie, schauten hoffnungsvoll hinein, aber es blieb stets leer. Sie kannten den Geschmack von *Pan dulce* nur vom Hörensagen, denn sie selbst hatten es noch nie kosten dürfen. Sie wurden immer vergessen. Eines Tages wollte das Mädchen seinem kranken Bruder eine Überraschung bereiten. Es half bei dem Totengräber des Dorfes aus, verdiente sich so etwas Geld dazu. Damit kaufte es Zutaten, um *Pan dulce* zuzubereiten.« Unwillkürlich hatte ich, nachdem der Zopf fertig geflochten war, damit begonnen, dem Gott den verhärteten Nacken zu massieren. »Aber seine … Seine Mutter schlug den Teig vom Tisch und dann das Mädchen, weil es ohne ihre Erlaubnis einkaufen war. Die Kleine wollte den Teig retten, kratzte ihn vom Boden, merkte jedoch zu spät, dass Blut an ihm klebte, Tränen ihn verwässert hatten. Als das Mädchen die klebrige Masse kostete, für die es teuren Zucker gekauft hatte, schmeckte diese nur salzig.«

Nan sog scharf die Luft ein. Ich schloss die Augen, versuchte, mich zu sammeln. Warum erzählte ich ihm davon? Warum riss ich freiwillig diese Narbe auf?

Vielleicht, weil ich musste. Weil ich wollte, dass er verstand, was mich antrieb, warum ich liebte, wen ich liebte. Warum ich rannte, wenn ich stehen bleiben müsste, und schrie, wenn ich still sein sollte.

»Und so verlor das Mädchen sein Vertrauen in die Menschen. Wie es auch der Frau geschehen war. Es gab eine Zeit, in der es sich nicht hinaustraute, weil es … Weil es Dinge sah, die es nicht sehen sollte. Menschen sah, die nicht mehr existierten. Aber eines Nachts waren es nicht die Schreie der Toten, die es aufhorchen ließen, sondern das Rascheln eines Körbchens. Es war der süßeste Laut, den es je vernommen hatte. Weil er ihm den Glauben an Menschlichkeit zurückbrachte.«

Ich redete eher mit mir selbst anstatt mit Nan. Erzählte mir eine Geschichte. *Meine Geschichte.* Ein zaghaftes Lächeln stahl sich auf meine Lippen.

»Das Mädchen rannte mit dem *Pan dulce* zu seinem Bruder, stolperte, lief weiter. Sie teilten das Gebäck, schmeckten etwas, das süßer war als alles, was sie jemals gegessen hatten. Einmal in der Woche lauschte das Mädchen fortan, wenn seine Eltern schliefen, auf das Rascheln, das ein weiteres gefülltes Körbchen ankündigte. Ein Geräusch, das Splitter aus seinem jungen Herzen zog, die dort niemals hätten sein dürfen. Als die Eltern der Kinder fortgingen, die Insel verließen, stand die kinderlose Frau vor der Tür und nahm sich der Geschwister an.«

»Adoptierte sie sie?«, wollte Nan wissen.

Mein Lächeln erstarb. »Nein. Das Mädchen wünschte es sich mehr als alles andere, aber die Frau hatte die Bürde eines Dorfes zu tragen. Eine Bürde, die sie an ihre Kinder gemäß den Vorschriften des Dorfes weitervererben müsste, und das wollte sie den Geschwistern nicht antun.« Die Frau konnte nicht ahnen, dass sich das Mädchen noch immer nichts sehnlicher wünschte, als wirklich ihre Tochter sein zu dürfen. »Von diesem Tage an bekamen das Mädchen und der Junge so viel *Pan dulce,* wie sie essen konnten. Und ein Zuhause, das ihre Narben zwar nicht vollständig heilen konnte, aber keine neuen erschuf. Der *Pan dulce*-Teig, den das Mädchen fortan knetete, schmeckte nie wieder salzig, wies nie wieder rote Spuren auf.«

Vielleicht verstand Nan nun, warum mein Herz Marisol gehörte.

Eine Weile herrschte Schweigen, aber nicht von der bedrückenden, sondern von der beruhigenden Sorte. Ich fühlte mich leichter als zuvor, gleichzeitig so verbunden mit Marisol wie noch nie.

Ich machte Anstalten, den Zopf zu lösen, doch Nan legte seine Hand auf meine. »Lass ihn. Er erinnert dich an die Körbe.«

Als er einen Blick über die Schulter warf, sah ich Fragen in seinen Augen. So viele Fragen, die er nicht stellte. Ich wusste nicht, ob ich sie beantwortet hätte.

»Du zitterst, Admiradora.«

Erst jetzt wurde mir bewusst, dass er recht hatte. Noch nicht einmal mein Anzug und meine Jeansjacke vermochten viel gegen die Kälte dieser Ebene auszurichten. Und auch Nans Mantel, den ich auf seine Bitte hin wieder an mich genommen hatte, bot zwar etwas Schutz, aber nicht genug.

Schließlich legte ich mich erneut seitlich auf den Boden und schloss die Augen. Irgendwann hörte ich, wie Nan es mir gleichtat. Ich zitterte noch stärker als zuvor. Kälte fraß sich unerbittlich in meine Glieder. Ich versuchte, Schlaf zu finden, doch das Klappern meiner Zähne trieb mich beinahe in den Wahnsinn.

»Nan?«

»Hm?«

Ich holte tief Luft. Ich konnte selbst nicht glauben, was mir auf der Zunge lag.

»Könntest du … Ich meine …« Ich brach ab.

»Was meinst du?« Seine Stimme war einen Hauch dunkler als zuvor.

Ich stieß einen frustrierten Laut aus, halb Lachen, halb Seufzen. »Du weißt genau, was ich meine.«

Einen Moment lang herrschte Stille. »Bist du sicher?«

»Wenn du versprichst, mich nicht zu berühren«, antwortete ich, die Arme um meinen Oberkörper geschlungen, um das Zittern zu ersticken. »Gegen meinen Willen.«

Ich spürte, wie er sich über mich beugte und etwas neben mich legte. Als ich die Augen aufschlug, entdeckte ich Nans Macuahuitl.

»Wenn ich dich berühren sollte, schlag mir die Hand ab. Ohne zu zögern.«

Mein Blick haftete an der Waffe. Meinte er das ernst? Ich öffnete den Mund, schloss ihn wieder, dann nickte ich und nahm die Obsidianklinge entgegen. Mit meinem Finger fuhr ich die Schnitzereien entlang. Sie waren ähnlich wie jene, die meine eigene Waffe zierten. Und doch erzählten sie andere Geschichten, sprachen von anderen Göttern. Von Göttern, die nicht länger waren.

Einen Augenblick später spürte ich Nan hinter mir, spürte seine Brust an meinem Rücken, seinen Herzschlag an meiner Wirbelsäule.

»Heb den Kopf, Admiradora.«

Behutsam schob er seinen Arm unter meinen Kopf. Dann legte er seinen anderen Arm um mich. Er verschränkte sie locker vor meinem Oberkörper, ohne mich vorn zu berühren. Dafür spürte ich seine Wärme an meinem Rücken, meinem Nacken. Eine Wärme, die sich in meinem gesamten Körper ausbreitete, mein Herz heftiger schlagen ließ. Da war ein Teil von mir, der das hier wollte. Der sich nach der Hitze seines Körpers sehnte. Ein menschliches Verlangen nach Nähe, nach Körperlichkeit. Aber nicht jetzt. Nicht hier. Nicht, wenn Marisol und Li noch dort draußen waren. Nicht, wenn die Winde nach mir riefen und ich ihnen nicht antworten durfte.

»*Necahual* Elena«, murmelte er an meinem Ohr. Der Stoff an meiner Haut verriet, dass er seine Maske trug, um keinen direkten Körperkontakt zu riskieren. Meinen Namen aus seinem Mund zu hören, war so ungewohnt und gleichzeitig so vertraut. Ich kannte das Wort *Necahual* nicht, vermutete aber, dass er mir eine gute Nacht gewünscht hatte.

Ehe ich wusste, was ich tat, berührte meine Hand seine. Augenblicklich spürte ich, wie er hinter mir erstarrte. Dennoch schob ich zögerlich meine Finger zwischen seine.

Das Letzte, was ich sah, bevor ich die Augen schloss und in einen Traum von Abuelas *Pan dulce* glitt, waren unsere Hände, unsere verschlungenen Finger.

Eine Berührung, die keine war.

Und ein stummes Bündnis mit dem Gott, den ich vermutlich töten musste, um diese Hölle jemals wieder verlassen zu können.

20. Kapitel

Ein rhythmisches Klopfen unter meinem Ohr und ein metallischer Geruch weckten mich. Wärme umfing mich, beschützte mich.

Schlaftrunken öffnete ich erst ein Auge, dann das andere – und erstarrte.

Panisch schnellte ich hoch. Kurz darauf schreckte auch Nan auf.

»Was ist los?« Sein Blick irrte umher, bis er auf mich fiel. Er kniff verwirrt die Augen zusammen. »Alles okay?«

Anstatt zu antworten, hob ich eine Hand und wischte über meine Wange, an der etwas Klebriges haftete. Als ich sie zurückzog, war sie blutverschmiert. Mein Blick fiel auf Nans Brust. Eine Brust, auf der ich aus irgendeinem Grund geschlafen hatte. Und deren Mitte blutgetränkt war, wie der fast faustgroße Fleck verriet, den selbst das Schwarz seiner Kleidung nicht verbergen konnte. Mein schlechtes Gewissen meldete sich zu Wort.

»Du blutest, Gott.«

»Ah.« Nan blickte an sich herab.

»Könnt ihr verbluten?«

»Mein Tod scheint dich unglaublich zu faszinieren, Admiradora.« Seine Hand legte sich auf seine Brust. »Ich weiß nicht, ob ich geschmeichelt oder besorgt sein soll.« Er tastete die Wunde ab, dann ließ er seine Hand sinken, erhob sich und trat zum Eingang der Höhle. »Ist nur oberflächlich.« Er warf mir einen Blick über die Schulter zu.

»Gut geschlafen?«

Besser, als ich es seit Monaten getan hatte.

»Es geht.« Ich biss auf meine Unterlippe, sah mich erst nach Isa und Luna um, die beide an der Wand kauerten, dann glitt meine Aufmerksamkeit zum Höhleneingang. Angestrengt lauschte ich auf die unerbittlichen Winde.

Und sprang auf, als mir klar wurde, dass sie verstummt waren.

»Sie haben aufgehört«, stieß ich hervor. Ich stürmte durch die Höhle. »Wir können –«

»Eine Sekunde.« Nan trat vor mich und hob eine Hand. Er machte Anstalten, meine Wange zu berühren, hielt dann jedoch inne.

»Darf ich?«, fragte er, seine Stimme etwas rau vom Schlaf.

Es dauerte einen Moment, bis ich verstand, was er wollte. Ich nickte.

Seine behandschuhten Finger berührten meine Haut. Der Kontakt war elektrisierend. Auf eine Art und Weise, die ich nicht hatte kommen sehen. Dabei hatte er mich doch schon berührt. Draußen, auf der letzten Ebene. Warum fühlte sich das hier auf einmal so anders an? Intimer?

Überraschend sanft wischte er sein Blut von meinem Gesicht, während sein Blick meinen nicht losließ. Ich hielt den Atem an, als sein Daumen plötzlich über meine Unterlippe glitt. Der metallene Geschmack auf meinen Lippen war mir bisher gar nicht aufgefallen. Umso deutlicher schmeckte ich es jetzt.

Sein Blut. Auf meinen Lippen.

Nans Blick folgte der Bewegung seines Daumens, und ich schluckte schwer.

»Bin ich jetzt unsterblich?«, platzte es aus mir heraus.

Der Gott stieß ein leises Lachen aus, dann zog er seine Hand zurück.

»Dafür bräuchte es deutlich mehr Blut, keine Sorge.«

Kurz darauf führte Nan Isa, Luna und mich aus der Höhle hinaus und an der Treppe vorbei, die wir bei der Überquerung der Ebene erklommen hatten.

»Gehen wir nicht den gleichen Weg zurück?«, fragte ich voller Angst in meinem Herzen.

Der Gott schüttelte den Kopf. »Das dauert zu lange.«

Stattdessen gelangten wir nach einer Weile zu einem breiten Fluss, an dessen Ufer Nan innehielt. Er schloss die Augen, wandte den Kopf erst zu einer Seite, dann zur anderen.

»Hörst du irgendetwas?«, flüsterte ich. Meine Finger glitten über meine hölzerne Waffe.

»Li.«

Verwirrt sah ich ihn an. »Du hörst Li?«

Nan nickte. Eine Anspannung hatte sich in seine Züge gestohlen, die ihn fremd erscheinen ließ. »Wobei *hören* vermutlich der falsche Ausdruck ist. Ich fühle ihn.«

»Fühlst du auch Marisol?«, fragte ich hoffnungsvoll.

Der Sonnengott öffnete die Augen. »Nein, aber ich habe auch keine Verbindung zu ihr. Sie müssen beide bei der Diebin sein. Sie können nirgendwo anders sein.«

Ich kaute auf der Innenseite meiner Wange herum, während ich versuchte, meine Panik zu zügeln. Li würde auf Marisol aufpassen. Natürlich würde er das.

»Wir müssen auf die andere Seite.« Nans Worte rissen mich aus meiner Gedankenspirale.

Ich warf einen Blick auf das Wasser vor uns und versuchte, seine Tiefe abzuschätzen, aber dafür war es zu dunkel. Ich atmete tief ein und schloss die Augen. Trotzdem spürte ich Nans Blick auf mir. Er musste zweifellos an die erste Ebene denken, auf der ich versagt hatte. Auf der ich Opfer einer Angst geworden war, die mir Mateos Tod eingepflanzt hatte.

Aber diesmal würde mir das nicht passieren.

»Wir sollten hindurchwaten können.«

Ich öffnete die Augen und nickte. Ein Blick zur Seite verriet, dass Isa neben mich getreten war. Sie hatte den Kopf leicht geneigt und musterte mich. Jede Ebene, die sie bisher überquert hatte, hatte Spuren hinterlassen. Am deutlichsten war die Leere in ihrem Blick, die tiefer schnitt als alles andere.

Möchtest du mitkommen? Meine Finger zitterten, während ich Luna mit meiner freien Hand hochhob und vorn in meiner Jeansjacke verstaute. Ich wollte stark sein, aber es fiel mir mit jedem Atemzug schwerer. *Wir gehen Abuela holen.*

Das Mädchen senkte den Kopf, starrte auf den Fluss, dann nickte es.

Als ich ins stechend kalte Wasser watete, wiederholte ich stumm vier Worte. Immer und immer wieder.

Nicht an Mateo denken.

Nicht an Mateo denken.

Nicht an Mateo denken.

Und es klappte. Zumindest anfangs.

Nan blieb neben mir, hielt Abstand und war mir trotzdem nah. Der Untergrund unter meinen Stiefeln war so weich, dass er mir kaum Halt bot, trotzdem schaffte ich es, mich jedes Mal zu fangen, wenn ich ausrutschte. Ab und an spürte ich Nans Hand an meiner Schulter.

»Du machst das gut.«

Ich stieß ein gequältes Lachen aus, während ich vorsichtig einen Fuß vor den anderen setzte. »Ich dachte, Li wäre der Motivationscoach.« Ich hielt inne, beruhigte meinen hektischen Atem, während ich mit einer Hand nach Luna tastete. »Du machst ihm Konkurrenz.«

»Ich bin mir nicht sicher, ob das ein Kompliment sein soll.«

Warum war das Wasser so dunkel? Dass ich nicht sehen konnte, was sich dort unten verbarg, machte alles noch schlimmer. Wenn ich wenigstens meine Füße sehen könnte, sicher sein könnte, dass der Boden noch da war. Dass das Wasser mich nicht plötzlich verschlingen würde.

»Nicht nach unten sehen.« Finger legten sich unter mein Kinn, hoben es sanft an. Nan wiederholte die Worte, die schon auf der letzten Ebene meine Rettungsleine gewesen waren. Drei Worte, so einfach und viel zu intim. »Sieh mich an.«

Mateos stumme Schreie fluteten meine Gedanken, drohten, mir den Atem zu rauben. Eine Hand fuhr aus dem Wasser herauf, legte sich um meinen Hals. Bei den Göttern, ich bekam keine Luft mehr.

»Elena.«

Ich schüttelte den Kopf, stolperte rückwärts. Raus, ich musste raus aus dem Nass. Fort von den Schreien, die nie verstummten.

Dann gab der Boden unter mir nach.

Jemand fing mich auf, hielt mich fest.

»Darf ich?«

Er fragte immer. Wonach? Was wollte er?

»Elena.« Wieder eine Hand an meinem Kinn. »Darf ich dich tragen?«

Durch das Feuer? Durch den Schmerz?

Als ich ein kurzes Nicken zustande gebracht hatte, hob Nan mich hoch, eine Hand an meinem Rücken, die andere unter meinen Knien. Meine Finger krallten sich in seinen Mantel, während er mich aus dem Fluss trug, aus dem farblosen Blut. Aber er konnte mich nicht vor den Bildern retten, die mich quälten. Nicht vor den Stimmen, die mich zu zerbrechen drohten. Ich presste die Augen zusammen. Niemand konnte das.

»Du hast es geschafft«, flüsterte er in mein Ohr.

Vorsichtig öffnete ich die Augen. Das Wasser war fort, der Boden wieder sichtbar.

Nan hielt mich noch einen Moment länger als nötig, dann setzte er mich ab, neben Isa, die unbeschadet durch den Fluss gekommen war.

Verdammtes Wasser. Verdammte Angst, die ich wahrscheinlich niemals würde bändigen können, ganz gleich, wie verzweifelt ich es auch versuchte. Irgendwann löste sich der Druck um meinen Brustkorb. Was blieb, war das altbekannte, leere Gefühl, an das ich mich mittlerweile gewöhnt haben sollte. Ich hob eine Hand, berührte Lunas Näschen.

»Alles okay?«, fragte ich leise. Als Antwort rieb der Hase sein Köpfchen an meinen Fingern. Unwillkürlich musste ich trotz allem lächeln, dann befreite ich Luna aus meiner Jacke und setzte sie Isa vor die Füße.

»Admiradora.«

Als ich in Nans Richtung sah, entdeckte ich etwas, was mir für einen Moment die Sprache verschlug: In der Dämmerung Mictlans ragte eine pechschwarze Mauer vor uns mehrere Meter empor.

»Da drin?« Ich legte den Kopf in den Nacken. Schweiß rann meine Stirn hinunter. »Sie sind da drin?«

Nan nickte, dann fand sein Blick Isa. Sie zupfte gerade an Lunas Ohren herum, ein verträumtes Lächeln auf den Lippen. »Sie sollte hierbleiben.«

Ich wandte mich dem Mädchen zu.

Wir sind gleich wieder da, Isa. Pass auf Luna auf. Warte –

Auf einmal hielt ich inne. Meine Hände verharrten mitten in der Luft. Verzweifelt kramte ich nach den nächsten Bewegungen, den nächsten Worten, doch ich fand sie nicht. Hatte Mictlan nun auch begonnen, mir diese mühsam erlernte Sprache zu nehmen?

»Darf ich?«, fragte Nan, der neben mich getreten war.

Verwirrt sah ich ihn an. Er deutete auf meine Hände. Als ich nickte, nahm er sie in seine und half mir, meinen Satz zu beenden. Half mir, jene Worte zu finden, an die ich mich gerade nicht mehr erinnern konnte. *Warte hier auf uns.*

Isa nickte. Nan ließ meine Hände los.

»*Gracias.*« Ich schenkte ihm ein Lächeln. »Wie bedankt man sich eigentlich auf Nahuatl?«

»*Tlazocamati*«, übersetzte Nan dieses eine Wort, so klein und doch so bedeutend, dann trennten wir uns von dem Mädchen und dem Hasen. Immer wieder warf ich einen Blick über die Schulter, um mich zu vergewissern, dass sie sich nicht von der Stelle bewegten.

Plötzlich ertönte ein knurrender Laut, der mich innehalten ließ. Mit zusammengekniffenen Augen suchte ich die Umgebung ab.

»N-Nan.« Ich wich einen Schritt zurück, als ich den Ursprung des Knurrens gefunden hatte.

Ein mehrere Meter langes Wesen war an die Mauer gefesselt. Es schien eine Mischung aus einem flügellosen, gehörnten Drachen und einer gefiederten Schlange zu sein, gekleidet in die prächtigsten Rot- und Grüntöne, die man sich vorstellen konnte.

»Ist das ein … ein Drache?«, flüsterte ich. »Gibt es hier Drachen?«

Nan schüttelte den Kopf. »Er mag wie ein Drache aus eurer Welt aussehen, aber er ist keiner. Er ist ein Kind Quetzalcoatls. Angeblich muss er eine Schuld seines Vaters mit der Diebin begleichen. Deshalb bewacht er ihr Zuhause.«

»Wie kommt es, dass du solche essenziellen Informationen immer zurückhältst, Gott?«

»Vielleicht will ich die Spannung aufrechterhalten.« Er machte einen großen Bogen um das Tier, dann trat er an die Mauer. Ich folgte ihm. »Zeit, zu klettern.«

»Klettern«, wiederholte ich mit ungläubiger Stimme. Ich legte eine Hand an den Stein der Mauer. »An einer aalglatten Wand. Nichts leichter als das.«

»Mit einem Seil sollte es gehen.«

Ich musterte die beiden Seile in seinen Händen, an deren Enden Haken befestigt waren, mit zusammengezogenen Brauen.

Wieder einmal hatte er sie wie aus dem Nichts hervorgezaubert. Er drückte mir eines davon in die Hand, dann machten wir uns daran, die Haken nach oben zu werfen. Nan brauchte drei Versuche, bis sich seiner am oberen Ende der Mauer verhakt hatte, ich neun.

»Bereit?« Seine Schulter streifte meine.

Ich holte tief Luft, dann stemmte ich meinen Fuß gegen die Wand. »Wenn du es bist, Gott, bin ich es auch.«

Eine Karriere als Kletterin würde ich in diesem Leben wohl nicht mehr machen. Ich benötigte mehrere Anläufe, um beide Füße vom Boden und an die Wand zu bekommen. Wieder einmal war ich dankbar für meine Handschuhe, die meine Haut vor dem rauen Seil schützten.

»Hör auf zu grinsen«, zischte ich, die Stirn an den kalten Stein gepresst.

»Ich grinse nicht.« Nan war dicht neben mir. Wann immer ich eine Pause einlegen musste, hielt auch er inne.

Ein knurrender Laut ließ mich einen hastigen Blick nach unten werfen. Das Drachending starrte uns an. Und war zu meinem Entsetzen so weit zu uns heraufgeklettert, wie es seine Fesseln zuließen.

Ich war so auf das Wesen fokussiert, dass ich Nans Fluch zu spät bemerkte. Und das Seil, das über seinem Kopf gerissen war.

Ich erwischte seine Hand gerade noch im letzten Moment. Meine Schulter schrie auf, aber ich ließ ihn nicht los.

»Nicht … los…lassen«, keuchte ich. Bei den Göttern, er war schwerer, als er aussah.

»Greif nach meinem Seil … unter mir.«

Nan schüttelte den Kopf. »Dann würde es auch reißen.«

Er lockerte seinen Griff. Panisch krallte ich meine Finger in seine Hand, so fest, dass er das Gesicht verzog.

»Nan, nicht –«

Doch er hatte sich schon aus meinem Griff befreit.

»Nan!« Entsetzt musste ich mit ansehen, wie er auf dem drachenähnlichen Wesen landete und es mit sich nach unten riss. Die beiden prallten mit einem dumpfen Laut auf der Erde auf. Im nächsten Moment sprang der Gott auf, streifte einen seiner Handschuhe ab und ließ Flammen seine Finger entlangzüngeln. Mit seiner freien Hand griff er nach seinem Macuahuitl. Aber das Tier ließ sich davon kaum beeindrucken. Meine Brust zog sich schmerzhaft zusammen, während ich den gefährlichen Tanz der beiden beobachtete.

Dann wurde mir klar, was dieses Gefühl war: Ich hatte Angst um ihn. Auch wenn er im Moment noch unsterblich war, bedeutete das nicht, dass er nicht verletzt werden konnte.

Verdammter Gott.

Ein letztes Mal presste ich meine Stirn an den kühlen Stein, dann machte ich mich wieder an den Abstieg. Als ich unten angelangt war, zog ich meine Waffe und hielt sie beschützend vor mich. Mitten in der Bewegung erstarrte ich jedoch, als mein Blick auf das Drachenwesen fiel.

»Bei den Göttern.« Das, was ich für rote Federn gehalten hatte, waren in Wahrheit blutige Hautfetzen. Ich erinnerte mich daran, dass Nan von den Federn erzählt hatte, die die Toten im Wald sammelten, weil sie sich davon eine Rückkehr ins Leben versprachen. Die Federn ebenjenes Wesens, das vor uns stand.

Kein Wunder, dass es so viel Hass in seinem Blick trug. Ich sah hinunter auf das Obsidianschwert. In diesem Moment fragte ich mich, wer hier eigentlich das Monster war.

»Waffe runter, Gott«, murmelte ich.

Das Wesen schrie vor Schmerz auf, als es sich gegen die Fesseln wehrte. Durch die ruckartigen Bewegungen schnitten sie immer tiefer in seinen Körper, hinterließen noch mehr blutige Spuren darin. Der Anblick brach mir das Herz.

»Wie hoch ist die Wahrscheinlichkeit, dass er uns auffrisst, wenn wir ihn befreien?«

»Ich glaube, diese Frage bleibt am besten unbeantwortet, Admiradora.«

Aber ich wollte sie nicht unbeantwortet lassen. Zumindest nicht ganz. Ich kramte in der Tasche meiner Jeansjacke nach einem Stück getrocknetem Fleisch, das Nan uns vor ein paar Tagen gebracht hatte, dann näherte ich mich dem Wesen vorsichtig.

»Admiradora.« Nans Stimme hatte einen warnenden Unterton angenommen.

Dennoch streckte ich meine Hand aus. Ich musste an Marisol denken, die das Gleiche einst für zwei Kinder getan hatte. Kinder, denen ebenfalls die Federn herausgerissen worden waren und die nicht mehr fliegen konnten.

Das Tier starrte mich an. Sein Atem ging schwer und sein stechend gelber Blick bohrte sich in meinen. Aber ich hielt ihm stand.

»Du trägst Narben.« Mit meiner freien Hand schob ich meinen Ärmel nach oben, entblößte all meine Narben sowie die Bandage um mein Handgelenk. Zeigte ihm, dass wir uns ähnlicher waren, als es den Anschein machte. »Ich auch.«

Ich konnte nicht sagen, ob wir uns sekunden- oder minutenlang angesehen hatten, doch auf einmal streckte er mir sein Maul entgegen, öffnete es – und stahl mir das Fleischstück. Fasziniert beobachtete ich ihn dabei, wie er die Nahrung verschlang. Es war viel zu wenig, aber vielleicht reichte es, um ihm zu beweisen, dass nicht alle Menschen darauf aus waren, ihm zu schaden.

Ich atmete tief ein, bevor ich mich den Fesseln näherte. Meine Finger tasteten nach Mateos Messer, während ich mich zu Boden sinken ließ.

Nan kniete sich neben mich, so dicht, dass sich die Hitze seines Körpers auf mich übertrug. Ich spürte seinen Blick auf mir, dann begann er ebenfalls, die Fesseln zu zerschneiden. »Gehe ich recht in der Annahme, dass du bei dir zu Hause einen halben Zoo dein Eigen nennst?«

Zu Hause.

»Mateo hatte Tiere, ich nicht.«

Als Nan die Fesseln zerschnitt, die um den Hals des Wesens geschlungen waren, stieß dieses ein bedrohliches Knurren aus, machte aber keine Anstalten, ihn zu verletzen.

»Oh, oh! Ich glaube, er mag dich nicht.«

Nans Augenbrauen zogen sich zusammen. »Langsam bekomme ich das Gefühl, dass mich hier niemand leiden kann.«

»Li mag dich. Glaube ich zumindest.«

»Danke, Admiradora.« Er zerschnitt die letzte Fessel. »Da fühle ich mich gleich viel besser.«

Wir erhoben uns hastig. Instinktiv packte ich Nans Arm und zog ihn mit mir nach hinten, fort von dem Wesen.

Erst lag das befreite Tier nur regungslos da, als könnte es nicht glauben, was eben geschehen war. Quälend langsam schlängelte es sich dann über den Boden, kostete die Freiheit aus, die ihm so unverhofft zuteilgeworden war.

»Kann er nicht fliegen?«, fragte ich.

»In seinem Zustand vermutlich nicht«, erwiderte Nan. Seine Muskeln spannten sich unter meinen Fingern merklich an. Ich klammerte mich immer noch an ihm fest. Sofort ließ ich ihn los und trat einen Schritt beiseite.

»Zum Fliegen haben die Toten ihn zu sehr entstellt«, fuhr der Gott fort. »Aber vielleicht kann er es eines Tages wieder. Sollte er überleben.«

Ich neigte den Kopf leicht zur Seite, musterte das Tier eingehender. »Was heißt ›Überlebender‹ auf Nahuatl?«

»*Necahual.*«

Ich hielt inne. Dasselbe hatte er zu mir gesagt, letzte Nacht. Nachdem ich ihm von einem gebrochenen Mädchen erzählt hatte. Bei dieser Erkenntnis musste ich lächeln.

»Neca.« Ich ließ den Namen über meine Lippen gleiten, während ich mich dem Tier vorsichtig näherte. Dann presste ich die Augen zusammen, streckte eine Hand aus und wartete. Es dauerte einen Moment, bis ich warmen Atem an meinen bedeckten Fingern spürte.

»Elena.« Eine Warnung lag in Nans tiefer Stimme.

»Lass mich. Das habe ich in meinem Lieblingsfilm gesehen, da hat das auch funktioniert. Kennst du *Drachenzähmen leicht* –«

Plötzlich hatten sich Nans Arme von hinten um mich gelegt, ehe ich meine Frage beenden konnte. Er versuchte, mich von dem Tier fortzuzerren, aber ich bewegte mich keinen Schritt.

»Nein, kenne ich nicht. Und dass du diese Idee aus irgendeinem Film hast, ist nicht gerade vertrauenerweckend.«

Auf einmal verschwand der warme Atem an meiner Hand. Enttäuscht öffnete ich die Augen und sah Neca nach, wie er in der Dämmerung Mictlans verschwand.

»Seine Narben sind zu tief.« Nan löste seine Arme von meiner Taille. Kurz wünschte ich, er hätte es nicht getan. Seiner Nähe wohnte etwas Beruhigendes inne. »Würdest du diese Verletzungen verzeihen?«

Unwillkürlich presste ich eine Hand an meine Brust, neben mein Medaillon, in dem das Haar von Mateos Mörder ruhte. Enttäuschung mischte sich mit Verstehen. »Vermutlich nicht.«

Schließlich ging ich zurück zur Mauer, die wir nun ein zweites Mal würden erklimmen müssen.

»Du zuerst.« Nan trat hinter mich. Erst jetzt fiel mir ein, dass sein Seil gerissen war. Als ich im Licht seiner Flammen nach dem Seil greifen wollte, bemerkte ich etwas, was mir zuvor entgangen war.

Das Feuer des Sonnengottes erhellte die Zeichnung eines Tempels, der mit weißer Kreide an der schwarzen Wand verewigt worden war.

Hastig legte ich meine Hand auf die Kreidestriche, sodass mein schwarzer Handschuh weiße Spuren trug, als ich sie wieder zurückzog.

»Admiradora?« Sorge hatte sich in Nans Stimme geflochten, doch ich antwortete ihm nicht. Wusste nicht, wie.

Stattdessen starrte ich das Bild an, das ich vor vielen Jahren für Mateo gezeichnet hatte. Mit Kohle, nicht mit Kreide, trotzdem waren die Striche identisch. Ein Bild, das ich bis gerade eben vergessen hatte. Und das nun aus irgendeinem Grund eine Wand der Unterwelt zierte.

21. Kapitel

Ofrendas dienten dazu, die Verstorbenen zu ehren. Sie waren Altäre, bestückt mit Relikten des jeweiligen Lebens, das erloschen war. Doch die etlichen, ohne jegliche Struktur angeordneten *Ofrendas*, die uns hinter der Mauer erwarteten, waren mehr als das.

Sie waren nicht verziert mit Habseligkeiten von Toten.

Sondern mit den Toten selbst.

»Bei den Göttern«, flüsterte ich entsetzt, mein Blick starr auf die mit Kerzen erhellten Altäre geheftet. Die Körper der Toten waren an sie gefesselt, ähnlich, wie es Neca an die äußere Mauer gewesen war.

Den *Ofrendas* wohnte eine unheimliche Ruhe inne, eine Stille, wie sie nur der Tod selbst besaß. Je weiter wir gingen, desto deutlicher mischten sich Stimmen in diese Stille, die aus dem Nichts zu kommen schienen. Stimmen, die mich auch auf der Ebene heimgesucht hatten.

Nan strich zielstrebig zwischen den *Ofrendas* hindurch, musterte die Toten. Mein Herz krampfte sich schmerzhaft zusammen, während ich panisch nach Marisols schlanker Silhouette Ausschau hielt.

»Die Erinnerungen, die sie stiehlt.« Ich verstärkte den Griff um meine Waffe. »Kann man sie wieder zurückbekommen? Ich konnte mich auf dem Obsidianpfad auch nicht mehr an meinen eigenen Namen erinnern, aber dann kam alles wieder.« Das war die Hoffnung, an die ich mich klammerte. Eine Hoffnung, die von Nan im nächsten Moment zerschlagen wurde.

»Es gibt zwei Arten, auf die man Erinnerungen verlieren kann. Die Reise durch Mictlan nimmt dir nach und nach Erinnerungen, aber sie sind nicht endgültig fort. Das ist auf dem Pfad passiert. Die Diebin nimmt jedoch keine Erinnerungen, sie raubt sie. Eine von ihr geraubte Erinnerung kann nicht zurückgewonnen werden.«

Ich zwang mich, weiterzugehen, die Toten nicht länger anzusehen als nötig, aber ihre Präsenz erdrückte mich mit jedem Schritt mehr. Sie waren entstellt, manchen fehlten Finger oder mehr, anderen waren die Haare herausgerissen worden. Jeden Moment fürchtete ich, Marisols leerem Blick zu begegnen. Und auch um Li machte ich mir mehr Sorgen, als ich es jemals für möglich gehalten hätte.

Ich bemerkte das schmerzhafte Ziehen in meiner Brust erst, als es schon zu spät war.

Nicht jetzt. Bitte nicht jetzt.

Sofort hielt ich inne, presste eine Hand auf meine Brust und schloss die Augen, während mich ein Zittern übermannte. Gefolgt von einer altbekannten Diebin, die mich seit Mateos Tod schon oft besucht hatte. Sie stahl keine Erinnerungen, sondern meinen Atem.

Entfernt nahm ich wahr, wie jemand hinter mich trat. Dann legten sich plötzlich Arme um mich. Nan sagte nichts, hielt mich einfach nur.

Mühsam versuchte ich, die Atemtechnik einzusetzen, die Miguel mir beigebracht hatte, aber der Schmerz in meiner Brust war so stechend, dass ich mich auf nichts anderes konzentrieren konnte.

Nan zog mich dichter an sich, bis mein Rücken an seine Brust gepresst war. Seine Wärme umfing mich und beruhigte mich mehr, als es die Erinnerung an Miguels Atemanweisungen vermochte.

»Sie ist die zäheste Frau, die mir je begegnet ist«, flüsterte der Gott nach einer Weile. »Zäh und stark. Und wir werden sie finden.«

Meine Hände tasteten nach seinen, hielten sie fest. Einatmen durch die Nase. Pause. Ausatmen durch den Mund.

»Abuela … m-macht dich … verrückt«, stotterte ich.

Nan stieß ein leises Lachen aus. »Das tut sie in der Tat. Und das hat bisher noch kein Mensch geschafft.« Sein Griff um meine Taille verstärkte sich etwas. »Außer dir.«

Ich wusste nicht, wie lange wir so dastanden. Er ließ mich nicht los, bis der Schmerz allmählich verebbte.

»Du musst denken, dass ich furchtbar schwach bin.« Ich hatte nicht beabsichtigt, die Worte laut zu sagen, aber nun konnte ich sie nicht mehr zurücknehmen. Und es war die Wahrheit. Erst der Fluss, jetzt das.

»Wenn du schwach wärst, wärst du nicht hier, E–«

»Es passiert selten, dass ich etwas finde, was nicht verloren wurde.«

Ich riss die Augen auf, stolperte von Nan fort und wirbelte herum.

Zwischen den *Ofrendas* stand eine Gestalt, von der ich im ersten Moment glaubte, dass ich sie mir nur einbildete. Denn was ich sah, machte keinen Sinn. Sie besaß tausend Augen, tausend Münder. Jedes einzelne, bodenlange Haar hatte eine andere Farbe und ihre lose Kleidung bestand aus einem Flickenteppich. Offenbar war sie ein Sammelsurium aus Erinnerungen, die sie sich zu eigen gemacht hatte. Und auch ihre Stimme klang nicht wie eine, sondern wie viele. Ich wusste nicht, warum sie spanisch sprach. Vielleicht spürte sie auf irgendeine Weise, dass das meine Sprache war. Vielleicht wollte sie, dass ich sie verstand.

»Du hast jemanden, der uns gehört«, sagte Nan ruhig.

Die Diebin neigte den Kopf zur Seite. »Ein Gott, der sich nach Endlichkeit sehnt. Ein Mensch, der seine Endlichkeit verflucht. Sie beide gehören nicht hierher. Sie gehören zu dir. Zu euch.« Ihre zahllosen Augen schlossen sich, während ihre Münder lächelten. Es war grotesk.

»Wie du weißt, spinne ich die Regeln bei jeder Seele neu.« Sie neigte den Kopf leicht zur anderen Seite. »Von dir hätte ich gerne deine kostbarste Erinnerung, Nanahuatl. Dann lasse ich jene ziehen, deren Freiheit du begehrst.«

Deine kostbarste Erinnerung.

Nan zögerte keinen Augenblick. »Dann nimm sie. Im Tausch gegen den Menschen und meinen –«

»Nimm eine von meinen Erinnerungen«, unterbrach ich ihn.

Die Diebin musterte mich durchdringend. Ich wusste nicht, wohin ich sehen sollte, so sehr irritierten mich ihre zahlreichen Augen. Die unzähligen Erinnerungen, die nicht die ihren waren. Ich ertappte mich dabei, wie ich nach Marisols Erinnerungen Ausschau hielt, nach ihren Augen, ihrem silbrigen Haar.

»Du liebst die Alte wirklich, nicht wahr?«, fragte die Diebin mich schließlich. Scheinbar wusste sie mehr über Marisol, als sie sollte. Hatte sie mich in Abuelas Erinnerungen gesehen?

Ich spürte Nans warnenden Blick im Rücken. Hörte seine stumme Bitte, der Diebin meine größte Schwäche nicht zu offenbaren.

»Mehr als mein eigenes Leben«, antwortete ich, ohne mich umzudrehen.

Ein gequältes Lächeln stahl sich auf die vielen Lippenpaare. »Liebe ist dazu imstande, uns auf die schmerzhafteste Weise zu brechen.«

»Mich wird sie nicht brechen«, widersprach ich.

Die Diebin trat einen Schritt näher, dann griff sie nach meinem Gesicht und zerrte es zu sich heran. »Das behaupten sie alle, Mensch.« Sie fixierte den fehlenden Finger an meiner rechten Hand. »Das behaupten sie alle.«

Plötzlich packte Nan die Diebin am Handgelenk und zog sie von mir fort.

»Ich würde dir empfehlen, sie nicht noch einmal zu berühren«, knurrte er.

»Sie hat mir eine Erinnerung angeboten, wenn ich mich nicht täusche, Nanahuatl.«

»Nimm eine von meinen.« Nans Stimme hatte einen warnenden Unterton angenommen. »Nimm mehrere, wenn du willst. Aber rühr ihre Erinnerungen nicht an.«

»Nan.« Ich trat vor ihn, griff nach seinem Kinn und zwang ihn, mich anzusehen. »Ich will den Preis für Marisol bezahlen. Für sie und Li.«

»Warum?«

Ich ließ sein Kinn los, aber er fing meine Hand ein und hielt sie fest.

»Weil ich sie liebe. Es gibt keinen Preis, den ich für sie nicht bezahlen würde.«

Nan sah zur Seite, schloss die Augen. Seufzte. »Admiradora, ich –«

»Schhh.« Für einen Sekundenbruchteil legte ich einen Finger an seine Lippen. Sofort verstummte er. Ich schenkte ihm ein schwaches Lächeln.

»Ich bin mir ziemlich sicher, dass du wieder einen Kommentar zu meiner verdammten Opferbereitschaft machen wolltest, nicht wahr?«

Anstatt zu antworten, tat Nan etwas, womit ich niemals gerechnet hätte: Er hob meine Hand, die er immer noch hielt, an seine Lippen und presste einen Kuss auf meinen Handschuh. Und für einen kurzen Moment fing mein Herz Feuer.

Hastig entzog ich ihm meine Hand. »Finde sie«, stieß ich mühsam hervor. Weil ich nicht wusste, wie viel das Wort dieser

Diebin wert war. »Bitte.« Dann wandte ich mich ab und folgte der Fremden durch die *Ofrendas* hindurch. Erst jetzt wurde mir bewusst, was ich hier überhaupt tat. Wenn es Abuela betraf, ging mir meine Fähigkeit, rational zu denken, vollkommen abhanden. Aber es war nicht nur sie, nicht nur Li. Es war auch Nan. Etwas in mir hatte sich dagegen gesträubt, dass man ihm seine kostbarste Erinnerung nahm.

»Erinnerungen sind unsere Währung«, sagte die Diebin plötzlich. Sie nahm einen kleinen Schädel von einem der Altäre, drehte ihn zwischen den Fingern, dann ließ sie ihn zu Boden fallen. Er zersplitterte. »Im Tod ist nichts so wertvoll wie eine Erinnerung. Hier spielen Gold, Ruhm und dergleichen keine Rolle mehr. Nur noch das, was du in deinen Gedanken, in deinem Herzen trägst. Die reichste Frau auf Erden kann hier die ärmste sein. Diejenige, die ihr Leben lang nichts hatte, hat hier vielleicht alles.« Sie hob beide Arme, deutete um sich, bevor sie sich mir zuwandte.

»Eine unbekannte gute Erinnerung oder eine bekannte schlechte Erinnerung?«

Ich starrte die Diebin verwirrt an.

»Ich stelle dich vor eine Wahl«, erklärte sie mir. »Um deine Freunde zu retten, möchte ich von dir entweder eine gute Erinnerung erhalten, bei der du nicht weißt, welche du mir gibst. Du wirst niemals erfahren, welche du verloren hast, deshalb wirst du sie auch nicht vermissen. Oder eine schlechte Erinnerung, die du bei vollem Bewusstsein gibst, über deren Verlust du dir also im Klaren bist. Zumindest so lange, bis sie mein ist. Denn dann wird sie wie ausradiert sein. Du wirst dieses schlimme Ereignis für immer vergessen haben.« Sie ließ ihre Arme sinken. »Eigentlich eine einfache Frage, nicht wahr? Doch du zögerst, Mensch. Bisher hat noch niemand gezögert. Du bist anders als die anderen Reisenden in Mictlan. Du bist menschlich, klammerst dich an das Leben, das meine übrigen Besucher längst aufgegeben haben.«

Sie schritt weiter an den *Ofrendas* vorbei, schenkte ihnen kaum Beachtung.

»Denk an all die Albträume, die du loswerden könntest. An die Atemnot, deine Ängste. Ich könnte dein Herz heilen. Es ist seit Langem gebrochen, nicht wahr?«

Meine Hand presste sich auf meine Brust. Wer wäre ich ohne all das Zerbrochene, ohne die Scherben, die mich zerrissen, die aber auch das Licht einzufangen vermochten? Wer wäre ich ohne die Wunden, die ich überlebt hatte, ohne die Narben, die mir mein Leben zugefügt hatte?

Vielleicht wäre ich ganz, vielleicht wäre ich geheilt.

Aber ich wäre nicht ich selbst.

»Eine gute«, flüsterte ich schließlich. »Nimm mir eine gute Erinnerung.«

Zahllose Augenpaare musterten mich. In manchen von ihnen sah ich Bruchstücke von gelebten Leben, die nicht länger waren.

Die Diebin hob eine Hand, trat auf mich zu und berührte mein Haar. Ich zuckte zusammen, wich aber nicht zurück. Ich ahnte, was gleich geschehen würde.

»Es wird nicht nachwachsen.«

»Nimm es«, stieß ich hervor. »Nimm sie.«

Und sie tat es, riss eine Strähne heraus.

Ein Schrei löste sich aus meiner Kehle.

Ich ertrank. Ich ertrank mit meinem Bruder. Wasser brannte in meiner Lunge, Blut füllte meine Augen. Ich kannte Schmerz, aber das hier war jenseits meiner eigenen Vorstellungskraft.

Ich erlebte ein zweites Mal, wie Mateo mir genommen wurde. Wie er von der Klippe gestoßen wurde und im Meer ertrank. Wie ich zu ihm geschwommen war und seine Leiche an Land gezogen hatte. Wie ich ein Haar an ihm gefunden hatte, das ich seither an meinem Hals trug, weil ich wissen wollte, wer uns das angetan hatte.

»Ei-eine gute!«, schrie ich. »Nicht die!« Nicht Mateo.

»Ich werde dir diese Erinnerung nicht nehmen. Ich wollte dich nur daran erinnern, was du hättest loslassen können.«

Als die Diebin mich freigab, ging ich zu Boden.

Mühsam stemmte ich mich hoch, stützte mich an einer der *Ofrendas* ab, versuchte, meinen Atem zu beruhigen. Es fühlte sich an, als hätte jemand ein Gemetzel in meinen Gedanken veranstaltet, sich gewaltsam genommen, was ihm nicht zustand.

»Meine Freunde.« Meine Stimme war schwach. »Du ... Du hast gesagt, dass du sie gehen lässt.«

»Das habe ich.« Sie neigte den Kopf leicht zur Seite. »Nur leider scheint es so, als wäre ich nicht mehr im Besitz deiner Freunde.« Sie warf tausend Blicke über die Schulter. »Nicht wahr, Sonnengott?«

Mit einem Mal war Nan da und kam auf uns zu.

»Hast du wirklich gedacht, dass ich deinem Wort Glauben schenken würde?«, fragte er die Diebin.

»Misstrauisch wie eh und je.«

Im nächsten Moment stand er vor mir, doch ich starrte weiterhin nur die Diebin an. Fragte sie stumm, welche Erinnerung ich verloren hatte.

Ehe ich wusste, was geschah, waren Nans Hände an meinen Wangen, zwangen mich, ihn anzusehen. »Was hat sie dir genommen?«

»Ich habe ihr die Wahl zwischen einer bekannten schmerzhaften und einer unbekannten glücklichen Erinnerung gelassen«, antwortete die Diebin, bevor ich etwas erwidern konnte.

Ich wusste nicht, ob ich es mir einbildete, aber Nans Züge schienen sich kaum merklich zu entspannen. »Keine schwierige Wahl.«

Die Diebin stieß einen Laut aus, der entfernt nach einem Lachen klang. »Das habe ich eigentlich auch gedacht.« Dann war sie verschwunden, verschluckt von den *Ofrendas*.

Sofort fand der Blick des Gottes wieder meinen. »Sie hat mir eine glückliche Erinnerung genommen, Nan.«

Seine Augen weiteten sich. Er machte Anstalten, ihr zu folgen, doch ich packte seinen Arm und hielt ihn zurück. »Ich habe sie darum gebeten.«

»Warum?« Unverständnis und so etwas wie Schuld schwangen in seiner Stimme mit.

Anstatt zu antworten, griff ich nach meinem Medaillon, dann wollte ich an Nan vorbeitreten.

»Warte.« Seine Finger legten sich an meine Schläfen.

»Was tust du da?«

»Deine Gedanken sind laut«, murmelte er. »Eine Nachwirkung des Diebstahls. Denk an Erinnerungen, die dir teuer sind und die tiefe Spuren in deiner Seele hinterlassen haben. Ähnlich wie bei unserem Training. Sie entgleiten dir sonst.«

Ich versuchte es. Doch meine Erinnerungen waren ein einziges Chaos. Trotzdem glaubte ich, sie festhalten zu können und nicht zu verlieren wie die Erinnerung, die die Diebin mir genommen hatte.

»Alles okay?« Nans Stimme war sanfter als gewöhnlich, als er seine Finger von meinen Schläfen löste.

Ich nickte und sah mich suchend um. »Hast du sie? Beide?«

Er trat zur Seite. Hinter ihm entdeckte ich zwei Gestalten, die auf der Erde lagen. Regungslos.

Bei dem Anblick setzte mein Herz einen Schlag aus.

Ich rannte zu Marisol, fiel vor ihr auf die Knie.

»Abuela.« Eine zaghafte Hoffnung breitete sich in mir aus, als ich bemerkte, dass ihre Augen nicht offen und leer waren wie die jener Toten an den *Ofrendas*. Trotzdem reagierte sie nicht auf meine Stimme oder auf meine Berührung.

»Sie … Sie ist ohnmächtig.« Ich warf Nan einen panischen Blick zu. »Nur ohnmächtig, richtig?«

»So etwas in der Art. Es sieht aus, als hätte sie ihr einige frühe Erinnerungen genommen. So lange sie sich noch an deinen Namen erinnert, sollten wir rechtzeitig gekommen sein.«

Meine Hände ballten sich zu Fäusten. Beißender Hass breitete sich in mir aus.

»Wenn ich noch mal zurückgehe und diese Frau köpfe, gibst du mir dann ein Alibi?«

Nan antwortete mir mit einem rauen Lachen.

Während der Sonnengott Li auf den Rücken hievte, zog ich Marisol vorsichtig in meine Arme. Derart regungslos war sie schwerer als gedacht, aber es würde gehen. Es musste gehen.

Die Mauer stellte eine Herausforderung dar, doch wir schafften es, Marisol und Li mithilfe unseres verbliebenen Seils hinauf und schließlich auf die andere Seite zu hieven, wo wir erneut auf Isa und Luna trafen.

Quälend langsam kämpften wir uns durch die Einöde Mictlans, bis wir eine weitere Höhle ausfindig gemacht hatten, die zu unserem neuen Versteck wurde.

Als ich Marisol vorsichtig zu Boden gleiten ließ, machte sich ein Pochen in meinem linken Handgelenk bemerkbar.

Das hatte mir gerade noch gefehlt. Behutsam massierte ich das Gelenk, während ich im Sekundentakt überprüfte, ob Abuela schon aufgewacht war.

»Stimmt etwas mit deiner Hand nicht?«, fragte Nan mit einem besorgten Seitenblick auf mich.

Ich winkte ab. »Tendinitis. Halb so wild.«

Nan hob eine Augenbraue.

»Chronische Sehnenentzündung. Es wird schlimmer, wenn ich es belaste.« Marisol zu tragen, war wohl doch etwas zu viel gewesen. Trotzdem würde ich es immer wieder tun.

Nans Finger waren sanft, als er kurz darauf mein Handgelenk mit einer neuen Bandage umwickelte.

»Warum starrt mich diese Federschlange die ganze Zeit so an?«, fragte er brummend.

Ich war so auf Abuela fixiert gewesen, dass ich nicht gemerkt hatte, dass Neca uns gefolgt war. Er lag am Eingang der Höhle und musterte Nan tatsächlich interessiert. Sein Anblick machte mein Herz etwas leichter. »Vielleicht mag er dich.«

»Er sieht eher so aus, als wollte er mich umbringen.«

»Kannst du es ihm verübeln?«

Nans Daumen strich über den notdürftigen Verband, den er mir angelegt hatte. Ein Schauer lief mir den Rücken runter.

»Und ich dachte, wir hätten einen Waffenstillstand geschlossen, Admiradora.«

Ehe ich etwas erwidern konnte, ertönte ein Laut, der uns herumfahren ließ.

»Nan? Lena?«

Li setzte sich auf, sichtlich verwirrt.

»Ich –« Nan ließ ihn nicht ausreden. Er sprang auf, fiel vor dem Mondgott auf die Knie und zog ihn an sich.

Der Anblick der wiedervereinten Brüder linderte für einen kurzen Moment die Kälte Mictlans. Gleichzeitig wuchs meine Sorge um Marisol, die immer noch nicht aufgewacht war. Was, wenn sie mich vergessen hatte?

»Heulst du schon wieder, de Jesús?«

Ich wirbelte zu Abuela herum, die sich gerade ein wenig aufgerichtet hatte. Meine Umarmung war so stürmisch, dass ich sie wieder zu Boden riss. Ich presste mein Gesicht an ihre Brust, lauschte ihrem Herzschlag, der bewies, dass sie noch hier war. Hier bei mir. Ein gefährdeter Laut, von dem ich befürchtet hatte, ihn nie wieder hören zu dürfen.

»Schhh. So leicht wirst du mich nicht los, *Mija*.«

Mit ihrer Hand strich sie mir über die Wange. Ich küsste ihre Knöchel, dann erhob ich mich.

»Hattest du noch mal einen Anfall, Abuela?«

»Ich glaube nicht.« Mit gerunzelter Stirn sah sie sich um. »Was ist passiert?«

»Ihr wurdet verschleppt.«

»Ah. So wie bei *The Black Phone*.«

»Ich will alles wissen, Sol«, meldete sich Li zu Wort.

»Ihr beide«, Nan deutete erst auf Marisol, dann auf Li, »ruht euch erst einmal aus. Davor will ich keine Gespräche über irgendwelche Horrorfilme hören.«

»Spielverderber«, knurrte Marisol.

»Das habe ich gehört.«

»Das solltest du auch hören, Aragorn.«

Während Marisol und Li sich widerwillig erneut hinlegten, kauerte ich mich neben Nan an die Wand unserer Höhle, die Knie an meine Brust gezogen. Müdigkeit legte sich gerade über mich, als ich etwas hörte.

»Nan?«

»Hm?«

Ich runzelte die Stirn. »Hörst du das auch?«

»Meinst du das Schnarchen deiner Abuela oder die Geräusche der Stadt?«

»Stadt?« Ich starrte ihn an. »Welche Stadt?«

Er verschränkte die Arme hinter dem Kopf, ein müdes Lächeln auf den Lippen.

»Miquiliztli, die Hauptstadt der Unterwelt.«

22. Kapitel

Ich hatte in Mictlan schon einiges gesehen. Aber das alles war nichts im Vergleich zu der gigantischen Stadtmauer, die vor uns in die Höhe ragte. Sie war pechschwarz und vermutlich wieder aus Obsidian gefertigt. Doch weder Farbe noch Höhe ließen meinen Atem stocken. Es waren die Lichter. In den sattesten Orange-, Rot- und Gelbtönen zierten sie die Außenmauer der Stadt, schwebten in der Luft. Sie sahen Laternen ähnlich, doch gleichzeitig besaßen sie keine harten Konturen. Vorsichtig streckte ich eine Hand nach einem Licht aus, doch Li packte mein Handgelenk und schüttelte warnend den Kopf. »Manche von ihnen können explodieren«, flüsterte er mir zu. Hastig ließ ich meine Hand sinken.

Die Götter führten uns über eine Art steinernen Damm. Erst jetzt wurde mir bewusst, dass die Stadt auf einer Insel errichtet war, zu der man über mehrere Dämme Zutritt hatte. Immer wieder mussten Marisol und ich Toten ausweichen, die an uns vorbeidrängten.

»Warum habt ihr uns nicht gesagt, dass es hier eine Stadt gibt?«, fragte Abuela.

»Weil wir nicht wussten, ob wir es überhaupt bis hierhin schaffen würden«, beantwortete Nan ihre Frage. Er ging ein Stück vor uns.

»Danke für das Vertrauen«, erwiderte Marisol knurrend.

»Wärmt mir wirklich mein altes Herz.« Sie warf einen Blick über die Schulter, wie sie es in den vergangenen Minuten schon unzählige Male getan hatte.

»Ich weiß nicht, ob es euch aufgefallen ist, aber uns verfolgt irgendein Vieh.«

»Oh. Ganz vergessen.« Ich drehte mich um und winkte Neca zu. Er war aus der Höhle verschwunden, ehe Marisol voll bei Bewusstsein gewesen war. Doch als wir aufgebrochen waren, hatte ich seine Anwesenheit wieder gespürt. Auch jetzt hielt er sicheren Abstand, aber es war unschwer zu erkennen, dass er sich unserer kleinen Gruppe angeschlossen hatte. »Wir haben einen Drachen adoptiert. Oder so.«

»Ah. Warum wundert mich das nicht im Geringsten?« Marisol zwinkerte mir zu. »Genau wie damals, de Jesús. Weißt du noch, wie du mir jedes Tier angeschleppt hast, das nicht bei drei auf den Bäumen war?«

Auf einmal spürte ich Nan an meiner anderen Seite.

»Lügnerin«, raunte er mir zu.

Ich verdrehte die Augen, dann blickte ich nervös auf die Stadt. Städte bedeuteten Bewohnerinnen und Bewohner. Bewohnerinnen und Bewohner bedeuteten vermutlich Feinde. Oder zumindest irgendwelche Kreaturen, vor denen wir uns in Acht nehmen mussten.

»Wer lebt hier?«, fragte ich Nan.

»Früher nur die Götter.« Er bedeutete uns, ihm auf eine hölzerne Brücke zu folgen, die zwei Dämme miteinander verband. Zweifelnd musterte ich die Brücke, die nicht gerade vertrauenerweckend aussah. Was, wenn –

Plötzlich schloss Nan seine Hand um meine und zog mich mit sich auf die Brücke. »Aber heute lebt der Großteil aller Bewohner Mictlans in Miquiliztli. Nenn mir ein Wesen aus einem beliebigen Mythos, und du wirst es hier sehr wahrscheinlich antreffen. Außer natürlich die meisten Götter.«

247

Irritiert starrte ich unsere Hände an. Merkte er, dass er meine immer noch hielt? Und warum hatte ich nicht das Bedürfnis, sie ihm zu entziehen?

»Leben die Toten hier?«

»Könnte man so sagen. Sie leben in Mictlāntēcutlis Tempel, der sich auf der letzten Ebene im innersten Ring der Stadt befindet. Die Toten sind nur Durchreisende, so wie ihr.« Damit ließ er meine Hand los.

Ich tastete nach einem Geländer, das nicht existierte. Für meinen Geschmack war diese Holzbrücke eindeutig zu wackelig. »Wie halten die Brücken?« Zweifelnd warf ich einen Blick hinunter. »Sie ist nirgendwo befestigt. Es ist, als würde sie schweben.«

»Wir sind im Land der Toten, de Jesús. Hab ein bisschen Fantasie«, meldete sich Marisol zu Wort.

»Der Tod hält hier alles am Leben. So wie das Leben das Reich der Lebenden aufrechterhält«, erklärte Nan.

»Wie meinst du das?«

»Ohne Lebende wäre euer Reich leer.« Der Gott deutete um sich. »Ohne Tote wäre es dieses auch. Der Tod ist vielschichtiger, als Menschen glauben. Er ist ein Geflecht aus Trauer, Wut, Angst, Erleichterung.«

»Also laufen wir quasi auf Gefühlen?«

»So kann man es auch sagen.«

»Wahnsinnig beruhigend.«

Als wir die Brücke endlich verlassen hatten, trafen wir auf einen weiteren Damm, bevor wir das schmale Tor der Stadt erreichten. Nan schob unsere Gruppe zur Seite, während unzählige Tote das Tor passierten. Unwillkürlich drängte ich mich näher an Marisol und ergriff ihre Hand. Aus unserer Position konnte ich nicht ausmachen, wie sie das Tor öffneten. Erst als der Strom der Neuankömmlinge versiegte, traten wir ebenfalls vor den Eingang der Stadt.

Das Tor zierte mittig eine eingravierte Darstellung der Scheibe des Mictlāntēcutli, eine Fratze, die den Totengott selbst symbolisierte. Nan streifte einen seiner Handschuhe ab, löste das Obsidianschwert von seinem Gürtel und rammte die Klinge in seine Handfläche. Im nächsten Moment presste er seine Hand in die Mitte der Scheibe.

»Was tut er da?«, fragte ich Li leise.

»Er bezahlt den Eintritt.«

Verwirrt musterte ich den Sonnengott. Und dann, ganz plötzlich, drängte sich eine Stimme in mein Bewusstsein.

Erinnerungen sind unsere Währung.

Nan trat zurück, während sein Blut im Schein der Lichter versickerte. Keine Sekunde später öffnete sich das Tor und ließ uns passieren.

Im ersten Moment glaubte ich, in einen Traum hinabgestiegen zu sein. Ich hatte mit allem gerechnet, aber nicht mit dem, was sich innerhalb dieser Mauern verborgen hielt. Ein Ort, der gleichzeitig faszinierend und abstoßend war, Furcht in mir auslöste und Neugierde.

Genau das war Miquiliztli, vor allem dank seiner Farben. Dieselben Töne, die die Außenmauer zierten, waren auch hier zugegen. Sie hingen in der Luft, schmückten die Finsternis der Unterwelt. Erhellten einfache, flache Behausungen, die sich an der gewölbten Mauer entlangzogen, und bunte Girlanden, die so sehr an unsere aus Papier gefertigten *Papel picado* in der Welt der Lebenden erinnerten. Lärm erfüllte die Stadt, gemischt mit dem Gezwitscher von schneeweißen Vögeln, die über unsere Köpfe hinwegflogen. Es war ein starker Kontrast zu der bedrückenden Welt voller Höhlen außerhalb dieser Mauern, zu dem künstlichen Leben im Dorf der Heilerin, das nur ein Schatten der Realität gewesen war. Zum ersten Mal hatte ich das Gefühl, dass ein Teil Mictlans tatsächlich lebendig war.

Ich sah zu Boden und musterte die orangefarbenen Blütenblätter, mit denen er bedeckt war. »Ich dachte, *Flor de muerto* hätte hier nichts verloren.«

»Es ist nur eine Illusion«, erklärte Nan.

Tatsächlich – als ich mich hinkniete und versuchte, eine Blüte in die Hand zu nehmen, fasste ich ins Leere.

»Dieser Ort wird immer schräger«, murmelte Marisol neben mir.

Nan führte uns zwischen den Behausungen hindurch. Die Häuser waren ebenfalls geschmückt: mit den aus Zuckermasse geformten Totenköpfen namens *Calaveras* und den typischen Papiergirlanden. Es schien fast so, als würde dieser Ort ebenfalls den Día de los muertos zelebrieren. Fasziniert musterte ich die bunten, bizarren Wesen, die uns entgegenkamen und mich entfernt an Tiere erinnerten. Wenn mich nicht alles täuschte, musste es sich dabei um Alebrijes handeln, jene Tiere, die am Tag der Toten die Seelen hinübergeleiteten. Ich hatte nicht geahnt, dass sie tatsächlich existierten.

Nach den farbenfrohen Tieren waren es koboldähnliche Gestalten, die meine Aufmerksamkeit auf sich zogen. Sie reichten mir nicht einmal bis zu den Knien, trotzdem versuchte ich, Abstand zu ihnen zu halten, weil ihr durchdringendes Gekicher mir einen Schauer über den Rücken jagte.

»Chaneques«, antwortete Nan auf meinen fragenden Blick hin. »Vor denen solltet ihr euch lieber in Acht nehmen. Das sind bissige kleine Biester.«

»Die Stadt ist in mehrere Ringe gegliedert.« Li deutete auf die pechschwarze Mauer, die sich hinter den inneren Behausungen entlangzog. »Gerade sind wir im äußersten Ring, in dem die nicht-göttlichen Kreaturen Mictlans zu Hause sind.«

»Was befindet sich im nächsten Ring?«, fragte ich Nan.

»Die Tempel der niederen Gottheiten. Also von allen, die nicht zu den Hauptgöttern gehören.«

»So wie ihr?«

Nans Mundwinkel hob sich leicht. »So wie wir.« Ich wusste nicht, ob ich es mir einbildete, aber seine Züge schienen sich entspannt zu haben, seitdem wir die Stadt voller Lichter betreten hatten.

»Wer hätte gedacht, dass es selbst im Tod eine Klassengesellschaft geben würde«, brummte Marisol. »Typisch.«

»Und die nächsten Ebenen? Sind das dann auch Ringe?« Wenn mich mein Gedächtnis nicht täuschte, fehlten uns noch vier Ebenen.

Li nickte strahlend. Es war ihm anzusehen, dass auch er sich hier wie zu Hause fühlte.

»Weißt du, an welchen Film mich das Ganze hier erinnert, de Jesús?«, mischte sich Abuela ein.

»An welchen?« Ich streckte eine Hand aus und kraulte Luna beruhigend hinter den Ohren. Der Hase klammerte sich sichtlich verängstigt an Isas Schulter. Neca war uns allem Anschein nach nicht in die Stadt gefolgt. Ich konnte nur hoffen, dass er überleben würde.

»*Coco*. Der, bei dem du am Ende jedes Mal heulen musst.«

Sofort wurde Li hellhörig. Er drängte sich zwischen mich und Marisol. Die beiden verfielen in eine weitere Diskussion über einen Film, der ausnahmsweise mal kein Horrorfilm war.

Als wir an einem Stück Mauer vorbeigingen, vor dem kein Häuschen stand, fielen mir die Eingravierungen auf. Ich trat einen Schritt näher, bis ich erkannte, dass es sich um Namen handelte. Unendlich viele Namen. Ich legte eine Hand auf den Stein.

»Sind das die Namen aller Toten?«, flüsterte ich.

Nan legte seine Hand dicht neben meine.

»Die Namen derer, die die Stadt erreicht haben.«

Es waren so viele. Wie lange würde es dauern, jeden einzelnen Namen zu lesen? Wie viele von ihnen hatten noch Verwandte im Reich der Lebenden, die sich nach ihnen sehnten? Meine

Hand ballte sich zu einer Faust. Wie viele mochten schon vergessen worden sein, weil ihrer niemand mehr gedachte?

Mein Blick glitt zu Isa, die die Mauer anstarrte. Sie streckte eine Kinderhand aus, berührte die Buchstaben.

Möchtest du deinen Namen hinzufügen?

Sie sah mich nur an, ohne zu antworten. Ein dunkler Verdacht beschlich mich.

Isabel?

Meine Hände zitterten, während ich wartete, hoffte. Betete. Vergebens.

Ich wandte kurz den Blick ab. Verdammt. Ich hatte geahnt, dass es irgendwann geschehen würde. Hatte gewusst, dass Isa ihre Erinnerungen nicht würde behalten können wie Marisol und ich. Trotzdem tat es weh.

Ich fixierte weiter das tote Mädchen und bemerkte deshalb zu spät, dass der Gott neben mir auf einmal ins Stolpern geriet.

Instinktiv sprang ich vor Nan und stützte ihn. Sofort spürte ich, dass etwas mit ihm nicht stimmte.

»Alles okay?«

Sein Atem ging flach. Er hielt sich für einen kurzen Moment an meinen Schultern fest, dann wich er einen Schritt zurück. Automatisch blickte ich zu seiner Brust, an der noch getrocknetes Blut klebte, doch er schüttelte den Kopf. »Das ist es nicht.«

»Es ist das Pueblo, Lena.« Li fasste sich an den Kopf, schüttelte ihn ebenfalls leicht. »Wir werden immer menschlicher.« Er warf Nan einen besorgten Blick zu. »Wir verlieren unsere Unsterblichkeit.«

Sterblich. Sie waren dabei, sterblich zu werden. Die Worte der Heilerin hallten in meinen Ohren wider. War es nicht das, was ich wollte? War es nicht das, worauf ich gewartet hatte? Warum versetzte mir der Anblick der beiden sichtlich geschwächten Götter dann einen Stich?

»Leg einen Arm um meine Schultern.« Die Worte hatten

wie automatisch meine Lippen verlassen. Nan hob eine Augenbraue, gehorchte jedoch widerstandslos.

So setzten wir unseren Weg durch den Ring fort, vorbei an Chaneques und Wesen, die menschlichen Frauen ähnelten. Laut Li handelte es sich bei ihnen um vampirähnliche Kreaturen namens Tlahuelpuchis, vor denen besonders Marisol und ich uns fernhalten sollten, weil sie im Reich der Lebenden gerne auf Blutfang gingen. Ich hatte damit gerechnet, dass wir die Blicke auf uns ziehen würden, doch niemand schenkte uns Beachtung. Im Grunde sahen wir den Toten nicht unähnlich. Wir mochten etwas mehr Farbe im Gesicht haben, aber die Ebenen hatten uns fast ebenso gezeichnet wie jene, die der Tod bereits zu sich geholt hatte.

Immer wieder warf ich einen Blick über die Schulter, um mich zu vergewissern, dass Isa uns noch folgte. Sie hatte Luna mittlerweile an ihre Brust gepresst, während ihr Blick rastlos herumflog, alles aufzusaugen schien, was ihr begegnete. Wieder einmal wünschte ich, ich könnte ihre Hand nehmen.

Stattdessen hatte ich einen Gott an meiner Seite, der zu stolz war, um zuzugeben, dass er Hilfe benötigte. Er verlagerte nur wenig seines Gewichts auf mich, obwohl sein Gang sichtlich schleppend war.

»Ich kann das nicht mehr mit ansehen, Gott.«

Ruckartig blieb ich stehen und presste ihn gegen die Fassade eines Hauses. Mit einer Hand drückte ich ihn an seiner Schulter gegen die Wand, damit er nicht wieder zusammenbrach. Mit der anderen kramte ich in meiner Jackentasche nach zwei Stück Trockenobst, die er uns neulich gebracht hatte. Eines davon gab ich Li, das andere hielt ich Nan hin. »Mund auf.«

»Es geht mir gut.«

Ich verdrehte die Augen. »Wenn ihr menschlich werdet, müsst ihr essen und trinken. Vermutlich seid ihr deshalb so schwach.«

»Ich brauche keine Nahrung, Admiradora. Außerdem werde ich euch nicht euren Proviant stehlen. Du und die Alte braucht ihn dringender als ich.«

Ich warf einen Blick zur Seite. »Li scheint es zu schmecken, also stell dich nicht so an, Gott. Ich bin auch nicht unbedingt erpicht darauf, dich füttern zu müssen.« Ich hob das Stück nah vor seine Lippen. »Es ist nicht vergiftet.«

Widerwillig öffnete er den Mund. Hastig schob ich das Obst hinein, ehe er es sich anders überlegen konnte.

Er kaute und kaute. Sein Gesichtsausdruck erinnerte an ein Kind, das zum ersten Mal eine süße Frucht kostete und ein Wunder erlebte, das für Erwachsene schon lange alltäglich geworden war.

Unwillkürlich stahl sich ein Lächeln auf meine Lippen.

Du musst ihn töten.

Vielleicht eines Tages.

Im Moment wollte ich bloß dabei zusehen, wie die beiden Götter zum Leben erwachten.

»Das war … Wow!« Nan leckte sich über die Lippen. Sofort zog ich ein weiteres Stück hervor und gab es ihm. Kurz darauf schien er wieder etwas Stärke zurückgewonnen zu haben. Er stützte sich nicht länger auf mich, sondern führte uns zu einem unscheinbaren, schmalen Häuschen. Auf sein Klopfen hin öffnete eine Fremde, vor der ich einen Schritt zurückwich. Hatte Li uns nicht eben noch vor diesen Vampirinnen gewarnt?

Die Frau war wunderschön. Ihr langes, dunkles Haar fiel ihr in voluminösen Wellen über die Schulter. Ihr Teint war ebenmäßig und einen Hauch dunkler als mein eigener, ihre Figur wohlgeformt. Sie trug ein schlichtes rotes Kleid, das die Schultern frei ließ, und hatte seltsame Verzierungen auf ihren Armen, bei denen es sich wahrscheinlich um Tattoos handelte.

Sie sagte etwas auf Nahuatl und stemmte dabei beide Hände in die Hüfte, ein fröhliches Lächeln auf den Lippen. Sie zwinkerte Nan zu, lächelte Li an, dann fiel ihr Blick auf Marisol, Isa und mich.

»*Caztiah*«, sagte Nan und deutete auf uns drei. Dasselbe Wort, das auch schon bei der Heilerin gefallen war.

»Also die Kleine ist tot, das rieche ich.« Die Fremde rümpfte die Nase und runzelte die Stirn. Dass sie auf einmal meine Sprache benutzte, ließ mich vermuten, dass *Caztiah* ›spanisch‹ bedeutete. »Aber diese beiden hier«, sie trat einen Schritt näher, berührte erst meine Schulter, dann Marisols. Die Frau neigte den Kopf leicht zur Seite, bevor ihr Blick wieder auf die Götter fiel. Sie hob eine Augenbraue. »Wer von euch zwei Süßen möchte mir erklären, was diese beiden Lebenden in Miquiliztli verloren haben?«

Anstatt zu antworten, kramte Nan in der Tasche seines Mantels herum und beförderte eine Handvoll Goldmünzen zutage. Sofort stahl sich ein Funkeln in die dunklen Augen der Frau. Der Gott trat zu ihr, das Gold zwischen ihnen. »Können wir uns auf dein Stillschweigen verlassen?«, raunte er ihr zu.

Ich wusste nicht, warum, aber der Anblick irritierte mich. »Ich dachte, die Toten können mit Gold nichts anfangen?«, murmelte ich.

»Können sie auch nicht«, erwiderte Li. »Aber manche klammern sich immer noch an den Wert, den Gold in eurem Reich hat.«

»Ist sie ein … Mir fällt der Name nicht mehr ein.«

»Ein Tlahuelpuchi?«

Ich nickte.

»Eigentlich ist sie das, aber sie interessiert sich mehr für Gold und Götter als für das Blut Neugeborener, auf das ihre Schwestern es abgesehen haben.« Li versetzte mir einen freundschaftlichen Stoß in die Seite. »Schau nicht so grimmig, Lena. Sie ist nicht übel.«

Ehe ich etwas erwidern konnte, war die Fremde noch einen

Schritt näher getreten. Sie beäugte uns neugierig, als wären wir eine Attraktion, keine Lebewesen. Sicher warf auch Abuela ihr in diesem Moment Todesblicke zu, die ihresgleichen suchten.

»Ich habe nicht gewusst, dass Menschen so alt werden können.« Sie strahlte Marisol an. »Faszinierend.«

Die Dorfälteste öffnete den Mund, doch ich drückte warnend ihre Hand, damit sie ihre Flüche für sich behielt.

Als Nächstes kniete sich die Frau zu Isa herunter. Sie strich ihr übers Haar, berührte ihre Wange, küsste ihre Stirn. Der Anblick versetzte mir einen Stich, weil sie genau das tat, was ich nie wieder würde tun können.

»Ich nehme an, dass du diese beiden«, die Vampirin nickte in meine und Abuelas Richtung, »hier unterbringen willst.«

»Nur für eine Plejade.« Nan warf mir einen hastigen Blick zu. »Sie müssen sich ausruhen.«

»Das ist nicht der einzige Grund, oder?« Die Fremde zog eine Augenbraue empor. »Wir wissen beide, dass das nicht dein erster Versuch ist. Du bringst sie niemals durch die Ringe. Hast du schon vergessen, was letztes Mal passiert ist?«

Alarmiert sah ich zu Nan, doch er mied meinen Blick.

»Du stellst Fragen, deren Antworten ich dir nicht schuldig bin.«

Sie zuckte mit den Schultern. »Ich will nicht dabei sein, wenn die Tlayoalli euch aufspüren sollten.«

»Das werden sie nicht.«

»Du bist dir deiner Sache erstaunlich sicher, Nan.« Sie trat einen Schritt auf ihn zu und leckte sich die Lippen. »Das gefällt mir.« Ihre Hand fand seinen Arm. »Bezahlung?«

Erinnerungen sind unsere Währung.

»Du musst wissen, dass alles hier seinen Preis hat«, sagte Li, fast als hätte er meine Gedanken gehört. »Jeder Ring, jede Ebene. Diese Stadt existiert nur dank eurer Erinnerungen. Sie ist ein Abbild aller Erinnerungen.«

»Die Erinnerung eines langen Lebens wäre mal wieder nett. In letzter Zeit kommen nur Junge vorbei, die noch nicht viel erlebt haben«, seufzte die Fremde. Dann näherte sie sich Marisol, die von Li abgelenkt war und die lauernde Hand der Vampirin nicht bemerkte.

»Abuela!«

Meine Füße hatten sich in Bewegung gesetzt, ehe ich auch nur einen klaren Gedanken gefasst hatte. Die Leere, die seit der Begegnung mit der Diebin manchmal in mir herrschte, wollte ich Marisol niemals zumuten. Doch kaum, dass ich mich vor sie gedrängt und so abgeschirmt hatte, hatte sich jemand vor mich gestellt.

Nan ergriff hinter seinem Rücken meine Hand und drückte sie beruhigend.

»Ein langes Leben? Dann wirst du bei mir sicherlich fündig«, sagte er.

»Auf einmal bietest du mir eine Erinnerung an?« Die Fremde sah erst den Gott an, dann mich, die über seine Schulter spähte. Ein seltsames Lächeln stahl sich auf ihre Lippen. »Interessant.«

Sie kam einen Schritt näher, dann packte sie Nans Gesicht grob und presste ihre Finger in seine Schläfen. Er zuckte kurz zusammen, behielt meine Hand aber weiterhin in seiner.

»Mhm.« Sie ließ Nans Gesicht kurz darauf wieder los und zwinkerte ihm zu. »Ich habe also doch noch nicht alles von dir gesehen, Gott.«

Irritiert blickte ich zwischen den beiden hin und her. Ich ließ Nans Hand los und wich einen Schritt zurück. Eine Frage lag auf meinen Lippen, aber ich stellte sie nicht. Es ging mich nichts an, was zwischen den beiden lief. Als Nans Blick meinen fand, wandte ich mich ab.

»Also, wie lautet der Plan?« Meine Stimme war einen Hauch schärfer als beabsichtigt. Mit vor der Brust verschränkten Armen musterte ich Li. Ich konnte spüren, dass Nan mich ansah, aber ich mied den Augenkontakt zu ihm.

»Können wir nicht gleich weiter zur nächsten Ebene?«

Li schüttelte den Kopf. »Die Stadt funktioniert anders als das Ödland außerhalb, Lena. Die Ringe der Ebenen öffnen sich nur zu bestimmten Zeiten, damit die Toten nicht für zu viel Unruhe sorgen.« Er sah zwischen mir und Marisol hin und her. »Außerdem könntet ihr beide wirklich etwas Schlaf gebrauchen.«

Die Götter folgten der Fremden ins Innere ihres Hauses, doch ich zögerte. Weil ich die Enge in meiner Brust bemerkt hatte.

»*Mija?*«

Beruhigend drückte ich Marisols Hand. »Geh mit Isa. Ich brauche nur einen Moment.«

Abuela stellte keine Fragen. Das liebte ich so an ihr. Sie konnte akzeptieren, wenn ich sie fortschickte. Verstand, wenn ich für mich sein wollte.

»Beeil dich.« Sie strich mir mit sanften Fingern über die Wange, dann ließ sie mich allein.

Ich schloss die Augen, stützte mich an der Wand ab und atmete. Kämpfte gegen die Enge in meiner Brust an. Manchmal fragte ich mich, ob es jemals aufhören würde. Zitternd sog ich Luft in meine Lunge, so gleichmäßig ich konnte. Als ich die Augen schließlich wieder öffnete, erblickte ich erneut die Buchstaben. Namen, all diese Namen. Zaghaft fuhr ich mit meiner Hand die Eingravierungen entlang. Tote, die auf eine gewisse Art ewig leben würden. Einer Eingebung folgend zog ich Mateos Messer aus meinem Gürtel und setzte die Spitze an der Fassade an. Mit aller Kraft, die ich aufbringen konnte, rammte ich die Klinge in den Stein, immer und immer wieder.

Isa
Isabel
Isabel F

Mein Handgelenk rebellierte, aber ich war nicht bereit, Isas Namen unvollendet zu lassen. Wenn jemand es verdient hatte, an den Wänden dieser Stadt verewigt zu sein, dann war sie es. Das Mädchen, das so viel zu erzählen gehabt hätte, doch dessen Geschichte viel zu wenig Seiten vergönnt gewesen waren.

»*Mierda*.« Vor lauter Schmerz wechselte ich die Hand.

Plötzlich spürte ich jemanden hinter mir. Im nächsten Moment legten sich behandschuhte Finger auf meine und pressten die Klinge gegen den Stein. Ich biss mir auf die Unterlippe, während ich Nans harten Körper an meinem Rücken spürte.

»Wie lautet ihr Nachname?« Seine Stimme war sanfter als sonst.

»Flores«, antwortete ich flüsternd.

Nans Griff verstärkte sich kaum merklich. Gemeinsam beendeten wir Isas Namen. Als wir fertig waren, verharrten wir einen Moment zu lang in dieser Position. Er so dicht hinter mir, dass ich seinen Herzschlag an meiner Wirbelsäule spüren konnte.

»Ein wunderschöner Name«, murmelte er schließlich, dann ließ er meine Hand los und trat einen Schritt zurück. Augenblicklich vermisste ich seine Wärme. Doch anstatt mich umzudrehen, lehnte ich mich nach vorn und presste meine Stirn an den kühlen Stein.

»Ich vertraue ihr nicht, Nan.«

»Du solltest hier auch niemandem vertrauen.«

»Was ist mit dir?« Andächtig fuhr ich mit dem Finger Isas Namen nach.

»Mit mir?«

Ich wandte mich um. Und stellte eine Frage, die in meinen Gedanken nistete, seitdem wir uns das erste Mal begegnet waren. »Kann ich dir vertrauen?«

Heuchlerin. Warum fragte ich das, wenn ich diejenige war, die vorhatte, ihn zu töten?

»Willst du es denn?«

Ich sah zur Seite. »Ich weiß es nicht«, gab ich schließlich zu. »Du frustrierst mich, Nanahuatl.«

»Das gebe ich gern zurück, Admiradora.« Er stieß ein leises Lachen aus, dann wurden seine Züge wieder härter. »Ich erwarte nicht, dass du mir vertraust. Ich würde es an deiner Stelle vermutlich auch nicht tun. Aber wir haben es fast geschafft.«

»Dein wievielter Versuch sind wir?«

»Der erste, bei dem ich kein absolut miserables Gefühl habe.«

Diesmal war ich diejenige, die lachen musste, wenn auch nur kurz und freudlos. »An deinen Komplimenten musst du noch arbeiten, Gott.«

Nan trat einen Schritt näher, bis ich den Kopf leicht in den Nacken legen musste, um seinen Blick zu erwidern. »Du möchtest Komplimente von mir?«, raunte er in einer Stimmlage, die ich noch nie zuvor an ihm gehört hatte.

Ich spürte die kalte Wand des Gebäudes im Rücken. Fühlte, wie mein Herzschlag ins Stolpern geriet.

»Was hättest du denn für welche?«

»Glaub mir eines.« Er beugte sich zu mir herunter, wie er es schon oft getan hatte. Trotzdem war es diesmal anders. »Es gibt Komplimente, die ich dir machen will, aber ich möchte nicht Gefahr laufen, von deiner Dorfältesten enthauptet zu werden.«

Hitze schoss in meine Wangen. War es seine Nähe, waren es seine Worte? Ich wusste es nicht. Wusste nur, dass er gefährlich war. Alles an ihm war gefährlich.

Ehe ich etwas erwidern konnte, nahm ich aus den Augenwinkeln eine Bewegung wahr. Sofort war die Hitze erloschen. An ihren Platz hatte sich eine eisige Kälte gestohlen.

»Tote brauchen normalerweise vier Jahre für die Überquerung der Ebenen, nicht wahr?«

Nan nickte.

Ich deutete zur Seite. Deutete auf zwei Tote, die dort standen und deren Gesichter mir mehr als vertraut waren.

»Sie … Sie haben noch gelebt, als ich das Pueblo verlassen habe. Sie müssen vor weniger als zwei Monaten gestorben sein.«

Nan stieß einen Fluch aus.

»Was bedeutet das?«, fragte ich leise. »Wie können sie das ohne Hilfe so schnell geschafft haben?«

Nan stützte sich mit geschlossenen Augen an der Mauer ab, seine Hände links und rechts von meinem Kopf platziert. Eine Sorgenfalte zeichnete seine Stirn. Ich musste dem Drang widerstehen, sie glatt zu streichen.

»Das bedeutet, dass Mictlāntēcutli dabei ist, die Kontrolle über sein Reich zu verlieren.«

23. Kapitel

Wasser füllte meine Lunge.

Mit einem Schrei auf den Lippen schreckte ich hoch, beide Hände um meinen Hals gekrallt. Panisch wollte ich das Wasser nach oben würgen, bis mir klar wurde, dass da nichts war. Bis ich verstand, dass es wieder nur ein Albtraum gewesen war.

»Elena?«

Ich blinzelte mehrfach, bevor ich mich Marisol zuwandte, die neben mir lag. Im dämmrigen Licht sah ich, dass ihre Augen geschlossen waren, trotzdem schien sie zu spüren, dass etwas mit mir nicht stimmte. Sie hatte eine Hand nach mir ausgestreckt. Ihre bloße Gegenwart ließ mich tiefer Atem holen, beruhigte meinen Puls und meine Gedanken.

Ich nahm ihre Hand, dann beugte ich mich zu ihr herunter und presste einen Kuss auf ihr schneeweißes Haar.

»*Lo siento*«, entschuldigte ich mich flüsternd. »Schlaf weiter.«

Als ich mich in der winzigen Kammer umsah, merkte ich sofort, dass etwas nicht stimmte. Mein müder Blick suchte das Halbdunkel ab, fand neben Marisol Isas schmale Silhouette. Auf meiner anderen Seite spürte ich Li und Luna. Ich streckte eine Hand aus, berührte Lunas helles Fell, während ich die Augen zusammenkniff und weitersuchte.

Doch Nan war nicht hier.

Ein ungutes Gefühl machte sich in meiner Magengegend

breit. Der Herrscher Mictlans war dabei, die Kontrolle zu verlieren. Alles lief aus dem Ruder. Ich schüttelte den Kopf und versuchte, mir nicht länger grauenhafte Szenarien auszumalen, die sich in diesem Moment im Pueblo zutragen konnten. Für einen kurzen Moment wollte ich einfach nur alles vergessen. Wollte nichts mehr fühlen, keine Angst mehr haben. Wollte aufwachen und einschlafen zugleich.

Plötzlich öffnete sich die Tür zur Kammer und die Fremde trat ein. Ich bewunderte und fürchtete sie gleichermaßen.

»Wo ist Nan?« Ich sprach mit gedämpfter Stimme, um die anderen nicht zu wecken.

Die Frau nickte hinter sich. Im Schein der spärlichen Kerzen, die in den Ecken der Kammer aufgereiht waren, erahnte ich wieder dieses seltsame Lächeln, das sie nie abzulegen schien.

»Haben wir dich geweckt?« Demonstrativ fuhr sie sich durch ihr leicht zerzaustes Haar, dann strich sie ihr Kleid glatt.

Was zum –

Ich starrte sie an. Ihre Anspielung, die in ihren Worten verborgen lag, traf mich härter als erwartet.

»Habt ihr nicht.« Ich ignorierte das Stechen in meiner Brust, zwang mich ebenfalls zu einem Lächeln. »Ich hoffe, ihr hattet Spaß.«

»Du siehst aus, als würdest du mich am liebsten töten.« Sie lachte. » War nur Spaß. Er ist draußen, wenn du mit ihm sprechen willst. Oder irgendetwas anderes mit ihm machen willst.«

Luna kletterte auf meine Schulter und knabberte an meinem Ohr herum, während ich versuchte, mich nicht provozieren zu lassen. Ich wollte nichts von Nan, natürlich nicht. Er war ein Gott. Nur ein verdammter Gott. Den ich ohnehin nicht richtig berühren durfte.

Schließlich rappelte ich mich auf. Nach meinem Albtraum würde ich sowieso keinen Schlaf mehr finden, und ich wusste nicht, wann ich das nächste Mal ungestört mit Nan würde reden können. Ich hatte Fragen, wollte mehr über das wissen, was hier vor sich ging. Nach der Begegnung mit den zwei Toten aus meinem Dorf hatte er mich eilig in die Kammer geschoben, ohne mir weitere Erklärungen zu liefern.

Lunas sanftes Licht beruhigte mich etwas, während ich zur Tür schlich.

»Was ist der Gott für dich, Mensch?«, fragte die Fremde.

Ich hielt inne. »Niemand.«

Sie lachte wieder. »Ich kann hören, dass du dich um ihn sorgst. Da ist ein Zittern in deiner Stimme.«

Ich warf ihr einen letzten Blick über die Schulter zu. »Vielleicht zittert sie, weil ich dir nicht vertraue.«

»Hier unten solltest du niemandem trauen.« Sie nickte noch einmal in Richtung der Tür. »Besonders keinem Gott.« Dann brach sie zusammen.

Ich hastete zu ihr und ging neben ihr in die Knie. Dann packte ich sie unter den Armen und hievte ihren Körper in eine sitzende Position. Ihre Haut glühte auf einmal.

»Alles okay?« Egal, was ich von ihr und ihren Kommentaren hielt, es versetzte mir einen Stich, jemanden so leiden zu sehen.

Die Frau winkte ab. »Blutmangel. Halb so wild.«

Sie kicherte heiser, als sie die Nervosität in meinen Zügen entdeckte. »Keine Sorge. Ich werde mich nicht an dir vergreifen. Ein rachsüchtiger Gott ist das Letzte, was ich gerade gebrauchen kann.«

»Warum trinkst du kein Blut?«

Sie zuckte mit den Schultern. »Weil es nach Dingen schmeckt, die ich niemals haben werde. Egal, wie lang oder kurz dein Leben noch sein wird, nutze es, Mensch. Jeder hier in dieser Stadt beneidet dich und die Alte.« Sie sah in Lis Richtung. »Götter sind da keine Ausnahme.«

Ich blieb noch einen Moment lang bei ihr, bis sie mich nach draußen scheuchte.

Als ich hinaustrat, fiel mir die absolute Dunkelheit auf. Seltsam. Wo waren die unzähligen Lichter hin? Nach kurzem Suchen hatte ich die hochgewachsene Silhouette entdeckt, die an der Fassade unseres Versteckes lehnte. Es war das erste Mal, dass ich den Sonnengott in völliger Dunkelheit antraf. Die Flammen, mit denen seine Finger sonst spielten, wenn keine andere Lichtquelle in der Nähe war, waren fort.

Seine Haltung war gekrümmt, hoffnungslos. Der Anblick schmerzte mich. Er sah nicht aus wie jemand, der sich gerade vergnügt hatte. Er sah aus wie jemand, der innerlich zerbrach.

Auf einmal erinnerte ich mich an eine Frage, die ich ihm vor nicht allzu langer Zeit gestellt hatte.

Hast du Angst vor der Dunkelheit, Gott?

Wortlos berührte ich seine Schulter.

Nan zuckte kurz zusammen, aber als ich seinen Namen flüsterte, entspannte er sich wieder. Die Tatsache, dass er nichts erwiderte, mich noch nicht einmal Admiradora nannte, beunruhigte mich. Ich trat noch einen Schritt näher, bis ich seinen unregelmäßigen, viel zu schnellen Atem hören konnte. Erinnerungen an meine eigene Atemlosigkeit drängten in mein Bewusstsein. An unsere erste Begegnung, die Monate zurücklag und sich trotzdem wie gestern anfühlte. Ohne nachzudenken, schlang ich meine Arme um ihn.

Nans Muskeln verkrampften sich, bis sie sich kaum merklich erneut entspannten.

»Atme, Gott.« Ich presste meine Stirn an seinen Rücken. »Atme, verdammt noch mal.« Es war seltsam, wie sich auf einmal unsere Rollen vertauscht hatten. Seltsam, wie aus Wasser Dunkelheit, aus einer verängstigten Sterblichen ein zitternder Gott geworden war. Was uns verband, war eine Schwäche, die wir uns beide nur schwer eingestehen wollten.

Nans Brust hob und senkte sich, viel zu schnell. Er ergriff meine Hände, hielt sie fest. Sein Atem wurde nur schleppend regelmäßiger, bis der Hase von meiner auf seine Schulter kletterte.

Kaum, dass Lunas sanftes Licht aufgetaucht war, wurde Nans Atem ruhiger. Das war der Beweis dafür, dass meine Vermutung stimmte.

»Es ist keine Schande, Angst vor der Dunkelheit zu haben«, flüsterte ich. »Eigentlich macht es dich nur menschlich.«

Nan stieß ein heiseres Lachen aus. Bildete ich mir das ein, oder hatte sich sein Griff um meine Hände verstärkt?

»Du bist so fixiert darauf, etwas Menschliches in mir zu sehen, Admiradora.«

»Ist das schlecht?«

Der Gott entgegnete nichts.

»Warum tust du das?«, fragte ich nach einer Weile kaum hörbar. Ich drehte den Kopf, bis meine Wange an seinem Rücken lag und schloss die Augen. Mittlerweile ging sein Atem wieder normal, aber er ließ meine Hände nicht los, deshalb machte auch ich keine Anstalten, ihn loszulassen. »Warum gehst du in die Dunkelheit, wenn sie das mit dir anrichtet?«

Behutsam strich Nan mit seinem Daumen über meinen Handrücken. »Weil ich versuche, die Angst zu besiegen.«

Unwillkürlich erschauderte ich und presste mich fester an ihn. Er war so warm. Selbst durch den Stoff seines Mantels konnte ich die Hitze spüren, die der Sonnengott stets ausstrahlte.

»Funktioniert es?« Wann hatte ich angefangen, im Einklang mit ihm zu atmen? »Ich meine, wird es besser?«

»Manchmal.« Nans rechte Hand ließ mich los. Stattdessen strich er mit ihr nun langsam meinen Arm entlang. Ich biss mir auf die Unterlippe. So ungern ich es auch zugab, ich mochte seine Berührung.

»Deine Abuela würde sich totlachen, wenn sie davon wüsste.«

»Sie mag dich nicht, aber das bedeutet nicht, dass sie sich über deine Ängste lustig machen würde«, widersprach ich.

»Und du?«, wollte er wissen.

»Natürlich mache ich mich nicht darüber lustig.«

»Das meinte ich nicht. Magst du mich?«

Ich öffnete die Augen. »Was soll das für eine Frage sein?«

»Scheinbar eine, die du nicht beantworten willst.«

Ich löste meine Hände von seiner Taille und zeichnete Buchstaben auf seinen Rücken.

»Was tust du da?«

Ich genoss das Gefühl seiner harten Muskeln unter meiner Fingerspitze. »Dir deine Antwort geben.«

Plötzlich wandte sich Nan um. Im Schein von Lunas Licht glaubte ich, ein leises Lächeln erkennen zu können. »Für jemanden, den du nicht magst, hast du mich gerade ziemlich doll festgehalten.« Er warf dem Hasen, der immer noch auf seiner Schulter saß, einen Blick zu. »Zeit, zu gehen.«

Wie als Antwort auf seine Frage schmiegte Luna ihr Schnäuzchen an seinen Hals. Sie schien nicht gerade begeistert davon zu sein, ihn verlassen zu sollen.

»Schon gut.« Sichtlich unbeholfen tätschelte Nan das Tier zwischen den Ohren. »Du darfst bleiben.« Der Anblick erwärmte mein Herz.

»*Gracias.*«

Es dauerte einen Moment, bis ich verstand, dass der Gott mit mir gesprochen hatte.

»*De nada*«, erwiderte ich lächelnd.

Nan musterte mich noch einen Augenblick lang schweigend, dann trat er an mir vorbei. »Kommst du?«

Erst glaubte ich, er würde mich zurück ins Innere unseres Unterschlupfs führen, doch er steuerte die entgegengesetzte Richtung an.

»Wohin?«

Er warf einen Blick über die Schulter. »Ich will dir etwas zeigen.«

267

»Aber Marisol –«

»Ihr wird nichts geschehen. Niemandem von ihnen. Cipla würde es niemals zugeben, aber sie hat Angst vor Li.«

Zögerlich folgte ich dem Sonnengott.

Schon wieder konnte ich nicht verhindern, dass mich die Totenstadt in ihren Bann zog. All die Wesen, deren Namen ich nicht einmal kannte, füllten den Ring mit so viel Leben. Trotzten dem Tod. Je weiter wir uns von unserem Versteck entfernten, desto zahlreicher wurden die Lichter. Kurze Zeit später standen wir erneut vor einem Tor, in das die Scheibe Mictlans eingraviert war.

Ohne zu zögern, hatte Nan einen seiner Handschuhe abgestreift, die Klinge seines Obsidianschwertes erneut in seine Handfläche gerammt und die blutige Haut in die Mitte der Scheibe gepresst.

Ich hatte das Gefühl, dass sich danach etwas in seinen Augen verändert hatte. Als würde etwas, was vorher da gewesen war, nun fehlen. Ich schluckte schwer. Vermutlich tat es das auch. Doch kaum, dass wir durch das Tor getreten waren, vergaß ich jeden Gedanken daran.

»*Dios mío.*« Ich blieb stehen, den Blick starr nach vorn gerichtet. Dieser Ring war um einiges breiter als der vorherige. Statt der flachen Behausungen reihten sich hier an der Mauer Gebilde aneinander, die man nur als Tempel bezeichnen konnte. Mit ihren Pyramidenformen und steilen Treppen, die ins Innere führten, glichen sie stark den aztekischen Tempeln, die wir aus dem Reich der Lebenden kannten. Überhaupt fiel mir auf, dass viele Elemente der Architektur hier unten an die antike Aztekenstadt Tenochtitlan erinnerten.

»Die Heilerin hat von einem Ort erzählt, an dem alles noch einmal lebendig wird«, sagte ich langsam. »Ist das dieser Ring hier?«

Nan schüttelte den Kopf. »Das sind die Tempel der niederen

Gottheiten.« Er führte mich an den Gebäuden entlang, nannte mir die Namen jener, die hier einst gelebt hatten.

Jedes Mal fuhr ich den Namen nach, der in eine Statue am Fuße der Tempeltreppe eingraviert war, dann stellte ich anhand der Tempelverzierungen Vermutungen an, für was jene Gottheit zuständig gewesen sein könnte.

»Für Schnee?«, mutmaßte ich bei einem Tempel, der etwas kleiner war als die übrigen.

»Fast. Frost.« Ich las den Begriff auf Nahuatl ab, wiederholte ihn mit meinen Fingern.

»Für Getreide?«, fragte ich vor dem nächsten Tempel. Nan nickte. Wieder murmelte ich das Wort auf Nahuatl, wollte es mit meiner Hand sagen, doch zögerte, weil es mir nicht mehr einfiel. Nan formte etwas mit seinen Fingern, das ich imitierte. Ich schenkte ihm ein dankbares Lächeln, das er erwiderte.

Die Fassade eines der nächsten Tempel war mit den kunstvollsten Malereien verziert, die ich je gesehen hatte. Sie erzählten von einer Vielzahl an Göttinnen, Göttern und Gestalten, die nicht mehr waren.

»Sie sind alle fort?«, fragte ich leise, während wir vor dem Tempel stehen blieben. Eigentlich kannte ich die Antwort schon, aber sie schien mir immer noch unvorstellbar.

Nan nickte, ohne mich anzusehen. Mit seinem Blick fuhr er konzentriert den Tempel entlang, als würde er ihn ebenfalls zum ersten Mal sehen. Furcht hatte plötzlich Besitz von ihm ergriffen, die mich innehalten ließ.

»Hast du Angst davor, sterblich zu sein, Nan?«

Der Gott musterte mich, öffnete den Mund, als wollte er antworten, entschied sich dann aber dagegen.

»Hast du einen Lieblingskünstler?« Es war offensichtlich, dass er vom Thema ablenken wollte, und ich ließ es zu. Es war nicht an mir, ihn zur Offenbarung seiner Geheimnisse zu drängen.

»Frida Kahlo und María Izquierdo.«

»Warum gerade sie?«

Seine Fragen schienen so nebensächlich, waren es im Grunde aber gar nicht. Sie berührten einen Teil von mir, der mir selbst hier unten in der Unterwelt ein Lächeln entlockte.

»Sie haben mit ihrer Kunst Geschichten geflochten. Das wollte ich auch immer tun.« Meine Hand fuhr über die Wand des Tempels, verfolgte eine Erzählung über den Regengott Tlaloc. »Geschichten erschaffen.«

Ich spürte Nans Blick auf mir, während ich Bilder von den wundersamsten Wesen begutachtete. Von Legenden, die vielleicht nie existiert hatten. Ich nahm sie in mich auf, verlor mich darin. Es tat gut, für einen kurzen Moment zu vergessen, dass die Dinge uns immer mehr zu entgleiten drohten.

Irgendwann gelangten wir zu einem Tempel, vor dem keine Statuen oder Malereien die dazugehörige Gottheit verrieten, deshalb stieg ich die Treppe zum Tempeleingang hinauf, dicht gefolgt von Nan. Luna war mittlerweile von seiner Schulter gesprungen und hopste weiter unten auf den Stufen umher.

Als wir im Innern des Tempels angelangt waren, verschlug es mir die Sprache. Der Tempelraum war gigantisch. Von Fackeln erhellte Wände waren mit Wandmalereien bedeckt, davor standen kunstvoll geschnitzte Statuen, die die merkwürdigsten Tierarten verkörperten. Statuen, auf deren Sockeln sich Goldmünzen häuften. Waren das Opfergaben?

Ich drehte mich einmal um die eigene Achse, um alles bewundern zu können. Schließlich fiel mein Blick auf eine Darstellung an der hintersten Wand des Raumes. Ein Abbild, das mir mehr als vertraut war. Ich trat näher an sie heran, legte meine Hand an die aus purem Gold gegossene Szene. Meine Finger glitten über die fünf Sonnen, die im Schein der Fackeln aussahen, als hätten sie Feuer gefangen.

Auf einmal spürte ich Nan hinter mir.

»Das ist dein Tempel, nicht wahr?«

Seine Hand legte sich neben meine. »Zumindest das, was von ihm übrig ist.«

Ich fuhr die kunstvollen Eingravierungen entlang, die die Sonnen zierten. Schritt das riesige Kunstwerk ab, während ich über die Malereien strich, die hinter den Sonnen begannen. »Diese Bilder«, murmelte ich. »Diese Geschichten. Sie ehren dich. Und alles, was nicht mehr ist.«

»Das hier ist ein Tempel, oder etwa nicht?«

Nans Stimme war rau, noch dunkler als gewöhnlich. Als ich ihn ansah, setzte sein durchdringender Blick mein Herz in Brand. »Ein Ort der Verehrung.«

Ich schluckte schwer, während ich Hitze in meinen Wangen spürte. Etwas sagte mir, dass er nicht mehr von den Malereien sprach. Mühsam wandte ich mich wieder den Wänden zu.

»Erzähl mir die Geschichten, die sich dahinter verbergen.« Meine Schritte wurden schneller. Vielleicht war das genau die Ablenkung, die ich gebraucht hatte. »Erzähl sie mir alle.«

Und er tat es. Ich berauschte mich an seinen Worten, während ich mit meinen Händen die Götter und Fabelwesen ertastete, von denen ich nicht sicher war, ob sie tatsächlich existiert hatten. Aber vielleicht mussten sie das auch gar nicht. Vielleicht waren es gerade jene Geschichten, denen keine Wahrheit innewohnte, die am bedeutsamsten waren. Weil sie mich am ehesten aus der Realität entführten.

Irgendwann gelangten wir an ein Wandstück, das keine Geschichte erzählte. Es war leer, schien darauf zu warten, gefüllt zu werden. Unwillkürlich holte ich ein Kohlestück aus meiner Jeansjacke hervor.

Nan stieß ein leises Lachen aus. »Die Wände eines Tempels zu bemalen, grenzt an Frevelei, Admiradora.«

Ich verdrehte die Augen und wollte die Kohle wieder einstecken, doch Nan nahm meine Hand und hinderte mich daran.

»Es sei denn, der jeweilige Gott ist anwesend und gestattet es.«

Ich warf ihm einen Blick über die Schulter zu. »Und? Gestattest du es mir, oh großer Sonnengott?«

Er legte meine Hand an die Wand vor uns. »Ausnahmsweise.«

Ich zeichnete mein liebstes Werk von María Izquierdo: ihr Selbstporträt, das ich in- und auswendig kannte.

»Erzähl nicht ihre Geschichte, Admiradora.« Ich spürte Nans Blick auf mir. »Erzähl deine eigene.«

Meine eigene? Was war meine Geschichte? Die Kohle geriet ins Stocken, da ich nicht wusste, was ich als Nächstes erschaffen sollte.

»Ich glaube, ich habe noch keine Geschichte zu erzählen«, gab ich schließlich zu und verstaute das Stück Kohle wieder.

»Das ist nicht dein −«

Der Rest seiner Worte wurde von einem seltsamen Laut verschluckt.

Ich fuhr herum und sah, dass wir nicht länger allein waren.

Dunkle Kreaturen blockierten den Eingang zum Tempel. Kreaturen, die mir bisher noch nicht begegnet waren.

»Was ist −«

Ich konnte meine Frage nicht beenden, weil Nan mich ohne Umschweife gegen die Wand des Tempels drängte, hinaus aus dem Licht der Fackeln. Mein Rücken traf auf den Stein, während er mich mit seinem Körper abschirmte. Mit seinen Händen stützte er sich rechts und links von meinem Kopf an der Wand ab.

»Was sind das für Dinger?«, flüsterte ich. Sie besaßen keine menschliche Form, doch ich konnte sie auch keinem Tier zuordnen. Sie glichen Schatten, waren größer als Nan. Und das machte mich nervös.

»Tlayoalli. Diener von Mictlāntēcutli. Sie riechen alles, was nicht tot ist. Normalerweise halten sie sich nur beim Tempel des

Totengottes auf. Nicht bei anderen. Und schon gar nicht in den äußeren Ringen.«

»Wie kommen wir an ihnen vorbei?«

»Gar nicht.« Nan warf einen flüchtigen Blick zum Eingang seines Tempels. »Wir müssen warten, bis sie den Weg freigeben.«

Ich tastete nach meinem Macuahuitl, aber Nans Hand legte sich auf meine. »Das würde nur einen unnötigen Aufruhr auslösen, den wir gerade nicht gebrauchen können.« Er ließ meine Hand los, presste seine erneut an die Wand. »Wir müssen hoffen, dass sie uns nicht bemerken.«

Wir starrten uns an, als würden wir uns zum ersten Mal richtig sehen. Er war mir so nah. Viel zu nah.

»Woran denkst du?«, flüsterte Nan.

»Warum willst du das wissen?«

Er beugte sich zu mir herunter, bis ich seinen Atem auf meinen Lippen spürte. Unwillkürlich suchten meine Finger Halt in dem Stein hinter mir. »Weil du mich faszinierst, Admiradora.«

Mein Herz stolperte erneut.

»Erzähl mir etwas«, bat ich ihn.

Nan hob eine Augenbraue. »Was soll ich dir erzählen?«

»Irgendetwas.« Ich schloss die Augen. »Ich will vergessen, Nan.«

Er schwieg einen Moment lang. Als ich die Augen wieder öffnete, ertappte ich ihn dabei, wie er mich musterte.

»Es war einmal ein Gott, der sich nichts sehnlicher wünschte, als menschlich zu sein.« Nans Blick verdunkelte sich und schweifte in die Ferne. »Aber ihm begegnete nur Hass, als er unter den Menschen lebte. Sie verstanden ihn nicht, nannten ihn ein Monster, eine Missgeburt. Verliehen ihm mit Tausenden Peitschenhieben Narben, die ihn auf ewig zeichnen sollten.« Er sah mich wieder an. »Vielleicht hat er sich deshalb von seinem Dorf abgewandt. Weil es ihm zuerst den Rücken gekehrt hatte.«

Der Schmerz war seinen Worten anzuhören. Ich wusste nicht, was ich davon halten sollte, denn diese Geschichte hatte ich noch nie zuvor vernommen. Wenn es stimmte, konnte ich seine Abkehr von meinem Pueblo tatsächlich verstehen.

Unwillkürlich hob ich eine Hand und fuhr mit einem Finger die Narbe entlang, die sich über sein Schlüsselbein zog. Nan schloss für einen Moment die Augen und gab sich meiner Berührung hin. Nun wusste ich, woher seine Narben stammten.

»Warum hat Li sie nicht geheilt?«, fragte ich leise.

»Weil ich sie tragen wollte.« Seine Hände ballten sich rechts und links von meinem Kopf zu Fäusten. »Als Erinnerung daran, dass ich dort niemals hingehören werde.«

Meine Hand verharrte noch einen Augenblick lang an seinem Schlüsselbein, dann wollte ich sie fortziehen, doch er legte seine darauf und hielt sie fest. Auf einmal war eine Mauer zwischen uns eingerissen worden, es wurden Dinge entblößt, die zuvor versteckt gewesen waren. Wir standen uns verletzlicher gegenüber, als wir jemals voreinander hatten sein wollen.

»Dürfte ich?«, flüsterte Nan.

»Was?« Warum fiel mir das Atmen so schwer?

»Dich berühren, wenn ich könnte.«

Bei den Göttern, hatte er das gerade wirklich gefragt?

»Ich bin mir sicher, dass deine Berührung es nicht wert ist, zu sterben«, hauchte ich.

Ich spürte die Vibration von Nans Lachen an meiner Brust, so nah war er mir.

Mein Blick wanderte zu seinen Lippen. Ich fragte mich, wie sie sich wohl anfühlen mochten. Ob sie so sanft wie seine Hände waren, mit denen er mich durch den Fluss getragen hatte, oder so fordernd wie seine Stimme.

»Augen zu mir, Admiradora.«

Als ich ihn ansah, stand ein Hunger in seinem Blick. Ein Hunger, der mir noch nie zuvor begegnet war. Seine Augen glichen dem Obsidian, der mich verbrannt hatte. Mich nun wieder zu verbrennen drohte.

Ein leiser Verdacht beschlich mich. Hatte dieses neue Verlangen, das er manchmal zu spüren schien, mit seiner Menschwerdung zu tun? Empfand er nun Dinge, die ihm vorher vielleicht fremd gewesen waren? Verspürte er ein Begehren, das man nur als menschlich bezeichnen konnte? Und warum war mir das egal? Warum wollte ich, dass er so empfand? Warum wollte ich ... ihn?

Mictlan schien mir mit meinen Erinnerungen all meine Prinzipien gestohlen zu haben.

Ich wusste nicht, was wir waren. Ob wir in diesem Moment noch Feinde waren oder etwas anderes. Etwas, das niemals sein durfte und für das es keinen Namen gab. Ich wusste bloß, dass mein Puls raste. Dass ich wünschte, alles wäre anders. Dass ich wünschte, ihn wirklich berühren zu können.

»Nan«, flüsterte ich. Keine Frage, keine Antwort. Nur sein Name.

»Ich liebe es, wie du meinen Namen sagst, Admiradora«, raunte er an meinem Ohr. Er klang so atemlos.

»Wie sage ich ihn denn, Gott?« Ich war noch atemloser als er.

»Als wäre ich ein Mensch wie –«

»Ich muss gestehen, dass ich mir unter ›Ich zeige Elena den Tempelring‹ etwas anderes vorgestellt habe, Bruder.«

Lis Stimme befreite mich aus meiner Trance. Erschrocken riss ich die Augen auf und stieß Nan von mir. *Dios mío*, was war in mich gefahren?

Der Mondgott stand mitten im Tempel und musterte uns mit vor der Brust verschränkten Armen, Luna auf seiner Schulter. Ich presste meine Hand auf mein Herz in der Hoffnung, das hektische Schlagen zu beruhigen.

Nur ein Spiel.

»Tlayoalli haben bis gerade eben den Eingang zum Tempel

versperrt. Es ist nichts passiert.« Hastig blickte ich zu Nan, der neben mich getreten war.

»Deine Definition von *nichts* sucht ihresgleichen, Bruder.« Li sah zwischen uns hin und her, dann nickte er in meine Richtung. Er war ernster, als ich ihn je zuvor gesehen hatte.

»Lena, du kommst mit mir. Sol ist schon ganz krank vor Sorge um dich. Nan, hör auf, mir Todesblicke zuzuwerfen. Du kannst froh sein, dass ich euch zuerst gefunden habe. Sol hätte dir für deine *Tempelbesichtigung* den Kopf abgerissen.«

Ich spürte Nans Blick in meinem Rücken, während ich Li aus dem Tempel hinausfolgte. Doch ich wandte mich nicht noch einmal um.

Nur ein Spiel.

Ein tödliches Spiel, das niemals hätte beginnen dürfen.

24. Kapitel

»Wie hoch sind unsere Überlebenschancen diesmal?«, fragte Marisol, während wir gemeinsam auf das Tor starrten. In der Mitte prangte wie üblich die Scheibe des Mictlāntēcutli. Jene Darstellung eines Schädels, um den sich ein Kranz aus Strahlen auffächerte.

Wir standen vor dem Eingang zu Timiminalóayan, der sechsten Ebene. Einer Ebene, auf der die Toten Pfeilen ausweichen mussten. Die Geschosse symbolisierten Menschen, die im Leben der Verstorbenen Spuren hinterlassen hatten.

»Wie sind eure Reflexe?«, fragte Li, ohne auf Marisols Frage einzugehen.

»Miserabel«, antwortete Abuela im selben Moment, in dem ich »Es geht so« sagte.

»Dann gebe ich euch eine fünfunddreißigprozentige Überlebenschance.«

»Das war keine ernst gemeinte Frage«, knurrte die Dorfälteste.

»Aber meins war eine ernst gemeinte Antwort, Sol.«

»Danke, *Mijo.*« Marisol klopfte ihm so heftig auf die Schulter, dass Li nach vorn stolperte.

Ich trat zu der aus hellem Stein gefertigten Tafel, die neben dem Tor an der Mauer des Ringes angebracht war. Mit den Fingern fuhr ich die eingravierte Schrift entlang. Die antike Sprache der Azteken enthielt Worte, die im Spanischen ähnlich klangen und deren Bedeutung ich deshalb ableiten konnte. Andere blieben mir nach wie vor ein Rätsel. Das bisschen Nahuatl, das ich mir damals beigebracht hatte, um die Inschriften der ersten Admiradoras zu entziffern, war schon lange verblasst.

»Brauchst du Hilfe?«

Nans ruhige Stimme ließ mich zusammenzucken. In den Stunden, die seit unserem Tempelausflug vergangen waren, hatten wir nicht mehr miteinander gesprochen und waren uns aus dem Weg gegangen.

»Was bedeutet dieses Wort?«, fragte ich und tippte auf Buchstaben, die mir nichts sagten.

»*Unsichtbar.*«

Ich biss mir auf die Unterlippe, da ich die Warnung nun verstand. »Wir können also nur unsere eigenen Pfeile sehen, die der anderen sind für uns unsichtbar?« Mein Finger hielt am Ende des Satzes inne. »Und nur unsere eigenen Pfeile können uns verletzen?« Ich warf Nan einen fragenden Blick zu. Er nickte. Das hieß, dass ich Abuela nicht würde beschützen können, weil ihre Pfeile für mich unsichtbar sein würden. Verdammt.

»Halte deinen Macuahuitl bereit. Damit kannst du sie abwehren. Ich werde dich decken.« Nan war noch einen Schritt näher getreten. Er streifte mich fast mit seiner Schulter.

Ich zog die hölzerne Waffe aus meinem Gürtel und musterte sie skeptisch. »Werden die Pfeile ihn nicht irgendwann zerbrechen?«

»Er ist robust.« Mit diesen Worten wandte er sich ab und ging zu Li. Ich sah ihm hinterher. Bildete ich mir das nur ein, oder war er abweisender als sonst? Kälter? Und selbst wenn es so wäre, sollte mir das nicht eigentlich egal sein?

Krieg deine Prioritäten auf die Reihe, de Jesús, fuhr ich mich stumm an.

»*Mija?*«

Ich zwang mich zu einem Lächeln und blickte Marisol an, die ich gleich nicht würde beschützen können. Sofort erstarb mein Lächeln.

»Alles okay?«, fragte sie.

Ich nickte, vermutlich etwas zu plötzlich.

Abuela runzelte die Stirn. »Seit wann lügst du mich an, de Jesús?«

Meine Finger glitten über die Schnitzereien auf meinem Macuahuitl, während ich erneut einen flüchtigen Blick zur Tafel warf.

»Der Gedanke, dass ich deine Pfeile nicht sehen –«

»Du musst mich nicht beschützen«, unterbrach sie mich. »Ich bin nicht so zerbrechlich, wie du glaubst, Elena.« Sie warf einen Blick über die Schulter. »Hab ich recht, Aragorn? Bisher schlage ich mich doch ganz gut für eine alte Schachtel, die du am liebsten schon zehnmal ermordet hättest, nicht wahr?«

Nan antwortete ihr mit einem Lachen, das ehrlich klang.

Ich presste einen Kuss auf ihr Haar, dann kniete ich mich vor Isa, die Luna auf der Schulter trug.

Die Pfeile, die du gleich sehen wirst, stammen von Menschen, deren Leben du ein Stückchen heller gemacht hast. Aber auch von jenen, die du zurücklassen musst, Mija. Ich musste dem Drang widerstehen, eine Hand auszustrecken, ihr übers Haar zu streichen. Isa blickte mich neugierig an. Ich hatte mich noch nicht daran gewöhnt, dass sie mich nicht mehr richtig erkannte. Dass sie sich selbst vermutlich kaum noch erkannte. *Du musst keine Angst davor haben, loszulassen. Wenn du diese Menschen loslässt, wenn du den Pfeilen ausweichst, wirst du irgendwann fliegen können. Vielleicht wirst du dann sogar den Mond berühren, so wie der Hase in Nans Geschichte.*

Bei der Nennung des Mondhasen strahlte Isa, hob eine Hand und kraulte Luna zwischen den Ohren.

»Was ist mit euren Pfeilen?«, fragte ich an die Götter gewandt.

»Wir haben keine«, entgegnete Nan.

Verwirrt sah ich erst ihn an, dann Li.

»Warum habt ihr keine Pfeile?«

»Die Pfeile symbolisieren Menschen, die Spuren im Leben des Verstorbenen hinterlassen haben«, erklärte der Sonnengott noch einmal. »In den Leben von Unsterblichen hinterlassen Menschen normalerweise keine Spuren.«

Automatisch fiel mein Blick auf seine Brust, doch ich sagte nichts. Li verließ seinen Stammplatz neben Nan und kam zu Marisol und mir. Er wuschelte Abuela über den Kopf, was ihm einen Tritt einhandelte, und drückte kurz meine Schulter. Noch immer wirkte er ernster als gewöhnlich. »Du und Nan zuerst, Lena.«

Nan trat neben mich, sichtlich angespannt. Er zog seine Waffe und warf mir einen Blick aus den Augenwinkeln zu.

»Bereit?«

Ich atmete tief ein, drückte Marisols Hand ein letztes Mal, dann ließ ich sie los. »Wenn du es bist, Gott.«

Wie so oft öffnete er das Tor mit seinem Blut, dann betraten wir Timiminalóayan.

Je tiefer wir ins Innere der Stadt vordrangen, desto spärlicher wurden die Lichter, die die äußeren Ringe erhellten. Dieser Ring stellte keine Ausnahme dar.

»Gib mir sofort Bescheid, sobald du etwas siehst«, wies mich Nan an. »Und hör den Pfeilen nicht zu, Admiradora. Ignorier ihre Stimmen, so gut es geht.«

Als wir die ersten vorsichtigen Schritte machten, war noch alles still. Der verwaiste Ring wirkte ohne irgendwelche Häuser oder Tempel seltsam karg. Gleichzeitig war ich froh darum, dass nichts unsere Sicht versperren konnte. Nichts außer einer Handvoll Toter, die mit der Durchquerung der Ebene bereits begonnen hatte. Gerade fing ich an zu hoffen, dass die Pfeile heute vielleicht ausbleiben würden, dann begann es.

Ich hörte den zischenden Laut, lange bevor ich etwas sehen konnte.

»Links!«, rief ich.

Reflexartig hob ich meinen Macuahuitl und traf mit dem Holz den Pfeil. Die Wucht des Aufpralls ließ mich einen Schritt zurückstolpern.

»Miserable Reflexe, Nan.«

»Ich wusste, dass du ihn abfangen würdest.«

»Das würde ich jetzt auch sa– Vorn!« Ich riss meinen Macuahuitl vor meinen Körper, doch diesmal war Nan schneller. Er war vor mich gesprungen und fing den Pfeil für mich ab.

Damit begann etwas, was man nur als den schlimmsten Pfeilhagel aller Zeiten bezeichnen konnte.

Das Zischen der Pfeile wurde begleitet von Stimmen, von Bildern, die sich in mein Innerstes fraßen. Ich hörte meine Mutter, die mich eine Missgeburt nannte. Sah Mateo, wie er mich vor anderen Kindern verteidigte. Abuela, die mit mir *Pan dulce* knetete. Isa, die mir ihr Lächeln schenkte.

Als der Pfeilhagel zu unerbittlich wurde und ich ihm kaum noch ausweichen, geschweige denn ihn parieren konnte, warfen wir uns flach auf den Boden. Doch die Pfeile versiegten nicht, die Stimmen erstarben nicht. Und sie begannen, mich einzulullen. Schuld und Reue schlichen sich in meine Gedanken, nahmen mich gefangen.

»Hör ihnen nicht zu, Elena.«

»Tue ich nicht«, stieß ich hervor, die Stirn immer noch auf den kalten Boden gepresst.

»Du bist eine miserable Lügnerin.«

Endlose Minuten verstrichen, dann ließ Marisols Schrei meinen Kopf nach oben schnellen. Panisch suchte ich die Umgebung nach ihr ab, doch ich fand sie nicht.

»Beim Ausgang, Admiradora.«

Ich sah zum Ausgang, und tatsächlich – dort war Marisol.

Sie hatte die Ebene überquert, stand aufrecht. War am Leben, trotz ihres Schreis. Sie musste getroffen worden sein, hatte es aber dennoch geschafft. Und Isa und Li standen neben ihr. Mein Herz war sofort um einiges leichter.

Bis ich die Stimme des namenlosen Mannes vernahm, der mir vor seinem Tod oft auf dem Friedhof Gesellschaft geleistet hatte. Hastig presste ich meinen Kopf wieder nach unten und hörte, wie der Pfeil über mich hinwegschoss.

Mehr Zischen, mehr Stimmen. Ich versuchte immer wieder, ein Stück nach vorn zu robben, doch es hatte keinen Zweck. Zu dicht schossen die Pfeile über mich hinweg. Wann immer ich einen schnellen Blick in Nans Richtung riskierte, sah es so aus, als würde auch er etwas hören.

»Gehe ich recht in der Annahme, dass du nicht grundlos hier auf dem Boden herumliegst?«, fragte ich nach einer Weile. Inzwischen hatte ich Staub in meinem Mund – oder was auch immer es war, womit der Platz bedeckt war.

»Wenn ich es nicht besser wüsste, würde ich glauben, dass ich da Schadenfreude herausgehört habe, Admiradora.«

»Wenn ich es nicht besser wüsste, würde ich glauben, dass du gelogen hast, Gott.« Denn offensichtlich musste auch er Pfeilen ausweichen.

Vorsichtig hob ich den Kopf ein winziges Stück, um die übrigen Toten zu beobachten. Ich sah, wie sie alle mindestens einmal zu Boden gingen, bevor sie sich wieder aufrappelten und die andere Seite der Ebene erreichten. Als würden sie jeweils einmal getroffen werden, bevor sie den Ring problemlos passieren konnten.

Ich wagte erneut einen Blick in Nans Richtung. Und ertappte ihn dabei, wie er mich ansah, den Kopf leicht vom Boden gehoben.

»Man muss einmal getroffen werden, nicht wahr? Dann hört der Hagel auf?«

Nans Mundwinkel hoben sich zu einem schwachen Lächeln. »Du erstaunst mich immer wieder, Admiradora.«

Ich schenkte ihm einen finsteren Blick. »Warum hast du das nicht gleich gesagt?«

»Weil der Pfeilhagel für gewöhnlich nicht so intensiv ist wie bei dir. Normalerweise sollte man es problemlos durch den Ring schaffen, wenn man sich nicht völlig ungeschickt anstellt.« Er hielt inne, schien zu lauschen. »Vielleicht –«

»Dann werde ich das tun«, unterbrach ich ihn. »Ich werde mich einmal treffen lassen.«

»Du verstehst das nicht.«

»Ich nehme lieber eine Pfeilwunde in Kauf, als für alle Ewigkeit hier auf dem Boden rumliegen zu müssen.«

»Immerhin hast du nette Gesell–«

»Nan«, zischte ich.

Der Gott stieß ein leises Seufzen aus. »Also gut. Versuch nach Möglichkeit, nichts Wichtiges treffen zu lassen. Ich bin direkt neben dir. Und hab keine Angst vor den Pfeilen, das macht alles nur noch schlimmer.«

Ich ballte meine Hand zu einer Faust, dann nickte ich.

Gerade, als er Anstalten machte, aufzustehen, rollte ich mich auf die Seite und hielt ihn zurück. »Nan.«

Hastig streckte ich eine Hand aus und berührte die Narbe, die sich über sein Schlüsselbein zog. Er erstarrte unter meiner Berührung. »Vielleicht solltest du auch keine Angst vor den Pfeilen haben«, flüsterte ich. Denn es war Angst, die ich in seinen Augen entdeckt hatte. Vermutlich vor jenen, die ihn mit Narben gezeichnet hatten.

Wir sahen uns einen Moment lang an, dann zog ich meine Hand fort und legte mich zurück auf den Bauch. Nan sprang auf. Ich wartete, bis die Stimmen meiner Vergangenheit für einen kurzen Augenblick leiser wurden, dann tat ich es ihm gleich. Beschützend hob ich meine rechte Hand vor mich, während ich durch den Ring rannte, Nan dicht neben mir. Der Pfeilregen würde gleich wieder beginnen, und dann musste ich bereit sein. Doch er setzte nicht ein. Seltsam.

Wir kamen Marisol, Li und Isa immer näher. Meine Lunge rebellierte, aber ich nahm es in Kauf. Ich würde alles in Kauf nehmen, um zu ihnen zu gelangen.

»Pfeile?«, fragte Nan.

Ich schüttelte den Kopf. »Nichts.« Mein Atem ging stoßweise, meine Muskeln brannten. »Bei dir?«

»Gerade nicht.«

Fast geschafft. Ich ließ meine Hand sinken, konzentrierte mich nur noch darauf, zu rennen. Zu fliegen.

Dann brach der Hagel von Neuem los.

Und diesmal kamen sie von allen Seiten.

Reflexartig fiel ich auf die Knie, warf mich erneut auf den Boden und hob die Hand.

Ein Pfeil durchbohrte meinen Handschuh, mein Fleisch, zerriss meine Sehnen. Mit dem Schmerz kamen Bilder, Erinnerungen an ein Mädchen, das zusammengekauert auf einem Friedhof saß. Es dauerte einen Moment, bis ich verstand, wem dieser Pfeil gehörte. Nicht einer einzelnen Person. Er gehörte all den Toten, deren kalte Haut ich berührt hatte. Die mich zu der gemacht hatten, die ich heute war.

Augenblicklich hörte der Hagel auf.

Mit zusammengebissenen Zähnen richtete ich mich auf und zog den Pfeil heraus. Entfernt spürte ich Nans Hände an meinen Schultern, hörte seine Stimme, verstand aber nicht, was er sagte. Schmerz explodierte hinter meinen Schläfen, dann löste sich ein Schrei aus meiner Kehle, der in Mictlan widerhallte.

Ich hatte die falsche Hand gehoben. Meine bisher noch gesunde.

25. Kapitel

»Du fluchst schlimmer als ein Dämon«, brummte Nan.

»Ich … Autsch.« Mein Blick klebte an meiner linken Hand, die auf Nans Oberschenkel lag und eine seltsame violette Färbung angenommen hatte. So etwas hatte ich noch nie zuvor gesehen. Ich versuchte, meine Finger zu beugen und zu strecken, doch sie gehorchten mir kaum. Schon wieder.

»Waren die Pfeile präpariert?« Panik schnürte meine Kehle zusammen, während ich weiterhin verzweifelt versuchte, eine Greifbewegung mit meiner Hand zu vollführen.

Behutsam legten sich Nans Finger auf meine, strichen vorsichtig darüber, bevor er begann, die Wunde abzubinden. »Ich habe dir gesagt, dass du etwas weniger Wichtiges nehmen sollst.«

»Das beantwortet meine Frage nicht, Gott.«

Nan stieß ein Seufzen aus. »Sie wird heilen, aber es wird dauern. Timiminalóayans Pfeile sind keine gewöhnlichen Waffen.« Sein Daumen strich sanft über meine verbundene Handfläche. »Je tiefer die Spuren sind, die die Person hinter dem jeweiligen Pfeil in deinem Leben hinterlassen hat, desto tiefer ist die Wunde, die der Pfeil verursacht.« Er sah mich an, meine Hand immer noch auf sein Bein gebettet. »Möchtest du mir verraten, wer hinter diesem Exemplar gesteckt hat?«

Ich wandte den Blick ab, ließ ihn über die Toten schweifen, die genau wie wir gerade die Pfeilebene überquert hatten.

»Die Verstorbenen, die ich begraben habe«, antwortete ich schließlich, meine Stimme kaum mehr als ein Flüstern. Nan entgegnete nichts, aber ich spürte, dass sich sein Griff um meine Hand verstärkte. Ich sah ihn nicht an, denn meine Aufmerksamkeit galt den Seelen. Noch zwei weitere Ebenen erwarteten sie und uns. Drei, wenn man den Tempel des Totengottes mitzählte. Ich fürchtete mich bereits jetzt vor der nächsten Ebene. Seit Beginn unserer Reise war die Ebene des Jaguars jene gewesen, die mich in meinen Albträumen am häufigsten heimgesucht hatte.

»Was sagst du dazu?«, fragte Nan auf einmal.

»Hm?«

Plötzlich waren seine Finger an meinem Kinn und drehten mein Gesicht behutsam zu sich. Ein sanftes Lächeln hatte sich auf seine Lippen gestohlen. Ich ertappte mich dabei, wie ich seinen Mund einen Moment zu lange anstarrte.

»Du hast kein Wort von dem gehört, was ich gerade gesagt habe, oder?«

»Oh.« Ich hob den Blick, sah ihm in die Augen. »War es wichtig?«

Nan lachte, dann stand er auf, zog mich auf die Füße und bedeutete mir, ihm zu folgen.

»Wo gehen wir hin?« Li, Marisol und Isa, die von ihren Pfeilen lediglich gestreift worden waren, warteten in einem verlassenen Tempel auf uns, der sich nahe dem Eingang dieses neuen Ringes befand. Nan hatte etwas für das Säubern und Verbinden meiner Hand besorgen müssen, weshalb wir uns kurzzeitig von ihnen getrennt hatten.

»Das wüsstest du, wenn du mir zugehört hättest.« Bei diesen Worten zog er mich an der Gruppe unserer Mitreisenden vorbei.

»Aber zu den anderen geht es da lang.«

»Wir werden gleich wieder zu ihnen gehen.« Nan hielt einen

Augenblick lang inne, meine Hand immer noch in seiner, dann ließ er sie los. »Ich möchte dir nur etwas zeigen.«

Sofort musste ich wieder an den Vorfall in seinem Tempel denken. Auch da wollte er mir *nur etwas zeigen.*

»Schon wieder?« Ich bemühte mich, meine Stimme so ruhig wie möglich klingen zu lassen.

»Ich gehe schwer davon aus, dass du nicht vorhast, Mictlan in nächster Zeit erneut einen Besuch abzustatten.« Er ging weiter, und ich folgte ihm. »Doch hier unten gibt es Dinge, die du im Reich der Lebenden niemals finden wirst.«

Nan führte mich an der inneren Ringmauer entlang. Je weiter wir uns vom Ausgang der Pfeilebene entfernten, desto spärlicher wurden die Tempelbauten, die prachtvoller waren als jene im vorherigen Ring. Ein mulmiges Gefühl ließ mich innehalten. Es fühlte sich falsch an, Marisol schon wieder allein zu lassen.

»Ich glaube, ich gehe wieder zurück«, verkündete ich.

»Mhm«, machte Nan nur.

»Ich gehe zurück zu Abuela und Isa.«

»Tu dir keinen Zwang an.« Er ging unbeirrt weiter, ohne sich auch nur ein einziges Mal umzudrehen. Weil er wusste, dass meine Neugier schlussendlich siegen würde.

Verdammter Gott.

Leise fluchend setzte ich mich wieder in Bewegung und holte ihn ein. Ich wusste, dass Marisol in Lis Anwesenheit nichts geschehen würde.

Nach einer Weile hielten wir vor einer Mauer inne, die wieder mit der Illusion von *Flor de muerto* geschmückt war. Verwirrt sah ich an ihr hinauf. »Solche Absperrungen gab es in den anderen Ringen nicht. Warum hier?«

Wie üblich öffnete Nan ein schmales Tor mit seinem Blut, dann trat er durch die Mauer, ohne etwas zu entgegnen. Doch das musste er auch gar nicht, denn was hinter der Mauer lag, war Antwort genug.

»*Dios mío.*« All die vorherigen Ringe verblassten im Vergleich zu dem, was uns hier erwartete.

Ich legte den Kopf in den Nacken, starrte in einen sternenübersäten Nachthimmel. Vermutlich ebenfalls nur eine Illusion, aber eine atemberaubende. Und diese Luft. Sie war weitaus wärmer als im Rest Mictlans. Auf einmal war ich froh, meine Jeansjacke, in der sich mein Medaillon und das *Flor de muerto* befanden, bei Marisol gelassen zu haben und nur meinen Anzug zu tragen.

Kleine, pyramidenförmige, tempelähnliche Gebäude waren auch hier errichtet worden, aber im Gegensatz zu jenen auf der anderen Seite waren diese von zahllosen Kerzen erhellt. Und sie waren weiß, nicht wie sonst schwarz vom Obsidian.

Zwischen den Tempeln führten schmale Wassergräben entlang, die von sattem Grün gesäumt waren. Ich blinzelte mehrmals. Lebendige Pflanzen. Im Herzen der Unterwelt. Mittlerweile sollte mich nichts mehr überraschen, aber dieser Ort lud zum Staunen ein. Ich ging in die Knie, streckte eine Hand aus und berührte die undefinierbaren Pflänzchen.

»Warum kann hier etwas existieren, das so lebendig ist?«

Nan trat an mir vorbei. »Weil das der Ring des Lebens ist.«

Ein Verdacht beschlich mich, und auf einmal mischte sich Unbehagen in mein Staunen. »Ist das der Ort, an dem Götter sterblich werden?«

Der Sonnengott nickte. »Wenn ihr sterbt, weicht nicht sofort das ganze Leben aus euch. Jeder Tote bringt ein Bruchstück Menschlichkeit mit nach Mictlan. Diese werden im Ring des Lebens gebündelt. Über die Jahrtausende sind sie so stark geworden, dass sie zu Dingen imstande sind, die selbst die Macht der Götter übertreffen.«

Ich hörte Nans Erläuterungen nur mit halbem Ohr zu. Stattdessen wiederholten sich die immergleichen vier Worte in meinen Gedanken.

Ich könnte ihn berühren. Könnte ihn töten. Ich hatte ihn gar nicht verführen müssen. Er hatte mich freiwillig hierhergebracht. Noch vor wenigen Wochen hätte diese Erkenntnis mich mit Erleichterung erfüllt.

Aber jetzt?

Ich warf dem Gott einen raschen Blick zu. Er ging wieder vor mir, ließ seinen Rücken völlig ungeschützt.

Jetzt zögerte ich.

Je weiter wir gingen, desto belebter wurde der Ort. Wesen der Unterwelt, die ich bereits aus den anderen Ringen kannte, tummelten sich zwischen den Tempeln. Immer wieder blieb ich stehen, um sie zu beobachten. Konnte mich nicht sattsehen an dem Staunen, das in ihren Augen funkelte, während sie die Pflanzen aßen, Wasser tranken.

Menschlich. Sie waren menschlich. Hier konnten sie schmecken wie wir, riechen wie wir. Sein wie wir.

Eine seltsame Ruhe hielt in mir Einzug, dämpfte für einen Moment all meine Sorgen.

»Admiradora.« Nan winkte mich zu sich. Ich trat neben ihn, musterte den Tempel, vor dem er stand. Und ging in die Knie, als mir klar wurde, was vor dem steinernen Gebäude aufgehäuft war.

Es waren Relikte von Menschlichkeit. Habseligkeiten, Zeichnungen, Gegenstände, deren Namen ich nicht kannte. Das musste Nan vorhin gemeint haben, als er von Bruchstücken eines Lebens gesprochen hatte, die jeder Tote mit nach Mictlan bringen würde.

Mein Blick glitt über vergilbte Papiere, die Tausende Zeichenstile zeigten. Es waren nicht die Gemälde verehrter Künstler, nicht Bilder, die alle Welt kannte. Es waren Zeichnungen von unbekannten Menschen, die vielleicht schon längst vergessen worden waren. Deren Namen den Obsidian der Todesstadt zierten. Es hatte etwas Tröstliches, dass hier ein winziges Stück jener Menschen fortbestehen würde.

»Was ist mit den Toten?«, fragte ich, während ich zaghaft über den Kopf eines zerlöcherten Teddys strich. »Werden sie hier auch noch einmal menschlich?«

»Theoretisch. Aber ihnen ist der Zutritt nicht gestattet, ihr Blut kann den Durchgang nicht öffnen. Man würde ihnen keinen Gefallen damit tun, wenn man sie daran erinnert, was sie alles verloren haben. So kurz vor Ende ihrer Reise wäre das das Grausamste, was man ihnen antun könnte.«

»Vielleicht würde es manchen Lebenden helfen, diesen Ort einmal zu besuchen«, sagte ich leise.

»Warum?«

»Weil sie dann sehen würden, dass auch im Tod Schönheit existiert. Dass man auch nach seinem letzten Atemzug noch einen Teil von sich behält.« Ich ließ meine Hand sinken. »Dass der Tod nicht das Ende ist.« Mein Blick glitt über die Überbleibsel, die den Tempel säumten. »Nicht wirklich.«

Wir strichen an weiteren Tempeln vorbei. Immer wieder blieb ich stehen, ging in die Knie und berührte ein vergessenes Kuscheltier, bestaunte alte Bücher. Bis meine Aufmerksamkeit auf etwas fiel, das mir für einen Sekundenbruchteil den Atem raubte.

Mit unsicheren Fingern griff ich nach den Überresten einer etwa handtellergroßen, aus Sandstein gefertigten Skulptur. Mein Blick klebte an der Inschrift, die am unteren Rande des tempelähnlichen Gebäudes eingraviert war.

Casa de Elena.

Ich legte das größte Bruchstück in meinen Schoß, dann tastete ich nach den restlichen Scherben der Skulptur, die Mateo einst angefertigt hatte. Es war unsinnig, sie reparieren zu wollen. Wusste ich doch, wer sie einst zerbrochen hatte.

»Erzähl mir von ihm«, flüsterte Nan auf einmal. Er musste direkt hinter mir knien, so nah war seine Stimme, aber ich drehte mich nicht um. »Erzähl mir von deinem Bruder.«

Zitternd holte ich Luft. »Er sagte immer, dass er bauen woll-
te. Etwas erschaffen wollte, was auf ewig Bestand haben würde.
Deshalb war es sein Traum, Architektur zu studieren. Und er …
Er wollte uns ein Haus bauen. Inspiriert von dem Mayatempel
auf unserer Insel. Nicht in unserem Pueblo, sondern auf dem
Festland.«

Ich schloss die Augen.

»Aber ich … Ich wollte nicht gehen. Ich wollte Abuela nicht
allein lassen, wollte ihn aber auch nicht verlieren. Wir hatten
einen hässlichen Streit. Ich habe Dinge gesagt, die ich niemals
hätte sagen dürfen. Und er … Er hat alles ertragen. Er wollte
mich umarmen, aber ich habe ihn von mir gestoßen.« Ich öffnete
die Augen, starrte die Bruchstücke in meinem Schoß an. »Dabei
hat er seine Skulptur fallen gelassen. Er hatte sie mir so stolz
präsentiert, und ich wusste sie nicht zu würdigen. Ich wollte sie
reparieren und habe mir dabei meine Sehne verletzt.« Meine
Sicht verschwamm, meine Stimme wurde brüchig. »Während
ich versuchte, seine Skulptur zu retten, ist etwas anderes zerbrochen. Etwas viel Kostbareres.« Die scharfkantigen Bruchstücke
schnitten in meine Haut, doch es war mir egal. Der Schmerz tat
gut, lenkte er mich doch ab von etwas, was tiefer brannte.

»Ich bin nicht zur Klippe gekommen, weil ich mit seiner
Skulptur beschäftigt war. Wir haben uns dort jeden Abend getroffen, um den Sonnenuntergang zu bewundern. Die … Die
Erinnerungen an diesen Abend sind verschwommen. Ich weiß
nur, dass ich nicht da war wie verabredet, als es passiert ist. Und
dann sind da Bilder von ihm, tot im Wasser.« Meine Finger
schlossen sich noch fester um die Scherben der Skulptur. »Das
Wasser. Es … Es war rot. Es hat gebrannt, Nan. Es brennt noch
immer.« Es würde wohl nie aufhören.

Auf einmal glaubte ich, Lippen an meinem Haar zu spüren.

»Dein Wasser ist meine Dunkelheit«, murmelte Nan. Er
schwieg einen Moment lang, während seine Brust bei jedem

seiner Atemzüge meinen Rücken streifte. »Die Diebin hat dir angeboten, sie dir zu nehmen, nicht wahr? Die Erinnerung an diesen Abend?«

Ich nickte schwach. Er fragte nicht weiter, und ich war ihm dankbar dafür.

»Hätten wir uns nicht gestritten, würde er noch leben«, flüsterte ich in die Stille. »Was wäre, wenn ich an seiner Stelle gestorben wäre? Wenn ich −«

Plötzlich schlangen sich starke Arme um mich, zogen mich an eine harte Brust.

»Ich bitte dich nie um etwas.« Nans Atem war heiß an meinem Ohr. »Aber jetzt bitte ich dich, dir nicht solche Fragen zu stellen. Dein Bruder würde wollen, dass du lebst. Für ihn. Aber besonders für dich selbst.« Seine Hand legte sich auf meine lädierte. »Und er würde sicherlich wollen, dass du weiter zeichnest, deshalb kümmern wir uns jetzt um das hier.«

Ehe ich etwas erwidern konnte, hatte er sich von mir gelöst, war aufgestanden und kniete sich vor mich. Behutsam nahm er die Skulpturteile aus meinem Schoß und legte sie zurück zu den übrigen Relikten. Ich wischte mir über die Augen, dann beobachtete ich ihn dabei, wie er seine Handschuhe abstreifte. Als er mir seine bloße Hand hinhielt, zögerte ich, bevor ich ihm meine rechte, noch immer behandschuhte Hand reichte.

»Deine andere Hand, Admiradora.«

Verwirrt sah ich erst ihn, dann meine lädierte Hand an. Bis auf den Verband, den Nan angelegt hatte, war sie unbedeckt.

»Hier drin hat meine Berührung nicht dieselbe Wirkung«, fügte er hinzu. Und ich glaubte ihm.

Ich atmete einmal tief ein, dann legte ich meine verbundene Hand in seine. Der Moment, in dem meine Fingerspitzen seine bloße Haut zum ersten Mal berührten, war elektrisierend. Lis Haut war kalt, Nans seltsam warm. Er löste den Verband von meiner Hand.

»Normalerweise ist meine Haut kälter. Nur hier drin ist es anders.« Mit diesen Worten zog er sein Obsidianschwert aus seinem Gürtel, hieb die Klingen abermals in seine Handfläche und presste seine blutige Hand auf meine.

Es dauerte einen Moment, bis ich verstand, was er da tat. Dasselbe, was die Heilerin einst getan hatte. Er versuchte, mich zu heilen. Mit *Tonalli*, das nicht länger göttlich war, sondern menschlich wie das ihre.

Ich wollte ihm meine Hand entziehen, doch er weigerte sich, mich loszulassen. Der Anblick seines Blutes rüttelte so viele widerstreitende Gefühle in mir wach.

»Fühlst du irgendetwas?«, fragte er.

Ich schüttelte den Kopf. »Es funktioniert nicht.«

Nans Stirn legte sich in Falten, während sein Blick wieder auf meine Hand fiel. »Vielleicht –«

»Nan.« Ich presste meine freie Hand auf seine Brust, versuchte, das hektische Auf und Ab zu beruhigen. »Du atmest viel zu schnell.« Als ich meine Hand zurückziehen wollte, legte er seine Finger auf meine. Hielt sie auf seiner Brust, während ich auf seinen Herzschlag lauschte, der sich langsam normalisierte. Erst jetzt wurde mir bewusst, wie nah er mir war. *Dios mío*, ich saß beinahe auf seinem Schoß.

Mit einem Räuspern zog ich mich nun doch von ihm zurück, nahm seine blutige Hand und tauchte sie in einen der Wassergräben, um sie zu säubern. Dasselbe wiederholte ich mit meiner eigenen. Ich konnte kaum glauben, was er eben versucht hatte. Er hatte mich heilen wollen.

»Es war nicht genug Blut«, sagte Nan. »Ich will es noch mal probieren.«

Ich legte meinen Verband wieder an und schüttelte lächelnd den Kopf, als er mir dabei helfen wollte. »Ich weiß das wirklich zu schätzen, aber meine Hand kann warten.« Sichtlich widerwillig gab sich der Gott geschlagen.

Er zog mich zurück auf die Beine und tiefer in den Ring hinein, bis wir auf ein neues Wunder stießen. Sanfter Regen tropfte auf einmal zwischen zwei kerzenlichterhellten Tempeln herab, tränkte die Fläche zwischen ihnen.

»Es ist wunderschön«, hauchte ich. Obwohl ich Wasser fürchtete, musste auch ich mir die Schönheit dieses Ortes eingestehen.

»Das ist es in der Tat.« Doch als ich den Blick hob, sah Nan nicht den Regen an, sondern mich. Ich schluckte schwer.

Er streckte mir eine Hand entgegen. »Möchtest du neue Erinnerungen schaffen, die die alten überschatten?«

Ich starrte seine Hand an. »Mit dir?«

Unsicherheit blitzte in seinen Augen auf. Hastig griff ich nach seiner Hand und schenkte ihm ein Lächeln, dann zog er mich in den Regen. Lachend ließ ich das Wasser meine Kleidung durchnässen. Die Regentropfen schmerzten nicht. Sie heilten.

Auf einmal stolperte ich und fiel, aber Nan wirbelte uns im letzten Moment herum, sodass er derjenige war, der auf dem nassen Untergrund landete und ich auf seiner Brust.

Ich öffnete den Mund, um ihm zu danken, hielt jedoch inne, als ich seinen Gesichtsausdruck sah. Er hatte etwas Ehrfürchtiges an sich. Verwirrt schaute ich nach hinten, um zu sehen, was er so bestaunte, doch dann spürte ich seine Finger an meinem Kinn. Seine bloßen Finger.

»Ich liebe dieses Lächeln«, murmelte er. »Du lächelst viel zu selten.«

Mein Herz machte sich laut pochend bemerkbar.

Ich spürte jeden seiner Muskeln durch den nassen Stoff, die Konturen seines trainierten Körpers. Ich war immer davon überzeugt gewesen, dass ich über eine ausgeprägte Selbstbeherrschung verfügte, aber dieser Gott stellte sie in diesem Augenblick auf eine Zerreißprobe.

Ich hob eine Hand, strich ihm vorsichtig eine nasse Strähne

aus der Stirn. Dann zeichnete ich unwillkürlich seine Narben mit meiner Fingerspitze nach. Nan schloss für einen kurzen Moment die Augen.

Ehe ich registrierte, was ich hier überhaupt tat, glitt meine Hand hinunter. Über sein Kinn, seinen Hals, seinen Arm, bis ich seine Hand erreicht hatte. Mit seinen durchdringenden Augen verfolgte er jede meiner Bewegungen.

Ich biss mir auf die Unterlippe, dann nahm ich seine Hand und legte sie an meine Taille. Für einen Sekundenbruchteil erstarrte Nan unter mir. Sein Blick suchte meinen, eine stumme Frage darin. Ich nickte nur, weil ich meiner Stimme gerade nicht traute. Quälend langsam fuhr er über meine Taille, strich über meinen Rücken. Instinktiv presste ich mich fester an ihn.

»Elena …« Auch Nans andere Hand fand nun meine Taille, legte sich auf meine Hüfte. Augenblicklich wollte ich seine Hände überall auf meinem Körper fühlen.

Ich spürte, wie er mein Gesicht durch sanften Druck auf meinen Nacken zu sich herunterzog.

»Dieser Anzug macht mich wahnsinnig«, raunte er, die Augen halb geschlossen, seine Lippen nur noch einen Hauch von meinen entfernt. »*Du* machst mich wahnsinnig, Admiradora.«

Er kostete den Moment aus, erkundete meine Kurven.

Mein Atem ging mittlerweile so schwer, doch diese Atemnot war willkommen. In dieser Atemnot könnte ich mich verlieren.

Ich keuchte erschrocken auf, als Nan sich plötzlich aufrichtete und uns in eine sitzende Position brachte, mich auf seinem Schoß. Meine Arme schlangen sich automatisch um seinen Hals, während er nach meinem Hintern griff und mich noch näher zu sich heranzog.

»Ich werde sterben, wenn ich dich jetzt nicht küssen darf«, murmelte Nan an meinen Lippen.

»Du bist unsterblich, Gott«, antwortete ich flüsternd und mit rauer Stimme, die ich kaum wiedererkannte.

Nan stieß ein tiefes Lachen aus. »Auch als Gott kann man Tode sterben, Admiradora.« Er presste mich noch fester an sich, bis ich spüren konnte, dass ich zweifellos dieselbe Wirkung auf seinen Körper hatte wie er auf meinen. »Und das hier ist der grausamste von allen.«

Ich wusste nicht, ob es seine Worte waren, seine gierigen Hände, sein dunkler Blick. Ich wusste nur, dass ich diejenige war, die sein Kinn nach oben zog. Die sich nach unten beugte, bis ich seinen Atem atmete. Die ihn –

Bring ihn dazu, dich zu wollen.

Die Warnung der Heilerin drängte sich in mein Bewusstsein, ließ mich mitten in der Bewegung innehalten. Auf einmal waren die Waffen an meinem Gürtel tonnenschwer.

Ich könnte es tun. Hier. Jetzt.

Warum zögerte ich, verdammt noch mal?

Mit einem Mal war der Zauber gebrochen. Hastig zog ich mich zurück, brachte Abstand zwischen unsere Lippen.

»Ich möchte zurück zu Marisol.«

Ehe Nan etwas erwidern konnte, stemmte ich mich ungeschickt hoch, eilte zum nächstgelegenen Tempel und hielt davor inne. Meine rechte Hand fuhr hinauf zu meinen Lippen, während mein Körper weiter nach seinen Berührungen verlangte. Ich musste hier weg, bevor ich etwas tat, was ich bereuen würde. Fort von ihm. Weil ich mir selbst nicht mehr trauen konnte, wenn es um diesen verdammten Gott ging.

Jeder Muskel in meinem Körper spannte sich an, als ich seine Präsenz neben mir spürte.

»Admiradora? Ist alles in –«

»Hattest du je vor, uns nach Hause zu schicken?«, unterbrach ich ihn. Und wünschte sofort, ich könnte meine Worte zurücknehmen, doch es war zu spät. Ich hatte mich verraten. Hastig wollte ich mich an Nan vorbeidrängen, aber er packte mein Handgelenk und hielt mich zurück.

»Warum fragst du das?«

Ich riss mich von ihm los. »Als ob du das nicht wüsstest, Nan –«

Plötzlich stieß mein Rücken gegen die Außenwand des Tempels, dann stand Nan vor mir, so nah, dass seine Brust meine beinahe streifte. Er kesselte mich mit seinem Körper und seinen Händen regelrecht ein. Als der Gott sich zu mir herunterbeugte, loderte ein Feuer in seinen Augen. Er war angsteinflößend und atemberaubend zugleich.

»Was hat sie dir erzählt?« Ein lauernder Tonfall hatte sich in seine Stimme geschlichen.

Statt einer Antwort riss ich mit meiner schwachen Hand Mateos Messer von meiner Hüfte und presste die Klinge an seine Kehle.

Erinnerungen an eine Szene schoben sich in mein Bewusstsein, in der unsere Position nicht viel anders gewesen war. In der ich ihn ebenfalls mit einer Klinge bedroht hatte. Damals war er noch ein Fremder gewesen, ein bloßer Name aus Legenden. Und jetzt?

Jetzt war er so viel mehr als das.

Jetzt zitterte meine Hand.

Jetzt rebellierte mein Herz.

Nans dunkler Blick fixierte die Waffe, bevor er wieder auf mich fiel. Intensiver als je zuvor.

»Ich habe mich schon gefragt, wann du versuchen würdest, mich zu töten, Admiradora.«

26. Kapitel

Nan drängte mich noch dichter gegen die Tempelwand und wiederholte seine Frage: »Was hat sie dir erzählt?«

Ich hob mein Kinn und blickte ihn herausfordernd an. »Dass man einen Gott töten muss, um wieder ins Reich der Lebenden zu gelangen. Ein Detail, das du bestimmt zufällig vergessen hast, zu erwähnen. Es wäre nicht das erste Mal, dass du eine Information unterschlägst.«

Einen Moment lang starrte er mich nur an, dann brach er in schallendes Gelächter aus.

Irritiert sah ich ihn an. »Ich habe Probleme, diese Reaktion einzuordnen, Gott.«

Nans Lachen verstummte. »Ich weiß nicht, warum sie dir das erzählt hat. Aber ich kann dir versichern, dass du mich nicht töten musst. Ihr gelangt durch das Portal auf der letzten Ebene wieder nach Hause. Dafür benötigt man in der Tat das *Tonalli* eines Gottes, aber er muss dafür nicht sterben.« Sein Blick glitt herunter zum Messer, das ich nach wie vor an seine Kehle presste.

»Du wolltest mich wirklich töten?« Nans Mundwinkel hoben sich zu einem anerkennenden Lächeln, das meine Hand noch stärker erzittern ließ.

»Du scheinst beeindruckt zu sein.«

Er beugte sich zu mir herunter, bis ich seinen Atem an meinem Ohr spürte. »Vielleicht bin ich das auch«, hauchte er, bevor er einen Schritt näher trat. Auf diese Weise forderte er mich auf, die Klinge tiefer in sein Fleisch zu graben. »Töte mich, wenn du unbedingt willst.« Unsere Blicke ließen einander nicht los. Sie waren intensiver als jede Berührung. Voller Fragen, voller widersprüchlicher Antworten.

»Am Anfang wollte ich es«, stieß ich hervor. »Weil du damals nichts weiter warst als ein Gott, den ich gehasst habe. Ein Gott, der uns im Stich gelassen hat. Ich wollte nur Marisol retten. Ich will es immer noch.« Mein Atem ging schwer, während ich versuchte, das, was ich in diesem Moment fühlte, in Worte zu fassen. »Aber jetzt … Jetzt bist du mehr als das.« Ich sah zur Seite. »Und ich weiß, dass ich es vermutlich nicht tun sollte. Aber ich … Ich …« Mein Blick fand erneut den seinen. »Ich fange an, dir zu vertrauen.«

Nan musterte mich, ohne zu antworten. Nein, das stimmte nicht. Ich sah die Antwort in seinen Augen. Sah dort einen Funken Erstaunen. Schließlich hob er eine Hand, berührte mein Haar, obwohl die Klinge immer noch an seiner Kehle lag.

»Weiß steht dir«, murmelte er, während er die farblose Strähne zwischen seinen Fingern drehte, die sich aus meinem Zopf gelöst hatte.

»Ich bin mir nicht sicher, ob das ein Kompliment sein soll.« Auch war ich mir nicht sicher, warum er auf einmal über meine Haare redete.

»Du möchtest Komplimente von mir, Admiradora?«

Augen aus geschmolzenem Obsidian hielten mich gefangen, dann sagte Nan etwas in seiner Sprache.

»Was bedeutet das?«

Sein Mundwinkel hob sich erneut. »Rate.«

»Dass ich dir auf die Nerven gehe mit meiner verdammten Menschlichkeit?«

Nan stieß ein tiefes Lachen aus. »Du hast noch einen Versuch.«

»Dass du es nicht erwarten kannst, mich wieder los zu sein?«

Er zog meine Hand behutsam zu sich, bis seine Lippen den Verband streiften, den er angelegt hatte. Ich spürte den Kuss kaum, trotzdem entflammte er mein Herz. »Dass du wunderschön bist.«

Augenblicklich lockerte sich mein Griff um das Messer. »Versuchst du, dich durch Komplimente zu retten?«

»Würde das funktionieren?«

Ich lächelte gequält. »Vielleicht. Wenn ich nicht wüsste, dass du die schönsten Lügen flechten kannst.«

»Wenn man mit einem Messer an der Kehle nicht die Wahrheit sagt, wann dann?« Mit seinem Blick hielt er mich immer noch fest. »Es gibt einiges, was ich an dir bewundere. Einiges, wofür ich dir Komplimente machen könnte.« Er strich die weiße Strähne hinter mein Ohr, dann verharrte seine Hand an meiner Wange. »Deine Loyalität. Deine Ehrfurcht vor den Toten. Deine Kreativität. Dein gutes Herz, das manchmal *zu* gut ist. Dein ungebrochener Wille. Auch wenn du es selbst wahrscheinlich nicht glaubst: Du kannst nicht gebrochen werden, Elena.«

Er nannte mich so selten bei meinem Namen, der nun zwischen uns hing. Dabei liebte ich die Art, wie er ihn aussprach. Für einen Moment wünschte ich, wir könnten zurückgehen. Zurück zum Anfang. Alles war einfacher gewesen, als er nur ein Gott gewesen war, den ich gehasst hatte. Als er noch kein Mann gewesen war, der Marisol gerettet, Isa Geschichten erzählt, mich gehalten hatte, während mich die Angst erwürgte. Als er mir noch keine Worte beigebracht hatte, die ich verloren geglaubt hatte. Damals, als ich noch nicht gezögert hätte, ihn im Zuge eines Herzschlags zu töten.

»Möchtest du wissen, was ich am meisten an dir bewundere? Dass du eine Überlebende bist. *Necahual* Elena.«

Das Messer rutschte mir aus den Fingern und landete mit einem klappernden Laut auf dem steinernen Boden.

»Ich bin nicht die Einzige.« Meine Stimme war brüchig, ließ mich fast im Stich.

»Die einzige was?« Seine Lippen waren meinen nun wieder so nah, dass ich spürte, wie sie die Worte formten.

Mit dem Finger strich ich über die Narbe an seinem Schlüsselbein. »Die einzige Überlebende.«

Nan lachte leise. »Dieser Gott hat nicht überlebt.« Er senkte den Blick, starrte meine Lippen an. »Du solltest ihn wegstoßen.«

Chaos brach in meinem Innern los. Er hatte recht. Das sollte ich. Aber bei den Göttern, mein Körper gehorchte mir nicht mehr. Viel zu lange hatte ich mich dagegen gewehrt, hatte geleugnet, dass er mich in seinen Bann zog. »Vielleicht will ich das nicht mehr«, flüsterte ich.

Dann schloss ich die Augen, stellte mich auf meine Zehenspitzen. Und presste meine Lippen auf seine.

Im ersten Moment geschah nichts. Nan machte keinerlei Anstalten, den Kuss zu erwidern. Hastig wollte ich meine Lippen von seinen lösen, hatte bereits eine Entschuldigung auf der Zunge, als er plötzlich zum Leben erwachte.

Und mir bewies, dass der Sonnengott küssen konnte.

Seine Lippen waren so viel sanfter, als ich erwartet hatte. Doch es dauerte nicht lange, bis er gieriger wurde. Die Hitze an meinem Mund breitete sich aus, nahm meinen ganzen Körper gefangen, während er mich an die Wand presste, mir jeden Atemzug raubte.

Als seine Zunge Einlass forderte, gewährte ich ihn. Vergaß augenblicklich alles um uns herum, jede Sorge, jede Angst. Es gab nur noch das hier. Ein Gefühl, das mich lähmte und gleichzeitig zum Leben erweckte. Feuer brannte in meinen Adern. Fraß sich in mein Herz.

Aber ich wollte mehr, so viel mehr.

Wollte alles, was er zu geben bereit war.

»Hasst du mich immer noch?«, hauchte er zwischen zwei Küssen.

Irritiert blinzelte ich. »Was?«

Nan stieß ein leises Lachen aus, seine Lippen wieder viel zu weit entfernt. Quälend langsam zog er meinen noch verbliebenen Handschuh aus, dann warf er ihn zu Boden. »Beantworte die Frage, Admiradora.«

»Du spielst nicht fair.« War meine Stimme je so atemlos gewesen?

»Ich habe nie etwas anderes behauptet.«

»Hör auf zu reden, Gott.«

»Du hasst also nicht nur mich, sondern auch meine Stimme? Interessant.« Mit diesen Worten kollidierte sein Mund erneut mit meinem. Als seine Lippen meine verließen, wollte ich protestieren, aber dann spürte ich seinen Atem an meinem Hals. Automatisch neigte ich den Kopf zur Seite, um ihm besseren Zugang zu gewähren.

»Darf ich?«, raunte er an meiner Haut.

Unwillkürlich stahl sich ein Lächeln auf meine Lippen und ein Schauer meinen Rücken hinauf. »Du fragst immer um Erlaubnis.«

»Ist das schlecht?«

Ich schüttelte den Kopf. »Ich mag es. Du bist so anders als Mi–« Gerade rechtzeitig biss ich mir auf die Zunge.

Doch Nan war bereits erstarrt.

»Anders als wer?« Auf einmal hatte sich ein lauernder Tonfall in seine Stimme geschlichen.

Ich spielte mit dem Zopf, den ich ihm geflochten hatte. Fokussierte die nassen Haare zwischen meinen Fingern, während mein Herz immer heftiger schlug. »Niemand.«

Nan fing meine Hand ein, einen harten Ausdruck in den Augen. »Elena.« Er presste einen zärtlichen Kuss auf meine Knöchel. »Hat er dich ohne deine Erlaubnis berührt?«

Mein Blick haftete an meiner entblößten Hand in seiner. Das Bild war so seltsam und doch so vertraut. Seine Haut an meiner.

»Nur einmal«, gestand ich schließlich. Es kostete mich Mühe, die Wahrheit über die Lippen zu bringen. Eine Wahrheit, die ich stets leugnete. Es mochte nur ein Kuss gewesen sein, nicht mehr, aber trotzdem hatte sich Miguel damals etwas genommen, was ihm nicht zugestanden hatte. Ein Teil von mir hatte ihm immer noch nicht verziehen, würde es wohl nie tun.

Nans Blick verdunkelte sich noch etwas mehr, während sich sein Griff um meine Hand verstärkte. »Einmal ist genug.«

Ich konnte spüren, dass er sich zurückziehen wollte. Doch damit wäre das hier vorbei. Dann wären wir wieder zurück bei den Handschuhen, bei Haut, die sich nicht berühren durfte.

»Ich bringe dich zu Marisol«, murmelte er.

»Noch nicht.« Ich hasste es, wie flehentlich meine Stimme klang.

Nan seufzte leise. »Ich will nicht, dass du denkst, dass ich genauso bin. Ich –«

Mit meinen Lippen verschluckte ich den Rest seiner Worte. Ich sollte das nicht tun, aber es fühlte sich richtig an. Er fühlte sich richtig an.

Und dann gab Nan auf. Seine Küsse wurden wilder, er presste mich hemmungsloser gegen die Wand. Mit seinen Händen fuhr er meinen Rücken hinauf und öffnete den vom Regen nassen Zopf, dann grub er sie in mein Haar. Ich zog ihn näher zu mir. Wollte mehr. Wollte ihn. Wollte für einen kurzen Moment vergessen, wer er war.

Ich schaffte es kaum, Luft zu holen. Er küsste mich wie ein Ertrinkender. Als wäre ich die Antwort auf eine Frage, die er sich nicht zu stellen traute. Und verdammt, ich ließ es zu.

Auf einmal waren seine Hände an meiner Taille, an meiner Hüfte. Instinktiv hob ich ein Bein, presste es gegen seines. Keine Sekunde später griff Nan nach meinen Oberschenkeln, hob mich hoch, bis sich meine Beine wie von selbst um seine Hüfte schlangen, ihn gefangen nahmen, so, wie er mich gefangen hielt. Halt suchend klammerte ich mich an seinen Schultern fest, während sich rauer Stein in meinen Rücken grub.

»Ich will dich.« Nur für einen kurzen Moment löste er seine Lippen von meinen. »Allein.« Er presste einen Kuss auf meinen Mundwinkel. »Jetzt.«

Es dauerte einen Augenblick, bis ich verstand, dass er auf meine Antwort wartete, meine Erlaubnis. Er konnte nicht ahnen, dass ich in dieser Sekunde allem zugestimmt hätte, jeder Bitte von ihm, jedem Wunsch.

»Dann nimm mich«, flüsterte ich, ehe mein Verstand meinem Herzen Einhalt gebieten konnte.

Wie durch einen Schleier nahm ich wahr, dass er mich ins Innere des Tempels trug, ohne seine Lippen von meinen zu lösen. Dann presste er mich erneut gegen eine Wand und küsste mich, als wäre ich allein dazu imstande, seine Unsterblichkeit zu bewahren. Wir mochten Mensch und Gott sein, aber in diesem Moment waren wir mehr als das. Wir waren Hunger, Verlangen, Lust. Wir waren in Höhlen gesponnene Geschichten, in Stein gravierte Namen. Wir waren gebrochene Dunkelheit und ertrinkendes Wasser. Wir waren der Sonnengott und die letzte Admiradora. Verbunden durch ein zerbrechliches Vertrauen, das ich beinahe zerstört hätte.

»Ich hasse den hier«, murmelte ich an seinen Lippen, während ich ungeschickt an seinem Mantel herumzerrte. Hasste den ganzen Stoff, der zwischen uns war. Im nächsten Moment setzte Nan mich auf einem niedrigen Tisch ab, der mittig im Tempel stand. Er legte meine Hand an seinen Mantel. »Dann zieh ihn aus.«

Nur zu gern gehorchte ich. Hastig schob ich den nassen Mantel von seinen Schultern, dann zog ich Nan mit mir nach unten, auf den Tisch. Instinktiv rollte ich mich auf ihn.

Er stieß einen überraschten Laut aus, der in ein Lachen überging. Bei den Göttern, ich liebte dieses Lachen. Wünschte, ich könnte es viel öfter hören. Zögerlich begannen meine Hände, seine noch feuchte Brust entlangzufahren. Ich legte meine bandagierte Hand auf sein Herz, spürte, wie heftig es unter seinem Hemd schlug. Der Gedanke daran, dass ich dafür verantwortlich war, ließ noch mehr Hitze in meine Wangen steigen. Schließlich begann ich, die Verschlüsse des Hemds zu öffnen.

Augenblicklich erstarrte Nan unter mir.

»Du willst das nicht sehen«, flüsterte er.

Ich presste einen Kuss auf seinen Hals. »Ich habe es schon gesehen.«

Sein Mundwinkel hob sich zu einem schwachen Lächeln. »Nicht aus der Nähe, Admiradora.«

Ich wartete darauf, dass er sich wehren würde, mich von sich stoßen würde, aber er tat nichts dergleichen. Deshalb machte ich mich weiter an den Verschlüssen zu schaffen, entblößte seine muskulöse Brust – und endlos viele Narben. Schmerz hatte sich unter seiner Haut verewigt. Erst jetzt erkannte ich, wie tief die Peitschenhiebe eingedrungen waren, wie schmerzhaft sie gewesen sein mussten. Mein Herz zog sich zusammen.

Nan schien mein Zögern anders zu deuten. Er machte Anstalten, aufzustehen, doch meine Hand legte sich auf seine Schulter und presste ihn sanft zurück auf die Tischplatte.

»Ich habe gelogen«, gestand ich leise.

»Gelogen?«

»Du hast den besttrainiertesten Oberkörper, den ich je gesehen habe. Auch wenn ich nicht sicher bin, wie du trainierst.«

Sein Lachen vibrierte unter meiner Hand.

»Darf ich sie berühren?«, hauchte ich.

Ein verwirrter Ausdruck schlich sich in seine Züge, dann nickte er.

Ich beugte mich wieder hinunter und küsste seine Brust,

presste meine Lippen auf jede Narbe, während sich seine Muskeln unter mir anspannten. Jeder Kuss zerriss mich weiter, weil ich so viel mehr wollte. Mehr als diesen einen gestohlenen Augenblick.

»*Lo siento*«, murmelte ich, als ich die notdürftig verbundene Wunde in der Mitte seiner Brust erreicht hatte, die er mir zu verdanken hatte. »Und dafür auch.« Ich presste einen Kuss auf die Narbe an seiner Schulter, die er sich auf der ersten Ebene zugezogen hatte, weil er mich retten musste.

»Elena«, stieß Nan hervor.

»Ich liebe es, wie du meinen Namen sagst, Gott.« Meine Stimme klang fremd. Voller Verlangen.

Seine Finger gruben sich in meine Taille, meine Hüfte. Ich glaubte zu spüren, wie seine Hand kurz in die Tasche an meinem Oberschenkel glitt, doch ehe ich mir darüber Gedanken machen konnte, war sie wieder an meinem Bein, fuhr es entlang, so quälend langsam, dass es mir ein Keuchen entlockte.

»Es war einmal ein Gott, der von Narben übersät war«, flüsterte ich an seine Haut. »Jede einzelne von ihnen erzählte eine Geschichte. Die Geschichte eines Unsterblichen, der sich einst geopfert hatte. Dessen Albträume ihn menschlicher machten, als er sein wollte. Sie erzählten von mondlosen Nächten. Und von einem Herzen, das trotz allem noch immer schlug.«

Mit meinen Lippen erkundete ich jeden Zentimeter seiner vernarbten Haut, bis sie an seinem Hosenbund angekommen waren. Während ich noch überlegte, ob ich weitergehen sollte, stützte sich Nan auf seine Ellenbogen und zog mich sanft zurück auf seine Brust.

»Es geht hier um dich«, flüsterte er an meinen Lippen. »Nicht um mich. Nur um dich.«

Ich wollte etwas erwidern, wollte fragen, was er damit meinte, aber seine Küsse raubten mir die Fähigkeit, kohärente Sätze zu formen.

Plötzlich stieß er einen knurrenden Laut aus. Hastig wollte ich von ihm steigen, weil ich befürchtete, mich zu stark auf seine verletzte Brust gelehnt zu haben, doch er rollte sich über mich, bis wiederum mein Rücken auf dem Tisch lag. Er über mir, die Ellenbogen rechts und links von meinem Kopf aufgestützt.

»Darf ich mich revanchieren?«, raunte Nan.

Mein Atem stockte. Unvernünftig, das hier war unvernünftig. Trotzdem nickte ich. Weil ich nicht anders konnte, wenn er mich so ansah.

Eine Sekunde später waren Nans Hände hinter meinem Rücken verschwunden und öffneten eilig die Verschlüsse meines Anzuges. Ich setzte mich halb auf, damit er mir das Oberteil abstreifen konnte.

»Auf einmal kannst du das ja doch sehr schnell, Gott! Oh –«

Ich grub meine Finger in sein Haar und stieß einen keuchenden Laut aus, als ich seine Lippen auf meinem Bauch spürte. Von da bewegte er sie nach oben, streifte meine Brust. Instinktiv presste ich mich in seine Berührung, bat ihn stumm, nicht aufzuhören. Obwohl ich es vor ihm niemals zugeben würde, war das hier Neuland für mich, etwas, von dem ich geglaubt hatte, es niemals zu wollen.

Aber jetzt, hier, mit ihm? Wollte ich alles, was ich bekommen konnte.

Ich zuckte zusammen, als Nan seine Hände unter die Stoffbinde schob, die ich behelfsmäßig zur Stabilisierung um meine Brüste gewickelt hatte, und sie zerriss. Diesmal erstarrte ich. Doch auch Nan hielt plötzlich inne.

»Wer war das?«, stieß er schließlich hervor. Der Obsidian seiner Augen war dunkler denn je, während er die verbrannte Haut zwischen meinen Brüsten anstarrte.

Ich schloss die Augen und drehte den Kopf zur Seite. Die kalte Tischplatte kühlte meine erhitzte Wange. Warum hatte ich nicht früher daran gedacht? Warum war ich so in Trance gewesen, so versessen darauf, von ihm berührt zu werden? Warum –

Mit sanften Fingern drehte er mein Gesicht wieder nach vorn.

»Elena.« Nans Stimme war kaum mehr als ein Flüstern.

»Meine Mutter.« Ich öffnete die Augen. »Sie hat geglaubt, dass ein Dämon in mir wohnt, weil ich ihr anvertraut habe, was ich sehen konnte. Mateo hat uns gefunden, bevor sie noch mehr Schaden anrichten konnte. Marisol hat uns kurz danach zu sich genommen.«

Einen Moment lang herrschte Stille.

»Wo ist sie jetzt?« Etwas Bedrohliches hatte sich in Nans Stimme geschlichen.

»Sie ist tot.«

Instinktiv wollte ich meine Arme vor der Brust verschränken, um meine tiefste Narbe zu verbergen, doch Nan pinnte meine Handgelenke auf der Tischplatte fest.

Er küsste das Brandmal. »Wenn sie nicht schon tot wäre, hätte ich sie getötet.«

Ein zaghaftes Stöhnen entfuhr mir, woraufhin Nan den Druck seiner Lippen verstärkte. Mein Körper verriet mich, verriet, wie sehr ich ihn in diesem Augenblick wollte.

Als er mit seiner Zunge über meine Brustwarzen strich, sog ich scharf die Luft ein. Kurz darauf presste er einen Kuss auf meinen Bauchnabel. Er war auf einmal so zärtlich, so vorsichtig. Küsste meine Narben, wie ich seine geküsst hatte. Als fürchtete er, mir wehzutun, wie meine Mutter mir wehgetan hatte.

Ungeduldig versuchte ich, den Stoff meines Anzugs weiter hinunterzustreifen, was Nan erneut ein Lachen entlockte.

»Brauchst du Hilfe?«, fragte er leise. Diesmal wartete er meine Antwort nicht ab, zu offensichtlich war, was ich wollte.

Ich biss mir auf die Unterlippe, als er den Rest meines Anzugs abstreifte, und richtete mich auf meine Ellenbogen auf, um ihn zu beobachten. Dieser Gott raubte mir den verdammten Verstand.

Pures Verlangen brannte in seinen dunklen Augen, als er sich kurz darauf erneut über mich kniete. Sein Blick sog jeden Zentimeter meines Körpers auf, verschlang jeden meiner Selbstzweifel.

»Du bist wunderschön.« Mit seinen Lippen fuhr er meine Hüfte entlang, meinen Oberschenkel herunter. Automatisch hob ich mein Becken und presste es ihm entgegen. Anstatt mir Linderung zu verschaffen, zog seine Zunge Spuren mein Bein herunter, dann wieder herauf.

»Ich will, dass dieses erbärmliche Exemplar von einem Arzt dein Stöhnen hört.« Er kam wieder nach oben, küsste meinen Hals erst sanft, dann immer gieriger. »Dass er den Klang meines Namens von deinen Lippen ertragen muss, immer und immer wieder. Bis er ihn hasst. Bis er mich hasst.« Sein Mund kollidierte erneut mit meinem. Ich zögerte nicht, den Kuss zu vertiefen. »Ich will dich brennen sehen, Elena. Für mich.«

Er konnte nicht ahnen, dass ich bereits in Flammen stand.

»Zeig mir, ob du es kannst«, hauchte ich atemlos an seine Lippen. »Ob du mich deinen Namen schreien lassen kannst.«

»Mhm.« Er presste einen Kuss unter mein Kinn. Als ich seine Zunge auf meiner Haut spürte, gruben sich meine Fingernägel in seinen Rücken. »Forderst du mich etwa heraus, Admiradora?«

»Vielleicht.« Meine Hand fand seine Brust, zeichnete jede Erhebung, jeden Muskel nach. »Nimmst du die Herausforderung an, Gott?«

Er stieß einen knurrenden Laut an meiner Haut aus, dann ließ er von mir ab und stieg vom Tisch herunter. Im nächsten Moment hatte er meine Knöchel gepackt, mich zu sich gezogen und meine Beine über seine Schultern gelegt.

Ich presste die Augen zusammen, als Nan sich vor mich kniete und seinen Kopf zwischen meinen Beinen vergrub. Während dieser Gott mir Laute entlockte, für die ich mich normalerweise geschämt hätte. Aber hier gab es keine Scham, keine Vernunft.

Hier gab es nur ihn.

Mich.

Uns.

Und das unbeschreibliche Gefühl, das seine Lippen und seine Zunge in mir auslösten. Als mich die Flammen endgültig verschlangen und ich meinen Kopf nach hinten warf, kniete sich Nan erneut über mich. Und erstickte mit einem Kuss meinen Schrei, für den allein er verantwortlich war.

»Alles okay?«, fragte er flüsternd. Da war sie wieder, diese Besorgnis in seinen Zügen. Als fürchtete er wirklich, dass er mich verletzt haben könnte.

Ich starrte ihn an, meine Lippen halb geöffnet, mein Herz ein einziges Chaos. Dann packte ich sein Gesicht, zog es zu mir und küsste ihn, als würde mein Leben davon abhängen.

Nan stieß einen überraschten Laut aus, bevor er meinen Kuss erwiderte und augenblicklich vertiefte.

Ich hatte geglaubt zu wissen, was Leidenschaft war und was Lust. Aber ich hatte mich geirrt.

Jetzt wusste ich es.

»War das mein Dank? Falls ja«, seine raue Hand glitt meinen Bauch herunter, »tue ich das gerne jederzeit wieder.«

Doch ehe seine Hand ihr Ziel erreicht hatte, hatte ich sie genommen und meine Finger mit seinen verschränkt.

Dabei hob ich meine Hüfte vom Tisch, presste sie gegen seine, schmiegte mich an ihn.

Nan ergriff meinen nackten Po, schob mich wieder zurück auf den Tisch.

»Vorsicht, Admiradora.« Für einen kurzen Moment ließ er von meinem Mund ab. Sein Atem ging schwer. Zu wissen, dass ich der Grund dafür war, erfüllte mich mit einer seltsamen Art von Stolz.

»Ich will nicht vorsichtig sein«, antwortete ich flüsternd. »Nicht mit dir.«

Wir starrten uns an. Und dann, quälend langsam, erwiderte er die fordernden Bewegungen meines Körpers.

Ich biss mir schon wieder auf die Unterlippe, doch im nächsten Moment waren Nans Lippen erneut bei mir.

»Lass mich das übernehmen.«

Meinen Lippen würde man zweifellos seine Küsse ansehen können, aber in diesem Augenblick war mir das egal. Er hinterließ seine Spuren – auf meiner Haut, in meinen Gedanken. Vielleicht sogar in meinem Herzen. Seine Worte vertrieben das Salz von meinen Lippen, ersetzten es durch Süße. Seine Berührung linderte den brennenden Schmerz in meiner Brust, ersetzte ihn durch Verlangen. Ich sollte ihn hassen, doch ich tat es nicht. Wusste nicht, wie, nach alldem. Nachdem er ausgefüllt hatte, was ich für leer gehalten hatte. Nachdem er geheilt hatte, was stets gebrochen gewesen war. Nachdem er mir gezeigt hatte, was es bedeutete, ein Mensch zu sein. Lebendig. In einer Welt, in der ich auf ewig eine Dienerin des Todes sein würde.

Des Todes.

Augenblicklich erstarrte ich, als mir klar wurde, was ich hier tat. Und mit wem. Ich würde eines Tages sterben, Nan war unsterblich. Zumindest würde er das bleiben, wenn wir mein Dorf retteten. Und ich würde ihn nicht länger berühren können.

Die verbrannte Haut auf meiner Brust schmerzte auf einmal. Menschlich zu sein, bedeutete, zerbrechlich zu sein. Ich wollte nicht noch einmal gebrochen werden. Nicht von den Händen eines Gottes.

»Nan.«

Sofort hielt er inne, Besorgnis in seinen Augen. »Habe ich dir wehgetan?«

Ich schüttelte den Kopf, wandte ihn zur Seite, um seinem bohrenden Blick zu entgehen. Die Wahrheit war, seine Berührungen brannten wie Feuer, zerstörten und heilten mich gleichermaßen. Es war eine frustrierende Kombination. Alles an ihm war frustrierend.

»Ich habe das Gefühl, dass ich dich gerade nur benutze. Um zu vergessen.« War das eine Lüge? Oder ein Bruchstück der Wahrheit? Ich wusste es selbst nicht.

Eine Weile herrschte eine erdrückende Stille, bis ich plötzlich Nans Hand an meiner Wange spürte und er mein Gesicht sanft zu sich drehte.

»Dann benutz mich, Elena.« Seine Stimme war kaum mehr als ein Flüstern. »Nimm dir, was du willst. Ich bin nicht aus Glas.«

Auch nach fast zwei Monaten konnte ich nicht behaupten, dass ich ihn wirklich kannte. Ich hatte Bruchstücke von ihm gesehen, wusste jedoch nicht, ob das wirklich er war. Wusste nicht, ob ich jemals verstehen würde, wer sich hinter seiner rauen Stimme, seinen dunklen Augen, seinen Narben verbarg.

Ich wusste nur eines: Wir waren nicht länger Fremde, waren zu etwas anderem geworden. Etwas, das mir Angst machte.

»Was bin ich für dich, Gott?«

Nan erstarrte. Er sah mich nur an, ohne zu antworten. Mit jeder Sekunde, die verstrich, wurde mein Herz schwerer. Was hatte ich überhaupt erwartet? Was wollte ich von ihm hören? Ein plötzliches Geräusch ließ uns beide zusammenzucken. Sofort suchte ich die kerzenlichterhellte Dunkelheit ab. Auf einmal stand jemand im Eingang des Tempels. Jemand, der ganz und gar nicht aussah wie ein Bewohner Mictlans.

Es war ein Toter.

Bevor ich etwas sagen konnte, hatte Nan nach seinem Mantel gegriffen und ihn über meinen entblößten Körper geworfen, dann presste er beide Hände auf meine Augen. Trotzdem glaubte ich, Blitze zu erkennen, eine gleißende Helligkeit. Ein ohrenbetäubender Knall ertönte, dann herrschte Stille.

»Was ist passiert?«, fragte ich flüsternd.

Langsam nahm Nan seine Hände von meinen Augen. Ehe ich ihn ansehen konnte, war er jedoch vom Tisch gestiegen und hatte sich abgewandt. »Das ist einer der Gründe, warum Tote nicht hierherdürfen. Ihre Seelen halten dem Ring des Lebens nicht stand, wenn sie zu lange bleiben. Dann zerbricht ihre Seele und sie explodieren in gewisser Weise.«

Mir entging nicht, dass er mich noch immer nicht ansah. Er sprach mit den Kerzen anstatt mit mir.

Ich stieg ebenfalls vom Tisch. Meine Knie waren noch völlig weich, und ich hatte Nans Mantel um meinen nackten Körper geschlungen. Ich trat neben ihn. »Nan?« Behutsam berührte ich seine Wange, drehte sein Gesicht zu mir.

»Bei den Göttern.« Ich starrte seine Augen an. Augen, die auf einmal nicht mehr die Farbe von Obsidian hatten, sondern heller waren. Gräulicher. Leerer. »Bist du … blind?«

Nan hob eine Hand und berührte seine halb geschlossenen Lider. Er zuckte kurz zusammen. »Nur vorübergehend.«

Die Hitze, die eben noch Besitz von mir ergriffen hatte, war in Sekundenschnelle abgekühlt, hatte eine Kälte zurückgelassen, die selbst sein Mantel nicht abschirmen konnte. Nans Brust hob und senkte sich hektisch. Verriet, dass er hier rausmusste.

Zitternd holte ich Luft, schloss die Augen, öffnete sie wieder. »Wir müssen gehen. Du atmest zu schnell. Und Li muss sich deine Augen ansehen. Ich will nicht, dass du –«

Nan machte eine schnelle Bewegung auf mich zu und erstickte meine Worte mit einem harten Kuss, der nach Verzweiflung schmeckte. Automatisch ließ ich den Stoff los und packte seine Schulter. Der Mantel rutschte herunter, fiel zu Boden, bis sich Nans nackte Brust an meine presste.

Viel zu früh löste er sich von mir. Es kostete mich all meine Willenskraft, ihn nicht wieder zu mir herunterzuzerren. Damit er dort weitermachte, wo wir aufgehört hatten.

»Entschuldige.« Sein Atem ging schwer. »Ich musste das noch ein letztes Mal tun.«

Ein letztes Mal. Die Endgültigkeit in diesen drei Worten zerbrach etwas in mir. Zu wissen, dass das hier nie wieder geschehen würde, schnitt tiefer als erwartet.

»Du wolltest wissen, was du für mich bist.« Mit seinem Daumen strich er über meine Lippen. Schmerzhaft sanft zeichnete er ihre Konturen nach, bevor er sich so weit herunterbeugte, bis sein Atem mein Ohr streifte. »Auf der letzten Ebene werde ich dir diese Frage beantworten, Admiradora.«

Dann trat er zurück, wandte sich um und ließ mich allein.

Allein mit einem heftig pochenden Herzen, von dem ich fürchtete, dass es nicht länger nur für Marisol schlug.

27. Kapitel

Isa war fort.

Egal, wie oft ich stumm diese Worte wiederholte, wollte ich es doch nicht wahrhaben. Ich konnte nicht verstehen, wie sie während Nans und meiner Abwesenheit einfach hatte verschwinden können, ohne Abschied, ohne ein Lebewohl. Mit den Fingern rieb ich meine Schläfe. Was war nur los mit mir? Ich hatte die ganze Zeit über gewusst, dass das früher oder später geschehen würde. Obwohl sie vor fast zwei Monaten gestorben war, hatte ich das Gefühl, Isa erst jetzt wirklich verloren zu haben.

Ich hob den Blick, musterte das imposante, von zwei schlanken Säulen flankierte Tor, das in die Mauer des Ringes der nächsten Ebene eingelassen war. Tote strömten hindurch, aber im Vergleich zu den vergangenen Stunden war der Strom ruhiger geworden. Darauf hatten wir gewartet. Doch Isa war nicht unter den Toten. Ein naiver Teil von mir hoffte, dass ich sie noch einmal wiedersehen würde. Dass wir diese entscheidende Ebene, auf der die Seelen ihr Herzen verlieren würden, gemeinsam beschreiten würden.

Aber das waren nur Lügen, die ich mir einredete. Lügen, die sich zu alldem gesellten, was meine Gedanken momentan erschwerte.

So wie die Tatsache, dass Nan vorübergehend blind war. Ich blickte mich zum wiederholten Male suchend in der fahlen

Dunkelheit um. Aber seitdem wir letzte Nacht zurückgekehrt waren, war Nan wieder auf Abstand gegangen. War mit der Dunkelheit Mictlans verschmolzen. Das Einzige, was von ihm geblieben war, war das Gefühl seiner Lippen auf meinen, sein Flüstern an meiner Haut. Und Schuld, die schwer auf meinen Schultern lastete.

»Gib ihm etwas Zeit, Lena.«

Ertappt sah ich Li an, der neben mir an der Mauer lehnte. Dunkle Schatten lagen unter seinen klaren Augen. Augen, in denen sich meine Sorge um Nan widerspiegelte. Er hatte nichts gesagt, aber ich konnte spüren, dass er ahnte, dass der Sonnengott und ich uns nähergekommen waren, als wir sollten.

»Gehen wir noch mal den Plan durch?«, fragte ich, um von Nan abzulenken.

»Die Wände sind mit Erinnerungen versehen«, wiederholte Li. »Es gibt nur einen einzigen Weg durch das Labyrinth, auf dem ihr sicher vor dem Jaguar seid. Und zwar der, an dessen Wänden ihr eure eigenen Erinnerungen wiederfindet. Ihr müsst ihnen folgen und keinen anderen! Auch wenn sie noch so ähnlich scheinen mögen. Und ihr dürft euch nicht von den Toten ablenken lassen. Sie sollen dem Jaguar begegnen, sollen ihr Herz verlieren, ihr dürft das nicht. Kommt ihr von dem Weg eurer Erinnerungen ab, lauft ihr Gefahr, dem Raubtier zu begegnen. Je länger ihr euch im Innern der Gänge aufhaltet, desto schwächer wird euer Herzschlag werden.« Er warf Abuela, die vor uns auf dem Boden saß, einen fragenden Blick zu. »Wie steht es um deine Erinnerungen, Sol? Kannst du Wahrheit von Lügen unterscheiden?«

Wir warteten auf ihre Antwort, aber sie reagierte nicht. Stattdessen starrte sie leise summend auf ihre Hände, als hätte sie Li nicht gehört.

»Marisol?«, versuchte Li es noch einmal, doch wieder kam keine Reaktion.

Ein ungutes Gefühl breitete sich in mir aus. Ich stieß mich von der Wand ab, trat einen Schritt näher, kniete mich vor Abuela und legte meine Hand unter ihr Kinn. Sie schreckte auf.

»Marisol?«

Sie runzelte die Stirn. »Wer soll das sein?«

Mit meiner zitternden Hand fuhr ich von ihrem Kinn zu ihrer Wange, streichelte sie behutsam. »Du. Das bist du. Du bist Marisol.«

Die Dorfälteste kniff die Augen zusammen. »Ich … Wirklich? Grässlicher Name. Meine Eltern müssen mich gehasst haben.«

Hilflos sah ich mich nach Li um. »Ich glaube nicht, dass sie das schafft.« Ich nahm ihre Hand, hob sie an meine Lippen und presste einen Kuss auf ihre Knöchel. »Planänderung«, murmelte ich. »Ich gehe zuerst. Li, du begleitest mich. Sobald wir den Ausgang gefunden haben, drehst du um und gibst Marisol Bescheid. Du hast gesagt, dass es nur einen einzigen Weg gibt, den der Jaguar meidet, nicht wahr? «

Abuelas Erinnerungsvermögen ließ zusehends nach. Und das Letzte, was ich riskieren wollte, war, sie zu verlieren. Wenn wir zusammengingen, könnte ich sie falsch führen. Aber wenn ich den Weg zuerst allein ablief, konnte ich Li zurückschicken, um Marisol zu warnen, falls ich es nicht schaffen sollte.

Mit meiner unverletzten Hand kramte ich ein Stück Kohle aus der Tasche meiner Jeansjacke hervor. »Ich werde für sie den richtigen Weg markieren.«

Abuela setzte zum Protest an, doch ich legte einen Finger an ihre Lippen. »Keine Widerrede.«

Aus den Augenwinkeln nahm ich plötzlich eine Bewegung wahr und entdeckte eine vertraute Silhouette vor der gegenüberliegenden Mauer.

»Also, Sol, dieser eine Film.« Li kniete sich neben mich und nickte unauffällig in Nans Richtung, während er Marisol in ein

Gespräch verwickelte. »Ich verstehe immer noch nicht ganz, woher sie wissen wollen, dass das wirklich eine Hexe war. Ich meine, das kann doch genauso gut irgendwas anderes gewesen sein. Wie genau definiert man Hexen überhaupt?«

Marisol blinzelte mehrere Male, dann glaubte ich, das altbekannte Funkeln wieder in ihren Augen zu entdecken.

»Bei Horrorfilmen sollte man niemals etwas hinterfragen. Die heiligste Regel. Das nimmt kein gutes Ende.«

»Warum nicht?«

»Weil man spätestens nach drei Minuten in Logiklöchern ersäuft, *Mijo*.«

Während die beiden in eine Diskussion über Hexen verfielen, erhob ich mich und stahl mich zum Sonnengott, der nur erhellt war von einem bläulich-weißen Lichtfleck, der auf seiner Schulter saß. Er hatte mir den Rücken zugewandt, eine Hand an der Mauer abgestützt.

Ich blieb wenige Schritte entfernt stehen. Erst jetzt merkte ich, wie nervös ich war. Seit unserer Rückkehr hatten wir kein Wort miteinander gewechselt. Obwohl es so vieles gab, was unausgesprochen zwischen uns hing. Obwohl ich nicht aufhören konnte, daran zu denken, was im Ring des Lebens geschehen war.

»Möchtest du eingeweiht werden?«, fragte ich schließlich, um die erdrückende Stille zu durchbrechen. »In den Plan.«

»Ich habe alles gehört.« Er hob eine Hand und kraulte Luna zwischen den Ohren. »Lass mich mit dir gehen.«

»Geh bitte mit Marisol. Sie braucht dein Licht.« Luna legte ihr Köpfchen schief und entlockte mir mit ihrem fast vorwurfsvollen Blick ein kleines Lächeln. »Euer Licht.«

Nan erwiderte nichts. Ich trat noch einen Schritt näher. Erst jetzt sah ich, dass seine Schultern leicht bebten.

Hast du Angst vor der Dunkelheit, Gott?

Ohne nachzudenken, schloss ich die Kluft zwischen uns,

presste meine Stirn zwischen seine Schulterblätter und krallte meine Finger in den Stoff seines Mantels.

»Alles okay?«, fragte ich flüsternd. Ich hatte zweifellos ein Talent dafür, die dümmsten Fragen zu stellen. Alles an ihm verriet, dass nichts in Ordnung war.

Nan stieß ein freudloses Lachen aus. »Es gibt Schlimmeres.«

Ich hörte die Lüge in seinen Worten. Spürte die Anspannung in seinen Muskeln. Verstand, dass er mir etwas vormachte, ohne in sein Gesicht sehen zu müssen.

Als ich schließlich von ihm abließ, drehte er sich um.

»Lächle, Admiradora. Du hast es fast geschafft.«

Ich runzelte die Stirn. »Woher –«

Mit seiner Hand hob er mein Kinn leicht an. Sofort erstarb die Frage auf meinen Lippen.

»Nur weil ich im Moment blind bin, bedeutet das nicht, dass ich nicht mehr sehen kann.« Ich fühlte mich schuldig. Musste mir eingestehen, wie sehr ich seine intensiven Blicke geliebt hatte.

Zögerlich hob ich eine Hand und legte sie an seine Wange. Automatisch lehnte er sich in meine Berührung, als wäre es das Selbstverständlichste der Welt. Vielleicht war es das in diesem Moment auch.

»Wie lange wird es dauern?« Mit meinem Daumen streichelte ich über eine seiner Narben, die unter seinen Bartstoppeln verborgen war. »Bis du wieder sehen kannst, meine ich.«

Nan antwortete nicht sofort. Erst glaubte ich, dass er mich nicht gehört hatte, doch dann drehte er den Kopf und presste einen hauchzarten Kuss auf meine Handfläche. Trotz des Handschuhs verursachte der Druck seiner Lippen ein Chaos in meinem Innern.

»Ich weiß es nicht«, erwiderte er schließlich. Eine Sorgenfalte hatte sich auf seine Stirn gestohlen. »Li hat sein Bestes getan. Trotzdem wird es vermutlich viele Plejadenzyklen dauern.

Aber ich werde wieder sehen können.« Er schloss die Augen, ließ mein Kinn los und berührte seine Lider. »Bei Sterblichen ist das anders.«

Krampfhaft suchte ich nach Worten, um ihm zu danken. Schon wieder. Doch ich wusste nicht, welche. Das Einzige, was ich in diesem Moment wusste, war, dass ich ihn an diese Wand drücken und dort weitermachen wollte, wo wir aufgehört hatten. Dass ich ihm helfen wollte, die Dunkelheit zu vergessen. Nur für einen kurzen Augenblick.

»*Mija.*«

Ertappt zog ich meine Hand zurück. Marisol tauchte in meinem Sichtfeld auf. Mit einem grimmigen Gesichtsausdruck näherte sie sich uns. Sie blieb neben mir stehen, musterte uns, wie wir viel zu nah beieinanderstanden. Die Missbilligung in ihren Augen schmerzte.

»Abuela, wir –«

»*Tú.*« Sie trat an mir vorbei und stach ihren Finger in Nans Brust. Ich versuchte, mich zwischen die beiden zu drängen, weil eine Auseinandersetzung das Letzte war, was wir gerade gebrauchen konnten. Doch Marisols nächste Worte ließen mich innehalten.

»Du hast meine Kleine gerettet.«

»Ich habe nichts getan, was du nicht auch getan hättest«, entgegnete Nan ruhig.

Die Dorfälteste stieß einen leisen Fluch aus, dann packte sie ihn grob an den Schultern, zerrte ihn zu sich herunter – und zog ihn in eine ungestüme Umarmung.

Nan tätschelte ihr sichtlich unbeholfen den Rücken, aber mir entging das leichte Lächeln nicht, das um seine Mundwinkel spielte.

Der Mondgott trat plötzlich neben mich. »Ah, eine Gruppenumarmung! Komm her, Lena!« Li packte meine Hand und zog mich mit sich zu Marisol und Nan, dann ließ er mich los und warf je einen Arm um die beiden. Ich zögerte einen Moment lang, bevor ich mich an Marisol schmiegte. Meine Hand tastete nach Nans. Kaum, dass ich sie berührt hatte, hatte er seine Finger mit meinen verschränkt. Vielleicht würde ich später Zeit finden, um mir darüber im Klaren zu werden, was das zwischen uns war. Ich entzog ihm sanft meine Hand. Jetzt hatte etwas anderes Priorität.

»Okay, das reicht. De Jesús fängt gleich wieder an, zu heulen.« Marisol ließ Nan los, stellte sich auf die Zehenspitzen und presste einen Kuss auf mein Haar. »Und ich hasse es, sie so zu sehen.« Noch einmal zog ich sie an mich, umarmte sie fester als je zuvor in meinem Leben, dann ließ ich sie widerwillig los.

Ich holte tief Luft, bevor ich einige Schritte ging und das dunkle Labyrinth betrat, Li an meiner Seite. »Wie stehen unsere Chancen, Mondgott?«

Anstatt zu antworten, griff Li nach meiner Hand und drückte sie leicht. »Wir schaffen das, Lena.« Im nächsten Moment nahm er seine leuchtende Jaguargestalt an und stieß sein Köpfchen an meine Finger. Ich schenkte ihm ein zaghaftes Lächeln, bevor ich mich auf den schmalen Gang vor uns konzentrierte. Nun würde sich zeigen, wie gut ich mich an die Frau erinnern konnte, die ich einst gewesen war.

Die absolute Stille, die den ersten Gang erfüllte, erdrückte mich. Gleichzeitig spürte ich einen leichten Druck auf meinem Herzen. Mit meiner unverletzten Hand fuhr ich die rechte Wand entlang, bis wir auf eine Gabelung trafen. Im Schein von Lis Licht begutachtete ich die Wände der beiden Gänge, die von ihr abzweigten. Beide zeigten schlichte Malereien eines Mädchens, die Haare zu einem langen Zopf geflochten. Der rechte Gang ließ das Kind eine Künstlerin werden, der linke eine Schriftstellerin.

»Einfacher als gedacht«, murmelte ich mehr zu mir selbst als zu Li, während ich den richtigen Gang mit Kohle markierte und in diesen abbog. Dieses Prozedere wiederholte ich bei jeder Kreuzung, an die wir gelangten. Mein Puls dröhnte in meinen Ohren, während ich versuchte, mich an jedes Detail meines Lebens zu erinnern, um Marisol nicht auf eine falsche Fährte zu locken. Mit schmerzendem Herzen begleitete ich mich dabei, wie ich erwachsen wurde, wie ich Entscheidungen traf, die mich schlussendlich hierhergeführt hatten. An die Seite eines Gottes, dem ich zu verfallen drohte.

Ich konnte nicht sagen, wie viel Zeit wir schon in den schmalen Gängen verbracht hatten. Als wir an die nächste Gabelung kamen, krampfte sich mein Herz heftig zusammen. Halt suchend stützte ich mich an einer der Wände ab, während Tote an mir vorbeidrängten. Verdammt. Ich wusste nicht, wie lange ich das noch durchhalten würde. Andererseits hatten wir Mateos Tod schon passiert. Lange konnte es nicht mehr dauern, bis wir den Ausgang gefunden hatten. Doch das, was ich an den Wänden der nächsten beiden Gänge vorfand, zerstreute meine Hoffnung.

»Li.« Meine Kehle schnürte sich zu. Jeder Atemzug glich einem Kampf, den ich zu verlieren drohte. Meine Finger krallten sich an die unebene Wand, während mein Blick hektisch die Bilder entlangfuhr. In der Hoffnung, mich geirrt zu haben. In der Hoffnung, etwas übersehen zu haben. Doch das hatte ich nicht.

»Das … Das hier sind nicht meine Erinnerungen.«

Li knurrte leise. Sein Kopf stieß an meinen Arm, aber als ich ihn ansah, fand ich in seinen Augen nicht die Antwort, die ich mir erhofft hatte. Ich holte zitternd Luft, dann versuchte ich, mich zu beruhigen. *Reiß dich zusammen, de Jesús.*

Vielleicht waren es Erinnerungen, die Mictlan mir bereits genommen hatte? Mit zusammengekniffenen Augen musterte ich die beiden Szenen vor mir ein weiteres Mal. An den Wänden beider Gänge saß eine männliche Gestalt mit gekrümmtem Rücken und nur mit einer dunklen, langen Hose bekleidet auf dem Boden. Seine Haltung strahlte so viel Schmerz aus, dass ich den Blick kaum abwenden konnte. War das Mateo? Miguel? Die Männer, die in meinem Leben bisher eine Rolle gespielt hatten, konnte ich an einer Hand abzählen. Aber ich konnte dieses Bild niemandem von ihnen zuordnen.

Weder meinem Vater, dessen Gesicht ich schon lange verdrängt hatte. Noch Miguel. Oder Mateo.

Ich lehnte mich noch ein Stück näher an die Wand. Der Oberkörper des Mannes war übersät mit Narben. Abwesend glitt meine Hand zu meinen Lippen, während meine Gedanken mit Erinnerungen an Narben geflutet wurden, die ich vor nicht allzu langer Zeit berührt hatte. Die ich geküsst hatte.

»Nan.« Sein Name war kaum mehr als ein Hauch. Ein Flüstern, das ich nicht verstand. Ich verstand nicht, warum seine Erinnerungen meinen Weg zu pflastern schienen, obwohl er bis vor Kurzem nicht einmal ein Teil meines Lebens gewesen war. Mühsam löste ich mich aus meiner Starre und untersuchte die Gänge genauer. Die Wände des rechten Ganges zeigten nur Schwärze, die den Mann nach wenigen Schritten verschluckte. Die Wände des linken Ganges waren hingegen in leuchtend blaue Farbe getaucht, die den Mann ummantelte. Beschützte.

Der rechte Gang könnte Nans Angst vor Dunkelheit symbolisieren. Eine Angst, die er in der Tat hatte. Aber sie hatte ihn nicht verschlungen. Mein Blick fiel auf Li, dessen bläulich leuchtendes Fell die Gabelung erhellte. Zögerlich markierte ich den linken Gang. Der Drang, mit dem Mondgott zu sprechen, wurde unbändig. Er konnte mich zwar verstehen, aber ich ihn nicht. Gleichzeitig wusste ich jedoch, dass ich ihn in seiner Raubkatzengestalt brauchte, falls wir auf den Jaguar treffen sollten.

Kaum, dass wir in den Gang gebogen waren, zwang mich ein explosiver Schmerz in der Brust in die Knie. Entfernt nahm ich wahr, wie Li seinen Kopf an meiner Schulter rieb. Dann spürte ich ein ungeduldiges Ziehen an meinem Ärmel. Er wollte nicht zulassen, dass ich aufgab.

Ich biss mir so fest auf die Unterlippe, dass sich ein metallener Geschmack auf meiner Zunge ausbreitete, dann kroch ich auf allen vieren weiter.

Irgendwann – ob Stunden oder nur Minuten vergangen waren, vermochte ich nicht zu sagen – gelangten wir an eine weitere Gabelung. Schwer atmend kämpfte ich mich auf die Knie und begutachtete die Wände, die in Lis Licht getaucht waren.

Im Gegensatz zu den vorherigen Gängen beherbergten diese Wände eine Geschichte, die eigentlich jeder kannte. In dem einen Gang opferte sich der Gott Nanahuatl, um den Menschen die fünfte und somit letzte Sonne zu schenken. Im gegenüberliegenden Gang entzog er sich dieser Verantwortung und opferte sich nicht. Noch immer hatte ich keine Ahnung, wie er diese Opferung überlebt haben wollte, aber im Moment spielte das auch keine Rolle. Ohne zu zögern, erhob ich mich und bog in den Gang ein, der von seinem Opfer erzählte. Zuvor hatte ich ihn wie alle vorherigen markiert. Nach kurzer Zeit fiel ich wieder auf die Knie und kroch mit gesenktem Kopf weiter, weil mir meine Beine nicht länger gehorchen wollten. Doch viel schlimmer als meine Beine war der Schmerz in meinem Herzen, das mir immer heftiger den Dienst verweigerte. Es hämmerte rasend schnell gegen meine Brust, gleichzeitig hatte ich das Gefühl, dass es kein Blut mehr pumpte. Dass es leer war. Tot.

Plötzlich stieß mein Kopf gegen etwas Hartes. Hastig hob ich den Blick, glaubte, wieder an einer Gabelung angelangt zu sein – und erstarrte.

»Nein.« Meine schweißnasse Hand legte sich auf die Wand vor mir und tastete sie entlang, dann schlug ich auf die Wände zu meiner Linken und Rechten ein. Verdammt. Ich hatte uns in eine Sackgasse geführt.

»L-Li«, brachte ich mühsam hervor. Sofort war er neben mir, schenkte mir sein Licht. Dank ihm entdeckte ich nun eine Vielzahl an Eingravierungen, die die Wand vor uns zierte. Ich erkannte sie als dieselben Symbole, die auch mein Obsidianschwert bedeckten. Die Symbole jener Gottheiten, die die Dörfer auf der Isla Mujeres gegründet hatten. Ich hämmerte an die Wand, auf die Eingravierungen, aber nichts geschah. Als mein Kopf zu schwer wurde, sackte ich nach vorn.

Augenblicklich spürte ich weiches Fell unter mir. Li fing mich mit seinem Körper auf, stützte mich. Dank seiner Hilfe richtete ich mich noch einmal auf, kniff die Augen zusammen und musterte die Wand. Erst jetzt fiel mir auf, dass die Symbole der Dorfgötter nicht die einzigen Gravierungen waren. Um sie herum gab es weitere, die gemeinsam ein großes, fast die ganze Wand einnehmendes Symbol bildeten, das mir hier unten bereits oft genug begegnet war. Die Scheibe des Totengottes. Eine Scheibe, die man im Innern dieser Stadt stets mit Blut beschmieren musste, um Einlass zu erlangen. Mit Blut und einer Erinnerung.

Mit letzter Kraft rammte ich meine Hand in die Klingen meines Obsidianschwertes, dann benetzte ich die Symbole mit Blut.

»Tez-catlipoca.« Ein Stern versank in Dunkelheit.

»Quetzalcoatl.« Ein zartes Pflänzchen folgte ihm.

»Cip-Cipactli.« Mit meinen Fingern strich ich das Krokodil durch.

»T-Tlaloc.« Ich presste meine Hand auf eine einsame Welle.

»M-M-Metztli.« Blut tränkte den Halbmond. Mein schon leicht verschwommener Blick fixierte das letzte Symbol. Ich legte meine Hand auf die Sonne.

»N-Nana-huatl.« Alles in mir schrie. Vor Schmerzen, vor Verzweiflung. Vor Angst. Dann spürte ich, wie sich etwas aus meinen Erinnerungen löste und mir entglitt. Doch noch ehe ich die Erinnerung entziffern konnte, die mir genommen worden war, begann sich die Scheibe zu drehen. Erst langsam, dann immer schneller, bis sich die Wand auseinanderschob.

Mein Herz jubelte, als ich aus dem Labyrinth hinauskroch.

»Bring Marisol her«, bat ich Li. Ich strich ihm ein letztes Mal über den Kopf, bevor er wieder im Innern des Labyrinths verschwand. Um Atem ringend hielt ich meine schmerzende Brust, während ich mich mit dem Rücken gegen die Fassade eines tempelartigen Gebäudes presste, das sich neben dem Ausgang emporhob. Ich konnte nicht glauben, dass ich es geschafft hatte. Aber ich hatte es erst wirklich geschafft, wenn Marisol wieder hier bei mir war. Sie und Nan.

Ich schloss die Augen, lauschte auf mein Herz. Nun verstand ich, warum man es an diesem Ort zurücklassen sollte. Warum es weniger schmerzhaft wäre, es dem Jaguar zu überlassen. Denn im Moment fühlte es sich an, als würde meine Brust in Flammen stehen. Als wären meine Erinnerungen nicht länger die meinen.

»Elena.«

Ich öffnete die Augen, sah auf und entdeckte Nan, der plötzlich vor mir stand, als wäre er aus dem Nichts aufgetaucht. Sein Anblick beruhigte meinen Atem merklich. Er streckte eine Hand aus und legte sie an meine Wange, während meine Finger seine Brust fanden. An der anderen Hand trug er aus irgendeinem Grund keinen Handschuh mehr. »Alles okay?«

»Ja.« Es war nur die halbe Wahrheit. Ich warf einen Blick über seine Schulter, doch er schien allein zu sein. Abgesehen von den übrigen Toten, die nach und nach aus anderen Durchgängen in der Ringmauer auftauchten, alle mit dem charakteristischen schwarzen Loch in der Brust. Diese Durchgänge waren allesamt bereits geöffnet, was nahelegte, dass meiner schon lange Zeit nicht verwendet worden war, weshalb ich ihn mit meinem Blut öffnen musste. Ein ungutes Gefühl beschlich mich. Unwillkürlich krallte ich meine Finger in Nans Brust.

»Marisol?«

»Li begleitet sie. Sie ist fast draußen.« Nans Hand verweilte noch einen Moment lang an meinem Gesicht, dann schien ihm bewusst zu werden, was er da tat. Hastig ließ er mich los, trat jedoch nicht zurück.

»Wie hast du allein rausgefunden?«

Nan nickte in Lunas Richtung, die nach wie vor auf seiner Schulter saß. »Der Hase hat mich geführt.«

Unter meinen Fingern hob und senkte sich seine Brust hektisch. So viele Fragen brannten mir auf der Zunge, aber ich entschied mich für jene, die eigentlich keine war.

»Ich habe deine Erinnerungen gesehen.«

Nan runzelte die Stirn. »Meine Erinnerungen?«

Ich nickte, ehe mir klar wurde, dass er das nicht sehen konnte. »Ja.« Mein Blick blieb unwillkürlich an der Narbe hängen, die aus seinem Hemd hervorschaute. »Zumindest glaube ich, dass es deine waren.«

Der Gott fuhr sich mit einer Hand durchs Haar, einen nachdenklichen Zug um die Lippen. »Du hast den Ausgang trotzdem gefunden.«

Das beantwortete meine stumme Frage nicht, aber im Moment war das auch nicht von Bedeutung. Nervös sah ich immer wieder zu den Ausgängen des Labyrinths. Den Tempeln, die sich hier an die Ringmauer schmiegten und einen runden Platz in der Mitte einkesselten, schenkte ich kaum Beachtung, obwohl sie imposant aussahen. Ebenso wenig wie der steilen Treppe, die im Zentrum des Platzes in die Höhe ragte und den Weg zur letzten Ebene markierte. Das Einzige, was gerade zählte, war, dass Marisol durch diesen Durchgang kam. Unverletzt. Lebendig.

»Vielleicht sollte ich nachsehen gehen«, murmelte ich, doch Nan weigerte sich, mich gehen zu lassen. Ich wusste, dass er recht hatte. Mein Herz schmerzte immer noch. Halt suchend zupfte ich an meinen tauben Fingern herum. Tote strömten ohne Unterlass aus den Gängen. Automatisch blieb mein Blick immer wieder an den Löchern hängen, die mittig auf ihren Brüsten prangten. Sie alle waren vom Jaguar gezeichnet worden. Nun ähnelten sie jenen Seelen, die mir im Reich der Lebenden stets begegnet waren. Aber egal, wie lange ich auf das Labyrinth starrte, Marisol und Li erschienen nicht. Warum dauerte das so lange? Meine Gedanken wanderten zurück zu den Wänden. Suchten irgendeine Ablenkung.

»Du hast mir immer noch nicht gesagt, wie du es überlebt hast, Nan.«

Selbst ohne sein Augenlicht glaubte ich, Nans gesamte Aufmerksamkeit auf mir zu spüren. »Was?«

»Dein Opfer.«

Stille antwortete mir. Nach einer Weile löste ich meinen Blick vom Ausgang und sah den Gott an. Doch gerade, als ich noch einmal nachhaken wollte, sagte er etwas, was meine Welt zum Stillstand brachte.

»Ich habe mich nie geopfert.«

Es war, als hätte jemand mein Obsidianschwert mit voller Wucht in meiner Brust versenkt.

Du solltest nicht jedem Mythos Glauben schenken.

Ich rannte. Stürmte zurück ins Labyrinth. Sofort rebellierte mein Herz von Neuem. Trotzdem rannte ich weiter, stolperte, fing mich wieder. Ich ignorierte Nans Rufe, das Stechen in meiner Brust.

Als ich erneut im Innern der Gänge war, nahm ich Geräusche wahr, die ich zunächst nicht zuordnen konnte. Bis ich schließlich verstand, dass es Kampfeslaute waren. Das Knurren von Raubkatzen. Ich hastete den Gang entlang und kam jäh zum Stehen, als ich die kämpfenden Jaguare entdeckte. Und hinter ihnen, an der Wand, lehnte Marisol. Sie stand aufrecht. Sie lebte. Wie benommen raste ich zu ihr, drängte mich an Li vorbei. Sie bemerkte mich erst, als ich direkt vor ihr stand.

»De Jesús, was zum –«

»Ich bringe dich hier raus.« Ich ging in die Knie, wollte sie trotz meiner lädierten Hand hochheben, doch sie weigerte sich.

»Abuela, bitte. Wir sind fast draußen. Du –«

»Er hat mich schon erwischt, Elena.«

Mein Blick schnellte zu ihrer Brust. Zu dem dunklen Fleck, den ich zuvor nicht bemerkt hatte. Verzweifelt presste ich eine Hand auf die Wunde, tränkte meine Finger in ihrem Blut. Ich unterdrückte ein Schluchzen, als ich das sanfte Pochen ihres Herzens wahrnahm. Der Jaguar hatte sein Ziel verfehlt. Vermutlich hatte Li sie gerade noch rechtzeitig gerettet.

»Aber dein Herz ist noch da.«

»Das ist es in der Tat.« Ihre blutverschmierten Finger fanden meine Wangen. »Du bist mein Herz. Wenn du nicht gewesen wärst, wäre ich schon lange tot. Deshalb lass mich jetzt hier.«

Ich schüttelte den Kopf, bevor ich ihre Worte überhaupt vollständig registriert hatte. Schüttelte ihn weiter, während ich noch einmal versuchte, sie mit mir zu zerren.

Abuela stieß einen tiefen Seufzer aus. »Ich habe mein Leben gelebt, *Mija*. Ich bin alt. Du musst mir versprechen, dass du mich jetzt loslässt.«

»Ist dein Leben weniger wert als meines, nur weil du mehr Sonnenaufgänge gesehen hast als ich? Nein, Abuela.« Ich nahm ihre Hand und presste sie auf meine Brust. Auf mein Herz, das dank ihr noch schlug. Das nur für sie schlug. »Für mich ist dein Leben das Wertvollste auf der Welt. Und wenn ich es retten kann, werde ich es tun. Wenn ich dir einen weiteren Sonnenaufgang schenken kann, werde ich es tun. Wenn ich aufhören muss, zu atmen, damit du weiter singen kannst, werde ich es tun. Aber wage es nicht, mir zu sagen, dass ich dich loslassen soll.« Ich presste meine Lippen erneut auf ihre Fingerknöchel. Schmeckte ihr Blut. »Das ist das einzige Versprechen, das ich dir niemals geben werde.«

Marisol musterte mich einen Moment lang schweigend. »Ich hasse es, wenn du so dickköpfig bist, *Mija*.«

»Ich hatte die beste Lehrerin«, flüsterte ich. Sie antwortete mit einem Lachen, doch es klang gequält. Unecht. Ich konnte es nicht erwarten, wieder ihr echtes Lachen zu hören. Draußen. In ihrem Dorf. In unserem Dorf.

»Das hattest du in der Tat.« Sie zerrte meinen Kopf zu sich herunter, presste einen Kuss auf meine Stirn. Ihre nächsten Worte schmeckten wie ein Abschied. »Zeig mir, wie du fliegst, de Jesús.« Dann sah sie an mir vorbei den Gang hinunter. »Bring meine Kleine hier weg, Nan.«

Ehe ich darauf reagieren konnte, hatte sie mich von sich gestoßen. Ich stolperte rückwärts, wurde aufgefangen.

»Nein!« Ich wollte mich losreißen, doch Nan zerrte mich mit sich. »Lass mich los!« Aber anstatt mich gehen zu lassen, presste Nan seine Hand auf einmal über meine Augen. Und im nächsten Moment verstand ich, wieso.

Marisols Schrei zerriss die Stille des Labyrinths.

Zerriss mein Herz.

Das Nächste, was ich wahrnahm, war, dass Nan mich hochhob. Dann rannte er. Sein Griff war eisern, unerbittlich. Als fürchtete er, mich loszulassen. Mich zu verlieren.

Erst, als wir das Labyrinth verlassen und im Schatten des Tempelkreises angelangt waren, lockerte sich sein Griff kaum merklich.

Mit aller Kraft, die ich aufbringen konnte, riss ich mich von ihm los. Das Einzige, was in meinen Ohren widerhallte, war Marisols Schrei. Kurz darauf tauchte Li aus dem Labyrinth auf, Marisol hinter sich herziehend. Ich stolperte zu ihnen, fiel auf die Knie.

»Abuela?« Meine Stimme klang schrill. Fremd. »Es geht ihr gut, nicht wahr?« Ich nahm Marisols Hand, klammerte mich an sie. »Sie ist nur ohnmächtig. Nur ohnmächtig. Sie –«

»Elena.«

Nans Stimme durchlöcherte meine Abwehrhaltung. Bat mich, den Blick auf Marisols Körper zu richten, anstatt an ihm vorbei. Zwang mich, ihre zerfleischte Brust anzustarren, die Leere in ihren Augen.

Aber sie war nicht tot. Sie konnte nicht tot sein.

Nicht Abuela.

»Sie atmet«, brachte ich mühsam hervor, während ich mein Obsidianschwert von meiner Hüfte löste. »Sie ist nicht tot.«

»Elena.«

Ich ignorierte Nan. Stattdessen rammte ich die Obsidianklinge in meinen Unterarm. Trieb sie in mein Fleisch, bis Blut in einem steten Schwall hinaussickerte. Mein *Tonalli* würde helfen, ganz sicher. Natürlich würde es das.

Li sagte irgendetwas in seiner Sprache. Ich verstand nur meinen Namen und das Wort für *Blut*, das Nan mir erst vor wenigen Tagen beigebracht hatte.

»Mehr Blut«, murmelte ich, den Blick starr auf meinen rotgetränkten Arm gerichtet. Es war nicht genug. Doch bevor ich die Klinge noch einmal in meine Haut bohren konnte, schlangen sich von hinten vertraute Arme um mich.

»Elena.« Da war es wieder, dieses Flehen in Nans dunkler Stimme.

»Sie ist nicht tot, Nan. Lass mich –«

Plötzlich packte er meine Hand, entriss mir meine Waffe und presste meine Finger auf Marisols Brust. Tränkte sie in ihrem Blut. Zwang mich, der Stille zu lauschen, die unter meinen Fingerspitzen herrschte.

Ihr Herz. Es musste noch da sein. Es konnte nicht fort sein. Nicht ihr wundervolles Herz, das Kinder rettete, ihnen Geschichten erzählte. Das *mich* gerettet hatte.

Nan ließ mich los, berührte ihren Hals mit seiner bloßen Hand, suchte nach einem Puls, den es nicht mehr gab.

Zeig mir, wie du fliegst, de Jesús.

Aber meine Flügel waren gebrochen, und meine Lunge füllte sich mit dem Wasser, das mir eine andere geliebte Person entrissen hatte.

Raubte mir den Atem.

Noch ein Schrei ertönte. Erst, als ich von Leder umhüllte Finger auf meinem Mund spürte, verstand ich, dass ich diejenige war, die schrie. Ich biss in Nans Hand, schlug um mich, dann brach ich zusammen, den Blick starr auf die blutige Wunde gerichtet, an deren Stelle vor wenigen Minuten noch ein Pochen gewesen war.

Die Ebene des Jaguars sollte Herzen stehlen. Und sie hatte es getan.

Ich presste meine blutigen Finger auf meine Brust. Doch da waren nur noch Splitter, an denen ich mich schnitt.

Der Jaguar hatte auch mein Herz gestohlen.

28. Kapitel

Blut tränkte die Wand aus Obsidian, Dunkelheit wurde von Dunkelheit verschlungen. Aber es war nicht genug, würde niemals genug sein.

Ich holte aus, schlug noch einmal mit meiner Faust gegen die Wand, vor der ich kniete. Vor der ich ausgeharrt hatte, seitdem Nan und Li mich hierhergebracht hatten. Fort von Marisol. Fort von einem kalten, leblosen Körper, an den ich mich geklammert hatte. Irgendwann hatte Nan mich hochgehoben und getragen. Ich hatte ihn angeschrien, mich gewehrt, aber er hatte mich nicht losgelassen, bis wir diesen dämmrigen Ort erreicht hatten.

War es ein Tempel? Ich wusste es nicht. Wusste nur, dass Luna verschwunden, uns nicht gefolgt war. Ich sehnte mich nach ihrem Licht, nach irgendetwas, an dem ich mich festhalten konnte.

Meine Zähne grub ich in meine andere Hand, bis sich ein metallener Geschmack auf meine Zunge legte. Ich suchte Schmerz, der den in meinem Innern überdecken würde. Fand ihn jedoch nicht.

Marisol war fort. Sie war ihren zweiten Tod gestorben, würde niemals Frieden finden. Ich würde ihre Seele nie wiedersehen.

Noch einmal.

Meine Hand fing Feuer.

Noch einmal.

Meine Seele schrie.

Noch –

Plötzlich wurde meine Faust mitten in der Luft abgefangen. Etwas Ledernes legte sich auf meine blutige Haut, hinderte mich daran, weiterzumachen.

»Elena?«

Nans dunkle Stimme drang in mein Bewusstsein. Trotzdem fühlte ich nichts, als ich erst die blutige Wand, dann meine Hand in seiner musterte. Nicht genug. Es war nicht genug Blut. Ich wollte im Blut ertrinken, wollte alles betäuben. Wollte vergessen.

»Rede mit mir.«

Als ich nichts erwiderte, legte er seine andere Hand an meine Wange und drehte mein Gesicht zu ihm. Er kniete neben mir.

»Bitte.«

Mit sanften Fingern löste er meine Faust von meinen Zähnen. Nans Züge verhärteten sich, als er mit seinem Daumen die blutigen Bissspuren ertastete, die ich auf meiner Haut hinterlassen hatte. Er strich das Blut fort, so behutsam, dass ich es kaum spürte. Mictlan hatte meine Hände gezeichnet, und nun hatte ich es der Unterwelt gleichgetan.

»Es ist meine Schuld, Nan«, stieß ich schließlich hervor, den tränenverschleierten Blick erneut stur auf die Wand gerichtet. Meine Stimme war so gebrochen, dass ich Mühe hatte, meine eigenen Worte zu verstehen. »Ich hätte sie niemals mitnehmen sollen. Ich hätte nicht den falschen Gang wählen dürfen. Ich hätte –«

Plötzlich ließ Nan meine Hände los, rutschte vor mich und zog mich an sich, die blutgetränkte Wand nun in seinem Rücken.

»Ich hab dich.« Er strich über mein Haar, presste mich an seine warme Brust. »Ich hab dich, Elena.«

Es war keine Antwort auf meine Selbstvorwürfe, keine Antwort auf all die Fragen, die sich in mein Innerstes gefressen hatten. Es war etwas anderes, etwas Kostbareres.

Meine Tränen durchnässten Nans Hemd, meine unverletzten Finger krallten sich hinein. Ich kannte den Tod, war ihm näher als jeder andere Mensch. Trotzdem wurde ich gerade von einer Hilflosigkeit übermannt, die mich kraftlos zurückließ.

»Es war einmal ein Quetzal, der das Gefühl hatte, auf der Welt nicht bestehen zu können«, flüsterte Nan nach einer Weile, in der er mich nur gehalten hatte. »Der ungewöhnlich schöne Gesang des Vogels lockte sowohl Freunde als auch Feinde an, Verehrer und Neider. Die Menschen erzählten sich, dass sein Gesang so schön war, dass er Zerbrochenes zusammenfügen, Verlorenes wiederfinden konnte. Doch nur jene mit einem reinen, selbstlosen Herzen waren dazu imstande, die süßen Klänge in all ihrer Schönheit wahrzunehmen. Und das waren die wenigsten.«

Nan änderte seine Position und zog mich mit sich, sodass ich zwischen seinen Beinen saß. Ich vergrub mein Gesicht weiter an seiner Brust, wartete darauf, dass das Stechen in meinem Innern nachlassen würde.

»Die Welt verhärtete das Herz des Vogels. Er sang immer seltener, bis die Dunkelheit ihm seine letzten Noten genommen hatte.« Nan zeichnete beruhigende Kreise auf meinen Rücken.

»Eines Tages begegnete der nun schon alte Quetzal einem jungen Vogel. Ein Vogel, der es durch sein kindliches, liebenswertes Wesen vermochte, ihm wieder Noten zu entlocken, zaghafte Laute. So zerbrechlich wie das feinste Glas und umso wertvoller. Aber auch der junge Vogel war von der Welt gezeichnet worden, hatte gebrochene Flügel, verbrannte Federn.« Der Gott presste mich noch fester an sich. Er holte zitternd Luft, als hätte er Mühe, fortzufahren.

»Der alte Vogel nahm ihn unter seine Fittiche, beschützte ihn vor der Welt. Zeigte ihm, dass sich in Scherben auch Licht brechen konnte. Irgendwann war es für den Quetzal jedoch an der Zeit, zu gehen. Denn auch er durfte nicht ewig leben. Und als der junge Vogel getrauert hatte, bemerkte er, dass sein Gefieder nicht länger verbrannt war, seine Flügel nicht mehr gebrochen. Und ihm wurde klar, dass der weise alte Vogel fortbestehen würde, denn er hatte seine Spuren in ihm hinterlassen, ihm geholfen, zu überleben.« Nan strich unentwegt über meinen Rücken.

»Es heißt, dass man das sanfte Flügelschlagen des Quetzals in Mictlan noch heute hören kann. Genau wie seinen Gesang, der nun die Toten erfreuen darf. Vielleicht war der weise Vogel nicht gestorben. Vielleicht war seine Aufgabe nur erfüllt. Und vielleicht hatte er etwas Wundervolles zurückgelassen, das nun an seiner Stelle Zerbrochenes zusammenfügen und Verlorenes wiederfinden würde.«

Ich hörte sanftes Flügelschlagen, während mich Schmerz, gepaart mit Müdigkeit, übermannte. Während ich vergeblich nach einer Stimme suchte, die mir Mictlan genommen hatte.

Der Geschmack von Blut weckte mich.

Ich riss die Augen auf. Mein Körper war von Wärme umhüllt. Verwirrt stellte ich fest, dass ich halb auf Nan lag. Er hatte einen Arm um mich geschlungen, während ich seine Brust als Kissen nutzte. Ich richtete mich leicht auf, schob seinen Arm von mir, dann betrachtete ich sein Gesicht. Er trug seine Maske, vermutlich um zu verhindern, dass er mich aus Versehen im Schlaf berührte.

Ich streckte eine Hand aus und zog die Maske vorsichtig herunter.

Sofort schreckte Nan auf.

»Alles in Ordnung?«, fragte er leise.

Marisol ist tot, wollte ich schreien, tat es aber nicht.

Warum bin ich noch am Leben?, wollte ich fragen, schwieg.

Alles tat weh, gleichzeitig fühlte ich nichts mehr. Fühlte mich leer, zerbrochen.

Nan beugte sich zu mir und legte eine Hand an meine Wange. Sein Daumen berührte meine Lippen. Er runzelte die Stirn, dann wischte er mir behutsam Blut von der Unterlippe. Scheinbar hatte ich im Schlaf auf sie gebissen.

»Nan?« Li erschien in der Türöffnung, durch die fahles Licht flutete. Er hielt verblüfft inne, als er sah, wie nah wir uns waren. »Wir müssen reden.«

Langsam nahm Nan seinen Finger von meinen Lippen, strich mir meine weiße Strähne aus der Stirn. Dann zog er seinen Mantel aus und legte ihn mir um die Schultern.

»Ich bin gleich wieder da.«

Er erhob sich und folgte Li hinaus aus dem schmucklosen Raum.

Als ich den Mantel richtete, um der Kälte Mictlans zu entkommen, fiel mein Blick zufällig auf meine Brust. Ich pflückte das Haar, das ich dort entdeckt hatte, von meinem Anzug und hob es näher vor meine Augen, um seine Farbe in der fahlen Dunkelheit erkennen zu können.

Unmöglich.

Das war unmöglich.

Hastig öffnete ich mein Medaillon, nahm das Haar heraus, das es seit vier Jahren beherbergte, und verglich beide miteinander.

Mein Herz stockte, als sich meine Befürchtung bewahrheitete. Sie waren identisch.

Der Anblick des Haares beförderte andere Erinnerungen an die Oberfläche. Bilder, die ich als unwichtig abgetan hatte. Plötzlich ergaben sie eine Wahrheit, die nicht schmerzhafter hätte sein können.

Mühsam kämpfte ich mich auf die Beine, dann schlich ich zur Türöffnung und huschte hinaus. Erst jetzt fiel mir auf, wie dunkel dieser Ring im Vergleich zu den vorherigen war. Die Lichter der Stadt schienen ausgelöscht. Trotzdem herrschte ein Dämmerlicht, das mir wenigstens etwas bei der Orientierung half. Die Mauer des innersten Ringes wurde von winzigen, tempelähnlichen Gebäuden gesäumt, während sich in der Mitte die Treppe zur finalen Ebene in den tintenschwarzen Himmel erhob. Wenige Schritte entfernt entdeckte ich die beiden Brüder, die mir ihre Rücken zukehrten. Ich verbarg mich im Schatten der Fassade, lauschte ihrem Gespräch.

Sie unterhielten sich auf Nahuatl. An ihrem hitzigen Tonfall war unschwer zu erkennen, dass sie sich stritten.

Als Li sich abrupt entfernte, löste ich mich aus meinem Versteck und näherte mich Nan von hinten. Jeder Schritt trieb die Scherben der Wahrheit tiefer in mein Herz, bis ich irgendwann keinen Zweifel mehr daran hatte, dass meine Vermutung stimmte. Bis ich mich fragte, wie ich zwei Monate lang so blind hatte sein können.

Ich streckte eine Hand aus und berührte Nans Schulter. Er zuckte zusammen, entspannte sich aber sofort wieder. Als würde er spüren, dass ich es war. Er hob eine Hand und legte sie auf meine, drückte sie leicht.

»Worüber habt ihr geredet, Nan?«

Ich stellte mich auf die Zehenspitzen, zog meinen Macuahuitl aus meinem Gürtel und presste ihn von hinten an seine Kehle. Die goldene Strähne, die mir bisher stets entgangen war, schimmerte auf einmal zwischen seinem dunklen Haar hervor.

»Oder sollte ich dich lieber Mictlāntēcutli nennen?«, hauchte ich in das Ohr des Totengottes.

29. Kapitel

Der Gott erstarrte. Ich konnte spüren, dass ich die Wahrheit ausgesprochen hatte, spürte sie in seiner angespannten Rückenmuskulatur, in dem Atem, den er angehalten hatte. Sein Schweigen war die letzte Bestätigung, die ich gebraucht hatte.

»Lena.« Mit Li hatte ich in diesem Moment nicht gerechnet. Er stand nur wenige Schritte entfernt und starrte mich an. »Lass ihn los.«

»Und wer bist du?« Meine Stimme war schrill, doch das war mir egal. Auf einen Schlag wurde mir bewusst, dass ich völlig allein war. »Trägst du auch einen gestohlenen Namen?«

Der weißhaarige Gott trat einen Schritt näher, während ich dem angeblichen Sonnengott das Obsidianschwert an die Kehle hielt. Der machte keinerlei Anstalten, sich loszureißen, war immer noch stumm.

Li hob beide Hände, als er sich mir noch weiter näherte.

»Wir können das erklären.«

»Könnt ihr das?« Ich stieß ein abfälliges Lachen aus. »Könnt ihr mir tatsächlich erklären, warum Marisol sterben musste? Warum ihr uns angelogen habt?«

»Lena, bitte –«

»Ich will, dass er redet.« Ich verstärkte den Druck mit meinem Macuahuitl, den Griff um den Totengott. Erst jetzt merkte ich, dass Tränen meine Wangen herunterliefen und auf die tote

Erde Mictlans tropften. »Ich will ein einziges Mal die Wahrheit aus deinem Mund hören. Nur ein Mal, Totengott.«

»Lass uns allein«, ertönte endlich Mictlāntēcutlis dunkle Stimme.

Li hatte gerade eine Hand nach mir ausgestreckt, erstarrte jedoch mitten in der Bewegung. Er warf mir einen zweifelnden Blick zu. »Nan.«

»Elena verdient die Wahrheit.«

Li schien noch etwas sagen zu wollen, doch dann schloss er den Mund, wandte sich ab und ließ mich mit einem Gott allein, dem ich entgegen jeder Vernunft vertraut hatte.

Für eine Weile durchbrach keiner von uns die bleierne Stille.

»Sag mir, dass es nicht stimmt. Sag mir, dass ich mich irre.« Ich ließ das Haar los, das ich mühsam zwischen meine lädierten Finger geklemmt hatte, dann presste ich meine von ihm verbundene Hand an seinen Rücken, schloss für einen kurzen Moment die Augen. Lehnte meine Stirn zwischen seine Schulterblätter, obwohl ich es nicht wollte. »Sag mir, dass du mich nicht angelogen hast.« Ich hasste es, wie sehr meine Stimme zitterte, wie naiv meine Worte waren.

»Elena.« Mein Name war kaum mehr als ein Hauch, ein Flehen von seinen Lippen.

Ich öffnete die Augen und verstärkte erneut den Griff um meine Waffe. »Was willst du von mir?«, zischte ich. »Warum bin ich hier, Mictlāntēcutli?«

»Du kannst mich immer noch Nan nennen.«

»Warum sollte ich dich bei einem Namen nennen, der dir nicht gehört?«

Der Gott verlor sich erneut in Schweigen, das ich in diesem Moment mehr hasste als jedes Wort, das er hätte sagen können.

»Warum haben dich hier alle Nanahuatl genannt?« Ich dachte an die Vampirin, an die Diebin. »Wissen sie nicht, wer du wirklich bist?«

Er schüttelte den Kopf. »Nur Li weiß es.« Stille. »Wie habe ich mich verraten?«, fragte er leise.

Ich holte zitternd Luft. »Ich habe gesehen, wie du Marisol berührt hast und nichts passiert ist. Du hast sie nicht verbrannt.« Ich verstärkte den Griff noch einmal. »Das Labyrinth hat mir nicht nur meine Erinnerungen gezeigt, sondern auch deine. Da wusste ich, dass es irgendeine Verbindung zwischen uns gibt, die es nicht geben sollte. Mit dem Sonnengott verbindet mich nichts, mit dem Gott der Toten schon. Und dein Haar.« Ich riss mir mein Medaillon vom Hals. »Du warst da, nicht wahr?« Ich streckte es an ihm vorbei und offenbarte den Inhalt. Zu spät fiel mir ein, dass er es nicht sehen konnte. Augenblicklich mischte sich Schuld in meine Wut, aber ich versuchte, sie zu ersticken. »Ich habe die ganze Zeit dein verdammtes Haar mit mir herumgetragen. Du warst da, als er gestorben ist. Du warst da, denn du bist immer da, wenn jemand stirbt. Deshalb bist du immer wieder verschwunden.«

»Elena –«

»Deshalb darfst du mich nicht berühren.« Ich redete mich in Rage. »Es ging nie darum, dass deine Haut für Menschen tödlich ist. Es ging nur darum, dass du *mich* nicht berühren darfst. Vermutlich tötet deine Berührung nur Admiradoras, nicht wahr?« Meine Stimme brach. »Weil du uns erschaffen hast.«

Er sog hörbar Luft ein. »Wenn ich dich berühre, rufe ich automatisch das Stück meiner Seele zu mir zurück, das ich allen Admiradoras de la muerte einst vermacht habe.« Warum klang seine Stimme so ruhig, wenn ich doch spüren konnte, wie sein Körper bebte? »Das würde deine Seele zerreißen und dich töten.«

Ich hatte geahnt, dass es irgendetwas mit meiner Gabe, meiner Rolle als Admiradora zu tun hatte. Trotzdem versetzte mir die Bestätigung einen weiteren Stich in die Brust.

»Und warum das alles? Warum hast du mich nicht gleich getötet, damals an der Klippe? Warum warst du so versessen darauf, mich hier nicht zu berühren, wenn mein Tod doch das ist, was du willst?«

»Ich musste dein Seelenstück durch die Reise über alle Ebenen stärken, bevor ich es wieder an mich nehme. Durch deinen Tod wäre es sofort zu mir zurückgekommen, so wie die übrigen Stücke der Admiradoras aus den anderen Dörfern. Sie sind durch die Jahrhunderte, die sie im Reich der Lebenden verbracht hatten, zu schwach geworden. Dein Stück war meine letzte Chance, Stärke zurückzugewinnen, um meine Kontrolle über Mictlan wiederzuerlangen und die ausgebrochenen Seelen zurückzurufen.« Er stieß einen frustrierten Laut aus. »Ein Gott mit einer zerstückelten Seele ist nicht das, was diese Unterwelt braucht.«

»Warum hast du sie dann überhaupt zerteilt? Warum hast du Admiradoras erschaffen?«

Schweigen folgte auf meine Fragen. Es spielte auch keine Rolle. Vermutlich würde er wieder nur lügen.

Ich blickte hinunter auf meine Hand, auf die Bandage, die er mir angelegt hatte.

»Admiradora.«

Admiradora, nicht mehr Elena. Die Trägerin seines Seelenstückes. Ein Mittel zum Zweck. Das war es, was ich für ihn war. Was ich immer für ihn sein würde.

Du wolltest wissen, was du für mich bist. Auf der letzten Ebene werde ich dir diese Frage beantworten.

Würde es nicht so verdammt wehtun, hätte ich gelacht. Jetzt wusste ich in der Tat, was ich für ihn war. Er hatte sich nie um mich gesorgt, nur um das Stück seiner verdammten Seele, das ich gegen meinen Willen mit mir herumtrug. Wahrscheinlich hatte er jede Admiradora vor mir zu umgarnen versucht. Der Gedanke daran schnitt tief.

Aber noch tiefer reichte die Angst, die auf einmal von mir Besitz ergriff. Angst um mein Pueblo.

Wenn der Totengott das letzte Stück seiner Seele benötigte,

um Mictlan wieder unter Kontrolle zu bekommen, hatte ich dann überhaupt eine andere Wahl, als es ihm zu geben? Als ich die Augen schloss, sah ich mein Dorf vor mir. Sah Isa, wie sie am Strand stürzte. Sah Alberto, wie sein lebloser Körper von Marisols Tränen getränkt wurde. Sah immer nur Tod. Sah ein Dorf, das so enden würde wie unsere vier Nachbardörfer. Es sei denn, dieser verdammte Gott bekam mein Seelenstück zurück. Entweder indem ich starb oder indem er mich berührte. Was dieselbe Folge hätte.

Ich blickte zu der steilen Treppe, die hinauf zum Tempel des Totengottes führte. Die letzten beiden Ebenen.

»Wenn ich diese Treppe hochsteige, tue ich es nicht für dich«, hauchte ich in das Ohr des Gottes. »Ich tue es für mein Dorf, für Marisol. Nicht für dich. Niemals für dich.« Schwer atmend ließ ich nun doch von ihm ab und trat einen Schritt zurück. Blut klebte an der Obsidianklinge meines Macuahuitl.

»Du kannst meinetwegen in der Hölle verrotten. Es ist mir egal.« Mein Puls rauschte in meinen Ohren. »Aber wage es nicht, mich zu berühren. Wenn ich sterbe, werde ich den Tod nur durch meine eigene Hand finden.«

Dann trat ich an ihm vorbei und visierte die Treppe an. Mein letztes Ziel. Tief im Innern hatte ich geahnt, dass ich Mictlan nicht mehr verlassen würde. Hatte gewusst, dass der Tod mich irgendwann in die Finger bekommen würde. Entweder nahm ich dieses Schicksal erhobenen Hauptes an oder krümmte mich vor Trauer und Angst.

Entschlossen marschierte ich los, bis der Totengott mir den Weg verstellte. Instinktiv hob ich meinen Macuahuitl. Ehe ich wusste, was geschah, kollidierte meine Waffe mit seiner.

»Was soll das?«, stieß ich hervor, eine Wut in meiner Stimme, die fremd in meinen Ohren klang.

Ich versuchte, an ihm vorbeizutreten, doch er hinderte mich mit seiner Waffe daran, verwickelte mich trotz seiner Blindheit in einen schweißtreibenden Zweikampf.

»Ich weiß es nicht«, antwortete der Gott. Sein Gesicht war auf einmal emotionslos, fremder als je zuvor.

»Das ist doch das, was du willst. Die letzte Ebene, dann kannst du dir dein verdammtes Seelenstück zurückholen.«

»Nicht mehr.«

»Du ergibst keinen Sinn, Mictlāntēcutli«, knurrte ich.

»Hör auf, mich so zu nennen.« Er versuchte, mir die Waffe abzunehmen, aber ich wich ihm aus. Ich hieb auf ihn ein, wahllos, ungezähmt.

»Hör auf, mich bei einem Namen zu nennen, den ich nie tragen wollte.«

»Wie soll ich dich dann nennen? Verräter? Lügner?« Ich starrte ihn schwer atmend an. »Der Arsch, dem ich vertraut habe?«

Der Gott hielt inne. Da, ich hatte ihm ein Stück meines Herzens offenbart. Hatte eingestanden, dass er Spuren in mir hinterlassen hatte. Spuren, die ich am liebsten auslöschen würde. Ich trat einen Schritt nach vorn, spürte etwas unter meinem Stiefel. Als ich hinuntersah, entdeckte ich mein zerbrochenes Medaillon.

»Wie ist er gestorben?« Bei dieser Frage kochte so viel Wut in mir hoch, dass ich auf seine Brust einhieb. Er versuchte nicht einmal, mich aufzuhalten. »Wer hat ihn gestoßen?« Meine Klinge grub sich in seinen Oberarm, zerriss den dunklen Stoff. Mehr, ich wollte mehr. Wollte seine Lügen zerschneiden, denen ich so leicht verfallen war. »Warum ist Mateo ertrunken?«

Der Herrscher Mictlans erstarrte, seinen Macuahuitl erhoben, um meinen nächsten Angriff zu parieren. Doch der blieb aus. Ich wartete auf seine Antwort, während mein Herz wie wild klopfte.

»Nicht dein Bruder ist ertrunken«, antwortete er schließlich. Seine Stimme klang seltsam fremd. Es war nicht mehr die Stimme, die mir Lügen ins Ohr geflüstert hatte. Es war eine Stimme, die von Wahrheit zeugte.

»Du bist damals ertrunken, Elena.«

30. Kapitel

Du bist damals ertrunken, Elena.

Ich schüttelte den Kopf, immer und immer wieder. »Du …
Du lügst.« Ich wich einen Schritt zurück. »Du lügst schon wieder.«

Mictlāntēcutli seufzte. »Ich wünschte, es wäre so.«

»Warum lebe ich dann noch?« Ich stolperte über meine eigenen Worte. »Warum lebe ich und Mateo nicht?«

»Weil er mich angefleht hat, sein Leben für deines zu nehmen.«

Mateo hatte sich für mich geopfert? Ich presste mir verzweifelt meine freie Hand auf die Brust, rang nach Atem. Mein Herz schlug nur noch, weil er es mir geschenkt hatte?

»Wie?«, stieß ich hervor. »Ich … Ich dachte, nur Götter könnten Unsterblichkeit schenken.« Da war er, der Beweis, dass er schon wieder log.

»Wenn göttliches und menschliches *Tonalli* vereint werden, sind sie dazu imstande, Toten erneut Leben einzuhauchen. Dazu war dein Bruder bereit.« Er hielt kurz inne. Als er fortfuhr, war seine Stimme sanfter als zuvor. »Deshalb hast du solche Angst vor Wasser. Der Tod selbst hat dir diese Angst vermacht, Elena.«

Ich presste die Augen zusammen, suchte fieberhaft nach etwas, was seine Worte widerlegte. Aber ich fand nichts. Stattdessen entdeckte ich Bruchstücke, die seine Behauptung untermauerten.

Die Atemnot und meine Angst vor Wasser, die erst mit Mateos Tod Einzug in mein Leben gehalten hatten.

Die Erinnerungen, die mir in Mictlan begegnet waren.

Der Rock von meinem letzten *Jarabe* mit Mateo. Die Zeichnung an jener Mauer, an die Neca gekettet gewesen war. Eine viele Jahre alte Zeichnung für Mateo, an die ich mich nicht hatte erinnern können. Dinge, die der Tod mir genommen, die er behalten hatte. Die der Totengott und mein Bruder nicht hatten retten können.

»Du hast es wahrscheinlich getan, weil mein Seelenstück zu schwach war, nicht wahr? Nur deshalb hast du Mateo geholfen.« Der Gott widersprach nicht, und das schmerzte mehr, als ich erwartet hatte.

Ich fühlte mich taub, hatte Mühe, mich dieser Wahrheit zu stellen und sie zu verarbeiten. Benommen starrte ich mein Medaillon an, das nun zerbrochen war, ähnlich wie seine Besitzerin. Vier Jahre lang hatte ich nach einem Mörder gesucht, hatte geglaubt, jemand hätte mir meinen Bruder genommen. Dabei war ich diejenige gewesen, die die Schuld an seinem Tod trug. *Ich* hatte Mateo getötet. Und es würden noch andere meinetwegen sterben. Mein ganzes Dorf würde meinetwegen sterben, wenn ich nichts unternahm.

Als ich mich abermals an dem Totengott vorbeidrängen wollte, packte er mich um die Taille und presste mich an die nahe Fassade des Gebäudes, in dem ich auf seiner Brust geschlafen hatte. In dem er mir eine Geschichte erzählt hatte, um mich von meiner Trauer abzulenken.

Im nächsten Moment lagen unsere Macuahuitls an der Kehle unseres Gegenübers. Meines zitterte, weil ich es mit meiner schwachen Hand kaum noch halten konnte.

»Ich kann dich nicht diese Treppe hochsteigen lassen«, murmelte der Totengott. In seinen Zügen sah ich so vieles, was er nicht aussprach. »Ich kann es nicht, Elena.«

Für einen kurzen Moment war ich versucht, der Aufrichtigkeit in seiner Stimme Glauben zu schenken. Doch dann lachte ich nur, bitter und kalt. »Auf einmal? Wann hast du diese Entscheidung getroffen? Hättest du sie jemals getroffen, wenn ich die Wahrheit nicht selbst herausgefunden hätte?«

Ehe der Herrscher Mictlans etwas erwidern konnte, erschien plötzlich ein blauweiß schimmernder Jaguar, der sich in seinem Bein festbiss. Mictlāntēcutli stieß ein Knurren aus.

Ich starrte Li an, verstand nicht, warum er mir half. Aber das war auch egal. Denn dank ihm konnte ich mich aus dem Griff des Totengottes befreien und an ihm vorbeistürmen.

»Elena!«, schrie Mictlāntēcutli.

Seine Stimme war voller Schmerz, von dem ich nicht geglaubt hatte, dass ein Gott ihn empfinden konnte. Trotzdem wandte ich mich nicht noch einmal um.

Ich rannte in Richtung des Zentrums des Ringes, steuerte auf den Tempel des Totengottes zu. Eilte vorbei an zahllosen Lügen. Ich wich Kreaturen der Unterwelt aus, für die ich keine Namen kannte, schlängelte mich um vereinzelte Tote herum, die ebenfalls auf dem Weg zu Mictlāntēcutlis Tempel zu sein schienen. Bis ich plötzlich spürte, dass etwas nicht stimmte. Ich warf einen hastigen Blick über die Schulter – und erstarrte.

Tote fluteten auf einmal den Ring, verfolgten mich. So viele, dass es kein Zufall sein konnte.

»Du spielst nicht fair, Totengott«, knurrte ich, dann beschleunigte ich meine Schritte. Er schickte die Toten zu mir, weil er wusste, dass ich sie nicht berühren würde. Dass ich nicht auf die Treppe gelangen würde, wenn sie sie erstürmten. Aber ich war bereit. Ein Lächeln stahl sich auf meine aufgebissenen Lippen. Es war schließlich nicht das erste Mal, dass die Toten mich heimsuchten.

Hastig griff ich in die Tasche meiner Jeansjacke und holte das getrocknete *Flor de muerto* hervor. Mictlāntēcutli war nicht der Einzige, der die Regeln brach.

So schnell ich konnte, streute ich die Blüten auf die unterste Treppenstufe und zog so eine Grenze für die Toten. Ich wusste nicht, ob es funktionieren würde, aber einen Versuch war es wert.

In der Ferne ertönte noch einmal mein Name, aber ich wandte mich nicht um. Ließ ihn schreien, ließ ihn mich anflehen, umzukehren.

»*Hasta la muerte*, Mictlāntēcutli«, flüsterte ich, dann betrat ich die vorletzte Ebene.

Bereits nach wenigen Stufen musste ich eine Pause einlegen, so steil war die Treppe. Ich blickte nach oben in einen Nachthimmel, der voller Sterne war. Bildete ich mir das nur ein? War er Teil der Ebene? Hinter mir hatten sich die Toten am Fuße der Treppe versammelt, wagten es nicht, sich dem *Flor de muerto* zu nähern. Es war ein kleiner Triumph gegen den Gott.

Ich kämpfte mich die Stufen hinauf, vorbei an Bruchstücken meiner Vergangenheit. Die Treppe namens Apanohualóyan war der Ort, an dem man sein Leben noch einmal Revue passieren lassen musste, um es endgültig loszulassen. Um die letzten Erinnerungen hinter sich zu lassen, die Mictlan den Toten noch nicht geraubt hatte.

»*Hat sie dir wehgetan?*« Marisols Stimme war so dunkel, wie ich sie noch nie zuvor gehört hatte. Ich schüttelte erst den Kopf, doch meine Tränen straften mich Lügen. Sie tastete meine Brust ab, sog scharf die Luft ein, dann schob sie meine Bluse nach oben und versorgte meine Wunde.

»*Möchtest du bei mir bleiben?*«, flüsterte sie in mein Ohr. »*Du und dein Bruder?*«

Ich nickte eifrig, hatte noch nie am eigenen Leib erfahren, wie sich Tränen der Freude anfühlten. Marisol gab mir einen Kuss, das süßeste *Pan dulce, das ich je gekostet hatte, und ein Zuhause.*

»Ich will sehen, wie du fliegen lernst, de Jesús.«

Ich presste die Augen zusammen, ließ die Tränen zu und erklomm die nächsten Stufen. Erlebte mit, wie aus einem verängstigten Mädchen eine junge Frau wurde, die sich um die Toten kümmerte, weil es sonst niemand tat. Eine Frau, die Kohle mehr liebte als Gespräche. Die aufhörte, zu leben, als sie ihren Bruder zu Grabe tragen musste.

Aber ich sah auch eine andere Elena. Eine Elena, die tanzte, die lachte, und das ausgerechnet an einem Ort, der dunkler war als jeder Fleck der Erde. Ich sah, wie sie Freundschaften knüpfte, Geschichten erzählte, ihre eigene Geschichte zu schreiben begann. Wie sie in einem Tempel etwas fand, von dem sie geglaubt hatte, es nie zu wollen.

Ich sah, wie Elena de Jesús am Ende ihrer Tage begann, zu leben.

Dann wandelten sich die Bilder, wurden zu Erinnerungen eines anderen. Es dauerte einen Moment, bis ich begriff, um wessen Erinnerungen es sich handelte.

Ich wurde Zeugin, wie ein Gott Tote durch Mictlan begleitete, damit sie nicht jahrelang herumirren mussten auf ihrer Suche nach ewigem Frieden. Ein Gott, der als einziger keine Opfergaben benötigte, um zu existieren, weil jeder Tod ihn gleichsam nährte. Er würde auf ewig währen, so wie der Tod selbst ewig währte.

Ich sah, wie ebenjener Gott nach dem Aussterben aller übrigen Götter ein Dorf gründete, weil er den Menschen die Angst vor ihm nehmen und ihnen ein Zuhause geben wollte. Weil es ihn schmerzte, zu sehen, wie sie verhungerten oder einer heilbaren Krankheit erlagen und viel zu früh zu ihm nach Mictlan kamen. Weil sie niemanden hatten, der sich um sie kümmerte, der sie auffing, wenn sie ins Stolpern gerieten. Weil sie keine Familie hatten, kein Dorf, das ihnen beistand. Und weil Einsamkeit an ihm nagte, seitdem er der einzige Gott im Herzen Mictlans war.

Erst begegneten die Menschen dem Totengott mit Dankbarkeit. Doch als sie von seiner wahren Identität erfuhren, warfen sie ihn aus seinem eigenen Pueblo, straften ihn mit Verachtung, mit Furcht und Hass. Und mit Peitschenhieben in einem pechschwarzen Raum, der Schmerz mit Dunkelheit verflocht. Hundert Hiebe von jedem Dorfbewohner und jeder Dorfbewohnerin.

Der Anblick des blutüberströmten Gottes, der gekrümmt vor Schmerzen auf einer verlassenen Plaza lag, ließ mich innehalten. Ich presste meine Finger gegen meine Schläfen, wollte diese Bilder aus meinem Kopf verbannen, wollte ihn nicht so sehen müssen. Doch sie verschwanden nicht, wurden eher intensiver. Mictlāntēcutlis Schmerzen gruben sich in mein Innerstes, schnitten in mein Herz. Sein Äußeres war anders als das, was ich kennengelernt hatte, aber seine Augen waren dieselben.

Plötzlich war der Gott nicht mehr allein. Ein Mann gesellte sich zu ihm, das Haar auffallend hell. Er säuberte und verband die blutigen Peitschenhiebe. Der Gott erstarrte, weil er nicht damit gerechnet hatte. Nicht mit dieser sanften Berührung, die im Kontrast zu den Hieben stand, mit denen die anderen Menschen ihn gestraft hatten.

»Ich hätte gerne einen Bruder«, gestand ihm der weißhaarige Fremde, während das Blut des Gottes seine Finger verfärbte. Die Bilder verschwammen, zeigten die beiden Männer beim Lachen, bei Gesprächen, bis der weißhaarige Mann auf einmal in einem Bett lag, das Gesicht schmerzverzerrt. Der Gott kniete neben ihm.

»Ich wäre gern wie du«, flüsterte Li. Blut quoll zwischen seinen Lippen hervor, aber er lächelte trotzdem. »Dann müsste ich keine Angst vor dem Tod haben.«

Der Gott zog ein Messer hervor, schnitt in seine Hand und presste sie auf Lis entblößte Brust, dann murmelte er etwas auf Nahuatl.

»Ich wünschte, du hättest sie mir beigebracht«, sagte der Sterbende, »deine Sprache. Sie klingt wunderschön.«

Die Hand des Totengottes fand die des Mannes, hielt sie fest.

»Du sagtest, dass du gern einen Bruder hättest.« Mictlāntēcutli lehnte sich nach vorn und presste seine Stirn an Lis, dessen Atem immer flacher wurde. Bis er auf einmal nicht mehr im Sterben lag, aber auch nicht mehr lebte. Bis er etwas dazwischen war, etwas zwischen Tod und Leben. Der Mondgott. »Es wäre mir eine Ehre, diesen Titel tragen zu dürfen.«

Und fortan war der Totengott nicht mehr allein. Ich war mir sicher, dass das seine kostbarste Erinnerung sein musste. Jene, die die Diebin ihm hatte stehlen wollen.

Noch mehr Stufen, noch mehr Bilder. Noch mehr Erinnerungen des Gottes, in die ich eindrang, weil ich ein Stück seiner Seele in mir trug. Ich sah, wie sich Mictlāntēcutli als Gottheiten ausgab, die aufgrund mangelnder Opfergaben schon lange nicht mehr existierten. Sah, wie er seine eigene Identität verschleierte, um Dörfer zu gründen, um sichere Zufluchtsorte für Menschen zu schaffen. Gemeinden, deren Bewohnerinnen und Bewohner ihn nicht fürchteten, weil sie im Gegensatz zu seinem ersten Dorf nicht ahnten, wer er wirklich war. Doch er wollte die Menschen nicht hintergehen, er wollte sie retten und beschützen. Zu diesem Zweck zerbrach er seine Seele, verschenkte fünf Stücke an je eine Frau aus den fünf Dörfern, die er gegründet hatte, und schwächte sich dadurch selbst. Denn tief im Innern hegte er immer noch die Hoffnung, den Menschen eines Tages ihre Furcht vor dem Tod nehmen zu können.

»Sie fürchten mich«, sagte er zu den ersten Admiradoras de la muerte, während er ihnen seine Narben offenbarte. »Aber euch werden sie nicht fürchten. Zeigt ihnen, dass sie keine Angst vor dem Tod haben müssen. Zeigt ihnen die Schönheit, die ihm innewohnt. Zeigt ihnen, wie wichtig es ist, die Verstorbenen zu ehren, sie niemals zu vergessen. Und zeigt ihnen, was ihr in einer

Nacht des Jahres sehen könnt, wenn der Día de los muertos beginnt. Erzählt ihnen von dem Frieden, den ihr in den Augen der Toten zu sehen vermögt. Heilt sie von der Angst, die sie vor ihrem Ende, vor mir empfinden.«

Und sie taten es. Nach ihrem Tod fielen die Seelenstücke stets automatisch an den Gott zurück, der sie jedoch nicht behielt, sondern sie anderen Frauen der Dörfer übergab und sie so ebenfalls zu Admiradoras machte. Doch diese vernachlässigten irgendwann ihre Pflichten, vergaßen die Toten, wurden ihrer Bürde müde und schwächten damit ihre Seelenstücke. Sie sponnen Geschichten über einen rachsüchtigen Gott, verewigten Lügen an Friedhofsmauern, die künftige Admiradoras für die Wahrheit halten sollten. Und der Gott musste einsehen, dass er einen Fehler begangen hatte, denn er wurde aufgrund seiner zerteilten Seele schwächer. Er verlor langsam die Kontrolle über die Toten, die Kontrolle über die Wesen der Unterwelt. Also führte er jede Admiradora als Totengott hinunter nach Mictlan, um ihre Seelenstücke zu stärken und anschließend wieder zu sich zu nehmen, doch sie alle scheiterten auf den ersten Ebenen. Vier schwache Stücke kamen so zu ihm zurück, doch das seines fünften Dorfes fehlte noch.

Und so beschloss er, der letzten Admiradora, die ebendieses Seelenstück in sich trug, einen Pakt als Sonnengott anzubieten. Er ahnte, dass sie ihm als Totengott kein Vertrauen schenken würde, genauso wenig wie die Admiradoras vor ihr. Die letzte Auserwählte war eine Frau, die dem Tod bereits einmal begegnet war, weshalb sich der Gott sicher war, dass sie die Reise durch Mictlan bestehen würde. Er hatte sie seit Längerem beobachtet, hatte gesehen, wie weit sie gehen würde, um ihr Dorf zu retten. Dieses Wissen nutzte er aus. Seine Tarnung als Sonnengott, seiner liebsten Erscheinungsform, blendete ganz Mictlan. Er ließ jeden Bewohner der Unterwelt glauben, dass er ein Gott war, der nicht mehr existierte. Nur der Mondgott kannte die Wahrheit.

Ich presste meine Finger schon wieder gegen meine Schläfen, während ich versuchte, zu begreifen, was mir die Stufen offenbart hatten. Die ganze Zeit über hatte ich geglaubt, dass der Totengott der Kern allen Übels war. Dass er Admiradoras erschaffen hatte, um Rache zu nehmen. Doch seine Erinnerungen zeichneten eine andere Wahrheit. Eine Wahrheit, die ihn menschlicher und selbstloser machte, als ich es je für möglich gehalten hätte.

Irgendwann musste ich auf allen vieren weiterkriechen, weil mir meine Beine nicht mehr gehorchen wollten. Schweiß klebte an meiner Stirn, während Bilder meines Lebens an mir vorbeizogen, sich mit denen eines Gottes vermischten.

Keuchend presste ich mein Gesicht auf die Stufe vor mir, als plötzlich etwas meinen Arm berührte. Etwas Weiches, Federartiges.

Ich fuhr auf, sah zur Seite und entdeckte einen alten Freund, von dem ich geglaubt hatte, ihn nie wieder zu sehen.

»Neca?«

Die gefiederte Schlange schwebte über den Stufen. Ihr Federkleid war immer noch sehr in Mitleidenschaft gezogen. Zögerlich streckte ich eine Hand aus. Ich wartete darauf, dass Neca zurückweichen würde, doch zu meinem Erstaunen stupste er seine Schnauze vorsichtig gegen meine Finger. Mit angehaltenem Atem fuhr ich mit meiner Hand hinauf, ertastete dort einen sanften Flaum, der bewies, dass das Tier den Kampf gegen die gierigen Toten gewonnen hatte. Ich schenkte ihm ein Lächeln. Eigentlich erwartete ich, dass er wieder gehen würde, aber er blieb bei mir, sah mich an. Fragend.

Mein Blick ging zwischen seinen Augen und seinem Rücken hin und her. Er neigte den Kopf leicht nach unten, als würde er nicken. Als würde er mir eine Erlaubnis erteilen.

Ich kämpfte mich auf die Beine, dann stieg ich zögerlich auf, klammerte mich an Necas rechtem Horn fest. Ehe ich etwas sagen konnte, flog er mich die restlichen Stufen hinauf.

Ich war noch nie zuvor geflogen, kannte das Gefühl nicht. Es war unbeschreiblich. Ich verbarg mein Gesicht zwischen Necas Hörnern, hauchte einen Kuss auf seine Federn. Hoffte, dass er spürte, wie dankbar ich ihm war.

Als wir am oberen Ende der Treppe angelangt waren, rutschte ich von Necas Rücken. Im Schein der zahllosen Kerzen, die die Fassade des imposanten, pyramidenförmigen Tempels erhellten, presste ich meine Stirn an seine Schnauze.

»*Tlazocamati*«, flüsterte ich, das Nahuatl-Wort für ›Danke‹, zumindest wenn ich dem Totengott in dieser Hinsicht Glauben schenken konnte.

Plötzlich erstarrte das Tier. Es dauerte einen Moment, dann verstand ich, wieso.

»Flieg, Neca«, bat ich ihn, doch er tat es nicht. Vielleicht, weil er nicht mehr konnte. Vielleicht, weil er nicht mehr wollte.

Reflexartig drehte ich mich um und versuchte, ihn mit meinem Körper abzuschirmen, aber es war zwecklos. Die Toten strömten die Treppe herauf, fielen über die gefiederte Schlange her, als wären sie Raubtiere.

»Bleibt weg von ihm!« Ich schrie, aber es half nichts. Ich hatte kein *Flor de muerto* mehr, um sie auf Abstand zu halten, konnte sie nicht wegstoßen, ohne ihnen ihre Seelen zu rauben oder selbst getötet zu werden, je nachdem, ob sie verloren waren oder nicht. Hilflos musste ich mit ansehen, wie sie Neca seine letzten Federn herausrissen. Gierig nach einem Leben, das nicht mehr das ihre war. »Er kann euch kein Leben mehr geben!«, versuchte ich es noch einmal. »Es ist vorbei!«

Doch sie ließen nicht von ihm ab, ehe sie ihm jede einzelne Feder geraubt hatten. Dann waren sie fort, verschwunden im Inneren des Tempels.

»Neca!« Panisch strich ich mit meinen Händen über seinen Körper, doch ich ertastete nur Blut.

Ich war da, als das Kind des Quetzalcoatl seinen letzten

Atemzug tat. Als das Licht in seinen Augen erlosch. Als der Drache, der keiner war, seine Seele einbüßte, weil er nicht mehr hatte geben können. Weil er mir geholfen hatte.

Ich verharrte über Necas Leiche, presste mein Gesicht an die Stelle zwischen seinen Augen. Wozu hatte ich ihm die Freiheit geschenkt? Hätte ich ihn damals nicht befreit, würde er noch leben. Sein Name, der vom Überleben erzählte, war eine Lüge, ich eine Lügnerin.

Auf einmal spürte ich, dass wir nicht länger allein waren. Vermutlich war es ein weiterer Toter, der sich eine Feder zu eigen machen wollte.

»Du kommst zu spät«, stieß ich hervor. »Er kann euch nichts mehr geben. Ihr habt ihm schon alles genommen.«

Niemand antwortete mir.

Als ich einen Blick über die Schulter warf und sah, wer hinter mir stand, setzte mein Herz einen Schlag aus.

31. Kapitel

Mateo.

Ich starrte ihn an, war mir nicht sicher, ob ich halluzinierte. Mehrere Male schloss und öffnete ich die Augen, doch er war immer noch da. Er trug die weiße Leinenkleidung, in der ich ihn vor so vielen Jahren bestattet hatte. Nur war sie nicht mehr weiß. Sie war gezeichnet von den Ebenen. Mein Blick fiel auf seine Brust, auf das klaffende Loch, das die Ebene des Jaguars hinterlassen hatte. Als ich ihm wieder in die Augen sah, schnürte mir Panik die Kehle zu.

Er erkannte mich nicht. Irgendeine Ebene musste er übersprungen haben. Ein Dolch im Rücken hätte weniger geschmerzt als der leere Blick meines Bruders, der keine Ahnung hatte, wer ich war. Und der sich mir trotzdem näherte.

Hektisch sagte meine Hand seinen Namen, immer und immer wieder, doch vergebens. Vier Jahre lang hatte ich mich nach ihm gesehnt. Während Mictlan ihm jede Erinnerung an mich genommen hatte. Und an sich selbst.

Dann kam mir ein Gedanke. Ich eilte zum Tempeltor, hämmerte dagegen, aber es ließ sich nicht öffnen. Panisch tastete ich in der Tasche meiner Jacke nach meinem letzten Stück Kohle, doch ich schien es irgendwo verloren zu haben. Ohne nachzudenken, zog ich meinen Macuahuitl aus meinem Gürtel. Die Obsidianklinge grub sich in mein Fleisch. Mit blutgetränkten

Fingern begann ich, Mateos Gesicht an die Wand des Tempels zu zeichnen. Das dunkle Blut wäre auf dem Obsidian normalerweise schwer zu erkennen gewesen, aber der Schein der Kerzen ließ die Flüssigkeit schimmern und so sichtbar genug werden.

Mateo, wie er mich vor anderen beschützt hatte.

Mateo, wie er Marisol zum Lachen gebracht hatte.

Mateo, wie er mich immer wieder aus der tiefsten Dunkelheit befreit hatte, wann immer meine Brust geschmerzt oder meine Lippen nach Salz geschmeckt hatten. Das, woran ich vier Jahre lang gescheitert war, gelang mir nun dank einer unbändigen Verzweiflung.

Aber ich war nicht schnell genug. Er näherte sich mir, würde mich in wenigen Sekunden erreicht haben. Wenn meine Vermutung stimmte und er auch eine verlorene Seele war, würde seine Berührung mich töten, ehe ich den Tempel betreten hatte. Ich wusste, dass ich so oder so sterben musste, aber es durfte noch nicht hier geschehen. Nicht durch seine Hand.

Plötzlich fiel ein Schatten auf mich.

»Mach weiter«, stieß Mictlāntēcutli hervor. Er stützte sich mit seinen Händen an der Wand oberhalb meines Kopfes ab. Sein Körper schirmte mich vor Mateo ab, hinderte ihn daran, sich mir zu nähern. »Li lenkt ihn ab.«

Fluchend versuchte ich, das hastige Porträt zu beenden, doch meine Finger waren zu schwach. Schmerz pulsierte in ihnen.

Plötzlich legte Mictlāntēcutli seine Hand auf meine.

»Führ mich.«

Ich wollte seine Hilfe nicht, aber ich verweigerte sie auch nicht. Es wäre dumm, das zu tun.

So half mir der Gott der Toten, meinen Bruder an der Wand seines Tempels zu verewigen.

»Fertig?«, fragte er flüsternd.

Rasch entzog ich ihm meine Hand und bejahte. Dann war er fort.

Ich atmete tief ein, bevor ich mich umwandte.

Die Götter waren verschwunden.

Hastig trat ich zur Seite, gab den Blick auf das Gemälde von Mateos Gesicht frei.

Mein Bruder, sichtlich gezeichnet von seinem Kampf mit dem Jaguar, kam wieder näher, hielt dann aber abrupt inne. Seine Augen weiteten sich, als er die Zeichnung sah. Sekunden verstrichen, dann hob er auf einmal eine Hand.

El?

Ich nickte, ohne meinen Blick von ihm zu lösen. Tränen brannten in meinen Augenwinkeln, bahnten sich einen Weg über meine Wangen.

Du lebst? Du hast überlebt? Damals, an der Klippe?

Hatte ich überlebt?

Ich nickte noch einmal, wenn auch zögerlich.

Sieh dich an, Hermanita. Mateo lächelte. Wie schon zu Lebzeiten hingen ihm mehrere dunkle Locken in die Stirn, bedeckten seine Augenbrauen. *Du bist erwachsen geworden.*

Sein Lächeln. Ich hatte davon geträumt, hatte die Götter angefleht, es mir noch einmal zu zeigen. Scheinbar hatten sie meine Gebete erhört.

Mateo wandte den Kopf. *Du hast sie gerettet.*

Der Totengott war erneut aufgetaucht, löste sich aus dem Schatten der Tempelfassade. Es dauerte einen Moment, bis mir einfiel, dass er Mateos Worte nicht sehen konnte. Ich gab mir einen Ruck und wiederholte sie für ihn.

Sie hat sich selbst gerettet, antwortete dieser, seine Hände unbeirrt. *Du kannst stolz auf sie sein.*

Mateos Lächeln wurde breiter. *Ich war schon immer stolz auf sie.*

Es stimmte. Dem Tod wohnte etwas Schönes inne. Er war nicht nur Dunkelheit, nicht nur Schmerz. Er konnte auch Frieden bedeuten, das Loslassen menschlicher Sorgen, ewige Ruhe.

Das war es wohl, was Mictlāntēcutli den Menschen hatte zeigen wollen.

Mateo sah mich an. Auch im Tod waren seine Augen wunderschön. Selbst jetzt, da er kein Herz mehr besaß, musterte er mich, als würde es noch für mich schlagen. Zögerlich streckte ich eine Hand aus, hielt kurz vor seiner Brust inne. Die Ebenen hatten seinen Körper gezeichnet. Mindestens eine musste er nicht richtig überquert haben. Ich wollte wissen, welche. Wollte mit ihm alles teilen, was in den Jahren seit seinem Tod geschehen war. Wollte mich an ihn klammern, obwohl ich loslassen sollte.

Dein Tod hat mich gebrochen, Hermano.

Mein Bruder streckte nun ebenfalls eine Hand aus. Ich zuckte zusammen, als er sie auf meine Brust presste, dorthin, wo mein Herz heftig schlug.

Deine Scherben sind wunderschön, El. Dein Herz ist wunderschön. Lass es endlich auch für andere schlagen.

Ich schluckte schwer. Der Drang, mich in seine Arme zu werfen, war unbändig. Vielleicht könnte ich ihn umarmen, ohne seine Haut zu berühren. Gleichzeitig fürchtete ich, dass es mir dann unmöglich sein würde, ihn wieder loszulassen.

Mateo löste seine Hand von meiner Brust. Er neigte den Kopf leicht zur Seite, wie er es immer zu tun gepflegt hatte, wenn er nachdachte.

Verzeihst du mir? Tränen tropften auf meine Hand, mischten sich mit dem Blut, das noch daran klebte.

Ich habe dir nie die Schuld gegeben, Hermanita.

Ich zwang mich zu einem Lächeln. *Du hast dich nicht verändert, Mateo.*

Er zwinkerte mir zu. Diese kleine, vertraute Geste wärmte mein Herz. *Du hast dich sehr verändert, El.* Er nickte zum Tempeltor, vor dem die beiden Götter warteten.

Mein Blick glitt zu Neca. Ich deutete eine Verneigung an,

hoffte, dass auch er Frieden finden würde. Dann folgte ich meinem Bruder zu den Göttern. Der Totengott war gerade dabei, das Tor mit seinem Blut zu öffnen. Kurz darauf betraten wir sein wahres Zuhause. Das Herzstück Mictlans.

Das Innere des Gebäudes war atemberaubend. Ein endloses Kerzenmeer säumte die Wände, trug Licht in die Finsternis. Alles, was ich im Tempel des Sonnengottes bewundert hatte, war hier um ein Hundertfaches prächtiger. Die hohen Wände erzählten zahllose Geschichten, in denen ich mich am liebsten verlieren würde. Geschichten jener Toten, die inmitten dieses Tempels ihren ewigen Frieden gefunden hatten. Aber nicht nur die weißen Wandmalereien übten eine Faszination auf mich aus, sondern auch die kreisrunde, mehrere Meter breite Fläche, die die Mitte des steinernen Tempelbodens zierte. Als ich näher trat, glaubte ich, Sterne in dem Tiefschwarz zu entdecken. Es sah aus, als hätte jemand den Nachthimmel auf den Boden des Tempels gebannt. Ich musste nicht fragen, um zu erkennen, dass das jenes Portal sein musste, durch das die Seelen ins Reich der Lebenden gelangten. Das Portal war umringt von zahllosen, kleinen schwarzen Skulpturen, die die verschiedensten Menschen verkörperten. Auch die Wände wurden von ihnen gesäumt, bis ich glaubte, zu verstehen, was sie darstellten: Verstorbene. Unwillkürlich musste ich an jene Skulptur denken, die ich einst in einer Höhle bewundert hatte. Der Totengott hatte sie erschaffen. Vielleicht war das seine Art, die Toten zu ehren, so wie meine Porträts es taten.

Ich sah auf, musterte die Toten, die den Tempelraum füllten. Die Seelen, die zuvor so desorientiert, so verloren gewirkt hatten, waren auf einmal ruhig und friedlich. Sie sangen, schliefen. Erholten sich von einem Leben, das ihnen Narben zugefügt hatte, hässliche wie schöne. Mit einem wehmütigen Lächeln beobachtete ich Mateo dabei, wie er sich ihnen anschloss, dann hielt ich nach Isa Ausschau, doch ich konnte sie nicht entdecken.

Am hinteren Ende des Raumes befanden sich zwei kunstvolle Throne, die direkt aus dem Obsidian der Wand gehauen waren. Oberhalb der rechten Rückenlehne war das typische Symbol Mictlans in den Stein gemeißelt, die Scheibe des Todes.

»Dein Thron, nehme ich an«, sagte ich in Richtung des Totengottes, ehe ich den linken Thron näher betrachtete. Er war genauso groß wie der andere, doch statt schwarzer Schädel häuften sich an seinem Fuß weiße. Plötzlich fiel es mir wie Schuppen von den Augen. In den Legenden um Mictlan war stets von einem Herrscherpaar die Rede, von Gott und Göttin. »Und das ist der Thron der Totengöttin?«

»Eifersüchtig?«

Tatsächlich versetzte mir der Gedanke einen Stich.

»Ich bemitleide sie eher.« *Halt die Klappe,* tadelte ich mich selbst, aber die Worte waren bereits gesagt. Es ging mich nichts an, wer da an seiner Seite saß. Trotzdem war die Vorstellung, dass der Mann, der mich geküsst und mein Herz zum Rasen gebracht hatte, einer anderen gehörte, schwer zu ertragen. Dabei hatte er mir nie gehört. Nicht wirklich.

Ich beobachtete die friedlichen Toten, während ich an der rechten Wand entlangschritt. Ein Teil von mir wollte bei ihnen sein. Bei Mateo. Doch es meldete sich auch ein anderer Teil zu Wort, den ich schon viel zu lange ignoriert hatte. Eine Stimme in mir schrie, dass ich noch nicht bereit war, zu gehen. Dass ich die Sonne der Isla Mujeres auf meiner Haut spüren, *Jarabe* tanzen, die Körbchen der Kinder füllen wollte.

Ich tastete nach meinem Herzen, presste meine Hand gegen meine Brust.

Ich wollte leben.

Wenn ich jetzt gehen müsste, würde sich niemand an mich erinnern, außer vielleicht Miguel. Das war meine größte Angst: vergessen zu werden. Ich würde nicht durch meine Zeichnungen weiterleben wie Frida Kahlo oder María Izquierdo. Ich würde als eine namenlose Totengräberin gehen, die zwar die Toten gesehen, aber Angst vor dem Leben gehabt hatte. Ich würde genauso wie Marisol meinen zweiten Tod sterben. Und jeder, den ich liebte, der sich an mich hätte erinnern können, war bereits fort.

Ich legte meine flache Hand auf den kühlen Stein, dann ließ ich meine Stirn dagegen sinken. Hier und heute zu sterben, war mir trotzdem lieber, als zu wissen, dass mein Dorf sterben musste, nur weil ich mich zu sehr an mein Leben klammerte.

Den Blick auf die Malereien vergangener Leben gerichtet, zog ich meinen Macuahuitl erneut aus meinem Gürtel. Der Totengott wollte das fünfte und letzte Stück seiner Seele zurück, das nur mein Tod ihm geben konnte? Wenn das wirklich helfen würde, Mictlan wieder unter Kontrolle zu bekommen, dann sollte er es haben.

Ehe ich meinen Plan jedoch umsetzen konnte, presste sich eine warme Brust an meinen Rücken. Zielsichere Hände legten sich um meine.

Augenblicklich erstarrte ich. Ich hasste es, dass ich seine Nähe immer noch wollte. Trotz seines Verrats. Trotz seiner Lügen.

»War nichts davon echt?« Meine Stimme war nur ein Flüstern. »Waren deine ganzen schönen Worte nur Teil deiner Täuschung?«

Die Brust des Totengottes hob und senkte sich gleichmäßig, beruhigte mich, obwohl ich das nicht wollte. »Was zwischen uns war, hätte nicht echter sein können«, antwortete er nach einer Weile. »Es war das einzig Wahre an dieser ganzen Mission.«

Ich stieß ein ungläubiges Lachen aus. »Ich wünschte, ich könnte das glauben.« Ich versuchte, mich zu befreien, doch er lockerte seinen Griff nicht.

»Lass mich los«, knurrte ich.

»Ich weiß, was du vorhast.«

Mühsam zerrte ich an seinen Händen, aber er war zu stark.

»Dann lass es mich tun. Nur deswegen bin ich doch hier. Mein Seelenstück hat alle Ebenen beschritten, so wie du es wolltest.« Meiner Stimme wohnte eine Ruhe inne, die ich nicht fühlte. In Wahrheit war mir übel vor Angst. »Nimm es endlich zurück. Ich wollte es ohnehin nie haben.«

»Es tut mir leid, Elena.« Mit diesen Worten entriss er mir meinen Macuahuitl, drehte mich um, bis ich mit dem Rücken an der Wand stand – und fixierte meine Hände in einer fließenden Bewegung an dem Obsidian mit etwas, was flüssigen Schatten ähnelte. Es war aus seinen Fingern geflossen, obwohl er noch immer seine Handschuhe trug.

Es dauerte einen Moment, bis ich realisierte, was er gerade getan hatte. Dann erwachte eine Wut in mir zum Leben, die ihresgleichen suchte.

Ich trat nach ihm, wollte mich befreien. Doch die Fesseln waren unnachgiebig.

»Ich kann nicht zulassen, dass du dir etwas antust.«

»Du willst dein letztes Seelenstück also nicht zurück?«, fragte ich ungläubig.

»Ich weiß es nicht.« Er beugte sich zu mir herunter, gefährlich nah. »Ich weiß nichts mehr, Elena.«

Nicht nah genug.

»Das Einzige, was ich weiß, ist, dass ich es nicht ertragen würde, dich sterben zu sehen.«

Seine Worte rissen alte Wunden auf. Weil ich ihnen nicht glauben konnte, auch wenn ich es mehr als alles andere wollte.

»Wir haben keine Zeit mehr.« Noch ein Tritt, aber er wich ihm problemlos aus. Verdammter Gott. »Es ist *mein* Leben. Meine Entscheidung, was ich damit machen will. Nicht deine. Wenn du ein einzelnes Leben über das vieler stellst, bist du der miserabelste Gott, dem ich je begegnet bin.«

»Ich habe nie behauptet, ein guter Gott zu sein. Ich bin kein Held, Elena.«

»Ich habe auch nie einen Helden in dir gesehen«, stieß ich hervor. »Aber ich dachte, ich hätte einen Freund in dir gefunden. Und Freunde ketten einander nicht an verdammte Tempelwände.«

Ich spürte seinen Atem auf meiner Wange, so nah war er mir. »Einen Freund?«

Erinnerungen fluteten mich, an seine Lippen auf meinem Körper, an seine raue Stimme an meinem Ohr.

Mehr als einen Freund.

Ich starrte ihn an, den Kopf in den Nacken gelegt. Das Grau seiner Augen wirkte unergründlicher denn je.

»Berühr mich«, flüsterte ich. *Damit ich dir zeigen kann, dass nicht alle Menschen Narben auf deinem Körper hinterlassen.*

»Wäre unsere Geschichte eine andere, würde ich diesem Befehl nur zu gern Folge leisten. Aber nicht jetzt. Nicht hier. Nicht mit dir.«

Warum konnte er nicht einmal Sinn ergeben? Warum musste er das alles so kompliziert machen?

»Dann geh zu deiner Göttin«, zischte ich.

»Es gibt keine Todesgöttin. Mein Herz gehört niemandem.« Er hielt inne. »Zumindest keiner Unsterblichen.«

Dann war er fort.

Ich schrie seinen Namen, seinen echten Namen, riss an meinen Fesseln, verfluchte alles und jeden. Aber niemand kam, um mich zu befreien. Niemand tauchte auf, um mir dieses verdammte Seelenstück zu entreißen.

Ich blieb allein mit den Verstorbenen, die Frieden gefunden hatten.

»Wie fühlt es sich an?«, fragte ich in die Stille. »Der Tod?«

Ich hatte nicht damit gerechnet, dass mir die Toten tatsächlich antworten würden. Doch sie taten es. Sie erzählten von einem Flug ohne Flügel, von einem Sturz ohne Abgrund. Sie erzählten von dem Ende ihrer Leiden, von einem Neubeginn.

Von erloschenen Flammen, zerbrochenen Träumen. Und obwohl ihre Worte mir Angst machten, bestärkten sie mich auch in meinem Wunsch, niemals unsterblich sein zu wollen. Lieber starb ich einen Tod als keinen.

Auf einmal ging eine Vibration durch meinen Körper. Verwirrt starrte ich auf den Boden, dann sah ich hinauf zu meinen Fesseln. Sie zitterten. Nein, nicht sie.

Der Tempel bebte.

Als hätte er meine Verwirrung gespürt, erschien Li plötzlich neben mir.

»Was ist los?«, fragte ich alarmiert.

»Es sind die Toten, Lena.« Zum ersten Mal sah ich etwas wie Angst in Lis blassen Augen aufblitzen. Augen, die einmal einem Menschen gehört hatten. »Sie versuchen, den Tempel zu stürmen, um zum Portal zu gelangen.« Ich hörte, was er nicht sagte. Der Totengott war nicht stark genug, um sie in Schach zu halten.

Hastig blickte ich zu jenen Toten, die friedlich den Tempel bewohnten. Doch ehe ich meine Frage stellen konnte, drängte sich mir bereits die Antwort auf. »Die Toten, die die Ebenen nicht richtig durchlaufen haben? Die verlorenen Seelen?«

Li nickte.

Panik schnürte mir die Kehle zu. Sie würden ausbrechen und das Pueblo überrennen. Dann wäre alles umsonst gewesen. Hektisch riss ich an meinen Fesseln. Gerade, als ich Li bitten wollte, mich loszubinden, war der Herrscher Mictlans neben ihm erschienen.

»Befreie Elena, und schaff sie fort von hier. Schick sie durch das Portal.«

Ehe ich widersprechen konnte, war er schon wieder fort. Er trat vor den geschlossenen Tempeleingang, streckte eine Hand aus und presste sie gegen das Tor. Er hatte seinen Mantel abgelegt, sodass ich jeden seiner angespannten Muskeln sehen konnte. Zum ersten Mal ähnelte er dem Totengott, den ich mir in Gedanken ausgemalt hatte. Seine Präsenz war einnehmend, atemberaubend.

»Nan. Lena.« Ich löste meine Aufmerksamkeit vom Totengott und sah Li an. Er deutete nach links, in Richtung der Throne. »Es ist schon jemand hier.«

Mein Blick folgte seinem.

Isabel.

Ich starrte sie an, suchte nach dem dunklen Mal, das ihre Brust zieren müsste. Als Beweis dafür, dass sie ihr Herz im Labyrinth gelassen hatte. Aber ihr Kleid hatte noch dieselbe Farbe wie an jenem Abend am Strand, als sie gestorben war.

»Wer ist es?«, rief der Totengott, der immer noch vorm Eingang stand.

Isa schenkte mir kaum Beachtung, sondern steuerte zielstrebig auf das Tor zu.

»Sie will die anderen reinlassen«, murmelte Li. »Bisher konnten nur vereinzelt verlorene Seelen in den Tempel gelangen, die meisten hat Nan abgefangen. Aber wenn das Tor für sie geöffnet ist, können sie das Portal stürmen.«

»Isa!« Ich schrie ihren Namen, immer und immer wieder, obwohl ich wusste, dass sie mich nicht hören konnte. Aber jemand anderes konnte das. »Es ist Isa! Lass mich mit ihr reden. Bitte!«

Der Totengott erstarrte. Quälend langsam drehte er sich um, als Isa nur noch wenige Schritte von ihm entfernt war. Er hob eine Hand, zog einen Handschuh aus.

»Nicht!« Ich zerrte so panisch an meinen Fesseln, dass ich glaubte, sie würden mir die Handgelenke zertrennen. »Fass sie nicht an! Lass mich mit ihr reden!« Meine Stimme brach. »Bitte.«

Der Herrscher Mictlans hielt inne, dann ließ er seine Hand sinken. »Mach sie los, Li.«

Als Li meine Fesseln gelöst hatte, rannte ich los. Schwer atmend drängte ich mich zwischen den Totengott und Isa.

Isabel. Meine Hand zitterte, während ich ihren Namen wiederholte. *Erinnerst du dich an mich?*

Doch nur ein leerer Blick antwortete mir.

»Elena.« Mictlāntēcutlis Stimme klang sanft und fremd zugleich. »Sie darf dich nicht berühren.«

Mein Blick blieb an Isas Brust haften. Sie hatte alle Ebenen überquert, nur das Labyrinth nicht. Aber sie musste ihr Herz verlieren, um Frieden zu finden. Würde sie sich an mich erinnern, wenn sie die Ebenen vollendet hätte? Ich holte zitternd Luft, dann kniete ich mich zu Boden.

Erinnerst du dich an das Schiff? Für einen Moment lehnte ich mich nach vorn und presste meine Stirn an ihre bedeckte Schulter. *Ich glaube, es kommt uns jetzt endlich holen, Isa.*

Mit diesen Worten griff ich hinter mich, riss den Macuahuitl des Totengottes von seiner Hüfte, legte einen Arm um Isa und stieß die Obsidianklinge von hinten durch ihren Rücken, durch ihre Brust.

Einen Moment lang sah sie mich nur an, dann stahl sich etwas Friedvolles in ihre wunderschönen Augen, als ihr Herz zerschnitten wurde. Als sie endlich loslassen konnte. Ich schenkte ihr ein letztes Lächeln, bevor ich den Blick senkte. Und auf die Klinge starrte, die ich durch Isas Körper hindurch auch tief in meiner eigenen Brust versenkt hatte. Tränen brannten in meinen Augenwinkeln, drohten, mir die Sicht zu nehmen.

Mit letzter Kraft zerrte ich die Waffe aus unseren Körpern, warf sie zu Boden und hob meine Hand.

Hasta la muerte, Isabel Flores.

Dann brach ich zusammen.

Ehe mein Kopf auf dem Boden aufschlagen konnte, fing mich jemand auf. Eine verhüllte Hand presste sich auf meine blutdurchtränkte Brust. Alles an dem Gott der Toten verriet, dass er ahnte, was ich wusste. Es war zu spät.

Mühsam hob ich eine Hand und berührte seine Wange.

Automatisch lehnte er sich in meine Berührung. Angst schnürte mir die Kehle zu, aber ich atmete durch sie hindurch, so gut es ging. In diesem Moment sah ich in ihm nicht mehr den Gott, der mich hintergangen hatte. Ich sah nur noch einen Gott, der die gleichen Narben trug wie ich. Sah seine Erinnerungen, die mir die Treppe offenbart hatte. Vielleicht war Vergebung ein Geschenk, das mit jedem letzten Atemzug kam.

Ich fuhr mit meiner Hand hinauf zu seinem Nacken, zog sein Gesicht zu mir herunter. Und presste meine Stirn an seine, denn ich hatte nichts mehr zu verlieren. Seine Haut war eiskalt, ein starker Kontrast zu der Hitze, die immerzu an seiner Kleidung zu haften schien. Ein weiterer Widerspruch eines widersprüchlichen Gottes.

»Ich hasse d-dich, Gott«, brachte ich mühsam hervor, meine Lippen nur einen Hauch von seinen entfernt.

Er lachte. Noch nie zuvor hatte ich so einen gequälten Laut gehört. »Ich habe dir schon einmal gesagt, dass du eine miserable Lügnerin bist.«

Er hatte recht. Ich hasste ihn nicht, konnte es nicht. Vielleicht war ich deshalb schwach. Vielleicht auch nur menschlich.

Ich öffnete den Mund, um noch etwas zu sagen, als plötzlich Schmerz in meiner Brust explodierte. Ein Schrei löste sich aus meiner Kehle, der fremd klang, frei von jeder Menschlichkeit.

Der Totengott rief etwas auf Nahuatl, und im nächsten Moment spürte ich Li neben mir. Doch meine nächsten Worte galten jenem Gott, der mich in seinen Armen hielt.

»Versprich mir, dass du dich um das Pueblo kümmern wirst. Um die Kinder.« Wasser flutete meine Lunge. War es echt oder nur Einbildung? Eine Erinnerung? »Ver-versprich es mir.«

Ein stechender Schmerz brannte in meiner Brust. Meine Seele wurde zerrissen, während ich mich am Totengott festhielt, dem das letzte Seelenstück nun zurückgegeben wurde. Ich hörte seine Schreie wie durch einen Schleier.

Vielleicht war das von Anfang an mein Schicksal gewesen. Vielleicht hatte sich der Tod endlich sein rechtmäßiges Eigentum zurückgeholt.

Ich klammerte mich an Marisols Gesang, an Isas Strahlen, an Mateos Lachen. An Lis Licht.

Und an das geflüsterte Versprechen eines Gottes, dem ich beinahe mein Herz geschenkt hatte.

Dann empfing mich eine tiefschwarze Dunkelheit.

32. Kapitel

Mictlan kannte die alles durchdringenden Schreie der Toten. Kannte die Laute, die sie ausstießen, wenn ihnen bewusst wurde, dass ihr Leben vorbei war. Dass sie nie wieder schmecken, nie wieder riechen, nie wieder fühlen würden wie zuvor. Aber die Schreie eines Gottes waren der Unterwelt fremd. Schreie voller Schmerz, die die Tempel der Todesstadt, vielleicht sogar ganz Mictlan, zum Einsturz bringen könnten.

Nan hielt die Totengräberin in seinen Armen, die eben noch das letzte Bruchstück seiner Seele beherbergt hatte. Jetzt war ihre zarte Stimme erstorben, ihr Herz still. Er presste sie an sich, als könnte er so ungeschehen machen, was das Schicksal vorherbestimmt hatte. Eine Hand legte er auf seine Brust, spürte, wie sich ihr Seelenstück mit seiner göttlichen Kraft verwob. Trotzdem fühlte er sich leerer und kraftloser als je zuvor. In diesem Moment wünschte er sich nichts sehnlicher, als seine eigene Seele herauszureißen und sie ihr einzuverleiben. Jener Frau, die ein Opfer gebracht hatte, das er selbst nicht zu bringen bereit gewesen war.

»Bruder.«

Der Herrscher Mictlans strich mit seiner Hand ihren Hals entlang, bis er sie auf ihrer Brust ruhen ließ. Vielleicht –

»Nicht.« Nan spürte, wie Li eine Hand auf seine legte. Obwohl er momentan blind war, erkannte er Li, erkannte seine

Seele. »Lena hätte das nicht gewollt. Sie wollte nicht unsterblich sein.«

Der Totengott öffnete den Mund, wollte etwas sagen, doch alle Worte hatten ihn verlassen. Es war wie damals, als er geglaubt hatte, Li verloren zu haben. Nein, das hier fühlte sich noch schlimmer an.

»Mach nicht noch einmal denselben Fehler. Ich wollte das damals. Ich habe dich darum gebeten. Und ich bereue es.« Ein raschelndes Geräusch ertönte, dann legte Li Nans Hand an seinen Arm. Der Totengott ertastete feine Narben auf der Haut seines Bruders. Narben, von denen er nichts geahnt hatte. Narben, die bewiesen, dass Li unter seiner Unsterblichkeit mehr litt, als er Nan je offenbart hatte. »Wie sehr wird sie es dann erst bereuen? Laste ihr diese Bürde nicht gegen ihren Willen auf.«

Als Nan immer noch schwieg, schlang Li seine Arme um den zitternden Gott, presste seine Stirn an seine. Die Tote zwischen den Brüdern. »Halte dein Versprechen und rette ihr Dorf. Das ist es, was sie wollte. Dafür war sie bereit, zu sterben.«

Nan wusste nicht, was er darauf erwidern sollte.

»Du liebst sie«, sagte Li nach einer Weile, seine Worte kaum mehr als ein Flüstern.

Der Totengott presste Elena an seine Brust, flehte sie stumm an, aufzuwachen. Er hatte gedacht, vorbereitet zu sein. Hatte sich eingeredet, das hier durchstehen zu können. Hatte geglaubt, keinem Menschen zu erliegen.

Doch er war kläglich gescheitert.

»Ich würde Mictlan auseinanderreißen, um sie zu den Lebenden zurückzuholen«, flüsterte er schließlich. »Ich würde die Ebenen für sie unendlich oft durchqueren.«

Aber göttliches *Tonalli* allein vermochte Tote nur auf eine einzige Weise zu retten: Es konnte die Unsterblichkeit von einem Gott lösen, um diese einem Verstorbenen einzuverleiben, der an dessen Stelle fortan die Rolle des Gottes zu übernehmen hatte. Und er würde es tun. Für sie würde er seine Unsterblich-keit aufgeben.

»Ich habe es gesehen. Ich habe gesehen, wie du ihr verfallen bist, Nan. Ich wünschte, es wäre anders gewesen.« Li löste die Stirn von seinem Bruder. »Ich wünschte, wir hätten uns beide an den Plan gehalten.«

Nan atmete schwerer als je zuvor in seinem Leben. Zum ersten Mal war es nicht die Dunkelheit, die ihn zu erdrücken drohte, sondern der Tod selbst. Obwohl er doch eigentlich sein Gebieter sein sollte. »Du liebst sie auch?«, fragte er leise.

»Nicht so wie du, Nan. Nicht so wie du.«

Li entfernte sich, doch Nan verharrte weiter in der Mitte seines Tempels, die tote Frau in seinen Armen. Mit jeder Se-kunde, die verstrich, wich mehr menschliche Wärme aus ihrem Körper. Der Gott musste all seine Willenskraft aufbringen, um ihr nicht dasselbe Geschenk wie seinem Bruder zu verleihen. Li hatte recht: Es wäre selbstsüchtig, sie auf diese Weise zu retten. Selbstsüchtig, sie zu etwas zu machen, was sie niemals hatte sein wollen.

Nan presste die Tote noch fester an seine bebende Brust. In diesem Augenblick spürte er, dass etwas nicht stimmte. Der Tempel bebte von Neuem. Die Toten, die kurz nach Elenas Tod verstummt waren, rüttelten wieder am Tor, verlangten Zutritt. Elenas Opfer war umsonst gewesen.

Als der Herrscher Mictlans die Wange der letzten Admira-dora berührte, fand er dort Tränen. Doch es waren nicht ihre. Es waren die eines Gottes.

Eines Totengottes, der zum ersten Mal erfahren musste, wie schmerzlich der Tod sein konnte.

33. Kapitel

Mühsam befreite ich mich aus der Dunkelheit, kämpfte mich zurück ins Licht.

Als ich die Augen öffnete, wurde ich von einem strahlend blauen Himmel begrüßt, der sich über mir erstreckte. Die Luft war klar und warm, eine sanfte Brise kitzelte meine Nase. Einen Moment lang starrte ich hinauf, dann grub ich meine rechte Hand in den Sand, auf dem ich lag, und stemmte mich hoch. Mein Kopf dröhnte, meine Glieder schmerzten, doch das war nichts im Vergleich zu der Leere, die in meinen Gedanken herrschte.

Desorientiert blickte ich umher, bis ich eine glasklare, im Sonnenlicht glitzernde Wassermasse sah. Das Meer. Es war wunderschön.

Hastig erhob ich mich und stolperte ins Wasser. Das Nass schwappte um meine Beine, tränkte den Saum meines weißen, leichten Kleides. Es fühlte sich gut an, das Wasser.

Als ich in die Knie ging und eine Hand ausstreckte, um die Oberfläche zu berühren, hielt ich inne. Mit gerunzelter Stirn musterte ich den Verband, der um meine linke Hand geschlungen war. Sie fühlte sich seltsam an. Ich versuchte, sie zu einer Faust zu ballen, doch sofort schoss ein stechender Schmerz meinen Arm hinauf. Verwirrt biss ich auf meine Unterlippe, begutachtete nun auch meine rechte Hand. Hatte mir dort schon immer der kleine Finger gefehlt? Irritiert berührte ich den Stummel, dann sah ich mein eigenes Spiegelbild in der Wasseroberfläche. Eine Frau starrte mir entgegen, das lange schwarze Haar wirr, der Körper unter dem leichten Kleid ausgezehrt. Sie sah aus, als hätte der Tod selbst sie berührt.

Erst jetzt fiel mir auf, dass Erde an mir klebte. Das Kleid war damit bedeckt, sie klebte an meinen Händen, meinem Gesicht, war unter meinen Nägeln. Ich schob meine Ärmel hinauf, fand sichelförmige Narben. Berührte sie, fuhr sie entlang. Wer hatte sie mir verliehen? Was –

»Elena?«

Ich wirbelte herum. Wenige Schritte hinter mir stand ein hochgewachsener Mann und starrte mich fassungslos an. Ungezähmte Locken klebten in seiner Stirn, dunkle Ringe überschatteten die sonnengebräunte Haut unter seinen Augen. Er schien jung zu sein, vielleicht fünfundzwanzig oder dreißig.

Ehe ich mich's versah, stürmte der Mann auf mich zu, packte mich und zog mich an seine Brust. So ruckartig, dass ich einen erschrockenen Laut von mir gab. Sein Herz schlug viel zu schnell. War er krank?

»Das muss ein Traum sein«, murmelte er. »Das kann nur ein Traum sein.« Seine Stimme war klar und hell, aber ich konnte sie nicht zuordnen, wusste nicht, ob ich sie schon einmal gehört hatte oder nicht. Zögerlich legten sich meine Hände auf seinen Rücken. Ich musste ihn kennen, sonst würde er mich nicht so halten, wäre mir nicht so nah. Aber warum fiel mir sein Name nicht ein?

Nach einer Weile ließ er von mir ab und schob mich ein Stück von sich. Das salzige Wasser schwappte um meine Füße, umspielte meine Beine. Ich liebte Wasser, liebte das Meer. Ich wollte mich darin verlieren, wollte fortschwimmen.

Als ich den Blick wieder hob, starrte mich der Mann an, Sorge in seinen Zügen. Mit der Hand fand er meine Wange, strich schmerzhaft sanft darüber. Dann zog er mein Gesicht zu sich, presste seine Stirn an meine.

»Was ist passiert?«, flüsterte er, so leise, dass das Rauschen des Meeres seine Worte beinahe verschluckte. »Wo ist Marisol?«

Marisol? Ich sah ihn nur an, wusste nicht, was ich erwidern sollte. Wusste nicht, wer das war. Ich durchforstete meine Gedanken auf der Suche nach einer Antwort, doch ich schmeckte nur den Tod auf meinen Lippen. Fühlte mich so leer.

»Wo bin ich?«, fragte ich deshalb, ohne auf seine Frage einzugehen.

Der Mann atmete zitternd ein. Schließlich löste er seine Stirn von meiner, fixierte mich aber weiterhin mit seinem Blick. »Du bist zu Hause.«

Ich sah mich um, musterte das Meer, die Klippen, den weißen Strand. »Und wo ist dieses Zuhause?«

Der Fremde runzelte die Stirn. Sein Daumen strich noch immer über meine Wange. Ich nahm sein Handgelenk und löste seine Hand von meinem Gesicht.

»Was ist passiert, Elena?«, wiederholte er seine Frage, auf die ich keine Antwort wusste.

Ich neigte den Kopf zur Seite, wünschte, seine Worte würden Sinn ergeben, doch sie taten es nicht. So viele Fragen brannten auf meiner Zunge, aber ich entschied mich für jene, deren Flamme am hellsten loderte.

»Wer ist Elena?«

Ich war eine Fremde in einem Dorf, von dem man mir sagte, dass es mein Zuhause war. Doch das war es nicht. Nichts verband mich mit diesem sonnengetränkten Ort, in den mich der Mann vom Strand geführt hatte. Nichts mit dem Namen, der angeblich mein eigener war.

Elena.

Ich wiederholte ihn immer und immer wieder, aber er fühlte sich seltsam auf meiner Zunge an. Er gehörte nicht mir, egal, was der Mann namens Miguel auch behaupten mochte. Ansonsten würde seine Nennung irgendetwas in mir auslösen, doch das trat nicht ein. Er war nur ein Wort, bedeutungslos, leer.

So wie ich.

Ich musterte meine Hände, versuchte zu verstehen, was mit ihnen geschehen war. Wie hatte ich einen Finger verloren? Warum konnte ich die linke Hand kaum bewegen? Auch meine Füße gaben mir Rätsel auf. Die Sohlen waren zerschunden und mit Blasen übersät, die nicht verheilen wollten. Miguel, der sich als Arzt des Ortes herausgestellt hatte, versuchte, sie zu behandeln. Doch die verschiedenen Salben, die er mir gab, brannten nur wie Feuer und halfen in keiner Weise. Auch für meine Hand hatte er nur ein ratloses Kopfschütteln übrig.

Mein Blick glitt in dem winzigen, mit Arzneimitteln vollgestopften Zimmer umher und blieb schließlich an einer seltsamen Figur haften, die unter dem Fenster stand. Ein Skelett, das in ein feuerrotes Kleid gehüllt war. Der Anblick jagte mir einen Schauer über den Rücken, deshalb wandte ich mich wieder dem Mann zu, der mir gegenübersaß. Wie lange war ich schon in diesem Zimmer? Wie lange hielt ich seinem durchdringenden, fragenden Blick schon stand? Es mussten Stunden vergangen sein, denn mittlerweile sah man nur noch Dunkelheit vor dem Fenster.

»Kannst du dich wirklich an nichts erinnern?«, flüsterte er, während er meine Hand hielt.

»Ich –« Ein Schrei verschluckte den Rest meiner Worte. Sofort ließ der Mann meine Hand los, sprang auf und stürmte zur Tür des kleinen Raums.

»Was ist los?«, fragte ich verwirrt, doch er gab mir keine Antwort. Nie gab er mir eine Antwort, stellte immer nur Fragen.

Dann war er fort. Ein weiterer Schrei zerriss die Nacht. Ohne nachzudenken, rappelte ich mich auf und folgte ihm.

Meine Füße brannten, als ich über einen runden, steinernen, von Laternen erleuchteten Platz eilte, in dessen Mitte sich eine kleine Menschentraube gebildet hatte. Der Arzt drängte sich zwischen der Menge hindurch, die sich für ihn und anschließend auch für mich teilte. Als ich sah, was den Tumult ausgelöst hatte, setzte mein Herz einen Schlag aus.

»Was ist mit ihr passiert?«, fragte ich Miguel, der sich über den reglosen Körper gebeugt hatte. Doch er antwortete nicht. Ich musterte den Körper der jungen Frau, ihre aufgerissenen Augen, die Starre in ihren Zügen. Nichts deutete darauf hin, dass sie irgendeine Verletzung hatte. Trotzdem war das Leben aus ihr gewichen. Ich wünschte, jemand würde mir erklären, wieso.

Vorsichtig kniete ich mich zu Boden, streckte eine Hand aus und legte sie auf ihren Hals, tastete nach einem Puls, obwohl ich wusste, dass es zwecklos war.

»Wann sagst du ihnen endlich, dass sie drinnen bleiben sollen, Miguel?« Ein alter Mann drängte sich nach vorn. Er hielt kurz inne, als er mich entdeckte. Unglauben stahl sich in seine Züge.

»Wenn wir uns verstecken, haben wir schon verloren, Francesco. Niemand sollte sich verbarrikadieren«, antwortete Miguel.

Der Alte hörte auf, mich anzustarren, sah wieder den Arzt an. Sein langes schneeweißes Haar hing ihm wirr in die Stirn. »Aber –«

»Marisol hat mir die Leitung über das Dorf übergeben. Wenn ich sage, dass wir uns nicht verstecken, dann tun wir das auch nicht.«

Der Alte ballte die Hände zu Fäusten. Etwas Bedrohliches hatte sich in seine fast schwarzen Augen geschlichen. »Du wirst uns alle in den Tod führen.«

»Nicht ich tue das.« Dann fand Miguels Blick meinen. Für einen kurzen Moment hatte ich das Gefühl, dort etwas Dunkles aufblitzen zu sehen. Auf einmal wünschte ich, ihm nicht gefolgt zu sein. »Du hast gesagt, dass du es aufhalten würdest«, flüsterte er, eine Hand auf der Brust der Toten. »Du hast es versprochen, Elena.«

Ich erstarrte. Warum sollte ich ihm so etwas versprechen? Wer war ich, dass ich Menschen davon abhalten konnte, zu sterben? »Ich … Ich kann mich nicht erinnern.«

Miguel stieß ein gequältes Lachen aus. »Natürlich nicht.« Er warf einen letzten Blick auf die Tote, dann erhob er sich und ging an mir vorbei. »Komm mit. Ich will dir etwas zeigen.«

Zögerlich folgte ich ihm, während ich die Blicke der Anwesenden in meinem Rücken spürte.

Der Arzt führte mich zu einem Ort, der ein Friedhof sein musste. Ausgehöhlte, mit Kerzen versehene Kürbisse zierten den Eingang. Der Anblick ließ mich einen Moment lang innehalten. Irgendetwas regte sich in der hintersten Ecke meines Bewusstseins. Ich versuchte, diese Erinnerung zu greifen, doch sie entglitt mir, immer und immer wieder. Als ich durch das Friedhofstor trat, wurde ich von mehreren Reihen bunter Grabsteine begrüßt, die in den Schein von Kerzen getaucht waren. Ich hatte geglaubt, der Tod sei dunkel, schwarz. Vielleicht wohnte ihm mehr inne, als ich angenommen hatte.

Miguel lief die Grabsteine entlang, so schnell, dass ich Mühe hatte, mit ihm Schritt zu halten.

»All diese Menschen sind tot.« Seine Schultern bebten, als er an einem pastellblauen Stein stehen blieb. »Wegen dir.«

»Wegen mir?« Ich glaubte, mich verhört zu haben. »Ich habe ihnen nichts angetan.«

»Du warst fort. Monatelang. Du hast versprochen, das hier zu beenden, und ich habe dir geglaubt. Was hast du wirklich gemacht, Elena? Außer dein Dorf im Stich zu lassen?«

Seine Worte schnitten tief. Da war kein Hass in seiner Stimme, nur eine tiefe Trauer, eine Enttäuschung über Taten, an die ich mich nicht erinnern konnte.

»Ich –«

Er hob eine Hand. »Du kannst dich nicht erinnern. Ich weiß.«

Ein Moment verstrich, dann wandte er sich mir zu und trat einen Schritt näher. »Verrate mir eines.« Er beugte sich herunter, bis seine Lippen mein Ohr streiften. Unwillkürlich wich ich zurück. »Wie hast du es geschafft, den Tod ein zweites Mal zu besiegen?«

Ehe ich auch nur die Möglichkeit hatte, etwas zu entgegnen, drängte er sich an mir vorbei und verschwand durch das Friedhofstor. Ließ mich mit Worten allein, die keinen Sinn ergaben. Nie ergaben sie Sinn.

Ich trat zu dem Grabstein, vor dem er gestanden hatte, und beugte mich zu ihm hinunter. Als ich den Namen, der offenbar hastig in den Stein graviert worden war, entziffert hatte, gaben meine Knie unter mir nach.

Wie hast du es geschafft, den Tod ein zweites Mal zu besiegen?

Meine Hand zitterte, als ich mit ihr die Buchstaben nachfuhr, die den Grabstein zierten, meine Gedanken ein einziges Chaos. Ich war voller Erde gewesen, bevor Miguel mir eine saubere Bluse und eine leichte Hose gegeben hatte. Als hätte ich mich aus ihr herausgegraben. Als hätte ich mich aus dem Grab befreit, das meinen Namen trug.

»Dem Tod wohnt eine ganz eigene Stille inne, nicht wahr?«

Erschrocken sprang ich auf, fuhr herum – und entdeckte einen verhüllten Fremden, der am Friedhofstor lehnte, die Arme vor der Brust verschränkt. Sein Gesicht war unter einer schwarzen Kapuze verborgen, ebenso wie der Rest seines Körpers, der in eine Art langen Mantel gewickelt war.

»Wer bist du?«, fragte ich.

Er neigte den Kopf leicht zur Seite. »Sag du es mir.«

Meine Fingernägel krallten sich in meine Handfläche, so fest, dass es schmerzte. »Ich … Ich kenne dich nicht. Ich weiß nicht, wer du bist.«

»Weißt du, wer du bist?«

»Ich …« Mein Blick glitt zurück zu dem Namen, der in den Stein graviert war. »Nein.«

Stille.

»Weißt du, warum sie sterben?« Ich hob meine gesunde Hand, deutete auf die übrigen Grabsteine. »Er hat gesagt, dass es … Dass es meine Schuld wäre. Aber ich habe sie nicht getötet. Zumindest kann ich mich nicht daran erinnern.« Doch was bewies das schon, wenn ich mich an nichts erinnern konnte, noch nicht einmal an meinen eigenen Namen?

Der Fremde streckte eine Hand aus und berührte den Grabstein, der dem Tor am nächsten war. »Ich wünschte, ich wüsste es.«

Als er kurz darauf kehrtmachte und das Tor aufzog, löste ich mich aus meiner Starre.

»Waren wir Freunde?«, platzte es aus mir heraus. Ich wusste nicht, warum ich das fragte, aber etwas an ihm kam mir bekannt vor. Die Art, wie er sprach, der Klang seiner Stimme. Sie war mir nicht vertraut, aber sie war auch nicht fremd.

»Ich weiß nicht, was wir waren«, antwortete der Mann nach einer Weile. »Aber jeder, den du einen Freund nennst, kann sich geehrt fühlen, Elena de Jesús.« Dann war er fort.

Und ließ mich mit mehr Fragen zurück als zuvor.

In den nächsten Tagen bewahrheitete sich das, was ich seit jener ersten Nacht auf der Plaza vermutet hatte: Menschen wurden von unsichtbarer Hand getötet, manchmal direkt vor meinen Augen.

Ich schnappte geflüsterte Konversationen auf, die von einem Fluch erzählten, von gescheiterten Fluchtversuchen. Von Miguels Anweisung, sich nicht zu verstecken.

Immer wieder ertappte ich mich dabei, wie ich nach dem verhüllten Fremden Ausschau hielt. Es faszinierte mich, wie er plötzlich auftauchte und verschwand, als wäre er kein Mensch, sondern ein Geist. Meistens hielt er sich in der Nähe des Friedhofs auf, nachdem die Sonne längst untergegangen war. Er sprach nicht noch mal mit mir. Dabei hatte ich das Gefühl, dass er der Einzige war, der mir Antworten geben konnte. Aber sobald ich mich ihm näherte, wurde er von der Dunkelheit verschluckt.

»Wer ist er?«, fragte ich Miguel eines Tages, doch er hatte wie so oft nur einen verwirrten Blick für mich übrig. »Ich habe keine Ahnung, von wem du redest, Elena.«

Man hatte mich in einem kleinen Häuschen untergebracht, das an den runden, steinernen Platz angrenzte. Durch ein staubiges Fenster konnte ich auf das Meer hinaussehen. Ich wartete darauf, dass mir jemand Aufgaben erteilte, mir sagte, was meine Rolle in diesem Dorf war, wo mein Platz war. Aber nichts geschah. Ich blieb allein, kauerte in einer Ecke des Hauptraums, die Arme um die Knie geschlungen, den Kopf an die mit Filmpostern tapezierte Wand hinter mir gelehnt. Ich versteckte mich vor den Toten, vor den Blicken der anderen, die mir die Schuld gaben. Vor dem Grabstein, der meinen Namen trug. Schlaf war ein seltener Gast. Und wenn er mich doch besuchte, war er erfüllt von seltsamen Bildern, die mich schweißgebadet aufwachen ließen.

Eines Abends fand ich Ablenkung darin, die Kleidung zu durchwühlen, die sich in einem schmalen Schrank neben meinem Bett stapelte. Dabei erweckte ein tiefschwarzer Anzug meine Aufmerksamkeit, weil er aus den übrigen farbenfrohen Stoffen herausstach.

Mit den Fingern fuhr ich über das glatte, kühle Material, bis mich ein knisterndes Geräusch innehalten ließ. Da, eine Tasche am rechten oberen Bein, die mir zuvor entgangen war.

Im Innern der Tasche fand ich ein kleines Stück Papier.

Es war eine Zeichnung, ein Porträt. Die Striche waren kraftvoll, intensiv, pechschwarz. Eine junge Frau lächelte mich an, einen Zeichenblock an ihre Brust gepresst. Ich runzelte die Stirn, während ich das dunkle, zu einem kunstvollen Zopf geflochtene Haar der Frau betrachtete. An einer Stelle war Kohle ausgespart worden, sodass eine helle Strähne zwischen dem Schwarz erschien. Ich hob eine Hand, berührte die weiße Strähne, die auch ich besaß. Mein Blick glitt zu den Händen der Frau. Zu dem fehlenden kleinen Finger an der rechten Hand, zu den halbmondförmigen Narben, die ihre Haut zierten. Mein Atem stockte, als ich meine eigene Hand musterte, die genauso aussah. An ihr klebte nun Kohle, die vom Papier abgefärbt hatte. Auch am Gesicht und den Händen der Frau haftete Kohle. Ich trat einige Schritte zurück, bis ich mit dem Rücken an die gegenüberliegende Wand stieß. Quälend langsam wanderte mein Blick zum unteren Ende des Blatts, fand dort eine Zeile Text, die jemand in schwungvollen Buchstaben zu Papier gebracht hatte.

Elena de Jesús.

Schmerz explodierte hinter meinen Schläfen. Ich presste die Augen zusammen, spürte Erde zwischen meinen Fingern, Kohle in meinem Gesicht. Schmeckte etwas Süßes auf meinen Lippen. Sah Hände, die Geschichten erzählten. Mühsam öffnete ich die Augen wieder, versuchte, die restlichen Worte zu entziffern, die hinter dem Namen aneinandergereiht waren.

Totengräberin.

Ich war auf einem Friedhof, bettete die Toten zur Ruhe.

Überlebende.

Ich stand in einer Küche, knetete salzigen Teig, während sich ein brennender Schmerz in meine Brust fraß.

A–

Das letzte Wort war verwischt, ich konnte nur ein A als Anfangsbuchstaben ausmachen. Aber das war genug.

Ein Wort kam zurück, schlug Wurzeln in meinen Gedanken. Öffnete den Damm, hinter dem sich meine Erinnerungen gestaut hatten, flutete mich, ertränkte mich mit all jenem, von dem ich geglaubt hatte, ich hätte es vergessen.

»Admiradora.«

34. Kapitel

Die Nacht verbrachte ich auf dem Friedhof, betete, dass der verhüllte Fremde wiederkommen würde. Die Zeichnung presste ich derweil unentwegt an meine Brust. Meine Gedanken waren ein einziges Chaos, mein Herz raste, während Erinnerungen über mir zusammenbrachen. Als mein Atem immer hektischer wurde, lehnte ich mich an den pastellblauen Grabstein, der meinen Namen trug, und schloss die Augen. Ich kramte nach Erinnerungen, nach Namen, Gesichtern. Ich suchte nach der Frau, die ich einmal gewesen war, fand Bruchstücke von ihr, aber nichts Ganzes. Vielleicht, weil ich nur noch aus Scherben bestand.

Als ich vorsichtige Schritte hörte, riss ich die Augen auf, fuhr hoch und wirbelte herum.

Der Fremde, der sein Haupt immer noch unter einer Kapuze verborgen hielt, lehnte auch diesmal mit vor der Brust verschränkten Armen am Friedhofstor.

Ich trat einen Schritt näher, dann noch einen. Jeder Schritt beförderte mehr Erinnerungen zutage.

Der Mann blieb stumm, rührte sich nicht. Als ich direkt vor ihm anhielt und zögerlich eine Hand ausstreckte, stieß er ein leises Lachen aus. Meine Finger griffen nach der Kapuze. Einen kurzen Moment lang hielt ich inne, dann gab ich mir einen Ruck, schob sie nach hinten – und entblößte im Schein der Laternen schneeweißes Haar, das mir mehr als vertraut war.

»Lena.«

Behutsam fasste ich nach seinem Haar, berührte es, um mich zu vergewissern, dass er real war.

»Warum bin ich nicht tot, Li?«, brachte ich mühsam hervor, während ich seinem forschenden Blick standhielt. »Warum hat es nicht funktioniert?«

Er musterte mich einen Augenblick lang schweigend, dann nahm er meine Hand in seine.

»Was zum –« Sie war warm. Seine Hand war warm. Ich starrte sie an, dann fand mein Blick wieder seinen. Selbst als die Unsterblichkeit langsam aus ihm gewichen war, hatte sich seine Haut nicht so warm angefühlt. So … so …

»Du … Du bist wieder ein Mensch?«

Die Frage hing zwischen uns. Sein Blick glitt zu dem Grabstein, der meinen Namen trug, dann drückte er meine Hand etwas fester. Und auf einmal hatte ich verstanden.

»Du hast deine Unsterblichkeit für mich aufgegeben?« Die Worte der Heilerin drängten nach vorn.

Göttliches Tonalli *vermag nur zwei Dinge zu tun: Es kann die Unsterblichkeit von einem Gott lösen, um diese einem Toten einzuverleiben, der an dessen Stelle fortan die Rolle des Gottes zu übernehmen hat. Es kann jedoch auch Lebenden Unsterblichkeit schenken, ohne dass der Gott hierfür seine eigene Unendlichkeit aufgeben muss.*

»Du bist nicht unsterblich«, sagte Li, als hätte er meine stumme Frage gehört. »Ich war früher wie du, deshalb war mein *Tonalli* schon immer menschlich und göttlich zugleich. Ich habe dich so gerettet, wie Nan und dein Bruder dich damals gerettet haben, mit einer Mischung aus beidem. Leider haben Nan und ich eine Weile gebraucht, bis wir verstanden haben, dass ich dich retten konnte. Und ich habe meine Unsterblichkeit nicht *aufgegeben*.« Er schenkte mir ein Lächeln und ließ meine Hand los, dann strich er mir vorsichtig eine Strähne hinters Ohr. »Ich habe sie gegen etwas eingetauscht, was so viel kostbarer ist, als es ein ewiges Leben jemals sein könnte.«

Nach einem kurzen Moment der Stille fiel ich ihm um den Hals, so stürmisch, dass er einen Schritt zurückstolperte. Erst erwartete ich, dass er mich von sich stoßen würde, doch stattdessen legte er seine Arme um mich und zog mich an sich.

»Ich habe dich vermisst, Lena«, murmelte er in mein Haar. »Ich habe dich so vermisst, verdammt.«

Ich krallte mich an ihm fest, verbarg mein Gesicht an seiner Schulter. Erinnerungen fluteten mein Gedächtnis. Mit Narben gezeichnete Arme eines unglücklichen Gottes, Tränen aus Mondlicht, Tänze im Herzen der Unterwelt.

Irgendwann schaffte ich es, mich von ihm zu lösen.

»Es hat nicht funktioniert, Li«, flüsterte ich. Hatte ich das schon gesagt? Ich wusste es nicht mehr. »Ich …« Ich presste die Augen zusammen, schüttelte den Kopf, um meine Gedanken zu ordnen. »Es ist alles so verschwommen. Aber ich weiß, dass ich ihn berührt habe. Ich habe Mictlāntēcutli berührt.« Ich presste mir meine Hand auf die Brust. »Ich habe gespürt, wie meine Seele zerrissen wurde. Ich habe gespürt, wie ich … wie ich gestorben bin. Aber die Toten sind noch hier. Ich … Ich kann sie nicht mehr sehen, aber sie sind noch da. Menschen sterben immer noch. Es hat nicht funktioniert, Li«, wiederholte ich. »Warum hat es nicht funktioniert?«

Li sah zur Seite, antwortete nicht sofort.

Auf einmal fraß sich Sorge in mein Herz, betäubte für einen Moment alle übrigen Fragen.

»Wo ist er?«

»In Mictlan. Die Dinge sehen schlecht aus, Lena.« Li fuhr sich mit einer Hand durch sein schneefarbenes Haar. Er wirkte unruhig, hatte die Sorglosigkeit eingebüßt, die er als Gott ausgestrahlt hatte. »Als ich Mictlan verlassen habe, waren die verlorenen Seelen dabei, seinen Tempel zu stürmen.« Ein gehetzter

Ausdruck trat in Lis Augen. »Wenn er einstürzt, erleiden alle Seelen, die sich derzeit in Mictlan befinden, *la Segunda muerte*.«

Ich umschloss Halt suchend die Zeichnung, so fest, dass ich mich am Papier schnitt, doch ich schenkte dem Blut, das meine Finger hinabtropfte, kaum Beachtung. Alle Seelen würden ihren zweiten Tod sterben, würden aufhören zu existieren.

»Hat es nicht gereicht?« Meine Stimme zitterte. »Mein Seelenstück?«

Li schüttelte den Kopf. »Das ist es nicht. Du müsstest ihn sehen. Er ist stärker, viel stärker. Aber die Toten gehorchen ihm trotzdem nicht mehr. Sie überspringen immer noch Ebenen. Und die, die schon hier sind, folgen seinem Ruf nicht.«

»Warum nicht?«

Er zuckte hilflos mit den Schultern. »Sie wollen nicht zurückkommen. Er glaubt, dass sie vergessen haben, dass sie nicht mehr leben. Dass sie sich deshalb an das Reich der Lebenden klammern.«

Ein Reich, das sie eigentlich nur am Día de los muertos betreten durften. Meine Zähne gruben sich in meine Unterlippe. Der Feiertag würde morgen Nacht beginnen.

Dann war die Grenze zwischen Leben und Tod passierbar, und alle Toten würden unkontrolliert hinüberströmen können. Ich wollte mir nicht ausmalen, was dann geschehen würde. »Kann er sie daran hindern, morgen Nacht Mictlan zu verlassen?«

Li schüttelte den Kopf. »Diese Nacht gehört den Toten. Darauf hat Nan keinen Einfluss. Das Tor zu seinem Tempel wird geöffnet sein, er konnte noch nie etwas dagegen tun.«

Sie würden unser Dorf überrennen, die letzten Lebenden mit sich nehmen. Sich vermutlich weit über die Isla Mujeres hinaus ausbreiten. Umsonst. Es war alles umsonst gewesen. Die ganze verfluchte Reise durch Mictlan von Marisol und mir.

Marisol.

»Wo ist Marisol?«

Stille breitete sich zwischen uns aus. Eine Stille, die mir meine Frage bereits beantwortete.

»Sie ist tot, Lena.«

Tot. Ihr starrer Blick drang in mein Bewusstsein, nahm mich gefangen. Brach mein Herz von Neuem. Die Erinnerungen kamen nur in Schüben, in Bruchstücken. Ich hatte das Gefühl, dass mir so viel abhandengekommen war, mir so viel fehlte. Der Tod hatte mir meine Erinnerungen genommen.

Ich schloss die Scherben ein, versuchte, bei Verstand zu bleiben. Später würde Zeit dafür sein, zu trauern. Zumindest hoffte ich das.

Ich gab mir Mühe, all das, was Li mir gerade gesagt hatte, zu ordnen. Wenn selbst der Herrscher Mictlans es nicht schaffte, die entflohenen Toten zurückzuholen, was konnte ich dann ausrichten, jetzt, wo ich die Toten noch nicht einmal mehr sehen konnte, weil ich keine Admiradora mehr war? Ich besaß keine Waffe, keine besondere Gabe, nichts. Mein Blick fiel auf meine zitternden Hände. Nichts außer Blut auf meiner Haut, Erde unter meinen Nägeln und Kohle an meinen Fingern.

Kohle.

»Da war eine Frau«, sagte ich in die Stille hinein. Ich schloss die Augen, kramte in meinem Gedächtnis nach einer Erinnerung, die vielleicht der Schlüssel sein konnte. »Eine Frau in einem roten Kleid. Sie ist gestorben, kurz bevor Na– Bevor wir nach Mictlan gereist sind.« Ich öffnete die Augen wieder. Li starrte mich verwirrt an. Im flackernden Licht der Laternen schien er blasser als sonst. Noch menschlicher. »Ihr Name war Maria.« Eilig schob ich den Ärmel meiner Bluse hinauf, deutete auf eine halbmondförmige Narbe an meinem Handrücken. »Sie ist vorzeitig aus Mictlan ausgebrochen, so wie alle anderen. Aber als sie mich berührt hat, bin ich nicht gestorben.«

Li sog hörbar die Luft ein. »Ihre Berührung hätte eigentlich tödlich sein müssen, wenn sie ihre Reise noch nicht beendet hatte.«

Ich nickte, so heftig, dass mir die weiße Strähne in die Stirn fiel. Ungeduldig wischte ich sie fort, dann glättete ich die Zeichnung und hielt sie Li hin. »Ich habe sie gezeichnet. Sie hat es gesehen. Sie hat ihr Porträt gesehen und mich erst danach berührt. Und ich … Ich habe mich erst daran erinnert, wer ich bin, als ich meine Zeichnung gesehen habe. Bei Mateo war es genauso.« Ich holte zitternd Luft. Der Totengott glaubte, dass die verlorenen Seelen eine Folge seiner schwindenden Kräfte waren. Aber vielleicht hatte das Problem die ganze Zeit über woanders gelegen. »Was, wenn die Seelen nach etwas suchen, was sie nicht finden können? Was, wenn man sie daran erinnern muss, wer sie einmal waren, damit sie freiwillig zurückgehen, damit sie einsehen, dass sie nicht mehr hierhergehören? Was, wenn wir ihnen zeigen müssen, dass sie nicht vergessen worden sind?«

Behutsam nahm Li mir die Zeichnung aus der Hand, studierte sie einen Moment lang schweigend. Als er den Blick schließlich hob, glaubte ich, dort einen Funken Hoffnung zu entdecken.

»Da könnte was dran sein.« Er musterte noch einmal das Papier in seinen Händen. »Es hat ihn gebrochen.« Er gab mir die Zeichnung zurück. Erst jetzt fiel mir auf, dass auch er zitterte. »Dein Tod hat ihn gebrochen, Lena.«

Im ersten Moment wusste ich nicht, was ich darauf erwidern sollte. Der Tod einer Sterblichen sollte den Herrscher Mictlans gebrochen haben? Der Gedanke, dass das wahr sein könnte, heilte etwas in mir. Doch ich schüttelte den Kopf, vertrieb jedes Bild von ihm, jedes seiner geflüsterten Worte. Meine Prioritäten lagen im Moment woanders.

»Bist du an meiner Seite?«, fragte ich, als das Morgengrauen begann, die Dunkelheit um uns herum zu verschlingen.

Li zog mich noch einmal an sich, presste einen Kuss auf mein Haar. »*Hasta la muerte, Hermanita.*«

Li flocht *Flor de muerto* in mein Haar, während ich die Porträts durchging, die ich in den vergangenen Jahren angefertigt hatte. Miguel hatte mir eine Liste gegeben, auf der all jene Dorfbewohnerinnen und Dorfbewohner verzeichnet waren, die während meiner fast zweimonatigen Abwesenheit verstorben waren.

Dann zeichnete ich. Obwohl es schmerzte, obwohl ich das Kohlestück kaum halten konnte. Li half mir. Ich fertigte lediglich die Konturen an, er verlieh den Gesichtern Ausdruck, hauchte ihnen Leben ein. Schließlich gelangte ich zur letzten Zeichnung. Meine Tränen weichten das Papier auf, während ich das Mädchen zeichnete, das ich durch die Unterwelt begleitet hatte. Ein Kind, das diese Welt viel zu früh hatte verlassen müssen. Ich wusste nicht, ob Isa erscheinen würde, ob sie sich erinnern würde oder nicht. Aber ich wollte kein Risiko eingehen.

Nachdem wir fertig waren, versammelte ich alle Dorfbewohnerinnen und Dorfbewohner im Rathaus. Als ich sie stumm durchzählte, wurde mir bewusst, wie viele während meiner Abwesenheit ihr Leben verloren hatten. Die Blicke der Überlebenden versetzten mir einen Stich, ebenso die Art und Weise, wie sie meine Narben anstarrten, das Weiß in meinem Haar, meine verletzten Hände. Aber es war mir egal, was sie von mir hielten. Egal, ob sie mich verachteten.

»Ihr habt gesehen, dass der Tod unser Pueblo heimsucht. Er hat … Er hat euch euer Oberhaupt genommen.«

Ein erschrockenes Keuchen ging durch den Raum. Ich wusste nicht, was Miguel ihnen erzählt hatte, als Marisol und ich aufgebrochen waren. Aber niemand hatte damit gerechnet, dass ich allein zurückkehren würde.

»Heute Nacht, am Beginn des Día de los muertos, wird sich entscheiden, ob wir fallen wie unsere Nachbarn oder überleben werden. Deshalb bitte ich euch alle, nicht nach draußen zu gehen, wenn euch euer Leben lieb ist. Und behaltet die Kinder bei euch.«

»Was soll das?«, schaltete sich Francesco, Albertos Bruder, ein. »Ich lasse mir von dir nicht sagen, wohin ich gehen darf und wohin nicht.«

Ich schluckte schwer, erwiderte seinen Blick jedoch. Natürlich widersprach er mir, genauso wie er es bei Miguel getan hatte. Wir waren ihm zu jung, zu unerfahren. »Dann wirst du sterben. Die Entscheidung liegt bei dir.«

Ich wartete seine Reaktion nicht ab, sondern trat zu den Kindern.

Hastig verteilte ich *Pan de muerto* unter ihnen, um sie mit dem süßen Hefeteiggebäck etwas abzulenken. Furcht lauerte in ihren Blicken, und ich wünschte mir nichts sehnlicher, als sie ihnen zu nehmen. Dann ging ich zu Li, um ein letztes Mal unseren Plan zu besprechen.

»Bist du sicher, dass du ihn finden wirst?«, fragte ich.

»Ich habe dich den ganzen Weg vom Tempel hergeschleppt, Lena. Natürlich finde ich ihn wieder.«

Meine Finger gruben sich in ein Stück *Pan de muerto*, das ich aus irgendeinem Grund immer noch in der Hand hielt. »Glaubst du, er wird dir antworten?« Ich brachte es nicht über mich, den Namen des Totengottes auszusprechen.

Li schwieg einen Moment lang, dann stieß er ein leises Seufzen aus. »Ich weiß es nicht. Wir hatten eine Verbindung, als ich noch … Noch nicht hier war, bei dir.« Er warf einen flüchtigen Blick in den Hauptraum des Rathauses, wie um sich zu vergewissern, dass uns niemand belauschte. Dann presste er eine Hand gegen seine Brust. Wehmut lag in seinen Augen, als er mich wieder ansah. »Aber jetzt fühle ich ihn nicht meh. Und ich weiß nicht, ob er noch die Kraft hat, uns irgendwie zu helfen, Lena.«

Nervös kaute ich auf meiner Unterlippe herum, versuchte, meine Ängste im Zaum zu halten. Unser Plan wies so viele Schwachstellen auf, doch es war zu spät, um etwas zu ändern.

Zu spät, um auf etwas anderes als ein Wunder zu hoffen.

Li beugte sich zu mir herunter und presste seine Stirn gegen meine. Seine Nähe beruhigte mich, schenkte mir eine brüderliche Geborgenheit, die ich seit Mateos Tod nicht mehr gespürt hatte. »Ich kann dich nicht noch einmal retten, Lena.«

»Das will ich auch gar nicht.« Ich war dem Tod zweimal entkommen. Beim dritten Mal sollte er mich endlich zu sich nehmen dürfen, auch wenn mich die Angst vor ihm lähmte.

»Wir schaffen das.«

Ich zwang mich zu einem Lächeln. »Vom besten Motivationscoach der Götter hätte ich etwas mehr erwartet.«

Als ich mich von Li löste, entdeckte ich hinter ihm Miguel, der uns mit verhärtetem Gesichtsausdruck beobachtete. Ich holte tief Luft, dann trat ich zu ihm.

»Ich weiß, dass ich dir Erklärungen schuldig bin.« Ich sah überallhin, nur nicht in sein Gesicht. »Und du wirst sie bekommen, das verspreche ich dir.« Schließlich fand mein Blick seinen. »Nur dieses letzte Mal bitte ich dich, mir einfach zu vertrauen.«

»Okay.« Miguel fuhr sich mit einer Hand durch seine Locken. »Es ist nur … Ich wünschte, du wärst von Anfang an ehrlich zu mir gewesen.« Dann drehte er sich um und verschwand durch die Haupttür des Rathauses.

Ich sah ihm einen Moment lang hinterher, bevor ich meinen Block mit allen Porträts an mich nahm. Fragende Blicke brannten sich in meinen Rücken, Gemurmel brach von Neuem los, aber ich schaute nicht zurück.

Gemeinsam mit Li tauchte ich in die Nacht ein, die unsere letzte sein könnte.

Als wir beinahe beim Friedhof angekommen waren, bog Li ab und verschwand in der Dunkelheit. Ließ mich allein mit den Toten, die ich nicht länger sehen konnte. Trotzdem hatte ich das Gefühl, dass ich ihre Anwesenheit wahrnahm. Vielleicht bildete ich mir das aber auch nur ein. Oder all die Jahre, die ich die Toten hatte sehen können, hatten tiefere Spuren hinterlassen, als ich vermutet hatte.

Hastig machte ich mich daran, die Porträts an den Gräbern zu verteilen. Neben jedem entzündete ich eine Kerze und verstreute etwas *Flor de muerto* darauf. Es waren keine richtigen *Ofrendas*, dafür hatte uns die Zeit gefehlt. Aber es war mehr als die schmucklosen Gräber, um die sich jahrelang niemand außer mir und Marisol gekümmert hatte.

»Es waren einmal Tote, die sich vergessen gefühlt haben.« Meine Stimme schallte unnatürlich laut über den menschenleeren Friedhof. »Die glaubten, dass man ihrer nicht mehr gedachte.« Noch ein Porträt, noch eine Handvoll *Flor de muerto*. Jeden Moment rechnete ich mit einer eiskalten Berührung, wappnete mich mit zitternden Händen für einen finalen Tod. »Aber sie sahen nicht die Tränen, die hinter geschlossenen Türen für sie vergossen wurden. Sahen nicht die gebrochenen Herzen, die ihre Abwesenheit verursacht hatte. Sahen nicht die Seelen, die sie mit sich genommen hatten.« Meine Stimme brach. »Ihr wisst nicht, wie tief die Spuren reichen, die ihr hinterlassen habt. Jeder Einzelne von euch. Ich glaube, ihr habt euch verlassen gefühlt, habt vergessen, wer ihr einmal gewesen seid. Aber glaubt dem Wort dieser Totengräberin, wenn ich euch sage, dass euch niemand in unserem Pueblo je vergessen wird.« Ein einziges Porträt hielt ich noch in der Hand. »Niemand.«

Plötzlich frischte der nächtliche Wind auf, riss mir das Papier aus der Hand und trieb es durch das geöffnete Friedhofstor hinaus in die Nacht. Panisch rannte ich ihm hinterher, folgte der Zeichnung, die mit Kohle und Tränen vollendet worden war.

Als ich das Papier eingeholt hatte, entdeckte ich einen Mann, der eine Fackel in der Hand hielt und sich zu der Zeichnung hinunterbeugte, die in der Nähe von Mateos *Ofrenda* liegen geblieben war.

»Miguel.« Erleichtert stieß ich die angehaltene Luft aus.

Miguel richtete sich auf, ließ seinen Blick von der Zeichnung zu mir und dann wieder zurück gleiten. Ich hielt inne, als sich ein seltsames Lächeln auf seine Lippen stahl. Ein Lächeln, das ich noch nie zuvor an ihm gesehen hatte.

Dann übergab er Isas Zeichnung den Flammen seiner Fackel.

Ein Schrei drang aus meiner Kehle. Ich stürmte nach vorn und versuchte verzweifelt, ihm das Papier zu entwenden. Doch Miguel stieß mich von sich, so heftig, dass ich stolperte und zu Boden ging.

Wie hast du es geschafft, den Tod ein zweites Mal zu besiegen?

Seine Worte vom Friedhof kamen mir wieder in den Sinn, während ich ihn anstarrte. Worte, deren Tragweite ich nicht verstanden hatte. Er konnte nicht wissen, dass *ich* damals gestorben war und nicht Mateo. Ich grub meine Finger in die Erde unter mir, als sich eine Erkenntnis in mir festsetzte.

Nur der Gott der Toten wusste davon. Und die Person, die mich von der Klippe gestoßen hatte.

Das letzte Puzzleteil fügte sich an seinen Platz. Und es tat so furchtbar weh, das Gesamtbild zu sehen.

»Du hast mich gestoßen.« Meine Stimme war kaum mehr als ein Flüstern, während ich mich mühsam zurück auf die Beine kämpfte. Die Erkenntnis zerbrach sorglose Erinnerungen an eine Zeit, in der Miguel, Mateo und ich unzertrennlich gewesen waren. In der wir eine *Familia* gewesen waren. »Du hast mich damals gestoßen, Miguel.«

Miguel sah mich an, ohne etwas zu entgegnen. Doch das musste er auch gar nicht. Ich sah die Wahrheit in seinen Augen, in der Kälte, die seine Züge verhärtete.

»Warum?« Es war keine Frage, eher eine Bitte. Ein Flehen darum, endlich eine Antwort zu bekommen. Auf die Frage, warum Mateo seinetwegen hatte sterben müssen. Seinetwegen, nicht meinetwegen.

»Mateo hat mir von dir erzählt«, sagte Miguel. »Er hat mir erzählt, was mit dir nicht stimmt, Elena. Sie hat es verlangt. Sie hat Menschenopfer verlangt. Und sie wollte dich.«

»Wer? Wer hat das verlangt?« Meine Finger tasteten nach dem Messer, das ich samt des *Flor de muerto* an meinem Gürtel befestigt hatte. »Wer ist *sie?*«

Miguel neigte den Kopf leicht zur Seite, bis ihm lose Locken in die Stirn fielen. Noch immer umspielte dieses seltsame Lächeln seine Lippen. »Kannst du sie nicht sehen, Elena? Sie ist hier.« Sein Blick verrutschte leicht, fixierte einen Punkt neben mir, dann deutete er eine leichte Verneigung an. Irritiert sah ich in dieselbe Richtung, konnte aber nichts entdecken. »Kannst du deine Königin nicht sehen, Totengräberin?«

Königin? Welche Königin? Was zum –

Santa muerte ist keine Königin der Toten, auch wenn manche sie als solche bezeichnen. Besonders jene, die sich mit Substanzen zudröhnen und glauben, Dinge zu sehen, die nicht existieren.

Nans Worte drangen in mein Bewusstsein, lösten sich aus der undefinierten Masse aus Erinnerungen, die mir noch immer größtenteils fremd waren. Eine Skelettfrau in einem roten Kleid. Angebliche Menschenopfer, die diesem Hirngespinst von fanatischen Anhängern dargebracht wurden, die in der Drogenszene in Südamerika beheimatet waren. Ein Schrank, der in Miguels Praxis stets verschlossen gewesen war, seitdem er aus den Staaten zurückgekehrt war. Eine Figur, die ich in Miguels Praxis gesehen hatte, ohne mir etwas dabei zu denken. *Santa muerte.*

Noch eine Erinnerung schwappte nach oben. Miguel hatte mir etwas gegeben, kurz bevor ich nach Mictlan aufgebrochen war. Er hatte mich mit irgendeiner Substanz betäubt, hatte mich

395

gegen meinen Willen bei sich behalten wollen. Jetzt verstand ich es. Jetzt war alles so furchtbar klar.

»Verehrst du *Santa muerte*, Miguel?«

Er sah mich wieder nur an, ließ sein eisernes Schweigen Antwort genug sein. War ich wirklich so blind gewesen? Hatte ich wirklich nie gesehen, wer sich hinter dem Mann verbarg, von dem ich einst dachte, dass er neben Mateo mein bester Freund war?

»Ich war also dein Menschenopfer?« Ich konnte das ungläubige Lachen, das sich aus meiner Kehle löste, nicht verhindern. Das hier musste ein Albtraum sein, anders ließ sich nichts davon erklären. »Warum hast du dann nicht noch einmal versucht, mich zu töten?«

»Sie war mit dem Menschenopfer zufrieden, das ihr stattdessen gegeben wurde.« Ich musste all meine Willenskraft aufbringen, um ihm dafür nicht mein Messer in die Brust zu rammen. Miguels Blick glitt wieder neben mich. Auf einmal hatte sich etwas wie Angst in seine Züge gestohlen. »Aber nun verlangt sie wieder eines, Elena. Mehrere.« Er nickte zu der Fackel, die er noch immer in der Hand hielt, zu den Flammen, die Isas Porträt verschlungen hatten. »Ich weiß nicht, was du dir davon erhoffst, aber wenn deine Zeichnungen tatsächlich etwas gegen die Todesfälle ausrichten können, müssen sie verschwinden. *Santa muerte* ist zufrieden mit den Opfern, die dieses Dorf ihr in letzter Zeit gebracht hat. Wir wollen alle, dass das so bleibt. Wir wollen sie nicht wütend machen.«

Wahnsinn hatte sich in seine Stimme geflochten. Der Griff um mein Messer verstärkte sich, als ich mich an Francescos Bitte erinnerte. Er hatte Miguel angefleht, den Leuten zu befehlen, in ihren Häusern zu bleiben. Doch dieser hatte sich geweigert. Er hatte gewollt, dass sie starben. Übelkeit stieg in mir auf, so viel Ekel empfand ich auf einmal für jenen Mann, den ich einst einen Freund genannt hatte.

»Du brauchst Hilfe, Miguel.«

»Ich bin nicht derjenige, der Hilfe braucht.« Er trat noch einen Schritt näher. Instinktiv richtete ich meine Klinge auf ihn, doch das hinderte ihn nicht daran, sich mir noch weiter zu nähern.

»Ich wollte dir helfen.« Seine Stimme brach. »Ich habe dich geliebt, Elena. Du und dein Bruder, ihr wart meine *Familia*. Als Mateo mich um Hilfe gebeten hat, weil er dich nicht mehr leiden sehen konnte, wollte ich das mehr als alles andere. Ich wollte herausfinden, was mit dir nicht stimmt. Und ich habe es herausgefunden, Elena. Ich habe die Wahrheit gesehen. Sie hat sie mir offenbart.«

Keinen Sinn. Seine wirren Worte ergaben keinerlei Sinn. Aber er merkte es nicht, war völlig gefangen in dem Wahn, den er so gut vor aller Augen verborgen gehalten hatte.

»Wo ist dein Herz?«, stieß ich hervor.

»Mein Herz?« Miguel schob einen Ärmel hinauf, entblößte blutige Schnitte. Er trat noch einen Schritt näher, packte meine Hand und presste sie auf seinen Arm, verschmierte sein Blut auf meinen Fingern. »Mein Herz ist meine größte Schwäche. Für jeden Toten bestrafe ich mich selbst. Aber ich muss ihr gehorchen, sonst nimmt sie mir alles. Jeder Tod zerbricht mich. Du kannst dir nicht vorstellen, wie sehr.«

»Doch, das kann ich mir vorstellen.« Ich entzog ihm meine Hand, wich zurück. »Wir sind nicht so verschieden, wie du glaubst.«

Schwer atmend standen wir uns nun gegenüber. Fremde, die eigentlich keine waren.

»Du warst mein Freund. Du warst Mateos Freund. Wie konntest du uns das antun?«

Für einen Moment flackerten Zweifel in seinen Augen auf, dann waren sie fort. Er neigte den Kopf zur Seite, schüttelte ihn leicht.

»Hörst du den Ruf der Toten, Elena?« Er erhob die Fackel, ohne seinen Blick von mir zu lösen. »Sie rufen nach dir.«

Was dann geschah, nahm ich wie in Zeitlupe wahr. Miguel stürmte auf mich zu, bewaffnet mit seinen Flammen. In letzter Sekunde schaffte ich es, auszuweichen. Ich hieb mein Messer nach ihm, versuchte, ihn auf Abstand zu halten, aber er folgte mir, egal, wohin ich mich bewegte. Meine Hand schmerzte, trotzdem lockerte ich den Griff um das Messer nicht. Mein Atem ging hektisch. Es dauerte einen Moment, bis mir klar wurde, was er vorhatte: Jeder seiner Angriffe drängte mich hinaus aus dem Pueblo, hin zu der Klippe. Zu ebenjener Klippe, von der ich schon einmal gestürzt war.

»Du hast dich verändert«, stieß Miguel keuchend hervor, als ich seiner Fackel ein weiteres Mal ausgewichen war, wenn auch nur knapp. »Hat dich jemand trainiert?«

Anstatt zu antworten, hieb ich meine Klinge in seinen Arm. Ein Knurren verließ seine Lippen.

»Kein Mensch sollte die Toten sehen können, Elena.« Er warf die Fackel über die Klippe, die wir mittlerweile erreicht hatten. Dann stürzte er sich auf mich, nur bewaffnet mit seinen bloßen Händen, mit denen er einst geschworen hatte, Leben zu bewahren, anstatt sie zu beenden. Ich wich ihm erneut aus, doch wir waren schon viel zu nah am Abgrund. »Niemand außer *Santa muerte* sollte die Fähigkeit dazu besitzen.«

Meine Füße rutschten unter mir weg. Ich fiel nach hinten, gefolgt von Miguel, der das Gleichgewicht verloren hatte. Wie durch ein Wunder fand ich mit meiner Hand im Fallen die Klippe, hielt mich daran fest. Ich stieß einen Schmerzensschrei aus, als ich spürte, wie sich Miguel an meinen Knöchel klammerte. Luft, ich bekam keine Luft. Musste atmen, wusste nicht, wie. Schwärze stahl sich in mein Blickfeld, Angst drohte mir alle Sinne zu rauben.

»Ich habe Neuigkeiten für dich, Miguel.« Meine Stimme war

kaum mehr als ein Keuchen. »Ich kann die Toten nicht mehr sehen.« Der Schmerz in meinem Knöchel explodierte. »Deshalb ist das hier jetzt ein Lebewohl.« Dann trat ich nach ihm, immer und immer wieder. Befeuert von einem Hass, den ich noch nie zuvor empfunden hatte.

Bis er schließlich loslassen musste.

Miguels Schrei verfolgte mich, schnitt in mein Herz. Tränen brannten in meinen Augen, rannen mir über die Wangen. Aber ich bereute es nicht.

Mit letzter Kraft versuchte ich, mich zurück nach oben zu ziehen, doch es gelang mir nicht. Verzweifelt krallten sich meine Finger in den Stein, während mein panischer Puls in meinen Ohren rauschte. Warum hatte ich noch immer Angst vor dem Tod, wenn er mir schon so oft begegnet war? Ich dachte an Mateo und Isa, daran, wie ich sie wiedersehen würde. Dann gaben meine Finger nach – und ich ließ los.

Noch bevor der freie Fall einsetzte, schlang sich etwas Warmes um meine Hand, hielt mich fest. Im nächsten Moment wurde ich nach oben gezogen. Als ich über die Klippe gehievt war, war der Druck um meine Hand auf einmal fort und ich allein.

Mein leicht verschwommener Blick ging hin und her, doch ich fand niemanden. Bevor ich mir weitere Gedanken darüber machen konnte, wer mich gerade gerettet hatte, drang ein einziger Name durch die Dunkelheit.

Isa.

So schnell, wie mich meine Füße tragen konnten, rannte ich zurück zu meinem Block, der in der Nähe von Mateos *Ofrenda* auf der Erde lag. Ich fiel auf die Knie, kramte ein Kohlestück hervor und schlug eine neue Seite auf, dann versuchte ich, Isa noch einmal zu zeichnen. Doch es gelang mir nicht mehr. Meine Hand verweigerte mir ihren Dienst, konnte nicht noch einmal ihre Konturen formen. Tränen tropften auf das Papier, tränkten es. Mein Atem ging viel zu schnell.

Ich warf den Block und die Kohle beiseite und versuchte stattdessen etwas anderes. Meine schwache Hand formte Worte. Sie erzählte von einem Mädchen, das mich gerettet hatte. Das Blumen in seinem Namen getragen, das Schnee gesehen hatte. Sie erzählte die Geschichte von Isabel Flores.

Ich wusste nicht, ob es funktionieren würde, ob es genug war, um Isas Seele daran zu erinnern, wer sie einst gewesen war. Ob sie überhaupt daran erinnert werden musste. Aber es blieb mir nichts anderes übrig, als zu hoffen.

Als ich ins Stocken geriet, schlangen sich plötzlich Arme um mich, pressten meinen Rücken an eine warme Brust. In Handschuhen verborgene Hände legten sich behutsam auf meine und halfen mir, die richtigen Worte zu finden. Halfen mir dabei, Isas Geschichte zu Ende zu erzählen. Aber es war kein Ende. Vielleicht war es der Beginn von etwas Neuem.

Sie wurde geliebt. Die Tränen liefen mir ungehindert übers Gesicht. *Sie hatte das Herz einer Totengräberin gestohlen, die auf ewig ihre große Schwester sein würde.*

Die Hände ließen mich nicht los, hielten mich fester, hielten mich zusammen.

»Sie ist hier«, flüsterte eine Stimme nahe meinem Ohr. Sie war rau, dunkel wie der Tod selbst. Aber so viel wärmer.

Suchend sah ich mich um, doch entdeckte nur tiefschwarze Nacht. Und ein Herz, das unaufhörlich gegen meinen Rücken schlug, mich daran erinnerte, dass ich nicht allein war. Ich schloss die Augen und wartete.

Irgendwann nahm mich die Erschöpfung mit sich. Als ich die Augen öffnete, war die Wärme an meinem Rücken fort und meine Hände allein. Ich lag auf der Seite, bedeckt von etwas Weichem, Warmem, das sich als Mantel herausstellte. Und ich war noch am Leben.

Plötzlich näherten sich mir Schritte, deren Klang mir vertraut war. Hastig setzte ich mich auf.

»Wie viele?«, fragte ich, als die Schritte hinter mir verstummt waren. Meine Stimme war brüchig. »Wie viele hat uns die Nacht genommen?«

Stille.

»Keine, Lena.«

Ich fiel nach vorn, presste meine Stirn auf die feuchte Erde. Verharrte dort, bis ich die ersten Strahlen der Morgensonne in meinem Nacken spürte. Eine Sonne, die bewies, dass das letzte Pueblo der Isla Mujeres überlebt hatte.

Dann weinte ich.

35. Kapitel

»Atme, Lena.« Li beugte sich zu mir herunter und nahm mein Gesicht in seine Hände. Sorge hatte sich in seine blassen Augen gestohlen. »Du schaffst das.«

Die kühle Nachtluft küsste meine Haut, ließ den Schweiß auf meiner Stirn trocknen. Aber sie konnte die Nervosität in meinem Innern nicht bändigen.

»Sie hassen mich.« Ich schloss die Augen, holte zitternd Luft, dann öffnete ich sie wieder. In den vergangenen zwei Wochen war Li nicht von meiner Seite gewichen, und auch in dieser entscheidenden Nacht ließ er mich nicht allein. »Sie hassen mich alle. Vielleicht sollte ich –«

»Immer langsam.« Beruhigend strich er mit seinen Daumen über die dunklen Ringe unter meinen Augen. »Warum sollten sie dich hassen?«

Ich zuckte hilflos mit den Schultern. Weil ich nicht Marisol war, es niemals sein würde. »Sieh mich an, Li.«

»Das tue ich.«

»Beantwortet das deine Frage nicht?«

Er hob eine Augenbraue. »Das Einzige, was ich sehe, ist eine junge Frau, die überlebt hat. Eine Frau, die Sol mehr geliebt hat als alles andere.«

Ehe ich etwas erwidern konnte, erschien ein älterer Mann hinter dem Rathaus, an dessen Fassade ich lehnte. Francesco beäugte uns ungeduldig. »Sie warten auf dich. Wir alle wollen diesen Zirkus hinter uns bringen«, fuhr er mich an, bevor er sich an Li wandte. »Und wer bist du eigentlich?«

Li drehte sich noch nicht einmal zu ihm um. »Austauschstudent«, antwortete er nur.

Albertos Bruder zog beide Augenbrauen zusammen. »Hier gibt es keine Uni.«

»Was du nicht sagst.« Li ließ mich los. »Ein blöder Spruch in deine Richtung, Lena, und derjenige bekommt es mit mir zu tun.« Er warf Francesco einen warnenden Blick zu. »Mir egal, wie alt er ist.«

Francesco starrte ihn feindselig an, dann machte er kehrt und stürmte davon. Die Ablehnung, die er mir in den letzten Tagen entgegengebracht hatte, verriet, dass er mit Marisols Entscheidung nicht einverstanden war. Keiner der Ältesten war das. Aber gemäß den Traditionen des Dorfes mussten sie sich Marisols Testament beugen.

»Brauchst du noch irgendetwas?« Li nahm meine Hand in seine und zeichnete beruhigende Kreise auf meine Handfläche. Sein weißes, schulterlanges Haar war zurückgebunden, und statt seines typischen weißen Umhangs trug er nun ausgewaschene Jeans und ein helles, locker sitzendes Leinenhemd. »*Pan dulce?* Tee? Kaffee? Den Kopf von dem Alten –«

»Li!« Ich entzog ihm meine Hand, ein Lächeln auf den Lippen. Dann bedeutete ich ihm, zu gehen. »Ich brauche nur noch einen Moment, bitte. Allein.«

Er nickte, strich mir ein letztes Mal übers Haar, dann verschwand auch er.

Nervös zupfte ich an meinem Zopf herum, den ich so geflochten hatte, wie Abuela es immer für besondere Anlässe getan hatte. Meine tiefrote Bluse, die einst Marisol gehört hatte, verbarg meine Arme und fiel lose an meinem Oberkörper herab, wo sie auf einen luftigen weißen Rock traf. Für einen kurzen Moment vergrub ich meine Nase in einem Ärmel, sog ihren Duft ein, der für mich immer Zuhause sein würde.

Schließlich trat ich aus dem Schatten des Rathauses hinaus in die Nacht, die von den unzähligen Laternen der Plaza Eterna erleuchtet war, und eilte zum Friedhof. Ich ertappte mich dabei, wie ich nach einer dunkel gekleideten Silhouette Ausschau hielt. Manchmal fragte ich mich, ob ich mir seine Anwesenheit, seine Brust an meinem Rücken nur eingebildet hatte, denn seit dem Día de los muertos blieb er verschwunden. Aber jedes Mal, wenn mir Zweifel kamen, legte ich mir jenen Mantel um die Schultern, unter dem ich damals aufgewacht war.

Achtundvierzig Menschen hatten sich auf dem Friedhof versammelt, mehr war nicht übrig vom Pueblo del sol y la luna. Fast die Hälfte hatte ich im Laufe der vergangenen Monate zu Grabe tragen müssen, so viele hatten wir verloren. Trauer und Gram zeichneten die Gesichter der Überlebenden, krümmten ihre Rücken. Die Frage, die sie alle heute Nacht würden beantworten müssen, entschied darüber, was mit unserem Pueblo geschehen würde.

Auch zwei Wochen, nachdem man mir verkündet hatte, dass Marisol mich kurz vor unserer Abreise adoptiert und somit offiziell zu ihrer Nachfolgerin gemacht hatte, konnte ich es immer noch nicht glauben. So lange hatte ich sie darum angefleht, mich offiziell zu ihrer Tochter zu machen. Aber sie hatte meine Bitte stets ausgeschlagen. Jetzt fühlte ich mich seltsam fehl am Platz. Ich sollte nicht stehen, wo sie gestanden hatte. Doch mir blieb keine andere Wahl.

»Ich weiß, dass ihr Fragen habt.« Ich schritt an den Porträts vorbei, zwischen den mit zahlreichen Kerzen erhellten Gräbern hindurch. »Fragen, die ich euch nicht beantworten kann.« Meine Stimme zitterte. Immer wieder warf ich einen Blick zu den Menschen, die dieses Dorf ihr Zuhause nannten, doch die meisten schienen mir nicht einmal zuzuhören. Mein Herz sank.

»Aber es … Es ist vorbei.« Unaufhörlich zupfte ich an meinem Ärmel herum. Die Worte stolperten über meine Lippen, ergaben keinen Sinn. Ich hielt mich an einem Grabstein fest, suchte Halt bei dem rauen Stein. »Wir sind das letzte Dorf der Isla Mujeres.« Ich ließ das Grab los, trat einen Schritt zurück, obwohl ich auf die anderen zugehen sollte. Obwohl ich die Kluft zwischen uns überbrücken sollte, aber ihre kalten Blicke machten es mir wahnsinnig schwer. »Und wir … Wir haben überlebt.«

»Aber warum?«, meldete sich Francesco zu Wort. Misstrauen in seinem Blick. »Du hast uns immer noch nicht erklärt, was mit Marisol passiert ist. Wie ist sie gestorben? Wo wart ihr beiden überhaupt so lange?«

»Das … Ich kann euch nicht alles erklären. Ich weiß auch nicht auf alles eine Antwort«, erwiderte ich schwach. »Aber eines weiß ich: Es gab in den letzten zwei Wochen keinen einzigen Todesfall. Schiffe fahren unsere Insel wieder an.« Krampfhaft suchte ich nach den restlichen Worten, die ich mir für diesen Augenblick zurechtgelegt hatte. Gestern hatten sie so überzeugend geklungen, doch hier hinterließen sie scheinbar keinerlei Eindruck. »War es ein Fluch? Vielleicht. Aber wenn wir tatsächlich verflucht waren, scheinen wir nun befreit zu sein.« *Schwach, Elena. Sehr schwach.*

Gemurmel brach los, erfüllte die Nacht. Ich sah Fragen in den Augen der Anwesenden aufblitzen. Sah, dass sie mich nicht ernst nahmen. Und ich konnte es ihnen nicht verdenken.

»Egal, was passieren mag, ich werde bleiben. Ich werde Marisols Erbe am Leben erhalten«, fuhr ich fort, versuchte, ihre Aufmerksamkeit wieder auf mich und meine Worte zu lenken. »Euch ist freigestellt, mir dabei zu helfen oder zu gehen. Ich werde niemanden gegen seinen Willen hier festhalten.«

Ich presste mir eine Hand auf die Brust, spürte mein Herz, das immer noch schlug. »Ich will mein Bestes versuchen, um Marisols Platz einzunehmen.«

Niemand applaudierte, bis ein einsames Klatschen ertönte. Als ich den Kopf in die Richtung wandte, aus der das Geräusch gekommen war, versagte mein Herz für einen kurzen Augenblick. Ein in Schwarz gehüllter Mann lehnte neben dem geöffneten Friedhofstor, das schulterlange Haar zurückgebunden.

»Wer bist du?«, wollte Francesco wissen. »Dich habe ich hier noch nie gesehen.«

»Ich bin jemand, der euren Mangel an Respekt bedenklich findet.« Der Totengott hob eine Augenbraue, während er den Kopf leicht zur Seite neigte. »Ihr verdient ihre Worte nicht.«

Noch ehe ich etwas darauf erwidern konnte, erklang mehr Applaus. Aus der Ecke, in der die Kinder zwischen den Grabsteinen auf dem Boden saßen.

Vermutlich war Li, der sie gerade mit *Pan dulce* zu bestechen schien, nicht ganz unschuldig daran. Trotzdem heilte der Anblick etwas in mir, was ich für unheilbar gehalten hatte. Doch die Älteren stimmten nicht mit ein. Viele von ihnen hatte ich nicht überzeugt. Ich konnte ihr Murmeln hören, ihre Einwände, dass ich zu jung war, zu unerfahren. Dass das Pueblo keine Zukunft hatte. Vielleicht würden sie eines Tages verstummen, vielleicht auch nicht. In diesem Moment konnte ich mir nur selbst das Versprechen geben, dass ich versuchen würde, Marisols Rolle, so gut es ging, auszufüllen. Aus Gewohnheit fuhr ich mit meiner Hand hinauf zu meinem Medaillon, bis mir einfiel, dass ich es nicht mehr trug. Es war nun in Mictlan. Bei Mateo.

Ich öffnete den Mund, um noch etwas zu sagen, aber die Anwesenden waren bereits dabei, den Friedhof zu verlassen. Jedenfalls versuchten sie es, denn das Tor war auf einmal geschlossen. Egal, wie heftig Francesco und seine Freunde daran rüttelten, es gab nicht nach. Instinktiv suchte mein Blick wieder den Totengott, doch ich konnte ihn nicht mehr entdecken. Vermutlich war er nicht ganz unschuldig an dem verschlossenen Tor.

»Bring sie dazu, dir zuzuhören, Admiradora«, raunte eine

vertraute Stimme an meinem rechten Ohr. »Das ist jetzt dein Dorf.«

Ich wirbelte herum, suchte nach Nan, doch hinter mir fand ich nur verlassene, mit Kerzen erhellte Gräber. Unwillkürlich musste ich lächeln.

Verdammter Gott.

»Hey, Mädchen. Kannst du das Tor aufschließen?«, rief jemand. »Das ist doch dein Spezialgebiet. Mach, was du am besten kannst.«

Zitternd holte ich Luft, sammelte meine letzten Kräfte zusammen, um meine Rede fortzuführen – doch vernahm stattdessen einen Satz aus der Menschenmenge.

»Die Alte hat sich bestimmt in die Staaten abgesetzt. So verarrt, wie sie in diesen ganzen Ami-Scheiß ist. Es war nur eine Frage der Zeit, bis sie uns im Stich lassen würde.«

Ich erblickte einen schlanken, vom Alter gebeugten Mann, dem sein dünnes weißes Haar in die Stirn fiel. Mario war Francescos bester Freund. Er gehörte zu den Ältesten des Dorfes und war noch nie sonderlich gut auf Abuela zu sprechen gewesen.

»Marisol ist einen ehrenvollen Tod gestorben.« Meine Stimme schnitt durch das Gemurmel, viel lauter, als ich es eigentlich beabsichtigt hatte. »Sie ist für euch gestorben.« Mittlerweile waren die restlichen Stimmen verstummt, und alle Blicke hafteten auf mir. Ich starrte Mario an, der eben noch am Friedhofstor gerüttelt hatte. »Beschimpft mich, wenn ihr wollt. Verweigert mir euren Respekt. Aber wagt es nicht, Marisols Namen durch den Dreck zu ziehen. Wagt es nicht, schlecht über eine Frau zu reden, die ihr Leben für euch gelassen hat.«

Ich wusste nicht, ob ich es mir einbildete, aber ich glaubte, ein tiefes, anerkennendes Lachen hinter mir zu hören.

»Marisol hat mich vieles gelehrt, aber das Wichtigste, was sie mir mitgegeben hat, ist die Bedeutung einer *Familia*.« Ich fokussierte meinen Blick auf das Kerzenmeer, das Li und ich zwischen den Gräbern entzündet hatten. »Ich ... Ich wäre für sie durch die Hölle gegangen. Und sie hätte dasselbe für mich getan. Für jeden Einzelnen von uns.« Endlich sah ich auf, musterte die letzten Überlebenden des Pueblo del sol y la luna. Für einen kurzen Moment hielt ich inne, weil ich nicht mit so viel Interesse in ihren Gesichtern gerechnet hatte. Jeder Einzelne von ihnen schien mir zuzuhören, selbst Francesco.

»Deshalb wird die Plaza Eterna ab heute den Namen Plaza de Marisol tragen«, fuhr ich fort. Tränen lauerten in meinen Worten, aber noch konnte ich sie zurückhalten. Über Abuela zu sprechen, verlieh meiner Stimme eine Stärke, die mir selbst fremd war. »Sie hat uns auf dieser Plaza jahrelang Geschichten erzählt. Jetzt ist es an der Zeit, ihre Geschichte zu erzählen.«

Eine sanfte Berührung an der Schulter ließ mich einen Blick nach hinten werfen, doch dort waren nur Gräber. Ich ging in die Knie, streckte eine Hand aus und berührte zaghaft jenen Stein, der Isabels Namen trug.

»Das Grausame am Tod ist, dass er nicht seine Auserwählten mit Narben ziert, sondern die Überlebenden.« Ich schob die Ärmel meiner Bluse hinauf, offenbarte die zahllosen Halbmonde, die ich so lange versteckt gehalten hatte. Entfernt hörte ich ein paar Leute nach Luft schnappen. »Ich sehe die Wunden, die die Toten bei euch hinterlassen haben, in euren Augen. Wunden und so viele Fragen. Ich weiß, dass ihr Antworten von mir erwartet, aber die Wahrheit ist, dass auch ich nicht frei von ihnen bin. Weder von Wunden noch von Fragen.« Zitternd holte ich Luft, dann hob ich den Blick erneut. »Ich bitte euch um etwas Zeit. Zeit, in der unsere Wunden zu Narben verheilen werden. Manche werden immer sichtbar bleiben. Denn Trauer verletzt jeden mit einer anderen Klinge, schneidet die einen tiefer als die anderen.« Nun kamen sie doch, die Tränen. Sie rannen meine Wangen hinab. Ich wischte sie nicht fort.

»Lasst mich diejenige sein, die eure Blutung stillt. Lasst mich diejenige sein, die diese *Familia* zusammenhält. Mein … Mein ganzes Leben lang war ich für euch nur die Frau, die sich um die Toten kümmert.« Meine Hand verharrte noch einen Moment lang an Isas Namen, dann zog ich sie fort. »Lasst mich mehr sein als das. Von nun an will ich mich genauso um die Lebenden kümmern. Um euch.« Ich kramte nach noch mehr Worten, aber ich fand stattdessen nur Tränen. Ließ sie zu, während ich vor Isas Grab kauerte. Eine Weile herrschte ohrenbetäubende Stille.

Plötzlich legte mir jemand etwas in den Schoß. Durch einen Tränenschleier musterte ich den gehäkelten grün-roten Vogel, den Quetzal, den ich Esteban vor vielen Monaten in sein Körbchen gelegt hatte. Ich sah auf und entdeckte den Jungen, der kaum einen Schritt von mir entfernt stand. Der Sechsjährige deutete auf den Vogel.

»Er will nicht, dass du weinst, *Tía* Elena. Du darfst ihn drücken.«

Zögerlich schenkte ich dem Jungen ein Lächeln. »*Gracias.*« Ich schluckte schwer, presste den Vogel an meine Brust. Und erinnerte mich an eine Geschichte, die mir einst ein Gott erzählt hatte. »Unsere Flügel wurden gebrochen«, sagte ich in die kerzenerhellte Dunkelheit. »Aber ich habe keinen Zweifel daran, dass wir eines Tages wieder fliegen werden.«

Als ein Klatschen die Stille zerriss, sah ich auf, in Erwartung, Nan zu entdecken. Aber es war nicht der Totengott, der mir applaudierte. Auch nicht Li.

Es war Francesco.

Nach und nach stimmten andere mit ein, bis ich mich auf einmal inmitten eines Applauses wiederfand, den sie mir kurz zuvor noch verweigert hatten. Und obwohl es sich für ein Dorfoberhaupt vermutlich nicht gehörte, brach ich erneut in Tränen aus. Kinderarme schlangen sich um mich, hielten mich fest.

»Alles wird gut, *Tía* Elena«, flüsterte der Junge.

»Er hat recht, Lena.« Auf einmal legten sich noch zwei Arme

um mich und drückten mich so stürmisch, dass ich kaum noch Luft bekam.

»Hey, warum ist das Tor auf einmal wieder offen?«, rief jemand. Ich warf einen Blick über Lis Schulter. Tatsächlich, das Friedhofstor stand sperrangelweit offen. Ein Lächeln stahl sich auf meine Lippen, erstickte die Tränen.

Mein Herz fühlte sich etwas leichter an, als alle auf die Plaza de Marisol strömten. Li und ich hatten eine Handvoll Tische aufgebaut und mit Speisen gefüllt, die gestern vom Festland eingetroffen waren. Ich hatte kein Fest abhalten wollen, aber Li hatte darauf bestanden. Und nun sah ich, dass er recht gehabt hatte. Der Duft nach Tamales lag in der Luft. Es war Ewigkeiten her, seitdem ich das mit Fleisch gefüllte Maisgebäck zuletzt gegessen hatte. Mario hatte seine Gitarre geholt und erfreute uns mit Musik. Trauer haftete in jedem Blick, dem ich begegnete, aber trotzdem hielt eine Ausgelassenheit auf der Plaza Einzug, die Sorgen ertränkte. Hoffnung gab.

Li blieb an meiner Seite, blickte aber ständig zu der Gruppe miteinander rangelnder Kinder, die bereits einen Narren an ihm gefressen hatten. Währenddessen aß und trank er ununterbrochen. Das Leuchten in seinen Augen, wann immer er in eine Tamale biss, ließ mich unweigerlich lächeln. Ihn dabei zu beobachten, wie er seine Menschlichkeit von Neuem entdeckte, war faszinierend.

»Sorry, Lena. Ich glaube, ich muss da mal dazwischengehen. Reservier mir einen Tanz.« Er drückte mich hastig an sich, dann eilte er zu den kämpfenden Kindern.

»Wenn hier Köpfe rollen, räume ich die Sauerei nicht auf.« Sofort erstarb das Gerangel. Li verschränkte die Arme vor der Brust. »Sieh mal einer an, auf einmal könnt ihr wieder zivilisiert sein. Mord, kein Problem. Aufräumen? Da zieht ihr die Grenze.« Dann besorgte er einen Ball und erklärte ihnen ein neues Spiel, das sie augenblicklich in ihren Bann zog.

Ein Lächeln stahl sich auf meine Lippen. Noch war Lis Zukunft ungewiss, doch ich hatte ein Angebot für ihn, eine Frage, die ich ihm später stellen würde. Einen Platz, der seiner Gier nach allem Menschlichem entgegenkommen würde. Mein Blick glitt umher, suchte nach dem Totengott, aber der blieb verschwunden. Verschluckt von der Nacht, in der ich zu einem Oberhaupt geworden war, das ich nie hatte sein wollen.

Plötzlich trat Francesco zu mir. Er musterte mich skeptisch, die Stirn in Falten gelegt. In einer Hand hielt er ein dampfendes Getränk, von dem der durchdringende Maisgeruch nach Atole ausging. »Du bist zu jung, *Mija*.«

Ich strich über die Überreste meines kleinen Fingers, während ich zum wiederholten Male die Anwesenden musterte. »Es werden nicht viele bleiben«, antwortete ich schließlich.

»Woher willst du das wissen?«

Ich sah ihn an, versuchte, einen Blick hinter seine verhärtete Schale zu werfen. »Dieses Dorf hat dir deinen Bruder genommen. Es hat so vielen ihre Liebsten genommen. Ich würde es ihnen nicht verdenken, wenn sie gehen sollten.«

»Vielleicht werden sie gerade deshalb bleiben.«

Einen Tanz für Li zu reservieren, war nicht nötig, denn außer ihm wollte niemand mit mir tanzen. So begann ich, mich allein im Kreis zu Marios Gitarrenklängen zu drehen. Bis ich auf einmal jemanden neben mir spürte.

»Wenn ich mich richtig erinnere, schuldest du mir noch einen Tanz, Admiradora«, ertönte eine dunkle Stimme, von der ich befürchtet hatte, sie nie wieder zu hören.

Sofort hielt ich inne. Ich hob den Blick, sah den Totengott zum ersten Mal seit Wochen an. Sein Anblick löste nach wie vor eine Flut an widerstreitenden Gefühlen in mir aus. Das Grau seiner Augen war schöner, als ich es in Erinnerung gehabt hatte. Gleichzeitig schmerzte es, zu sehen, dass er immer noch blind war. Meinetwegen.

»Tue ich das?«, fragte ich, den Blick einen Moment zu lang auf seine Lippen geheftet.

Der Gott hob eine Augenbraue. »Wir haben unseren ersten Tanz nicht beendet.«

Ich sah ihn verständnislos an. »Ich kann mich nicht daran erinnern, je mit dir getanzt zu haben.«

Nan trat einen Schritt näher. Eine Erkenntnis stahl sich in seine ernsten Züge, machte sie etwas weicher. »Die Diebin«, murmelte er. Instinktiv schnellte meine Hand hinauf, berührte die kahle Stelle hinter meinem Ohr. So oft hatte ich mich gefragt, welche glückliche Erinnerung mir die Diebin genommen haben könnte. Jetzt wusste ich es.

Zögerlich legte ich meine Hand in seine, die er mir ungeschützt und ohne Handschuhe darbot. Die Berührung seiner kühlen Haut war wie ein elektrischer Schock. Einen Moment lang standen wir einfach nur da, berührten einander zum ersten Mal seit meinem Tod. Irgendwann riss ich mich aus meiner Starre und begann, ihn zu führen, dann ließ ich seine Hand los und griff nach meinem Rock, schwang ihn im Takt zur Musik. Nan verschränkte die Arme hinter dem Rücken und verfiel leichtfüßig in die Schritte des *Jarabe*.

Entfernt nahm ich wahr, wie die Leute um uns herum aufhörten, zu tanzen und uns stattdessen beobachteten.

Ein alter Tempel. Verbotene Berührungen. Entblößte Narben, denen Grausamkeit und Schönheit zugleich innewohnten. Arme, die mich in der Nacht der Toten gehalten hatten. Das alles sah ich in dem Lächeln des Gottes. Und noch so viel mehr.

»Es war einmal eine Totengräberin«, sagte er plötzlich, ohne den Tanz zu unterbrechen. »Eine Frau, deren Hände immerzu mit Kohle bedeckt waren, weil sie Dinge für die Ewigkeit schuf, Geschichten erzählte.« Der Takt der Musik wurde schneller, riss uns mit sich in den ausgelassensten *Jarabe*, den ich je getanzt hatte. Trotzdem galt meine Aufmerksamkeit nicht der Musik, sondern Nans Worten. »Sie erzählte die Geschichten der Menschen, die sie bestattet hatte. Und ihre Geschichten waren es, die am Ende ein Dorf vor dem Untergang bewahrten.«

Für einen kurzen Moment schloss ich die Augen.

»Es war einmal ein Gott. Ein Unsterblicher, der von einer Totengräberin gehasst wurde. Eines Tages jedoch bemerkte die Frau, die sich unfreiwillig dem Tode verschrieben hatte, dass sie und der Gott nicht so verschieden waren, wie sie anfangs geglaubt hatte. Dass er menschlicher war, als er sich selbst eingestehen wollte.«

Schneller, immer schneller drehten wir uns im Kreis, tanzten, eiferten mit dem Takt um die Wette. Ich wusste nicht, wie Nan es schaffte, aber seine Blindheit schien ihn nicht daran zu hindern, besser zu tanzen als ich. Ich war außer Atem, aber ich liebte das Gefühl, hatte es so sehr vermisst. Währenddessen flochten wir die Geschichte des Gottes und der Totengräberin weiter, ergänzten einander, schenkten und stahlen Worte. Bis wir am Ende der Erzählung angelangt waren, das auf einer Plaza in einem Pueblo spielte.

»Der Gott wollte der Totengräberin als Dank für ihr selbstloses Opfer ein Geschenk machen.«

Mein Rock wirbelte durch die Nacht. Der Stoff erzählte seine eigene Geschichte. »Was für ein Geschenk sollte das sein?«, fragte ich, meine Stimme atemlos.

»Unsterblichkeit.«

Ich erstarrte mitten in der Bewegung. Erst glaubte ich, mich verhört zu haben. Doch ein Blick in die Richtung des Gottes verriet, dass dem nicht so war. Verriet, dass er mir dasselbe Geschenk anbot, das er einst Li gemacht hatte. Mühsam löste ich mich aus meiner Starre, brauchte einige Momente, um die richtigen Worte zu finden. Die Antwort fiel mir nicht schwer. Nicht mehr.

»Die Totengräberin würde ablehnen und antworten, dass sie keine Unsterblichkeit begehre.« Ich fand zurück in den Tanz, stemmte meine andere Faust in die Hüfte, wirbelte den Rock mit meiner schwachen Hand umher, während Nan seine Arme hinter dem Rücken verschränkt hatte und mir folgte. »Dass sie nur das eine Leben leben wolle, das ihr auf wundersame Weise geschenkt worden sei.« Ich drehte mich um die eigene Achse, ließ meinen Rock fliegen. »Sie hatte den Tod schon zweimal hintergangen. Beim dritten Mal solle er sie zu sich nehmen.«

Als wir uns aufeinander zubewegten, um danach wieder die Richtung zu ändern, zog er mich auf einmal an sich. Erschrocken krallte ich mich mit meinen Fingern in seiner Brust fest.

»So geht der Tanz nicht«, murmelte ich, machte aber keinerlei Anstalten, mich von ihm zu lösen. Schon wieder spürte ich Blicke auf mir, auf uns.

»Das ist mir egal.« Eine Hand legte er mir an den Rücken, die andere an meine Wange. Er strich mein Kinn entlang, ehrfürchtig, als wollte er sich die Konturen meines Gesichts einprägen. Als könnte er nicht glauben, dass ich wirklich vor ihm stand. »Ich muss sichergehen, dass du echt bist.«

Li hatte mir nie erzählt, was genau nach meinem Tod unten in Mictlan geschehen war. Die Gebrochenheit in Nans Zügen verriet, dass es Dinge gewesen waren, über die er nicht sprechen wollte. Dinge, die er vielleicht für den Rest seines unsterblichen Lebens in sich verschließen würde.

Ehe ich wusste, was ich tat, hatte ich mich auf meine Zehenspitzen gestellt.

»*Tlazocamati*«, hauchte ich in sein Ohr, dann presste ich einen flüchtigen Kuss auf seine Wange, löste mich von ihm, wandte mich ab und eilte davon. Als ich noch einen raschen Blick über die Schulter warf, sah ich, wie Nan mir hinterherstarrte, eine Hand an seiner Wange.

Und auf einmal war die Nacht wärmer als zuvor.

36. Kapitel

Wenn ich mich wie gerade im Spiegel musterte, verstand ich, warum mich die meisten Dorfbewohnerinnen und Dorfbewohner immer noch fürchteten. Warum sie in mir nicht das Oberhaupt sahen, das sie in Marisol gesehen hatten. Mein Äußeres machte den Eindruck, als hätte der Tod selbst mich berührt, mich auserwählt. In gewisser Weise hatte er das auch. Narben bedeckten meinen Körper, eine weiße Strähne durchbrach mein nachtschwarzes Haar. Neben einer kleinen, kahlen Stelle hinter meinem rechten Ohr, an der kein Haar mehr nachwachsen wollte. Schwarze Ringe verdunkelten die olivfarbene Haut unter meinen Augen, verließen mich nicht mehr. Ebenso wenig wie mein leicht steifer Gang, weil die Überbleibsel des Obsidianpfades meine Füße scheinbar auf ewig gezeichnet hatten. Die Wunden, die Mictlan mir verliehen hatte, verheilten nicht.

Dafür verheilten die Wunden langsam, die unser Dorf gezeichnet hatten. Manche verließen es, doch der Großteil blieb. Tourismus florierte wider Erwarten. Menschen von außerhalb waren fasziniert von den unerklärlichen Todesfällen, die die Pueblos heimgesucht hatten. Wollten mit eigenen Augen die Überreste unserer Nachbardörfer sehen, wollten Geschichten der Überlebenden hören.

Schon bald rankten sich die ersten Legenden um das, was auf dieser Insel geschehen war. Manche erzählten von überirdischen Wesen, die die Isla Mujeres überfallen hatten. Andere von einer exotischen, kaum untersuchten Tierspezies, die Menschen ohne sichtbare Wunden töten konnte. Wieder andere glaubten an einen Virus, eine Seuche, die tödlicher war als die Pest. Ich lauschte ihnen allen, gab aber nie preis, was wirklich geschehen war. Die Wahrheit kannten nur Nan, Li und ich. Und wenn es nach mir ging, sollte das auch so bleiben.

Nan wurde zum Geschichtenerzähler des Dorfes, füllte die Leere aus, die Marisol hinterlassen hatte. Die Kinder liebten es, ihm zuzuhören. Er besaß ein Talent dafür, Worte zu Bildern zu flechten, ihnen Leben einzuhauchen wie kein anderer, während er nach wie vor seine Skulpturen aus dem Klippengestein der Insel fertigte. Manchmal setzte ich mich auf die Terrasse vor Marisols Häuschen und beobachtete ihn dabei, wie er die Kinder auf der Plaza in fremde Welten entführte. Mehr als einmal ertappte Nan mich dabei, wie ich ihm lauschte. Obwohl er mich nicht sehen konnte, schien er meine Anwesenheit zu spüren. Jedes Mal wandte er sich zu mir um und schenkte mir ein Lächeln, das mein Herz stolpern ließ.

Nicht nur mein Gang war von Mictlan unwiderruflich gezeichnet, auch meine Hand würde niemals mehr so sein wie zuvor. Ich konnte das Stück Kohle, das mir früher so viel Geborgenheit geschenkt hatte, kaum noch greifen.

Jeden Tag versuchte ich, Fortschritte zu machen, scheiterte jedoch meist kläglich.

So wie heute.

Mühevoll krampfte ich meine Finger um das Stück Kohle. Tränen tropften auf das Papier, auf die Friedhofserde, die von der abendlichen Blutsonne in rötliches Licht getaucht wurde.

Plötzlich legte sich eine Hand auf meine.

»Führ mich«, flüsterte Nan in mein Ohr.

Ich erstarrte. Es war das erste Mal seit fast einem Monat, dass er mich berührt hatte. Das erste Mal seit unserem Tanz.

Keiner von uns hatte Anstalten gemacht, das zu ändern. Seine Motivation kannte ich nicht, aber ich kannte meine: Angst. Angst davor, ihm wieder zu nahezukommen, so wie damals im Ring des Lebens. Angst, Hoffnung zuzulassen, die früher oder später erstickt werden würde. Da er die Menschenwelt ohnehin irgendwann verlassen würde.

Doch in diesem Moment wurde mir bewusst, wie sehr ich seine Berührung vermisst hatte, wie sehr ich mich nach der Kühle seiner Haut gesehnt hatte.

Nan hielt meine Hand fest, während ich die Kohle auf das Papier brachte. Sein Atem war warm in meinem Nacken, seine Brust hob sich regelmäßig an meinem Rücken, während ich zwischen seinen Beinen saß. Er ließ mich die Richtung vorgeben, sorgte nur dafür, dass ich den Halt um die Kohle nicht verlor.

»Deine Zeichnung ist bestimmt wunderschön«, murmelte er, als ich fertig war. Unsere Hände kamen auf Necas Kopf zur Ruhe, zwischen dessen Hörnern Luna saß.

»Lügen ist eine Sünde, Gott.«

Nan stieß ein leises Lachen aus, ein Laut, dem ich stundenlang lauschen könnte. »Wirst du mich jemals wieder bei meinem Namen nennen, Elena?«

Ich biss mir auf die Unterlippe. Er konnte nicht ahnen, wie sehr ich das wollte. Wie sehr ich mir wünschte, die Kluft zwischen uns zu überbrücken, die Fäden des Schicksals neu zu flechten. Obwohl er jeden Tag im Dorf erschien und nur nachts ab und an verschwand, wusste ich, dass er nicht auf Dauer ein regelmäßiger Gast in unserem Pueblo sein konnte. Er war schließlich ein Gott. Ein Gott, der stets von den Menschen verachtet worden war. Menschen, die ihn früher oder später forttreiben würden, sollten sie dahinterkommen, wer er wirklich war. Denn auch wenn das Pueblo del sol y la luna den Tod nicht länger so fürchtete wie damals, so blieb eine Angst, die vermutlich in jedem Menschen verwurzelt war.

Gerade, als ich etwas erwidern wollte, hob Nan die Hand. Fast beiläufig berührte er mit seinem Daumen eine Narbe auf meinem Handrücken, strich darüber.

Sofort zuckte ich zusammen.

»Elena?«

Ich presste die Augen zusammen, klammerte mich an ein Bild, das auf einmal in meinen Gedanken aufgetaucht war. Eine Erinnerung, die nicht meine war, die jemand anderem gehörte. Ich riss die Augen auf, erblickte die nahe *Ofrenda* Marias, die bis auf ihr Porträt, das *Flor de muerto* und die üblichen *Calaveras* noch nicht bestückt war. Weil ich nicht wusste, was die Tote in ihrem Leben ausgemacht hatte. Mein Blick glitt zwischen der Narbe auf meinem Handrücken und Marias Porträt hin und her.

»Berühr meine Narben«, bat ich Nan. Hastig schob ich meine Ärmel hinauf, drehte mich um und hielt ihm meine entblößten Arme entgegen. »Berühr sie alle.«

Und er tat es.

Mit jeder Berührung schenkte mir der Gott Erinnerungen der Toten, die mir die Narben zugefügt hatten.

»Er mochte tierförmige Laternen«, murmelte ich Stunden später, während sich Nans Berührung weiterhin in meine Haut brannte wie ein eiskaltes Feuer. Ich notierte diese Erinnerung unter Gabriels Namen, einem jungen Mann, der vor einigen Jahren seinen Tod gefunden hatte. »Er mochte Farben, die die Dunkelheit erhellen. Er wiederum hatte Angst vor der Dunkelheit.«

»Haben wir nicht alle Angst vor der Dunkelheit?«, fragte Nan leise. Seine Hand verharrte einen Moment länger als nötig an meinem Oberarm, dann half er mir dabei, die behelfsmäßigen *Ofrendas* mit Dingen zu bestücken, die den Toten zu Lebzeiten Freude bereitet hatten. Die Altäre auf und um den Friedhof herum würden das ganze Jahr über bestehen bleiben und an jene erinnern, die nicht länger waren. Und das nicht nur am Tag der Toten.

Ich machte es mir zur Gewohnheit, die Kerzen auf den *Ofrendas* zu entzünden, lange, nachdem das Pueblo schlafen gegangen war. Bis ein Lichtermeer das Dunkel der Nacht vertrieb. Meistens halfen Nan und Li mir dabei, aber manchmal war ich allein, umgeben von einer Stille, die nur der Nacht selbst innewohnte.

Es gab Nächte, in denen ich in die Dunkelheit starrte, in denen ich Schlaf herbeisehnte, der vor mir floh.

Es gab Nächte, in denen ich umherwanderte, einen Ausweg suchte aus den erdrückenden Erinnerungen, denen ich nicht entkommen konnte. In denen ich manchmal zu viel fühlte und manchmal gar nichts mehr wahrnahm.

Und dann gab es jene Nächte, in denen ich wieder in Mictlan war. In denen ich Marisol erneut sterben sah, in denen ich Isa noch einmal ihr Herz durchbohrte. Die dunklen Erinnerungen waren so intensiv, hielten mich gefangen, bis ich mich aus meinem Bett kämpfte und Halt in den Sternen über der Isla Mujeres suchte. Bis ich irgendwann verstand, dass ich Mictlan zwar durchschritten, aber nicht überlebt hatte.

Zumindest nicht wirklich.

Und manchmal fand ich Schönheit in der Dunkelheit. Fand Arme, die sich von hinten um mich legten, mich festhielten, während ich auf das Meer hinausstarrte. Die mich auffingen, wenn ich ins Stolpern geriet. Hörte eine Stimme an meinem Ohr, die mich daran erinnerte, zu atmen.

Und ich atmete, zitternd, aber beständig, während der Tod selbst mich in seinen Armen hielt.

Ich drehte meinen Stift zwischen den steifen Fingern, während ich die Anschaffungskosten für einen Satz neuer Schulbücher für Lis Klasse im Kopf überschlug. Er war sofort Feuer und Flamme gewesen, als ich ihm den Posten als Lehrer der ersten Klasse angeboten hatte. Seine wissbegierige Art harmonierte perfekt mit dem Wissensdurst der Kinder. Sie vergötterten ihn sofort.

Seufzend ließ ich den Stift auf den Esstisch fallen und lehnte mich zurück. Wie gewohnt hatte ich zum Einbruch der Nacht zahllose Kerzen im Hauptraum von Abuelas Häuschen entzündet und sie auf dem Fenstersims und dem Tisch verteilt. Die Flammen warfen unheimliche Schatten auf Marisols Filmposter, mit denen sie ihre Wände tapeziert hatte. Wände, zwischen denen ich meine Kindheit und Jugend verbracht hatte. Trotzdem fühlte ich mich wie ein Eindringling. Die Zukunft unseres Dorfes war nach wie vor ungewiss. Gerade kamen wir dank neugieriger Touristen über die Runden, aber diese Zeiten würden auch irgendwann wieder vorbei sein. Und mit jedem Tag, der verstrich, zweifelte ich mehr daran, ob ich wirklich ein geeignetes Oberhaupt war. Ich vergrub mein Gesicht in den Händen und holte zitternd Luft. »Was mache ich hier eigentlich, Abuela?«, murmelte ich.

»Du machst sie stolz.«

Nans Stimme riss mich aus meinen Gedanken. Ich hob den Blick und entdeckte den Totengott nur wenige Schritte entfernt. Er stand mit verschränkten Armen vor meinem Tisch, wie er es häufig zu tun pflegte. Sofort spürte ich, dass etwas nicht stimmte.

»Ich bin hier, um mich zu verabschieden.«

Ich erstarrte. »Verabschieden? Du gehst?«

Nan nickte. »Das Pueblo ist in guten Händen.« Seine Stimme war in diesem Moment unergründlich, abweisend auf eine Art, wie sie es nie zuvor gewesen waren. »Götter gehören nicht hierher, nicht unter die Menschen. Erste Gerüchte sind im Umlauf, Elena. Sie ahnen, dass etwas mit mir anders ist. Irgendwann wird es jemand herausfinden, so wie damals.« Mein Blick schnellte zu seiner Brust, zu den Narben, die unter seinem dunklen Hemd verborgen lagen. »Es ist für uns alle das Beste, wenn ich davor gehe.« Er fuhr sich mit einer Hand übers Gesicht. »Bitte pass auf Li auf.«

Ich hatte geahnt, dass er nicht bleiben würde. Nicht bleiben konnte. Aber in den zwei Monaten, die seit dem Día de los muertos vergangen waren, war sein Anblick so alltäglich geworden, dass ich den Gedanken an einen Abschied verdrängt hatte.

Ich hatte das Gefühl, dass er darauf wartete, dass ich ihn zurückhielt. Dass ich etwas sagte. Doch ich tat es nicht, wusste nicht, was. Ich erhob mich, strich rastlos an der Wand hinter meinem Tisch entlang. Dann trat ich zum Fenster. Insgeheim gab ich ihm recht. Er gehörte nicht hierher, obwohl sich ein Teil von mir wünschte, dass es anders wäre. Er hatte es schon einmal versucht, und war dafür bestraft worden. Erinnerungen drängten sich in mein Bewusstsein, Bilder der Narben, die ich ein einziges Mal geküsst hatte. Und jetzt, wo ich ihn berühren durfte, wagte ich es nicht mehr. Jetzt, wo seiner Berührung nicht mehr der Tod innewohnte, weil ich kein Stück seiner Seele mehr in mir trug, war es zu spät. Meine rechte Hand ballte sich zu einer Faust. Vielleicht war es schon immer zu spät gewesen.

»Möchtest du nicht Lebewohl sagen?«

Ich wandte mich um und blickte in das Grau seiner Augen, das immer noch Schuldgefühle in mir auslöste. Er hatte damals behauptet, nicht auf ewig erblindet zu sein, aber er machte nur sehr langsam Fortschritte. Wieder einmal wurde mir bewusst, wie sehr ich seinen intensiven tintenschwarzen Blick geliebt hatte.

Auf einmal war Nans bloße Hand an meiner Wange, strich über meine Narben. Sie war rau und sanft zugleich, kälter als eine menschliche Hand. Er war mir nun so nah, dass ich seinen Atem auf meinen Lippen spüren konnte. Nan beugte sich ein Stück zu mir herunter, eine Hand immer noch an meiner Wange, die andere presste er an die Fensterscheibe neben meinem

Kopf. Schon schloss ich die Augen, war dabei, mich zu ergeben.
»Ich …«

Mit aller Willenskraft, die ich aufbringen konnte, legte ich
eine Hand an seine Brust. Augenblicklich hielt er inne, seine
Lippen nur einen Zentimeter von meinen entfernt. Sein Herz
pochte heftig unter meinen Fingern. Ich fragte mich, ob er hören konnte, dass mein Herz ähnlich schnell schlug. Ob er ahnte,
für wen es schlug.

»Ich wünschte, die Geschichte des Totengottes und der Totengräberin hätte ein anderes Ende genommen«, flüsterte ich.
»Ich wünschte, ich könnte sie umschreiben. Aber ich … Ich …«
Ich wollte mich nicht an eine Hoffnung klammern, die zer-
brechlicher war als das dünnste Glas. »Ich kann es nicht.«

Für einen Sekundenbruchteil sah Nan aus, als hätte ich ihm
sein Herz herausgerissen, dann nickte er kaum merklich. Ehe er
seine Hand von meiner Wange nahm, hob er den Kopf etwas
und presste einen Kuss auf meine Stirn. Seine Lippen waren so
viel behutsamer, als ich sie in Erinnerung hatte. Auf einmal war
ich mir nicht mehr sicher, ob ich die richtige Entscheidung getroffen hatte.

Doch, das hatte ich. Er gehörte nicht hierher, ich gehörte
nicht zu ihm. Es hatte keinen Zweck, sich an etwas zu klammern, was niemals würde sein dürfen. Denn auch wenn uns keine tödliche Berührung mehr trennte, würde es zwischen einer
Sterblichen und einem Gott kein Happy End geben. Das hatte
die Geschichte oft genug gezeigt.

Ein letztes Mal berührte er meine Wange, strich mir
schmerzhaft sanft die weiße Strähne hinters Ohr. Er drückte
mir noch etwas in die Hand, dann trat er einen Schritt zurück
und wandte sich ab.

»*Hasta la muerte*, Admiradora.«

»Ich bin keine Admiradora mehr«, entgegnete ich schwach.
»Ich kann die Toten nicht mehr sehen.«

»Admiradoras sind nicht nur diejenigen, die die Toten sehen, sondern auch die, die sie ehren.« Er fuhr mit seiner Hand über den Tisch, griff nach einem Kohlestück. »Und niemand ehrt die Toten so wie du, Elena.«

Mit diesen Worten ließ er mich allein. Allein mit Fragen, die er nie beantwortet hatte. Mein Blick fiel auf die aus hellem Stein gefertigte Skulptur, die er mir in die Hand gedrückt hatte. Mein Atem stockte, als ich erkannte, wen sie darstellte.

Marisols Gesicht wurde sofort von meinen Tränen benetzt. Ihr sarkastisches Lächeln, ihre zwinkernden Augen. Es war die schönste Skulptur, die ich je gesehen hatte, fing Marisol auf eine Art und Weise ein, die ich für unmöglich gehalten hätte. Ich presste die Skulptur an meine Brust, dann eilte ich zur Tür und zog sie auf. Wenige Schritte entfernt entdeckte ich den Gott, der im Schein der Laternen der Plaza de Marisol Li in die Arme schloss. Der einstige Mondgott hatte seinen Kopf auf Nans Schulter gelegt. Selbst aus der Entfernung konnte ich sehen, dass er zitterte. Augenblicke verstrichen, dann schob Nan ihn sanft von sich, drückte ein letztes Mal seine Schultern und ging an ihm vorbei, bis er mit der Nacht verschmolz. Li sah ihm hinterher.

»*Hasta la muerte*«, flüsterte ich, obwohl er mich nicht mehr hören konnte. »Nan.«

37. Kapitel

Aus Winter wurde Frühling, der Frühling wurde vom Sommer gestohlen, doch Nan kehrte nicht zurück. Und die Elena de Jesús, die das Reich der Toten damals betreten hatte, war ebenfalls verschollen. Es gab Tage, an denen ich nach ihr suchte. Nach jener Frau, die ich einst gewesen war. Bis ich irgendwann feststellen musste, dass sie unwiederbringlich unter der Erde lag.

Meine Hand verheilte genug, um wieder eigenständig Porträts anzufertigen. Sie waren weniger perfekt als jene, die ich früher gezeichnet hatte. Aber sie waren echt. Genauso echt wie das Lächeln des Jungen, der sich eines Abends zu mir an den Rand der Plaza de Marisol setzte, während ich mich wieder einmal in meiner Kohle verlor.

»Ich vermisse sie«, sagte er, nachdem er mich eine Weile beim Zeichnen beobachtet hatte.

»Was vermisst du, *Mijo?*«

»Die Geschichten.«

Ich hielt inne. Nach Marisol und Nan hatte niemand mehr die Rolle des Geschichtenerzählers des Dorfes eingenommen.

»Francesco kennt bestimmt viele Geschichten«, erwiderte ich. »Geh zu –«

»Kannst du mir eine Geschichte erzählen?«

Ich starrte ihn an. »Ich?«

Er nickte, dann streckte er einen Arm aus. Mit seinen Kinderfingern berührte er meine zitternde Hand, fuhr über die Halbmonde, die Narben. »Ich glaube, du hast viele Geschichten zu erzählen.«

Zögerlich drehte ich die Kohle zwischen meinen Fingern. Mein Blick fiel auf meinen Block, auf meine begonnene Zeichnung, die ich bisher niemandem gezeigt hatte. Eine Zeichnung, in der ich meine Ängste verarbeitete, in die meine Trauer floss. In der ich mich manchmal verlor und wiederfand.

Erzähl nicht ihre Geschichten. Erzähl deine.

Und ich tat es. Ich erzählte Esteban von einer Dorfältesten, die für ihr Pueblo durch die Hölle gegangen war. Von einem kleinen Mädchen, das Frieden gefunden hatte. Von einem Gott, der menschlicher war, als er sich eingestehen wollte. Und von einer Totengräberin, die die Toten einst gesehen hatte.

Fortan kamen jeden Abend Kinder zu mir, wollten Geschichten hören. Sie fürchteten mich nicht länger, störten sich nicht an meinen Narben, an meinem fehlenden Finger. Das Strahlen in ihren Augen, die Neugierde in ihrem Blick, das Staunen in ihren Stimmen – all das heilte etwas in mir, flickte meine Seele. Aber trotzdem gab es noch jene Nächte, in denen ich das Gefühl hatte, zu ersticken, in den Flüssen Mictlans zu ertrinken.

Dann strich ich wie heute ziellos über die Insel. Und erblickte eine vertraute Silhouette, die gefährlich nahe an der Klippe aus meinen Albträumen stand. Ohne nachzudenken, rannte ich zu Li, schlang meine Arme um ihn und zerrte ihn vom Abgrund fort. Mein Herz schlug schmerzhaft schnell gegen seinen Rücken, während ich ihn festhielt.

»Ich vermisse ihn, Lena«, flüsterte Li nach einer Weile. Er legte seine Hände auf meine. »Ich vermisse ihn so sehr.«

Meine Stirn presste sich gegen seinen Rücken.

»Ich auch. Aber er wollte, dass du lebst, Li. Ich will, dass du lebst. Mit mir.«

Li holte zitternd Luft.

»Ich glaube, ich habe verlernt, wie man ein Mensch ist.«

»Dann lass es mich dir beibringen.« Ich löste mich von ihm und tippte ihm auf die Schulter.

»Unsere erste Stunde im Fach *Menschsein*. Fang mich.«

Ehe er etwas erwidern konnte, machte ich kehrt und rannte, flog in die Nacht. Doch es dauerte nicht lange, bis er mich eingeholt hatte.

»Hab dich, Lena.«

Ich quietschte, als Li mich an meiner Taille packte und herumwirbelte. Wir jagten von der Klippe fort und ins Dorf hinein wie zwei Kinder, die Sterne unsere einzigen Zeugen. Und es tat gut, zu rennen, zu lachen.

»Ich werde nicht aufgeben, wenn du mir versprichst, auch nicht aufzugeben, *Hermanita*«, murmelte Li, als wir kurz darauf nebeneinander auf der Erde lagen, unsere Blicke gen Himmel gerichtet.

Ich nahm seine Hand, verflocht meine Finger mit seinen. Die Tatsache, dass er mich manchmal *kleine Schwester* nannte, wärmte mein Herz. »Versprochen.«

Und ich hielt mein Versprechen.

Es kam ein Abend, an dem ich mit Li wieder zu tanzen begann. Nicht weil ich musste, sondern weil sich mein Herz danach sehnte. Es kam eine Nacht, in der ich den Kindern stundenlang Geschichten erzählte, meine Finger kohleverschmiert, meine Kleidung voller Erde von meiner Arbeit auf dem Friedhof. Und es kam ein Morgen, an dem ich aufstand, ohne stundenlang an die Decke zu starren. Es kam ein Tag, an dem ich tiefer Atem holte als je zuvor in meinem Leben. An dem ich mit einem lachenden und einem weinenden Auge Mahnwachen für kürzlich Verstorbene abhielt, zu deren Ehren sich nun immer das gesamte Dorf versammelte.

Vielleicht hatte der Tod mich nicht auserwählt, weil ich ein leichtes Ziel war. Vielleicht hatte er mich erwählt, weil ich eine würdige Gegnerin war, ein Sturm, den es zu bändigen galt. Vielleicht wollte er sehen, wie lange es dauern würde, um mich zu brechen. Und vielleicht, nur vielleicht wollte ich ihm mit jedem einzelnen Atemzug beweisen, dass ich nicht gebrochen werden konnte.

Ich strich über die glatte Schale des Kürbisses in meinem Schoß. »Wie war deine Woche?«

Li, der mir gegenüber nahe des Plaza-Brunnens saß, fasste sich theatralisch an die Stirn. »Frag nicht, Lena.«

Ich zuckte mit den Schultern. »Dann eben nicht.«

Keine fünf Sekunden später schilderte Li lang und breit seine Sorgen über seine Schülerinnen und Schüler.

»Zum tausendsten Mal, du kannst ihn nicht durchfallen lassen, nur weil er *Blair Witch* nicht gesehen hat, Li. Der Junge ist neun.«

»Es geht nicht darum, dass er den Film nicht gesehen hat. Es geht darum, dass er ihn beleidigt hat, ohne ihn gesehen zu haben. Deshalb schauen wir −«

»Beende diesen Satz, und morgen hängt da hinten eine Stellenausschreibung.« Ich nickte in Richtung der Pinnwand, die vor dem Rathaus positioniert war.

»… eine Dokumentation über Frida Kahlo.«

Ich verbesserte das rechte Auge, dann machte ich mich daran, den Mund in den Kürbis zu schnitzen. Mein Handgelenk schmerzte, aber ich hörte nicht auf.

»Ihr Leben war auch nicht gerade kindgerecht.« Ich neigte den Kopf leicht zur Seite, kniff ein Auge zusammen. »Wenn mir Elternbeschwerden zu Ohren kommen, leistest du mir auf dem Friedhof Gesellschaft.«

»Dann gucken wir eben irgendwas von Disney.«

Ich hob beide Augenbrauen. »Ich höre immer nur etwas davon, dass du mit deiner Klasse irgendwelche Filme ansiehst, anstatt den Lehrstoff durchzupauken. Langsam, aber sicher frage ich mich, ob wir nicht vielleicht doch einen neuen Lehrer –« Ich hielt inne, als Esteban auf uns zugeschossen kam. Der Junge trug ein elegantes dunkles *Guayabera*. Ich musste mir ein Lächeln verkneifen, während ich die viel zu langen Ärmel des Leinenhemdes musterte.

Esteban hielt uns etwas hin, das sich als farbenprächtiger, gehäkelter Papagei entpuppte.

»Der war heute Morgen in meinem Körbchen«, erklärte er aufgeregt. »Mario hat gesagt, dass er gesehen hat, wie du ihn reingelegt hast. Stimmt das, *Tía* Elena?«

Großartig. Jahrelang hatte ich es geschafft, zu verschleiern, von wem die Tierchen stammten. Hastig nickte ich in Lis Richtung. »Er macht sie.«

»Ich … was?«, fragte Li, doch ich warf ihm einen bittenden Blick zu.

Li strahlte Esteban an, beugte sich nach vorn und fuhr ihm liebevoll durch sein lockiges Haar. »Lena hilft mir nur beim Verteilen. Ich liebe Stricken mehr als –«

»Häkeln«, flüsterte ich in sein Ohr, aber für Esteban schien das ohnehin keine Rolle zu spielen. Ehrfürchtig musterte er Li, den Papagei an seine Brust gepresst. »Kannst du mir als Nächstes ein Einhorn machen?«, fragte der Junge hoffnungsvoll.

»Natürlich, Kumpel.« Li sah Esteban hinterher, während dieser wieder davonrannte und vom ungewöhnlich geschäftigen Treiben des Dorfes verschluckt wurde. »Auch wenn ich keine Ahnung habe, was ein Einhorn sein soll.« Mein Freund warf mir einen abwartenden Blick zu. »Ich höre, Lena.«

Seufzend zuckte ich mit den Schultern. »Ich will, dass sie mich für mich selbst mögen, trotz meiner Narben. Nicht für meine Geschenke.«

»Aber jetzt glauben sie, dass ich die Dinger mache«, beschwerte sich Li theatralisch.

Ich zwinkerte ihm zu. »Dann solltest du schnellstens anfangen, Häkeln zu lernen, Mondgott.«

Eine Weile arbeiteten wir schweigend an unseren Kürbislaternen, während das Treiben um uns herum immer dichter wurde. Der Duft nach den Speisen, die sowohl Toten als auch Lebenden dargeboten wurden, mischte sich mit dem lauen Abendwind.

»Kommen wir zu den wirklich wichtigen Fragen.« Li musterte den Kürbis mit gerunzelter Stirn. »Warum genau machen wir das? Esteban hat mir erklärt, dass Halloween rein gar nichts mit dem Tag der Toten zu tun hat.«

Ich hielt in meiner Bewegung inne.

»Für Abuela.«

Heute Nacht würde der Día de los muertos anbrechen, und mit ihm kamen die Erinnerungen an letztes Jahr zurück. Erinnerungen an meine Finger, die sich an die Klippe gekrallt hatten, an die Toten, die wir verloren hatten.

An Marisol. Und Nan.

»Sieh mich an, Lena.« Als ich nicht reagierte, nahm Li mir den Kürbis aus der Hand und wischte mir sanft eine Träne von der Wange. Dann lehnte er sich nach vorn und presste seine Stirn an meine.

»Ich vermisse Sol auch.«

Das, was sich im vergangenen Jahr zwischen uns entwickelt hatte, war einfacher als die komplizierten Gefühle, die ich für Nan empfand. Es war leicht, stellte keine Fragen, erwartete keine Antworten. Niemand würde Mateo ersetzen können. Aber in Li hatte ich einen neuen Bruder gefunden, der sich an denselben Scherben geschnitten hatte wie ich.

Wenige Stunden später hatte ich mich in La Catrina verwandelt, die symbolträchtigste Figur des Día de los muertos.

Knallorangene Blüten zierten mein Haar, weiße und schwarze Schminke mein Gesicht, das nun einem Totenkopf ähnelte. Ich trug ein *Campesina*-Kleid in einem feurigen Rot. Der leichte Stoff ließ meine Schultern frei, wurde in der Taille eng anliegend, um sich dann um meine Beine bis zu meinen Knöcheln leicht aufzufächern.

Li, seine Schülerinnen, Schüler und ich verteilten *Pan de muerto* und *Calaveras* an den *Ofrendas*, füllten Krüge mit Wasser, die wir an den Altären aufstellten, damit die Toten ihren Durst stillen konnten. Danach dekorierten wir den Marktplatz und den Friedhof mit *Papel picado*. Die farbenfrohen Girlanden verliehen dem Ort etwas Unbeschwertes und Hoffnungsvolles.

Zum ersten Mal war es ein Fest, wie ich es mir immer ausgemalt hatte. Verwandte, Freundinnen und Freunde waren auf die Insel gekommen, um gemeinsam das Leben und den Tod zu zelebrieren. Um derer zu gedenken, die wir verloren hatten. Um jene zu ehren, die nicht länger unter uns weilten. Sie bestaunten die *Ofrendas*, legten Geschenke nieder, lachten, tanzten. Der Anblick legte sich wie eine warme Decke um mein Herz. Ich wünschte, ich könnte die Toten immer noch sehen, könnte erleben, wie sie all das hier aufnahmen.

Lange nachdem die letzten Dorfbewohnerinnen und Dorfbewohner sich an diesem Abend zur Ruhe gelegt hatten, trugen mich meine Füße zurück zu den *Ofrendas*. Ich trug noch mein Kleid, aber die Schminke hatte ich mir mittlerweile abgewaschen.

Ich kniete mich vor jeden Altar, entzündete Kerzen, die erloschen waren, richtete *Flor de muerto*, das sich gelöst hatte.

Auf einmal hörte ich, wie sich das Friedhofstor öffnete. Ein Lächeln stahl sich auf meine Lippen, während ich die Totenköpfe aus Zuckermasse etwas ordentlicher arrangierte. Nur Li konnte um diese Zeit noch wach sein.

»Schläfst du auch manchmal?«, fragte ich in die Stille. Das

war unsere Begrüßung geworden, wann immer wir einander nachts begegneten. Wenn wir unter dem Sternenhimmel versuchten, unsere Dämonen zum Schweigen zu bringen.

»Dasselbe könnte ich dich fragen, Admiradora.«

Mein Herz setzte einen Schlag aus. Ich zerdrückte das *Pan de muerto*, das ich eben in die Hand genommen hatte.

Das konnte nicht sein. Doch ein Blick über die Schulter bewies mir das Gegenteil.

Nan lehnte am nahen Friedhofstor, die Arme vor der Brust verschränkt. Er trug ein schwarzes, langärmeliges Hemd, dunkle Hosen, eine Sonnenbrille sowie das Lächeln, das ich so sehr vermisst hatte. Einen Moment lang starrte ich ihn an, war nicht sicher, ob ich ihn mir nur einbildete.

Schließlich gab ich mir einen Ruck und wandte mich wieder der *Ofrenda* zu, die ich gerade gerichtet hatte.

»Sieh mal einer an, wer von den Toten auferstanden ist.« Ich war selbst überrascht, wie fest meine Stimme klang, wie wenig sie von dem Sturm verriet, der gerade in mir tobte.

»Hast du mich vermisst?«, fragte der Gott.

Jeden Tag.

Jede Nacht.

»Nein.« Die Lüge kam mir erstaunlich leicht über die Lippen. »Aber Li hat dich vermisst.«

Nan lachte. »Du bist immer noch eine miserable Lügnerin.«

Ich erhob mich und wandte mich ihm zu. Zögerlich. Vorsichtig. Ich kramte nach Worten, nach einer Begrüßung, doch ich fand keine. Weil ich nicht damit gerechnet hatte, dass ich ihm noch einmal gegenüberstehen würde.

»Du warst beschäftigt, nehme ich an«, sagte ich schließlich.

Der Gott trat zu den *Ofrendas*. »So könnte man es sagen.«

Ich öffnete den Mund, um noch etwas zu entgegnen, schloss ihn aber wieder und ging zum Friedhofstor, ohne ihn noch einmal anzusehen. Ich wusste nicht, warum. Doch, ich wusste es.

Ich hatte Angst. Angst, mich wieder in ihm zu verlieren. Angst, ihn wieder gehen lassen zu müssen. Je weniger wir miteinander sprachen, desto einfacher würde es diesmal sein.

Kaum, dass meine Finger das Tor berührt hatten, spürte ich ihn hinter mir.

»Jemand wollte dich wiedersehen.«

Als ich mich umdrehte, entdeckte ich einen schneeweißen, von einem sanften bläulichen Schimmer umgebenen Hasen, den Nan an seine Brust gepresst hielt. Einen Moment lang starrte ich ihn an, versuchte, mich an seinen Namen zu erinnern.

»Luna?«

Das Tier spitzte die Ohren, als hätte es mich verstanden. Ich musste lächeln. Als ich Nan den Hasen aus den Händen nahm, streiften meine Finger seine. Verblüfft hielt ich inne.

Seine Haut war warm, viel zu warm.

Ich wich einen Schritt zurück, bis mein Rücken an das Friedhofstor stieß, und starrte ihn an. Luna war währenddessen über meinen Arm auf meine Schulter geklettert. Mein Blick hastete zwischen Nans Händen und seinem Gesicht hin und her. »Du bist … Du bist sterblich.«

Er schwieg und musterte mich, während ich versuchte, die Puzzleteile zusammenzufügen. Das Pueblo hatte überlebt, das konnte also nicht der Grund sein. Li war sterblich geworden, weil er seine Unsterblichkeit, gemischt mit den Resten seines menschlichen *Tonalli*, für mein Leben geopfert hatte. Ich tastete nach Luna. Fand ihr weiches Fell, fand Halt. Fand die Worte der Heilerin.

Göttliches Tonalli *kann die Unsterblichkeit von einem Gott lösen, um diese einem Toten einzuverleiben, der an dessen Stelle fortan die Rolle des Gottes zu übernehmen hat.*

»Wem hast du deine Unsterblichkeit gegeben?«

Meine Frage hing zwischen uns.

Anstatt zu antworten, glitt Nans Blick zur Seite. Ich folgte ihm, zu der *Ofrenda*, die am prächtigsten verziert war. Zu einer *Ofrenda*, die eine Skulptur zierte, die er mir vor fast einem Jahr geschenkt hatte.

Zu Marisols *Ofrenda*.

Unwillkürlich schüttelte ich den Kopf, wieder und immer wieder. Das war unmöglich.

»Du bist der Totengott«, brachte ich schließlich hervor. »Du … Du kannst nicht … Ich meine, es muss doch einen Totengott geben. Du bist doch der einzige Gott, der nicht auf Menschenopfer angewiesen ist.«

Nan trat einen Schritt näher. »Ich habe nicht gesagt, dass es keine Gottheit mehr gibt.«

Seine Worte verwirrten mich immer mehr, ergaben keinerlei Sinn. »Wo ist sie?« Meine Stimme brach. »Wo ist Marisol? Lebt … Lebt sie wieder?«

Schmerz stand in Nans Zügen. Und plötzlich hatte ich verstanden.

»Sie … Ich meine, Marisol … Sie ist die Totengöttin?«

Nan nickte. »Ich konnte sie nicht zurück ins Leben holen, wegen *la Segunda muerte*.« Er legte einen Finger zwischen seine Brauen. »Die einzige Möglichkeit, sie irgendwie zu retten, war, ihr meine Unsterblichkeit zu schenken. Jede Faser meiner Unsterblichkeit.«

Erst jetzt merkte ich, dass ich mich in Lunas Fell gekrallt hatte. Hastig ließ ich sie los, meine Gedanken ein einziges Chaos. Das hatte er getan? Für Abuela?

»Kann ich sie sehen?« Meine Stimme überschlug sich. »Können wir –«

»Sie kann sich nicht an ihr Leben erinnern, Elena.« Ein Stich. »Und ich kann den Zugang nach Mictlan nicht mehr öffnen. Aber du wirst sie wiedersehen. Sie wird auf dich warten, wie sie auf alle Toten wartet.«

Zu viel. Das, was er mir eben verraten hatte, war zu viel, um

433

es zu begreifen. Ich versuchte es und scheiterte kläglich. Marisol war die Totengöttin. Meine Abuela.

»Ich habe an dich gedacht«, flüsterte Nan plötzlich und riss mich aus meiner Starre. Er stand nun direkt vor mir. Luna war mittlerweile von meiner Schulter gesprungen und erkundete den Friedhof. »Ich konnte nicht aufhören. Ich wollte, aber ich konnte nicht.«

Zum ersten Mal, seitdem er zurückgekommen war, sah ich ihn wirklich an. Und auf einmal krampfte sich etwas um mein Herz, als ich die Sonnenbrille genauer musterte. Er sollte wieder sehen können. Es war genug Zeit verstrichen. Er musste sein Augenlicht zurückgewonnen haben. Zaghaft griff ich nach seiner Brille und zog sie hinunter.

Ich ließ sie fallen, mein Blick starr auf Nans graue Augen gerichtet.

»Du … Aber du solltest … Warum –«

»Sterblich zu werden, hat seinen Preis, Admiradora«, unterbrach mich Nan leise.

Ich suchte nach Worten des Dankes, fand sie aber nicht. Kein einziges Wort war gut genug.

»Heißt das, dass du bleibst?«, fragte ich.

Nan lächelte. Bei den Göttern, hatte ich dieses Lächeln vermisst. Seine Hände waren nun ebenfalls am Tor, rechts und links von meinem Kopf. So hatten wir schon einmal voreinander gestanden, damals. Genau hier. So viel war seitdem geschehen, so viel nicht.

»Wenn mir das Oberhaupt gestattet, zu bleiben, wäre es mir eine Ehre.«

Seine Lippen waren mir viel zu nah. Als sie nur noch einen Hauch entfernt waren, legte ich einen Finger auf sie.

»Vielleicht fühlst du das nur, weil ich ein Stück deiner Seele in mir getragen habe«, flüsterte ich. Immer wieder war mir dieser Gedanke gekommen.

Nan küsste meinen Finger. Mein Herz fing Feuer. »Du trägst ein Stück meines Herzens in dir, Elena. Du hast es mir auf unserer Reise genommen, hast es mir herausgerissen. Mit deinem Lächeln, deiner Leidenschaft, wenn es um Marisol ging.«

»Mit meiner Opferbereitschaft?«, fragte ich leise. Ich hatte Mühe, seine Worte zu verarbeiten, ihnen wirklich Glauben zu schenken.

Nan lachte. »Damit hast du mich verrückt gemacht. Und mit deinen Küssen. Der Art, wie du meinen Namen sagst.« Er nahm meine Hand, führte sie an seine Brust. »Du kannst mein ganzes Herz haben, wenn du es willst.« Sein Atem auf meinen Lippen.

»Vielleicht stirbst diesmal du, Nan«, hauchte ich. Meine Worte ergaben keinen Sinn, das wusste ich. Aber meine Gedanken waren ein einziges Chaos, befreit von jeder Logik.

»Dieses Risiko gehe ich ein.«

Dann fanden seine Lippen meine. Und alles andere verschwand. Meine Hand verließ das Tor, fuhr zu seiner Brust, seinem Nacken. Zog ihn zu mir herunter, wollte mehr. Wollte ihn.

»Ich habe über ein Jahr auf das hier gewartet«, murmelte Nan an meinen Lippen, dann küsste er mich erneut. Jede Berührung seiner Lippen setzte mein Innerstes in Flammen.

Plötzlich spürte ich, wie das Tor an meinem Rücken nachgab und aufschwang. Ehe ich zu Boden ging, hatte Nan mich herumgerissen, sodass er mit dem Rücken hart auf der Erde aufschlug und ich auf seiner Brust landete. Bilder eines verlassenen Tempels tauchten in meinen Erinnerungen auf. Ehe ich Nan fragen konnte, ob er sich verletzt hatte, war seine Hand an meinem Nacken. Er zog mein Gesicht zu sich herunter, bis sich seine Lippen wieder auf meine pressten.

Doch sein nächster Kuss war sanft, behutsam. Unsicher. Aus irgendeinem Grund hielt er sich auf einmal zurück. Aber seine Zurückhaltung war das Letzte, was ich gerade wollte. Ich wollte, dass er spürte, wie sehr ich ihn vermisst hatte. Wie sehr ich es jeden Tag bereut hatte, ihn gehen gelassen zu haben. Deshalb war ich nun diejenige, die den Kuss vertiefte.

Ich küsste ihn, als würde ich wieder im Sterben liegen und gleichzeitig unsterblich sein. Als würde das hier jeden Moment vorbei sein und gleichzeitig auf ewig währen. Als könnten unsere Küsse mit Wasser gefüllte Lungen retten und von Dunkelheit verschlungene Seelen heilen.

Endlich gab er nach. Er zog mich fester an sich, küsste mich hemmungsloser als je zuvor.

Meine Finger spielten mit seinem Haar. »Ich vermisse deinen Zopf«, flüsterte ich an seine gierigen Lippen, als wir für einen kurzen Moment Atem holten.

Nan nahm meine Hand und presste sie an seine Brust, dorthin, wo sein Herz schlug. Ein menschliches Herz. »Flechte mir einen neuen.«

»Jetzt?«

»Wage es nicht, das hier zu unterbrechen.«

Mein Lachen wurde augenblicklich von Nans Lippen erstickt, während er mich behutsam auf den Rücken rollte. Sein Gewicht auf mir verschlug mir den Atem.

Irgendwann löste er seine Lippen von meinen, berührte mit ihnen stattdessen meinen Hals, dort, wo er in meine Schulter überging. Etwas regte sich in meinem Gedächtnis.

»Daran erinnere ich mich«, murmelte ich. »Du hast das schon einmal getan, nicht wahr?«

Ein leises Lachen ertönte. »Ich kann dir auch ganz neue Dinge zeigen.«

Es hatte keinen Zweck, die Wahrheit länger zu leugnen.

»Meine Hütte.« Ich presste einen Kuss unter sein Ohr, genoss das Beben, das meine Berührung in ihm auslöste. »Sofort.«

Verlangen brannte in Nans Zügen. »Ich dachte schon, es passiert nie.« Dann hob er mich hoch und trug mich eilig zu meiner Hütte.

Kaum, dass er die Tür hinter uns geschlossen hatte, küsste Nan mich erneut. Er setzte mich ab, hielt mich umschlungen, damit meine Beine nicht unter mir nachgaben. Mein Rücken stieß gegen die Tür, meine Hände fanden seine Schultern, sein Haar. Entfernt nahm ich wahr, wie er die Tür verriegelte, ohne seinen Mund von meinem zu lösen.

»Es war einmal ein Gott, der von Narben übersät war«, flüsterte ich an seinen Lippen, während meine Finger die Knöpfe seines dunklen Hemdes lösten. »Und eine Totengräberin, die seine Narben teilte.« Als ich ihm das Hemd von den Schultern gestreift hatte, küsste ich jedes Relikt seiner Vergangenheit auf seinem entblößten Oberkörper. Im Schein der Kerzen, die ich zum Beginn der Nacht entzündet hatte, glich er mehr denn je jenem Gott, der er einst gewesen war. »Sie fand Leben in ihren Kämpfen mit dem Gott, in ihren gemeinsamen Tänzen. In der Kohle, die an ihren Fingern klebte. In seinen Geschichten. Bis sie verstand, dass sie sich auf ihrer nächsten Reise durch Mictlan an Erinnerungen mit ebenjenem Gott klammern wollte. Bis sie verstand, dass sie ihm zeigen wollte, was es bedeutete, ein Mensch zu sein. Bis sie verstand, dass sie sich ... Dass sie sich in ihn verliebt hatte.«

Stille antwortete mir. Ich wagte es nicht, den Blick zu heben, hatte Angst, was ich dort vorfinden würde. Vielleicht –

Plötzlich legte Nan seine Hände an meine Wangen und zog mein Gesicht näher zu sich.

»Warum weinst du, Nan?«, flüsterte ich.

»Sag das noch einmal.« Seine Stimme war so leise, dass ich seine Worte nur mit Mühe verstehen konnte.

»Was?«

»Du weißt genau, was.«

»Ich liebe dich.« Ich küsste die Tränen fort, während meine Hände über seine Brust glitten, Pfade zeichneten, die zu seinem Herzen führten.

Nan presste seine Stirn an meine. »Die Ewigkeit hat mir nichts Vergleichbares geschenkt.« Sein Atem ging schwer, mischte sich mit meinem. »Niemanden wie dich. Ich bin dein, wenn du mich willst, Elena. Wenn du einen gebrochenen Gott willst, der sein letztes Leben lebt. Auch wenn ich dich nicht verdiene.«

»*Hasta la muerte?*«, fragte ich. Meine Stimme war atemlos, ich wusste nicht, ob er mich überhaupt verstanden hatte.

»*Hasta la muerte, mi querida.*« Er besiegelte seine Worte mit einem weiteren Kuss, der meine Gedanken zum Schweigen brachte. Dann murmelte er etwas in seiner Sprache.

»Was bedeutet das?«

Sein Lächeln besiegelte ein Versprechen, das er einzulösen bereit war. »Lass es mich dir zeigen.«

Der einstige Totengott ging vor mir auf die Knie. Ich biss mir auf die Unterlippe, während Verlangen durch meine Adern pulsierte. Im nächsten Moment griff Nan nach dem Saum meines Kleides und schob ihn quälend langsam nach oben. Ich keuchte leise auf, als ich seine Lippen an meinen Beinen spürte.

Unbeirrt glitten seine Hände weiter herauf, stets gefolgt von seinen Lippen. Halt suchend grub ich meine Finger in sein Haar, während mein Atem immer schwerer wurde.

»N-Nan.«

Noch ein Kuss auf meinen Unterschenkel, der Hitze zwischen meine Beine schickte. »Ich kann mich nur schwer beherrschen, wenn du meinen Namen so sagst, Admiradora«, raunte Nan an meiner Haut. Seine Stimme war von derselben Lust durchsetzt, die auch mich gefangen hielt.

»Ich will nicht, dass du dich beherrschst.« Hauptsächlich aus dem Grund, weil ich mich auch kaum noch zügeln konnte, wenn er mit dieser Tortur weitermachte.

Nan presste Küsse auf meine Oberschenkel, während er sich langsam wieder aufrichtete und mein Kleid bis zu meiner Taille hochschob. Ich presste ihm meinen Körper entgegen.

»Ich habe schlechte Neuigkeiten, Gott«, hauchte ich in sein Ohr. »Das Kleid hat einen komplizierten Verschluss am Rücken. Aber glücklicherweise ist der Stoff sehr dünn.«

Nan strich über meine Hüfte. »Bist du sicher?«

»Es hat meiner Mutter gehört.«

Das war die einzige Aufforderung, die er brauchte. Seine Hände fanden ihren Weg an den Ausschnitt meines Kleides. Mein Körper reagierte auf jede kleinste seiner Berührungen. Ohne Vorwarnung presste Nan seine Lippen auf meine, dann zerriss er den blutroten Stoff mühelos. Er biss sanft in meine Unterlippe, entlockte mir so ein zaghaftes Stöhnen.

Als uns schließlich kein Stoff mehr trennte, hob ich ein Bein und presste die Innenseite meines Schenkels gegen Nans Hüfte, um ihm zu zeigen, was ich wollte. Mit einem tiefen Knurren an meinen Lippen gehorchte er. Seine rauen Hände fanden meine Oberschenkel, hoben mich hoch, bis ich schließlich beide Beine um seine Hüfte schlingen konnte. Sein muskulöser Oberkörper presste mich hemmungslos gegen die Tür, aber noch waren wir nicht eins. Noch zögerte er.

»Du strapazierst meine Geduld, Gott«, murmelte ich atemlos. Nan stieß ein leises Lachen aus, dann verstärkte sich sein Griff um meine Schenkel.

»Erlaubst du es mir?«, flüsterte er.

Für einen kurzen Moment suchte ich nach einer Antwort. Nicht, weil ich mir nicht sicher war, dass ich ihn wollte, sondern, weil er mir die Sprache verschlug. Dann gab ich ihm die einzig mögliche Antwort, die ich im Herzen spürte.

»Nur dir.« Ich küsste sein Kinn. »Ich bin dein.«

Nan lehnte seine Stirn an meine, hob mich ein Stück höher und ließ mich wieder sinken. Ich grub meine Fingernägel in seinen Rücken, während wir verschmolzen. Tränen rannen meine Wangen hinunter, als wir uns in einem lustvollen, wenn auch quälend langsamen Tanz verloren. Aber ich brauchte mehr.

Mehr von ihm. Ich wollte alles haben, was er zu geben bereit war.

»Nan.« Ich presste meine Lippen an seine Schulter. Sofort erstarrte er.

»Habe ich dir wehgetan? Soll ich –?«

Ich löste eine Hand von seinem Nacken und legte einen Finger an seine Lippen. »Du hast mir im Ring des Lebens etwas anvertraut. Du hast gesagt, dass du willst, dass andere deinen Namen aus meinem Mund hören sollen. Immer und immer wieder.« Zärtlich küsste ich seinen Hals, saugte an seiner Haut, biss hinein. »Lös dein Versprechen ein, Totengott.«

Und er tat es. Mit kraftvollen Stößen drang er in mich ein, entfachte ein Feuer in meinem Innern. Er hielt meinen Hintern in seinen Händen, während er mich immer fordernder hoch- und runterbewegte, den Rhythmus beschleunigte.

»Ich liebe dich«, raunte Nan an meinen Lippen, während er mich zu meinem Höhepunkt trieb. »Verdammt. Ich liebe dich, Elena.«

Ich wollte ihm antworten, doch meine Worte wurden von einem zügellosen Stöhnen erstickt. Das Einzige, was mir noch über die Lippen kam, während Wellen der Lust über mich hinwegschwappten, war sein Name. Das Einzige, was ich noch denken konnte, war sein Name. Immer und immer wieder.

Als ich völlig kraftlos in seinen Armen zusammengesackt war, trug er mich zu meinem Bett und legte mich behutsam ab. Keine Sekunde später war er über mir, seine Ellenbogen links und rechts von meinem Kopf auf der Matratze abgestützt. Er war atemberaubend, mit seinem wilden Haar, den feinen Schweißperlen auf der Stirn.

»Ich bin mir sicher, dass du gerade noch schöner bist als sonst«, flüsterte Nan. »Ich wünschte, ich könnte die Röte in deinen Wangen noch ein letztes Mal sehen. Und dein Lächeln.«

Schuld zerschnitt mein Herz, wischte mir das selige Lächeln

von den Lippen. Ich drehte den Kopf zur Seite, aber Nans Hand legte sich an meine Wange und zwang mich, ihn wieder anzusehen.

»Ich würde mein Augenlicht Tausende Male hergeben, wenn ich deines dadurch retten könnte. Ich würde meine Unsterblichkeit unendlich oft opfern, wenn ich dir dadurch ein letztes Treffen mit Marisol schenken könnte. Wage es nicht, dir die Schuld dafür zu geben.«

Ich spürte, wie sich Tränen hinter meinen geschlossenen Augenlidern sammelten. Dieser Mann war einfach zu viel. Zu viel für meinen Körper. Zu viel für mein Herz.

»Du hast mich einmal gefragt, was du für mich bist«, sagte Nan, so leise, dass ich ihn kaum verstand. »Die Antwort steckt in deinem Namen, Elena.« Er lächelte. »Was bedeutet er?«

Ich drehte meinen Kopf erneut und küsste seine Handfläche. »Helles Licht.«

Sein Daumen glitt über meine Wange, hinunter zu meinen Lippen. »Du bist mein Licht, Elena de Jesús.«

Ich nahm sein Gesicht in beide Hände und presste meine Stirn an seine. »Und du bist meines.«

Dann verlor ich mich erneut in ihm. Und fand in einer Nacht, die dem Tode gewidmet war, ein Bruchstück meines Lebens wieder.

Kühles Nass leckte meine Beine hinauf. Es brannte nicht länger, schmerzte nicht mehr so wie noch vor einem Jahr. Die Angst würde wohl nie ganz verschwinden, aber ich war dabei, sie einigermaßen zu bändigen. War dabei, ihre Schreie durch Gesang zu ersticken, ihre Kälte durch Wärme.

Ich verewigte jede meiner Narben auf Papier, ließ die Kohle meine Geschichte erzählen, während Luna auf meiner Schulter saß. Ließ sie von einer Frau erzählen, die überlebt hatte, während das Morgengrauen langsam über die Isla Mujeres hereinzubrechen begann.

Auf einmal spürte ich Lippen an meinem Haar, eine Hand an meinem Rücken.

»Das Bett war einsam ohne dich«, raunte Nan in mein Ohr.

Erinnerungen an die vergangenen Stunden drängten nach oben. Nan hatte sein Wort gehalten. Vermutlich kannte nun jeder im Pueblo seinen Namen.

»Welche Rolle willst du einnehmen?«, fragte ich nach einer Weile, in der ich gezeichnet hatte, Nans Kinn auf meiner Schulter. »Im Pueblo?«

Er stieß ein leises Lachen aus, dann presste er einen Kuss auf meine entblößte Schulter. Weil er mein Kleid ruiniert hatte, trug ich nun eine leichte, strahlend gelbe Bluse und einen luftigen roten Rock. »Welche Stelle wäre denn noch frei?«

»Du könntest wieder Geschichten erzählen. Die Kinder vermissen dich.«

»Mhm.« Noch ein Kuss.

»Nan.« Ich ließ die Kohle beinahe fallen, so sehr lenkte er mich ab. Nicht dass ich mich beschwerte.

»Ich würde gerne wieder Geschichten erzählen. Aber eigentlich ist es mir egal. Gib mir jede Aufgabe, die du als passend empfindest.« Nans Lippen glitten über meine Halsbeuge, meine Schulter. »Solange ich ein Teil deiner Geschichte sein darf.«

Leise seufzend legte ich den Kopf in den Nacken und presste meinen Körper gegen seinen.

Nan stieß ein Knurren aus, das mir tief in den Unterleib schoss. Seine Arme schlangen sich um meine Taille, nahmen mich gefangen.

»Vorsicht, Admiradora.«

»Manchmal klingst du wie ein hungriger Wolf, wusstest du das?«

»Hungrig bin ich in der Tat.« Er zog mich noch dichter an sich, wie um zu beweisen, dass in seinen Worten Wahrheit lauerte. Es war noch früh, wir allein. Vielleicht –

Plötzlich erstarrte Nan hinter mir. Als ich den Blick hob, entdeckte ich den Grund dafür.

Li stand am Strand, Nans Namen auf seinen Lippen. Er sah uns an, als würde er seinen Augen nicht trauen. Als würde er fürchten, dass wir uns in Luft auflösen könnten, sollte er es wagen, zu blinzeln. Ich wusste nicht, wer zuerst lossprintete.

Die Männer kollidierten, zogen einander in die Arme. Es war das Herzerwärmendste, was ich je gesehen hatte. Sie flüsterten miteinander in einer Sprache, die noch immer nicht die meine war. Ich beobachtete sie noch einen Moment lang, bevor ich mich abwandte.

Mein Blick glitt hinunter auf die im Morgenlicht glitzernde Wasseroberfläche.

»Soll ich?«, fragte ich Luna flüsternd. Als Antwort knabberte sie an meinem Ohr. Lachend ging ich in die Knie und streckte eine Hand aus.

Wie hast du es geschafft, den Tod ein zweites Mal zu besiegen?

Miguel hatte nicht geahnt, dass ich ihn nicht besiegt hatte, weder beim ersten noch beim zweiten Mal. Ich schloss die Augen, holte zitternd Luft und tauchte meine Fingerspitzen in das kühle Nass. Aber ich hatte überlebt. Und das war genug.

Zumindest für mich.

Ich zog meine Hand zurück, kniete mich weiter hinunter und setzte mich ins Wasser. Mein Atem beschleunigte sich etwas, aber ich schaffte es erstaunlich schnell, ihn wieder unter Kontrolle zu bringen. So im Wasser hockend, verewigte ich meine Reise durch Mictlan auf Papier. Hielt alles fest, was mir seit einem Jahr die Gedanken erschwert hatte. Es war ein Sammelsurium aus den Ebenen, zeigte einen federlosen Drachen, der kein Gefangener mehr war, ein Mädchen im Schnee, Kämpfe und Tänze. Ich zeichnete all das Schöne, das ich dort erlebt, all das Kostbare, das ich in der Dunkelheit gefunden hatte.

Nach einer Weile kniete sich Nan neben mich, nahm meine Hand und führte sie an seine Lippen. »Deine Hände schaffen Wundervolles.«

»Seit wann bist du so sentimental, Nan? Meine Hände haben dich unzählige Male geheilt, aber dafür habe ich nie solche Komplimente bekommen.« Li beugte sich über meine Schulter.

»Nan guckt viel zu nett. Mach ihn grimmiger.«

Während die Brüder in eine Diskussion verfielen, widmete ich mich wieder meiner Zeichnung. Ich wusste, dass ich irgendwann eine weitere Reise durch Mictlan würde bestreiten müssen. Noch war ich nicht bereit dafür, würde es vermutlich niemals sein. Aber ich war bereit, zu leben.

Ich vollendete meine Zeichnung, füllte die letzte Seite des Blocks, den mir Mateo einst geschenkt hatte. Füllte sie mit Dingen, die mich immer daran erinnern würden, dass der Tod mich nicht hatte in die Knie zwingen können. Zaghafte Striche formten schließlich das Gesicht einer Frau, die nun auf der letzten Ebene Mictlans auf die Toten wartete. Die auch auf mich warten würde, eines Tages.

Der Wind trug mein Flüstern fort, hinaus über das Meer, hinunter in ein Reich aus Obsidian.

»*Hasta la muerte*, Abuela.«

Glossar

Abuela – Großmutter

Admiradora de la muerte – Frau, die die Toten sehen kann (wörtl. »Bewunderin des Todes«)

Alebrije – Tiere, die am Tag der Toten die menschlichen Seelen hinübergeleiten

Apanohuacalhuia – Fluss zwischen der Welt der Lebenden und der Welt der Toten

Apanohualóyan – Ebene, auf der man sein Leben an sich vorbeiziehen sieht

Atole – traditionelles Heißgetränk aus Mais

Calaveras – aus Zuckermasse geformte Schädel zum Verzehr

Caztiah – Spanisch (auf Nahuatl)

Cehueloyan – Ebene der Erinnerungen/des Schnees

Chiconahualóyan – Ebene, auf der man den ewigen Frieden findet

Chaneque – kleine, bissige Kreaturen der Unterwelt

De nada – gern geschehen

Descerebrado – hirnlos

Día de los muertos – Tag der Toten

¡Dios mío! – Mein Gott!

Dtundtuncan – schwarzer Totenvogel

Eterna – ewig

Flor de muerto – Blume der Toten; orange Studentenblume

Gracias – danke
Guayabera – traditionelles, dünnes Leinenhemd
Hasta la muerte. – Bis zum Tode.
Hasta luego. – Auf Wiedersehen.
Hermanita – Schwesterchen
Hermano – Bruder
Huipil – traditionelle, meist bunt gemusterte mexikanische
  Bluse
Imicca – verlorene Seelen
Isla – Insel
Itzcuintlán – Ort des Hundes
Ixquicha nimitzihtaz! – Viel Glück! (auf Nahuatl)
Iztépetl – Pfad aus Obsidian
Jarabe – mexikanischer Volkstanz
La Catrina – Symbolfigur des Día de los muertos
La Segunda muerte – der zweite Tod
Liebre de luna – Mondhase
Lo siento. – Es tut mir leid.
Luna – Mond
Macuahuitl – aztekisches Obsidianschwert
¡Maldita sea! – Verdammt!
Mezcal – alkoholisches Getränk aus Fruchtfleisch von Agaven
Mictlan – aztekische Unterwelt
Mictlāntēcutli – Gott der Toten; Herrscher der Unterwelt
Mierda – Scheiße
Mija – meine Tochter/meine Liebe
Mijo – mein Sohn/mein Lieber
Mi madre – meine Mutter
Mi querida – meine Liebste
Miquiliztli – Hauptstadt der Unterwelt
¡Mucha suerte! – Viel Glück!
Nahuatl – Sprache der antiken Azteken
Nanahuatl – aztekischer Sonnengott

Necahual – überleben (auf Nahuatl)

Ofrenda – Totenaltar

Pancuetlacalóyan – Windebene

Pan de muerto – süßes Hefeteiggebäck für den Día de los muertos

Pan dulce – süßes Gebäck

Papel picado – farbenfrohe Papiergirlanden

Pesos – mexikanische Silbermünzen

Plaza – Marktplatz

Primero – erstens

Pueblo – Dorf

Santa muerte – Königin der Toten

Segundo – zweitens

Señorita – Frau

Sol – Sonne

Tamale – gefüllter Maisteig

Tenochtitlan – antike Aztekenstadt

Tepeme Monamictlán – Ebene, auf der die Berge aufeinandertreffen

Tercero – drittens

Tía – Tante

Timiminalóayan – Pfeilebene

Tlahuelpuchi – vampirähnliche Kreaturen

Tlaloc – aztekischer Regengott

Tlayoalli – Diener von Mictlāntēcutli

Tlazocamati – danke (auf Nahuatl)

Tonalli – die Seele des Lebens im Blut

Quetzalcoatl – aztekischer Schöpfergott in Gestalt einer gefiederten Schlange

Xochitónal – Leguan, der auf dem Grunde des Apanohuacalhuia lebt

Xoloitzcuintle – Hund der Unterwelt